ALTERED CARBON

a novel written by **RICHARD K. MORGAN**

碳變

理查・摩根——著　李函——譯

－本書僅獻給我的父母－

約翰

致他面對為難時，
所展現出的鋼鐵般意志與莫大的慷慨精神

&

瑪格麗特

致她同情心中的白色怒火，
以及拒絕轉身離開的魄力

前言

黎明前兩小時，我坐在飯店八樓的房間內，往外看著聖費南多谷的燈火，一面整理自己的思緒，一邊等待。洛杉磯早已沉睡，但我還無法入眠。最近發生了太多事，我也離家很遠，身體仍習慣於地球另一端的時區，心中充滿刺激。武・科瓦奇將我帶來這裡，過去二十年，他也帶我去過許多地方，感覺起來，我應該承認這筆人情債。

他在已消逝的上一個千禧年末期飄入我腦海，是個英雄——隸屬一個尚未出現的世界——有如傳統的反英雄般寡言又致命，但又更進一步：武・科瓦奇已經忘了對死亡的恐懼。

就這點看來，他自然離催生自己的神話脈絡沒有多遠。所有英雄人物都對死亡態度輕蔑；他們毫不留情地賜予他人死亡，也無時無刻輕視死亡，最後則像愛人般擁抱死亡。在少部分範例中，他們甚至會死而復生，或至少允諾自己將於某天復活。但科瓦奇超越了這一切——他經常復活，這是他的工作。對這個人和他的同類而言，暴力死亡只是別樣的傷口：你吸收傷害，將之深埋心中，就像具自己得擺脫的軀殼。心裡勢必有疤痕，但你會學著背負這種傷疤……總是有新肉體可用的。

在《碳變》中，我想探索人類意識的數位化；當許多人認為這會成為人類達到物種進化的極致時，我卻覺得這種能力並不能使人類行為改變多少。科瓦奇世界中的碳變科技也許沒有使死亡完全消失，但確實彈性化了死亡。然而，和任何社會一樣，特定人士永遠都比他人更加有力。缺乏整體的社會正義後——我們得面對現實，人類對這點從來都不拿手——這些與死亡的談判將給人間帶來真正的天堂與地獄。

我想，只有特殊的男男女女才能存活於這種環境中。人類得依靠特別的甲冑，才能保存自己僅剩的人性，並給予人性活下去的目標，和用於奮鬥的心力。這得仰賴難以想像的意志力（加上一點尖酸的黑色幽默）。這需要惡魔般的心智。

時勢造英雄。

於是，武．科瓦奇從這些想法中萌生，就像來自陰間、還帶著笑容的黑暗生物。我召喚他出來，並辛苦地在九〇年代一戶離西班牙廣場不遠的老舊馬德里公寓中催生他，使用一臺朋友借我的老舊二代蘋果電腦。噠噠噠——按鍵聲響徹整夜——每個夜晚與周末。當書本終於完稿、召喚完成時，無論我在科瓦奇身上看到了什麼，明顯地，有許多人也都看到了。對一名毫無名氣的類型作家的首部作品來說，《碳變》賣得相當好，還得到了相當優秀的評價。出版後幾個月，就有了電影合約；儘管電影從未被拍攝——我想，好萊塢大片的感官刺激，和本書於人心中喚起的深沉黑暗起了衝突，也無法與之妥協——然而，將本書改編成電影的**想法**，與讀者們對電影的渴求，卻從未消失。同時，我也被邀請到其他國家談論《碳變》、受到熱愛本書的知名人士邀請，在其他媒體中進行全新的工作，還被許多陌生人問過上千個問題，問題內容包括科瓦奇與他的宇宙，以及許多我沒想過的議題。無論我在本書與其英雄上挖掘出了何種精髓，它引起的迴響從未消逝。

當然，如今影響更大——網飛的原創影集，由天空之舞製片公司（Skydance Productions）製作，找來了一群使我感到訝異的一線演員，還有炸藥漫畫公司（Dynamite Entertainment）的全新原創漫畫。我待在這座飯店的八樓，無法入眠，盯著外頭的燈火，等待和想聊聊科瓦奇的人們碰面。《碳變》的傳奇變得生龍活虎——即便是我這二十五年來最狂野的幻想，也無法預見此事。科瓦奇與之共生——他就坐在這裡，在房間另一頭的椅子上面對我，一手拿著酒，另一手則拿著大口徑武器。

他咧嘴一笑，因為他知道自己永生不死。

洛杉磯

二〇一七年十二月十二日

CONTENTS

目次

序章

PROLOGUE

黎明前兩小時，我坐在廚房中，抽著一根莎拉的香菸，一邊聽著漩渦的聲響，一面等待。米爾斯波特（Millsport）城區早已進入夢鄉，但邊境區（Reach）外，水流依然不斷擊打淺灘；波浪聲傳上岸，飄蕩在空無一人的街道上。有團朦朧的水霧從漩渦中逸散出來，薄紗般地落在城市上頭，使得廚房窗戶也蒙罩了一層霧氣。

由於感知到化學警戒，當晚，我第五次盤點武器——它們擺在布滿刮痕的木桌上。莎拉的黑克勒＆科赫（Heckler & Koch）爆裂手槍在昏暗燈光中閃爍著黯淡光芒，槍托上裝置彈匣的空間大大敞開。這是刺客專用的武器，小巧、安靜無聲。彈匣放在槍旁。莎拉在每個彈匣上都纏了絕緣膠帶，以分辨不同的彈藥：綠色是麻醉彈，黑色則是蜘蛛毒素彈，大多數彈匣上纏的都是黑膠帶——前晚，她把綠色彈藥都用在雙子座生化合成公司（Gemini Biosys）的保全人員身上了。

我自己的裝備就不這麼低調。除了體積巨大的史密斯威森（Smith & Wesson）手槍外，還有剩下的四枚迷幻劑榴彈，榴彈周圍的深紅色細線散發著微弱閃光，彷彿隨時會從金屬彈上飛升，和我的香菸所冒出的裊裊煙霧相互繚繞。改造過的化學物質在煙霧中扭曲飄浮，這是我下午在碼頭那弄來的四式冰毒（tetrameth）所產生的副作用。我沒嗑藥時通常不抽菸，但由於某種原因，四冰（tet）總是會激發菸癮。

即便隔著遠處的漩渦巨響，我還是聽到了那個聲音。夜色中傳來的，是螺旋槳葉片快速旋轉的聲響。

我捻熄香菸，對自己的處境感到不怎麼樂觀，走進了臥房。莎拉正在沉睡，單薄的床單勾勒出圓滑的身材曲線。一抹黑色長髮遮住了她的臉，手指修長的手掌則靠在床鋪邊緣。當我站著凝視她時，外頭的寧靜夜空卻瞬時被劃破——哈蘭世界（Harlan's World）的其中一枚軌道衛星，正被射往邊境區測試火力。床上的女子動了一下，撥開遮住視線的髮絲；她水晶般清澈的眼神察覺到我的存在，緊盯著我。

「你在看什麼？」嗓音中充滿了濃厚的睡意。

我露出淺淺的微笑。

「別搞這種把戲，告訴我你在看什麼。」

「看看而已。我該走了。」

她抬起頭，也聽到了直升機的聲響。她臉上的睡意立刻全數消散，隨即在床上坐起身。

「東西在哪？」

這是軍團裡的笑話。我露出見到老朋友般的微笑，指向房間一隅的箱子。

「把我的槍給我。」

「是的，**女士**。黑的還是綠的？」

「黑的。那些人渣和保鮮膜做的保險套一樣不可靠。」

我在廚房裡為爆裂手槍上膛，看了我自己的武器一眼，接著就置之不理，反倒撿起其中一枚H型榴彈，用另一隻手握住它。我停在臥房門口，比較兩手中的不同武器，彷彿在判斷哪個較重。

「妳的假陽具要多增加一些選擇嗎，女士？」

莎拉抬起頭，一縷黑色髮絲從前額上垂下。她正把一雙羊毛長襪拉上閃爍著滑嫩光澤的大腿。

「你有長槍管，小武。」

「尺寸不是……」

——我們同時聽到聲響。外頭的走廊傳來兩陣喀啦聲。我們的目光在空中交會，那瞬間，我從對方眼中看到我自己的驚恐——我把上膛的爆裂槍扔給她。當她高舉起一隻手、迅速抓住槍時，臥房的整片牆壁就轟然一聲地崩塌。我被衝擊波炸到牆角，倒在地板上。

他們肯定用體溫感測器鎖定了我們在公寓裡的位置，再用吸附式地雷炸掉整片牆。他們這次絲毫不敢鬆懈。一個突擊隊員踏進毀損的牆壁，全套毒氣攻擊防具讓他看來身材粗壯，面具上還有昆蟲般的眼孔，戴著手套的雙手正舉著一把卡拉什尼科夫衝鋒槍。

我倒在地上，雙耳依然嗡嗡作響，把H型榴彈丟向他——上頭的插銷沒拔掉，對防毒面具自然沒用，但榴彈飛向他時，他可沒那個時間確認爆裂物的狀態——他用卡拉什尼科夫衝鋒槍的槍托拍開榴彈，踉蹌後退，面具上，玻璃鏡片後的雙眼大睜。

「要爆炸了！」

莎拉俯臥在床邊的地板上，雙臂環住頭部，以防止爆炸衝擊。她聽到喊叫，在這招幫我們爭取到的幾秒內，就立刻探頭，舉起爆裂槍。我可以看到牆外的人影縮了起來，防備著榴彈爆炸。她朝領頭的突擊隊員開了三槍時，我聽見單分子子彈碎片那蚊鳴般的聲響穿透房間。幾近無形的子彈穿過攻擊裝，鑽入護具內的血肉……蜘蛛毒素一滲入他的神經系統，他就發出彷彿用力搬運重物般的呻吟。我咧嘴一笑，準備站起身。

莎拉轉身瞄準牆外的人影，此時第二名突擊隊員擋在廚房門口，用步槍掃射她。

我依然跪在地上，透過化學物質帶來的清晰視野，眼睜睜地見她死去——一切都是如此緩慢，彷彿一幀幀的倒帶畫面。突擊隊員的槍口瞄得很低，壓制了卡拉什尼科夫衝鋒槍知名的超高射速所帶來的後座力。床鋪先垮下，噴出白色鵝毛和碎布，然後是莎拉，她轉身時被擊中，我看到一條腿從膝蓋以下被打成肉泥；接著軀體中彈，蒼白的大腿上，拳頭大的肌肉組織撕扯而出，鮮血淋漓……她在槍林彈雨下倒地。

衝鋒槍逐漸停火後，我立刻起身。莎拉趴在地上，像是試圖隱藏槍彈對她的傷害，但我充滿殺意的雙眼依然看得一清二楚。我毫無自覺地走出牆角，突擊隊員來不及將卡拉什尼科夫衝鋒槍轉向——我撞上他的腰部，擋住了槍，把他撞回廚房。步槍的槍管卡在門框上，迫使他放開了槍。我們倒在廚房的地板上，我聽見武器掉在我身後。藉由四式冰毒賦予的速度與力量，我爬到他身上，打掉一隻狂亂揮舞的手，雙手抓住他的頭……而後我把頭顱開椰子一樣地用力撞向磁磚。

他面罩底下的雙眼突然失焦。我舉起他的頭，再砸了一次，感覺對方頭骨隨著撞擊，溼黏地碎裂開來。我隨著喀啦聲用力輾壓，抓起頭又往下摔。我耳邊響起漩渦般的巨響，也隱約聽到自己咒罵著髒話。當我要砸第四或第五次時，有人往我的肩頰骨間踢了一腳，我面前的桌腳也神奇地向我彈出碎片；我覺得有兩塊碎片刺中了我的臉。

因為某個理由，我心中的怒火迅速消退。我近乎溫和地放下突擊隊員的頭，抬起一隻困惑的手，向臉上被碎片扎到的痛苦部位摸去；此時我才發現自己被射傷了，子彈一定是完全打穿我胸膛後，才擊中了桌腳。我驚訝地往下看，發現暗紅色的血漬滲出上衣。果然沒錯，有個跟高爾夫球一樣大的傷口。

痛苦隨著理解一同浮現——我覺得有人以鋼絲絨通條迅速地刺穿了我的胸腔。我小心翼翼地往上伸手，發現了傷口，並用兩根手指塞住它。指尖刮過傷口處的粗糙碎骨，我也感到某種薄膜組織震動著，碰到其中一根手指。子彈錯過了我的心臟。我發出咕噥，企圖起身，但咕噥轉為咳嗽，舌頭嘗到了血腥味。

「不准動，你這狗娘養的！」

叫聲來自某個年輕人，他的嗓音因為震驚而扭曲。我往前傾，蓋住傷口，看向身後。我後頭的門口，有名身穿警察制服的年輕男子，雙手緊握著剛剛射中我的手槍。他發抖地相當明顯。我又咳了一下，轉回桌邊。

閃爍銀光的史密斯威森手槍還舉在我雙眼的高度，依然留在不到兩分鐘前我擺放的位置。也許因為短短兩分鐘前莎拉還活著，我才得以驅使自己行動……不到兩分鐘前，我能抓起槍，我甚至想過要拿——何不現在動手？我咬緊牙關，手指更用力地壓進傷口，踉蹌地挺直身子。溫暖的血液湧上喉頭。我用空出來的手把自己撐在桌邊，回頭盯著警察。我感覺自己的雙唇離開了緊咬的牙齒，與其說神情凶狠，不如說是露齒一笑——

「別逼我動手，科瓦奇！」

我往桌子又踏近一步，大腿靠著它，齒縫中傳出吸氣聲，喉嚨中則冒著血泡。史密斯威森手槍像黃鐵礦般在受損的木頭上閃爍。邊境區外，有枚軌道衛星發出電能，廚房被藍光所籠罩。我能聽見漩渦的轟隆聲。

「我說不要——」

我閉上眼睛，抓起桌上的槍。

PART 1 ARRIVAL

抵達

NEEDLECAST DOWNLOAD

（針刺傳輸下載）

第一章

死而復生很不舒服。

在特使軍團（Envoy Corps）裡，他們教你儲存前得先放開一切，心無雜念，讓自己漂浮——這是從軍第一天，教官們就逼你死死牢記的第一課。新兵房中，眼神剛毅的維吉尼亞．維達奧拉（Virginia Vidaura）在我們面前踱步，軍團毫無剪裁可言的工作服包裹住她舞者般的身軀。**「別擔心任何事，」**她說：**「如此一來，你就準備好了。」**十年後，我在新神奈川司法機構的監牢中和她再會，她的刑期長達八十年到一世紀，罪名是重武裝搶案與肉體傷害。當他們將她帶離牢房時，她對我說的最後一句話是：**「別擔心，小子，他們會把它存起來。」**接著她低頭點燃一根香菸，將煙霧用力吸進她再也無所謂的肺部，沿著走廊離開，彷彿只是去參加無聊的簡報會議。從牢房房門上的狹窄視角，我看著她走路時的傲氣，誦經般地背誦那句話：

「別擔心，他們會把它存起來。」這是街頭智慧中最兩面刃的一條。它代表了對刑罰制度效率的信心不足，與能使你熬過精神疾病的超脫心態。無論你感覺到什麼、想到什麼，無論自己被儲存時的身分為何，獲釋後，那依然是你。若在高度緊張的狀態下，就可能發生問題。所以你得放鬆，讓心態維持平和。放鬆，然後漂浮。

如果你有時間的話。

我掙扎著爬出水槽，一隻手貼在胸膛上摸索傷口，另一隻手則抓著不存在的武器。重量鐵鎚似地壓垮我，我倒回漂浮膠中。我揮舞雙臂，一邊手肘撞上了槽壁，讓我痛苦地喘氣。大量黏膠灌入我的口中，流進我的喉嚨。我閉緊了嘴，打算抓住艙蓋，但到處都是黏液……它流入我眼中，使我的鼻子和喉嚨感到燒灼般的痛楚，還滑溜地流竄到指間。重量迫使我放開艙口，宛如高度G力動作般壓上我胸膛，把我壓回黏膠中。我的身體在水槽中劇烈地扭動……漂浮膠？我都要**淹死**了。

突然間，我的手臂上傳來一陣強力地拉扯，我邊咳嗽邊被拉成坐直的姿勢。同時，我發覺胸部沒有傷口，還有人拿毛巾粗魯地擦拭我的臉，我終於能看得清楚。我決定稍晚再享受清晰的視野，先專心把水槽裡的黏液排出鼻子和喉嚨。我花了半分鐘坐在原地，低下頭咳出黏膠，並試著理解為何一切都這麼重。

「訓練不過如此。」那是把剛硬的男性嗓音，是司法機構經常出現的類型。「他們到底在特使軍團裡教了你什麼，科瓦克？」

那時我才恍然大悟。在哈蘭世界，科瓦奇是個普遍的名字，每個人都知道該如何發音。這個人卻不知道，他說的是哈蘭世界上使用的亞美聖公語（Amanglic）的變型，但即便如此，他對這名字的發音還是錯得離譜，尾音念的是強烈的k音，而非斯拉夫語系的ch音。

一切都太沉重了。

覺悟穿透我模糊的感官，就像打破毛玻璃的磚塊。

別的世界。

某段期間，他們得到武・科瓦奇（Takeshi Kovacs）（d.h.）[1]並運走他。由於哈蘭世界是微光星系（Glimmer system）中唯一的生物圈，因此得透過星際針刺傳輸（needlecast）——

……去哪？

我抬起頭。發出強光的霓虹燈管被裝在水泥屋頂上。我坐在由一根沉重的金屬圓管所開啟的艙口上，像個在登上雙翼機前，忘了穿衣服的古代飛行員。牆上有將近二十根圓管，我的圓管只是其中之一，面對一道閉合的沉重鋼製門板。空氣相當冷冽，牆壁也沒有上漆。相反地，哈蘭世界的義體重置室被漆成柔和的暖色，助理們也都很漂亮。畢竟，你得還清欠社會的債，他們至少該給你的新生命來個溫暖的開頭。

我面前的人一點都稱不上溫暖。他大約兩公尺高，彷彿在從事目前的工作前，以跟沼澤獵豹搏鬥維生。他胸膛和雙臂上的肌肉盔甲般地鼓脹，上方的頭顱則理了短至頭皮的平頭，露出一道延伸至左耳的閃電型長疤。他穿著寬鬆的黑色上衣，上頭附有肩章，胸口還有軟碟型的標誌。他瞳孔的顏色很配他的衣服，剛硬而冷靜地看著我。幫我坐起身後，他就退出手臂可觸的範圍，遵守規範中的要求。他已經做這種事很久了。

我壓住一邊鼻孔，擤出另一邊鼻孔裡的水槽黏膠。

1 Digital Human，數位人類。

「要解釋一下我人在哪嗎？或者條列一下我的權利？」

「科瓦克，你現在沒有任何權利。」

我抬頭一看，發現他臉上畫出一抹陰鬱的笑容。我聳聳肩，把另一側鼻孔也擤乾淨。

「那想說明我在哪嗎？」

他猶豫了一下，抬頭看了看裝了霓虹燈管的天花板，像是開口前要先確定這條資訊；接著模仿了我的聳肩動作：

「好啊，幹嘛不說？你在海灣市（Bay City），老兄，地球上的海灣市。」陰沉的笑容又出現了。「人類的家鄉。好好享受待在最古老的文明世界的日子吧，恭喜了。」

「別放棄正職。」我嚴肅地告誡他。

醫生帶領我沿著一道白色長廊走，地板上留有推車的橡皮輪胎磨痕。她走得很快，我也必須加緊腳步跟上；我全身上下只包了一條灰色毛巾，水槽黏膠不斷從我身上滴落。表面上，醫生的態度表現了對病人的關心，底下卻埋藏了緊繃。她的腋下和其他部位夾了一疊捲曲的文件。我在想，她一天到底要處理多少次義體安裝？

「接下來的這天你該盡量休息。」她背誦道：「可能會感到輕微疼痛，但很正常，睡眠能解決這問題。如果你經常——」

「我知道。我之前經歷過。」

我不太想跟人互動。我回想起莎拉。

我們停在一道側門邊，毛玻璃上印了「淋浴間」一字眼。醫生扶我進去，看了我一下。

「我之前也用過淋浴間。」我向她保證。

她點頭。「等你洗好，走廊盡頭有座電梯。出院辦理處在下一層樓。啊，警察等著要和你談話。」規範說，應該避免讓剛裝配義體的人接受強烈的腎上腺素衝擊，但她可能讀過我的檔案，不覺得和警察碰面在我的生活中是大事。我試著和她產生相同的感覺。

「他們要幹嘛？」

「他們沒告訴我。」這句話透露了她不該讓我察覺的挫折感。「也許你名聲響亮？」

「或許吧。」我直覺地用新臉孔露出笑容，「醫生，我從沒來過這裡。我是說，來地球。我沒和你們的警察打過交道，我該擔心嗎？」

她看著我，我發現她的雙眼充滿情緒；混合了對失敗的更生人所感到的畏懼、好奇與輕蔑。

「像你這樣的人，」她終於開口，「我想他們才要擔心吧。」

「對，應該吧。」我沉靜地說。

她猶豫了一下，指出方向。「更衣室裡有鏡子。」她說，接著就離開。我往她指的房間望去，不太確定自己是否準備好面對鏡子了。

我在淋浴間裡毫無節奏地吹著口哨，讓心裡的擔憂消退，而後在新身體上抹肥皂。我的義體（sleeve）四十出頭，是保護國（Protectorate）標準肉體，擁有游泳選手般的體格，神經系統中也有疑似軍事用的改造部分——最可能是神經化學性升級，我自己也曾經裝配過。肺部內有種緊縮感，代表尼古丁上癮，前臂上還有些複雜的傷疤；除此之外，我找不到什麼能抱怨的缺點。輕微疼痛和小麻煩之後才會出現，如果你夠聰明，就該學著忍受這些問題。每具義體都有自己的歷史。如果這種事讓你心煩，你就得去合成塔（Syntheta's）或法布里孔公司（Fabrikon）。我用過很多合成義體，假釋聽證會上經常使用這類義體，很便宜，但感覺太像是獨居於冰冷的屋子裡，味覺系統也似乎從未被調整好，吃進的所有東西嘗起來都像咖哩醬配木屑。

更衣室中的長椅上，我發現了摺疊整齊的夏季套裝，鏡子則裝在牆上。衣物堆上有支簡單的鋼製手錶，壓在一封上頭寫有我名字的白色信封上。我深吸一口氣，面對鏡子。

——這總是最難熬的部分。我做這種事接近二十年，但一望向鏡中，就看見一名陌生人回望，還是讓我十分不適。就像從立體圖深處拉出一張影像——剛開始的幾秒鐘，你只能察覺某人透過鏡框在看你；接著，畫面聚焦，你就感受到自己迅速在那張面具後膨脹，吸附於面具內部。這種感覺有如遭受物理衝擊；彷彿某人剪斷了臍帶，但你倆並非一分為二，被切斷的其實是分離感，而現在你則盯著自己的鏡中倒影。

我原地站立，用毛巾擦乾自己，讓自己習慣這張臉孔。這是張白人的臉，對我來說是個改變。我的整體感受是，如果生命中有個最無壓力的場合，那這張臉便從未經歷過。即便因為長期泡在水槽中而導致了典型的蒼白，鏡中的五官看起來依然歷經風霜。臉上到處都有皺紋，濃密又整齊的黑髮中散布著零星的灰色髮絲；雙眼閃著微妙的藍色光澤，左眼下有道淡淡的粗糙疤痕。我抬起左前臂，盯著上頭的傷疤，思索著兩者間是否有關連。

手錶底下的信封包了一張紙。真正的紙。手寫簽名。非常古典。

好吧，你現在位於地球。最古老的文明世界。我聳聳肩，掃視信件，接著穿上衣服，將信對折，放進新的西裝夾克中。我看了鏡子最後一眼，就繫上手錶，出去和警察碰面。

現在是當地時間四點十五分。

等待我的醫生坐在長而彎曲的接待櫃檯後頭，正在填螢幕上的表格。她身旁站了一名外表纖瘦又嚴厲的黑衣男子。房內沒有其他人。

我看了看四周，轉回黑衣人。

「你是警察？」

「在外面。」他指向大門。「這裡不是他們的管區，他們需要特別指示才能進來。我們有自己的保全。」

「那你是？」

他用醫生在樓下看我的同種複雜眼神望著我。「蘇利文（Sullivan）典獄長，海灣市中央監獄（Bay City Central）的長官——就是你目前所在的機構。」

「聽起來你不太樂意放我走。」

蘇利文狠狠地瞪了我一眼。「你是個慣犯，科瓦克。我從不覺得該在你這種人身上浪費優良的肉體。」

我摸摸胸前口袋中的信。「幸好班克勞夫特先生不同意你的說法。他應該派了一臺禮車來接我。車子停在外面嗎?」

「我沒去看。」

櫃檯的某處響起電腦嗶聲。醫生完成了資料輸入;她撕下紙本文件的捲曲邊緣,在上頭幾個地方簽了姓名縮寫,把文件遞給蘇利文。典獄長彎腰看文件,瞇著眼仔細閱讀後,簽下自己的名字,再把文件交給我。

「武・列夫・科瓦克。」他說,和他水槽室中的手下一樣唸錯了我的名字。「憑藉聯合國司法協定賦予我的權力,我將你轉交給羅倫斯・J・班克勞夫特(Laurens J. Bancroft),此期間不得超過六週,之後將重新評估你的假釋期。請在這裡簽名。」

我拿起筆,用別人的筆跡在典獄長的手指旁簽下我的名字。蘇利文將頂端和底部的副本分開,把粉紅色的單據交給我。醫生舉起第二份文件,蘇利文接手。

「這是醫生證明,確認從哈蘭世界司法部門完整無缺地收下武・科瓦奇(數位人類),隨後將他安裝到此具義體上。過程由我與閉路攝影機見證。已附上傳輸訊息細節的磁碟副本與水槽資料。請簽署聲明。」

我抬頭,徒勞無功地找尋任何攝影機存在的跡象……其實沒必要。我第二次簽下我的新簽名。

「這是你必須遵守的租約副本。請仔細閱讀。違反內容的條例將導致你被立刻送回來儲存,要不在這裡完成剩餘刑期，就是司法機關決定的另一處機構。你了解這些條件，並同意受制於它們嗎？」

我拿起文件，迅速閱讀。淨是些標準流程，是我之前在哈蘭世界簽過的半打假釋合同的變化版本。用詞有些僵硬，但內容大同小異——也就是說，都是些鬼話。我眼也不眨地就簽了名。

「好。」蘇利文似乎流失了點剛硬的氣息。「你是個幸運兒，科瓦克。別浪費這個機會。」

他們老說這種話，不煩嗎？

我一語不發地折起文件，將紙張塞進口袋中的信件旁。我轉身離開時，醫生站了起來，遞給我一張白色小名片。

「科瓦奇先生。」

我停下腳步。

「適應上應該不會有大問題。」她說。「這是具健康的義體，你也很習慣這些流程。但**如果**有什麼問題發生，就打這支電話。」

我伸出手，用之前自己沒注意過的機械式精準動作接過小名片。神經化學物質正在發揮效用。我的手將卡片塞入裝了其餘文件的口袋，而後離開，穿過接待臺，隻字未語地推開門板。也許這樣並不禮貌，但我不認為那幢房子裡有任何人曾贏得我的謝意。

你是個幸運兒，科瓦克。當然啦，離家一百八十光年，依六個月的租約穿著另一個男人的身體，被運來做當地警方都不想插手的差事，失敗就得再度被冰封……我踏出門時，覺得幸運得都能開朗唱歌了呢。

第二章

外頭的候客廳相當寬敞，擠滿了人，跟老家的米爾斯波特鐵道站截然不同。由透明薄板組裝起來的長型屋頂下，黏合而成的玻璃地板被午後的陽光折射出琥珀色光芒。幾個孩童正利用出口的自動門玩鬧，還有具孤獨的清潔機器人在牆旁的陰影中埋頭工作。沒有其他事物發出動靜。一群沐浴於日光中的沉默人士，坐在老舊的木製長椅上，正等待著流亡在不同肉體之間的親友歸來。

下載中心。

這些人不會認得被裝入新義體的愛人；只有返家的人能產生重逢之感，就等待他們的人來說，對團圓的期待反而蒙上了一層陰影——害怕自己究竟得重新學習愛上哪張臉孔、哪具身體——或許他們差了好幾個世代，對方來自自己童年的模糊印象，或是家族傳奇。軍團裡有個我認識的人，名叫村上（Murakami），他曾等待過一名在一世紀前被儲存起來的曾祖父，帶著一瓶威士忌和撞球桿當作返鄉禮物前往紐佩斯特（Newpest）。他從小就在神奈川的撞球廳裡聽他曾祖父的故事長大，那傢伙在村上出生前就被關了。

我走下樓梯、踏進大廳時，發現了接待我的團隊。三名高大的人影圍在一張長椅邊，斜照的陽光下，他們不安地晃動，使飄浮在空中的微塵產生小漩渦。第四個人坐在長椅上，雙臂交叉，雙腿前伸。四人都戴著會反光的太陽眼鏡，一段距離之外，他們的臉孔看起來像相仿的面具。

原本就往門邊走的我，完全不打算靠近他們；直到我走過半個大廳，他們才發現這點。有兩人像最近才被餵食過的大貓般，態度輕鬆地走來攔截我。他們身材高大，外型粗獷，蓄著梳理整齊的紅色龐克頭；他們擋在我前方幾公尺處，迫使我要不停下，要不就突地繞過他們。我停下腳步——如果你打算惹惱當地軍方，就不該當個剛被裝進義體的新來客。我試著露出當天第二次笑容。

「我能幫你們什麼嗎？」

兩人中較年長的男子慵懶地對我揮舞一塊警徽，又迅速收了起來，彷彿警徽會在空氣中腐化。「海灣市警局。巡佐要和你談談。」這句話聽起來只說了一半，就像他不願多做客套。我企圖假裝嚴肅地考慮是否要和他們走，但他們清楚我早已是甕中之鱉——你才剛離開水槽一小時，對自己的新義體不夠了解，無法用這具軀體打鬥——我甩開腦海中莎拉的死亡景象，讓自己被護送到坐著的警察身邊。

巡佐是名三十多歲的女子。墨鏡的金色鏡片下，有一副美洲印第安人祖先遺傳給她的顴骨，還有張露出諷刺曲線的寬闊嘴唇。太陽眼鏡架在高聳到能用來開罐子的鼻樑上，不整齊的短髮披散在臉蛋上，前端則豎起尖刺般的髮絲。她穿著過大的作戰用夾克，但底下伸出的、一雙包裹在黑褲中的長腿，則暗示了夾克下的纖細身材。在任何人開口前，她就抬起頭，雙臂交叉地盯了我一分鐘。

「你是科瓦奇，對吧？」

「沒錯。」

「武・科瓦奇？」她的發音很完美。「哈蘭世界來的？從神奈川儲存機構，透過米爾斯波特過來的？」

「這樣吧，等妳說錯了，我再提醒妳。」

墨鏡反射出一段漫長的沉默。巡佐稍微放鬆手臂，檢查一隻手掌的側面。

「你有要幽默的執照嗎？科瓦奇？」

「抱歉，忘在家裡了。」

「你來地球幹嘛？」

我不耐煩地揮了揮手。「妳早知道了，不然人就不會在這裡。妳有話要對我說，或者只是帶這些小子來教育訓練？」

我感到有隻手抓住我的上臂，加緊握力。巡佐用手做了個難以察覺的小動作，我身後的警察就放手了。

「冷靜點，科瓦奇。我只是在講話。對，我知道羅倫斯・班克勞夫特放了你。事實上，我是來送你到班克勞夫特住處的。」她突然前傾，站了起身。她一站直，就幾乎和我的新義體一樣高大。「我是有機傷害部（Organic Damage Division）的克莉絲汀・奧特嘉（Kristin Ortega）。班克勞夫特的案子之前在我手上。」

「之前？」

她點點頭。「已經結案了，科瓦奇。」

「這是警告嗎？」

「不，只是事實。明顯的自殺案。」

「班克勞夫特似乎不這麼覺得，他聲稱自己遭到謀殺。」

「對，我聽說了。」奧特嘉聳聳肩。「好吧，那是他的權利。我猜對那樣的人來說，很難相信自己居然把頭轟掉了。」

「哪樣的人？」

「噢，少來——」她停下來，對我露出微笑。「抱歉，我一直忘記。」

「忘記什麼？」

又是一段沉默，但在我們簡短的會面中，克莉絲汀·奧特嘉似乎首度露出了破綻。她再次開口時，語氣中有些猶豫。「你不是這裡的人。」

「所以？」

「任何當地人都會知道羅倫斯·班克勞夫特是怎樣的人。僅此而已。」

我對有人會如此拙劣地向陌生人撒謊感到驚奇，便試著讓她輕鬆點。「是有錢人吧，」我猜，「有勢力的人。」

她淺淺一笑。「你遲早會懂……你到底要不要被載？」

我口袋裡的信中說有個司機會在中心外頭接我，班克勞夫特沒提到任何警察。我聳聳肩。

「我還沒拒絕過免費便車。」

「好。那走吧？」

他們在我兩旁步行，走到門邊，保鑣似地先走出去，頭部挺直，戴著墨鏡的雙眼掃視四周。奧特嘉和我一起走出門口，陽光的溫度灑上我的臉。強光下，我瞇起新的雙眼，看到缺乏維修的停機坪另一側、鐵絲網後方，有一群方正的建築。它們是枯燥的米白色，可能是原本千禧年前的建物。在怪異的單色牆壁之間，我能看見灰色鐵橋的一部分，橋墩延伸到陸地上、視野之外。同樣乏味的飛行船與地面的車輛不太整齊地排列。強風猛然一吹，我嗅到某種開花雜草傳來的淡淡氣味，它們長在停機坪旁的裂隙中。遠處則有令人熟悉的車潮噪音，但其他事物感覺起來都像時代劇的布景。

「……我告訴你，世上只有一**位**判官！不要相信科學家的話……」

我們從出口走下階梯時，被操控地亂七八糟的擴音器，發出了尖銳的噪音，擊中我們。我望向停機坪，看見一群人聚集在一名站在貨箱邊的黑衣男子前。立體標語影像在聽眾頭頂瘋狂搖晃。**對六五三法案說不！只有上帝能復活！數位人類載具**（D.H.F.：Digital Human Freight）**＝死亡**。歡呼聲蓋過了演講者的音量。

「這是在幹嘛？」

「天主教徒。」奧特嘉噘起嘴，「舊時代的宗教團體。」

「是嗎？從沒聽說過。」

「當然，你不可能聽說過的，他們不相信能在不失去靈魂的狀況下將人類數位化。」

「這宗教不太普及吧？」

「只在地球上。」她酸溜溜地說。「我想梵諦岡——就是他們的中央教會——贊助了幾艘太空船前往星墜（Starfall）與拉蒂默（Latimer）——」

「我去過拉蒂默，但從來沒碰上這種場合。」

「那些船是世紀交替時出發的，科瓦奇。還要數十年才抵達得了目的地。」

我們繞過集會人群，一名頭髮緊緊往後梳的年輕女子塞給我一張傳單。她的動作太過突然，觸發了我義體不安的反射神經，我在控制住身體前，做出了格擋的動作。眼神堅定的女子站在原地，遞出傳單；我露出安慰性的笑容，接了過來。

「他們沒有權利。」女子說。

「噢，我同意……」

「只有吾主上帝能拯救你的靈魂。」

「我——」但這時克莉絲汀．奧特嘉把我穩穩地拉走，一手拽著我的手臂，她肯定練習了這動作不少次。我禮貌但同樣堅定地甩開她。

「我們很忙嗎？」

「沒錯，我想我們有更重要的事得做。」她抿起嘴說，往後看著她不斷拒絕傳單的同事們。

「我可能想跟她說話。」

「是嗎？在我看來，你想劈斷她的喉嚨。」

「那是義體的反應。我猜裡頭以前安裝了某種神經化學機制，而她觸發了反射動作。妳知道，大多數人在下載完成後，都會躺下休息好幾小時。我有點不適應。」

我盯著手中的傳單。**機器能拯救你的靈魂嗎？**它浮誇地質問我。「機器」，這字眼被設計成好似古代電腦螢幕上的字體。「靈魂」則以立體字母寫成，躍動於頁面上。我將它翻過來看答案。

不能!!!

「所以長期冬眠沒有問題，但數位人類載具就不行……真有趣。」我往後看了看發亮的告示牌，一邊沉思。「六五三法案是什麼？」

「目前聯合國法庭正在審理的法案。」奧特嘉簡短地解釋。「海灣市檢察官辦公室想傳喚某個被冷藏的天主教徒，她是重要證人。梵諦岡說她已經死亡，也與上帝同在。他們稱呼此舉為褻瀆。」

「我懂了。所以你們這地方很虔誠。」

她停下腳步，轉身面對我。

「科瓦奇，我討厭這些該死的怪胎。兩千五百年來，他們大多時間都在干擾我們。他們比歷史上的任何組織都造成過更多苦難。你知道，他們甚至不讓信徒使用**生育控制**；老天爺，過去五世紀，他們還阻撓每項重大的醫療突破。你唯一能稱讚他們的，就是 D.H.F. 議題禁止了他們和其他人類一同擴散。」

載我的車居然是臺老舊但外型瀟灑的洛克希德－三苫飛艇（Lockheed-Mitoma），上頭漆的應該是警方的配色。我在夏雅（Sharya）開過洛—三載具，但那些載具整體都塗了能反射雷達訊號的暗沉黑色，對比之下，顯得這臺飛艇上的紅白條紋相當華麗。一名和奧特嘉的手下一樣，戴著墨鏡的飛行員動也不動地坐在駕駛艙內。我們登上座艙時，奧特嘉就敲了敲艙門，渦輪引擎便發出悄聲說話般的嗡鳴。

我幫其中一個龐克頭關上艙門，讓自己在飛行器升空時站穩，並找到一個靠窗的座位。我們往上盤旋時，我彎下脖子，讓底下的人群停留在我的視線中。飛艇上升了大約一百公尺，接著機首微微下降。我坐回座位，發現奧特嘉正看著我。

「還很好奇嗎？」她說。

「我覺得自己像觀光客。可以回答我一個問題嗎？」

「如果我知道答案的話。」

「這個嘛，如果這些人不做生育控制，那他們一定有大量同類，對吧？而這些日子以來，地球並不算熱鬧，所以……他們為何沒有掌權？」

奧特嘉和她的手下們交換了不友善的笑容。「被儲存了。」我左邊的龐克頭說。

我拍了後頸一下，接著思索這動作有什麼意義。畢竟，那是皮質暫存器（cortical stack）的標準安裝位置，但流行語不見得有如此直接的涵義。

「儲存，當然。」我環視他們的臉孔。「他們沒有特殊豁免權嗎？」

「沒有。」由於某種原因，這段簡短的對話似乎讓我們成了朋友。他們放鬆下來，同一個龐克頭繼續解釋：「對他們來說，十年或三個月都一樣，每次都像死刑。他們從來不離開暫存器——天真的傢伙，對吧？」

我點點頭。「很有秩序。那身體怎麼辦？」

我對面的男子做了個丟棄的手勢。「賣掉，或拆解開來，移植用。取決於家屬的決定。」

我轉身望著窗外。

「有問題嗎，科瓦奇？」

我面對奧特嘉，臉上露出一抹笑容。我覺得自己越來越擅長做出這般表情了。

「不，不。我只是在思考，這裡像是個不同的星球。」

這讓他們開懷大笑。

日觸宅邸（Suntouch House）

十月二日

武先生：

當你收到這封信時，你一定會感到有些不適。我對此致上深深的歉意，但有人向我保證，你接受的特使軍團訓練足以使你應付這種情況。同樣地，我向你擔保，如果我的情況並非如此急迫，我絕對不會讓你碰上這類問題。

我的名字是羅倫斯．班克勞夫特。由於你出身殖民地，這個名字對你而言也許沒有意義。一言以蔽之，我在地球是個有錢有權的人，也因此樹立了不少敵人。六週前我遭到謀殺，警方由於自身理由，決定將之歸類為自殺。既然兇手失敗了，我只能猜測他們還會繼續嘗試；在警方消極的態度下，對方將很可能成功。

你一定在想，這些事和你有什麼關係，為何你會從一百八十光年外的儲存器中被拖出來，處理這種當地事務。我的律師團建議我雇用私家偵探，但由於我在國際社會中的知名度，我無法信任任何當地人。瑞琳．川原（Reileen Kawahara）告訴了我你的名字，我聽說你八年前曾為她在新北京處理過某些工作。我一查到你的下落，接著的兩天內，特使軍團就在神奈川發現你了，但儘管你受到釋放，再加上接下來的工作，他們依然無法給予任何任務上的保證或援助。據我所知，你獨立行事。

你的釋放條件如下：你簽署了為我工作、為期六週的合約；每次合約到期時，如果必要，我能選擇更新合約。這段期間內，我會負擔你調查所需的所有經費。再者，我也會負擔此期間內的義體租約費用。如果你成功完成調查，你在神奈川剩餘的冷凍刑期——一百一十七年又四個月——便會中止，你也會被轉移到哈蘭世界，並立刻安裝入你自行選擇的義體中。或者，我也可以付清你目前在地球上使用的義體的餘額，你還能成為聯合國公民。無論選擇哪種方案，你都會收到十萬聯合國幣，或是幣值相等的貨幣。

我相信這些條件相當優渥，但我必須強調，我並非能被小覷的人物。如果你調查失敗，我也被殺，或是你以任何方式企圖不履行合約，義體租約便將立刻中止，你也會被重新儲存，在地球完成你的刑期。任何你觸犯的法律會被累加在刑期中。如果你一開始就不願接受我的合約，你也會被立即儲存，不過在這種狀況下，我亦無法送你回哈蘭世界。

我希望你把這個安排視為一次轉機，並同意為我工作。在此前提下，我派了名司機去儲存中心接你。他的名字是克提斯（Curtis），是最受我信任的員工之一。他會在釋放大廳中等你。

我期待在日觸宅邸中與你會面。

羅倫斯·班克勞夫特敬上

第三章

日觸宅邸恰如其名。我們從海灣市沿著海岸往南飛，直到引擎聲改變，讓我察覺我們已經抵達了目的地。此時，透過右側窗口射入的光線，隨著太陽往海洋西下，轉為溫暖的金色。我們開始下降時，我往窗外看去，發現底下的海浪呈現融化般的黃銅色，頭頂的天空則是琥珀色，就像降落在一罐蜂蜜中。

飛艇往側邊滑行，機身傾斜，我得以一覽班克勞夫特宅邸。修剪整齊的綠樹與碎石由海邊蔓延開來，整齊地圍繞一幢大到足以容納一支小型軍隊的大宅；屋頂鋪了瓦片，牆面被漆成白色，屋頂則是珊瑚般的淺橘紅色。假若裡頭真有軍隊，在空中也無法看見。班克勞夫特安裝的任何保全系統都非常低調。我們的高度降低時，我看到地面遠處的通電柵欄的模糊輪廓；完全不影響由屋內看出的視野，設計非常優秀。

距離其中一塊完美草皮上空幾公尺時，飛行員以似乎不必要的猛烈力量踩下著陸剎車。飛艇打著顫，我們在碎開的草皮上用力降落。

我對奧特嘉投以怪罪的眼神，她則置之不理。她打開艙門，爬出去。過了一會兒，我跟著她踏上被破壞的草皮。我用鞋尖戳著破碎的草葉，並在渦輪引擎的巨響中大喊：「為什麼要這樣做？

就因為班克勞夫特不認為自己是自殺，你們這些傢伙就氣他嗎？」

「不。」奧特嘉審視著我們面前的房屋，像是她打算搬進去。「不，那不是我們氣班克勞夫特先生的原因。」

「要告訴我嗎？」

「你是偵探，自己想吧。」

一名年輕女子從房屋一側出現，手上拿著網球拍，踏過草皮向我們走來。她走到二十英呎外，便停下了腳步，把球拍夾在腋下，用雙手罩住嘴巴。

「你是科瓦奇嗎？」

她擁有陽光海灘美女的氣質，身上的運動短褲與緊身衣完美地展現出身材曲線。當她移動時，金髮磨蹭著她的雙肩，叫喊的動作也讓人瞥見乳白色的貝齒。她的前額和雙腕上戴著吸汗帶，從她眉間的汗珠看來，這些用品並非只是裝飾。她的雙腿肌肉線條優美，舉起雙臂時，二頭肌也顯著地突起；豐滿的胸部被擠壓在緊身衣的布料下……我在想這具身體是否屬於她。

「對！」我回喊：「武．科瓦奇，我今天下午被釋放！」

「你應該要在儲存中心與人碰面。」這句話的語氣有如控訴。我無助地攤手。

「這個嘛，我本來要那樣做。」

「不是跟警方碰面。」她走向前，雙眼盯著奧特嘉。「妳，我認得妳。」

「我是奧特嘉巡佐。」奧特嘉說，宛如身在花園派對。「海灣市有機傷害部。」

「對。我想起來了。」語氣充滿了敵意。「我想，就是妳讓我們的司機由於某種捏造的排氣問題而被臨檢吧。」

「不，那是交通控制部，女士。」警探禮貌地說。「我在該部門沒有指揮權。」

我們面前的女子冷笑一聲。

「噢，我很相信，巡佐。我也確定妳沒有朋友在那個部門工作。」她的語調轉為責難。「妳知道，我們在太陽下山前就要讓他被釋放。」

我斜眼瞄著奧特嘉的反應，但她一語不發。她老鷹般的嚴厲態度毫無變化。我大半心思都在注意那女子的冷笑——那是醜惡的動作，屬於更蒼老的臉孔。

房屋邊有兩名肩上掛著自動武器的高大男子。自我們抵達後，他們就站在屋簷下監視，而現在他們離開陰影，往我們走來。從年輕女子微瞠的雙眼看來，我猜她是用體內麥克風喚來他們的。真厲害。在哈蘭世界，人們還是避免將硬體設備植入身體，不過地球上似乎心態不同。

「妳在這裡不受歡迎，巡佐。」年輕女子用冷冽的語氣說道。

「我正要離開，女士。」奧特嘉沉重地說。她出其不意地拍了我肩膀一下，輕快地走回飛艇。走到一半，她突然停下腳步並轉身。

「對了，科瓦奇，我差點忘了，你會需要這些東西——」

她把手指伸入胸前的口袋，把一個小盒子拋給我。我反射性地抓住它，往下看。是香菸。

「再會了。」

她走回飛艇，用力甩上艙門。透過玻璃，我發覺她還看著我。飛艇全速起飛，地面傳來一陣震動；飛艇往西飛向海面時，在草皮上撕扯出一道凹痕。我們看著它飛出視野。

「真迷人。」我身邊的女子自言自語地說。

「班克勞夫特太太？」

她轉過身。從她臉上的神情判斷，我在這裡並不比奧特嘉受歡迎多少。她看到了巡佐展現同僚情誼般的動作，對此感到不滿。

「我丈夫派了車去接你，科瓦奇先生。你為何沒有等它？」

我拿出班克勞夫特的信。「上頭說車子會在外面等我，它沒來。」

她試圖從我手中拿走信，但我把信移到她的可觸範圍外。她面對我，滿臉通紅，胸部令人分心地起伏……他們把義體放入儲藏槽時，義體會繼續製造賀爾蒙，好像你只是在睡覺——我立刻發現自己像即將炸開的水管般硬挺地勃起。

「你應該等。」

我依稀記得，哈蘭世界有零點八的G力。我突然感到令人不適的沉重。我吐出充滿壓力的一口氣。

「班克勞夫特太太，要是我等了，現在就還在原地。我們可以進屋嗎？」

她的雙眼睜大了點，我則突然從她眼中看出她真正的年齡。接著她目光下垂，把持住自己。當她再度開口時，語氣就柔順多了。

「對不起，科瓦奇先生，我忘了應有的態度。如你所見，警方毫無同情心。狀況令人心煩，我們也都有些緊張。如果你能想像——」

「其實不必解釋。」

「但我很抱歉。通常我的表現不會如此，我們都不會。」她指向四周，彷彿在說身後的兩名武裝警衛平常拿的是花圈。「請接受我的道歉。」

「當然。」

「我丈夫在濱海休息廳等你。我立刻帶你過去。」

屋裡明亮又通風。一名女僕在陽臺門口等我們，並一語不發地接過班克勞夫特太太的網球拍。我們沿著一條掛滿藝術品的大理石走廊走，以我毫無經驗的眼光看來，這些藝術品看起來很老舊——加加林[2]與阿姆斯壯的素描、康拉德·哈蘭（Konrad Harlan）與安基恩·強德拉（Angin Chandra）的同情者風格（Empathist）肖像。畫廊盡頭，放在一根臺座基柱上的，是某棵像是從崩塌的紅色石塊上長出的細窄樹幹。我停在它前方，班克勞夫特太太則從她原本左轉的轉角走回來。

「你喜歡嗎？」她問。

「很喜歡。這是從火星來的，對吧？」

2　Yuri Gagarin，尤里·加加林，俄國太空人，亦是首位進入太空的太空人。

我從眼角察覺她的表情顯露某種變化，她正在重新評估我。我轉身，仔細看她的臉。

「我很佩服。」她說。

「大多數人都佩服，有時候我也會翻筋斗。」

她瞇眼望著我。「你真的知道這是什麼嗎？」

「老實說，不知道。我以前對結構藝術很有興趣。我看過石塊的照片，但……」

「這是歌戟樹（Songspire）。」她繞過我身旁，用手指撫摸其中一根筆直的樹枝。樹枝發出微弱的嘆息聲，宛如櫻桃與黃芥末的香味則飄入空中。

「它是活的嗎？」

「沒人知道。」她的語氣突然出現某種我較為欣賞的熱忱。「它們在火星上會長到一百公尺高，有時樹根會長得跟這棟房屋一樣寬。你可以聽見它們綿延數公里的歌聲，香氣也隨之而來。從腐蝕的痕跡看來，我們認為這種樹大多都至少有一萬年的歷史了。這棵可能只是出生在羅馬帝國建國初期而已。」

「一定很貴吧。我是說，帶它回地球的成本。」

「錢不是問題，科瓦奇先生。」她的面具再度歸位。該走了。

我們加快腳步，走下左邊的走廊，或許是為了彌補我們之前意料之外的止步。每踏一步，班克勞夫特太太的胸部就在緊身衣布料下搖晃，我則陰鬱地看著走廊另一側的藝術品。更多同情派的作品，安基恩．強德拉將她纖細的手靠在一枚火箭的堅挺陽具型船身上。這也無法幫助我冷靜。

濱海休息廳蓋在宅邸西側。班克勞夫特太太帶我從一道不顯眼的木門走進房內，我們一踏進門，陽光就直射入我們眼中。

「羅倫斯，這位是科瓦奇先生。」

我抬起手，遮住眼前的強光，發現濱海休息廳有座裝有可滑式玻璃門板的樓中樓，玻璃門連接到陽臺。有名男子靠在陽臺上，他一定聽見了我們進房的聲音；現在想想，他肯定聽見了警方飛艇抵達的聲響，也知道這聲音的意義，但他依然待在原處，瞭望海洋。起死回生有時會讓你產生疏離感，也或許只是傲慢。班克勞夫特太太點頭示意我向前，我們便走上用跟房門同樣材質的木頭做成的階梯。這是我首次注意到牆壁上的書架，它塞滿了書。陽光在書背上撒下橘色的光暈。

我們走到陽臺上，班克勞夫特轉身面向我們。他手上有一本書，手指夾在闔起的書頁之間。

「科瓦奇先生。」他換手拿書，以便握我的手。「真高興，終於見到了你。你覺得新義體如何？」

「不錯，很舒適。」

「對，我不清楚細節，但我要我的律師們找某具……適合的義體。」他往後看，彷彿在找尋奧特嘉那地平線上的飛艇。「我希望警方沒有太多管閒事。」

「這倒不會。」

班克勞夫特看來像個愛好閱讀的人。哈蘭世界有位很受歡迎的體感明星，名叫亞連・馬利奧特（Alain Marriott），他以扮演充滿男子氣概的奎爾派（Quellist）哲學家而聞名；在殖民年代早年的獨裁政權中，那個角色可是製造了不小的動盪。馬利奧特對這名奎爾派分子的詮釋是否精準自然令人質疑，但那是部好片，我看了兩次。班克勞夫特的外貌非常像演出那角色的馬利奧特的年長版本——他身材纖瘦優雅，滿頭的鐵灰色髮絲被他往後梳成馬尾，一雙漆黑的眼則透露出剛毅的目光。他手中和架上的書本，則像是他強大心智的自然延伸，而這種意志正透過那雙眼睛往外瞧。

班克勞夫特漫不經心地碰了一下他妻子的肩膀；以我目前的狀態而言，這個動作幾乎使我激動得落淚。

「又是那個女人，」班克勞夫特太太說。「巡佐。」

班克勞夫特點頭。「別擔心，米麗安（Miriam）。他們只是在打聽風聲。我警告過他們我會這樣做，他們卻仍無視我的意見。好吧，現在科瓦奇先生已經抵達，他們終於認真地看待我了。」

他轉向我。「在這件事情上，警方對我的幫助並不大。」

「對。明顯地，這就是我人在這裡的原因。」

我們彼此打量；我思考著自己是否對這男人感到生氣。他把我拖過大半個殖民宇宙，將我塞進新身體，還給了我沉重到無法拒絕的任務。有錢人老是這樣，他們有權力，也看不出為何不使用這股力量。男男女女都只是商品，無異於其他事物。儲藏他們、運送他們、倒出他們——請在下面簽名。

另一方面，日觸宅邸裡目前沒人念錯過我的名字，我其實也別無選擇。還有金錢問題。比起莎拉與我在米爾斯波特的溼體（wetware）走私上預期賺到的錢，十萬聯合國幣多出了六、七倍。聯合國幣是世上最穩固的貨幣，通行於保護國境內的任何國家。

那當然值得你壓下脾氣。

班克勞夫特又稀鬆平常地輕碰了他妻子一下，這次碰她的腰，推走她。

「米麗安，請妳讓我們獨處一陣子。我確定科瓦奇先生有很多問題，對妳來說可能很無聊。」

「其實，我可能也要問班克勞夫特太太一些問題。」

她已經往回走向室內，但我這句話讓她在半途停下腳步。她把頭歪向一邊，來回看我和班克勞夫特。她丈夫在我身邊動了一下。他不想。

「或許我之後再和妳談，」我補充道。「個別會面。」

「好，當然。」她的目光與我交會，接著轉向別處。「我會待在地圖室中，羅倫斯。等你結束了，再派科瓦奇先生過來。」

我倆目送她離開，當房門在她身後關上時，班克勞夫特便揮手示意我坐上陽臺的其中一張休閒椅。椅子後頭有架對準地平線的古老天文望遠鏡，上頭積滿了灰塵。時代感像斗篷般籠罩在我身上，我帶著些許不安坐下。

「請別認為我是沙文主義者，科瓦奇先生。在維持快兩百五十年的婚姻後，我和米麗安已變得相敬如賓。如果你獨自和她討論的話，會更好一些。」

「我了解。」這算是簡化過的事實，但這般回答即可。

「你想喝些什麼嗎？酒精飲料？」

「不，謝謝你。果汁就行了，如果有的話。」隨著下載過程而來的顫抖開始浮現，我的雙腳與手指發癢起來，我覺得這是尼古丁成癮的症狀。除了從莎拉那弄來的奇怪香菸外，我在前兩具義體中都戒了菸，我也不想再破壞這習慣。酒精最可能搞砸我的生活。

班克勞夫特把手疊上大腿。「當然有，我讓人送來。好了，你想從哪裡開始？」

「也許我們該先討論你的期望。我不知道瑞琳．川原跟你說了什麼，或是特使軍團在地球上持有哪種資料，但別期待我會創造奇蹟；我又不是魔法師。」

「我明白。我仔細閱讀過軍團的文件。瑞琳．川原也只告訴我你很可靠，但有些挑剔。」

我記得川原的手段，以及我自己對那些個手段的反應——挑剔？最好是啦。

我照樣告知他標準流程。對一位已經簽約的客戶自薦，還挺好笑的。輕描淡寫自己的能耐也很有趣。罪犯社群並不講究謙遜，你爭取大筆金援的方式，是大量吹捧自己原有的名聲。如今的方式則比較像在軍團裡——擦得光亮的長桌上，維吉尼亞．維達奧拉列舉出團隊成員們各自的長處。

「特使訓練是為聯合國殖民特戰隊所設計的。這不代表……」

——不代表每名特使都是特戰隊。不，不見得，但士兵又算是什麼？有多少特種部隊訓練被刻畫在肉體上，又有多少被心靈所吸收？如果兩者分離，又會發生什麼事？

用通俗的話來說，太空很大。殖民地（Settled Worlds）中最近的星球距離地球五十光年，最遙遠的殖民地則有四倍遠，有些殖民船甚至還在前往目的地的旅途上。如果有某些瘋子開始動用戰術核彈，或其他對生物圈造成威脅的裝置，你該怎麼辦？你可以透過超空間針刺傳輸（hyper-spatial needlecast）傳送資訊，速度接近即時發送，因此科學家們還在討論該使用別的專有名詞；不過，引用奎爾克里斯特・福克納（Quellcrist Falconer）的話來說，這可無法部署他媽的軍團。即便你在麻煩一開始時就派出運兵船，當陸戰隊終於抵達時，也只會恰好碰上勝利者的孫子。

可不能這樣治理保護國。

好，你能數位化特戰隊的心智，並傳送出去。參與人數的多寡早已不再影響戰爭，五百年來，都是頗富機動性的小型游擊隊拿下多數軍事勝利。你甚至能把特戰隊員的數位人類載具，直接注入擁有作戰訓練、強化神經系統，和內建類固醇的軀體中——接著你又該如何？

他們處在自己不熟悉的身體裡，與不認識的星球上，為一群陌生人抵抗另一群陌生人，也可能從未聽聞紛爭的起因，也不可能理解原由。氣候不同，語言和文化不同，野生動物與植被也不同，大氣更是不同……該死，連**引力**都不一樣。他們什麼都不知道，即便你讓他們下載當地知識，要把這麼大量的資訊輸入腦中也得花很長一段時間，而他們早該在被安裝入義體後的幾小時內，就為他們的生命奮鬥了。

這就是特使軍團的專長。

神經化學改造、生化機械介面、能力強化——這些都是**身體**上的變化，大多與純粹心智毫無關聯，而要傳輸的就是純粹心智。他們使用地球上的東方文化，那數千年來使用的心理靈性技術，將之淬煉成訓練系統，內容相當完備，使得在大部分星球上，此技術的使用者都被法律禁止擁有政治或軍事職位。

不，不只是士兵；不完全是。

「我透過吸收來作業。」我以此作結。「無論我接觸到什麼，都會摸清對方的一切，好執行任務。」

班克勞夫特在座位上動了一下，他不習慣被訓話。該開始辦正事了。

「誰找到你的屍體的？」

「我的女兒，奈歐蜜（Naomi）……」

每當有人打開底下房間的房門時，班克勞夫特就停下話語。一會兒之後，剛剛服務米麗安·班克勞夫特的女僕拿著托盤走上陽臺階梯，上頭放著冰冷的水壺和高腳杯。就像其他住在日觸宅邸的人，班克勞夫特似乎也裝了體內擴音器。

女僕放下托盤，在機器般的沉默中裝滿杯子，而後在班克勞夫特簡短的點頭後離開。他無神地盯著離開的女僕好一陣子。

死而復生。可不是在開玩笑。

「奈歐蜜？」我溫和地問他。

他眨了眨眼。「噢，對。她衝進這裡，想討些東西。可能要拿其中一臺禮車的鑰匙吧。我想，我是個過度寵愛小孩的父親，奈歐蜜則是我最小的孩子。」

「多小？」

「二十三歲。」

「你有很多孩子？」

「對，沒錯。非常多。」班克萊微微一笑。「當你有錢有閒時，孩子降臨在這世上，就會帶來莫大的喜悅。我有二十七個兒子和三十四個女兒。」

「他們和你住在一起嗎？」

「奈歐蜜大多時候都是，其他人則來來去去；大都有自己的家庭了。」

「奈歐蜜的狀況如何？」我降低語氣中的尖銳。發現自己的父親少了頭，並不是展開一天的最好方式。

「她還在接受心理手術。」班克勞夫特簡短地說。「但她會康復的。你需要和她談談嗎？」

「目前不用。」我從椅子上起身，走向陽臺門口。「你說她衝進這裡——這裡就是案發現場？」

「對。」班克勞夫特和我一同走到門邊。「有人跑進來，用粒子爆能槍炸掉了我的頭；你可以在那塊牆面上看到燒痕……就在書桌邊。」

我走進室內，走下樓梯。書桌由沉重的鏡木（mirrorwood）製成——他們肯定將鏡木的基因碼從哈蘭世界運了過來，在這裡種植鏡木。對我來說，這就跟大廳中的歌戟樹一樣特異，品味也更令人質疑。哈蘭世界的鏡木生長在三塊大陸上，米爾斯波特的所有運河酒館中，都有用這種材料打造的吧臺。我繞過書桌，檢視灰泥牆面。白色牆面上布滿凹洞，以及光束武器留下的典型黑色焦痕。燒痕從頭部高度出現，接著往下延伸出短弧形。

班克勞夫特待在陽臺上。我抬頭望向他被陰影籠罩的臉。「這是房內唯一的開火跡象？」

「對。」

「沒有其他物品被破壞、毀損，或是移動嗎？」

「不，完全沒有。」他明顯地想再多說些什麼，但他在等我先問完話。

「警察也在你身旁發現了武器？」

「對。」

「你擁有能造成這種效果的武器嗎？」

「有。那是我的武器，我把它放在書桌下的保險櫃裡，保險櫃有指紋辨識系統。他們發現保險櫃被打開，卻沒有其他物品被移動——你想看看裡面嗎？」

「現在不用，謝謝。」我從經驗中學到，鏡木家具有多難移動。我掀起書桌下的地毯一角。底下的地板有道幾乎不可見的縫隙。「誰的指紋能打開保險櫃？」

「米麗安和我。」

我們之間出現一段漫長的沉默。班克勞夫特嘆了口氣，聲音大到傳過房內。「來吧，科瓦奇，說出來。每個人都講過了——不是我自殺，就是我太太謀害我——沒有其他合理的解釋。打從他們自惡魔島的儲存槽拉我出來後，我就一直聽到這類說法。」

在我和他目光交會前，我仔細端詳了房間週遭。

「嗯，你得承認，這樣讓警察比較好辦事。」我說。「簡單易懂。」

他哼了一聲，但聲音中卻帶著笑意。儘管我對他有所成見，卻發現自己開始喜歡他。我站起身，走回陽臺、靠上欄杆。外頭有名黑衣人在底下的草皮上來回踱步，武器掛在左側。遠距離外的通電柵欄發出閃光。我往那個方向眺望了一陣子。

「很難相信有人能闖進這裡，躲過所有保全，打開只有你和你太太能開啟的保險箱，再殺了你，期間還沒引起任何騷動……你是個聰明人，所以一定有相信的理由。」

「噢，的確。我有好幾個理由。」

「警方選擇了忽視。」

「對。」

我轉身面對他。「好吧，說來聽聽。」

「你正看著理由，科瓦奇先生。」他站在我面前。「我就在這裡，我回來了。單單毀掉皮質暫存器，是殺不了我的。」

「你有遠端存檔器——當然，不然現在就不在這裡了——多久更新一次？」

班克勞夫特露出微笑。「每四十八小時一次。」他拍拍後頸。「直接從這裡針刺傳輸到位於惡魔島的賽查科技（PsychaSec）據點中的防護暫存器。我甚至不須思考，傳送就會完成。」

「他們也把你的複製人冷藏在那裡。」

「沒錯，我有很多具義體。」

——萬無一失的永生。我坐著對此思考了一陣子，想像自己會如何運用這種技術，思索自己

會不會喜歡這種生活。

「一定很貴吧。」我最後開口。

「其實不會，我擁有賽查科技。」

「噢。」

「你看，科瓦奇，我和我太太都不可能扣下扳機。我倆都知道，光那樣是殺不死我的。無論可能性有多低，兇手一**定是**陌生人，一個不知道遠端存檔的人。」

我點頭。「好吧，還有**誰**知道這件事？讓我們縮小範圍。」

「除了我家人？」班克勞夫特聳聳肩。「我的律師歐穆・裴斯考（Oumou Prescott），她的幾位法律助理，賽查科技的董事長。就這樣了。」

「當然，」我說，「自殺很少是理性的舉動。」

「對，警方也這樣說。他們用這個理由解釋自身理論中的所有小漏洞。」

「哪些漏洞？」

這就是班克勞夫特之前想說的。他急促地將一切傾吐而出：「像是我走了兩公里的路回家，還自己走進宅院範圍，然後在自殺前重新調整生理時鐘。」

我眨了眨眼。「——你說什麼？」

「警方發現一艘飛艇降落在日觸宅邸兩公里外的痕跡，剛好就位於宅邸的安全監視系統的範圍外。更湊巧的是，當時上頭正好沒有衛星。」

「他們檢查過計程車資料碟嗎？」

班克勞夫特點點頭。「有，他們還是檢查了。西岸法律不要求計程車公司隨時追蹤飛艇隊的下落。當然，有些更有聲譽的公司會記錄，但也有不留紀錄的。有些公司甚至以此為賣點，顧客保密度之類的東西。」一抹焦慮的神情在班克勞夫特的臉孔上一閃而逝。「對特定客戶而言，某些狀況下，那帶來極大的優勢。」

「你之前使用過這些公司的服務嗎？」

「是的，有時候會。」

下一個合理的問題停滯在我們之間。我沒有開口詢問，等待著對方。如果班克勞夫特不願解釋他需要保密載送服務的原因，在我找到其他線索前，我也不打算逼問他。

班克勞夫特清了清喉嚨。「在任何狀況下，都有些證據指出那臺飛艇可能不是計程車。警方說，是場效應分散效果。這種模式適用於大型載具。」

「那得取決於降落的力道。」

「我知道，無論如何，我的腳印從降落點延伸出去，我鞋子的狀態明顯也符合走過兩公里的路程。最後，有通在我被殺當晚、凌晨三點之後，從這個房間撥出去的電話——是為了檢查時間。電話線上沒有傳來聲響，只有某人的呼吸聲。」

「警方也知道這點嗎？」

「當然。」

「他們怎麼解釋？」

班克勞夫特露出淡淡的笑容。「他們沒有解釋。他們認為獨自走過雨中的路，非常符合自殺的跡象，他們也看不出一個人在轟掉自己的頭顱前，還想檢查自身的體內計時晶片這點，有什麼奇怪。如你所說，自殺並非理性行為。他們有相關案例。很明顯，充滿世間、殺死自己的無能人渣，隔天又會在新義體中甦醒。有人對我解釋過——他們忘了自己裝有暫存器，或者自殺的當下，這一點也不重要。我們親愛的醫藥福利系統會立刻將他們送回人世，無人理會自殺信件和自殺要求……那是濫用權利的奇特方式。哈蘭世界也有同樣的系統嗎？」

我聳聳肩。「或多或少吧。如果自殺要求被法定方式見證，那就必須讓這些人死去。不然的話，復活失敗就觸犯了儲存法案。」

「我想那也是合理的預防措施。」

「對。那使兇手無法將他們的行為偽裝成自殺。」

班克勞夫特傾身靠上欄杆，和我四目相交。「科瓦奇先生，我已經三百五十七歲了。我經歷過企業戰爭，兩名孩子的真實死亡，和至少三次大型經濟危機，而我還在這裡。我並非奪取自身性命的人，就算**我是**，也不會這般魯莽地自殺。假若我的確企圖尋死，你現在就不可能和我交談。你懂嗎？」

我回視他，望進那雙剛毅的黑色眼眸中。「懂。非常清楚。」

「很好。」他轉開嚴厲的目光。「我們繼續嗎？」

「好，談談警方。他們不太喜歡你，是嗎？」

班克勞夫特冷冷一笑。「警方和我有觀點上的差異。」

「觀點？」

「沒錯。」他沿著陽臺走動。「過來，我讓你看看。」

我跟著他沿著圍欄走，一個不小心，手臂撞上了望遠鏡，使鏡筒上移。下載後的顫抖越變越明顯了。望遠鏡的定位器固執地發出嘎滋聲，讓望遠鏡轉回原本平整的角度。高度與範圍的數值出現在古老的數位記憶顯示器上。我停下來看它重新調整自己的角度。鍵盤上的指印沾滿了多年來的塵埃。

班克勞夫特要不是沒注意到我的笨拙，要不就是禮貌地避談。

「這是你的嗎？」我問他，一面用拇指指向望遠鏡，他心不在焉地望向它。

「曾經是。那是我以前的興趣，當時觀星還算件令人驚奇的事。你不可能記得那種感覺。」這句話毫無矯揉做作或傲慢，感覺反而無足輕重。「我最後一次使用那架望遠鏡，已經是接近兩世紀前的事了。當時仍有很多殖民船在旅程中，我們還等著它們抵達目的地，等待針刺傳輸光線回到我們這端；就像燈塔的信號燈……」

他逐漸忘卻了我。我立刻把他拉回現實。「觀點呢？」我溫和地提醒他。

「觀點。」他點點頭，朝自己的財產揮手示意。「你看那棵樹，就在網球場旁。」

我不可能錯過那棵樹。那是棵比房屋還高的古老樹木，朝下方撒落了跟網球場一樣大的陰影。

我點點頭。

「那棵樹超過七百歲。我買下這座宅邸時，雇了一名設計工程師，他想砍倒樹。他計畫往斜坡上擴建，樹又擋住了海濱的視野。我開除了他。」

班克勞夫特轉身，確保他傳達了自己的意思。

「聽著，科瓦奇先生，那名工程師是個三十多歲的男人，對他來說，這棵樹只是個阻礙。樹擋住了他的去路。樹存在於這世上的歲月，比自己還多了二十倍這件事，對他來說不重要。他心中毫無尊重之情。」

「所以你就是那棵樹。」

「正是。」班克勞夫特平靜地說。「我等同於那棵樹。警方想砍倒我，就像工程師。我對他們來說成了阻礙，他們也不尊敬我。」

我走回座位，思考這件事。克莉絲汀．奧特嘉的態度終於有些道理了。如果班克勞夫特認為自己超脫了一般公民的正常需求，他和警方就不可能維持友善關係。很難向他解釋，對奧特嘉來說，還有另一棵名為法律的大樹；在她眼中，班克勞夫特正往這棵樹上打入幾枚骯髒的釘子。我在雙方身上都看過這種行為。除了採用我祖先的作法外，別無他法：當你不喜歡法律時，你就得前往法律管不著你的地方。

接著，你自創了一些自己的法律。

班克勞夫特待在圍欄邊。或許他正在跟樹溝通。我決定之後再問這個問題。

「你記得的最後一件事是什麼？」

「星期二，八月十四日。」他立刻說。「大約午夜時上床。」

「那是最後一次遠端更新。」

「對，針刺傳輸約莫在凌晨四點會送出訊號，但我當時自然睡著了。」

「所以在你死前，幾乎有完整的四十八小時。」

「我想是的。」

情況很糟。四十八小時內，什麼都可能發生。班克勞夫特在那段期間裡都能來回月球了。我又揉了揉眼下的疤痕，心不在焉地思考造成傷疤的原因。

「那段期間之前，沒有任何事讓你瞭解為何有人想殺你？」

班克勞夫特依然靠在欄杆上，望向外頭，但我看出他的笑意。

「我說了什麼好笑的話嗎？」

他至少還有點禮貌——他回到了座位上。

「不，科瓦奇先生，這不怎麼好笑。外頭有人想要我死，那可不是令人開心的感覺。但你得了解，對像我這種地位的人來說，敵意與死亡威脅是每天的必要元素。人們羨慕我，也厭惡我。這是成功的代價。」

對我來說，這可是新聞。一大堆不同的星球上都有人討厭我，我也從沒認為自己是個成功的人。

「最近有比較有趣的事件嗎？我是說死亡威脅。」

他聳聳肩。「或許吧。我沒有記這些事的習慣。裴斯考小姐幫我處理那些事。」

「你不認為死亡威脅值得你注意嗎？」

「科瓦奇先生，我是個企業家。機會浮現，危機發生，我也得處理它們。生活繼續進行。我雇專員來處理這些事。」

「對你來說可真方便。但在目前的狀況下，我很難相信你和警方都沒有調閱過裴斯考小姐的檔案。」

班克勞夫特揮揮一隻手。「當然，警方進行過他們應盡的調查。歐穆・裴斯考把告訴過我的事都跟他們說了。最近六個月內，沒有任何不尋常的事。我對她夠有信心，不須深入過問。不過，你可能想自己看看那些檔案。」

一想到要檢查來自這個古老世界的失敗者、足足上百公尺長的抱怨文件，就足以讓我再度感到疲勞。我對班克勞夫特的問題深感無趣。我努力控制住心中的無奈，這份耐心足以使維吉尼亞・維達奧拉感到驕傲。

「這個嘛，我的確得和歐穆・裴斯考談談。」

「我立刻安排。」班克勞夫特的雙眼流露出使用體內硬體的專注眼神。「你什麼時間方便？」

我舉起一隻手。「也許我自己約時間比較好。讓她知道我會聯絡就行，我也得看看賽查科技的義體安裝設施。」

「當然。其實，我已經要裴斯考帶你過去了，她認識董事長。還有別的事嗎？」

「我需要信貸額度。」

「這是當然。我的銀行已經幫你建立了以DNA編碼鎖定的帳戶。我知道哈蘭世界有一樣的系統。」

我舔了一下拇指，又疑惑地舉起拇指。班克勞夫特點頭。

「和這裡一樣。你會發現在海灣市的某些地區，只有現金是被接受的貨幣。希望你不必在那些地帶花上太多時間，但如果你去的話，你還是可以透過任何銀行據點從戶頭中提出現金。你需要武器嗎？」

「不，目前不需要。」維吉尼亞．維達奧拉的其中一項基本教條，就是**選擇你的工具前，先摸清楚任務的底細**。班克勞夫特牆上的焦黑灰泥看起來太過刻意，使這件事看來不太像火力全開的大屠殺案件。

「好吧。」班克勞夫特似乎對我的回應感到訝異。他正準備把手伸進上衣口袋，現在他只好尷尬地完成那動作。他遞給我一張名片遞給我。「這是我的製槍師。我告訴過他們要準備見你。」

我拿了卡片，看著它。上頭華麗的筆跡寫道：**「拉金&格林（Larkin & Green）——軍械師，自二二〇三年開業至今。」**真古典。底下有一串數字。我把名片收進口袋。

「之後也許有用。」我承認。「但目前我想緩緩進行。放鬆點，讓風波先平靜下來。我想你能理解這方法的必要性。」

「對，當然可以。你覺得沒問題就好，我信任你的判斷。」班克勞夫特和我的目光相交，穩穩地盯著我。「不過，你得記好我們的合約條件。我付錢買的是你的服務。我對背信並不寬容，科瓦奇先生。」

「是，我也不覺得你會如此。」我疲勞地說。我記得瑞琳．川原是如何處置兩名不忠心的手下。之後有很長一段期間，他們發出的動物般聲響都出現在我的夢中。當瑞琳在那些人的尖叫聲中削蘋果皮時，她解釋道既然沒有人真的會死，那麼懲罰就只能透過苦難來執行。即便現在，當我想到這段回憶，我的新臉孔依然會微微抽動。「老實說，軍團給你的、關於我的情報全是屁話。我總會守信。」

我站起身。

「你能推薦市區的住所嗎？最好位於安靜的中心區。」

「可以，傳教街（Mission Street）上有那類場所，我派人載你去。如果克提斯已經被放出來，他就會處理。」班克勞夫特也站了起來。「我猜，你現在想和米麗安談。她對那段四十八小時的時間比我了解得還多，所以你應該會想仔細詢問她當時的細節。」

我想到那具火辣青少年軀體中的古老眼神，和米麗安．班克勞夫特對話的主意突然變得令人作噁。當我的胃彷彿被冰冷的手翻攪時，我的龜頭也迅速充血。太棒了。

「噢，沒錯，」我毫無熱忱地說。「我也是這麼想。」

第四章

「你似乎很緊張，科瓦奇先生。是嗎？」

我回望帶我進門的女僕，又把目光轉向米麗安．班克勞夫特。她們的身體約莫同等年紀。

「不會。」我說，語氣比我想得還來得嘶啞。

她的嘴角短暫下垂，捲起當我抵達時她正在研究的地圖。我身後的女僕則關上地圖室的門，門板發出沉重的喀聲。班克勞夫特並沒有陪我去見他太太，也許一天見一次面已經是他們允許的極限了。反之，當我們從濱海休息廳的陽臺走下，女僕如魔法般憑空出現時，班克勞夫特給她的注意力，就和之前一樣微薄。

我離開時，他站在鏡木書桌旁，盯著牆上的焦痕看。

班克勞夫特太太靈敏地收緊手中捲起的地圖，將地圖滑入保護用長管中。

「好了。」她頭也不抬地說。「那麼，問我問題吧。」

「事情發生時，妳在哪？」

「我在床上。」這次她抬頭看我了。「請別要求我描述細節，我當時孤身一人。」

地圖室的空間既寬敞又通風，拱形屋頂上鋪了發光磚。地圖架高度及腰，每個架子都有玻璃展示臺，擺設方式就像博物館中的展示櫃。我離開中央走道，讓班克勞夫特太太和我之間隔了一個架子，像是找尋掩護。

「班克勞夫特太太，妳似乎有所誤解。我不是警察，比起罪惡感，我對資訊更有興趣。」

她把包好的地圖放回保護套，靠上身後的架子，雙手抵在背後。我和她丈夫談話時，她把乾淨的汗衫和網球衣放在某間高雅的浴室中。現在，她穿著緊身黑長褲，上衣則是晚禮服與緊身上衣的綜合體。她的袖管隨性地捲到手肘邊，手腕上一項珠寶也沒戴。

「我聽起來有罪惡感嗎？科瓦奇先生？」她問我。

「妳似乎急於向陌生人證明自己的忠貞。」

她笑了起來。那是和善又充滿喉音的笑聲，她的肩膀在發笑時上下起伏，這是我喜歡的笑聲。

「你真不直接。」

我俯視架上的地圖，地圖的左上角標明了時間，這是在我出生前四百年製作的。地圖上標示的名字則以我無法閱讀的字體寫成。

「在我老家，直接的態度並不被認為是美德，班克勞夫特太太。」

「不是嗎？那什麼才是？」

我聳聳肩。「禮貌，控制，避免所有人難堪。」

「聽起來很無聊。我想你在這裡會碰上不少文化衝擊，科瓦奇先生。」

「我沒說自己在老家是個好公民，班克勞夫特太太。」

「噢。」她讓自己遠離架子，走向我。「對，羅倫斯告訴了我一點關於你的事。你在哈蘭世界似乎被認為是個危險人物。」

我又聳聳肩。

「——那是俄文。」

「……什麼？」

「字體。」她繞過架子，走到我身旁，俯視地圖。「這是俄國為登月地點繪製的電腦合成地圖，非常稀有，我在拍賣會上標下來的。你喜歡嗎？」

「非常漂亮。妳丈夫中槍當晚，妳幾點入睡呢？」

她瞪著我。「很早。我告訴過你，我獨自一人。」她強迫自己壓下語氣中的銳利，語調幾乎又變得輕柔。「噢，如果那聽起來像是罪惡感的話，科瓦奇先生，其實並非如此。只是放棄，再帶點苦悶。」

「妳對丈夫感到苦悶？」

她露出笑容。「我以為我剛剛是說自己放棄了。」

「妳都說了。」

「你的意思是，你覺得我殺了我丈夫？」

「我沒有妄下斷言，但的確有可能。」

「是嗎？」

「妳打得開保險櫃。案發當時，妳位於房屋保全系統中。現在聽起來，妳可能還有些情緒動機。」

她笑容不變地說：「案件成立啦，科瓦奇先生？」

我回視她。「如果有問題的話。對。」

「有陣子，警方也是同樣的推論。但他們認為毫無疑問……我希望你別在這裡抽菸。」

我往下看自己的雙手，發現它們居然無意識地掏出克莉絲汀．奧特嘉的香菸。我正準備把一根菸抽出盒子，十分大膽。我感到被我的新義體怪異地背叛，而後收起菸盒。

「我很抱歉。」

「沒關係。這是氣候控制的問題；這裡很多份地圖都對污染源很敏感，你不可能知道。」

她居然說得彷彿只有白癡才不會明白這件事。我感到逐漸失去訪談的主控權。

「是什麼讓警方──」

「去問他們。」她轉身走離我身旁，像做出了決定。「你幾歲了，科瓦奇先生？」

「主觀來說嗎？四十一歲。哈蘭世界的年分長度比這裡長一點，但沒差太多。」

「客觀而言呢？」她說，一面模仿我的語氣。

「我在儲存槽裡待了大約一世紀，很容易忘掉時間。」這是個謊言。我清楚自己每次被冷凍的刑期有多長。我在某天晚上搞清楚這件事後，就忘不了那個數字。每當我又被塞入儲存槽，我就會把日期增加進刑期中。

「你一定很孤單。」

我嘆了口氣，轉身檢視離我最近的地圖架。每張被捲起的地圖，末端都有標記，是帶有考古意義的標記。小瑟提斯[3]東區，第三次挖掘。布萊伯利（Bradbury），原住民遺跡。我鬆開其中一張地圖。

「班克勞夫特太太，我的感覺不是重點。妳能明白妳丈夫想自殺的原因嗎？」在我說完話前，她就立刻轉向我，臉上充滿怒氣。

「我丈夫沒有自殺。」她用冷冽的語氣說。

「妳似乎很確定。」我將目光從地圖上抬起，對她露出笑容。「我的意思是，對某個大睡不醒的人而言。」

「把那東西放回去！」她大喊，走向我。「你不明白它有多寶貴——」

我把地圖塞回架上，她便立刻停下腳步。她嚥下怒氣，控制住臉上的紅暈。

「你想激怒我嗎？科瓦奇先生？」

「我只是想得到注意。」

我們花了幾秒鐘凝望彼此。班克勞夫特太太垂下目光。

「我說過了，事發時，我正在睡覺——我還能說什麼？」

3　Syrtis Minor，火星上的地點。

「那天晚上，妳丈夫去哪了？」

她咬著下唇。「我不確定，那天他去大阪開會了。」

「大阪在哪？」

她訝異地看著我。

「我不是本地人。」我耐心地解釋。

「大阪在日本。我以為——」

「對，日本財閥透過東歐勞工對哈蘭世界進行殖民。那已經是很久以前的事了，當時我還沒出生。」

「對不起。」

「沒關係。妳可能也不知道妳祖先三世紀前在幹嘛。」

我停了下來。班克勞夫特太太用奇怪的眼神看著我。片刻後，我剛剛說出的話才讓我感到震驚。是下載後的問題。在我說出或做出某些蠢事前，我得快去睡覺。

「我的年齡超過三世紀了，科瓦奇先生。」她說話時，嘴邊流露出淺淺的笑意。她再度輕鬆地奪回主控權。「外表容易騙人。這是我第十一具義體了。」

她擺出的姿勢，表示我應該多看一下她。我把目光轉至那張有著斯拉夫民族高聳頰骨的臉龐，往下到低胸的露肩衣領，接著是臀部曲線，大腿的半弧圓線條……全都散發出一種冷淡感，無論是我或剛剛才動情的義體都不該接觸。

「非常不錯。對我來說有點太年輕了，但我說過，我不是本地人。我們可以繼續談妳丈夫的事嗎？早上他去了大阪，但之後就回來了。我想他並非真的離開了。」

「不，當然不是。他在那裡有傳輸用的複製義體冷藏待命。當晚六點他應該要回來，但是——」

「怎麼了？」

她微微調整姿態，對我張開一隻手掌。我想她正努力控制自己。「嗯，他很晚才回來。羅倫斯經常談妥交易後，在外頭待得很晚。」

「也沒人知道這次他去哪了？克提斯知道嗎？」

她的臉孔依然緊繃，就像被薄薄的細雪裹住的古老岩石。「他沒派克提斯過去。我想，他是從義體安裝站搭了計程車……我不是他的飼主，科瓦奇先生。」

「這場會議很重要嗎？大阪的會議。」

「噢……不，我不這麼認為。我們談過這件事。當然，他不記得，但我們閱讀過合約，這也是他早就排進行程中的事。有家日本的海洋發展公司，名叫太平企業（Pacificon）。是合約更新之類的事；這種事通常都會在海灣市處理，但對方召開了特別顧問會議，這類問題在靠近問題源頭的地方處理比較好。」

我狀似睿智地點點頭，心裡卻完全不懂海洋發展顧問是什麼。我注意到班克勞夫特太太的緊繃神情似乎逐漸消退。

「常態性事務，是嗎？」

「我想是吧，對。」她對我露出疲倦的微笑。「科瓦奇先生，我相信警方有這些資訊的紀錄。」

「我確信他們有，班克勞夫特太太。但他們沒有理由和我分享那些紀錄，我在這裡沒有司法權。」

「你抵達時，似乎和他們處得很融洽。」她的嗓音中突然冒出敵意。我穩穩地和她四目相交，直到她的眼光下垂。「總之，我相信羅倫斯能弄到你需要的一切事物。」

一點進展都沒有。我放棄了。

「或許我該跟他談談。」我望了望地圖室內部。「這些地圖，妳收集了多久？」

班克勞夫特太太一定察覺到會談即將結束，因為她的緊張情緒就像從破油箱中流出的油般全數消失。

「花了我大半輩子。」她說。「羅倫斯仰望星辰，我們其他人則專注於塵世。」

由於某些理由，我想到被棄置在班克勞夫特陽臺上的天文望遠鏡。我在夜空中看到它垂直的輪廓，那是代表了過往的時間與執著的沉默證據，同時也是被視若敝屣的古物。我想起自己撞到它後，望遠鏡緩緩轉回原位的模樣——它恪守著數世紀來的程式規範，就像米麗安在大廳中驚醒歌戟樹一般短暫地甦醒。

老邁。

突如其來又令人窒息的壓力，忽然出現在我身邊，壓力的臭味有如礦井毒氣般從日觸宅邸的基石中飄出。歲月。我甚至從自己面前的年輕美女身上嗅到那股氣味，我的喉嚨彷彿要發出喀地一聲後隨之緊縮。我心中的某個事物想要逃跑，想逃到外頭呼吸新鮮空氣，遠離這些記得我在學校裡所學過、所有歷史事件的古老生物。

「你還好嗎，科瓦奇先生？」

……下載後的問題。

我努力維持專注。「對，我沒事。」我清了清喉嚨，對上她的雙眼。「那麼，我就不打擾妳了，班克勞夫特太太。謝謝妳花時間幫忙。」

她走向我。「你想——」

「不，沒關係。我自己出去。」

離開地圖室的路程彷彿永無止盡，我的腳步聲也在腦殼中發出回音。隨著每一步，以及我經過的每一張地圖，我都感到那雙古老的眼盯著我的背部。

我很需要哈根菸。

第五章

班克勞夫特的司機載我回城裡時，天空已呈現老舊的銀器色調，燈光逐漸在海灣市周圍亮起。我們在海邊盤旋，經過一座古老的紅鏽色吊橋，再以更恰當的速度飛過半島山丘上、層層堆疊的房屋。司機克提斯仍對被警方草率逮捕一事耿耿於懷。班克勞夫特要他載我回來時，他才剛被放出來幾小時，回程的一路上他都沉悶地無話可說。他是個結實的年輕人，充滿男孩氣的俊俏外型使他相當適合鬱鬱寡歡的氣息。我猜羅倫斯·班克勞夫特的員工都不習慣被政府的走狗打斷自己的工作。

我沒有抱怨，我的心情和司機也差不了多少。莎拉的死狀不斷浮現在我腦海中，昨晚的事才剛發生……主觀而言是如此。

我們在一條寬敞的大道上空剎車，突如其來地讓上頭的某人對禮車的通訊設備發送了怒氣沖天的尖銳警告訊號。克提斯一手拍向儀表板，切掉訊號，並抬起臉龐，勃然大怒地瞪著天窗外。隨著一下微弱的撞擊，我們降落在地面的車潮中，立刻左轉進入較為狹窄的街道。我開始對外頭的景象產生興趣。

街頭生活讓我感到似曾相識。在我去過的星球上，都有同樣的基本模式：賣弄與吹噓、販賣與購買；像笨重的政治機器從天而降，人類行為被蒸餾出的精華則從底下流出。地球上的海灣市，最古老的文明世界，依然不例外。從老舊建築旁的大型虛幻立體廣告，到肩上架著型錄廣播組的街頭小販——這使他們的肩頭上彷彿停著一隻笨拙的機械獵鷹或長著過大的腫瘤；每個人都在販售某些東西。車子在路肩上來來去去，柔軟的身體則貼上車身，傾身過去談話——這是打從歷史上第一臺車子停下後，她們就早已習慣的議價方式。蒸氣與煙霧從食物推車上飄出。禮車防噪也防廣播，但你能透過玻璃感受到雜音的震動：街角的叫賣聲、還有以亞音速向消費者促銷的特製音樂。

在特使軍團中，他們反轉人性。你會率先注意相同性，那是能讓你理解自身處境的基礎共鳴感；接著再由細節中建構差異性。

哈蘭世界的人種，主要由斯拉夫民族與日本人構成，但也能以任何價格買下培養槽製造出的不同人種義體。在這裡，每張臉孔都擁有不同的外型與膚色——我看到高大且骨骼角度明顯的非洲人、蒙古人、皮膚蒼白的北歐人；我有次還看到某個長得像維吉尼亞・維達奧拉的女孩，但我在人群中搞丟了她。他們像河岸邊的原住民般，從車身邊逐一消失。

笨拙。

這念頭在我腦海中不斷閃爍，就像人群中的女孩一樣。我皺起眉頭，思考起這問題。

在哈蘭世界，街頭生態有種赤裸的優雅，是種以動作與手勢混合起來的經濟體，如果你不習慣它的話，甚至會覺得它近似編舞。我與這種文化一起長大，所以直到遠離後，才察覺到這種效果。

此處，我體察不到那種感覺。禮車車窗外的商業活動，像是小船之間波濤洶湧的水域。人們互相推擠，企圖後退，繞過群眾中更擁擠的區域；人們之前注意到這些區塊時，已經來不及轉彎了。緊張局勢自然而然地爆發，人們彎起脖子，挺直結實的身軀。我有兩次看到即將開始的鬥毆，但都被立刻喝止。整個地方都好似被撒了某種費洛蒙煩躁劑。

「克提斯。」我側眼望向他無動於衷的輪廓。「你可以把廣播屏障關掉一分鐘嗎？」

他嘴角微揚地看著我。「好。」

我坐回座位，把目光轉回街頭。「我不是觀光客，克提斯。這是我的工作。」

街頭小販的型錄，像因發燒而引起的幻覺般大量湧現，由於廣播功能缺乏方向專注性，使得影像有些擴散，當我們駛過時，型錄還模糊地迅速交疊；但以哈蘭世界的標準來說，這樣的資訊還是太多了。皮條客尤為明顯，一連串口交與肛交的片段；數位修飾過後，乳房與肌肉散發出美肌般的光澤。每個妓女的名字都被充滿喉音的配音念出，加上重疊的臉部特寫：怕羞的小女生、性虐女王、長滿鬍渣的種馬，還有幾個，來自我完全沒看過的種族。在這些廣告中游移的，則是毒品與植入物販子低調的藥品清單，與超現實虛幻場景的敘述。我在這些廣告中看到幾個宗教的宣傳，上頭顯示了山脈靈性而寧靜的圖片，然而，這些宣傳就像是在商品大海中溺水的人。

我開始明白人們為何笨拙地行動了。

「『來自家族』是什麼意思？」我問克提斯，這已經是我第三次在廣告上看到那字眼了。

克提斯冷笑。「那是品質保證。『家族』是個毒品集團，擁有海岸周邊最高檔、也最昂貴的妓院。他們宣稱能幫你弄到各種想要的東西。如果有個女孩來自家族，那麼她就被訓練過，能做出大多人只在夢中幻想過的事情。」他朝街道點點頭：「別傻了，外頭沒人為家族工作。」

「『僵毒』呢（stiff）？」

他聳聳肩。「那是街頭俗名，指貝納汀（betathanatine）。小鬼都用它來體驗瀕死的感覺，還比自殺便宜。」

「我猜是吧。」

「你們哈蘭世界沒有貝納汀嗎？」

「沒有。」我和軍團在別的星球上用過這種藥好幾次，但它在我老家被禁止使用。「不過，我們還是有人自殺。你可以打開屏障了。」

柔和的影像被突然切斷，讓我腦中一片空白，像是毫無擺設的房間。我等著這種感覺消散；就像大多數副作用一樣，它無聲地消失。

「這裡就是傳教街。」克提斯說。「接下來幾個街區全是旅館，你要在這裡下車嗎？」

「你有任何推薦的地方嗎？」

「取決於你的需求。」

我學他聳聳肩。「明亮、寬敞，有客房服務。」

他沉思狀地瞇起眼。「要是你喜歡，就試試罕醉克斯飯店（Hendrix）。它們有高塔別館，雇來的妓女也很乾淨。」禮車微微加速，我們則在沉默中駛過了幾個街區。我沒解釋自己並不是指那類客房服務，就讓克提斯自行作結吧。

米麗安．班克勞夫特那滿布汗珠的乳溝，突如其來地出現在我腦海中。

禮車停在一棟我認不出風格的房屋外。我爬出車外，盯著一個高大黑人的立體影像，他左手正彈奏著一把白色吉他，五官似乎因為彈奏出的音樂而狂喜地扭曲。影像邊緣有平面圖片重製後的些微人工化現象，讓影像看起來相當老舊。我邊祈禱這只是代表服務上的傳統，而非僅象徵老舊，邊對克提斯致謝、關上車門，望著禮車開走。禮車立刻爬升，一會兒後，我就無法在空中車潮裡看見禮車的車尾燈了。我轉向背後鏡面般的玻璃門，門板微晃著打開，讓我進去。

以大廳的狀態來判斷，罕醉克斯飯店肯定能滿足我第二項需求。克提斯可以把三、四臺班克勞夫特的禮車接連著停在飯店旁，還能多容納一具清潔機器人。我不太確定第一項需求是否可能達成——牆壁和天花板裝有不規則的發光磚，磚瓦的半衰期明顯要結束了，微弱的光線使得黑暗集中在大廳中央——我方才離開的街道，是室內最強的光線來源。

大廳空無一人，但遠方牆邊的櫃臺散發出一股微弱的藍光。我往光線走去，經過低矮的扶手椅和缺乏光澤的金屬桌子，發現一臺鑲在凹槽中的監視器螢幕，上頭閃爍著斷線雪花般的雜訊畫面。螢幕一角，有個以英文、西班牙語和漢字顯示的指令不斷閃爍：

說話。

我四處觀望，接著把目光轉回螢幕。

沒有人影。

我清了清喉嚨。

字幕變得模糊，接著變成：**選擇語言**。

「我需要一間房。」我出自好奇地用日語試探道。

螢幕戲劇化地亮了起來，害我嚇得後退一步。旋轉的彩色碎片迅速組合成穿著黑色西裝與領帶的黝黑亞洲臉孔。這張臉露出微笑，又改組成年紀稍大的白人女性——我面對著一位身穿低調套裝的三十歲金髮女子。為我製造出理想的交談對象後，飯店也認定我其實不會說日語。

「您好，先生。歡迎來到罕醉克斯飯店，本飯店從二〇八七年營業至今。我們該如何服務您呢？」

我重述需求，和對方一樣說起亞美聖公語。

「謝謝您，先生。我們有很多房間，都與城市裡的資訊與娛樂暫存器連線，請提供您對房間方位與大小的偏好。」

「我想要面西的高塔房，你們最大的房間。」

臉孔被縮小到螢幕角落，改由飯店房間的立體結構圖占據螢幕。一枚指標有效率地穿過房間，停在一角，接著放大並旋轉了整間房——螢幕的一邊，顯示了詳細的房型資料。

「守望塔套房，三個房間，臥房大小為十三點八七公尺——」

「很好，我要了。」

立體地圖像魔術把戲般消失，女人則回到螢幕上。

「您要在我們這裡住幾晚呢，先生？」

「無限期。」

「居住超過十四天，」飯店怯生生地表示，「就需要先支付六百聯合國幣。如果十四天內離開，將退回部分押金。」

「好。」

「謝謝您，先生。」從這語氣聽來，我開始懷疑在罕醉克斯飯店，會付錢的顧客相當稀奇。「您要如何付款？」

「ＤＮＡ追蹤。加州第一殖民地銀行。」

當付款細節被列出來時，我感到一個冰冷的金屬圈抵住了我的後腦勺。

「——正是你所想的東西。」一個冷靜的嗓音說。「你一做錯事，警方就得花上好幾週的時間，在那面牆上搜索你皮質暫存器的碎片。我指的是**真實死亡**，朋友。現在，把雙手移開身體。」

我照做，從槍口碰觸脊椎的部位傳來一陣陌生的冷冽感。我很久沒有被真實死亡所威脅了。

「很好。」同一個冷靜嗓音說。「好，我的同伴要搜你的身。你讓她好好工作，別輕舉妄動。」

「請在螢幕旁的觸碰板上輸入你的ＤＮＡ標記。」飯店進入了第一殖民地銀行的資料庫。我無動於衷地等待，一名纖瘦又戴著滑雪面具的黑衣女子走了過來，用嗡嗡作響的灰色掃描器把我從頭到腳掃了一遍。我脖子上的槍從未移開，槍口感覺起來已經不再冰冷，我的肌肉已經將它加溫到更接近體溫的溫度。

「他沒武器。」另一個冷靜又專業的嗓音說道。「有經過基本神經化學改造，但沒起作用。沒有硬體設備。」

「真的？搞輕便旅行，是嗎？科瓦奇？」

我的心從胸口下沉，癱軟地墜入腹腔。我真希望這只是當地犯罪行為。

「我不認識你。」我謹慎地說，一面把頭轉過幾釐米。槍戳了一下，我立刻停止動作。

「沒錯，你不認識。好了，計畫如下。我們要走到外面——」

「信用連線即將在三十秒內停止，」飯店耐心地說。「請輸入你的DNA標記。」

「科瓦奇先生不需要訂房了。」我身後的男子說，把手放上我的肩膀。「來吧，科瓦奇，我們要去兜兜風。」

「在尚未付費的情況下，我無法行使接待人特權。」螢幕上的女子說。

我轉身時，她語氣中的某種感覺讓我停下腳步，直覺地發出劇烈咳嗽。

「什麼——」

我傾身前彎，並用力一咳，接著把一隻手伸到嘴邊，舔了舔自己的拇指。

「你他媽的在搞什麼把戲，科瓦奇！」

我直起身，把手甩往螢幕旁的鍵盤——新鮮的唾液潑灑在光滑的黑色接收器上——長滿繭的手掌立時砸上我的頭顱左側，我立刻倒下，用雙手和膝蓋撐住自己。一隻靴子踢中我的臉，讓我完全摔倒。

「謝謝您，先生。」我在腦袋裡的轟鳴中聽見飯店的聲音。「正在審核您的帳戶。」

我試著站起身，因此肋骨又被踢了第二腳。鮮血從我的鼻孔滴到地毯上。槍管用力地抵上我的脖子。

「這不明智，科瓦奇。」嗓音中少了點冷靜。「如果你認為警察會根據你的去處來追蹤我們，那暫存器一定燒壞你的腦子了。給我**起來！**」

當他拽我起身時，突地一聲如雷巨響——

我完全不懂，為何有人想為罕醉克斯飯店的保全系統裝設二十釐米自動砲，但這些大砲確實有強大威力。我眼角瞥見雙砲管的自動砲塔從天花板滑下，朝我的主要威脅者開火，長達三秒，火力足以打下小型飛艇。槍聲震耳欲聾。

戴面具的女子跑向門邊，在槍聲還迴盪在我耳邊時，我便看到砲塔轉而追蹤她。她在黑暗中跑了幾步，一束紅色雷射激光出現在她背後，大廳內爆發出另一陣槍聲——我雙手摀住耳朵，依然跪在地上，子彈則不斷射穿她的身體……她的軀體癱軟在地。

槍聲停止了。

接下來，在飄滿無煙火藥味的寧靜中，沒有任何事物有所動靜。自動砲塔安靜下來，槍管下垂，煙霧冒出槍口。我把雙手從耳朵上拿下，站起身，小心翼翼地按壓我的脖子和臉，好判斷受傷害的程度。血流似乎慢了下來，儘管嘴裡有割傷，我卻沒發現任何牙齒被打斷。第二次被踢中的肋骨部位很疼，但感覺起來骨頭沒有斷裂。我望向離自己最近的屍體，又馬上希望自己沒這樣做——有人得拿拖把來清理地板了。

隨著微弱的叮聲，左側的電梯門緩緩開啟。

「你的房間已經準備好了，先生。」飯店說。

第六章

克莉絲汀・奧特嘉的自制力相當強勁。

她大步跨過飯店大門，使得沉重的夾克口袋不斷拍打著大腿。她在大廳中央停下腳步，環視著周遭的屠殺場面，一面用舌頭戳著一邊臉頰。

「你常做這種事嗎，科瓦奇？」

「我等了一陣子了。」我溫和地告訴她：「我心情不太好。」

飯店在開啟自動砲塔的同時，也撥了電話給海灣市警方，但半小時過後，第一臺飛艇才從空中車潮中降落。我沒去自己的房間，因為我知道他們還是會把我拖下床，而一等警方抵達，我就不可能離開，只能等待奧特嘉抵達。一位警方醫療人員幫我大略做了檢查，確定我沒有腦震盪，又給了我一瓶阻化劑讓我止住鼻血。之後，我坐在大廳裡，讓我的新義體抽一點巡佐的香菸。她一小時後抵達之時，我依然坐在原位。

奧特嘉用手示意。「對，好。晚上的城市真忙啊。」

我把菸盒遞給她。她盯著盒子，彷彿我方才問了她重大的哲學問題；她拿走菸盒，從裡面抖出一根香菸。她無視於菸盒上的點火板，在口袋中摸索，掏出一個沉重的燃油打火機，打開它。

她似乎完全隨著本能行動，毫不在意地讓路給一隊帶著新設備走進門的鑑識人員，而後把打火機放入另一個口袋。我們周圍的大廳似乎突然擠滿了專注工作的專業人員。

「所以，」她把煙霧吐向頭頂。「你認識這些人嗎？」

「噢，別搞我了吧！」

「意思是？」

「意思是，我才剛離開儲存槽六小時！」我聽出自己的音量不斷上揚。「意思是，打從我們上次見面以來，我只跟三個人交談過。意思是，我這輩子從沒來過地球。意思是，**妳心知肚明！**好了，妳要問我聰明點的問題，還是我可以上床去了？」

「好啦，冷靜點。」奧特嘉忽然看起來相當疲倦。她一屁股坐在我對面的沙發上。「你告訴我的警長，說這些人是專業的。」

「的確如此。」我覺得那是我該跟警方分享的資訊，反正他們在比對那兩具屍首的檔案後，遲早也會發現。

「他們叫了你的名字嗎？」

我小心地皺起眉頭。「……名字？」

「是。」她做了個不耐煩的手勢。「他們叫你科瓦奇嗎？」

「我不覺得。」

「叫了你其他名字嗎？」

我揚起一道眉毛。「像是？」

她臉上的疲倦感迅速消失，惡狠狠地看了我一眼。「沒事。我們會檢查飯店的紀錄，到時就知道了。」

唉呀。

「在哈蘭世界，妳得有搜索票才能那樣做。」我懶散地說。

「這裡也一樣。」奧特嘉把煙灰彈到地毯上。「但那不是問題。很明顯，這不是罕醉克斯飯店首次被控訴造成有機傷害。即使已經過了好一段期間，資料庫也留有很久以前的事。」

「那飯店怎麼沒關門？」

「我是說控訴，不是定罪。法院駁回了案件。那是有效自我防衛。不過，」她往靜止的砲塔點點頭，兩名鑑識人員正在周圍檢測排放物。「當時我們遇上的是秘密電擊——跟現在完全不一樣。」

「對，我正打算要問。是誰把那種設備裝在飯店裡的？」

「你以為我是搜尋引擎嗎？」奧特嘉開始用一種我不喜歡的惡意疑心態度盯著我。接著，她突然聳聳肩。「我過來的途中，閱讀的資料庫大綱說，飯店在幾世紀前就裝了這些東西，當時公司的手段正愈趨惡劣。這很合理。在當時的混亂中，許多房屋被改造，以便適應當下環境。當然，在貿易災難後，大部分公司都迅速倒閉了，所以沒有人立下關閉方案。罕醉克斯飯店將自己升級到人工智慧狀態，買下了自己。」

「真聰明。」

「是呀，我聽說人工智慧是當時唯一能處理市場災難的陣營。許多人工智慧都在劫難後倖存，這條大道上的許多旅館都由人工智慧經營。」她在煙霧中對我咧嘴一笑。「所以才沒有人住，真可惜。我在某處讀過，它們對客人的渴求，就像人類對性愛的需求一樣強。肯定令人沮喪，對吧？」

「當然。」

其中一名比我們還高的龐克頭走了過來。奧特嘉抬頭看他，眼神示意自己不想被打擾。

「我們在DNA樣本上辨識出資料了。」龐克頭怯生生地說，把一份影像傳真板遞給她。奧特嘉掃視了一遍，神情訝異。

「哎呀，哎呀。你可碰上大人物了，科瓦奇。」她向男性屍體揮了一下手臂。「這具義體最後登記在迪米崔・凱德敏（Dimitri Kadmin）名下，他的別名是雙胞胎迪米（Dimi the Twin），來自海參崴的職業殺手。」

「那女的呢？」

奧特嘉和龐克頭交換了一下眼神。「烏蘭巴托注冊處？」

「找到一個人名了，老大。」

「找到這王八蛋了！」奧特嘉帶著嶄新的活力跳了起來。「摘除他們的暫存器，帶到費爾街去（Fell Street），午夜前我就要迪米被下載到拘留所（Holding）。」她把目光轉回我身上。「科瓦奇，看來你好像有用了。」

龐克頭把手伸入雙層西裝，拿出一把刀刃沉重的獵刀，態度稀鬆平常，宛若只是掏出根香菸。他們一起走到屍體旁，跪在一邊。饒富興味的制服員警們走過來旁觀。軟骨被割開時發出的潮溼喀擦聲傳了過來。一陣子後，我站起來，走過去一同圍觀。沒人理我。

這並非精細的生化科技手術。龐克頭挖出了屍體一部分的脊椎，以便觸及頭骨底部，他正用刀尖四處挖掘，試圖找到皮質暫存器。克莉絲汀．奧特嘉雙手穩穩地握住屍體的頭顱。

「他們把暫存器埋在比以前更深的位置。」她說，「看看你能不能把其餘的脊椎挖出來，暫存器一定在那裡。」

「我在試。」龐克頭咕噥道。「我想，這裡面有些強化部位，就是之前野口提到的防震墊圈，上次他在——該死！我以為挖到了。」

「不，看好，你的角度錯了。讓我試試。」奧特嘉接過刀子，並把單邊膝蓋壓在頭顱上，以便固定。

「該死，我差點挖到了，老大。」

「對，對，我才不要花整晚看你在裡頭戳來戳去。」她抬頭一看，發現我望著她，就簡短地點了一下頭，再把鋸齒狀的刀尖插入正確部位。用力敲了一下刀柄後，她就切下了某個東西。她往上看龐克頭，咧嘴一笑。

「聽見了嗎？」

她把手伸進血肉中，用食指和拇指拉出暫存器。那是個不起眼的小裝置，防撞外殼上沾滿鮮血，尺寸不比菸屁股大多少，一頭還長滿微型插入器僵硬的細絲。我了解到，為何天主教徒不願相信這是人類靈魂的容器。

「抓到你了，迪米！」奧特嘉把暫存器移到光源下，將裝置和刀子交給龐克頭。她用屍體的衣物擦拭了手指。「好，把另一個暫存器從那女人身上挖出來吧。」

當我們看著龐克頭在第二具遺體上重覆同樣的程序時，我把頭偏到奧特嘉能聽得見我的距離。

「妳也知道這個人是誰嗎？」

她迅速轉過來看我，我無法確定是因為訝異，或是不喜歡我靠得這麼近。「對，這是雙胞胎迪米。哈哈，是雙關語！[4]這具義體在烏蘭巴托注冊——也就是亞洲的黑市下載首都。聽著，迪米不太信任別人，他喜歡和絕對會幫助自己的人合作。在迪米的交際圈中，唯一能信任的人就是自己。」

「這種交際圈挺耳熟的。在地球上很容易複製自己嗎？」

奧特嘉臉色一沉。「越來越容易了。以現在的科技來看，最先進的義體重置器小到能塞進浴室。很快就會縮小到能放進電梯了……然後小到公事包。」她聳聳肩。「這就是進步的代價。」

「要在哈蘭世界製造雙重義體，只能透過一種方式：先申辦星際遠程針刺傳輸，再找份行程保險，然後在出發前最後一刻取消傳送。接著偽造一份傳輸許可，聲稱想從數位人類副本上進行

4 也（too）和二代（two）同音。

暫時下載。聲稱這傢伙離開了該星球，而他的公司正陷入危機。立刻從傳輸站的本體進行下載，再透過在別處的保險公司重覆這程序。一號義體合法走出傳輸站。他自稱剛改變心意，不想離開星球。很多人常臨時改變這類主意。二號義體則永遠不回保險公司接受重新儲存。不過，這種行為的成本不小。你得賄賂許多人，還得經常偷使用機器，才能免於被逮。」

龐克頭滑了一下，拇指被刀子割傷。奧特嘉翻了翻白眼，嘆出充滿壓抑的一口氣。她轉身面向我。

「在這裡的確比較容易。」她簡短地說。

「是嗎？怎麼個容易法？」

「它——」她猶豫起來，彷彿試圖理解自己為何在跟我交談。「你為什麼想知道？」

我對她露齒一笑。「我猜，只是天生愛管閒事吧。」

「好，科瓦奇。」她雙手捧住咖啡杯。「這麼假設吧：某天迪米崔・凱德敏先生走進其中一間大型義體取回與重置保險公司。我是指相當**有名氣**的那種，或許像駿懋銀行（Lloyd's）或卡特萊特太陽企業（Cartwright Solar）吧。」

「這裡有嗎？」我指向窗外遠處的橋墩燈光。「在海灣市裡？」

當警方離開罕醉克斯飯店，但奧特嘉卻留下來時，龐克頭用奇怪的眼神看著她。她用臭罵對方、要對方立刻去下載凱德敏意識的方式趕走了他；接著我們走上樓。她一眼都不瞧駛離的警用飛艇。

「海灣市，東岸，甚至歐洲……」奧特嘉啜飲她的咖啡，一面被她自己要求罕醉克斯飯店倒的過量威士忌嗆得皺起臉。「不重要，重要的是公司——有名譽的公司，某家從意識下載被發明後就承接這類保險的公司。凱德敏先生想規避一項條款，而在與保險公司就購買貴賓方案一事進行討論後，他成功了。聽好，這得看起來完美無缺。這是長期詐騙，與其他案件的唯一差別，是我們追蹤的目標比金錢更重大。」

我向後靠在自己這一側的窗框邊。守望塔套房恰如其名，三個房間往外俯視北方與西方市區和周圍的水域，休息室中的窗架占了五分之一的空間，上頭擺滿了有著迷幻藥色彩的軟墊。奧特嘉和我相對而坐，之中隔了一公尺的空曠空間。

「好，這樣就有一個複本義體了。然後？」

奧特嘉聳聳肩。「致命意外。」

「在烏蘭巴托？」

「沒錯。迪米高速開車撞上高壓電塔，或摔出旅館窗外之類的。一名烏蘭巴托處理員回收了暫存器，在收下高額賄賂後，做了一件複本。卡特萊特太陽企業，或駿懋銀行則拿出他們的回收單據，將迪米（數位人類）運回複製人儲藏庫，將他下載進等著他的義體。謝謝你，先生。真榮幸和你合作。」

「與此同時……？」

「同時，處理員買下一具黑市義體，可能是當地醫院的某個昏迷病患，或是犯罪現場中外表沒有受到太大損傷的吸毒者。烏蘭巴托警方處理過很多到達時已死的案例。處理員抹除義體的心智，將迪米的複本下載進去，義體就走上街頭，透過亞軌道飛行到地球另一端，開始在海灣市工作。」

「妳不太常抓到這些傢伙。」

「幾乎從未抓到。重點是，你得同時抓到兩個複本。他們要嘛像這樣死亡，要嘛被聯合國以公訴罪起訴。沒了聯合國的幫助，就沒有從活體下載意識的合法權利。必輸的狀況下，在我們下手前，雙胞胎複本的暫存器就會從後頸被轟掉了。我目睹過這種事。」

「這挺嚴重的。這些罪行的處罰是什麼？」

「抹殺。」

「**抹殺**？這裡會那樣做？」

奧特嘉點點頭。她的笑意微微散發陰鬱，但笑容卻從未成形。「對，我們這裡會。嚇到你了？」

我思考了一下。軍團裡有些罪行會帶來抹殺處分，主要是逃兵或拒絕遵循作戰命令，但我從沒見識過這種刑罰被施行，它和逃跑的特殊訓練相互牴觸。在哈蘭世界，「抹殺」在我出生前十年就被廢止了。

「這有點守舊，不是嗎？」

「你為迪米要經歷的事感到難過？」

我將舌尖滑過口中的刮傷。我想到抵在脖子上的冰冷金屬槍口，搖頭。「不。但這能阻止和他一樣的人嗎？」

「還有其他的重大刑罰，不過那些人大多只會遭到儲存，長達好幾世紀。」奧特嘉臉上的表情說明她也不認為這是個好主意。

我放下咖啡，伸手拿香菸。這是完全自動化的本能動作，我也疲倦到無力阻止。當我把香菸靠上菸盒旁的點火板時，我對她瞇起眼。

「妳幾歲了，奧特嘉？」

她同樣瞇眼看我。「三十四。怎麼？」

「沒被數位化過，是嗎？」

「對，幾年前我接受過心理手術，他們也曾讓我被儲存幾天。除此之外，完全沒有。我不是罪犯，也沒錢負擔那種類型的旅行。」

我吐出第一口煙。「妳對這種事有點敏感，對吧？」

「我說了，我不是罪犯。」

「當然不是。」我的思緒回到上次看到維吉尼亞·維達奧拉的時候。「如果妳是罪犯，妳就不會認為被隔離兩百年是這麼簡單的刑責了。」

「我沒這麼說。」

「妳不必說。」我不知道自己是怎麼忘了奧特嘉的執法人員身分，但**某件事**的確讓我忽略了這點。我們之間產生了某種事物，某種宛如電力的因素；某種要不是我的特使直覺被新義體鈍化的話，就能察覺的事物。無論那是什麼，都已經從房裡消失了。我縮起肩膀，用力吸了口菸。我需要睡覺。

「凱德敏很貴，對吧？有這種開銷和風險的話，他肯定很昂貴。」

「一次暗殺約兩萬塊。」

「那麼班克勞夫特就沒有自殺。」

奧特嘉揚起一道眉毛。「對剛到本地的人來說，判斷得可真快。」

「噢，少來了。」我往她噴出一大團煙霧。「如果是自殺，是誰他媽的付兩萬塊來殺我？」

「你很討人喜歡，對吧？」

我身體前傾。「不，我在很多地方都惹人討厭，但沒惹過擁有那種人脈或那麼富有的人。我沒厲害到和那種程度的人物結怨。無論是誰派來凱德敏，對方都知道我在為班克勞夫特工作。」

奧特嘉露出笑容。「我以為你說他們沒叫你的名字？」

累了，武。我幾乎能看到維吉尼亞．維達奧拉對我搖晃手指。**特使軍團不受當地法律動搖**。

我盡可能地編織謊言。

「他們知道我是誰。凱德敏這種人不會躲在旅館，等著搶觀光客。奧特嘉，**少來這套**。」

她以沉默回應我焦急的辯詞，等了一下才開口。「所以班克勞夫特也被暗殺了？或許吧。所以呢？」

「所以妳得重啟調查。」

「你沒在聽我說話，科瓦奇。」她露出阻擋武裝分子去路時用的強硬笑容。「已經結案了。」

我靠回牆邊，透過煙霧端詳了她一陣子。最後，我說道：「妳知道，今晚，在妳的善後團隊抵達時，有個人給我看了他的警徽，時間長到我能仔細觀察。近看還挺精緻的，上頭有老鷹和盾牌，還有周圍的文字……」

她做了一個要我有話快說的手勢，而我在攤牌前，又用力吸了口菸。

「**保護與服務**？我猜等妳升上巡佐時，妳就不再相信了吧。」

成功了。她一隻眼睛下的肌肉抽搐了一下，臉頰也緊縮起來，彷彿她吃到某種苦澀的東西。她瞪著我，當下我以為自己說得太過頭了。而後她癱下肩膀，嘆了口氣。

「啊，繼續說吧。你他媽的懂什麼？班克勞夫特與你我可不同，他是個瑪士（Meth）。」

「瑪士？」

「對，瑪士。你知道，瑪士撒拉共活了九百六十九歲[5]。他很老，我是說，真的非常古老……」

「長壽是罪嗎，巡佐？」

「應該是的。」奧特嘉陰沉地說。「活了那麼久後，身上就會發生怪事——你對自己感到過度驕傲，最後，你自詡為神……突然間，世上的其他小人物，不管他們三十歲或四十歲，都沒有差別。你看過社會興亡，也開始覺得自己身處於社會之外，一切的一切都毫無意義。如果這些小人物阻擋了你的去路，也許你會開始屠殺他們，就彷彿只是摘了朵雛菊。」

5 Methuselah，聖經中的長壽人物

我嚴肅地看著她。「妳曾將這種事算在班克勞夫特頭上嗎？曾經發生過？」

「我指的並非班克勞夫特。」她不耐煩地駁斥。「我是指他**這種人**。他們就像人工智慧，跟我們是完全不同的種族。他們不是人類，而他們對待人類的方式，就像你我對待昆蟲一樣。這個嘛，當你和海灣市警局打交道時，這種態度有時會讓你惹上麻煩。」

我短暫地回想瑞琳・川原的誇張行徑，並思考奧特嘉究竟有沒有說錯。在哈蘭世界，大多數人都能負擔至少一次的義體重置，但重點是，除非你很有錢，否則你每次都得自然地度過一輩子；而就算有抗原治療，老年時期依然令人相當疲倦。第二次就更糟了，因為你知道未來會碰上什麼。不是很多人有心力面對這種事兩次。大多數人之後就會採用自發性儲存，有時會因家庭因素而被重新安置在義體上，不過，連那類義體安裝都會隨著時間經過而逐漸減少，新世代的人們則能在沒有上一代干涉的狀況下自由過活。

只有特殊的人才會一直活下去，**亟欲**繼續生存，生生輪替，也歷經無數義體。你從一開始就得有所不同，無論在累積了數世紀的時光後，自己會變成什麼模樣。

「所以就因為班克勞夫特是瑪士，就得受到差別待遇。抱歉，羅倫斯，妳是個傲慢又長壽的渾蛋——海灣市警方有更重要的事得做，沒時間認真看待你——妳就是這麼想的吧。」

但奧特嘉不會再上鉤了。她啜飲一口咖啡，不在意地擺了一下手。「聽著，科瓦奇。班克勞夫特還活著，無論案件狀況如何，他都有足夠的保全人力來維持他的生命安全。這裡沒人抱怨受到司法權濫的拖累。警局缺乏資金和人手，工時也過長，我們沒有資源來無限追蹤班克勞夫特口中的幻影。」

「萬一不是幻影呢？」

奧特嘉嘆了口氣。「科瓦奇，我親自帶鑑識團隊去過那棟屋子三次了。裡頭沒有掙扎跡象，防禦系統沒有被破壞，保全網路也沒有留下任何入侵者的紀錄。米麗安·班克勞夫特自願接受各種尖端測謊方式，毫不緊張地通過了所有測試。她沒有殺死她丈夫，也沒人闖進去殺她丈夫。羅倫斯·班克勞夫特殺了自己，理由只有他自己才明白，僅此而已。我很遺憾你得證明案情並非如此，但光是抱持希望，並不會讓事情產生他媽的轉機。這就是樁淺顯易懂的案件。」

「那電話呢？班克勞夫特也不可能忘掉自己有遠端儲存能力？那有人認為我重要到得派凱德敏來的這件事呢？」

「我不想和你爭辯，科瓦奇。我們會審問凱德敏，找出他知道的一切，但其他我之前徹底調查過的事已經讓我很煩了。外頭有比班克勞夫特更需要我們的人。當真實死亡受害者的暫存器被轟掉時，他們沒幸運到還有遠端存檔可以使用。天主教徒遭到屠殺，因為兇手知道受害者永遠無法從暫存器中出來指認他們。」奧特嘉扳著手指細數受害者種類時，眼中微弱的疲勞感逐漸增加。「有機傷害案的受害人沒錢進行義體重置，除非國家能提供用於對抗某人的法律責任。我每天都得花十小時以上的時間處理這些事，很抱歉，我沒有同情心能分給羅倫斯·班克勞夫特先生；他有一堆冷藏中的複製人，還有對高層的影響力，以及每次他的家族成員或員工犯法後，就會來煩我們的昂貴律師團。」

「那常發生，是嗎？」

「經常。不過別露出驚訝的表情。」她對我露出虛弱的微笑。「他是個該死的瑪士，他們都一樣。」

我並不喜歡她這一面。這也是我不想進行的辯論，我更不需要她對班克勞夫特的觀點。更重要的是，我的神經系統急於睡覺。

我捻熄香菸。

「我想妳該走了，巡佐。這些偏見讓我的頭很痛。」

她眼中閃爍著某種光芒，我無法判斷那是什麼感覺。那光芒稍縱即逝。她聳聳肩，放下咖啡杯放下，把腿甩向架子旁。她挺直身子，伸展了脊椎，直到骨頭發出嘎滋聲，接著頭也不回地往房門走。我待在原地，看著她的倒影在窗中的城市燈光中移動。

「嘿，科瓦奇。」

我往後看她。「忘了什麼嗎？」

她點點頭，嘴唇緊繃成彎曲的曲線，彷彿認出我們進行中遊戲的某個重點。

「你想要內幕嗎？你想從哪裡開始著手嗎？好吧，你給了我凱德敏，所以我想我欠你一次。」

「妳什麼都不欠我，奧特嘉。是罕醉克斯飯店的功勞，不是我。」

「莉拉・貝金（Leila Begin）。」她說。「要班克勞夫特的高級律師團幫你查那個名字，看看會出現什麼。」

房門滑上，房裡只剩下外頭城市的燈光。我盯著外頭一陣子，點燃一根新的香菸，吸到剩下濾嘴。

班克勞夫特沒有自殺，這點無庸置疑。我才接案不到一天，就已經有兩方前來遊說。首先，是克莉絲汀·奧特嘉派來監獄的有禮警察們，接著是海參崴的殺手和他的備用義體。更別提米麗安·班克勞夫特誇張的行徑了。這一切都比原本的計畫來得複雜許多。奧特嘉想要某個東西，雇用迪米崔·凱德敏的人也要某個東西；而他們想要的，似乎就是讓班克勞夫特案維持結案。

這不是我的選項。

「您的客人已經離開飯店。」罕醉克斯飯店說，我從沉思中回過神來。

「謝了。」我心不在焉地說，把菸蒂在菸灰缸上捻熄。「你能不能鎖上門，然後讓電梯不要上這棟樓？」

「當然可以。您想接到有人進入飯店的提醒嗎？」

「不用了。」我像條想吞蛋的蛇般打個了哈欠。「不要讓他們上來就好。接著的七個半小時也不要轉接任何電話進來。」

在睡意席捲前，我只能迅速脫光衣服。我把班克勞夫特的夏季西裝掛在方便椅上，爬上龐大的血紅色床鋪。床面短暫地波動，根據我的體重與身高做出相應調整，接著像水面一樣地捧起我。床單中散發一股淡淡的薰香。

我不怎麼專心地自慰，昏沉的腦筋回想米麗安·班克勞夫特充滿肉感的曲線，卻不斷憶起莎拉被卡拉什尼科夫衝鋒槍打爛的身體。

睡魔奪走了我的意識。

第七章

遺跡受陰影籠罩，血紅色的太陽逐漸沉入遙遠的山丘後。頭頂柔和的雲朵像被魚叉追殺的鯨魚般往地平線迅速飄去，強風吹拂過街道旁的樹木。

殷奈寧殷奈寧殷奈……

我知道這個地方。

我在遺跡中的毀損牆壁間探路，試著不要摩擦到牆面，因為當我碰到牆時，牆壁就發出低沉的槍響與尖叫，彷彿抹殺了這座城市的衝突滲入了殘餘的石牆中。與此同時，我移動得很快，因為有某個東西在跟蹤我，某種不在乎碰觸到遺跡的事物。我能透過身後傳來的槍聲與痛苦呻吟，精確地判斷該物體的位置。它越來越近。我試著加速，但我的喉嚨和胸口緊縮，對現況毫無幫助。

吉米．迪索托（Jimmy de Soto）從一座高塔的碎裂廢墟後方走出。我不訝異在這裡見到他，但他遭到毀壞的臉孔還是讓我嚇了一跳。他用殘餘的五官對我咧嘴一笑，把一隻手放上我的肩膀。我試著不要畏縮。

「莉拉．貝金。」他說，一邊朝我走來的方向點頭。「要班克勞夫特的高級律師團幫你查那個名字。」

「我會的。」我說，一面走過他身邊。但他的手停留在我肩膀上，這肯定代表他的手臂熱蠟般地在我身後伸長。我停下腳步，對自己讓他受到的痛苦感到罪惡，但他依然待在我肩膀旁。我繼續行走。

「要轉身反抗嗎？」他稀鬆平常地說，似乎毫不費力地出現在我身旁。

「反抗什麼？」我說，一面張開空無一物的手。

「你該帶武器，老兄。時機要緊啊。」

「維吉尼亞告訴我們，不要受制於武器。」

吉米．迪索托嘲弄地哼了一聲。「是呀，看看那個蠢婊子的下場。八十到一百年的刑期，不得緩刑。」

「你才不知道，」我心不在焉地說，注意力放在身後的追逐聲上。「你在那件事發生前好幾年就死了。」

「噢，少來了，現在有誰真的會死？」

「跟天主教徒說去吧。總之，你確實死了，吉米。我記得，回天乏術。」

「天主教徒是什麼？」

「之後再告訴你。你有香菸嗎？」

「香菸？你的手臂怎麼了？」

我打斷這段毫無邏輯的對話，並往下看自己的手臂。吉姆說到重點了。我前臂上的疤痕變成了新傷口，鮮血正流入我的手掌。所以當然……

我伸手到左眼處，發現眼睛底下也變得溼潤。我的手指沾滿了血。

「真幸運。」吉米．迪索托正氣凜然地說。「他們沒打中眼窩。」

他當然明白。他自己的左眼窩一片血肉模糊，那是他在殷奈寧（Innenin）用手指挖出自己眼球後的殘餘物。沒人知道他當時究竟看到了什麼幻覺。等到他們把吉米和其他的殷奈寧灘頭基地成員數位化來進行心理手術時，守軍的病毒早已徹底毀滅了他們的心智。病毒程式致命到當時的診所甚至不敢把暫存器上的資料用於研究。吉米．迪索托的殘存資料存放在密封磁碟中，上頭貼了「資料汙染」的印花，被收納在特使軍團總部的地下室某處。

「我得想辦法解決這件事。」我有些焦急地說。我的追蹤者從牆上發出的聲響變得越來越近。最後一道陽光消失在山丘後方。鮮血從我的手臂和臉上流下。

「聞到了嗎？」吉米問，把臉轉向我們周圍冷冽的空氣中。「他們改變它了。」

「——什麼？」但當我回話時，我也聞到了。那是種令人精神抖擻的新鮮氣味，類似罕醉克斯飯店的薰香，但有著微妙的差異，不太像是我睡著時聞到的醉人香氣……

「得走了。」吉米說，我正要問他去哪時，我就明白他說的是我而我——

醒了。

我雙眼睜開，看見飯店房間裡的其中一幅迷幻壁畫。穿著西亞式長衫的流浪者零星出現在長滿綠色青草與黃白交雜花朵的草原上。我皺眉，摳著前臂上硬化的疤痕組織。沒有血——明白這件事，我就完全清醒，在紅色大床上坐起身。薰香氣味的改變原本讓我變得清醒，現在則轉變為咖啡和新鮮麵包的香味。這是罕醉克斯飯店的晨間嗅覺鬧鐘。光線逐漸透過窗戶偏光玻璃上的縫隙照進黯淡的房間內。

「您有訪客。」罕醉克斯飯店簡短地說。

「幾點了？」我沙啞地問道。我喉嚨後方的感覺像是被塗了強烈冷卻膠。

「本地時間十點十六分。您睡了七小時又四十二分鐘。」

「我的訪客是誰？」

「歐穆．裴斯考。」飯店說。「您需要早餐嗎？」

我下了床，走向浴室。「要。咖啡加牛奶，全熟的白肉，還有果汁。你可以讓裴斯考上樓。」

等到房門發出鈴聲時，我已經沖完澡，穿著鑲有金線邊緣的螢光藍浴袍走了出來。我從客房服務艙口取走早餐，開門時用一隻手平衡著手上的托盤。

歐穆．裴斯考是個高大又頗具威嚴的非裔女子，高了我的義體幾公分，頭髮往後梳，上頭有許多橢圓玻璃珠，由我最喜歡的七、八種顏色組成，她頰骨上也紋有某種抽象的刺青。她站在門檻邊，身穿淡灰色套裝和衣領翻起的黑色長外套，眼帶質疑地看著我。

「科瓦奇先生。」

「是，請進。妳想吃早餐嗎？」我把托盤放在雜亂的床上。

「不用，謝謝你。科瓦奇先生，我是羅倫斯・班克勞夫特透過裴斯考、富比士與赫南德茲（Hernandez）聯合公司所派出的首席法務代表。班克勞夫特先生通知我——」

「對，我知道。」我從托盤上拾起一塊烤雞肉。

「重點是，科瓦奇先生，我們和賽查科技的丹尼斯・尼曼（Dennis Nyman）安排了會面，時間是……」她的雙眼短暫上移，檢查視網膜錶面。「三十分鐘內。」

「我明白了。」我說，一面緩慢地咀嚼。「我之前又不知道。」

「我從今天早上八點就不斷打電話，但飯店拒絕幫我轉接。我不知道你會睡得這麼晚。」

我滿嘴雞肉地對她露齒一笑。「那麼妳的事前功課就沒做好了。我昨天才被安裝進這具義體。」

她僵了一下，接著迅速轉為職業性的冷靜。她走進房間，坐在窗架上。

「那我們會遲到。」她說。「我猜你需要早餐。」

海灣市中心相當寒冷。

我走出自動計程車，踏入波動的陽光與強風中。晚上下過雨，還有幾堆灰色積雨雲擠在內陸上空，陰鬱地抗拒吹拂它們的強烈海風。我把夏季西裝的衣領拉高，內心提醒自己要買件大衣。不須太過正式，長度只要到大腿中段，加上衣領，以及大到能容納雙手的口袋。

我身邊的裴斯考包裹在大衣裡，看來相當舒適。她用拇指一刷，付了車費，我倆則在車身升空時後退。上升的渦輪引擎噴出宜人的熱空氣，吹在我的雙手與臉上。我因沙塵風暴而眨起眼睛，看見裴斯考舉起一隻纖細的手臂，做了同樣的動作。接著，計程車飛走，飛向內陸天空中的蜂巢式車潮中。裴斯考轉身面對我們身後的建築，用拇指簡潔地指了一下。

「走這裡。」

我把雙手塞進西裝中大小不合的口袋裡，尾隨她。我們微微逆風，緩慢走向賽查科技惡魔島機構的蜿蜒階梯。

我預期看到高科技設施，也沒有失望。賽查科技由一連串漫長低矮的雙層建築構成，凹陷的窗戶構造類似軍事指揮碉堡。唯一的差異，是西側建築的單一圓頂，我猜那裡存放了衛星上傳裝置。整個機構呈現淡灰泥色，窗戶則是閃爍模糊倒影的橘色玻璃。外頭沒有立體顯像或公關廣播，除了入口旁、傾斜石牆上的一塊簡樸雷射刻印招牌外，沒有其他顯示我們抵達正確地點的標示：

賽查科技企業

數位人類載具回收與儲存庫

複製性義體安裝

招牌上有個小型黑色保全鏡頭，旁邊裝有藏在沉重鐵條後的擴音器。歐穆．裴斯考舉起手臂，對鏡頭揮手。

「歡迎來到賽查科技惡魔島機構。」一道人造語音簡要地說。「請在十五秒的安全時間內說出自己的身分。」

「歐穆．裴斯考與武．科瓦奇來見尼曼局長。我們約好了。」

一道纖細的綠色掃描雷射從頭到腳地掃過我倆，接著一部分牆面就迅速滑開，露出後頭的通道。喜於脫離強風的我，敏捷地踏進門口，沿著橘色的走道燈光跨過短窄的走廊，走進接待區，裴斯考則隨後跟上。一等我們進入接待區，龐大的門板就轟隆一聲地關上。還真是滴水不露的保全。

接待區是個明亮的圓形區塊，裡頭有許多排椅子與矮桌，都擺放在基本方位上。有一小群人坐在北邊與西邊低聲交談。中央有張圓桌，一名接待人員坐在一堆書記設備後。他不是人造物，這是個真人，是名不比青少年大多少的纖瘦年輕人，我們走近，他抬頭用靈敏的雙眼看著我們。

「妳可以直接過去，裴斯考小姐。局長的辦公室位於樓上右手邊第三道門。」

「謝謝你。」裴斯考再度領起路，一等我們離開接待員可聽見的範圍，就短暫地轉過來低語：「自從這裡蓋好後，尼曼就太驕傲了。但他是個好人，試著別對他感到煩心。」

「好。」

我們照接待員的指示走，走到他說的門前時，我得停下腳步，壓抑住竊笑的衝動——毫無疑問地，尼曼的房門擁有地球上最佳的品味，徹頭徹尾地以鏡木打造而成。在高端保全系統與真人接待員後，這道門給人的感覺就像米夫人碼頭妓院（Madame Mi's Wharfwhore Warehouse）中的陰道型痰盂一樣浮誇。我的表現一定相當明顯，因為裴斯考敲門時，還對我皺了眉頭。

「進來。」

睡眠對我的心智和新義體之間的連結有著良好幫助。我整理好租來的五官表情，跟著裴斯考踏入房內。

尼曼坐在辦公桌前，看似正處理一臺灰綠色的立體顯像器。他是個纖瘦又外表嚴肅的男子，戴著金屬邊框的眼鏡，配上他昂貴的黑色西裝與整齊的短髮。他鏡片後的表情有些慍怒。裴斯考在計程車上打電話通知他說我們會遲到時，他並不高興，但班克勞夫特明顯聯絡過他——他像個被責罵過的孩子般，僵硬地接受了延後會面。

「既然你們要求觀察這裡的設備，科瓦奇先生，我們要開始了嗎？我已經把接下來幾小時都空下來了，但我還有客人在等。」

尼曼的某種態度讓我想起蘇利文典獄長，但他比起蘇利文更加圓滑，也少了些尖酸氣息。我望向尼曼的西裝和臉龐；假若典獄長的工作是為超級富翁照顧儲存室，而非看守犯人的話，他可能也會變成這種模樣。

「好。」

之後的一切都很無聊。就像大部分數位人類載具儲存庫，賽查科技只不過是裝有空調的大型倉庫貨架。我們經過地下室的房間，裡頭的氣溫被製造出改造碳基義體的科學家們建議維持在攝氏七到十一度；我們也看了擺滿龐大的、三十公分擴充模組硬碟的架子，以及觀看在儲存室牆上的維修用寬軌滑動的回收機器人。「這是雙分工系統。」尼曼驕傲地說。「每位客戶都會被儲存在兩個置於建築內不同區域的暫存碟中。暫存碟由隨機編碼分配，只有中央處理器能找到它們；系統上也有程式鎖，避免有人同時讀取兩個複本。要造成真正損害的話，就得闖進來，跨越所有保全系統兩次。」

我發出禮貌的回應聲。

「我們透過不少於十八個的安全軌道平臺進行衛星上傳連結，每個平臺都以隨機編碼綁定。」尼曼太過沉溺於自己的推銷言論了。他似乎忘記，裴斯考和我都不會使用賽查科技的服務。「軌道平臺一次不會被綁定超過二十秒。遠端儲存更新是透過針刺傳輸送來，因而也無法預測傳輸路徑。」

嚴格來說，這並非事實。如果是夠大、能力也夠強的人工智慧，遲早能確定路徑；但這只是捕風捉影，會使用人工智慧來對付你的敵人，就不需要用粒子爆能槍炸掉你的頭。我推測的方向錯了。

「我可以看看班克勞夫特的複製人嗎？」我突然問裴斯考。

「從法律方面來判斷嗎？」裴斯考聳聳肩。「我知道的是，班克勞夫特先生指示過讓你全權處理。」

全權處理？裴斯考整個早上都在對我說這些字眼。這些字幾乎感覺像是沉重的羊皮紙。那彷彿是某個亞連．馬利奧特角色在描述殖民時期的電影中會說的臺詞。

好吧，你如今人在地球上了。我轉回去看尼曼，他不情願地點頭。

「有些流程要跑。」他說。

我們回到一樓，由於沿途經過的走廊和海灣市中心監獄的義體安裝設施極度不同，反而讓我不悅地想起那地方。這裡沒有推車的橡膠輪胎痕跡——義體運輸裝置由氣墊載具負責——走廊上的牆面則漆上了柔和的色彩。外頭看來像是碉堡窺視孔的窗戶，室內則安裝了高第風格的窗框與窗簷。我們在一處牆角經過一個親手清理窗戶的女子。我揚起一道眉毛，誇張的事果然不斷出現。

尼曼注意到我的眼神。「機器人老是做不好某些工作。」他說。

「我想也是。」

複製人儲存庫出現在我們左邊，沉重又傾斜的鋼門和華麗的窗戶形成對比。我們停在一道門板前，尼曼則盯著門旁的視網膜掃描器。一公尺厚的鎢製門板緩緩往外打開。裡頭是個四公尺長的房間，另一端也有同樣的門。我們走了進去，外頭的門發出輕柔地、碰地一聲關上，將空氣擠進我的耳朵。

「這裡是氣密室。」尼曼畫蛇添足地解釋。「我們會受到音波清理，確保我們沒有將汙染原帶進複製庫。不用緊張。」

天花板的一盞燈閃爍著紫光，象徵除塵過程正在進行，第二道門則和第一道同樣無聲地開啟。我們踏入班克勞夫特的家族儲存庫。

我之前看過這類東西。瑞琳・川原曾為她在新北京的轉換複製體保存了一座小儲藏庫，軍團自然也有不少。不過，我從沒見過這麼大規模的儲存庫。

室內呈橢圓形，有著圓弧狀的天花板，儲存空間肯定也占據了機構中兩層樓的空間。這裡的尺寸之大，有如老家的神廟。照明並不強，用的是微弱的橘光，氣溫則跟體溫相同。到處都是囊袋，這些布滿青筋的半透明薄囊透出和燈光一樣的橘色，被纜線和營養管吊在天花板上。能些微地看到裡頭的複製人，儘管它們的手腳像胚胎般縮起，卻都已經完全成年了——至少大部分複製體是如此；圓弧頂端，我看得到體積較小的囊袋，裡頭正在培養新一批複製人。囊袋是有機物，由類似子宮內膜的強化物質構成，也會隨著內部的胚胎長大，在保存庫下半部脹成一公尺半長的菱形物體。整批囊袋像詭異的風鈴般懸吊著，等待某種病態的微風吹拂。

尼曼清了清喉嚨，而裴斯考和我則擺脫在門檻邊看得出神的狀態。

「這看來可能毫無章法，」他說，「但空間擺設是由電腦控制的。」

「我知道。」我點點頭，靠近其中一個較低的囊袋。「這是由分型計算的，對嗎？」

「啊，對。」尼曼看似對我的知識感到惱怒。

我往內窺視複製人。在離我幾公分遠的距離外，米麗安．班克勞夫特的五官在薄膜下的羊水中流露作夢般的神情。她的雙臂保護般地環繞胸前，雙手則在下巴下方緊握成拳。她的頭髮盤在頭頂上，被某種網子包覆。

「整個家族都在這裡。」裴斯考在我一旁說。「丈夫與妻子，還有六十一個孩子。大多只有一兩具複製體，但班克勞夫特和他太太分別有六個複製人。很厲害，對吧？」

「對。」我禁不住好奇，伸手碰觸覆在米麗安．班克勞夫特臉上的薄膜。膜壁很溫暖，在我的觸摸下微微張開。營養管與排廢管的插入點有突起的疤痕，針孔插入、用以抽取細胞樣本或提供靜脈注射藥物的部位上，也有微小的囊腫。薄膜會因為穿孔而張開，而後將癒合。

我轉身離開作夢的女體，面對尼曼。

「這一切都很不錯，但你應該不會等班克勞夫特進來時，才剝開其中一具義體。你一定有儲存槽。」

「走這裡。」尼曼示意我們跟著他，走向房間後頭、另外一道鑲在牆上的壓力門。我們經過時，高度最低的囊袋還怪異地搖晃了幾下，我也得蹲低以避免碰到囊袋。尼曼的手指像毛蜘蛛般在壓力門的鍵盤上跳動，接著我們踏入一個漫長又低矮的房間；在主儲藏庫的子宮式微弱燈光後，裡頭的臨床照明幾乎令人看不見。排成一列的八個金屬圓管被擺在牆邊，很像我昨天從中醒來的儲藏槽，但我的生育管毫無色彩，上頭還有因為頻繁使用而造成的上百萬道細小磨損痕跡；但這些圓罐上頭，則漆有一層厚實的奶油色塗漆，透明的觀測窗外還有黃色條紋，與具備不同功能的突起物。

「提供完整維生設備的冬眠艙。」尼曼說。「裡頭的環境條件和囊袋相同。義體安裝就是在這裡進行的。我們把還在囊袋中的新鮮複製人帶過來，把它們裝進槽內。儲存槽中的養分裡，有種會分解囊壁的酶，所以移動過程完全不會造成傷害。所有臨床工作都會透過安裝在合成義體中的職員進行，才能避免汙染的風險。」

我眼角瞄到歐穆．裴斯考厭煩地翻了白眼，我的嘴角則露出竊笑

「誰能進來這個房間？」

「我自己，以及使用當日密碼的授權員工。當然，還有擁有人。」

我沿著圓槽走，一面彎腰檢視每個圓槽底下的資料顯示器。第六個圓槽裡有米麗安的複製人，奈歐蜜則有兩個複製人，分別放在第七和第八個圓槽中。

「你冷凍了他女兒兩次？」

「對。」尼曼看起來很困惑，又露出帶有些微優越感的神情。這是他奪回在分型話題上丟掉的面子的好機會。「你不知道她目前的狀況嗎？」

「知道，她在接受心理手術。」我低吼。「但那無法解釋為何這裡有兩個她！」

「這個嘛，」尼曼迅速瞥了裴斯考一眼，彷彿說出接下來的資訊會造成法律問題。律師清了清喉嚨。

「賽查科技接到班克勞夫特先生的指示，得為他和核心家庭永久保留隨時能解凍的備用複製體。當班克勞夫特小姐待在溫哥華的心理治療暫存器中時，兩具義體就都被存放在這裡。」

「班克勞夫特家族喜歡改造他們的義體。」尼曼睿智地說。「我們很多顧客都會這樣做，能夠防止損害。只要儲存得宜，人體的再生能力就很強，我們當然也為重大傷害提供了完整的臨床修復程序，價格非常合理。」

「我相信。」我離開盡頭的圓槽，對他咧嘴一笑。「不過，你沒什麼辦法能挽救被炸爛的頭，對吧？」

一陣短暫的沉默出現，此時裴斯考盯著天花板一角，尼曼的雙唇緊閉，看來活像是肛門。

「我覺得你這句話毫無品味。」局長終於開口，「你還有更**重要**的問題嗎？科瓦奇先生？」

我停在米麗安．班克勞夫特的圓槽旁，探頭朝內看。即便透過觀測窗與黏液的霧面效果，裡頭模糊的身影依然散發強烈的肉感。

「我只有一個問題——誰決定何時更換義體？」

尼曼瞥向裴斯考，彷彿要為自己的話語徵求法律援助。「我受到班克勞夫特先生直接授權，在每次他被數位化時就立即進行轉換，除非得到特殊指示說不要這麼做。這次他沒有提出這種要求。」

有種東西不斷地刺激我的特使直覺；某種**符合**特定跡象的事物。現在下定論還言之過早。我在房裡四處觀察。

「無論進出儲存庫都會被監視，對吧？」

「當然。」尼曼的語氣依然冰冷。

「班克勞夫特前往大阪那天，有很多活動嗎？」

「不比平常多。科瓦奇先生，警方已經看過這些紀錄了。我看不出有什麼重要——」

「讓我看看。」我看也不看他地建議道，嗓音中的特使式語氣則像斷電器般立刻讓他閉嘴。

兩小時後，我在另外一臺自動計程車的車窗中盯著外頭，飛艇則從惡魔島降落平臺起飛，飛過海灣上的高空。

「你找到自己的目標了嗎？」

我望向歐穆．裴斯考，思索她是否感覺到我的頹喪。我以為自己已經壓抑了這具義體上的大多外表跡象，但我聽說，有律師接受過同理心強化，能察覺證人在庭上的心理狀態中的微妙特徵。而在地球上，如果歐穆・裴斯考備有全副紅外線亞音速身體，還在那顆美麗的黑色腦袋中裝了語音掃描器，我也不感到意外。

班克勞夫特儲存庫在八月十六日星期四的進出資料，就跟週二午後的三島購物中心（Mishima Mall）一樣毫無疑點。早上八點，班克勞夫特和兩名助理進來，脫光衣服後便爬進了等待槽。助理帶著他的衣物離開。十四個小時後，他的替換複製人就從鄰近的水槽溼淋淋地爬出，從另一名助理手中拿了條毛巾，接著去沖澡。除了禮貌性對話外，他們什麼也沒說。什麼都沒提。

我聳聳肩。「我不知道，我還不知道自己在找什麼。」

裴斯考打了個呵欠。「完全吸收（Total Absorb），是嗎？」

「對，沒錯。」我更專注地盯著她。「妳很熟特使軍團？」

「略知一二。我處理過聯合國訴訟案，很容易能學到這些字眼……目前為止，你吸收到什麼？」

「只知道儘管警方說沒事，疑雲卻依然重重密布。妳見過負責本案的警官嗎？」

「克莉絲汀・奧特嘉。當然，我忘不了她。我們花了一整週在桌邊彼此大吼。」

「印象如何？」

「對奧特嘉的印象？」裴斯考看來相當訝異。「據我所知，她是好警察。有著作風強硬的名聲。有機傷害部這部門滿是警方的硬漢，所以能有那種名聲並非易事。她處理案件的效率很高——」

「班克勞夫特並不喜歡。」

沉默。裴斯考警覺地看我。「我說有效率，並沒有說持續。奧特嘉盡了責，但——」

「但她不喜歡瑪士，對嗎？」

又是一陣沉默。「你很了解街頭風聲，科瓦奇先生。」

「總會學到些新字眼。」我誠懇地說。「如果班克勞夫特不是瑪士的話，妳覺得奧特嘉會繼續處理本案嗎？」

裴斯考想了一下。「這是常有的偏見。」她緩緩地說。「但我不懂為何奧特嘉因此拒我們於千里之外。我想，她只是覺得自己收到的回饋不夠多；警局的升遷系統有部分是基於破獲的案件數目。沒人認為這個案子能被迅速解決，而班克勞夫特先生也還活著，所以……」

「有更重要的事得做，是吧？」

「對。大概吧。」

我又盯著窗外。計程車正飛過結構纖細的摩天大樓頂端與大樓間車潮擁擠的縫隙。我能感到體內有股怒氣正在醞釀，理由卻和當下的問題毫無關係。某種透過參與軍團的多年歲月，與經常看到的情緒性災難所累積下來的負面能量，就像沉澱在靈魂表面的淤泥。**維吉尼亞．維達奧拉**、**在殷奈寧死在我懷中的吉米．迪索托**、**莎拉**……無論怎麼看，這都是失敗者名單。

我壓下這分思緒。

我眼睛下方的疤痕正在發癢，指尖也感到尼古丁癮頭帶來的些許煩躁。我揉了揉傷疤，但沒碰口袋中的香菸。在今早的某個不明時間點，我決定要戒菸——這是我的隨機動念。

「裴斯考，妳為我選了這具義體，對嗎？」

「抱歉？」她正忙著檢視視網膜下的投射影像，花了一下才回神到我身上。「你說什麼？」

「是妳選了這具義體，對嗎？」

她皺起眉頭。「不是。就我所知，是班克勞夫特先生挑選的。我們只是根據要求提供名單。」

「不，他告訴我，負責處理的是他的律師團。我很肯定。」

「噢。」她鬆開眉頭，微微一笑。「班克勞夫特先生有很多律師。他可能委託了另一家事務所處理。怎麼了？」

我咕噥一聲。「沒事。這具義體之前的主人會抽菸，但我不會。這令人煩躁。」

裴斯考的笑容越發圓潤。「你要放棄了嗎？」

「如果我有時間的話。班克勞夫特的條件是，等我一解決案件，我就能免費被重新安裝到義體上，所以期間多長都無妨。我只是很討厭每天起床時，喉嚨裡都有一口臭痰。」

「你覺得辦得到嗎？」

「戒菸？」

「不。解決這宗案件。」

我面無表情地望著她。「我沒有其他選項，律師。妳看過我的雇用條款嗎？」

「有。那是我擬的。」裴斯考同樣肅穆地看我，但埋藏在她表情底下的，則是些許不適感；我得看到那跡象，才能阻止自己伸出僵硬的手，把她的鼻梁骨打進她的頭蓋骨中。

「原來呀原來。」我說，接著繼續往窗外看。

我的拳頭塞到妳老婆的騷穴裡你還一邊看你這該死的瑪士你不能

我拿下面罩，眨了眨眼。這行字附上了某種粗糙但有效的虛擬視覺影像，以及亞音速音效，讓我的頭感到一片暈眩。辦公桌對面的裴斯考同情地看著我。

「都這樣？」我問。

「這個嘛，會越來越沒邏輯。」她指向浮在桌面上的立體顯像螢幕，我正在讀取的檔案以冷調的藍色和綠色顯示。「我們叫這個 R&R 暫存器。意思是狂犬亂吠（Rabid and Rambling）。事實上，這些人的行徑都太誇張了，不會構成真正威脅，但知道外頭有這種人的感覺並不好。」

「奧特嘉逮捕過他們嗎？」

「那不屬於她部門的權限。當我們大肆抱怨時，通訊犯罪部（Transmission Felony Division）三不五時會抓到人，但由於傳播科技的普及，這麼做就像把網拋向煙霧。就算你抓到人，他們也只會被儲存起來幾個月，很浪費時間。班克勞夫特允許我們刪除前，我們大多擱置這類資料。」

「最近六個月都沒有新資訊嗎？」

裴斯考聳聳肩。「可能有些宗教神經病吧。為了六五三法案而來的天主教徒增加了一點。班克勞夫特先生在聯合國法院有強大的非正式影響力，這點大家都知道。噢，有些火星考古教派也抱怨過他擺在大廳的歌戟樹，上個月，明顯是他們創辦人因為破損的壓力裝而犧牲的周年紀念，但這些人都缺乏能破解日觸宅邸周邊防禦設施的經費。」

我把椅背往後彎，盯著天花板看。一群灰鳥飛過天空，呈V型往南飛去。牠們的叫聲相當清楚，還對著彼此鳴叫。裴斯考的辦公室受過環境調整，內部空間的六面牆都投射出虛擬影像。目前，她的灰色金屬辦公桌相當不協調地擺在一道草原斜坡的中段上，照在上頭的陽光正逐漸轉弱，遠方有一小群牛，有時還傳來鳥鳴。這是我看過最優秀的影像解析度。

「裴斯考，妳能告訴我多少關於莉拉．貝金的事？」

接下來的沉默讓我把目光轉回地面。歐穆．裴斯考正盯著原野一角。

「我猜是克莉絲汀．奧特嘉告訴你那個名字的。」她緩緩說道。

「對。」我坐起身。「她說這會讓我了解班克勞夫特。事實上，她要我讓妳處理這件事，看看妳有沒有反應。」

裴斯考轉過來面對我。「我看不出這跟目前的案件有何關聯。」

「試試看。」

「好吧。」當她說話時，語氣中有種暴怒感，臉上也露出強硬的神情。「莉拉．貝金是個妓女，也許現在還是。五十年前，班克勞夫特曾是她的顧客之一。透過幾次不謹慎的遭遇，這件事被米麗安．班克勞夫特知道了。兩名女子在聖地牙哥的某個社交場合碰面，擺明一起去了廁所，然後米麗安．班克勞夫特就痛打了莉拉．貝金一頓。」

我仔細盯著辦公桌對面、裴斯考的臉龐，感到困惑。「就這樣？」

「不，不只如此，科瓦奇。」她疲憊地說。「貝金當時懷了六個月身孕。由於被打，她失去了孩子。你無法把脊椎暫存器裝入胚胎中，因此造成了真實死亡，給米麗安．班克勞夫特帶來三到五十年的徒刑。」

「孩子是班克勞夫特的嗎？」

裴斯考聳聳肩。「這點有爭議。貝金拒絕讓他們為胚胎做基因配對，她說父親是誰並不重要。她可能覺得從媒體的角度看來，不確定比直接否認更有價值。」

「或者她只是太悲傷了？」

「少來了，科瓦奇。」裴斯考不耐地指向我。「我們說的是一個來自奧克蘭的妓女。」

「米麗安．班克勞夫特有因此被儲存嗎？」

「沒有，這就是奧特嘉找到的把柄。班克勞夫特買通了所有人。證人、媒體，最後甚至連貝金也拿了錢——一切爭執都在法庭上和解了，錢多到夠買下駿懋銀行的複製方案，讓她安全脫身。照我之前聽說的消息，她正用第二具義體在巴西某處過活。但這是半世紀前的事了，科瓦奇。」

「妳當時出生了嗎？」

「還沒。」裴斯考在辦公桌上傾身。「克莉絲汀．奧特嘉也還沒出生，所以聽她抱怨這種事，就令人感到噁心。噢，當他們上個月撤出調查時，我也聽了這件事很久。她從來沒見過貝金。」

「我想那是原則問題。」我溫和地說。「班克勞夫特還經常買春嗎？」

「那與我無關。」

我把手指戳過立體顯像螢幕，看著彩色的檔案因干擾物而扭曲。「也許這跟妳有關，律師。畢竟，性妒意是相當明顯的謀殺動機。」

「容我提醒你，當米麗安．班克勞夫特被詢問那個問題時，測謊結果是陰性。」裴斯考語氣尖銳地說。

「我不是指班克勞夫特太太。」我停止玩弄螢幕，望向辦公桌另一頭的律師。「我是說外頭上百萬個女人，以及她們背後人數更多、也更不想看到她們被瑪士玩弄的血親。那得包括幾個秘密侵入的專家——我並非在說雙關語——或許還有一兩個神經病。簡單來說，就是能闖進班克勞夫特家射死他的人。」

遠方傳來牛隻悲傷的哞聲。

「這樣說吧，裴斯考。」我把手揮過立體顯像。「如果這裡寫的是『為了你對我的女友、女兒、姊妹、母親所做的事』呢？」

我不需要她的回答。我可以從她臉上看出答案。

隨著太陽在辦公桌上映出條紋般的陰影，樹林中的鳥鳴也移轉到草地上時，歐穆．裴斯考彎腰面對資料庫鍵盤，在螢幕上叫出散發紫色光線的橢圓形立體影像。我看著它像某種立體派藝術家對蘭花的詮釋般緩緩綻放。另一頭牛在我身後發出不滿的鳴叫。

我又戴上面罩。

第八章

這座小鎮叫做琥珀鎮（Ember）。我在地圖上發現它，它位於海灣市北方兩百公里處，濱海道路上。鄰近的海域上有個非對稱的黃色符號。

「『自由貿易執行者號』（Free Trade Enforcer）。」裴斯考說，一面從我肩膀後頭窺視。「航空母艦，這是世上最後一艘大型戰艦。某個白痴在殖民年代初期讓它擱淺，之後城鎮就圍繞著戰艦出現，吸引觀光客前來。」

「觀光客？」

她看著我。「那是艘大船。」

我在距裴斯考辦公室兩街區外的破爛車行雇了臺老舊的地面用車，往北駛過紅鏽色吊橋。我需要時間思考。濱海公路鮮少被維修，也幾乎完全廢棄，因此我沿著道路中央的黃線行駛，並以時速一百五十公里穩穩地前進。收音機放出一連串電臺廣播，我根本聽不懂裡頭的文化影射，但最後我終於找到一個新毛澤東主義者DJ，頻道記憶體被鎖進某個沒有業者想接手的老舊廣播衛星裡。裡頭的高政治敏感度與甜膩的卡拉OK樂曲令人難以抗拒。海洋的氣味從敞開的窗戶飄進來，道路則在我面前不斷蜿蜒，使得我暫且忘了軍團和殷奈寧，與其他之後發生的事。

等到我抵達繞進琥珀鎮的漫長彎道，太陽正往自由貿易執行者號傾斜的起落甲板後下沉，最後一道陽光，在廢船陰影兩旁的海浪上留下難以察覺的粉紅色光點。裴斯考說得沒錯，這的確是艘大船。

為了陰影周圍逐漸升高的房屋，我放慢了車速，心不在焉地思考有誰會蠢到把這麼大的船開到如此接近岸邊的位置。也許班克勞夫特知道吧，他或許當時就活在世上了。

琥珀鎮的主要大街沿著海岸延伸，貫穿了整座城鎮，一列華麗的棕櫚樹和鑄鐵製的新維多利亞式鐵欄則將城鎮和海灘隔開。棕櫚樹的樹幹裝上了立體顯像廣告，上頭都投射出一張同樣的女人臉龐，旁邊有圈字：滑不溜丟——**安查娜・沙洛莫（Anchana Salomao）與里約軀體劇場（The Rio Body Theatre）**。小部分人在外頭瀏覽著圖片。

我用低檔讓車子沿著街道行駛，掃視建築外型，最後在走過三分之二條大街後，發現了目的地。我滑行過去，將車子停在五十公尺外，坐了幾分鐘，看看外頭有沒有事發生；確認什麼事都沒有後，我就走出車外，回到街道上。

艾略特資料連結公司（Elliott's Data Linkage）是間被工業化學物質排放口與無人停車場夾在中間的狹窄房舍，停車場上的海鷗尖銳地鳴叫，在被棄置的硬體裝置間爭奪食物殘渣。艾略特公司的門夾著一臺故障的平面螢幕，使門維持開啟狀態，直接導向了運作室。我走了進去，上下打量室內。裡頭有四臺終端機兩兩背對，擺在塑膠製長櫃檯後方。電腦後頭的門則引向裝有玻璃牆的辦公室。遠端牆面上架了七臺螢幕，上頭令人費解的資料不斷往下捲，螢幕間的粗糙間隙標注了門擋器之前的位置。後頭托架被強力拔起的部位，還留有油漆上的刮痕。間隙旁的螢幕有蔓延出去的閃爍，彷彿毀損了第一臺螢幕的問題其實有傳染性。

「我能幫你嗎？」

一個無法判定年齡、臉龐纖瘦的男子從其中一堆電腦設備旁的牆角探出頭來。他嘴裡叼著一根末點燃的香菸，一條電纜則插入他右耳後的面板上。他蒼白的皮膚看似相當不健康。

「是，我要找維克多・艾略特（Victor Elliott）。」

「在外面。」他指向我來的方向。「看到欄杆邊的老傢伙嗎？那個在看廢船的人，就是他。」

我望著門外的夜色，發現欄杆旁的孤獨人影。

「他擁有這個地方，對吧？」

「對。他活該。」資料駭客（datarat）咧嘴一笑並指向周圍。「因為工作性質如此，所以他不太需要待在辦公室。」

我對他道謝，回到街上。日光逐漸消失，安查娜・沙洛莫立體顯像中的臉龐在變濃的黑暗中變得更加亮眼。我走過其中一道招牌底下，來到鐵欄旁的男子身邊，把雙臂靠上黑鐵棒。我加入他時，他望了過來，致意般地向我點了一下頭，接著繼續盯著地平線，就像正在找尋海洋與天空之間的縫隙。

「那艘船停泊的方式真糟。」我說，指向廢船。

這使他在回答我前，先質疑地看了我一眼。「據說是因為恐怖分子。」他的語氣相當空洞，毫無興致可言，彷彿他曾將心力投注在使用嗓音上，但某些東西卻壞掉了。「或者聲納在暴風雨中故障了；也許兩者皆是。」

「或許是為了保險才這樣幹的。」我說。

艾略特再度望向我，眼神更為嚴肅。「你不是本地人？」他問，這次語氣中多了點興趣。

「不是。我只是路過。」

「從里約來嗎？」當他說話時，往上指向安查娜．沙洛莫。「你是藝術家嗎？」

「不是。」

「噢。」他似乎思考了一下。彷彿交談是他早已遺忘的能力。「你的動作很像藝術家。」

「夠接近了。我從事軍事神經化學系統。」

他明白了，但只能從眼中一閃而逝的神色看出他的震驚。他緩慢地上下打量我，轉回海面。

「你是來找我的？班克勞夫特派你來嗎？」

「可以這樣說。」

他舔溼了雙唇。「來殺我嗎？」

我從口袋中拿出文件，遞給他。「來問你問題——是你傳送這些訊息的嗎？」

他讀了文件，嘴唇無聲地抖動。我腦中可以想見他再度念出的句子——**……因為你搶走我的女兒……要燒光你頭上的血肉……永遠不知道當下的時間……這輩子逃不掉的……**這些文字沒什麼創意，但其中的情感十分真實，敘述方式也比任何裴斯考在狂犬亂吠暫存器中給我看過的怨言都更令人擔心。裡頭還標明了班克勞夫特死亡的日期。粒子爆能槍先把班克勞夫特的頭顱外側燒得焦黑，接著用高溫能量炸到房間另一頭。

「對，那是我寫的。」艾略特平靜地說。

「你知道上個月有人暗殺了羅倫斯．班克勞夫特。」

他把紙遞回給我。「是嗎？我聽說，是那渾蛋自己轟掉頭的。」

「嗯，那也不無可能。」我同意道，一邊把紙揉成一團，丟進底下海灘上的垃圾堆。「但那並非我被雇來調查的方向。很不幸的是，他的死因和你描述的方式非常接近。」

「我沒有下手。」艾略特平淡地說。

「我也覺得你會這樣說。我可能會相信你，只是殺了班克勞夫特的人，破解了某些非常強大的保全系統，而你以前在戰略陸戰隊幹到中士。聽著，我在哈蘭世界知道一些技術，有幾種是用來執行秘密暗殺的。」

艾略特好奇地看著我。「你是蚱蜢嗎？」

「什麼？」

「蚱蜢，外星移民。」

「對。」艾略特之前對我的畏懼正在迅速消散。我考慮說出特使的身分，但似乎不必要。他還在說話。

「班克勞夫特不需要從別的星球找打手來。你扮演什麼角色？」

「私人承包商。」我說。「找到兇手。」

艾略特哼了一聲。「你以為是我。」

我沒這樣想過，不過我刻意忽視這句話，因著誤解，反而使他獲得某種優越感，促使對談繼續。他眼中逐漸露出某種光芒。

「你覺得我能闖入班克勞夫特家？我知道我辦不到，因為我檢查過資料了。如果有辦法進去，我早在一年前就下手了，你會在草皮上發現他的碎片。」

「因為你的女兒？」

「對，就是因為我的女兒。」怒氣讓他的動作幅度變大。「我女兒，以及跟她一樣的人——她只是個孩子！」

他停了下來，又往外盯著海面。過了一陣子，他指向自由貿易執行者號，現在我能看到微小的燈光出現在起落甲板斜坡上，肯定有人在上頭搭建了舞臺。「那曾是她想要的，是她唯一的渴求。軀體劇場，像安查娜‧沙洛莫和李莉安（Rhian Li）一樣。她去海灣市的原因，是因為她聽說當地有人脈，有人能——」

他突然停下，盯著我。資料駭客說他很老，這是我第一次見識到那麼說的原因——儘管他有結實的軍人體格，和幾乎沒有發胖的腰身，他的臉孔卻十分衰老，長期的痛苦在他臉上刻下深邃的疤痕。他幾乎要哭出來。

「她本來會成功的，她很美……」

他在口袋中摸索。我拿出香菸，遞給他一根。他自動接過，用菸盒上的點火板點燃香菸，但依然在口袋裡摸索，直到拿出一個小的柯達水晶圖塊（Kodakkrtistal）。我並不想看，可是他在我開口前就啟動了裝置，一個小方塊型的影像出現在我們之間。

他沒錯，伊莉莎白・艾略特（Elizabeth Elliott）是個美麗的女孩，滿頭金髮，擁有運動員般的身材，只比米麗安・班克勞夫特年輕個幾歲。圖片無法顯示她是否具備參與軀體劇場所需的決心與強悍體力，但她可能還是會嘗試。

立體影像顯示，她站在艾略特和另一個女人之間，那女人看來像是年長版的伊莉莎白。他們三人的照片是在某片陽光普照的草皮上拍攝的，拍照者身邊的樹所投射的陰影，籠罩住年長女子的臉龐，使照片稱不上完美。她正在皺眉，宛如注意到構圖中的缺失，但她的眉頭只是微微皺起，在眉間形成一道小細線。人像的細節裡充滿了喜悅。

「死了。」艾略特說，猜出了我將注意力放在哪。「四年前……你知道浸漬是什麼嗎？」

我搖搖頭。**「當地民情。」**維吉尼亞・維達奧拉的聲音在我耳邊浮現。**「好好學習。」**

艾略特仰頭，開始我以為他看的是安查娜・沙洛莫的立體影像，但隨即發現，對方仰視著更高的天空。「在上面。」他說，跟他提到他女兒的年輕歲月之時一樣突然停止。

我靜靜地等待。

「上頭有通訊衛星，它們大量傳輸資料。你可以在某些虛擬地圖上看到這種景象，活像是某人繞著世界織圍巾。」他又往下看我，眼神閃爍著淚光。「是艾琳（Irene）說的——幫世界織圍巾。圍巾中有些部位是人——被傳送到不同身體的數位化有錢人。好多記憶、感受與思緒，被轉化成數據封包。」

我猜自己明白他接下來要說什麼，但我保持安靜。

「如果你和她一樣厲害，也有恰當的設備，你就可以檢查這些訊號。這種東西被稱為心理咬痕（mindbite）。短暫待在某個時尚圈公主腦袋裡的思緒，或粒子理論家的想法，又或國王童年的回憶，這種東西是有市場的。噢，社交雜誌總會出版這類人的腦內漫步（skullwalk），但一切都是授權過的簡化資訊，適合大眾吸收的資料。沒有任何出乎意料的時刻，也沒有會讓任何人感到難堪，或影響好感度的醜聞，只剩下明亮的塑膠式笑容。那不是人們想看見的。」

我對此保持懷疑。腦內漫步雜誌在哈蘭世界也很受歡迎，它們的顧客唯一抱怨過的一次，就是其中一名它們詮釋的名人流露某種人性上的弱點。婚姻不貞和虐待性言論通常容易引發大眾怨言。這很合理。任何可悲到想花這麼多時間待在自己腦袋外的人，都不會想看到他們如此羨慕的華麗腦袋反映出基礎的現實人性。

「透過心理咬痕，就能得到一切。」艾略特的語氣中有種特殊的熱忱，我猜那來自他妻子的想法。「質疑、汙點和人性。人們願意支付大筆財富來見證這些事。」

「但這是非法行為？」

艾略特指向標有他姓氏的店家招牌。「資料市場崩潰了。太多掮客，環境已經完全飽和。我倆都有複製人與義體重置的保險方案還沒付錢，再加上伊莉莎白。我自己的福利金完全不夠，我們能怎麼辦？」

「她有多少時間？」我輕柔地問他。

艾略特盯著海洋。「三十年。」

過了一陣子，他還直盯著水平線，說道：「我順利熬過六個月，然後打開螢幕，發現某個企業談判家穿了艾琳的身體。」他半轉向我，大聲咳嗽起來，像是笑聲。「大企業直接從海灣市儲存機構買下義體，比我能負擔的金額多出五倍。他們說那賤人只會隔月使用義體。」

「伊莉莎白知道嗎？」

他點了一下頭，動作活像落下的斧頭。「有天晚上，她逼我全說出了口。我連線得太忘我了，整天都在暫存器間遊蕩，找尋生意機會，完全不確定自己身在何處，或現實中發生的事。你想知道她說了什麼嗎？」

「不想。」我低語道。

他沒聽見我的話，握著鐵欄的關節因用力而發白。「她說：『別擔心，爸爸，等我有錢了，我們就可以把媽咪買回來。』」

情況越來越不受控了。

「聽著，艾略特，我對你的女兒感到很遺憾，但在我聽來，她並不在班克勞夫特會去的場所工作。傑瑞密室（Jerry's Closed Quarters）比不上家族，對吧？」

前任技術兵毫無預警地撲向我，眼神和扭曲的雙手中帶著盲目的殺意。我無法責怪他，他看到的只有面前的班克勞夫特走狗。

但你**無法**突襲特使——我受過的訓練不會讓這種事發生。幾乎在他察覺到自己動手前，我就發現了攻擊動作，我借來的義體中的神經化學系統也在微秒之內發動。他攻擊低處，企圖鑽過他以為我會祭出的防備動作，打算用擊打軀體的方式打斷我的肋骨——然而防備動作並未出現，我的身體也不在那裡——我反而溜進他的鉤拳範圍內，用體重讓他失去平衡，並用一條腿纏住他的腳。他往後撞上欄杆，我狠狠地用手肘往上擊中他的太陽穴；他的臉色因毆擊而變得蒼白。我俯身，把他壓在鐵欄上，用拇指和其他手指用力夾住他的喉嚨。

「夠了！」我有些不穩定地唾罵。義體的神經化學系統，比我過去在軍團裡使用過的植入性裝置，勁道還要猛；系統全面啟動時，強烈的感覺就像皮下組織被塞了一堆細鐵絲，還被甩來甩去。

我往下看艾略特。

他的雙眼離我只有一隻手掌的距離，而儘管我扣住他的喉頭，他雙眼中依然充滿怒火。當他企圖掙脫我的掌握並傷害我時，齒縫中流瀉出嘶嘶吐氣聲。

我把他拉開柵欄邊，謹慎地將他推開。

「聽好，我無意批判任何人。我只是想知道真相——你為什麼會覺得她與班克勞夫特有關？」

「因為她**告訴過**我，王八蛋，」他幾乎嘶啞地講出這句話。「她把他做的事都告訴我了！」

「什麼事？」

他快速地眨眼，噴湧出的怒火轉為淚水。「骯髒的事，」他說。「她說他**需要**做這些。他的需求迫切到不斷回去找她，也嚴重到要付錢做這些事。」

鐵飯碗。**別擔心，爸爸，等我有錢了，我們就可以把媽咪買回來**。年輕氣盛的人容易犯這種錯。但天下沒有白吃的午餐。

「你認為那是害死她的理由嗎？」

他轉頭看我，彷彿我是廚房地板上出現的特殊毒蜘蛛。

「她沒有**死**，先生。有人殺了她。某人拿剃刀殺了她。」

「判決紀錄說兇手是名客戶，不是班克勞夫特。」

「他們怎麼會懂？」他沉悶地說。「他們是說有具義體，但誰知道裡面的人是誰？還有雇他的人。」

「他們找到他了嗎？」

「殺死生化包廂（biocabin）裡妓女的兇手？你覺得呢？她可不為家族工作，對吧？」

「我不是那個意思，艾略特。你說她在傑瑞妓院碰上班克勞夫特，我也相信你。但你得承認，這不像班克勞夫特的作風。我見過那男人——說到他去貧民窟遊蕩？」我搖搖頭。「我不覺得他會這樣做。」

艾略特轉過身。

「不過是血肉。」他說。「你能在瑪士的血肉中看出什麼？」

外頭幾乎已經完全黑暗，表演在水域對面的戰艦甲板上展開。我們盯著燈光看了一陣子，還聽得見曲調輕快的音樂，就像我們永遠無法進入的遙遠世界所傳來的訊息。

「伊莉莎白還在冷凍中。」我平靜地說。

「對，所以呢？義體重置政策四年前就失效了，當時我們把所有錢都丟給了某個自稱能打贏艾琳官司的律師。」他指向自己辦公室微亮的招牌。「我看起來像能立刻賺大錢的人嗎？」

之後我們無話可說。我離開他，讓他獨自觀看燈火，走回車上。當我在離開小鎮的路上駛過他身邊時，他依然待在原處。他沒有移開視線。

第九章

我從車上打電話給裴斯考。她的臉孔出現在儀表板上積滿灰塵的小螢幕時，神情看起來有些不耐煩。

「科瓦奇。你找到自己要找的東西了嗎？」

「我還不清楚到底要找什麼。」我愉快地說。「你覺得班克勞夫特會去生化包廂嗎？」

她拉長了臉。「噢，拜託。」

「好吧，換一個問題。莉拉・貝金曾在生化包廂工作過嗎？」

「我真的不知道，科瓦奇。」

「好，快去查。我可以等。」我的語氣相當生硬。經歷過維克多・艾略特對女兒的悲憤後，我沒心情應付裴斯考的輕蔑。

律師從螢幕上消失，我用手指敲擊著方向盤，發現自己居然哼起了米爾斯波特漁夫的船歌。外頭的海岸隨著夜色後退，但海水的氣味與聲音突然間都變得怪異。太靜了，風中一點回音都沒有。

「找到了。」裴斯考坐回電話鏡頭前，看來有些不適。「貝金的奧克蘭紀錄顯示她受到其中一個聖地牙哥家族聘用前，曾在生化包廂工作過兩次。她一定有參與權，或有星探找上了她。」

班克勞夫特無論到哪，都肯定是參與權的保證——我抗拒著心裡挑明這點的誘惑。

「妳那邊有圖片嗎？」

「貝金的？」裴斯考聳聳肩。「只有2D畫面。你要我傳過去嗎？」

「麻煩妳。」

古老的車內電話在調整收到的訊號時，嘶嘶作響，接著莉拉．貝金的五官就出現在雜訊中。我靠近觀察，檢視上頭的線索。我花了一陣子才找到，但線索的確存在。

「好。妳可以幫我查伊莉莎白．艾略特工作的地址嗎？傑瑞密室，位於一條叫馬利波薩（Mariposa）的街上。」

「馬利波薩和聖布魯諾（San Bruno）。」裴斯考虛無飄渺的嗓音從莉拉．貝金風騷的噘嘴照片後飄出。「老天，就位在舊高速公路下，那一定違反了安全規範。」

「妳可以傳地圖給我，然後標出橋上的路線嗎？」

「你要去那裡？今晚嗎？」

「裴斯考，這些地點白天不會營業。」我耐心地說。「我當然得今晚去。」

電話另一頭傳來些許猶豫。

「那不是我會建議你去的地方，科瓦奇。你得小心。」

這次我忍不住發出嘲諷的哼聲——簡直像某人要外科醫生小心別讓自己的手沾滿血。她一定聽見我的哼聲了。

「我會傳地圖過去。」她僵硬地說。

莉拉．貝金的臉孔隨即消失，一幅充滿方格狀圖形的街道圖取而代之。我不再需要她了……她的頭髮是眩目的深紅色，喉嚨上戴著鋼製項圈，雙眼周圍的妝容則讓她流露訝異的眼神；但我最印象深刻的，是底下的臉部線條。類似的曲線出現在維克多．艾洛特的柯達水晶圖塊中的女兒影像上……那是低調卻無法令人忽視的相似。

——米麗安．班克勞夫特。

我回到市區時，雨水正從空中落下，輕柔的雨滴從漆黑的天空緩緩飄下。我把車子停在傑瑞妓院對街，透過車子擋風玻璃上的水珠與水痕，注視著閃爍的霓虹燈招牌。在高速公路的水泥支架下的黑暗中，有個立體顯像的女子正在一個雞尾酒杯中跳舞，但顯像器有些問題，畫面不斷出現雜訊。

我擔心地面用車輛會引起注意，但看來開它到這種地方是對的。傑瑞妓院附近的車輛大多沒有飛行能力；唯一的例外，是三不五時會降落來接送乘客的自動計程車，接著計程車又以異於人類的準確度和速度飛進高空中的車流。車身上的紅藍白領航燈光，使它們像是異世界的華麗訪客，當客人上下車時，車身完全沒有碰到碎裂又滿是垃圾的地面。

我看了一小時。俱樂部生意興隆，顧客儘管各形各色，卻大多是男性。他們在門邊被保全機器人檢查，機器人活像被塞進手風琴中的章魚，掛在主要入口的門楣上。有些人得拿出藏在身上的物品，大多是武器，有一兩個人則被拒於門外。沒有人抗議——你無法和機器人爭辯。人們把車停在外頭，頻頻進出車輛，但距離太遠，他們購買的商品也太小，無法從這角度窺見。有一次，有兩人在高速公路底下、兩根支柱間的陰影中用刀械鬥，但打鬥並不激烈。其中一人一面跛著腳離開，一面抓著被割傷的手臂，另一人則回到俱樂部中，彷彿只是出去小便。

我爬出車子，確認警報器已經啟動，跨越了街頭。有幾個小販翹腳坐在某臺車的車頂，透過腳邊的靜電反斥裝置避雨；我走近，他們便抬起頭來。

「要買磁碟嗎，老兄？是烏蘭巴托出來的搶手貨喔，品質有家族等級。」

我迅速看了他們一眼，不急不徐地搖頭。

「要僵毒嗎？」

我又搖了搖頭。我抵達機器人身旁，在它的眾多手臂伸下來搜我身時停下腳步，接著在廉價的人工語音判定「無礙」時試圖踏過門檻。其中一條位於及胸高度的手臂輕輕地戳了戳我的胸口。

「你要包廂或是吧臺？」

我猶豫了一下，假裝在評估選擇。「吧臺有什麼服務？」

「哈哈哈。」某人幫機器人設定了笑聲，活像個快被糖漿淹死的胖子。笑聲嘎然而止。「在吧臺**只能看，不能摸**。不准放錢，不准伸手。這是店家規定。其他客人也得遵守。」

「包廂。」我說，急於脫離這名機械門房的程式。相比之下，車上的街頭小販溫暖多了。

「下樓後左轉。從毛巾堆裡拿一條毛巾。」

我走下有金屬把手的短階梯，左轉，沿著被天花板上旋轉的紅燈所點亮的走廊行走，紅光和外頭的自動計程車燈一模一樣。毫不停歇的垃圾旋律在空氣中迴盪，彷彿某個吸收了四式冰毒後的龐大心臟的心室。跟門房說的一樣，壁龕中有堆乾淨的白毛巾，旁邊則是包廂的房門。我越過前四道門，其中兩間房內有人；我踏入了第五道門。

地板由光滑的鋪料鋪成，長約兩公尺，寬約三公尺。如果地板上有污漬也看不出來，因為唯一的照明來自和走廊相同的旋轉小燈。空氣又熱又悶。在光線投射出的陰影下，有臺破舊的信用卡讀取機立在房間一角，上頭塗了光亮的黑漆，頂端則有紅色的ＬＥＤ數位螢幕。機器上有一道能塞入卡片與鈔票的縫隙，沒有能輸入ＤＮＡ信用資料的觸碰板。遠端的牆面上裝有毛玻璃。

我預料到這點，早在駛過市區的路上，就在自動銀行提領了一疊現鈔。我選了其中一種大面額的塑化鈔票，塞進縫中，再壓下開始鍵。我的信用點數亮起ＬＥＤ紅燈。房門緩緩地在我身後關上，擋住了外頭的音樂；一具身體突然貼上毛玻璃，害我嚇了一跳。我仔細觀察貼在玻璃上的肉體——被擠扁的沉重乳房，女人的輪廓，和不明顯的臀部、大腿曲線。高昂的呻吟透過隱藏式音箱播放出來。一道嗓音流瀉而出。

「你想看我看我看我嗎……？」

聲碼器上的回音箱很廉價。

我又壓了一次按鈕。玻璃的霧面效果消失，另一頭的女人也露出了真面目。她四處移動，對我展現身材，健美的身材與隆過的胸部前傾；她用舌尖舔著玻璃，呼出的熱氣讓玻璃起霧。她與我四目相交。

「你想碰我碰我碰我嗎……？」

無論包廂有沒有使用亞音速音效，我的確受到了影響。我的陰莖因此脹大、晃動——我壓抑自己的鼓脹，以作戰能力強迫血液流回肌肉。我需要保持冷靜。我又按下付款鍵，玻璃門滑開來，她則像離開淋浴間般走了出來。她走到我身旁，伸出一隻手捧住我。

「告訴我，你想要什麼？甜心。」她從喉嚨底部發出聲音。少了聲碼器效果的嗓音聽起來相當生硬。

我清了清喉嚨。「妳叫什麼名字？」

「海葵。想知道他們為什麼這樣叫我嗎？」

她的手開始舞動。她身後的計費表輕柔地起跳。

「妳記得以前曾在這工作的一個女孩嗎？」我問。

她正忙著拆下我的皮帶。「親愛的，任何在這裡工作過的女孩，都無法為你帶來我給你的待遇。現在呢，你想——」

「她叫伊莉莎白。這是她的真名，伊莉莎白·艾略特。」

她立刻放開雙手，充滿慾念的虛假神情如面具般脫落，彷彿面具下塗滿了油。

「這他媽的是什麼狀況？你是條子嗎？」

「什麼？」

「條子，就是危險！」她的音量不斷上揚，開始後退。「我們**處理好了**，老兄——」

「不。」我向她踏出一步，她則畏縮成一團。我又往後退，壓低嗓音。「不，我是她母親。」

接著是一陣緊張的沉默。她狠狠地瞪著我。

「狗屁！小莉的老媽被冰起來了。」

「不。」我把她的手拉回我胯下。「感覺看看，我毫無反應。他們把我裝進這具義體，但我是個女人。我不能，也無法……」

她瞬間站了起來，幾乎不情願地抽回雙手。「我覺得這具義體像是從頂級儲存槽來的。」她毫不信任地說。「如果妳剛離開儲存室，假釋期間怎麼可能不被裝在某個毒蟲的義體裡？」

「這不是假釋。」特使軍團的臥底訓練像低空戰鬥機般迅速衝入我腦海，在可信度邊緣和一知半解的模糊細節間留下蒸氣軌跡。我體內的某種東西，對任務時刻來臨而感到喜悅。「妳知道我為什麼被儲存嗎？」

「小莉說是心理咬痕，某種——」

「對。浸漬。妳知道我浸入**誰**嗎？」

「不。小莉從來沒談——」

「伊莉莎白不知道，消息也未被公布。」

擁有沉重乳房的女孩把雙手靠在臀部上。「所以是誰——」

我對她露出笑容。「妳最好別知道。那是某個有權有勢的人。對方有能力釋放我，還給我這具義體。」

「但不夠厲害到能給妳一具有小穴的身體。」海葵的嗓音還帶有些許疑慮，但信任感逐漸上升，就像珊瑚礁水域中的魚群。她想相信這名自稱來找失蹤女兒的神仙教母。「妳是怎麼被裝進異性義體的？」

「我做了交易。」我告訴她，遊走在真相邊緣。「這個……人物……放了我，我則得為他們做事，某個需要男人身體的工作。如果我成功了，我就能為自己和伊莉莎白贏得新義體。」

「是這樣嗎？所以妳才來這裡？」她的嗓音中有種苦悶的味道，讓我明白她父母永遠不可能來這種場所找她。她相信我了，我落下謊言中的最後一步棋。

「重新為伊莉莎白安裝義體時發生了問題。有人在阻擋這段過程。我要知道是誰做的，還有對方的動機。妳知道是誰殺她的嗎？」

她搖搖頭，垂下臉龐。

「很多女孩都受了傷。」她沉靜地說。「但傑瑞有保險能處理那種事。他對此很拿手，如果治療時間很長，他甚至會將我們儲存起來。但殺害小莉的人不是常客。」

「伊莉莎白有常客嗎？有位高權重的人嗎？或是奇怪的人？」

她抬頭看我，眼角流露出憐憫。我把艾琳・艾略特扮演地活靈活現。「艾略特太太，所有來這裡的人都很奇怪。如果他們不怪的話，就不會來了。」

我讓自己瑟縮了一下。「到底有沒有位高權重的人？」

「我不知道。聽著，艾略特太太，我喜歡小莉，當我受傷時，她有好幾次都對我很好，但我們不太熟。她和克蘿伊（Chloe）比較……」她停了下來，並迅速補充：「不是那種關係，妳明白的，但她和克蘿伊，還有麥克（Mac），他們很常分享事情，妳懂的，聊天等等。」

「我可以和他們談談嗎？」

她的目光瞥向包廂角落，她似乎聽見了某種微弱的聲響。她看起來像個獵物。

「妳最好……不要這樣。傑瑞，妳懂的，他不喜歡我們跟外界說話。如果他發現我們……」

我把特使的說服力全灌輸進言談與語氣中。「這個嘛，也許妳可以幫我問問……」

她彷彿遭到獵殺的神情變得越來越濃重，嗓音卻穩定下來。

「好。我會問看看，但不是……不是現在。妳得離開了，明天同一時間再過來。同樣的包廂。我會留下空檔，就說妳預約好了。」

我用雙手握住她的手。「謝謝妳，海葵。」

「我不叫海葵。」她突然說。「我叫露易絲（Louise），叫我露易絲。」

「謝謝妳，露易絲。」我緊握她的手。「謝謝妳這樣做——」

「聽著，我沒辦法做任何保證。」她企圖強悍地說。「就像我說的，我會問問看。就這樣，現在妳得走了，拜託。」

她教我如何在信用卡讀取機上取消剩餘付款，房門立刻打開。沒有零錢。我什麼都沒說，我沒試著再碰她。我走出開啟的房門，留下站在原地的她，她雙手抱胸，低垂著頭，盯著包廂內的光滑地板，像是她第一次看到地板。

一切都籠罩在紅光中。

*

外頭的街道毫無改變。兩名小販還在遠處，低聲和一名高大的蒙古人談判，對方靠著車頂，看著手中的某個物品。機械章魚拱起手臂讓我通過，我走進小雨中。我經過時，蒙古人抬起頭來，露出一抹見到熟悉人物的神情。

我停下，突然轉身，他又把目光往下轉，對小販們低語了一些話。我走到車子旁的空間，這三人的稀疏談話立刻停止。他們的手伸進口袋中。有某種東西正在驅使我，某種和蒙古人看我的眼神完全無關的東西，某種從包廂中的低調悲慘情境展開雙翼的黑暗元素，某種維吉尼亞・維達奧拉會臭罵著要我遠離、又不受控的東西。我能聽見吉米・迪索托在我耳邊悄聲說話。

「你在等我嗎？」我往蒙古人背後問道，看見他的背部肌肉緊繃起來。

也許其中一名小販查覺到情況不對。他安撫地舉起雙手。「聽著，老兄。」他虛弱地說。

我用斜眼狠狠地瞪了他，他立刻閉嘴。

「我說——」

麻煩隨即爆發。蒙古人大吼一聲，把自己推離車邊，並用火腿般粗大的手臂向我揮拳。攻擊沒有成功，但即便在抵擋時，我依然被推得後退了一步。小販們掏出武器，致命的黑灰色金屬槍械在雨中發出火光與巨響。我閃過彈道，用蒙古人作為掩護，用手刀砸向他扭曲的臉孔。骨頭應聲碎裂，我繞過他，跳到車上，小販還試著找出我的去向。神經化學機制使他們的動作像濃稠的蜂蜜般緩慢。一個握槍的拳頭向我揮來，我往側邊一踢，擊碎了槍上的手指。小販發出嚎叫，我手掌的邊緣則擊中另一人的太陽穴。兩個人都翻倒在車邊，一個人還在呻吟，另一人毫無動靜，可能已經死了。我蹲了下去。

蒙古人拔腿就跑。

我跳下車頂，想也不想就隨後追去。我著地時，水泥地面衝擊了我的雙腳，脛部一陣刺痛，但神經化學系統立刻減低了痛楚；我位於他身後幾公尺，我往前傾身，開始衝刺。

我前方的蒙古人像架企圖躲開敵火的戰鬥機般跳到我視野外。對這種體型的人來說，他的速度相當快，不斷在高速公路的支柱間閃躲，往前跑進二十公尺外的黑影中。我加快速度，卻對胸中傳來的刺痛感到畏縮。雨水拍打在我的臉上。

該死的香菸。

我們跑出柱群外，衝向一處廢棄的十字路口，該處的紅綠燈喝醉般地倒得東倒西歪。其中一臺紅綠燈在蒙古人衝過它時微弱地閃爍，變換著燈光號誌。一個古老的機器人語音向我傳來：**現在過街。現在過街。現在過街。**我已經跨越街道了。我身後，回音從街道上懇求般地飄來。

我衝過數年都沒從路肩上的停車位移動過的廢棄車輛。周遭的房屋前端或被鐵欄圍住，或被鐵門遮掩，白天都可能不開門；蒸氣則像活著的生物般從街道邊的水溝蓋飄散而出。我腳下的人行道，沾滿雨水和一層由爛掉的垃圾腐化成的灰色爛泥。班克勞夫特的夏季西裝附上的鞋子並沒有較長的鞋跟，抓地力也不強，我只能靠神經化學系統造成的完美平衡，讓我的身體維持直挺。

蒙古人經過兩臺廢棄車輛時，往身後看了一眼，他發現我仍然追趕著他，便在衝過最後一臺車身旁時，轉為跑向街道對面——我試著改變方向，打算超前阻擋他，在抵達廢棄車輛前就先跨越街道，但我的目標早已算好了設下陷阱的時間。我抵達第一臺車時，就立刻企圖停下。我從生鏽的車頂上彈開，撞上房屋前端的鐵欄。金屬欄杆發出碰撞聲，吱吱作響；防止不速之客的低壓電流讓我的手感到刺痛。街道對面的蒙古人將我們之間的距離拉開了十公尺。

我頭頂的天空車潮冒出了一個小黑點。

我在街道另一端瞥見逃跑的身影，從路肩上衝刺出去，一面咒罵自己一時衝動，拒絕了班克勞夫特的攜械提議。在這種距離上，光束武器肯定能輕易切斷蒙古人的腿。我只好緊追在後，試圖增加肺活量，縮短兩人間的距離……也許我可以讓他驚慌而跌倒。

結果並非如此，但效果相似。我們左邊的建築間露出被鬆垮的圍欄擋住的空地。蒙古人又往後看，犯下了第一個錯誤。他停下腳步，撞上圍籬，圍籬立刻倒塌，他爬進彼端的黑暗中。我露齒一笑，隨即跟上——我終於有優勢了。

也許他希望能在黑暗中藏匿自己，或以為我會因不平整的地面而扭到腳。但特使的訓練使我立刻放大瞳孔，以適應周遭的低光源環境，並迅雷不及掩耳地跨越崎嶇的地表，神經化學系統也讓我的速度變得前所未見地快。我飄過地面，就像我夢中的吉米．迪索托一樣。除非對方也有強化視力，否則繼續這樣衝一百公尺後，我就能趕上蒙古人。

地平線上的空地逐漸來到盡頭，當我們抵達彼端的圍欄時，只隔了十幾公尺。他爬上鐵絲網，跳落地面，往街頭衝刺，此時我還在往上爬，但他似乎突然被絆倒。我爬上圍欄頂端，迅速躍下。不過，想必他聽見了我跳下的聲響，因為他立刻爬起身，還將手中的武器確實裝彈。槍口抬了起來，我立刻閃開。

我用力撞到地面，雙手隨之破皮，身體也不斷滾動。閃電打向我剛才身處的夜空中。臭氧的味道飄入鼻腔，空氣中的轟隆巨響也在我耳內迴盪。我持續滾動，粒子爆能槍則再度開火，光束擦過我的肩膀。潮溼的街道隨著嘶嘶聲冒出蒸氣。我企圖找尋不存在的掩蔽處。

「放下你的武器！」

一連串震動著的光線從上空直落，擴音器也像尊機械神明般往夜空下大吼。從我倒在地上的角度，儘管瞇起雙眼，也只能看出警用飛艇的輪廓，那是飄在街頭上空五公尺的制暴艇，還不斷閃著燈光。它渦輪發出的強風讓紙屑和塑膠飛向附近建築的牆面，垃圾像瀕死的飛蛾般被吹得無法動彈。

「留在原地！」擴音器再度發出巨響。**「放下你的武器！」**

蒙古人用粒子爆能槍往空中射出一道灼熱弧光，企圖躲避光束的駕駛員則迅速降低飛艇。渦輪上被光線掃中的部位發出火花，飛艇也歪斜地側面下滑。機鼻下方某處傳來強烈的機槍火光，但蒙古人已經跨越了街頭，炸開一扇門，衝過冒煙的洞口。

房屋裡頭傳來尖叫。

我緩緩站起身，看著飛艇降落到離地一公尺的位置。一個滅火器開始往冒煙的眼睛頂端噴灑，白色的泡沫滴落到街道上。駕駛員窗口後頭的艙門嗚咽一聲開啟，克莉絲汀·奧特嘉站在那裡。

PART 2 REACTION

反應

INTRUSION CONFLICT

(侵入衝突)

第十章

這臺飛艇和把我載去日觸宅邸的飛艇比起來，是更為陽春的版本，座艙裡也很吵。奧特嘉得大聲叫喊，才能讓聲音蓋過引擎聲。

「我們會派出追蹤小隊，但如果他有人脈，日出前就弄得到能改變身上化學特徵的道具。之後，我們只能仰賴目擊證人，像石器時代一樣。而這個地區……」

飛艇在轉彎時微微傾斜，她指向底下的荒廢街道。「看看這裡，人稱敗亡鎮（Licktown），以前叫波列羅（Portrero）。據說這裡曾是不錯的社區。」

「發生了什麼？」

奧特嘉在鋼製晶格椅上聳聳肩。「經濟危機，你曉得的。前一天你還擁有房子，也繳清了義體保險方案，隔天你就流落街頭，只剩下自己單薄的一條命。」

「真難熬。」

「那是當然。」警探漫不經心地說。「科瓦奇，你**他媽的**跑去傑瑞妓院做什麼？」

「去止癢。」我吼道。「這犯法嗎？」

她看著我。「你不是去消費，你待不到十分鐘。」

我挺起雙肩，做出充滿歉意的表情。「如果妳被下載到剛從儲存槽裡被放出來的男性義體，妳就會懂這種感覺了。荷爾蒙。感官行為會變得過快。在傑瑞妓院，表現就不是太大的問題了。」

奧特嘉的雙唇捲曲成類似笑容的形狀。她往我們之間的空間傾身。

「放屁，科瓦奇。狗、屁！我看過你在米爾斯波特的資料，心理檔案。他們稱之為基墨瑞奇級數（Kemmerich gradient），你的數值曲線尖銳到得用冰錐和繩索才爬得到頂端。無論你做任何事，表現絕對都是大問題！」

「這個嘛，」我銜住一根香菸，在說話時將之點燃。「你知道，十分鐘內，已經可以幫某些女人做很多事了。」

奧特嘉翻了翻白眼，不耐地揮了揮手，彷彿這句話是繞著她的臉飛的蒼蠅。

「好啦。你是要告訴我，有了班克勞夫特的資金後，你卻只能去傑瑞妓院？」

「跟價格無關。」我說，並思考這是否就是讓班克勞夫特這種人來到敗亡鎮的原因。

奧特嘉把頭靠上窗戶，往外看著雨勢。她沒有看我。「你在找線索，科瓦奇。你去傑瑞妓院追蹤班克勞夫特在那做過的某件事。我遲早會發現真相，但如果你開口，事情就簡單多了。」

「為什麼？妳告訴過我，班克勞夫特的案件已經結案了。妳在打什麼主意？」

這話使她將目光轉回我身上，眼神也散發某種光芒。「我的主意是維護和平。也許你沒注意到，但每次我們見面時，都伴隨著槍林彈雨。」

我攤開雙手。「我毫無武裝，也只問了幾個問題。說到問題……麻煩開始時，妳是怎麼找到我的？」

「我猜，是運氣使然。」

我沒繼續追問。奧特嘉在跟蹤我，很明顯。這同時也意味著班克勞夫特案有更多她不願承認的內幕。

「我的車怎麼辦？」我問。

「我們會派人取回車子。已經通知了租車公司，有人會去扣押處開走車子……除非你還想要那臺車。」

我搖搖頭。

「告訴我，科瓦奇。為何你要租地面用車輛？有了班克勞夫特的資金，你可以開這種玩意。」

她拍了拍身旁的艙壁。

「我喜歡在地面上旅行。」我說。「比較能了解實際距離。而且在哈蘭世界，我們不太飛行。」

「真的？」

「對。聽著，那個差點炸飛妳的人……」

「不好意思？」她用力揚起一道眉毛，我開始覺得那是她的標準表情。「如果我說錯了再糾正我，但我想是我們救了你，你才是被槍口對準的人。」

我揮了揮手。「隨便啦，他本來在等我。」

「等你？」無論她真正的想法為何，奧特嘉都露出了不可置信的神情。「根據被我們下載的那些僵毒販子的說法，那個人正在買東西，他們說他是老顧客。」

我搖搖頭。「他在等我。我一和他交談，他就出手了。」

「也許他不喜歡你的長相。其中一名販子，我想是頭骨被你打碎的人，說你似乎嗑了藥想殺人。」她又聳聳肩。「他們說是你先動手的，情況看來也是如此。」

「那妳為何不逮捕我？」

「噢，用什麼罪名？」她假裝吐出一口煙。「對兩名僵毒販子造成有機傷害（可透過手術修復）？使警方財產陷入危機？破壞敗亡鎮的和平？少來了，科瓦奇。這種事每晚都在傑瑞妓院外發生，我懶得做文書報告。」

飛艇微微下降，我能透過窗戶看到罕醉克斯飯店上高塔的模糊輪廓。我接受奧特嘉載我回家，就跟被警方載去日觸宅邸的感覺一樣——我想看看會有什麼下場。這是特使的智慧，隨勢而行，觀察自己碰上的情況。我沒有理由懷疑奧特嘉會對我們的去向撒謊，但看到那座塔時，我心中有部分依舊感到驚訝。特使不容易相信人。

在與罕醉克斯飯店對降落許可討價還價後，飛行員在高塔上的骯髒起落平臺放下我們。降落時，我能感到強風吹拂輕盈的飛艇；艙門往上開啟，冷風也隨即吹入。我起身準備離開。奧特嘉留在原處，用我無法摸清楚的微妙眼神看著我離開。昨晚我感到的衝動又回來了。我感覺得到昨晚的衝動，我感受到某種打噴嚏般的衝動，迫使我說些話。

「嘿，凱德敏的案子調查得怎麼樣？」

她在座位上轉動一下，伸出一條長腿，把靴子靠在我剛離開的椅子上，露出纖細的笑容。

「正在被機器刑求。」她說。「我們會成功的。」

「很好。」我走進強風與雨水之間，一面抬高音量。「謝謝妳載我一程。」

她嚴肅地點頭，接著轉過頭，往身後的飛行員看去。渦輪引擎的轟鳴逐漸變大，我迅速地在艙口關上時蹲低。我後退時，飛艇就啟動飛走，不斷閃著燈光。我從沾滿雨水的窗口看到奧特嘉最後一眼，接著飛艇便彷彿被強風如秋天落葉般捲走，不斷往底下的街道飄去。幾秒內，飛艇就和夜空中上千臺飛車混在一起。我轉身，逆風走向起落臺的階梯。我的西裝被雨水打溼。我完全不懂為何海灣市的天氣系統故障時，班克勞夫特卻讓我穿夏季款西裝。在哈蘭世界，冬天到來時，會漫長到讓你對衣櫃裡的衣物類型做出堅決的決定。

罕醉克斯飯店的高處樓層籠罩在黑暗中，只有光線微弱的發光磚提供些許照明，但飯店盡責地點亮霓虹燈管，讓我前方的道路保持明亮，身後的道路則陷入黑暗。這是種奇怪的效果，我還以為自己手上有蠟燭或火炬。

「您有訪客。」我走進電梯，門板徐徐關上時，飯店閒聊般地說。

我把手壓上緊急停止鈕，手掌破皮的部位傳來刺痛。「什麼？」

「您有訪……」

「對，我聽到了。」我瞬間感到好奇，想知道人工智慧會不會對我的語氣感到不滿。「是誰？他們在哪？」

「她自稱是米麗安．班克勞夫特。我在城市資料庫的後續搜查中確認了義體身分。我讓她在您房間等，因為她沒有攜械，您今天早上也沒有留下任何重要物品。除了飲料，她什麼都沒碰。」

我火氣上升，專注地盯著電梯金屬門上的小凹痕，企圖保持冷靜。

「有趣。你會為所有客人隨意做決定嗎？」

「米麗安．班克勞夫特是羅倫斯．班克勞夫特的妻子。」飯店語帶責備。「他是為您支付房費的人。在這情況下，我想不用製造不必要的緊張氣氛。」

我抬頭望向電梯天花板。

「你調查過我嗎？」

「背景調查是我的合約條件之一。除非有根據聯合國二三一法案第四條發出的傳票，否則被保留的任何資訊都受到保護。」

「是嗎？那你知道了什麼？」

「武．列夫．科瓦奇中尉。」飯店說。「又稱曼巴列夫（Mamba Lev）、單手撕裂者（One Hand Rending）與冰錐（Icepick）。殖民年一八七年五月三十五日生於哈蘭世界的紐佩斯特。二〇四年九月十一日，加入聯合國保護國部隊，並於二一一年六月三十一日在日常檢測時被遴選參加特使軍團強化訓練——」

「好了。」我內心對人工智慧居然能發現這麼多事感到訝異。大多數人一離開星球，紀錄就停滯不前。星際針刺傳輸非常昂貴，除非罕醉克斯飯店破解了蘇利文典獄長的紀錄——那自然是非法行為——我腦中也浮現奧特嘉提到飯店之前被控訴的案件。人工智慧到底能犯什麼罪？

「我也認為班克勞夫特太太來此的原因，可能和她丈夫的死有關，那正是您負責調查的案件。我以為您會想和她談話，她也不願意在大廳裡等。」

我嘆了口氣，把手從暫停鈕上移開。

「不，我想她不會願意的。」

她坐在窗邊，拿著一個裝滿冰塊的長玻璃杯，看著底下車潮的燈光。房間裡一片黑暗，只剩服務艙蓋的柔和燈光和酒櫃的三色霓虹燈。我能看到她在工作長褲和量身打造的緊身服外還套了披肩。當我進門時，她沒有轉頭，所以我跨過房間，走入她的視野。

「飯店告訴我，妳在這裡。」我說。「以免妳好奇我為何沒有換下義體。」

她抬頭看我，甩掉臉上的髮絲。

「很難笑，科瓦奇先生。我該鼓掌嗎？」

我聳聳肩。「妳可以說謝謝我讓妳喝酒。」

她若有所思地盯著酒杯頂端看了一下，又抬起目光。

「謝謝你讓我喝酒。」

「不客氣。」我走到酒櫃邊，檢查裡頭的酒瓶。有瓶十五年的單一麥芽威士忌抓住了我的目光。我扭開瓶塞，聞了聞瓶頸，拿出酒杯。我倒酒時，目光停留在雙手上，問：「妳等很久了嗎？」

「大約一小時。歐穆・裴斯考告訴我你去敗亡鎮了，所以我猜你回來的時間很晚。你碰上麻煩了嗎？」

我含住第一口威士忌，感受酒精燒灼到凱德敏用靴子踢到我的口內割傷，並急迫地吞下。我繃起臉來。

「妳為什麼會這樣想，班克勞夫特太太？」

她用一隻手做了個優雅的手勢。「沒事。你不想談嗎？」

「不太想。」我一屁股坐在鮮紅床鋪邊的大休閒軟墊上，望著房間對面的她。一片沉默降臨。從我的位置看來，她坐在後頭窗戶的背光處，臉龐也籠罩在陰影中。我將目光對準疑似她左眼的微弱閃光處。過了一會兒，她在座位上換了個姿勢，玻璃杯中的冰塊哐啷作響。

「好吧。」她清了清喉嚨。「你想談什麼？」

我對她揮了一下酒杯。「從妳為何過來開始吧。」

「我想知道你的進度。」

「明天早上妳會收到進度報告。我離開前會傳報告給歐穆．裴斯考。**好了**，班克勞夫特太太。很晚了。妳的手段可以更高明的。」

從她的動作看來，有那一秒，我以為她會離開。但接著她用雙手握住玻璃杯，把頭傾向杯面，彷彿正在尋找靈感，過了一段漫長的時間，她再度抬頭。

「我要你停手。」她說。

我讓這句話滲入變黑的房間內。

「為什麼？」

我看到她的嘴唇微微分開，露出一抹笑容，也聽見嘴唇分開時發出的微弱聲響。

「為何不？」她說。

「這個嘛，」我啜飲酒液，讓酒精流過口中的傷口，來抑制我的荷爾蒙。「首先，是妳丈夫。他明確地表示過，逃跑會對我的性命造成嚴重傷害。還有十萬塊工資。在那之後，我們就得談談像承諾或我的諾言之類的道德問題。老實說，我很**好奇**。」

「十萬不是大錢。」她小心地說。「保護國也很大。我可以給你錢，找個羅倫斯永遠無法發現你的地方。」

「好。那還有我的諾言和好奇心得處理。」

她往飲料傾身。「不要假了，科瓦奇先生。羅倫斯沒聯絡你，是他把你強拖過來的。他逼你接受沒有選擇的交易，沒人會嫌你缺乏榮譽心。」

「我還是很好奇。」

「也許我可以滿足那份好奇心。」她輕柔地說。

我吞下更多威士忌。「是嗎？妳殺了妳丈夫嗎？班克勞夫特太太？」

她不耐煩地揮了一下手。「我不想談你的偵探遊戲。你……是對其他事感到好奇，不是嗎？」

「什麼意思？」我從酒杯邊緣望著她。

米麗安・班克勞夫特從窗架邊起身，臀部靠著窗臺。她用浮誇的細心放下酒杯，身體靠上雙手，肩膀挺直。這改變了她的胸型，雙乳在微薄緊身衣的布料下移動。

「你知道九感合併激素嗎（Merge Nine）？」她有些不穩地問道。

「同質素（Empathin）？」我從腦海中挖出這字眼。我在哈蘭世界認識的某個重裝銀行搶匪曾告訴我，對方是維吉尼亞．維達奧拉的朋友，人稱小藍蟲。他們都在使用九感合併激素，說這能使他們的團隊更加團結……一群該死的瘋子。

「對，同質素。同質素衍生物，參雜了牧神激素（Satyron）與蓋丁強化劑（Ghedin enhancers）。這具義體……」她往下指指自己，張開的十指撫摸著身體曲線。「這是中村實驗室（Nakamura Labs）的尖端生化科技產物。當……發情時，我會分泌九感合併激素。激素會從我的汗水、唾液、小穴中分泌出來，科瓦奇先生。」

她走下窗架，披肩從她肩上落到地板。它輕盈地落在她腳邊，她則踏過披肩走向我。

好吧，一邊是亞連．馬利奧特，一副電影中道貌岸然的模樣；另一邊則是現實。在現實，以及現實所帶來的代價中，有些東西不該被拒絕。

我在房間中央和她並肩而立。九感合併激素已經飄入空中，也從她的體香，和口裡的蒸氣中飄出。我深吸一口氣，感到化學激素在我腹中像斷掉的弦般爆開。我的酒不見了，應該被擺到別的位置去了；原本拿著酒杯的手，則握住了米麗安．班克勞夫特凸起的胸部。她把雙手放到我頭部兩側，壓我下去，我則沿著她乳溝間柔軟布料上凝聚的汗珠，再度嗅到了九感合併激素。我扯著緊身衣的布料，將底下擠壓住的乳房釋放出來，用嘴巴貼上游移，找到了乳頭。

我感到頭上的她，瞬間張開了嘴，也知道同質素正鑽進我義體的大腦中，觸發了沉寂的心電感應本能，往這名女子散發出的強烈發情磁場伸出無形的觸角。我知道她也會品嘗到含在我口中的乳肉——一旦觸發，激升的同質素就會像被打出去的網球一樣，每次迴盪在像被燃燒的感覺中樞之間時，強度都會增加，直到合併效果達到令人無法忍受的高潮。

我們倒在地板上，米麗安．班克勞夫特開始發出呻吟，我在她的雙乳間來回蠢動，讓充滿彈性的皮膚貼在我臉上。她的雙手變得飢渴，不斷用指甲輕柔地摳抓我的大腿，與我兩腿間飽脹的疼痛處。我們焦躁地撕扯對方的衣物，充滿慾念的嘴唇打著顫；我們脫下了所有衣物，底下的地毯似乎還留有兩人皮膚上的餘溫。我挨到她身上，鬍渣微微刮過她光滑的肚皮，我的嘴在往下移動時，不斷讓溼潤的唇變成O型。我的舌頭滑過她嫩穴上的皺褶，舌尖上傳來濃烈的鹹味；我吸飽了汁水中的九感合併激素，再轉回來擠壓、舔弄細小花苞般的陰蒂。在世界另一頭某處，我的陰莖正在她手中脹動。有張嘴唇貼近龜頭，溫和地吸吮。

我們混雜在一起的高潮迅速攀升，九感合併激素造就的混雜神經訊號也變得模糊，使得我無法分辨她手指間緊繃的陰莖，與我的舌頭在她身體深處所感到的壓力。她的大腿夾在我頭部兩側。有陣咕噥聲傳來，但我已經不知道是由誰的喉嚨裡傳出。分離感轉變為超載的共享感受，刺激感也層層攀升，一波接著一波，直到她突然對噴在她臉上和手指上的暖熱黏液笑了出來，我也在她同時到達高潮時，被像開瓶器般地緊緊夾在她的臀部之間。

有一陣子，我們只有夾帶顫抖的放鬆狀態，在此期間，任何輕柔的動作，或肌膚的相互磨蹭，都會讓我倆體驗到令人啜泣的痙攣感。接著，多虧我的義體長期受到儲存，以及腦海中海葵貼上生化包廂內玻璃牆的鹹溼畫面，我的陽具再度顫動，再度變得堅挺。米麗安・班克勞夫特用鼻子磨蹭它，然後用舌尖沿著棒身滑舔，用舌頭包覆住陽具，舔乾淨上頭的黏液，直到陽具變得光滑又緊繃，直直抵住她的臉頰；接著她轉過來抱住我，她的手伸到後方，保持平衡、撐住身體，接著放低身體，隨著一絲漫長又溫暖的呻吟，長矛般的陽具刺入深處——她傾身靠在我身上，乳房搖擺，我則弓起身體，飢餓地吸吮這對難以捉摸的乳球。當她把雙腿伸到我身體兩側時，我的雙手就往上伸，抓住她的大腿。

毫不停歇的動作就此開始。

第二次花了比較長的時間，同質素讓這場性愛除了性本身外，夾帶了更多美感。米麗安・班克勞夫特察覺我感覺中樞散發出的訊號，便做起了翻攪動作，我則帶著強烈慾念，注視她緊繃的肚皮和凸出的乳房。由於某種我無法察覺的理由，罕醉克斯旅館在房間角落放出一段低沉緩慢的音樂節奏，我們頭頂的天花板則浮現了紅紫色的閃電效果。當效果變得傾斜，旋轉的星空包覆住我們的身體時，我感到心智同時一沉，感知力也失去專注。唯一能感覺到的，只有米麗安・班克勞夫特在我身上磨蹭的臀部，以及對她被彩色光線包覆的軀體和臉龐的驚鴻一瞥。我達到高潮，感覺就像來自遠處的爆炸，對我的義體而言，這種感受跟騎在我身上、突然停止顫抖的女人似乎較為有關。

之後，我們躺在彼此身邊，彼此的手繼續擠壓彼此，造成更多似乎永無結尾的高潮時，她說：

「你覺得我怎麼樣？」

我往下看看身體，又看她的手部動作，清了清喉嚨。

「這是陷阱題嗎？」

她笑了出來，那是在日觸宅邸的地圖室中使我感到心暖的、同一種充滿喉音的笑聲。

「不，我想知道。」

「妳在乎嗎？」這句話的語氣並不嚴厲，九感合併激素的效果也磨去了這句話的魯莽調性。

「你覺得瑪士的生活就是這樣？」這句話從她口中說出來很怪，彷彿她談論的並非自己。「你覺得我們不在乎年輕的事物？」

「我不知道。」我誠實地說。「這是我聽過的觀點。活了三百年肯定會改變妳的想法。」

「對，的確。」我的手指滑入她體內，她微微喘息起來。「對，正是如此，但你無法停止在乎。你看得到一切，一切離你遠去的事物。你只想把握一切，抓緊它、以便阻止它消失……但所有事物終究會消逝。」

「是嗎？」

「對，沒錯。所以你覺得我怎麼樣？」

我靠到她身上，看著她寄宿的年輕女體，臉上的優雅線條，和充滿歲月感的老邁雙眼。我身上的九感合併激素尚未消退，也無法在她身上找到瑕疵。她是我見過最美的人。我放棄客觀，低頭親吻她一邊的乳房。

「米麗安・班克勞夫特，妳是幅美景，我也願意出賣靈魂來擁有妳。」

她止住一陣輕笑。「我是認真的，你喜歡我嗎？」

「這是什麼問題——」

「我很認真。」這句話比同質素的效果強烈太多了。我取回了一點自制力，望入她的雙眼。

「對。」我簡要地說。「我喜歡妳。」

她的聲音低低地滲入喉嚨。「你喜歡我們剛剛做的事嗎？」

「對，我喜歡剛剛的事。」

「你想要更多嗎？」

「對，我想要更多。」

她坐起來面對著我，手上的擠搾動作越來越用力，也漸趨強勢。她的語氣也隨之變強。「再說一次。」

「我要更多。更多的妳。」

她一隻手平壓在我胸膛上，壓下我的身體，靠在我身上。我漸漸回到了勃起狀態。她開始緩緩擼動，速度緩慢，力道卻十分踏實。

「在西邊，」她低語道，「搭上遊艇約五小時，就能抵達一座島，那是我的島。沒人會去那裡，上頭有五十公尺長的隔離圓罩，也有巡邏衛星，但很美。我在島上蓋了一座設施，裡頭備有複製人儲藏庫和義體重置設備。」她的嗓音裡再度出現迷濛感。「我有時候會解凍複製人。都是我自己的義體，用它們玩耍。你了解我要給你什麼嗎？」

我發出一陣聲響。她剛剛放入我腦中的畫面，包含了讓我成為一群和面前這具義體相同的肉體所圍繞的中心，所有義體都受到同一個心智控制，這念頭使我變得完全硬挺，她的手則機械式地在陽具上滑動。

「什麼？」她靠上我的身體，乳頭輕輕掃過我的胸膛。

「……多久？」我勉強說道，透過翻攪的胃部肌肉，與九感合併激素的迷濛肉慾感官知覺擠出聲音。「這張遊樂園邀請券能維持多久？」

她露齒一笑，那是充滿色慾的笑容。

「可以使用無限次。」她說。

「但只限於一段期間，對吧？」

她搖搖頭。「不，你沒聽懂我的意思。這個地方是我的。所有東西，包括島嶼、周遭海域、上頭的一切，全是我的所有物。我想讓你待多久就待多久，直到你玩膩。」

「那可能會花上好一段期間。」

「不。」這次她搖頭時，看起來有些憂傷，眼神也稍微下垂。「不，不會花很多時間的。」

擼動我陽具的有力手掌稍微放鬆。我發出呻吟，抓住她的手，要她繼續。這動作似乎驚醒了她，她繼續熱切地磨蹭，有時加快，有時放慢，彎腰將雙乳餵給我享用，或是在擼動之間輔以吸吮和舔弄。我失去對時間感知的控制，取而代之的，則是無止境向上爬升的快感，速度令人發狂地緩慢，我能從遠方聽到自己在被拖向高潮巔峰時著魔般的懇求聲。

瀕臨高潮時，我微微透過九感合併激素的連結察覺，她正將手指伸入自己體內，憑藉無法控制的慾望搓揉自己，這點和她操縱我時的心機正好相反。受到同質素強化後，她在我達到高峰前，就先高潮了幾次；而當我即將高潮時，她則將自己的淫汁塗抹在我的臉龐和扭動的身體上。

一片空白。

之後，我醒過來，九感合併激素帶來的後遺症如同沉重的鉛塊般壓在我身上，她則早已像縷熱病幻夢般消失。

第十一章

當你沒有朋友，而昨晚同床共枕的女人則一語不發就丟下頭痛欲裂的你時，你的選擇就不多了。我年輕的時候，常在紐佩斯特尋覓手段骯髒的街頭械鬥——幾個人被刺傷，但我並非其中之一。這也導致我加入了哈蘭世界的其中一支幫派（紐佩斯特分部）。之後，我升級了這種撤退方式，改為從軍——有目的性的格鬥，也用上更廣泛的武器系統，不過手段同樣骯髒。我不認為自己應該感到訝異——陸戰隊招募員只想知道我打贏過多少次架。

這段日子裡，我對一般的化學性萎靡症狀有較不嚴重的反應。當在罕醉克斯飯店的地下游泳池游了四十分鐘，卻無法使對米麗安·班克勞夫特的炙熱渴望或九感合併激素的戒斷效應消失後，我就做了自己唯一覺得適合的事：透過客房服務點了止痛藥，出門購物。

等到我終於踏上街頭時，海灣市已經進入日間生活了，商業中心也擠滿行人。我花了幾分鐘站在路邊，接著走進人潮中，開始瀏覽商店櫥窗。

在哈蘭世界，有位名叫寧靜·卡萊爾（Serenity Carlyle）的金髮陸戰隊中尉教過我如何購物。在那之前，我總是使用被稱為精準購買的手法。你得辨認出自己的目標，接著上場，取得目標並迅速離開。你無法同時得到自己想要的東西、降低損失，並且逃跑。在我們相處的那段期間，寧靜將這種壞習慣從我身上剔除，並灌輸我她的消費者放牧哲學。

「聽好，」某天她在米爾斯波特的咖啡廳告訴我。「購物——應該說，實體購物——如果他們希望，早在數世紀前就被淘汰了。」

「他們是誰？」

「人們，社會。」她不耐煩地揮了揮手。「隨便啦。他們當時還有能力，郵購、虛擬超市、自動扣款系統。這些東西本來能夠消失，卻從未發生——你學到了什麼？」

身為二十二歲的陸戰隊新兵，還曾是紐佩斯特的街頭幫派分子，我根本看不出這件事有什麼重要。卡萊爾望著我一片空白的表情，嘆了口氣。

「這告訴你，人們**喜歡**購物。那代表了基因層級上的基礎貪欲，這是我們從狩獵採集者祖先身上繼承來的特點。噢，基本居家用品，和給窮人的機械食物分配系統都有自動化的便利購物服務。但你也得大量擴張人們能實際前往的商業倉庫和特殊市場。如果他們不喜歡這種行為，怎麼會去？」

我可能聳了聳肩，維持年輕氣盛的耍酷特性。

「購物是種物理互動，也是決策力的實踐，滿足獲取事物的欲望，和得到更多物品的衝動，也可以說是對搜索的渴求。仔細想想，其實這就是他媽的基本人性。你得愛上這種感覺，小武——我是說，你可以飛過整座大陸，完全不必沾溼自己，但那並不會抹殺游泳帶來的基本樂趣，對吧？要學習如何**好好地**購物，小武。要有彈性，享受那股不確定感。」

我感到的並非享受感，但我堅守這項原則，讓自己保持隨和態度，實踐寧靜．卡萊爾的教條。最初，我目標模糊地找尋質地厚實的防水夾克，但終於吸引我走進店裡的，是雙全地域型行走靴。靴子配上了鬆垮的黑色長褲，和上頭裝有酶封條的交叉絕緣上衣，一路從腰際延伸到緊身圓領。至今，我在海灣市街頭已經看過上百次這種類型的衣服。表面同化。這樣就行了。在經過宿醉狀態下的簡短思考後，我在額頭上佩戴了一條帶有叛逆風格的紅色絲質頭巾，這是紐佩斯特的黑幫風格。這樣的同化性並不大，但相當適合從昨天就開始自我心中衍生的微弱反抗心。我把班克勞夫特的夏季西裝丟進外頭街道上的大垃圾桶裡，也把鞋子留在垃圾桶旁。

我離開前，找遍了夾克口袋，找到兩張名片：分屬海灣市中央監獄的醫生，與班克勞夫特的軍械師。

其實拉金與格林並不是兩名軍械師的名字，而是兩條綠蔭斜坡，位於一處叫俄羅斯丘（Russian Hill）的地方。自動計程車提供了這塊區域的旅客簡介，但我跳過了。隱密的街角招牌寫著「拉金&格林，軍械師，自二二〇三年開業至今」，範圍延伸到每條街六公尺內的距離，但周圍有被百葉窗遮蔽的部位，彷彿這些部位被這幢建築併吞。我推開受到細心照料的木門，走進飄著油料氣味的涼爽室內。

裡頭的環境讓我想到日觸宅邸的地圖室。裡頭空間寬敞，光線從兩層樓高的窗口灑落。二樓遭到拆除，被改建成覆蓋四方牆面的寬闊展覽廳，高高在上地俯視一樓。牆上掛滿了展示盒，懸掛著的展覽架底下的空間，有臺裝配沉重的玻璃頂層手推車，同樣也作展示用。空氣中有股淡淡的環境調節劑的氣味，老樹的味道則掩蓋在槍油的味道下；我穿著新靴子的雙腳踩上地毯。

展覽廳的欄杆邊出現了一張黑鋼製成的臉孔。原本該是眼睛的部位，裝設了綠色的感光器。

「我可以幫忙嗎？先生？」

「我是武．科瓦奇，是羅倫斯．班克勞夫特派我來的。」我說，一面抬起頭面對生化人的目光。

「我想找一些硬體設備。」

「當然了，先生。」對方有柔和的男性嗓音，聽起來也毫無我能感測到的銷售用亞音速效果。

「班克勞夫特先生要我們等您過來。我目前有顧客，但我很快就會下去。請別太拘束，您左手邊有椅子和飲料櫃，請自行取用。」

臉孔消失，我剛進門時聽見的低聲討論又開始繼續。我找到飲料櫃，發現裡頭擺滿了酒和雪茄，趕緊關上它。止痛藥已經使九感合併激素的後遺症減輕許多，但我的身體狀態不適合繼續胡來。隨著一陣微微的訝異，我發覺自己一整天都沒抽菸。我走到距離最近的展示盒，看著裡頭的武士刀蒐藏，刀鞘上還附了日期標示。有些武士刀比我還老。

下一個展示櫃裡擺了一排褐灰色的拋射性武器，看來似乎是生長出來的，而非機械製造。槍管從彎曲的有機包覆物中延伸而出，包覆物則往槍托形成喇叭狀。這些武器也是上世紀的產物。當我試圖解讀一根槍管上的捲曲銘文時，聽到身後的樓梯傳來金屬腳步聲。

「先生找到喜歡的東西了嗎？」

我轉身面對走過來的男型機器人（mandroid）。它全身由和頭部相同的光滑砲銅構成，被打造成典型男性軀體的肌肉結構，只有生殖器官沒有被做出來。臉龐瘦長，儘管臉部毫無動作，端正的五官也足以吸引他人注意。頭部被刻上凹痕，用以代表往後梳的厚重黑髮。胸口烙上了幾乎消失的浮雕：「二〇七六年火星博覽會」。

「隨便看看而已。」我說，並指向槍枝。「這些是木製的嗎？」

綠色感光器嚴肅地盯著我。「沒錯，先生。槍托由山毛櫸製成。這些都是手工武器，卡拉什尼科夫、波狄（Purdey）與貝瑞塔（Beretta）。我們把所有歐洲品牌都放在這。閣下對哪些有興趣呢？」

我往後看。槍枝的形狀有種特別的詩意感，介於功能性與生物性的優雅之間，是某種需要被擁抱的感覺。它們需要被使用。

「它們對我來說太華麗了，我想要更實用的武器。」

「當然，先生。我們可以認定先生在這行並非新人吧？」

我對機器人咧嘴一笑。「可以。」

「那或許先生可以告訴我，您過去偏好使用哪類武器。」

「史密斯威森十一厘米麥格農手槍、英格拉姆四〇鏢彈槍、桑杰粒子噴射槍——但這具義體沒有使用這些槍械的經驗。」

綠色感光器發出亮光。對方沒有回應，或許它沒有被設定過和特使閒話家常。

「先生要為這具義體找什麼？」

我聳聳肩。「有些裝備得低調，有些不要。發射性武器吧，還要一把刀。重型武器得類似史密斯威森。」

男型機器人一動也不動。我幾乎能聽見收集資料的微弱咻咻聲。我短暫地思索，這種機器怎麼會來到這裡。它顯然不是為了這類工作設計的。在哈蘭世界，你不會看到很多男型機器人。比起合成人體或複製人，它們造價昂貴，而有機軀殼也更勝任大多數需要人類外型的工作。事實上，機器人是兩種截然不同的功能間的無意義合併。人工智慧適合在電腦主機中運作，而大多網路工程公司則用重裝軀體來處理現場工作。我在哈蘭世界看到的最後一具機器人，是園藝用機械螃蟹。

感光器微微發亮，機器人的靜止狀態也停止了。「先生這邊請，我相信正確組合已經準備好了。」

我跟著機器人，穿過一扇和後方牆面上的裝飾合併地天衣無縫的門。門後有個長而低矮的房間，裡頭沒有上漆的灰泥牆面和玻璃纖維製成的包裝盒排成一列。有群人正在房內寂靜地忙碌工作。空氣中飄著硬體設備被熟練的雙手處理時發出的碰撞聲。男型機器人帶我走向一名穿著沾滿油污的全身工作服的矮小灰髮男子，他正在剝除一把電磁弓矢槍的外殼，彷彿在幫烤雞剝皮。我們走近，他抬頭看著我們。

「奇普（Chip），有事嗎？」他對機器人點頭，忽視了我。

「克萊夫，這位是武・科瓦奇。他是班克勞夫特先生的朋友，想要找裝備。我想請你給他看看涅米槍（Nemex）和菲利浦槍（Philips），再讓他去找席拉（Sheila）拿刀械。」

克萊夫又點點頭，把電磁槍放在一旁。

「走這裡。」他說。

男型機器人輕碰我的手臂。「如果先生還需要其他服務，可以來展示間找我。」

它微微鞠躬並離開。我跟著克萊夫走過成排的包裝箱，走到幾堆擺了不同手槍的塑膠屑堆上。他選了一把槍，拿著槍轉過來面對我。

「復仇女神X第二代。」他說，一面把槍遞出。「涅米槍。掛名曼立夏－蕭納（Mannlicher-Schoenauer）的牌照生產。發射加套子彈，上頭裝有叫做德魯克三十一（Druck 31）的客製化推進劑。火力強大，精準度也高。彈匣可容納裝有十八枚子彈的子彈夾。體積稍大，但在槍戰中十分可靠——感受一下重量吧。」

我接過武器，在手中反轉槍支。這是把具備重裝槍管的龐大手槍，比史密斯威森稍長，但平衡度很好。我用雙手互相比較這把槍，讓自己習慣它的手感，也瞇起眼睛測試瞄準鏡。克萊夫在我身旁耐心地等待。

「好。」我把槍還給他。「那低調的武器呢？」

「菲利浦扳機槍。」克萊夫把手伸進一個打開的包裝箱內，在塑膠屑中摸索，直到摸出一把纖細的灰色手槍，尺寸幾乎只有涅米槍的一半。「厚實鋼製膛室，使用電磁加速器。寂靜無聲，精準度可達二十公尺。沒有後座力，發電器有反轉磁場的功能，代表還能從目標身上取回子彈。子彈容量為十枚。」

「電池呢？」

「平均充電次數是四十到五十次之間。而後，你每次開槍都將降低槍口的開火速度。內含兩枚備用電池，和相容家用插座的充電座。」

「你們有靶場嗎？或是我可以試試這些槍的地方？」

「在後面。但這兩把小傢伙都附有虛擬作戰練習磁碟，提供虛擬與實場表現間的完美平衡。也有保固期。」

「好吧，沒關係。」如果等某個傢伙利用武器出的問題，往你腦袋上開了一槍，再要求保固期內的退費就太遲了。你不知道自己何時得被重新安裝進義體。但現在止痛藥已經無法抑制我的頭痛了……也許打靶練習不適合現在。我也沒有詢問價格，反正花的不是我的錢。「彈藥呢？」

「兩把槍都附五個彈夾，但涅米槍會多送一個子彈夾。算是對新產品線的宣傳。這樣夠嗎？」

「不太夠。兩把槍各給我兩盒五枚裝的彈夾。」

「每盒十枚子彈夾？」克萊夫的嗓音中有種質疑的氛圍。十枚子彈夾對手槍來說是相當多的彈藥，但我發現，有時漫無目標地讓子彈飛入空中，比實際擊中目標更有效。「你還要一把刀，對吧？」

「沒錯。」

「席拉！」克萊夫把目光轉到長房外，對一名留著平頭、金髮的高大女人喊話。她翹腳坐在箱子上，雙手擺在膝上，灰色的光華虛擬實境面具掩蓋了她的臉孔。她聽到自己的名字，就四下張望，在想起臉上還戴著面具時將之扯下，一邊眨著眼。克萊夫對她揮手，她跳下箱子，在起身讓自己重新適應現實時，微微搖晃了一下。

「席拉，這傢伙在找刀子。妳幫他嗎？」

「好呀。」女子伸出一隻瘦長的手臂。「我叫席拉．索倫森。你想找哪種刀？」

我握住她的手。「武．科瓦奇。我需要能在千鈞一髮時丟出的武器，但尺寸得小一點，必須是我能繫在前臂上的東西。」

「好。」她親切地說。「跟我來嗎？這裡的事處理好了？」

克萊夫對我點頭。「我把東西交給奇普，他會幫你包裝好。你想運送到府還是自行帶走？」

「自行帶走。」

「我想也是。」

席拉的辦公室是個窄小的三角形房間，牆壁的一面裝了許多人形軟木墊標靶，其他三面牆則掛了各色兵器，從匕首到開山刀都有。她選了一把扁平的黑色刀子，具有十五公分長的灰色金屬刀刃。她把刀子從架上取下。

「提比刀（Tibbet knife）。」她一派輕鬆地說。「非常骯髒。」

她稀鬆平常地轉身，把刀子擲向左手邊的標靶。飛刀生物般地穿行在半空，然後深深扎進人形標靶的頭部。「鉭鋼合金刀片，網狀碳製刀鞘。刀柄中裝有燧石，用來增加重量，而如果你沒用刀尖打倒對方，也能用刀柄揍人。」

我走到標靶邊拔出刀子。狹窄的刀鋒兩側都被磨得相當銳利，刀身中央有道血溝，上頭畫了一條細長的紅線，線上也被刻了細小又複雜的文字。我翻過刀子，企圖閱讀上面的文字，但我認不出這種字母編碼。光線在灰色金屬上閃爍霧面般的黯淡光澤。

「這是什麼？」

「什麼？」席拉站到我身旁。「噢，對，這是生化武器編碼。血溝上塗了C－三八一。一旦與血紅蛋白接觸，就會產生氰化物。血溝離刀緣很遠，所以如果你不小心割傷自己也沒關係，但如果你把它插進任何有血的東西……」

「真迷人。」

「早跟你說過很髒了，不是嗎？」她的語氣中流露驕傲。

「我要了。」

帶著沉重的武器回到街頭時，我才想到自己還是需要一件夾克，用來藏匿剛買的軍火。我往上空瞄了一眼，找尋自動計程車，又覺得天還夠亮，用走的就行。我覺得，自己的宿醉症狀終於開始退散了。

我往下坡走了三個街區後，才發覺自己被跟蹤了。

被九感合併激素緩緩喚醒的特使訓練，讓我警覺到這件事。強化的周遭感官，加上極度微弱的冷顫，和在我眼角中出現太多次的人影都是明證。這個人很厲害。在人潮眾多的市區中，我可能會忽略對方，但這裡的行人太少，無法提供多少身分掩護。

提比刀綁在我左前臂上、裝有神經性彈出裝置的柔軟皮革刀鞘中，但無法在不讓對方察覺我已經發現跟蹤者的狀況下抽出兩把槍。我尋思著是否要甩掉對方，但這念頭幾乎立刻消失。這裡不是我的地盤，身體也因為化學物質而變得遲緩，而且我帶太多東西了——就讓對方和我一起購物吧。我稍微加快腳步，逐漸走向商業區中心，找到了一件造價昂貴、及腿長、紅藍交錯的羊毛大衣，上頭還有伊努特人風格的圖騰柱圖象，在大衣上形成交錯的圖案。這並非我喜歡的花樣，但大衣夠暖，上頭也有許多口袋。在店家的玻璃櫃臺付錢時，我瞥見了追蹤者的臉孔——是個黑髮的年輕高加索人。我不認識他。

我們兩人經過聯合廣場，中途停下來看另一場六五三法案遊行，遊行在街角進行，參加人數不斷變少。吶喊聲變得搖曳不穩，人群逐漸散去，廣播系統的金屬咆哮聲也變得平板。我在人群中很容易溜走，但現在我不想離開。如果跟蹤者要做出監視之外的事，他在丘陵上的樹蔭裡早就有機會了。這裡風險太多，不適合刺殺。我逐漸遠離剩餘的示威群眾，身體擦過怪異的傳單，接著往南，走向傳教街和罕醉克斯飯店。

在我沿著傳教街走的一路上，我不經意地走進一名街頭小販的招牌信號範圍。突然間，我腦海裡充滿了影像。我正穿過一條擠滿女人的巷子，她們身上的衣服，被設計成比裸體更能展現她們的身材——將膝上的雙腿轉變為可購買的肉體商品，大腿上有箭頭形狀的貼紙指向內側，結構支撐器則將乳房撐起、擠壓，讓人更容易觀看；沉重的圓形墜飾龜頭般地貼在布滿汗珠的乳溝間。舌頭伸出，舔過塗成櫻桃紅或墓穴黑的雙唇，牙齒也挑逗般地顯露。

一陣涼意掠過我，消除了溼黏的渴求，並將擺著姿勢的肉體變為抽象的女人剪影。我發覺自己正像臺機器般，檢視著女體突起處的角度與周長、測量著血肉與骨頭的幾何線條，彷彿女人們是某種植物。

貝塔汀，收割者（Reaper）。

這是在千禧年早期，瀕死研究計畫中所研發的、延伸化學物質中的最後成品，貝塔汀盡可能地使人體接近死亡狀態，卻不造成大量細胞損傷。同時，收割者粒子中的控制原刺激物會催生臨床性的智力運作，使研究人員能經歷人工觸發的瀕死體驗，而不被強烈的情緒與震驚影響自身的資料察覺力。小劑量使用時，收割者會讓使用者對死亡、發情、喜悅與悲傷無動於衷。在赤裸的女體出現在眼前時，男人偽裝了數世紀的冰冷情感，便被赤裸裸地攤在陽光下。這種藥物彷彿是為了男性青少年市場所量身打造的。

這也是種理想的軍事藥物。一使用收割者，連古德溫之夢（Goodwin's Dream）的放棄者僧侶也能徹底燒毀滿是女人與小孩的村莊，火焰將血肉從骨頭上燒熔的景象，也只會讓他們感到有趣。

我最後一次使用貝塔汀，是在夏雅的街頭戰役。完整的劑量會將體溫降至室溫，並使心跳速率變得極為緩慢——這是用來擊敗夏雅蜘蛛坦克上的反人員探測器的招數；由於無法被紅外線感知，你就能靠近敵人、爬上對方的機械腿、用白蟻榴彈炸破艙門。被衝擊波撞上的機組員通常都會如新生小貓般遭到屠殺。

「我有僵毒喔，老兄。」一道嘶啞的嗓音哆嗦地說。我眨了眨眼，把目光移開廣播器，發現自己正看著一張藏在灰色兜帽下的蒼白高加索人臉孔。廣播器架在他肩膀上，開機的小紅燈像蝙蝠雙眼般對我閃爍。針對腦部直流傳導，哈蘭世界有非常嚴謹的管理法規，就連意外性廣播，都能造成如同在碼頭酒吧打翻別人的酒所導致的同類暴力後果。我迅速伸出一隻手臂，用力推向小販胸部，他蹣跚地撞上一家店鋪的大門。

「嘿……」

「不要在我腦子裡放肆，朋友。我不喜歡。」

我看見他的手竄向腰邊的裝置，猜到他的企圖。我調整目標，用僵硬的手指扣住他的眼皮……隨即便是一坨近兩公尺高的潮溼黏膜狀肉塊，肉塊還嘶嘶作響。觸手扭動著，我的雙手則深入了沾滿痰汁的肉孔中，孔穴周圍長滿了又粗又黑的纖毛。我的胃翻攪起來，喉嚨也緊緊閉上。我強壓下噁心感帶來的顫抖，用力把手插進顫動的纖毛，感到黏膩的肉片隨之翻開。

「如果你還想保有視力，就關掉那個鬼東西！」我憤怒地說。

肉團立刻消失，我再度面對小販，手指依然用力地壓在他眼球上層的眼皮邊緣。

「好啦，老兄，好啦……」他舉起雙手，也張開手掌。「你不要的話，就別買呀，我也只是想維持生計。」

我往後退了一步，讓他離開店家門口。

「在我的老家，沒人能在街上隨意進入別人的腦袋。」我對他解釋。但他已經察覺我消散的威脅感，也用拇指做了個手勢，我猜那是個咒罵用的動作。

「你覺得我他媽的在乎你從哪來？該死的蚱蜢！滾開！」

我離開他。跨越街頭時，我思索著他和將九感合併激素裝入米麗安・班克勞夫特義體的基因工程師有何不同。

我在街角停下腳步，低頭點燃一根香菸。

下午時分。這是我今天第一根菸。

第十二章

那晚，當我在鏡子前著裝時，強烈地感覺到有別人穿著我的義體，而我只是雙眼後的乘客而已。他們稱這狀況為心理整體排斥症（psychoentirety rejection）或碎片症（fragmenting）。即便你是頻繁的義體更換者，顫抖也不甚稀奇，但這是我數年來所遇過最嚴重的情形。有很長一段期間，我很害怕產生複雜的想法，以免鏡中的男子察覺我的存在。僵住的我看著他調整插在神經性刀鞘中的提比刀，一一撿起涅米槍和菲利浦槍，並檢查槍械中的彈藥。兩把散彈槍都附有廉價的纖維握把（Fibergrip）槍套，只要按壓，它們就會被酶吸附在衣服上。鏡中的男子將涅米槍放在左臂下，槍便被大衣藏住，菲利浦槍則插在腰背部。他練習將槍枝從槍套中抽出幾次，瞄準自己的倒影。其實不需要這樣做。虛擬練習磁碟就跟克萊夫保證的一樣好，他已經準備好用這兩把武器殺人了。

我在他雙眼後蠢動。

他猶豫地取下槍枝和刀子，再度將它們擺在床上。接著他站了一會，直到不合理的赤裸感消退。維吉尼亞．維達奧拉稱這種感覺為武器的弱點，從特使訓練的第一天起，陷入此心態就被認為是大罪。

一把武器——任何武器——都是工具，她如此告訴我們，抱著一把桑杰粒子槍。**就像任何工**

具，武器是為了特定目的而設計，也只適合那個目的。如果某人只因為自己是工程師，就隨身攜帶強力鍾的話，你肯定覺得他是白癡。工程師如此，特使亦然。

隊伍中的吉米．迪索托饒富興味地咳了一聲——他當時為我們大多數人發了聲。百分之九十的特使補給都來自保護國的傳統部隊，軍械則大多介於玩具與戀物癖之間。聯合國陸戰隊去哪都帶著武器，就算休假也一樣。

維吉尼亞．維達奧拉聽見咳嗽聲，對上吉米的目光。

「迪索托先生，看來你不同意。」

吉米動了一下，對自己居然如此輕易被點名感到有點惶恐。「這個嘛，女士，我的經驗是帶的火力越強，就越能表現自己。」

隊伍中傳來一陣微弱的同意聲。維吉尼亞．維達奧拉等到聲音消散才說話。

「沒錯。」她說，邊用雙手遞出粒子噴射槍。「這臺……裝置的力道滿強的，請過來這裡，拿走它。」

吉米猶豫了一下，接著擠過人群，走到前方接過武器。維吉尼亞．維達奧拉後退，讓吉米成為新訓學員的焦點中心；她脫下軍團夾克，只穿著無袖工作服和太空甲板拖鞋的她，看來瘦弱又無助。

「你可以看到，」她大聲地說，「能量設定目前設在測試。若你打中我，只會造成微小的第一級燙傷。我離你大約五公尺遠，且毫無武裝。迪索托先生，你可以瞄準我嗎？等你準備好就開始。」

吉姆看起來很訝異，但他聽話地舉起桑杰槍，檢查設定，接著放下槍，看著他對面的女人。

「準備好就開始。」她重複。

「現在！」他吼道。

接下來的狀況難以受到觀察。話畢，吉米便瞬時舉起桑杰槍，擺出正式槍戰的姿勢，在槍口瞄準地平線前就開了火，空氣中充滿粒子噴射槍典型的啪嚓巨響。光束飛射。維吉尼亞．維達奧拉已不在原處——她不知怎地，完美判斷出光線的角度，閃過了攻擊。而且，她還跨越了二點五公尺的距離，右手的夾克正在動作——夾克包住桑杰槍的槍管，把武器扭到一旁。在吉米察覺前，她就跳到吉米身上，把粒子噴射槍拋到訓練室另一頭，絆倒對方，並將手掌邊緣輕輕地靠在吉米的鼻子下。

這一瞬間似乎不斷延長，直到我身旁的男子噘起嘴，吹起又長又低的口哨聲時，沉默才被打破。維吉尼亞．維達奧拉往口哨來源微微點了頭，站起身，也扶起吉米。

「武器就是工具。」她有些氣喘吁吁地重述：「用來謀殺與摧毀的工具。身為特使，有時你必須進行謀殺與摧毀，屆時你得選擇並裝備自己需要的工具。但記住武器的弱點，它們只是延伸——**你**才是殺手與毀滅者。無論有沒有武器，你就是本體。」

——穿上伊努特式外套時，他再度遇上了鏡子中、自己的目光。那張回視他的臉孔上的表情，並不比拉金與格林店裡的男型機器人生動。他無動於衷地看了一陣子，接著舉起一隻手搓揉左眼下的疤痕……上下打量了最後一眼後，我就離開房間，突然重現的冰冷控制感湧過我的神經。我搭電梯下樓，遠離電梯後，我強迫自己露齒微笑。

我碰上分裂症了，維吉尼亞。

呼吸，她說道。**移動**。**控制**。

於是我們走上街頭。踏出大門時，罕醉克斯飯店禮貌地對我道晚安，我的跟蹤者則從對街的茶屋冒出，與我平行地走在後頭。我跨越幾個街區，感受夜晚，思索著要不要讓他追丟。白天中，大多時間都充斥著黯淡的陽光，天空的雲朵也少了點，但天氣依然不溫暖。根據我在罕醉克斯飯店看過的地圖，敗亡鎮位於南方十來個街區外。我在一處街角停下，從上空車道喚來一臺自動計程車；我上車時，看到追蹤者也如法炮製。

他開始讓我反感了。

計程車往南彎去。我往前傾，在遊客導覽面板上晃了一下手。

「歡迎使用都市快線服務（Urbline）。」一道柔和的女性語音說。「你已連上都市快線中央資料暫存器，請說出你需要的資訊。」

「敗亡鎮裡有不安全的區域嗎？」

「被稱為敗亡鎮的地區，全境都被認為不安全。」資料暫存器平淡地說。「不過，都市快線服務保證抵達海灣市內任何地點和——」

「好。妳可以告訴我，敗亡鎮一帶暴力犯罪發生率最高的街道嗎？」

資料暫存器讀取著鮮少使用的紀錄，出現一陣靜默。

「第十九街，過去一年裡，密蘇里街和威斯康辛街之間的街區，發生過五十三次有機傷害案件。一百七十七人因使用禁藥遭到逮捕，一百二十二場輕度有機傷害案件，兩百——」

「好了。那裡距離馬利波薩和聖布魯諾的傑瑞密室有多遠？」

「直線距離約莫一公里。」

「有地圖嗎？」

主機顯示出街道方格，上頭也標明了傑瑞密室的十字標記，街道名稱以綠色反光出現。我研究了幾分鐘。

「好。讓我在那裡下車，第十九街和密蘇里街。」

「根據顧客規範，我必須警告你，不建議前往該地點。」

我往後靠，笑容逐漸回到臉上，這次並非被逼出的後果。

「謝了。」

計程車毫無怨言地在第十九街與密蘇里街的路口放我下車。我爬出車外，四下看了看，又露出笑容。機器大大低估了這處「不建議前往」的地點。

我前一晚追逐蒙古人的街道現在空無一人，但敗亡鎮這塊區域卻相當熱鬧，比起當地居民，傑瑞的顧客們看起來還健康多了。我付款下車後，有十多個人轉頭來看我，卻沒有任何人是完整的人類。我幾乎可以感受到機械式光電倍增管製的雙眼從遠處聚焦，注視我付款用的現金，鈔票閃現鬼魅般的螢光綠；被強化地與犬類相同的鼻孔嗅到我的旅館沐浴乳，所有人都透過自己的街頭聲納系統，查覺到財富的氣味，就像米爾斯波特的船長螢幕上出現了擱淺的瓶背魚（bottle-back）。

第二臺計程車在我身後降落。不到十公尺外，一條漆黑巷弄誘使我走了過去。我才走進巷口，就有當地人前來搭訕。

「你要找什麼嗎？觀光客。」

對方有三人，領頭說話的是個兩公尺半高的巨漢，上身全裸，手臂和軀幹上裝有像是中村實驗室一整年來銷售出的巨大肌肉。他胸部皮膚下有發光的紅色刺青，使他的胸膛看起來像炭火餘燼，一條朝天龜頭似的眼鏡蛇刺青，則從他的腰際往上延伸到腹部的結實肌肉，掛在身體兩側的雙手裝了成排利爪。他臉上布滿敗仗留下的疤痕組織，一隻眼窩裡還裝了廉價的放大鏡義眼。他的嗓音出人意料地柔和又悲傷。

「可能是來貧民窟遊蕩的吧。」巨漢右邊的人說道。他是個纖瘦蒼白的年輕人，幾縷金色長髮落在他臉上。他的動作中有種顫動感，代表他使用了廉價的神經化學系統。他的速度是同伴中最快的。

搭訕客中的第三人什麼都沒說，但他犬類吻部上的嘴唇翻了開來，露出移植來的掠食者利齒，以及令人不快的長舌。在手術強化後的頭部下，他的男性身軀被緊身皮衣所包覆。

時間越來越少了。我的追蹤者現在應該已經付完車費，正在調查環境——前提是他打算冒險。我清了清喉嚨。

「我只是路過。如果你們夠聰明，就讓我通過。有個在後頭降落的人比較好應付。」

對方不敢置信地沉默了一下。接著巨漢向我伸出手；我揮開他的手，後退了一步，並迅速在我們之間擺出一連串致死的攻擊姿勢。三人組僵在原地，犬型強化人發出低吼聲。我吸了一口氣。

「我剛說了，如果你們夠聰明，就讓我走。」

我從巨漢破損的臉上看得出，他已經準備放棄了。他的格鬥經驗夠多，能察覺對手經歷過的作戰訓練；一輩子在格鬥場上的直覺會告訴他，對手與自己的平衡是否被打破了。他的兩名同伴較為年輕，不熟悉失敗——在他開口前，擁有神經化學系統的蒼白年輕人便揮出某種尖銳物，強化人則衝往我右手臂——但我體內早已觸發、且更為昂貴的神經化學系統，自然比對方更為快速。我抓住年輕人的手臂，從手肘處將之折斷，趁著他痛苦之際把他扭了過來，推向他兩名同伴。強化人躲過他，我則踢出一腳，用力踢中對方的鼻子和嘴巴。他隨著一聲哀號倒下。年輕人倒了下去，跪在地上揉著碎裂的手肘。巨漢往前衝，並在我右手剛硬的手指離他雙眼只有一公分時停下。

「別做傻事。」我平靜地說。

年輕人在我們腳邊的地面呻吟；他身後的犬型強化人倒在原處，虛弱地顫動。巨漢蹲到他們身旁，伸出大手，彷彿要安慰對方。他抬頭看我，臉上帶著沉默的指責神情。

我往巷內走了十多公尺，轉身跑走——就讓我的跟蹤者想辦法找路追上我吧。

巷子往右彎，導向另一處擁擠的街道。我轉了彎，並放慢速度，快步踏上街頭。一左轉，我就擠進人群，開始尋找路牌。

傑瑞密室外頭，被囚禁在雞尾酒杯中的女人影像還在跳舞。俱樂部亮著招牌，生意似乎比昨晚還興隆。三三兩兩的人群穿過門房機器人扭動的手臂下，我在跟蒙古人搏鬥時打傷的小販，也已經被撤換掉了。

我跨越街道，站在機器人面前，它上上下下地搜我的身，合成語音說道：「沒有問題。你想要包廂或吧臺？」

「吧臺有什麼好玩的？」

「哈哈哈。」笑聲軟體發揮了效用。「在吧臺**只能看**，**不能摸**。不准放錢，不准伸手。這是店家規定，其他客人也得遵守。」

「包廂。」

「下樓後左轉。從毛巾堆裡拿一條毛巾。」

我走下樓梯，沿著被旋轉紅燈照亮的走廊，經過毛巾壁龕，還有前四個關著門的包廂；空氣中飄盪著低沉的低俗音樂節奏。我隨手關上第五道門，假裝往付款機丟了幾張鈔票，走向毛玻璃窗。

「露易絲？」

她的身體曲線貼上玻璃，雙乳順勢被擠扁。我體內的神經化學系統立刻被觸發。玻璃門往旁滑開，女孩的身體軟綿綿地倒入我懷裡。一把槍口寬大的槍從她肩後出現，指向我的頭。

「不要動，渾蛋。」一把嚴厲的嗓音說。「這是燒熔槍。你一動歪腦筋，它就會炸飛你的頭，再把你的暫存器燒成灰燼。」

我僵止不動。那把嗓音中有種相當類似驚慌的急迫。非常危險。

「沒錯。」我身後的門被打開，走廊上的音樂飄了進來，第二把槍的槍口則抵住了我的背部。「把她放下，慢慢來，然後退後。」

我輕輕地將懷裡的軀體放在裝了光滑墊子的地板上，再度起身。明亮的白光在包廂裡閃了一下，旋轉的小紅燈則微弱地閃爍兩次，跟著熄滅。我身後的門砰地一聲關上，阻斷了音樂；在我面前，一名穿著黑色緊身衣的高大金髮男子走進房間，關節泛白的手指扣在粒子爆能槍的扳機上。他的嘴緊緊閉起，受到興奮劑影響的瞳孔周圍，眼白則充滿血絲。我背後的槍把我往前推，金髮男子也不斷靠近，直到爆能槍的槍口壓在我的下唇上，抵住牙齒。

「你**他媽的**是誰？」他帶著氣音問我。

我把頭往旁移開，才能睜開嘴巴。「艾琳・艾略特。我女兒之前在這裡工作。」

金髮男往前踏了一步，槍口沿著我的臉頰，往下滑到我的下巴。

「你騙我。」他輕柔地說。「我在海灣市司法部門有個朋友，他告訴過我，艾琳・艾略特還在冷凍中。聽著，我們早就調查過你跟這個臭婊子說的鬼話了。」

他踢了地上動也不動的屍體一腳，我則用較為靠近的眼角往旁窺伺。在強烈的白光下，可以在女孩的皮肉上看到明顯的凌虐痕跡。

「我要你在下次回答前先認真思考，無論你是誰，你為什麼要找小莉．艾略特？」

我把目光從爆能槍的槍管移到後頭的臉龐上。那並非擁有自制力的神情……他太害怕了。

「小莉．艾略特是我女兒，你這人渣，如果你在市立儲存庫的朋友真的有用，你就會知道為何紀錄上還寫著我被冷凍。」

我背後的槍更用力地往前推了一下，但金髮男出乎意料地放鬆下來。他放下爆能槍。

「好。」他說。「迪克（Deek），去找歐克泰（Oktai）。」

我背後的人離開包廂。金髮男對我揮舞他的槍，「你，去坐角落。」他的語氣分心了，變得幾乎像日常談話。

我感到背後的槍移開了，便聽話地移動位置。我坐上軟墊地板，評估了一下目前的情勢。儘管迪克走了，裡頭卻還有三個人。金髮男、似乎使用合成亞裔外表義體的女人，我的脊椎上還感覺得到她手中的第二把粒子爆能槍，以及一名高大的黑人，他唯一的武器似乎是根鐵管。我毫無機會。這幫人並非我在第十九街碰上的街頭惡棍。他們身上散發出冰冷的目的感，彷彿是凱德敏在罕醉克斯飯店散發出的威脅感的廉價版本。

我看了合成女一下，思索起來——不可能。即便他躲開了克莉絲汀．奧特嘉提到的罪名，還讓自己被重置到義體上，凱德敏依然清楚內幕。他知道是誰雇用自己，以及我的身分。在生化包廂邊盯著我的人對此則一無所知。

就讓事情維持原狀吧。

我的目光轉到露易絲受損的義體上。看起來，他們在她大腿上割出裂痕，然後用力地左右拉扯傷口，使傷痕被撕扯開來。簡單、粗魯，卻有效。他們下手時會要她看好，以恐懼加強痛楚……夏雅星的宗教警察常用這招。她可能需要心理手術才能從這種創傷中痊癒。

「想知道她的頭為什麼還連在身上嗎？」

我哀戚地望向房間另一頭的他。「不。你看起來很忙，但我想你會找時間下手。」

「不需要。」他稀鬆平常地說，享受著當下的氛圍。「海葵是天主教徒。女孩們跟我說，她是第三或第四代教徒。宣誓文還存在硬碟裡，也跟梵蒂岡申請了棄權誓言。我們接納很多這種人，有時候可方便了。」

「你說太多了，傑瑞。」女子說。

金髮男怒瞪著她，但他嘴邊想吐出的話語，都被兩個進房的男人打斷了；他們應該就是迪克與歐克泰，房內隨即傳來另一陣垃圾音樂。我打量著迪克，將他和拿鐵管的男子分為同一類型——打手，接著轉向他的同伴，對方也不動聲色地盯著我。我的心臟急速跳了一下——歐克泰就是蒙古人。

傑瑞把頭轉向我。

「是他嗎？」他問。

歐克泰緩緩點頭，野蠻的勝利笑容浮現在他寬大的臉孔上。他的大手在身體兩側不斷緊握又放鬆。他正醞釀著深邃的憎恨，幾乎使他喘不過氣。我看得出某人透過業餘技術，拿黏合組織修補了他斷掉的鼻樑，但似乎仍不足以解釋我面前的怒火。

「好了，萊克（Ryker）。」金髮男稍微往前傾身。「你想換一套說詞嗎？你要告訴我為何來搞鬼嗎？」

他在對我說話。

迪克往房內一處角落吐痰。

「我不知道——」我清楚地說。「你他媽的在說什麼！你讓我女兒下海當妓女，然後還殺了她。為了這事，我得殺了你。」

「我不覺得你有機會那麼做。」傑瑞說，蹲在我面前，注視著地板。「你女兒是個愚蠢的追星族小賤貨，以為自己能套牢我——」

他停了下來，不敢置信地搖頭。

「我他媽的在說什麼？我**看到**你站在我面前了，居然還相信這種鬼話。你很厲害，萊克，我相信。」他吸了一口氣。「現在呢，我要好好地再問你一次，也許我們還能做個交易。不然，我就要送你去見我一些非常有手段的朋友。你懂我的意思嗎？」

我緩慢地又點了一次頭。

「很好。問題來了，萊克，你來敗亡鎮幹什麼？」

我望著他的臉。自以為有人脈的小混混。我在這裡不可能得知任何情報。

「……誰是萊克？」

金髮男又低下頭，盯著我雙腳間的地板。他對下一步似乎感到不太開心。最後，他舔舔嘴唇，微微對自己點頭，站起身時，在膝蓋上做了個拂去灰塵的姿勢。

「好吧，硬漢。但我要你記得，你曾經有過選擇。」他轉向合成女。「帶他出去。我不要留下任何痕跡。告訴他們，他全身裝了n線路（n-wired），在這具義體裡找不出什麼線索。」

女人點點頭，揮了揮爆能槍要我起身。她用靴子戳了戳露易絲的屍體。「這個呢？」

「扔了。米羅，迪克，跟她去。」

拿著鐵管的男子把武器塞進腰帶，將屍首扛在肩上，彷彿那是一堆柴薪。緊跟在後的迪克則充滿憐愛地拍了下屍體瘀青的一瓣屁股。

蒙古人用喉嚨發出一陣聲音。傑瑞帶著些許作嘔感地看他。「不，不是你，他們要去我不想讓你看到的地方。別擔心，會有磁碟紀錄的。」

「當然啦，老兄。」迪克朝身後說道。「我們會立刻帶回磁碟。」

「好啦，說夠了。」女人粗魯地說，轉過來面對我。「讓我們先建立共識，萊克。你有神經化學系統，我也有。這是被高度強化過的義體，洛克希德－三苫測試飛行員系統——你完全無法傷害我。就算你只是瞪了我一眼，我依然樂意燒穿你的內臟。我們要去的地方，是不會有人在乎你當下的狀態的。懂了嗎？萊克？」

「我不叫萊克。」我不耐煩地說。

「好吧。」

我們通過毛玻璃門，走進一處狹小的空間，裡頭擺了張化妝臺，設有淋浴間；接著又走上和包廂前的走道平行的另一道走廊。這裡的照明並不晦暗，也沒有音樂，走廊引向體積更大、被簾子掩蓋掉些許的更衣室，年輕男女坐在這裡抽菸，或像無人使用的合成義體般呆呆望著空中。就算他們注意到經過的人群，也沒有反應。米羅扛著屍體走在前頭，迪克則走在我後頭，合成女殿後，輕鬆地將爆能槍掛在腰際。我看到傑瑞的最後一眼，是他店長般的身影，雙手插進臀部，站在我們身後的走廊上。接著，迪克用力地揍了我的頭部側邊，我便回頭，面向前方。露易絲吊在前面、傷痕累累的雙腿比我先進入陰暗的停車場，一臺菱形的黑色飛車正在等待我們。

合成人打開後車廂，朝我揮了一下爆能槍。

「空間很大，當自己家吧。」

我爬進後車廂，發現她是對的。米羅把露易絲的屍體放進來，關上車蓋，讓我們兩人獨處在黑暗中。我聽見其他車門打開又關上的沉重聲響，車子引擎的低鳴隨即傳來，還有起飛時的碰撞感。

車程相當迅速，也比同樣的地面路程來得平穩。傑瑞的朋友們小心地駕駛——當你的後車廂有人時，就不會希望因為沒在變化車道時閃燈，而被無聊的巡邏員警攔下。要不是因為屍體上的微弱屎味，待在黑暗中就彷彿和待在子宮裡一樣舒適。露易絲被刑求時清空了身體裡的穢物。

車程的大半時間，我都為這女孩感到遺憾，也像狠狠咬住骨頭的狗般，對天主教的瘋狂感到厭煩。這名女子的暫存器毫無損傷，不考量財務的話，只要磁碟一載入，她馬上就能復活。在哈蘭世界，她會暫時被重置到義體上參加法院聽證會，但可能使用合成義體；等判決出爐，國家就會提供受害者支援撫卹金，再加上她家人早已辦理的其他保險金，十有八九能保證受害者得到足以進行義體重置的費用。死神，你的毒刺在哪？

我不知道地球上有沒有受害者支援撫卹金。克莉絲汀．奧特嘉兩晚前的憤怒獨白似乎說明情況並非如此，但至少有機會讓這女孩重獲新生。然而在這顆墮落星球上的某處，某個宗教大師下達了復活禁令，而藝名海葵的露易絲，也和其他人一同支持這般瘋狂的舉動。

人類，我從來搞不懂他們。

下降時，車身變得傾斜，屍體則令人不快地滾到我身上。某種潮溼的東西流過我的褲管。我可以感到自己因恐懼而開始流汗——他們要把我塞進某具缺乏我目前義體擁有的抗痛機制的軀殼裡。當我被關在裡頭時，他們能對那具義體做出任何行為，包括殺死它。

接著他們會用新的義體重新開始。

或者，如果他們手段眾多，也可能把我的意識連結上虛擬母體，就像心理手術中使用的虛擬實境，並透過數位方式執行同樣的刑求。主觀而言，效果沒有差異，但真實世界得花上數個月進行的程序，虛擬環境只需要幾分鐘。

我用力地吞嚥了一下，趁還有神經化學系統可用時，壓下自己的畏懼。我盡可能輕柔地把露易絲冰冷的身體從我臉上推走，試著不要想她的死因。

他們帶著專業人士的謹慎度放我出來，女人站在遠處，迪克和米羅站到兩側，讓她得到方便開火的空間。我蹣跚地跨過露易絲，踏上黑色的水泥地板。我偷偷觀察周遭的黑暗，發現十多臺外表平凡無奇的車輛，但在這種距離下，根本無法看到車牌號碼，就和其他類似的車牌一模一樣。我嘆了口氣；當我站直時，就再度感覺到腿上的潮溼。我往下看自己的衣服，大腿上有某種黑色污漬。

「我們在哪？」我問。

「生命的終點。」米羅咕噥，一面抬出露易絲。他望著女人。「把這東西搬到之前的地點嗎？」她點頭，於是米羅跨過停車場，走到一排雙層門板前。我正準備跟上，女人的爆能槍就逼我停了下來。

「不是你。那是垃圾排放管——是輕鬆離開的通路。在你被送進垃圾堆前，我們還有人想問你話。你走這裡。」

迪克咧嘴一笑，從背後的口袋拿出一把小型武器。「沒錯，大警官。往這走。」他們把我推向另一道門，走進運貨電梯，根據牆上閃爍的ＬＥＤ螢幕，在電梯停止前，我們往下走了兩層。整個路程，迪克和女子都站在電梯兩側，手中的槍水平舉起。我不理會他們，繼續盯著數位螢幕。

門打開時，外頭有組醫療團隊正在等待，準備了附有綁帶的輪床。我的直覺要我嘗試突擊他們，但當兩名穿著淡藍色手術袍的男子過來握住我的手臂時，我讓自己保持不動，一名女性醫護人員在我脖子上進行皮下注射。有陣冰冷的刺痛感傳來，接著是冰涼感，我的視野邊緣也逐漸融化成一片灰色迷霧。我最後看到的清晰事物，是醫護人員看著我失去知覺時的冷漠神情。

第十三章

附近的伊斯蘭宣禮聲讓我清醒，詩文在清真寺的擴音器中變得噪雜又帶有金屬感。上一次聽到這種聲音時，我還在夏雅的紀希奇（Zihicce）上空，劫盜炸彈所發出的尖銳響聲則緊接而來。在我頭上，光芒由華麗窗臺上的格狀鐵欄間流洩而下。我肚子裡有種悶悶的鼓脹感，我明白我的生理期到了。

我在木造地板上坐起身，往下打量自己——他們把我安裝在一名年輕女性的義體中，不到二十歲，有著古銅色的肌膚和厚重的黑髮；我把手伸進髮絲間，感到頭髮因生理期而變得既稀疏又骯髒。我的皮膚有些油膩，我也不知怎麼地，覺得自己有段期間沒洗澡了。我全身只穿著比義體大上好幾號的粗糙卡其色上衣。我藏在衣服底下的雙乳感覺膨脹而柔嫩。我還打著赤腳。

我站起身，走到窗戶邊；窗口沒有玻璃，但比我新的身高要高出很多，所以我抓住欄杆，把自己拉高，往外窺視。太陽曝曬下的破爛鋪瓦屋頂延伸至我所能見的遠方，上頭布滿傾斜的收訊天線和古老的衛星收訊碟。一堆清真寺宣禮塔的尖端出現在地平線左側，一臺爬升的飛行器在遙遠的空中留下一道白色蒸汽。吹入房內的空氣又熱又潮溼。

雙臂開始感到痠痛；於是我把自己放回地板，跨過房間、走到門邊。如我所料，門上了鎖。

宣禮聲停了下來。

虛擬實境。他們鑽入我的記憶，找到了這般場景。在夏雅，我見識過人類的漫長苦難中某些最令人不適的事物；夏雅宗教警察在使用刑求軟體上的知名度，就和安金・強德拉（Angin Chandra）在飛行員色情片界一樣。如今，在這顆虛擬的嚴峻夏雅星上，他們把我裝進了女人的義體。

有一晚喝醉時，莎拉告訴我：**「女人才是種族，小武。毫無疑問。男人只是擁有更多肌肉和更少神經系統的變種，只是單純的鬥毆和做愛機器。」**我自己的跨性別義體經驗證實了她的理論。成為女人，是種比身為男人還強烈的感官體驗，觸覺與質地感都更為深層，男人似乎將這種與環境連結的介面出於本能地封鎖了起來。對男人而言，皮膚是道牆，也是保護。對女人來說，皮膚則是用以接觸的器官。

這當然有缺點。

整體而言，或許因為如此，女性的痛覺忍受度比男性高，但每個月的生理期都讓她們經歷強烈低潮。

沒有神經化學系統。我檢查過了。

沒有作戰訓練，也沒有侵略性的反射動作。

什麼都沒有。

這具年輕的肉體上連繭都沒有。

房門碰地一聲打開，我跳了起來。汗水滲出我的皮膚。兩名眼神兇惡的蓄鬍男子走進房內，他們都因高溫而穿著鬆垮的衣服。其中一人拿著一捲膠帶，另一人則拿了把小型噴槍。我撲向他們，企圖觸發緊張情緒帶來的反射動作，並得到對義體內建的無助感的些許控制。

拿膠帶的人揮開了我纖細的手臂，反手打了我一記耳光。我被打倒在地，臉龐麻木，也嘗到血味。其中一人一手將我拉起來。我像是遠遠地看到另一人的臉——也就是打我的人，並試圖專注在他臉上。

「好。」他說。「我們開始吧。」

我企圖用空出來的、手上的指甲抓他。特使訓練給了我追達目標的速度，但我缺乏控制力，因而錯過了目標。我的兩根指甲劃破了他的臉頰，鮮血流出。他畏縮了一下並後退。

「臭婊子。」他說，把手伸到抓痕邊，檢查著手上的血。

「噢，拜託。」我努力用嘴巴沒有麻木的另一側說。「我們還得照劇本走嗎？只因為我**穿了**這具——」

我突地截斷話。他則相當滿意：「你果然不是艾琳．艾略特。」他說。「我們有進展了。」

這次他往我肋骨下揍，讓我完全喘不過氣，也讓我的肺臟完全麻木。我像件大衣般癱在他手臂上，滑倒在地，嘗試著喘氣。我只能發出微弱的吐氣聲。我在地板上扭動的同時，在我上方某處，他從另一人手上接過膠帶捲，拉出二十五公分長的膠帶；膠帶發出嚇人的撕裂聲，就像在剝皮。他用牙齒扯斷膠帶，蹲在我身旁，把我的右手貼在頭部上面的地板。我觸電般地伸手攻擊，他花了一段時間才固定住我另一隻手，然後重覆同樣的動作。一股不屬於我的尖叫衝動浮現出來，我努力地壓抑它——沒屁用，節省節省你的力氣吧。

抵著手肘上柔軟肌膚的地板，既堅硬又不舒服。我聽見一陣金屬摩擦聲，轉過頭，發現第二個男子正從房間一側拖來兩張凳子。當揍我的人把我的雙腿貼在地上時，旁觀的男人就坐在其中一張凳子上，取出一包香菸，從中甩出一根菸。他一面對我咧嘴而笑，一面將菸放入口中，並伸手向下拿噴槍。在他的同伴後退了幾步、欣賞自己的成果時，凳子上的人就遞給對方一根菸。同伴婉拒了。抽菸男子聳聳肩，接著啟動噴槍，偏頭用噴槍點菸。

「你會把傑瑞密室和伊莉莎白．艾略特知道的一切，」他說，一邊用香菸比著手勢，煙霧飄上了我的頭頂。「都告訴我們。」

噴槍在寧靜的房中嘶嘶作響，彷彿正輕輕笑著。陽光從高聳的窗臺照下，外頭傳來擠滿人群的都市所發出的微弱噪音。

他們先從我的雙腳開始。

尖叫聲不斷持續，我從來不知道，人類的喉嚨竟會發出如此尖銳淒厲的聲音，我的耳朵相當不舒服。我視線中出現了紅色痕跡。

殷奈寧殷奈寧殷奈寧……

吉米．迪索托蹣跚地走入我的視野，他手上少了桑杰槍，沾滿鮮血的雙手貼在他臉上。

他跛著腳的身影發出尖叫，有一瞬間，我幾乎認為那是他身上的污染警報。我本能地檢查自己肩上的測定儀，接著，尖叫中浮現了某個模糊的字眼，讓我明白那是他的叫聲。

他幾乎站得筆直，即便在轟炸現場的混亂中，他也是最容易被狙擊手打中的目標之一。

我衝過開放的地面，把他撞進一處毀損牆面的掩護中。當我把他轉成仰臥，想要看看他的臉發生了什麼事時，他依然在尖叫。我把他的手從臉上拉開，他左眼血肉模糊的眼窩便在黑暗中往上面對我。我還能看到他手指上留有眼球黏膜的碎片。

「吉米，吉米，搞什麼鬼……」

尖銳的慘叫持續響起。我用上了全身力氣，才阻止他挖出另一隻在眼窩中轉動的眼球。

當我理解發生了什麼事時，脊椎便為之一涼。

病毒攻擊。

我停止對吉米喊叫，並往後頭大吼。

「醫官！醫官！暫存器損毀！病毒攻擊！」

我聽見自己的叫聲響徹在殷奈寧的灘頭上，世界崩塌。

……經過一陣子後，他們會離開你，讓你蜷曲起受傷的身體。這是他們慣用的手法。這讓你有時間思考他們對你做的事，更重要的是，他們會再對你做些什麼。對未來的恐怖想像，幾乎和他們手中的工具一樣有效，不輸燒燙的熨斗和銳利刀鋒。

你聽見他們回來，腳步的回音引發了強烈恐懼，導致你將肚子裡所剩不多的膽汁全嘔了出來。

想像一座城市馬賽克般的衛星放大圖片，比例是一比一萬。圖片會占據大片室內牆面，所以你得後退才看得清楚。有些特定事物一眼就能被認出。該物體是透過開發計畫建成，或是自然生長出來，呼應幾世紀來的不同需求？物體被強化過嗎？有海濱地區嗎？靠近點，你就能看到更多細節。主要幹道在哪？是否有星際保護國飛艇停靠港？市區內是否有公園？如果你是專業製圖師，也許就能察覺，甚至還能看出居民的活動——城鎮裡有哪些適宜人居的地點，有哪些交通問題，以及市區最近是否遭受過任何嚴重的炸彈損害或暴動。

但有些東西是永遠無法從照片上看出來的。無論你放大檢視多少細節，都無法告訴你犯罪率是否正持續升高，或市民幾點上床睡覺。它無法告訴你市長是否打算拆除老街區，警方是否貪腐，或在天使碼頭五十一號發生了什麼怪事。就算你能將馬賽克圖片分成更小的格子，再將格子重新擺在別處，也毫無助益。有些事物只能透過親自踏進市區、與居民交談才能得知。

數位人類載具並沒有使刑求消失，反而使刑求的基本技巧重新出爐。數位化心智只是一張圖片，你無法捕捉個人思緒，就像衛星圖片無法顯示個人生活一樣。心理外科醫生能在伊利斯模組（Ellis）上找出主要創傷，並大略猜出如何治療，但最後，醫生還是得製造虛擬環境來諮詢病人，並親自進入虛擬實境內進行治療。擁有更加特定需求的刑求者們，則更加麻煩。

數位人類儲存讓人類能夠被凌虐至死，復又重新開始。由於這種選項，使得催眠和藥用偵訊在很久之前就被捨棄。對工作中容易碰上這類危險的人士來說，很容易取得必要的化學物質，或心理反制訓練。

在已知的宇宙中，沒有任何特訓能讓你準備好腳將被燒斷，或慣於被拔出指甲。

在你胸膛上灼燒的菸蒂。

塞進你陰道的滾燙熨斗。

痛苦。羞辱。

傷害。

心理力學／完整度訓練。

介紹。

心智在極大壓力下，會做出有趣的事。幻覺、位移感、躲避。在特使軍團中，你會學到一切技巧，不只是應對敵意的盲目反射動作，而是棋局中的一步行動。

通紅的滾燙金屬灼燒著血肉，皮膚則像聚乙烯般融化。痛苦會逐漸減少，但最可怕的是看著它發生。你一度不敢置信地尖叫，如今耳中聽起來卻再熟悉不過。你明白無法阻止他們，但你依然會尖叫懇求——

「惹上麻煩了啊，老兄？」

死亡的吉米．迪索托對我露齒一笑。周遭背景仍然是殷奈寧，但不可能。當他被帶走時，他還在尖叫。在現實中——

他的表情突然變得嚴肅。

「你得把現實隔離在外，裡頭沒有辦法給你什麼。保持脫節。他們對她造成任何結構性傷害了嗎？」

我畏縮了一下。「她的雙腳……她無法走路。」

「王八蛋。」他實事求是地說。「你為何不把他們想知道的事情說出來？」

「我們不清楚他們想知道什麼。他們在追一個叫萊克的人。」

「萊克，那他媽的是誰？」

「我不知道。」

他聳聳肩。「抖出班克勞夫特啊，還是你自覺受制於榮譽感？」

「我想我已經說了。他們不信，那不是他們想聽的話。這些是該死的業餘人士，老兄。是群想把我吃乾抹淨的人。」

「你繼續鬼叫同樣的事，他們遲早會相信的。」

「這不是該死的重點，吉米。等這件事結束，不管我是誰，他們都會打爛我的暫存器，把義體的器官拿去販賣。」

「對。」吉米．迪索托把一根手指伸進空洞的眼窩中，心不在焉地摳著裡頭結痂的血肉。

「我懂了。好吧，在虛擬情境中，你總得想辦法跳到下一個場景。對吧？」

在哈蘭世界被充滿黑色幽默的口吻戲稱為動盪期（Unsettlement）的日子中，奎爾派黑色部隊（Black Brigade）的游擊隊員都被手術植入四分之一公克的酶基爆炸物，一旦引爆，就會將周遭五十平方公尺的區域炸成灰燼。這種策略得到了啟人疑竇的成功。爭議中的酶與憤怒有所連結，安裝爆破裝置的特訓也相當零散。發生過許多非自願的爆炸事件。

不過，沒有人自願拷問任何黑色部隊的成員。總之，在第一個案例被審問過後，這種事就不再發生了。她的名字——

你以為他們無法做出更糟的事，但現在熨斗被插入你體內，對方還讓熨斗緩慢升溫，好使你有時間好好思考這件事。你的懇求說詞開始結巴——

接續我剛剛的話題……

她的名字是伊菲吉內亞·德米（Iphigenia Deme），她還沒被保護國部隊殺死的朋友們則叫她伊菲。據稱她被綁在島津大道（Shimatsu Boulevard）十八號中的拷問桌上時，最後的遺言是：**他媽的夠了！**

爆炸讓整座大樓徹底崩塌。

他媽的夠了！

我蜷曲著身子甦醒，之前的最後一陣尖叫還在我體內迴盪；我雙手胡亂摸索，想遮住記憶中的傷口。但是，我只發現乾硬布料下毫髮無傷的年輕肌膚，微微的震動與小浪頭的沖刷聲從附近傳來。我頭頂有個傾斜的木製天花板，陽光從舷窗以低矮的角度流瀉進來。我在狹窄的行軍床上坐起身，被單則從我胸膛上滑落。古銅色的上半端乳球光滑無痕，乳頭也完好無缺。

回到起點了。

床鋪旁有張樸實的木椅，上頭擺了摺好的乾淨白色T恤和帆布長褲。地上放有繩索編織成的涼鞋。小屋內除了另一張相同的行軍床外，沒有其他特殊物品；上頭的床單被恣意掀開，房內還有一道門。擺設有些粗糙，但意義明顯。我穿上衣服，往外踏上陽光下的小漁船甲板。

「啊哈，是做夢的人。」走出門時，坐在小船船尾的女子拍了一下手。她比我的義體大約大了十歲，皮膚黝黑性感，衣服和我的長褲以相同的材質製成。她的腳上穿了法式草鞋，寬邊墨鏡則遮住雙眼。她腿上有塊素描板，畫的大概是都市風景。我站在原處，她將素描板擺到一旁，起身歡迎我。她的動作相當優雅，也充滿自信。我感到相形見絀。

我望向船身邊的蔚藍海水。

「這次要做什麼？」我刻意輕鬆地說。「把我丟去餵鯊魚嗎？」

她笑了出來，露出完美的貝齒。「不，這階段不必要。我只想談談。」

我感到四肢輕盈，繼續站著，盯著她。「那就談吧。」

「很好。」女人優雅地坐回船尾。「你把自己牽扯進與你無關的事，因此吃了不少苦。我想，我的目標和你一樣，我想避免更多令人不快的事發生。」

「我的目標是看著妳死。」

對方露出微笑。「對，我想也是。即便是虛擬死亡，可能也很令人滿足。所以，目前而言，我得指出這個虛擬實境的特點中，包括了我擁有空手道五段的能力。」

她伸出一隻手，讓我看她腕關節上的繭。我聳聳肩。

「再說，我們總可以重新採用之前的作法。」她指向水域；順著她手臂的方向，我注意到地平線上她描繪的城市。我瞇眼望向水面上被反射出的陽光時，能看出宣禮塔的輪廓。我幾乎要為這種廉價的心理學招數發笑。小船、海洋、逃跑。這些傢伙直接使用了市面上販賣的現成程式。

「我不想回去。」我老實地說。

「很好，告訴我們你是誰。」

我試著不流露出訝異。臥底訓練已經覺醒，我開始編織謊言。「我以為我說過了。」

「你的內容相當矛盾，你還透過停止心跳使審問中止。你不是艾琳．艾略特，這點很明確。你似乎也不是伊利亞斯．萊克（Elias Ryker），除非他經歷過密集的重新培訓。你自稱和羅倫斯．班克勞夫特有所聯絡，也聲稱自己是外星移民，還身為特使軍團的成員。這不在我們的預料中。」

「我猜也是。」我咕噥道。

「我們不想牽扯上與自己無關的事。」

「已經扯上關係了，妳們綁架並凌虐了一名特使——知道軍團會做出什麼回應嗎？他們會追殺妳們，再用電磁脈衝烤熟妳們的暫存器。妳們所有人的下場都一樣。接著是妳們的家人、工作夥伴，還有**他們**的家人，以及其他擋路的對象。等到結束，妳就連記憶片段都稱不上了。妳無法在惡搞過特使軍團後，還繼續活著吹噓這件事。他們會**徹底消滅**妳們。」

這牛皮吹得可大了。軍團和我在我主觀的壽命中，至少有十年不相往來，客觀來說也有個一世紀了。但在保護國境內，特使軍團能對任何人——包括行星總統——端出威脅，效力就和用拼布人（Patchwork Man）的故事恐嚇紐佩斯特的年幼孩童一樣有效。

「在我的認知中，」女人平靜地說，「除非聯合國進行委任，否則特使軍團被禁止在地球活動。也許說出這一切後，你也會吃虧？」

班克勞夫特先生在聯合國法院有強大的非正式影響力，這點大家都知道。我想起歐穆．裴斯考說過的話，並利用這點反擊。

「也許妳想跟羅倫斯．班克勞夫特和聯合國法庭爭辯這點。」我建議道，一面盤起雙臂。

女子望了我一陣子。海風吹拂我的髮絲，風中傳來城市裡微弱的聲響。最後，她說道：「你明白我們能消除你的暫存器記憶，再把你的義體切成微小到無法追蹤的碎屑吧。基本上，沒人能找到你的蹤跡。」

「但他們找得到妳。」我說，謊言中的一絲真相凸顯了我的自信。「妳無法逃離特使軍團。

無論做什麼，他們都找得到妳。現在，妳唯一能希望的，就是嘗試達成交易。」

「……什麼交易？」她僵硬地問。

開口前的一瞬間，我的腦袋高速運作，謹慎地思考每個字眼的效用。這就是逃出生天的契機，沒有另一次機會了。

「有個生化海盜集團在西岸運送偷來的軍事裝置。」我小心地說。「他們用類似傑瑞密室的地點作為掩護。」

「所以特使軍團被找來？」女子的語氣充滿輕蔑。「就為了生化海盜？少來了，萊克。你只能編出這種理由嗎？」

「我不是萊克。」我罵道。「這具義體只是掩護。聽好，妳說得沒錯。這種事情十有八九跟我們無關，對付那種低階犯罪並非軍團的專業。但這些人偷了他們根本不該碰的東西——迅速反應式外交生化裝置——有些東西他們根本連看都不該看一眼。有人對此感到不滿——我指聯合國常務委員會層級的人——所以他們找了我們。」

女子皺起眉頭。「……交易是？」

「好，首先得釋放我，不准對任何人提起此事。我們就說這是職業誤會吧。然後再動用一些人脈，幫我找出一些名字。像這種黑市診所，資訊總是流通迅速。對我來說，這樣才有價值。」

「就像我之前說的，我們不想牽扯——」

我停止壓抑，讓怒氣流淌出來。「別耍我，老兄。妳們**已經**牽扯進來了。無論想不想，都已經咬下一塊跟妳們無關的大餅，現在要不吞下去，要不就吐出來。妳怎麼選？」

除了我們之間的海風，與船身輕微的搖曳感外，一切都陷入沉默。

「我們會考慮看看。」女子說。

海上閃爍的光芒發生了某種變化。我把目光轉向女人身後，發現光芒從海浪延伸到天空中，並不斷增強。城市彷彿因核爆而被白光籠罩，小船的邊緣逐漸被光芒吞沒，彷彿消失在海上迷霧中。對面的女人一同消失。一切變得非常安靜。

我舉起一隻手，觸摸世界邊緣消失部分的迷霧，我的手臂似乎也正以慢動作揮舞著。寂靜之下有道宛如逐漸變大的雨聲的嘶嘶雜音。我的手指末端變得透明，接著像城市中的宣禮塔般在光線下轉為白色。我失去行動力，白色光芒則沿著我的手臂往上蔓延。我喉嚨中的氣息隨之停止，跳到一半的心臟也停了下來。我則，

沒有停。

第十四章

我再次醒來，這次感到表皮上傳來一陣粗糙的麻木感，像是洗掉雙手上的洗衣精或石油溶劑後的感覺，只是現在這種感受蔓延到全身。我重新被安裝到男性義體中。在我的心智習慣新神經系統後，那感覺就迅速消退。空調的冷冽微風吹在赤裸的皮肉上。我一絲不掛，抬起左手，碰觸眼下的疤痕。

他們把我裝回原本的義體了。

我頭頂的白色天花板裝滿日光燈。我用手肘撐起身體，觀望四周。當我發現自己身處手術室裡時，另一陣微弱的冷冽感從我體內浮現，沖刷過全身。在我躺著的房間對面，有個光滑的鋼製手術臺，一旁有用於排出血液的凹槽，自動手術用的機械臂蜘蛛般地懸掛在上方。這些系統都沒有啟動，但牆上的小螢幕和我身旁的顯示器閃爍著**「待命中」**的字樣。我靠近螢幕，發現有一段功能表不斷往下捲動——他們設定了自動手術裝置，要把我解體。

我滑下等候臺，房門喀地一聲打開，合成女和兩個醫護人員走進來。粒子爆能槍插在她臀部旁，她帶著一堆令人熟悉的物體。

「衣服。」她苦著臉把東西丟給我。「穿上。」

其中一名醫護人員把手放上她手臂。「正式流程要求——」

「對，」女子嘲諷。「也許他會控告我們。如果你覺得這個地方無法處理簡單的義體安裝程序，也許我得要求雷（Ray）把我們的生意改到別的地方。」

「他不是指義體重置，」我觀察道，一面套上褲子。「他是想檢查偵訊創傷。」

「誰問你了？」

我聳聳肩。「隨便妳。我們要去哪？」

「去跟某人談話。」她簡短地說，轉身面對醫療人員。「如果他是自己宣稱的那個人，創傷就不會是大問題。如果他不是，就會再回來了。」

我盡可能快速地穿上衣服。看來我還沒脫離險境；我的交叉造型上衣與夾克毫髮無傷，但頭巾不見了，這讓我最為不滿，那可是我幾小時前才買下的。手錶也不見了，但我決定不要在此事上多做文章，便按下靴子，讓它自動貼緊腳型，站了起來。

「我們要去見誰？」

女子酸溜溜地看了我一眼。「資訊多到能確認你是否老實的人。就我個人而言，我覺得我們很快就會帶你回來好好拆解了。」

「等到一切結束，」我平靜地說，「也許我可以說服我們其中一支小隊來拜訪妳，當然是找妳真正的義體了，他們會很感激妳的支持。」

爆能槍咻地一聲被拔出槍套，抵上我的下巴。我幾乎沒看見她的動作，我才剛被重置的義體感官努力地想做出反應，但速度太慢了。合成女靠近我的臉頰。

「別想威脅我，你這人渣。」她輕柔地說。「你嚇壞了這些蠢蛋，害他們不敢輕舉妄動，還以為你隨時可以擊垮他們。這招對我沒用，懂嗎？」

我用眼角瞟她，盡可能在我的頭被槍卡住時瞟她。

「……我明白了。」我說。

「很好。」她用氣音說道，收回槍。「如果雷說你沒問題，我就會和其他人一起排隊向你道歉。在此之前，你只是另一個為了暫存器哀求的懦夫。」

我們迅速跨越走廊，我也試著牢記路線、踏入電梯；它似乎和把我載入診所的電梯一模一樣。

我再度計算起樓層數；我們踏上停車場，我的目光不由自主地轉向露易絲被帶進的門口。我在遭受凌虐時，對時間的印象相當模糊——為了避免創傷，特使訓練刻意掩蓋了這種經驗——即便凌虐進行了幾天，現實中卻只過了幾分鐘。我頂多在診所裡待了一兩個小時，露易絲的軀體可能還在門後等待切割，心智也還留在暫存器中。

「上車。」女子簡短地說。

這次載我的是更大臺的優雅飛艇，像是班克勞夫特的禮車。前座有一位司機待命，他身著制服，理了平頭，左耳上還刺上他雇主的條碼。我在海灣市街頭看過這種人，也很好奇為何有人會同意這樣做。除了軍隊，哈蘭世界沒有人會在身上留下授權條碼。這太類似殖民年代的農奴制度，令人不安。

第二名男子站在後車廂的車門邊，懶散地握著手上的醜陋機槍。他也留著平頭，頭上刺有條碼。我經過他時，仔細地觀察了條碼一下，坐入後車廂。合成女傾身對司機說話，我啟動了神經化學系統，細細偷聽。

「……極樂飄緲屋（Head in the Clouds）。我要在午夜前抵達。」

「沒問題。今晚海岸區的人不多，而且——」

其中一名醫護人員對我用力甩上門，被最大強化的撞擊音幾乎要震破我的耳膜。我沉默地坐在位子上讓自己平復，直到女子和機槍手打開另一側車門，坐到我身旁。

「閉上你的眼睛。」女子說，一面拿出我的頭巾。「我要蒙住你的眼睛幾分鐘。如果我們讓你離開，這些人就不會想讓你知道該去哪裡找他們。」

我往窗戶看了一下。「這好像是偏光鏡吧。」

「對，但我們不知道你身上的神經化學系統有多厲害，對吧？現在別動。」

她熟練地拿紅布巾在我頭上打結，把布巾稍微張開，蓋住我的視線。我坐回位子。

「只要幾分鐘。你安靜坐好，不准偷看。我會告訴你何時可以拿下來。」

車子被啟動，應該也飛了起來，我聽見車身上傳來的雨滴聲。

座椅上有淡淡的皮革味，和來程時的屎味不同，我乘坐的座位也針對我的身型做出相應調整。我的待遇似乎變好了。

只是暫時的，老兄。吉米的嗓音在我腦海中響起，我露出淡淡的笑容。沒錯，有幾件我們將面對的事已經相當明朗。這是某個不想來到診所的人，甚至不願被看到自己出現——那代表名聲，以及隨之而來的勢力，和能讀取外星資料的權力。他們很快就會知道，特使軍團不過是空頭威脅，不久後我就會死了。真實死亡。

這樣你才會奮力一搏呀，老兄。

謝了，吉米。

幾分鐘後，女子要我拿掉布巾。我把它推上額頭，用習慣的方式將它綁好。我身旁拿機槍的打手露出竊笑，我好奇地看了他一眼。

「有什麼好笑的嗎？」

「有。」女子說道，目光未曾離開窗外的城市燈光。「你看起來像個他媽的白痴。」

「在我老家可不像。」

她轉過身，同情地看我。「你又不在你老家。你在地球上，入境隨俗吧。」

我望著他們，槍手依然在竊笑，合成人臉上流露些許輕蔑；我聳聳肩，把雙手伸到頭上解開頭巾。女子轉回頭看城市燈光消失在我們底下。雨似乎停了。

我在大約頭部的高度，由左到右地用力劈下。我的左拳打中槍手的太陽穴，力道強到能擊碎骨頭，他發出一聲咕噥，往側邊倒下。他完全沒察覺這次攻擊，而我的右手還在移動。

合成人迅速轉身，可能比我的攻擊速度還快，但她錯估了我的意圖——她舉起手臂格擋，護住自己的頭，我則處在她防禦姿勢的下方，伸出手——我抓住她腰帶邊的爆能槍，打開保險栓，立刻扣下扳機。激光迅速射出，往下劈砍，女子右腿的大部分都爆裂開來，變成溼潤的血肉纖維，直到後座力斷流器阻斷了激光。她發出嚎叫，與其說是因為痛苦，聽起來更像充滿了怒火，接著我抬起武器的槍口，向她發射另一束激光。爆能槍在她身上劃出和手掌一樣寬的裂痕，還穿進了後頭的座位……車廂裡鮮血四濺。

爆能槍再度開火，當這把激光武器的火光消失時，車廂裡突然變暗。我身旁的合成女發出氣泡般的喘氣聲，接著連結著頭部的上身軀幹，就往左側滑落。她的前額靠在剛剛看著的窗戶上，彷彿她正在被雨水沾溼的玻璃上休憩。她身體的其他部位僵直地坐著，傾斜的傷口已經被激光灼燒、止血了。到處都是煮熟的肉和燒焦的合成組織混雜在一起的臭味。

「崔普（Trepp）？崔普？」司機的車內通話器正嘎嘎作響。我把血從眼睛上抹掉，望向前方車身上的螢幕。

「她死了。」我對驚恐的臉龐說，舉起爆能槍。「他倆都死了。如果你不立刻著陸，就是下一個死者。」

司機反駁道：「我們在海灣市上空五百公尺，老兄，而且車子是我在開，你想怎麼辦？」我選了兩個車廂間的牆面中間點，拔掉爆能槍上的後座力斷流器，一隻手護住我的臉。

「嘿，你在幹——」

我用高度聚焦的激光打穿駕駛艙。光束燒出了大約一公分寬的小洞，塑膠底下的裝甲抗拒著光束，火花還往後飛濺入車廂。光束打穿牆面後，火花就停止了，我也聽到前座傳來某種短路的聲音。我停止開火。

「下一發會打穿你的座位。」我允諾。「等我們從海灣被撈出來時，我有朋友會把我重新安裝進義體。你呢，則會在這面該死的牆後頭直接被大卸八塊，就算我沒打中你的暫存器，他們也很難在你的遺骸中找到它，現在他媽的**立刻給我著陸**。」

禮車迅速往旁傾斜，高度逐漸降低。我在身旁的屠殺場景內往後坐，用一隻袖管拭去臉上的血。

「很好。」我更為冷靜地說。「在傳教街讓我下車。如果你想討救兵，先好好想想，如果發生槍戰，你就是那個第一個死的人。懂嗎？你會先死，我說的是真實死亡。即便他們快殺了我，我死前也絕對會轟爛你的暫存器。」

他一臉蒼白地從螢幕中望向我。他很害怕，但仍不夠恐懼。或者他怕的是別人——任何會在員工身上刺下條碼的人，都絕非態度寬容之輩，透過階級制營造的長期順從性反射動作，通常都足以壓下對戰死的恐懼。畢竟，這就是作戰方式——讓士兵恐懼逃跑，大於對陣亡的憂慮。

我曾經也是。

「不然這樣？」我迅速改口。「你降落停車，這樣就違反了交通規則。條子會出現逮捕你。你什麼都別說。我會離開，他們除了交通違規外，也無法罰你什麼。你的理由是自己只是司機，你的乘客在後座起了衝突，我還威脅你降落。同時，你的雇主將立刻保釋你，你也會因為沒在虛擬牢房中洩密而得到獎勵。」

我看著螢幕。他的表情產生動搖，也用力吞嚥了一下。甜頭夠多了，該來點苦頭。我再度關上後座力斷流器，抬起爆能槍讓他看，把槍抵在崔普的頸子上。

「我覺得你賺到了。」

爆能槍近距離地將脊椎、暫存器和周遭的血肉全部蒸發。我轉身面對螢幕。

「你決定吧。」

司機的臉扭曲起來，接著禮車開始顛簸地降低。我看著窗外的車潮，傾身敲了敲螢幕。

「別忘了違規，好嗎？」

他吞了吞口水，點點頭。禮車垂直落入擁擠的車流，在地面用力地抖了一下，我們周圍的車輛不約而同地發出憤怒的撞擊警報聲。我從窗口認出前晚和克提斯經過的街道。我們的速度稍微慢了下來。

「打開旁邊的門。」我說，把爆能槍藏在夾克底下。對方顫抖地點了一下頭，車門也隨即開啟，接著卡住不動。我轉過身，一腳踢開車門，聽見我們頭上某處傳來警車的鳴笛聲。我和螢幕上的司機目光相會，我露出笑容。

「聰明人。」我說，跳出滑行中的飛車。

我的肩膀和背部撞上人行道，我在路人的驚叫聲中滾了出去。我滾了兩圈，用力地撞上一家店的石製前緣，而後小心地爬起身。一對路過的情侶盯著我，我露齒一笑，嚇得他們趕緊往前走，去找其他他們感興趣的店。

一陣乾燥的錯位氣流席捲了我全身，交通警察的飛艇隨即降落在違規的禮車邊。我留在原地，回視少數因看到我怪異的出場方式，而流露好奇眼神的路人。總之，旁人對我的興趣逐漸消散。旁觀者接二連三地離開，被警方飛艇閃爍的燈光吸引過去，飛艇則充滿威脅性地盤旋在禮車後方的上空。

「關閉你的引擎，留在原地。」空中擴音系統出聲。

群眾開始聚集，人們快步衝過我身邊，想看看到底發生了什麼事。我往後靠上店鋪前端，檢查自己是否因跳車而受傷。由肩膀和背上逐漸消散的麻木感看來，這次我做對了。

「雙手舉高到頭頂，離開你的車輛。」交通警察金屬般冰冷的嗓音說道。

我越過人群的頭頂看到司機，他正用被指示的動作走到車外。他看似因自己的倖存而安心。我花了一陣子思索，為何這種警方僵持局面在我進入的圈子中沒變得普遍一點。

我猜，是因為太多人想尋死。

我在人群中後退了幾公尺，轉身溜進海灣市夜色的掩護。

第十五章

「大家老愛掛在嘴邊的私人恩怨，其實是政治性手段。如果有某個蠢政客或野心人士，企圖用政策來傷害你或你在乎的人，就當私人恩怨來處理。發怒。司法制度無法幫你——它緩慢又冷酷，相關的軟、硬體也都屬於掌權者。只有小人物受制於法律；掌權者則露出狡猾的笑容，暗中脫逃。如果你想要正義，就得從對方身上搶來。用私心處理。盡量造成破壞。讓對方了解你的意圖。如此，下次對方才會認真看待你。你會被當作危險人物。千萬別搞砸這點：你得被嚴肅對待，危險人士得到的待遇截然不同；而唯一的差異在於他們的眼神，這是玩家與小人物的不同。他們願意與玩家打交道，小人物則會被踩扁。在你被輕視、取代、凌虐與殘忍地處決後，他們也一而再、再而三地用最骯髒的方式侮辱你；他們說只是公事公辦，這就是政治，是世間的道理，人生很難熬，而且並非私人恩怨。好，讓他們去死吧。把問題當成私怨來解決。」

奎爾克里斯特．福克納

《我早該學會的事》

第二卷

我回到敗亡鎮時，淡藍色的冷冽黎明籠罩在城市上空，萬物都因最近的雨，而染上一層潮溼的金屬光澤。我站在高速公路梁柱間的陰影中，觀察灰暗的街頭上是否有任何騷動。我需要某種感覺，但在清晨的冰冷陽光下，難以產生那種感受。我的腦袋忙著快速處理資料同化，吉米·迪索托則像隻坐立不安的妖鬼般在我腦海中飄移。

你要去哪，小武？

我要搞點破壞。

罕醉克斯飯店沒辦法找到任何關於我被帶往的診所資訊。從迪克向蒙古人保證會立刻帶一份我的凌虐磁碟紀錄回去來看，我想診所應該位於海灣另一端，可能在奧克蘭，但知道這點沒什麼幫助，就算人工智慧也束手無策。整個海灣區似乎塞滿了非法生化科技活動。我得用麻煩的方式來追溯問題的源頭。

傑瑞密室。

關於傑瑞密室，罕醉克斯飯店可幫了大忙。與一些低階反入侵系統短兵交接後，飯店就在我房內的螢幕上播放生化包廂俱樂部的內部構造。樓層圖、保全人員、時間表和班次。藉由被拷問所引發的怒氣，我在數秒內就看完了資料。隨著身後窗外的天空逐漸轉白，我把涅米槍和菲利浦槍塞進槍套，繫上提比刀，出外找人拷問。

我回到飯店時，並沒有看到自己的跟蹤者；當我離開時，他似乎也不在。我猜，算他好運吧。

黎明的傑瑞密室。

妓院在夜色中的廉價神祕情色氛圍早已消失殆盡。霓虹燈與立體顯像招牌都暗了下來，像舊洋裝上的花俏別針般掛在屋上。我無精打采地望向雞尾酒杯中的跳舞女孩，想起花名海葵的露易絲，她遭到凌虐致死，她的信仰卻不復活她。

把問題當成私怨來解決。

我右手緊握住涅米槍，下了決定。我走向俱樂部，將槍上的滑動式開關打開，金屬喀嚓聲在寧靜的早晨空氣中活像砰然巨響。我心中開始浮現一股緩慢又冰冷的怒火。

我接近時，門房機器人動了起來，手臂擺出防禦的姿勢。

「我們關門了，朋友。」合成語音說。

我將涅米槍對準門楣，打中機器人的大腦圓弧。它們的外殼應該可以阻擋口徑較小的子彈，但涅米槍的散彈擊碎了中央處理器。火花迅速冒出，合成語音也發出尖叫；手風琴般的章魚狀手臂扭動起來，再無動靜。煙霧從被擊碎的外層門楣飄出。

我小心地用涅米槍戳戳一條垂下的觸手，接著跨越門口，碰見跑上樓看發生了什麼事的米羅。當他見到我時，雙眼睜得老大。

「是你。什麼——」

我射穿他的喉嚨，看著他往後摔下階梯，當他試圖起身時，我再度往他的臉部開火。我隨著米羅走下樓梯，第二名壯漢出現在我底下的黯淡空間中，驚訝地看了米羅的屍體一眼，就伸手去拿腰帶邊的笨重爆能槍。在他的手指碰到武器前，我就往他胸口開了兩槍。

我在樓梯底部停下，左手取出菲利浦槍，安靜地站了一會，讓耳中的槍聲回音消散。傑瑞密室中的沉重節奏和我預料地一樣持續播放，但涅米槍的槍響更響亮。我左手邊，導向包廂的走廊中正閃爍著紅光，右手邊則有個蜘蛛網狀的立體顯像，裡頭顯示了許多菸斗和酒瓶，「吧臺」的字眼則在後頭的平坦黑門上閃爍。我腦中的資料顯示包廂中的保全人數極少——最多三個人，早上這時間可能只有兩人。米羅和無名壯漢倒在階梯下，所以可能還有一人。吧臺裝設了隔音設備，也接上了分離的音響系統，有二到四名身兼酒吧職員的武裝護衛。

小氣鬼傑瑞。

我啟動神經化學系統，仔細地傾聽。我聽見左邊的走廊傳來悄悄的開門聲，接著是某人躡手躡腳地在地板上拖行腳掌所傳來的輕微摩擦聲，對方誤以為這樣會比走路發出的聲音更小。我的目光盯著右邊的吧臺房門，看也不看地將菲利浦槍轉向左邊，往走廊上被紅光籠罩的空氣中發射了好幾枚子彈。槍枝彷彿樹枝在微風中搖曳般射出子彈。彼端傳來一陣被勒住般的吐氣聲，接著是軀體與武器倒在地上的沉重聲響。

吧臺的門依舊關閉。

我沿著牆壁的角度轉頭，在旋轉的紅色燈光下，看見一名穿著作戰服的結實女子正用一隻手臂摀著側腹，另一隻手則摸索著掉落的手槍。我迅速走到武器旁，把手槍踢離她，接著跪在她身旁。我一定打中了好幾槍，她的雙腿和上衣都沾滿了血。我用菲利浦槍的槍口抵住她前額。

「妳是傑瑞的保全嗎？」

她點點頭，虹膜旁的眼白睜得很大。

「妳只有一次機會——他在哪？」

「吧臺。」她努力地壓抑痛苦，用氣音嘶嘶地說。「他在後頭角落的桌位。」

我點點頭，起身並仔細瞄準她雙眼間的位置。

「等等，你——」

破壞。

我站在蜘蛛網狀的立體顯像中間，手伸往吧臺門，門打開時，我發現自己面對著迪克。他的反應時間比米羅還少。我對他稍稍鞠了個躬，微點了一下頭，就釋放出心中的怒火，用涅米槍與菲利浦槍從腰部高度對他不斷開火。他受到連續衝擊，往後跌入門內，我跟著他走進去，持續射擊。

裡頭空間寬敞，只被特定角落的聚光燈和舞者伸展臺上的橘色指示燈微弱地點亮，但伸展臺上空無一人。一道牆面邊，冷冽的藍色燈光從吧臺後亮起，彷彿偽裝成導向樂園的秘密地下階梯。吧臺後頭擺滿了供客人使用的菸斗、紙牌和酒瓶。這座天使寶庫的管理員看了眼迅速往後倒、雙手還摀住被打爛的腹部的迪克，就以近乎天神的高速，往吧臺下的密櫃伸手。

我聽見玻璃杯掉落的破碎聲，便掏出涅米槍，將他往後轟到牆上的展示架，就像即興釘上的十字架。他被釘在牆上一會兒，姿態出奇地優雅，接著在跌到地板上時，用手碰倒了一堆酒瓶和菸斗。迪克也倒了下去，但還在移動，而某個靠在伸展臺邊的壯碩身影則跳向前，從腰際拔出手槍。我將涅米槍對準吧臺——沒時間轉身瞄準——用半舉起的菲利浦槍開了一槍。對方呻吟一聲，隨即倒地，武器從他手中掉落，他的身體也倚在伸展臺邊。我舉起左臂，把手臂伸直，開火擊中他的頭部，讓他往後彈回舞臺上。

涅米槍的回音還在房中角落慢慢迴盪。

此時我看到傑瑞。他在十公尺外，當他在一張單薄的桌子後頭迅速站起身時，我就用涅米槍對準他。他立刻停止動作。

「真聰明！」神經化學系統已經全面生效，我臉上還掛著因腎上腺素飆升所產生的瘋狂笑容。我在腦中數了一遍，菲利浦槍還有一發子彈，涅米槍則有六發。「把手放在原處，坐下。你敢動一根指頭，我就轟斷它。」

他一屁股坐回去，臉孔扭曲。掃視過周邊後，我發現房裡沒有其他人有所動作。我小心地跨過迪克，他已經抱著肚子上的傷口蜷曲成胚胎狀，發出低沉的痛苦呻吟。我把涅米槍瞄準傑瑞鼠蹊部前的桌面，垂下另一隻手，直到菲利浦槍垂直向下，並扣下扳機。迪克的呻吟就此停止。

到此，傑瑞就爆發了。

「你他媽的瘋了嗎？萊克？住手！你不能——」

我將涅米槍的槍口對準他，槍口的威脅或我臉上的神情使他閉了嘴。伸展臺盡頭的布幕後頭沒有東西在動，吧臺後也毫無動靜，酒吧的門照樣關閉。我跨過與傑瑞桌位間的空間，把其中一張椅子往後踢，跨坐上去，面對他。

「你啊，傑瑞，」我平淡地說，「有時候得好好聽別人說話。我說過了，我不叫萊克。」

「無論你他媽的是誰，我都有人脈！」我面前的臉孔充滿了強烈敵意，傑瑞居然沒有氣到昏倒，還真是奇蹟。「我連上該死的機器了，你聽到了嗎？這件事、這一切！你會付出該死的代價，你會希望——」

「我從未見過你。」我幫他說完。我把空空如也的菲利浦槍塞回纖維握把槍套。「傑瑞，我已經希望我沒見過你了。你手段高明的朋友的確夠厲害，但我注意到他們沒告訴你我回到街頭了。最近和雷沒那麼熟，是吧？」

我觀察他的臉，但他沒有露出認得那名字的神色。他要不相當冷靜，或者他的階級根本不夠高。我又試了一次。

「崔普死了。」我一派輕鬆地說。他的眼睛稍稍動了一下。「崔普，還有一些人。想知道為何你還活著嗎？」

他嘴巴緊閉，隻字未語。我傾身靠過桌面，涅米槍的槍管抵上他左眼。

「我問了你一個問題。」

「去你媽的……」

我點點頭，坐回位子。「你是條硬漢，是吧？那我告訴你，我需要一些答案，傑瑞。你可以先告訴我發生在伊莉莎白·艾略特身上的事，那應該很簡單，我猜是你親自砍她的。然後我要知道伊利亞斯．萊克是誰，崔普幫誰工作，還有你送我去哪家診所。」

「去你媽的！」

「你不覺得我很認真嗎？還是你只希望警察前來營救你的暫存器？」我左手從口袋中掏出搶來的爆能槍，在死於伸展臺上的警衛身上小心地燒出一個小洞。射程很短，一發光束就把他的頭整個炸碎。燒焦血肉的臭味從另一端飄向我們。我一面盯著傑瑞，一邊稍微加強光線強度，直到確定肩膀以上的部位已經被完全摧毀，才關掉爆能槍，放下它。傑瑞在桌邊瞪著我。

「你這砸碎，他只是我的**保全**！」

「對我來說，他的工作剛剛已經結束了。迪克和其他人也會有同樣的下場。你也是，除非你說出我想知道的事。」我舉起光線槍。「機會只有一次。」

「**好啦**。」他的嗓音中明顯帶著被擊潰的氛圍。「好啦，好啦。艾略特想獨占一個顧客，她碰上了某個來貧民窟閒晃的瑪士，認為自己有辦法控制對方。蠢賤貨想跟我談合夥，還以為我可以靠這個瑪士賺錢……她完全不知道自己捅了什麼簍子。」

「對。」我在桌子一端面無表情地盯著他。「我猜她不知道。」

他注意到我的眼神。「嘿，老兄，我知道你在想什麼，但情況並非如此。我想嚇跑她，所以她來硬的，直接跑去找他媽的瑪士。你覺得我想讓這家店被拆掉，自己還跟著陪葬嗎？我得處理掉她，老兄，我得下手。」

「你殺了她？」

他搖搖頭。「我打了通電話。」他用畏縮的語氣說。「這一帶都是這樣的。」

「誰是萊克？」

「萊克是——」他吞了一下口水。「一名警察。之前在義體失竊組（Sleeve Theft）工作，後來被升到有機傷害部。他上了那個女條子，就是你揍歐克泰那晚，來到這裡的那個婊子。」

「奧特嘉？」

「對，奧特嘉。每個人都知道這件事，據說那就是他調職的原因。所以我們才以為你——他——回到街頭了。迪克看到你跟奧特嘉談話，我們認為她找上某人談過條件了。」

「回到街頭？從哪裡回來？」

「萊克很下流，老兄。」話匣子一開，就停不住了。「他在西雅圖RD了好幾個義體販子——」

「RD？」

「對呀，RD。」傑瑞忽然一臉不解，彷彿我質疑了天空的顏色。

「我不是本地人。」我不耐煩地說。

「RD。真實死亡（Real Death）。他把那些人打成肉泥了，老兄。有好幾個人的暫存器沒有損壞，所以萊克付錢給某個浸漬人（Dipper），讓那些人被注冊成天主教徒。要不是過程失誤，就是有機傷害部發現了——他受到嚴厲懲處，兩百年刑期，不得假釋。據說還是奧特嘉率領了那支逮捕他的小隊。」

唉呀，唉呀。我鼓勵地揮了揮涅米槍。

「就這樣了，老兄。我只知道這些。這些事沒有正式紀錄，都是街頭傳聞。聽著，即使當他在義體失竊組工作時，萊克也從未破壞過這裡。我的店很乾淨，我從來沒見過那傢伙。」

「歐卡泰呢？」

傑瑞積極地點頭。「對，歐卡泰。歐卡泰之前常交易奧克蘭流出的備用器官。你，我是說，萊克經常逮到他，幾年前還把他揍得半死。」

「所以歐卡泰來找你——」

「沒錯。他跟瘋了一樣，說萊克一定是來這裡搞鬼的。所以我們看了包廂錄影，發現你和——」

發現話題走向時，傑瑞便安靜下來。我又揮了一下槍。

「就這樣。」他的語氣中有種被逼到絕境的感覺。

「好吧。」我往後坐了一點，拍拍我的口袋找香菸，又想起我根本沒有菸。「你抽菸嗎？」

「抽菸？我看起來像他媽的白痴嗎？」

我嘆了口氣。「算了。那崔普呢？她看起來可比你這種人高明多了。你是從誰那借來她的？」

「崔普是獨立雇員，接受任何人的雇約，她有時會幫我忙。」

「再也不是了。你看過她真正的義體嗎？」

「沒有。道上說她大多時候都把義體冷藏在紐約。」

「離這裡很遠嗎？」

「以亞軌道飛行的話，大約要一小時吧。」

我想，她和凱德敏應該是類似的人物。國際打手，或許還是星際傭兵；高階打手。

「所以道上說她現在為誰工作？」

「我不知道。」

我望著爆能槍的槍管，彷彿這是來自火星的古物。「不，你知道。」我抬頭看他，露出無精打采的笑容。「崔普死了，暫存器毀了，你不需擔心出賣她的後果，你該擔心的是我。」

他叛逆地瞪了我幾秒，接著垂下目光。

「我聽說她為家族做了點事。」

「很好。現在呢，告訴我關於診所的事，就是你手段高明的朋友。」

特使訓練應該能讓我的語氣保持平淡，但也許我生疏了，因為傑瑞在我的嗓音中聽出了某種變化。他舔溼雙唇。

「聽著，那些人很危險。既然你逃走了，最好就此罷手。你不知道他們會——」

「我其實很清楚。」我用爆能槍瞄準他的臉。「診所。」

「老天爺，他們只是我認識的人。你知道，合作夥伴。他們有時會需要備用器官，而我——」

他看到我的表情，便立刻改變說詞。「他們偶爾會幫我忙……只是公事公辦。」

我想到花名海葵的露易絲，以及我們共同經歷過的事。我感到眼下的一條肌肉抽動一下，也只能盡力不扣下扳機。我反而逼著自己，謹慎地使用自己的嗓音。我的語氣聽起來比門房機器人還更機械化。

「我們要去兜風，傑瑞。你和我要去拜訪你的合作夥伴。別想搞我，我已經知道診所在海灣另一端。我對地點的記憶力也很好。你如果帶我去錯誤的地點，我當場就給你RD。明白了嗎？」

我從他臉上的表情，看得出他明白。

但為了確保他真的理解我的用意，在離開俱樂部的路上，我停在每具屍體邊，將他們的頭燒熔到肩膀。燃燒留下的嗆鼻臭味伴隨我們走入黑暗，像憤怒的鬼魂般和一同我們踏上清晨的街道。

米爾斯波特半島北側有座村莊，當地的漁夫如果在溺水後倖存，他就得游到離岸半公里的一塊低矮礁石，往外頭的海域吐口水後再回來。莎拉來自該村落，有一次，當我們為了躲避熱浪與追殺，而待在一家廉價的沼澤區旅館時，她試著解釋這件事的原理。對我來說，這聽起來總是像某種鬼扯。

現在，再次踏上診所那條潔淨的白色走廊，我自己的菲利浦槍槍口則對準了我的頸子時，我開始理解游回那處水域需要多大的勇氣。我們第二次搭乘那座電梯往下走時，我就打了個冷顫，傑瑞在後頭用槍抵著我。殷奈寧事件後，我或多或少遺忘了真正的恐懼感，但虛擬實境自然是例外。在裡頭，你毫無控制力，任何事都可能發生。

一次又一次發生。

診所裡起了一陣騷動。崔普的炙燒事件一定已經傳到他們耳裡了，和傑瑞在隱密前門上的螢幕對話的臉孔，一看到我就變得蒼白。

「我們以為——」

「別管了！」傑瑞罵道。「打開該死的門，我們得把這混帳從街頭上弄走。」

診所位於千禧年交替時興建的老舊街區，之後有人將它重建成新工業風格，門上漆了厚重的黑色與黃色V形警告圖案，建物正面裝了鷹架，陽臺上則裝設了假的纜線與起重機。我們面前的大門沿著V形花紋開始往上的頂點分開，無聲地往滑向兩側。傑瑞望了最後一眼清晨的街道，將我推進室內。

入口大廳也採用新工業風格，牆上有更多鷹架，也有些暴露在外的磚牆。兩名保全正在走廊盡頭等待，我們走近時，一名保全伸出手，傑瑞對他吼叫：

「我不需要任何他媽的幫忙，你們一開始就讓這個王八蛋逃了！」

兩名守衛互看了一眼，伸出的手擺出安撫的手勢。他們帶我們走向一座電梯，剛好就是我上次從屋頂的停車場往下搭的載貨用電梯。我們抵達底層，同樣一支的醫療團隊正在待命，鎮靜用裝置也準備好了。他們看起來厭倦又疲勞。大夜班的爛結尾。當同一個的護士過來幫我打針時，傑瑞又吼了起來。他裝得很完美。

「不要搞那個了！」他把菲利浦槍壓上我脖子。「他哪都去不了，我要見米勒！」

「他在動手術。」

「手術？」傑瑞嗤笑一聲。「你是指他在看機器工作？好吧，那叫老鍾過來。」

醫療團隊猶豫起來。

「怎麼了？別告訴我，今天早上你們所有的顧問都在賣命工作。」

「不，只是……」離我最近的人指指我，「讓他以清醒狀態進來，不符一般程序。」

「別他媽的跟我講程序！」傑瑞將即將氣炸的神情演得唯妙唯肖。「正常程序有規定讓這個人渣在被我送來後，又逃出來砸爛我的店嗎？那是該死的正常程序嗎？**是嗎？**」

眾人一片沉默。我看著塞在傑瑞腰帶上的爆能槍和涅米槍，評估起角度。傑瑞往我領子上用力抓了一把，又把槍塞到我下巴底下。他瞪著醫療人員，用強硬的冷靜態度說道：

「他不會動。懂了嗎？沒時間扯這些廢話了，我們要去見老鍾。現在，**給我走。**」

他們相信了。任何人都會相信。只要你不斷累積壓力，大多人都會妥協。他們會聽從最高當權者，或拿槍的人。這些人又累又怕。我們加速跨過走廊，途中經過我之前醒在裡頭的開刀房，又或某個類似的房間。我瞥見聚集在手術臺旁的人影，自動手術裝置蜘蛛般地在他們頭頂移動。我們又走了十幾步，某人就踏上我們身後的走廊。

「等一下。」嗓音相當有教養，聽起來也很平和，卻讓醫療人員和傑瑞停下腳步。我們轉身，面對一名穿著藍色工作服的高大男子，他戴著沾滿血跡的噴霧式手術用手套，和被他嚴謹地用拇指與食指拉下的口罩。底下的臉孔相當英俊，方正又曬成古銅色的臉龐上綴著藍色的眼珠；彷彿是某高檔化妝品沙龍今年的最佳男性代表。

「米勒。」傑瑞說。

「發生什麼事了？庫拉特（Courault），」高大男子轉身面對女性護理師。「妳知道不該帶未經麻醉的病患進來。」

「是的，先生。西達卡先生（Sedaka）堅持沒有風險。他說自己很急，他要見鍾局長。」

「我不在乎他有多趕。」米勒轉向傑瑞，雙眼存疑地瞇起。「你瘋了嗎，西達卡？你以為這裡是遊客中心嗎？我裡頭還有客人，知名人士。庫拉特，立刻麻醉這個人。」

噢，好吧。沒有好運能撐這麼久。

我已經開始行動。在庫拉特從臀部抽出皮下注射器前，我就從傑瑞的腰帶上抽出涅米槍和爆能槍，轉身開火。庫拉特和她兩名同事應聲倒下，米勒來得及大喊，我就用涅米槍往他的口中射擊。傑瑞從我身邊後退，沒子彈的菲利浦槍還握在他手中，我舉起爆能槍。

「聽著，我盡力了，我——」

激光發射，他的頭隨即爆炸。

接下來，在突然浮現的寧靜中，我走回手術室，推開門。一小群穿著整齊的男女離開手術臺邊，上頭擺了一具年輕的女性義體；他們在手術口罩後對我露出訝異的神情。只有自動手術裝置繼續不受打擾地工作，製造微小的切割，並在燒灼傷口止血時發出迅速而微小的嘶嘶聲。病人頭部旁的小金屬碟上，擺了一些不起眼的血紅肉塊，好似某種古典饗宴中的開胃菜。

手術臺上的女子就是露易絲。

開刀房裡有五名男女，我趁他們盯著我看時，把他們全部殺死。接著我用爆能槍將自動手術裝置打成碎片，用激光掃射房裡其餘設備。警報聲從每道牆邊響起。在尖銳的巨響中，我對房裡所有人施予了真實死亡。

外頭響起了更多警報，兩名醫護員還活著。庫拉特成功地沿著走廊爬了十多公尺，後頭留下一道她自己的血跡；她另一名男性同僚則因太過虛弱而無法動彈，正試著把自己靠上牆。他底下的地板十分滑溜，使他不斷跌倒在地。我忽視他，走到女人身後。當她聽到我的腳步聲時，就停了下來，轉頭看了一眼，接著焦急地繼續爬行。我一隻腳踩在她雙肩之間，讓她停止移動，又一腳把她的身體踢成仰臥的姿勢。

我們花了很長一段時間觀察彼此，我回想起她前晚迷昏我時無情的臉孔——我舉起爆能槍讓她看。

「真實死亡。」我說，扣下扳機。

我走回唯一存活的醫護員，他看見剛剛的慘況，正焦慮地想從我面前後退。我蹲在他面前，警報聲像失落的靈魂般在我們頭頂此起彼落地響起。

「老天爺。」當我將爆能槍對準他的臉時，他呻吟道。「老天呀，我只是在這裡工作。」

「這理由夠充分了。」我告訴他。

跟警報聲比起來，爆能槍的槍聲算不了什麼。

我迅速以類似的方式解決第三名醫護員，再好好處理了一下米勒，脫下傑瑞無頭屍體身上的夾克，將它夾在腋下。然後我拾起菲利浦槍，把槍塞入腰帶間，轉身離開。我沿著診所警報大作的走廊離開，殺了每個被我碰上的人，並把他們的暫存器全部轟爛。

私人恩怨。

警方剛降落在屋頂上，我就已經踏出前門，不疾不徐地走上街頭。在我腋下，傑瑞的夾克開始滲出從米勒被砍下的頭顱中流出的鮮血。

PART 3 ALLIANCE

同盟

APPLICATION UPGRADE

（程式升級）

第十六章

日觸宅邸的花園既寧靜又充滿陽光，空氣中飄散著割草的清新氣味。網球場傳來微弱的網球拍擊聲，我聽到米麗安．班克勞夫特因興奮而揚起的叫聲，看見飄起的白裙底下一雙古銅色長腿，和被打出去的球落在她對手的場區時所揚起的粉色沙塵。端坐在旁觀賞的人們禮貌地鼓掌。我走下球場，身旁伴有面無表情的重裝保全人員。

我抵達時，選手們剛好在中場休息，雙腿大張地放在座位前，低著頭。我一踏上礫石地，米麗安．班克勞夫特就從雜亂的金色髮絲中抬頭，和我目光交會。她一句話也沒說，但她的手握住網球拍的握把，唇邊露出一抹微笑。和她同時抬起頭的對手，則是名纖瘦的年輕人；他身上有種氛圍，使他感覺起來和他的軀體同樣年輕。他看起來有點眼熟。

班克勞夫特坐在一排躺椅中間，歐穆．裴斯考坐在他右手邊，一對我沒見過的男女則坐在他左邊。我走到他身旁，他沒有抬起頭；事實上，他幾乎沒有看我。他隻手指向裴斯考旁的座位。

「坐下，科瓦奇。最後一局了。」

我擠出笑容，努力抗拒把他的牙齒一腳踢進他喉嚨裡的衝動，坐上躺椅。歐穆．裴斯考向我傾身靠近，用手遮掩對我的低語：

「班克勞夫特先生今天接到來自警方的多餘關注。你的手段比我們期望地還高調。」

「我只是在熱身。」我低聲回應。

由於某種事前對時間限制的決議，米麗安．班克勞夫特和對手放下毛巾，在球場上就定位。我往後靠，觀察著球賽，目光大多停留在女子緊緻的身體上，看對方穿著白色棉質上衣左右跑動，也回憶起那具肉體一絲不掛的模樣，以及它在我身上扭動的光景。有一次發球前，她發現我在看她，於是嘴角露出饒富興味的笑容。她還在等我的答覆，現在則自以為得到了答案。比賽以經歷一連串激烈攻防、卻差距懸殊的比數告終時，她散發著自信的光芒離開球場。

我走近恭賀她，她正在和我不認識的那對男女交談。她看到我走過來，轉身將我拉進她們的小團體。

「科瓦奇先生。」她的眼睛微微睜大。「你開心嗎？」

「非常開心。」我老實地說。「妳下手毫不留情。」

她把頭傾向一邊，單手拿毛巾擦乾髮絲上的汗水。「必要時才這樣。」她說。「你自然不認識納蘭或約瑟夫了。納蘭，約瑟夫，這位是武．科瓦奇，是羅倫斯雇來調查他謀殺案的特使。科瓦奇先生來自其他星球。科瓦奇先生，這位是納蘭．爾特金（Nalan Ertekin），聯合國最高法院大法官，和來自人權委員會的約瑟夫．費里（Joseph Phiri）。」

「這是我的榮幸。」我對他們倆稍微行禮。「我想，你們是來討論六五三法案的吧。」

兩名官員交換了一個眼神，接著費里點頭。「你的情報很準確。」他肅穆地說。「我聽過很多特使軍團的傳聞，但我還是感到佩服。你到地球究竟多久了？」

「大約一週。」我誇大了事實，希望能降低官員們在特使身邊經常流露的不安。

「一週啊，好，的確非常厲害。」費里是個體格壯碩的黑人，五十出頭，頭髮稍微變灰，棕色的雙眼則透露出謹慎的眼神。就像丹尼斯．尼曼，他配戴了體外眼部裝飾，但尼曼鋼鐵般的鏡片是設計來強化他的臉孔曲線，這個人戴眼鏡的目的則是為了減少外界的注意力。這副眼鏡的鏡框相當厚重，使他看來像是個健忘的書記員；然而，鏡片後的雙眼卻綜觀一切。

「你目前的調查有進展嗎？」爾特金問。她是一名美麗的阿拉伯女子，比費里年輕了數十歲，因此這具義體至少是她第二具軀殼。我對她微笑。

「很難斷定進展，閣下。引用奎爾的說法：『他們帶著進度報告來見我，但我只見到改變，以及被燒焦的屍體。』」

「啊，你是從哈蘭世界來的吧。」爾特金禮貌地說。「你認為自己是奎爾派分子嗎？科瓦奇先生？」

我的微笑化為露齒笑容。「偶爾吧。我覺得奎爾說得有道理。」

「事實上，科瓦奇先生最近很忙。」米麗安．班克勞夫特趕緊說道。「我想他和羅倫斯有很多事要討論，也許我們該讓他們自個兒好好談談。」

「沒錯，這是當然。」爾特金點頭。「也許我們可以之後再聊。」

三人走向米麗安的對手，向他表示惋惜，對方正悔恨地將球拍和毛巾收入袋中；儘管有米麗安・班克勞夫特高明的外交手腕，納蘭・爾特金卻似乎對能逃離這段對話感到放心。我有一絲佩服她。對一名聯合國官員——基本上就是保護國的官員——表明自己是奎爾派分子，就像在素食晚宴上承認自己從事過儀式性屠宰；這並非得體的行為。

我轉身發現歐穆・裴斯考站在我身旁。

「可以走了嗎？」她陰沉地說，往上指指大宅。班克勞夫特已經往前走了。我們隨即跟在他後頭，步伐相當快速。

「我有個問題。」我在喘息間擠出話語。「那小子是誰？被班克勞夫特太太痛宰的小子。」

裴斯考不耐煩地看了我一眼。

「難道是個大秘密？」

「不，科瓦奇先生，那不是秘密，也絕非大事。我只是認為，你應該專注於其他事務，而不是分心在班克勞夫特的客人身上。如果你一定要知道的話，另一名打者是馬可・川原（Marco Kawahara）。」

「噢，這樣啊？」我意外陷入了費里的談話模式。還牢牢記住了他的個性。「難怪我看過他的臉。就像他母親的翻版，對吧？」

「我真的不清楚。」裴斯考平淡地說。「我從沒見過川原小姐。」

「妳真幸運。」

班克勞夫特在宅邸濱海側一處充滿異國情調的溫室中等我們。玻璃牆內種滿了各種奇形怪狀又顏色特異的植物，我在其中發現一株年輕的鏡木，還有許多盆烈士草（martyrweed）。班克勞夫特站在其中一盆烈士草旁，小心翼翼地在上頭噴灑帶有金屬感的白塵。我對烈士草理解不多，只知道它被用來作為保全裝置的明顯用途，所以不太清楚那粉末的功用。

我們走進房，班克勞夫特轉過身。「請壓低你們的音量。」他的嗓音在吸音性環境中變得相當平板。「這階段的烈士草相當敏感。科瓦奇先生，我猜你很熟悉它。」

「對。」我望向葉片上手掌狀的碗型構造，中央的紅色斑點讓這株植物得到了它的名字。「你確定這些植物成熟了嗎？」

「當然。在欽慕星（Adoracion）上，你看到的品種比較大株，但我找了中村替我打造這些室內用植種。這裡和無振動室（Nilvibe cabin）一樣安全，而且，」他指向烈士草旁的三張鋼椅。「也更舒適。」

「你想見我。」我不耐煩地說。「什麼事？」

瞬間，三個半世紀以來，由班克勞夫特強大的意志力所控制的剛硬目光打在我身上，感覺就像和惡魔互瞪。那一秒，瑪士的靈魂往外窺視，而我也在那雙眼睛內看到對方見識過的所有凡人之死，如同撲向火焰的蒼白飛蛾。這種經驗我之前只碰過一次，發生在我跟瑞琳．川原爭論時。飛蛾般的我，能在自己的翅膀上感到火焰的熱度。

這份壓力隨即消失，只剩下坐下的班克勞夫特，他把粉沫噴劑放在一旁的桌子上。他抬起頭，等著看我會不會坐下。我沒落坐，他便舉起手指、皺起眉頭。歐穆．裴斯考過來擋在我們之間。

「科瓦奇先生，我明白在合約條款中，我同意支付調查中的所有合理開銷，但我這樣說時，可沒料到得負擔各種橫跨海灣市的刻意有機傷害所帶來的費用。今天早上，我花了大半時間，買通西岸的三合會和海灣市警方；在你開始這場大屠殺前，他們雙方早就對我不滿了。我想知道你清不清楚，我花了多少錢才保住你的小命，還不必讓你被塞回儲存槽去。」

我環視溫室周圍，聳聳肩。

「我想你付得起吧。」

裴斯考畏縮了一下。班克勞夫特勉強讓自己露出一點微笑。

「科瓦奇先生，也許我再也不想支付了。」

「那就扣下扳機吧。」烈士草因為我語氣的變化而為之一震。我不在乎。突然間，我對參與班克勞夫特那附庸風雅的遊戲感到相當不耐。我很疲倦，不算身處診所時那些個短暫的無意識時刻，我也已經清醒超過三十個小時了，體內的神經因為持續使用神經化學系統而感到很痛苦。我參與了槍戰；我逃出移動中的飛車；我經歷了使大多數人受到終生創傷的刑求過程；我在戰鬥中下了不少次殺手。好不容易爬上床時，罕醉克斯飯店還透過我要求的聯絡頻道，傳來班克勞夫特簡短的召喚令，它不知從哪引用道：「為了維持良好的客戶關係，確保房客繼續留宿。」遲早有人得好好整修飯店古老的服務業個人方言。我掛掉電話時，曾考慮親自用涅米槍好好整治它，但我對飯店挽留房客的固定機制所感到的不滿，已經被班克勞夫特引起的怒氣所蓋過。那股火氣阻止我忽略那通電話上床睡覺，反而逼得我穿著前一天穿過的皺巴巴上衣，怒氣沖天地前往日觸宅邸。

「不好意思，科瓦奇先生？」歐穆．裴斯考正盯著我。「你表示——」

「不，不是表示，裴斯考，我在威脅。」我把目光轉回班克勞夫特。「我沒有要求加入這場該死的鬧劇。是你拖我過來的，班克勞夫特。你把我從哈蘭世界的儲存槽中挖出來，還為了氣炸奧特嘉，就將我塞進伊利亞斯．萊克的義體。你只給我了一點模糊的提示，就趕我上街頭，看我在黑暗中毫無目的地摸索，甚至因為你過去的不良行為而吃虧。好吧，如果你玩夠了，現在的局勢也變得有點複雜，我也無所謂。我受夠為了你這種混蛋冒自己暫存器的危險了。你可以把我塞回倉庫，我寧可面對一百一十七年的刑期。也許我會走上狗運，等到那時，想要你死的人可能早就從這星球上抹殺你了。」

我得將武器留在大門，但我說話時，能感到特使的作戰模式危險地襲上我全身。如果那個瑪士惡魔眼神再度肆虐，我就當場掐死班克勞夫特。

奇異的是，我的話語似乎只讓他陷入思考。他聽我說完後，便彷彿同意地點點頭，轉向裴斯考。

「小歐，麻煩妳出去一下，科瓦奇先生和我得私下討論一些事。」

裴斯考看來半信半疑。「我要派人在外面等嗎？」她問道，瞪著我。班克勞夫特搖頭。

「我想沒有必要。」

裴斯考態度游移地離開，我則努力不去欣賞班克勞夫特的冷靜。他剛聽見我說我寧可被冷凍，今天早上他也得知了我殺掉多少人，卻依然認為他徹底摸清了我，明白我是否有危險性。

我坐了下來。也許他是對的。

「你得好好解釋。」我平靜地說。「從萊克的義體開始。你為何這樣做，而且為什麼不告訴我？」

「不告訴你？」班克勞夫特揚起雙眉。「我們幾乎沒談過這件事。」

「你說你讓律師團為我選擇義體——你強調了這點。但裴斯考堅持是你自己選的。你應該先把自己要說的謊話告訴她。」

「好吧。」班克勞夫特擺出坦然接受的手勢。「這算是反射性的謹慎吧。我只對少數人提及真相，最後習慣成自然。但我不知道這對你有這麼重要。我是說，這發生在你經歷特使軍團的工作和儲存槽的刑期後。你對自己使用的義體的過往歷史都這麼有興趣嗎？」

「不，沒興趣。但自從我來到這裡，奧特嘉就像保鮮膜般形影不離地黏著我。我以為是因為她有想隱藏的秘密——結果，她不過是想在男友被關在儲藏槽時，好好保護對方的義體。順道一問，你查出了萊克為何被冷凍嗎？」

班克勞夫特的手勢轉為輕蔑。「貪污罪。無正當理由的有機傷害，以及企圖偽造個人資料細節。我明白這並非他首次違規。」

「對，沒錯。其實他因此而變得相當知名。知名又不受歡迎，特別在像敗亡鎮這樣的地方；我這幾天都待在那裡，跟著你到處亂噴的老二軌跡走……但我們之後再談這件事。我要知道你為何這樣做，我又為什麼被裝在萊克的義體裡？」

班克勞夫特的雙眼因受到侮辱而短暫露出兇光，但他太老練了，不會被情緒操控。他反而揮了一下右袖口，我認出那是外交基本動作中的推卸手勢；他露出平淡的笑容。

「事實上，我不知道這會造成不便。我原本想提供你合適的裝備，而這一具義體有——」

「為何挑上萊克？」

我們之間浮現一陣沉默。瑪士絕非你能輕易打岔的人物，而班克勞夫特也費了很大的工夫去對付對自己缺乏敬重的人。我想到網球場外的樹。如果奧特嘉在場，她肯定會為我的行為歡呼。

「一步棋，科瓦奇先生。只是一步棋。」

「一步棋？對付奧特嘉？」

「沒錯。」班克勞夫特往後靠回座位。「奧特嘉警探踏入這棟屋子時，就相當明確地表現出她的偏見。她缺乏尊重。這是我記得的恩怨，也必須處理。當歐穆給我的名單中包含了伊利亞斯．萊克的義體，也列出奧特嘉正在支付儲存槽的貸款時，我就發現這件事充滿了報應。命運引領了自身導向。」

「這對你這般年紀的人來說有些幼稚，不是嗎？」

班克勞夫特點點頭。「也許吧。不過，你記得特使指揮部的麥金提爾將軍（MacIntyre）嗎？他是哈蘭世界的居民，在殷奈寧大屠殺後一年被發現在自己的私人飛機中遭到分屍。」

「隱約記得。」我坐在原處，回憶時感到冰冷。但如果班克勞夫特會玩心理控制的把戲，我也能玩上一手。

「隱約？」班克勞夫特揚起一邊眉毛。「我以為參與過殷奈寧的老兵不會忘記負責指揮整場慘案的指揮官，許多人還宣稱他忽視了大量的真實死亡人數。」

「麥金提爾被保護國調查法庭免除了所有罪狀。」我平靜地說。「你說這些有重點嗎？」

班克勞夫特聳聳肩。「他的死似乎是報復行動，儘管法院已經下達了判決，謀殺他其實是毫無意義的舉止，因為被他害死的人無法死而復生。幼稚是人類常見的原罪。或許我們不該妄下決定。」

「也許吧。」我站了起來，走到溫室門邊，往外探看。「好啦，別覺得我在批判你，但你為何不把自己在妓院花這麼多時間的事告訴我？」

「啊，那名艾略特家的女孩。對，歐穆把事情告訴我了。你真的認為她父親和我的死有關嗎？」

我轉過身。「現在不覺得。其實，我完全不認為他和你的死有關。但我在證明這點上浪費了很多時間。」

班克勞夫特冷靜地對上我的目光。「我對自己提供的情報不足感到抱歉，科瓦奇先生。的確，我花了一些時間在滿足性需求，無論真實世界或虛擬實境都有。或者，就像你好聽的說法：妓院。我不認為這件事特別重要。同樣地，我也花時間在小型賭博上，有時候還加上零重力持刀格鬥——這些事都能讓我樹敵，就和我的工作一樣。我不覺得當你進入新義體和踏上新世界的第一天，是聽我徹底解釋我生活細節的好時機。我該從哪裡說起？反之，我把罪刑的背景告訴你，並建議你和歐穆談。我沒料到你會像枚追熱導彈般，立刻追向頭一條線索，也沒想到你會殺光所有擋路的人。我聽說特使軍團有手段低調的名聲。」

他這樣說確實有道理。維吉尼亞．維達奧拉會相當憤怒，她可能立刻便同意班克勞夫特的論點，等著教訓我粗糙的暴力手法。不過，她和班克勞夫特都沒在維克多．艾略特告訴我他家庭狀況的那晚，看過他的神情。我壓下了回罵的衝動，並整理自己所知的資訊，試著思考該說出多少情報。

「羅倫斯？」

米麗安・班克勞夫特站在溫室外，脖子上圍了條毛巾，球拍則夾在腋下。

「米麗安。」班克勞夫特的語氣中有種尊重，但我無法察覺其餘含意。

「我要帶納蘭和喬瑟夫去哈德遜浮筏（Hudson's Raft）吃潛水午餐。喬瑟夫從來沒試過，我們已經說服他嘗試一次了。」她的目光在班克勞夫特和我身上來回游移。「你要和我們一起來嗎？」

「也許之後吧。」班克勞夫特說。「妳們會在哪裡？」

米麗安聳聳肩。「我還沒想到。可能在右舷甲板吧，或許會在班頓的店（Benton's）？」

「好，我去找妳們。如果妳看到鯵魚的話，幫我抓一條來。」

「遵命，船長。」她一隻手掌的邊緣靠在頭部側邊，做出荒唐的敬禮，讓我們倆都出乎意料地露出笑容。米麗安的目光動了一下，看著我。「你喜歡海鮮嗎？科瓦奇先生？」

「可能吧。我還沒時間探索在地球上的喜好，班克勞夫特太太。我目前只吃過飯店的餐點。」

「這樣啊。等你發展出喜好後，」她特意說道，「或許我們也能請你來參加？」

「謝謝妳，但我覺得不太可能。」

「好吧。」她開朗地重覆。「別忙太久，羅倫斯。我需要有人幫我讓納蘭擺脫馬可。對了，他正在氣頭上。」

班克勞夫特哼了一聲。「照他今天打球的方式，我一點都不訝異。我以為他是故意的。」

「最後一場不是。」我說，但這句話並非回應他們。

班克勞夫特夫婦專注地看著我，丈夫的神情難以捉摸，妻子則將頭歪向一邊，臉上突然笑容大咧，使她出人意料地看起來像個孩子。有一瞬間，我對上了她的視線，她則帶著些許不確定感，伸出一隻手觸摸自己的頭髮。

「克提斯會開禮車過來。」她說。「我得走了。真高興再見到你，科瓦奇先生。」

我倆看著她跨越草皮，她的網球裙則前後搖擺。即便假設班克勞夫特對他妻子的無感跟性有關，米麗安話中有話的用語也太讓我起疑了。我得打破沉默。

「告訴我，班克勞夫特。」我說，目光依然停留在離開的人影上。「我無意冒犯，但為何一個娶了她、也選擇維持這段婚姻的人，會花時間去購買性服務？」

我靜靜地轉身，發現他正面無表情地盯著我。有好幾秒他都沒開口，當他終於開口時，口氣十分平淡。

「你在女人的臉上射精過嗎，科瓦奇？」

特使軍團在訓練初期就教你如何壓抑文化衝擊，但有時衝擊會打穿內心的護甲，你周遭的現實則像無法彼此湊合的拼圖碎片。這種反應發作時，我還來不及移開視線——這個年齡比我星球上所有人都還要老的男人，居然問我這種問題，他的態度彷彿在問我有沒有玩過水槍。

「呃，對……這種事，呃，發生在——」

「你付錢買來的女人身上嗎？」

「這個嘛，有時候，不一定。我——」我想起自己在他妻子口中和嘴唇周圍爆發時，她所發出的忘情笑聲；黏液順著她腕關節流下，彷彿被打開的香檳瓶中流出的泡沫。「我不記得了。我沒有這種特殊嗜好，而且——」

「我也沒有。」我面前的男人突然說道，語氣有些過度強烈。「我只是用它來當範例。我們心中有些慾望最好受到壓抑；換句話說，我們無法透過文明方式發洩這些情感。」

「我不會用噴出的精液來駁斥文明。」

「你來自別的世界。」班克勞夫特陰鬱地說。「那是魯莽又年輕的殖民文化。你不明白地球上的我們，如何受到數世紀來的傳統所塑造。擁有年輕性格與冒險精神的人都已搭船離開。他們被鼓勵移民。留下的人性情冷漠、唯命是從，性格上也有所侷限。我看著這件事發生，當時我很高興，因為這讓建立帝國變得更容易。而現在，我則會質疑這一切是否值得我們付出這種代價——文明自我吞噬，緊抓過往舊習不放，依附老舊又令人熟悉的事物；僵化的道德與法律，聯合國宣言變成全球規範，當時有——」他擺了擺手，「某種超越文化的嚴謹限制，還有對從殖民地歸來的未知事物所感到的恐懼；殖民船還在太空航行時，保護國就已經崛起。首艘殖民船登陸時，裡頭的人民一醒來就陷入了準備萬全的高壓霸權手中。」

「你說得彷彿置身事外。你有這麼多願景，卻無法擺脫那些束縛？」

班克勞夫特露出冷冽的微笑。「文明就像霧霾。在裡頭生活時，你勢必要吸入一些毒氣，也遲早會受到汙染。無論如何，這種範疇內的自由有什麼意義？自由地往我太太的臉上和雙乳噴灑精液？自由地讓她在我面前自慰，並和別的男女分享她的肉體。兩百五十年是段很長的時間，科瓦奇先生，足夠在腦海中填滿一大串骯髒齷齪的幻想，使你穿戴的每具義體的賀爾蒙飆高到極點。與此同時，你內心的道德觀卻變得更加純淨，也更為清高。你明白在這麼漫長的時間過去後，情感連結會出現什麼變化嗎？」

我張嘴，但他舉手示意我安靜，我便順了他的意。能聽到活過數世紀的人傾心訴說相當難得，而班克勞夫特目前正一股腦地吐出心底話。

「不可能的，」他回答了自己的問題。「你怎麼會懂？就和你的文化太過空洞，而無法瞭解地球上的生活一樣，你自己的生活經驗也無法使你體會愛了同樣一人兩百五十年的感覺。最後，如果你熬了過去，假若你打破了無趣與自滿的情緒限制，最終得到的則並非愛情。這種情感近乎崇敬，你要如何在受到當下肉體上的汙穢肉慾控制時，同時維持尊重？我告訴你，不可能。」

「所以，你才用妓女來發洩？」

冷冽的笑容再度出現。「我並不為自己驕傲，科瓦奇先生。但你無法在活了這麼久之後，還不接受自己的各種面向，哪怕是可恥的一面。女人們都可供使用，她們滿足了市場需求，也得到相對應的報酬。我透過這種方式，洗滌了自己。」

「你太太知道嗎？」

「當然。她也知道很久了。歐穆告訴我，你已經明白莉拉·貝金的事了。米麗安在那之後冷靜了許多，我確定她也有自己的性愛冒險。」

「多確定？」

班克勞夫特做了個不耐煩的手勢。「這重要嗎？我沒有找人監視我太太，如果你是指這點的話；但我懂她。她和我一樣，得滿足自己的慾望。」

「這沒讓你感到不安嗎？」

「科瓦奇先生，我有很多身分，但絕對不是偽君子。這是肉體問題，僅此而已，米麗安和我都明白。好了，既然這些問題毫無重點，我們可以回到正題了嗎？既然艾略特沒有任何犯罪證據，你還找到什麼？」

我做出下意識的本能決定。我搖搖頭，「還沒有其他線索。」

「但找得到嗎？」

「對。你可以遺忘奧特嘉跟這具義體的關係，但還有凱德敏的問題。他不是在追蹤萊克，他認識我；有某個陰謀正在進行。」

班克勞夫特滿意地點頭。「你要跟凱德敏談嗎？」

「如果奧特嘉願意的話。」

「意思是？」

「意思是警方會調閱他們今早在奧克蘭擷取的衛星畫面，代表他們可能會發現離開診所的人是我。當時天空上一定有衛星。我不認為他們會太過配合。」

班克勞夫特露出他常用的咧嘴笑容。「你真精明，科瓦奇先生。但你不需要擔心那件事。魏記診所（Wei Clinic）——殘存的部分——不願釋出內部錄影或控訴任何人。他們和你一樣害怕遭到調查。當然，至於他們會不會尋求私下的解決方式，就是更長遠的問題了。」

「那傑瑞密室？」

他聳了一下肩膀。「一樣。擁有人死後，就有新的經營方接手了。」

「真有效率。」

「我很高興你喜歡這作法。」班克勞夫特站了起來。「就像我說的，今天早上很忙，談判也尚未結束。如果你在未來能少破壞一點的話，我會很感激的，這可是筆不小的錢。」

我起身時，有那麼一瞬間，腦中浮現殷奈寧的火焰，彷彿響徹骨髓的死前尖叫，班克勞夫特優雅的低調話語也突然變得令人作噁，如同麥金提爾將軍的損害報告裡一絲不苟的用詞……**為了占領殷奈寧灘頭，這是恰如其分的代價**……和班克勞夫特一樣，麥金提爾也曾是掌權者；而和所有掌權者相同的是，當他提到值得付出的代價時，你便能確定一件事：

代價會由別人支付。

第十七章

費爾街分局是棟不起眼的建築，我猜房屋類型屬於火星巴洛克風格。難以判斷該建築是否一開始就是設計成這般外型的警察局，或是日後才改建。模擬腐蝕效果的紅寶石前廊和陰影中的拱壁物都具有一連串凹洞，凹洞中則裝了高聳的彩色玻璃窗，窗緣邊則有不顯眼的護盾所產生器塊狀部位。窗戶底下，粗糙的紅色石材表面則被雕成銳利的阻礙物，能吸收日光，讓石材轉為血紅色。我看不出拱門入口前的階梯是刻意雕成凹凸不平的模樣，或只是歲月摧殘下的結果。

室內，窗戶照下的彩色日光與一種特殊的平靜感灑落在我身上。我猜這是亞音速效果，並望向周圍在長椅上溫順等待的人潮。如果這些人是被逮捕的嫌犯，那他們的態度就令人訝異地平靜，我不覺得是因為大廳內牆上某人畫的禪宗民粹派（Zen Populist）壁畫的影響。我跨過窗邊的彩色光芒，穿過一小撮用較為適合圖書館的低音交談的人群，並走到一處接待臺前。一名負責接待作業的制服員警，則對我友善地眨眼——亞音速效果明顯也對他造成了影響。

「我找奧特嘉巡佐。」我告訴他。「有機傷害部。」

「哪位找？」

「跟她說是伊利亞斯·萊克。」

我從眼角看到另一名制服員警在聽到這名字時轉過身，但沒多說什麼。接待處員警對話筒說了幾句話，聽了一下，轉身面對我。

「她派人下來了。你有武器嗎？」

我點點頭，伸手進夾克中拿涅米槍。

「請小心地交出武器。」對方帶著禮貌的笑容說。「我們的保全軟體有些敏感，如果你看起來像要突然拔槍的話，它可能會擊昏你。」

我動作變得極慢，把涅米槍放在桌上，開始卸下手臂上的提比刀。我做完這些動作後，員警熱情地對我微笑。

「謝謝。在你離開分局時，就會還給你了。」

他話還沒說完，就有兩名龐克頭走出大廳後頭的房門，並迅速走向我。他們臉上露出相似的凶光，在他們走向我的短暫時間內，亞音速明顯還無法影響他們。他們各自架住我一隻手臂。

「是我就不會這麼做。」我告訴他們。

「嘿，你們知道他沒有被逮捕吧。」接待員警平靜地說。其中一名龐克頭瞪向他，無奈地哼了一口氣。另一人則一直盯著我，彷彿他最近沒吃紅肉。我對他的目光露出笑容。跟班克勞夫特會面後，我回到罕醉克斯飯店，睡了近二十小時。我得到充分休息，神經化學系統保持警戒，也對當權者產生強烈的厭惡，奎爾肯定會為此感到相當驕傲。

我一定將這種感覺流露出來了。龐克頭們放棄抓住我，我們三人沉默地搭電梯往上爬升了四樓，唯一的聲響來自電梯的嘎吱聲。

奧特嘉的辦公室裝有其中一扇彩色玻璃窗——更精準的說法，是其中一扇窗的下半部，另一半則被天花板水平隔開。另一半窗戶應該飛彈般地延伸到樓上。我逐漸看出原始建築被改裝成當今模樣的證據線索。辦公室內其他牆面都被裝上環境裝置，呈現熱帶夕陽照在水域與島嶼上的光景。彩色玻璃與落日搭配起來，讓辦公室充滿柔和的橘光，也能透過光線看見空中飄浮的塵埃粒子。

巡佐坐在一張沉重的木桌後頭，彷彿被囚禁於該處。她的下巴靠在握拳的手上，一邊的腳脛和膝蓋則用力靠在辦公桌邊緣；當她陰沉地盯著一臺古董筆記型電腦的螢幕時，我們跨進門內。除了機器，桌上唯一的物品是一把磨損的大口徑史密斯威森手槍，和一個塑膠咖啡杯，加熱墊都還沒被拔掉。她點了一下頭，示意龐克頭離開。

「坐下，科瓦奇。」

我觀望四周，看見窗下有張椅子，就將它拿到木桌前。照進辦公室裡的午後陽光，令人感到有些暈眩。

「妳上晚班嗎？」

她的眼神冒出火花。「你在說什麼鬼話？」

「嘿，沒事。」我舉起雙手，指向被調暗的光源。「我只是以為妳故意把牆壁調整成那種模式。妳知道，外頭是早上十點。」

「噢，那個呀。」奧特嘉咕噥一聲，目光又轉回螢幕。在熱帶日落中難以判斷，但我覺得她的雙眼可能是灰色或綠色，就像有漩渦的海域顏色。「它同步失敗了。它是分局從厄爾帕索－華雷茲（El Paso Juarez）某處以便宜價格買來的，有時候會完全故障。」

「真煎熬。」

「是呀，有時候我會關掉它，但霓虹燈——」她突然抬頭。「我他媽的在……科瓦奇，你知道自己現在離儲存架有多近嗎？」

我用右手的食指和拇指比畫一下，透過指縫看她。

「就我所知，大概只差魏記診所的證詞吧。」

「我們可以把你冰在裡頭，科瓦奇。昨天清晨七點四十三分，你大搖大擺地走出那間診所。」

我聳了聳肩。

「別以為你的瑪士人脈能永遠讓你脫身。有名魏記診所的禮車司機說了些關於劫車和真實死亡的有趣故事，或許他也有些關於你的說詞。」

「妳扣留了他的車嗎？」我稀鬆平常地說。「還是魏記診所在妳進行檢查前就取回車子了？」

奧特嘉緊緊抿起嘴唇。

我點點頭。「我想也是。我猜，直到魏記診所釋放他前，司機是不會張開嘴巴的。」

「聽著，科瓦奇，只要我不斷施壓，遲早都會有人妥協。只是時間問題而已，你這王八蛋！僅此而已。」

「妳的熱情令人讚賞。」我說。「可惜妳對班克勞夫特案毫無熱忱。」

「根本沒有該死的班克勞夫特案！」

奧特嘉起身，雙掌用力地壓上桌面，眼中流露出怒氣與輕蔑。我等待著，讓精神緊繃起來，以免海灣市警局和一些我知道的警局一樣，經常發生嫌犯意外受傷的狀況。最後，警官深吸了一口氣，緩緩地坐回原位。她臉上的怒氣已經消失，但輕蔑依然存在，由她眼角周邊的線條和寬大的嘴邊流洩而出。她盯著自己的指甲。

「你知道我們昨天在魏記診所找到什麼嗎？」

「黑市的備用器官？虛擬刑求程式？還是他們沒讓妳在那待那麼久？」

「我們找到十七具暫存器遭燒毀的遺體。毫無武裝，十七名死者，真實死亡。」

她又抬頭看我，臉上仍帶著輕蔑。

「妳得諒解我的冷淡。」我冷酷地說。「我從軍時，看過更慘烈的狀況。事實上，當我為保護國作戰時，**親手幹過**更糟的事。」

「那是戰爭。」

「噢，**拜託**。」

她一語不發。我傾身靠上辦公桌。

「也別告訴我，妳氣的是那十七具遺體。」我指向自己的臉。「這才是妳的問題，妳才不想讓這具身體被某人切開。」

她沉默地坐著思考了一陣子，接著伸手到桌子抽屜裡，拿出一包香菸。她自動把菸遞給我，我則咬緊牙根地搖頭。

「我戒了。」

「是嗎？」她的語氣有點訝異，接著她自己點了一根菸。「你真行，我佩服你。」

「對，等萊克從儲存槽被放出來時，他應該也會高興。」

她在煙霧後方停止動作，接著把菸盒丟回去，一掌闔起抽屜。

「你想要什麼？」她語氣平板地問。

儲存架位於地下五樓，一處雙層地下室中，這種地方比較容易調節溫度。但跟賽查科技比起來，這裡簡直就是廁所。

「我看不出這會改變什麼。」當我們跟著一名打呵欠的技師沿著鋼製走道，走向三〇八九槽時，奧特嘉說道。「凱德敏會告訴你哪些他還沒告訴我們的事？」

「聽好。」我停下腳步，轉身面對她，伸開雙手並微微舉起。我們在狹窄的走道上令人不安地靠近彼此。某種化學反應產生在我們之間，奧特嘉的姿態突然變得柔軟，也浮現了危險的吸引力。我感到嘴巴變得乾渴。

「我——」她說。

「三〇八九。」技師說，一面把龐大的三十公分長磁碟從插槽中舉起。「妳要的是這個嗎？警官？」

奧特嘉迅速繞過我身邊。「對，米奇。你可以幫我們設立虛擬實境嗎？」

「好呀。」米奇用拇指指向連結在走道交界處旁的其中一道螺旋梯。「你們可以去五號，再裝上電極，大概要個五分鐘吧。」

「重點是，」我們三人走下鋼製階梯，我開口：「妳是條子。凱德敏懂妳，他的職業生涯都在和妳們打交道。這是他的專長之一。我是個未知人物，如果他從未去過別的星系，那他之前可能沒遇過特使。在我去過的大多數地方，人們都會提及特使軍團的可怕故事。」

奧特嘉質疑地往後看了我一眼。「你要用**嚇唬**來讓他吐出真話？迪米崔．凱德敏？我並不覺得可行。」

「他的注意力會被打亂，一般人不專心時，就可能會說溜嘴。別忘了，這傢伙為某個想要我死的人工作。某個至少在表面上**畏懼我**的人。凱德敏可能會受那種心態影響。」

「這能說服我相信有人謀殺班克勞夫特嗎？」

「奧特嘉，妳相不相信並不重要。我們已經談過這件事了。妳想讓萊克的義體儘速回到儲存槽，保護它的安全。我們越快查出班克勞夫特的死因，義體就能越快回去。如果我毫無頭緒地調查，就比較不會遭受有機傷害。事實上，有妳的保護更好。妳不想讓這具義體在另一場槍戰中受損，對吧？」

「另一場槍戰？」我花了近半小時進行激烈討論，才讓奧特嘉了解我們的新關係，但她內心的女警特質卻還沒鬆懈。

「對，在罕醉克斯飯店之後。」我迅速改變說詞，內心咒罵著讓我失去戒心的貼身化學反應。「我在那裡被痛打了一頓。情況原本可能更糟。」

她又往後看了我意味深長的一眼。

虛擬偵訊系統在地下室另一頭的一連串氣泡艙（bubblefab）包廂中。米奇將我們安置在老舊的自動合身長椅上，椅子本體花了很長時間才緩緩習慣我們的身形。他將電極與催眠感知器裝在我們身上，接著像鋼琴師般一手掃過兩臺控制電腦，啟動了電源。螢幕亮起，他仔細觀察著上頭的資料。

「網路流量問題。」他說，作噁地清了清嗓子。「局長連上了某種會議虛擬實境，占用了大半系統，我得等某人離線。」他望向奧特嘉。「嘿，是關於瑪莉・盧・辛奇利（Mary Lou Hinchley）的案件嗎？」

「對。」奧特嘉轉過來，讓我也加入對話，也許這代表了我們的新合作關係。「去年海岸防衛隊從海裡撈起某個小鬼，瑪莉・盧・辛奇利。她身體沒殘留多少，但他們找到了暫存器——猜猜他們載入暫存器後發生了什麼？」

「天主教徒？」

「那是其中一項。完整吸收真的有用，對嗎？對，第一輪掃描受到良心聲明封鎖（Barred by Reasons of Conscience）。通常在這種狀況下，案件都算結束，但伊利——」她停了下來，接著重新開口。「負責的警探不願放棄。辛奇利來自他的社區，他從辛奇利小時候就認識對方。他們並非熟識，但——」她聳聳肩。「他不願放手。」

「真熱心。是伊利亞斯．萊克？」

她點頭。

「他對實驗室施壓了整整一個月。最後他們找到證據，指出義體從飛車中被拋出去。有機傷害部做了些背景調查，查出她改信天主教不到十個月，還有一名對資訊科技相當拿手的強硬男友，他可能偽造了暫存器中的誓言。女孩的家人立場模糊，他們名義上是基督徒，但大多不是天主教徒。他們相當富有，擁有塞滿祖先暫存器的儲藏庫，也會在家族有新生兒出生或婚嫁時解凍祖先。警局今年不斷和他們進行虛擬會議。」

「六五三法案吧？」

「對。」

我倆繼續盯著長椅上空的天花板。包廂位於氣泡艙盡頭，由單一聚合纖維球體形成，就像孩童口中的泡泡糖，門和窗口都被焊接起來，裝上了人工樹脂鉸鏈。彎曲的灰色天花板上空無一物。

「告訴我，奧特嘉。」我過了一陣子後開口。「星期二下午，我去採買時妳派出的那個跟蹤人員。他怎麼差其他人那麼多？盲人都看得到他。」

她開口前維持了一陣子沉默。接著，她不情願地說：「那是我們僅有的人力。當時沒有時間，我們得在你換衣服後，迅速追上你的蹤跡。」

「衣服。」我閉上眼睛。「噢，不——妳在衣服上做標記？那麼簡單？」

「對。」

我回想與奧特嘉的初次碰面。司法機構，與前往日觸宅邸的車程。我的記憶不斷往前邁進。我看到我們和米麗安．班克勞夫特站在陽光下的草皮。奧特嘉離開……

「對了！」我彈了一下手指。「妳離開時碰了一下我的肩膀……我真不敢相信自己這麼笨。」

「酶基連結發信器。」奧特嘉就事論事地說。「不比蒼蠅的眼睛大多少。我們也認為，由於秋天到了，你不可能沒穿夾克就跑去其他地方。當然，你把外套丟進垃圾桶後，我們以為你發現了。」

「不，沒那麼輕鬆。」

「好了。」米奇突然說道。「各位，顧好你們的脊椎，我們連上線了。」

過程比我對政府單位系統的預期還來得顛簸，但不比我在哈蘭世界遇過的許多由陪審團控制的虛擬系統糟。催眠裝置率先啟動，它們發出超音波訊號，使灰色的天花板迅速轉為旋轉的燈光，世界的一切都失去形體，彷彿流入水槽的髒水。而我則、

出現在別處。

世界從周圍延伸出去，就像我們走下走道時使用的螺旋梯般，迅速從我的觀點擴張到各個方向。鋼灰色調無限延展，每幾公尺就像乳頭般脹起。上方的天空則呈現較淡的灰色，還有類似鐵棍與古老鎖頭的模糊輪廓。這種心理招數不錯，不過接受訊問的罪犯也得透過種族記憶，才想得起鎖頭的模樣。

在我面前，形態柔軟的灰色家具像水銀雕刻般，從地板上現形。首先是一張普通金屬桌，接

著是桌子一側的兩張椅子，另一側也有張椅子。桌椅邊緣和表面在剛出現的幾秒內都如同液體般光滑，當它們脫離地板，家具便轉為堅硬的幾何線條型態。

奧特嘉出現在我身旁，最初只是鉛筆素描般的女子形狀，輪廓的線條和色澤不斷浮動。當我注目觀看時，色彩浮現於她身上，動作也變得更為生動。她轉身對我說話，一隻手伸入夾克口袋。我等待著最後一絲光澤出現在她外表上。她取出香菸。

「抽菸嗎？」

「不，謝了，我——」我突地想起，擔心虛擬健康狀況完全是白費工夫，就接過菸盒，拿出一根菸。奧特嘉用燃油打火機點燃我們的菸，進入我肺中的第一口菸讓我感覺置身於天堂。

我抬頭看著幾何圖形構成的天空。「這是標準模式嗎？」

「差不多。」奧特嘉瞇眼，望向遠處。「解析度看起來比平常高。我想是因為米奇在炫耀。」

凱德敏現身於桌面另一側。在虛擬城市將他完全彩色化前，他就注意到我們，並把手盤在胸前。如果看到我出現在監獄裡如預期般地讓他緊張，我們也看不出來。

「又來啊，警官？」程式將他完全載入時，他開口說道。「妳知道，聯合國對單一案件的虛擬訊問次數是有限制的。」

「沒錯，而且我們根本還沒達到限制的標準。」奧特嘉說，「你何不坐下呢，凱德敏。」

「不必了，謝謝妳。」

「我說坐下，你這狗娘養的！」女警的嗓音中突然出現某種強硬的語氣，凱德敏則神奇地消失，又重新出現在桌邊坐好。他的表情露出對位置重置感到的憤怒，但怒氣隨之消散，他把雙手諷刺地一攤。

「妳說得對，這樣舒服多了。你們何不加入我呢？」

我們以傳統方式落坐，同時我則瞪著凱德敏。這是我第一次看到像他一樣的人。

他是拼布人（Patchwork Man）。

大多數虛擬系統會透過記憶中的自我形象，將你重新創造出來，自然也會使用較為正常的形象，來避免受到你的幻想干涉。我通常都比現實高一點，臉孔較為纖瘦。在眼下狀況中，系統似乎是由凱德敏一長串的義體名單中拼湊出不同的外型。我見識過這種模式，但大部分人都會立刻與自己當下使用的義體產生連結，那種型態也會蓋過之前的義體外型。我們畢竟是透過在物理世界的感受所演化而來。

我面前的男子則截然不同。他的軀體是北歐高加索人種，高了我將近三十公分，但臉孔卻十分混亂：基底是非洲人，深褐色的輪廓相當寬闊，褐色皮膚在眼睛下方來到盡頭，臉孔下半部則以鼻梁作為分界點，左邊是淡古銅色，右邊則像屍體般蒼白。鼻子多肉又成鉤狀，位置則處在臉孔正中間，但雙唇的左右邊卻無法彼此對齊，讓嘴唇看起來相當扭曲。黑色的長直髮鬃毛般地從前額往後梳，另一邊則全是白髮。放在金屬桌面動也不動的雙手，則裝備了和我於敗亡鎮看到的巨漢手上一樣的利爪，但凱德敏的手指更為修長。他胸肌飽滿，在如此結實的身軀上顯得意外壯碩。黝黑的皮膚上則有著淡綠色的明亮雙眼。凱德敏讓自己脫離了物理世界的傳統認知。早前，他可能會成為薩滿；在這裡，數世紀來的科技使他成為更卓越的存在。他成為電子惡魔，是居住在碳變肉體中的邪靈，只為了占據其他肉體和造成破壞而現身。

他能當個不錯的特使。

「我想我不用自我介紹了。」我沉靜地說。

凱德敏咧嘴一笑，露出細小的牙齒，和纖細又銳利的舌尖。「如果你是警官的朋友，在這裡就不須做任何自己不想做的事。只有懦夫會改造自己的虛擬身分。」

「你認識這個男人嗎，凱德敏？」奧特嘉問。

「想要我坦承嗎，警官？」凱德敏把頭後仰，發出旋律般的笑聲。「噢，真強硬！這個男人——或是這個女人？對，只要有恰當的麻醉劑，連狗都能被訓練到講出他剛剛說的話。當你把牠們放進義體時，牠們則會徹底瘋掉。我們坐在這裡，是三個被電子像素塑造為不同外貌的形體，妳說話的方式還像廉價時代劇裡的角色——眼界太小啦，警官，眼界太小了。那道訴說碳變能使我們從血肉軀殼中解放的聲音呢？預言可是說我們會成為**天使**呢。」

「你告訴我呀，凱德敏。你才是有獨到理解的人。」奧特嘉的語氣相當平板。她透過系統，一手變出一長串文件，心不在焉地往下閱讀。「皮條客、三合會打手、企業戰爭中的虛擬拷問者……這些都是好工作。我呢，就只是個看不見真理的蠢警察。」

「我不會和妳爭論這個，警官。」

「這裡說你之前為梅利康企業（MeritCon）擔任掃除者（wiper），在小瑟提斯趕跑考古挖掘者，還以謀殺他們的家人作為要脅——幹得真好！」奧特嘉把文件一丟，資料隨即消失。「我們逮到你了，凱德敏。飯店監視系統的數位影像、可確認的同步義體安裝程序，還有被冰凍的兩具暫存器。這可會讓你被判處強制抹殺，即便你的律師能讓罪名減到順應機械錯誤（Compliance at Machine Error），等到他們把你從暫存器中放出來時，太陽都要變成紅巨星了。」

凱德敏露出微笑。「那妳來這幹嘛？」

「是誰派你來的？」我柔和地問他。

「——狗說話了！

我聽見的是狼嚎嗎？
嚎出寂寞的生涯，
伴隨無人的星辰，
抑或是充滿自傲與自卑的
狗吠？

要花上幾千年，
扭曲與凌虐
一個人的自傲心，

才能讓對方成為工具？」

我吸了口菸，點頭。就像大部分哈蘭人，我多少背過奎爾的《詩集與其他搪塞之語》（*Poems and Other Prevarications*）。在教導更沉重的政治性作品前，學校都會先使用這本書作為兒童教材；其餘政治作品都被認為太過極端，不適宜孩童閱讀。這並非完美的翻譯，但確實掌握了其中精華。更厲害的是，哈蘭世界居民以外的人居然能背出這首複雜的詩。

我為他念完全文：

「我們該如何計算靈魂間的距離？

又該責怪誰？」

「你是來尋仇的嗎，科瓦奇先生？」

「還有其他事。」

「真令人失望。」

「你覺得會有其他事？」

「不。」凱德敏說，露出另一抹笑容。「期待是我們的首要錯誤。我想，你一定很失望。」

「也許吧。」

他搖了搖自己馬毛般斑駁的頭。「當然了，你是無法從我這打聽到任何名字的。如果你想尋仇，我也只能背負你的怨念了。」

「你真慷慨，但你得記得奎爾對走狗的說法。」

「**沿路殺光他們，但先算好你的子彈，因為有更重要的目標。**」凱德敏低沉地笑道。「你是在受控管的警用儲存槽裡威脅我嗎？」

「不，我只是闡明事實。」我彈掉煙灰，看著灰燼在掉落地板前就消失。「有人主導了你的行動；我要抹殺的就是那人。你什麼都不是，我連口水都不想吐在你身上。」

凱德敏把頭往後仰，同時，天空中移動的線條傳來強烈震動，就像立體主義派畫家畫出的閃電。金屬桌面倒映出模糊的反光，一瞬間，光線似乎碰觸到了他的手。當他再度望向我時，眼神裡浮現了奇異的光芒。

「我沒有接到殺害你的要求，」他語氣平板地說，「除非綁架你的行動不成功——但現在我會動手。」

他才剛說完最後一個字，奧特嘉就撲向他。桌子瞬間消失，奧特嘉一腳把他從椅子上往後踢翻。他想站起身時，穿著靴子的同一隻腳就踢中他的嘴，使他再度倒地。我用舌尖掃過口中幾乎癒合的傷口，完全感受不到同情。

奧特嘉抓住凱德敏的頭髮，拉他起身；多虧讓桌子消失的系統魔法，她手中的香菸已經被醜惡的黑色警棍所取代。

「我沒聽錯吧？」她嘶嘶罵道。「你在威脅別人嗎？王八蛋！」

凱德敏張嘴，露出血淋淋的笑容。

「警方執法過——」

「沒錯，狗娘養的！」奧特嘉用警棍打中了他的臉頰，立刻皮開肉綻。「發生在警用虛擬實境中的警方暴力執法。金珊蒂（Sandy Kim）和一號世界網（WorldWeb One）會很開心，不是嗎？但你知道嗎？我想你的律師是不會希望播放這段影片的。」

「放過他，奧特嘉。」

她似乎回過神來，往後退了一步。她五官扭曲，接著深吸了一口氣。桌面又變了回來，凱德敏則忽然坐直，嘴巴毫無傷痕。

「妳也是。」他平靜地說。

「對，隨便啦。」奧特嘉的嗓音中帶著輕蔑，我猜，至少有一半輕蔑針對的苗頭是她自己。她再度嘗試控制自己的呼吸速度，並多此一舉地整理自己的衣物。「就像我說的，等你有機會離開時，地獄裡可就不好受了。也許我會等你。」

「派你來的人值得你費這麼多工夫嗎，凱德敏？」我輕柔地猜測。「你不說的理由，是因為對合約的忠誠，或是你嚇得尿褲子了？」

拼布人唯一的回應，是雙臂環胸，瞪視我。

「你說完了嗎？科瓦奇？」奧特嘉問。

我試著對上凱德敏的目光。「凱德敏，雇用我的人有很大的影響力。這可能是你做出交易的最後機會。」

對方什麼也沒說。眼睛眨也不眨。

我聳聳肩。「我好了。」

「很好。」奧特嘉陰沉地說。「因為讓這垃圾占上風，已經對我莫大的耐心造成影響了。」她在對方眼前搖晃手指。「再會，屎蛋。」

聽到這裡，凱德敏抬頭看她，扭曲又醜陋的笑容彎曲了他的嘴角。

我們隨即離開。

回到四樓時，奧特嘉辦公室的牆面已經轉為顯影中午酷日下的白色沙灘。我因陽光瞇起眼，奧特嘉則在書桌抽屜中摸索，拿出她自己的墨鏡，和一副備用的。

「所以，你從偵訊中得知了什麼？」

我吃力地把眼鏡架上鼻梁。鏡框太小了。「不多，只知道對方被下令不准殺我。有人想跟我談談，我之前也猜中了，不然他在罕醉克斯飯店大廳時早就炸爛了我的暫存器。不過，這代表除了班克勞夫特以外，還有其他居心叵測的對象。」

「或是有人想要徹底拷問你。」

我搖搖頭。「為了什麼？我才剛抵達這裡。拷問我毫無道理。」

「特使軍團呢？未完成的差事？」奧特嘉微微擺手，彷彿正在丟建議給我。「也許是舊怨？」

「不。我們前幾晚大吵時，就討論過這件事了。的確有人想看到我被抹殺，但他們都不住地球，也沒人有能力做星際旅行。我對特使軍團所知的訊息，也都存於某處的低階資料暫存器中。總而言之，這太過湊巧了……不，這肯定跟班克勞夫特有關，有人想插手這件事。」

「是想殺他的人？」

我低下頭，越過墨鏡上緣直接看她。「妳相信我了。」

「不完全相信。」

「噢，**少來了**。」

但奧特嘉沒在聽。「我想知道的是，」她思考，道：「為何他最後重新輸入了編碼。你知道，自從我們在星期日晚上下載他後，就拷問了他十幾次。剛剛是他第一次幾乎承認自己在場。」

「連對他的律師都沒說？」

「我們不知道他對律師說了什麼。那些律師都大有來頭，來自烏蘭巴托和紐約。那種經費自然能在私人虛擬訪談中加入干擾器。除了雜訊，我們什麼都沒錄到。」

我感到詫異。在哈蘭世界，所有虛擬居留期都會受到監視。無論你身價有多高，干擾器都不被允許。

「說到律師，凱德敏的律師在海灣市嗎？」

「你是說實體？對，他們和馬林郡（Marin County）有協議。他們其中一名同事目前在這裡租了一具義體。」奧特嘉噘起嘴。「實體會議現在被認為是品質證明了，只有廉價公司才會透過網路執業。」

「這個人叫什麼？」

當她考慮是否要回答我時，沉默了一下。「凱德敏現在可是敏感人物，我不確定我們得用這種手段。」

「奧特嘉，我們得全力以赴。我們說好了。不然我就得進行更直接的調查，讓伊利亞斯英挺的外表鋌而走險。」

她又安靜了一陣子。

「魯瑟佛。」她終於開口。「你要和魯瑟佛談。」

「現在，我願意跟任何人談。也許我之前沒把話說清楚。我現在毫無頭緒，班克勞夫特等了一個半月才雇用我。凱德敏是我唯一的線索。」

「基斯・魯瑟佛（Keith Rutherford）是個油嘴滑舌的渾球。你無法從他身上逼出多少供詞，和樓下的凱德敏一樣。總之，我他媽的要怎麼引薦你，科瓦奇？嗨，基斯，這位是你的客戶在星期日想殺掉的瘋狂前任特使，他想問你一些問題——魯瑟佛閉嘴的速度，比沒收到錢的妓女遮起騷穴還快。」

她說得對。我思索了一下，遠眺海洋。

「好吧。」我緩緩地說。「我只需要談幾分鐘。如果你告訴他，我是你在有機傷害部的同事伊利亞斯．萊克呢？畢竟，我確實是這人。」

奧特嘉拿下墨鏡，緊盯著我。

「你在說笑嗎？」

「不，我想實際點。魯瑟佛從烏蘭巴托連上他的義體，對吧？」

「紐約。」她緊繃地說。

「紐約。好。所以他可能對你和萊克一無所知。」

「是可能不知道。」

「那有什麼問題？」

「問題是，科瓦奇，我不喜歡這種方式。」

我們之間出現了更長的沉默。我將目光垂到腿上，稍微刻意地嘆了一口氣。接著我取下墨鏡，抬頭看她。一切都了然於心。對義體的恐懼與其他相關事物……對方多疑的本質主義思想被逼上絕路了。

「奧特嘉。」我溫柔地說。「我不是他。我不想試圖——」

「你根本比不上他！」她罵道。

「我們只要演幾小時的戲。」

「就這樣？」

她用剛硬的語氣質問，迅速地戴上墨鏡，讓我看不到反光鏡片後湧出的淚水。

「好吧。」最後她說，清了清喉嚨。「我會幫忙。我看不出重點，但我會照做。然後呢？」

「還很難說，我得即興表現。」

「就像你在魏記診所幹的？」

我不在意地聳肩。「特使技巧大多是反射動作。事情發生，我才有反應。」

「我不要另一場大屠殺，科瓦奇。這樣城市門面不好看。」

「如果有暴力事件發生，也不會是我引發的。」

「這算不上什麼保證。你還**不清楚**自己要做什麼嗎？」

「我只需要談談。」

「只有談話？」她不可置信地看著我。「就這樣？」

我把尺寸不合的墨鏡戴回臉上。

「有時候談談就好。」我說。

第十八章

我十五歲時第一次碰上律師。他是個外表看似忙碌的少年鬥毆事件專家，曾熟練地幫我處理跟一名紐佩斯特警官有關的有機傷害案件。他用緩慢的耐心和法院談判，讓我被判條件式釋放，以及十一分鐘的虛擬心理諮商。在少年法庭外的大廳中，他看著我自鳴得意的臉龐，點了點頭，彷彿確認了對自己人生意義中最可怕的揣測。接著他轉身離開。我忘了他的名字。

不久，我加入紐佩斯特幫派，也沒有再碰上這種法律問題。幫派們對網路相當拿手，也總會寫出自己的入侵程式，或從比自己小一輪的孩子手裡買來程式，以網路上抓來的廉價虛擬色情片交換。這些孩子不容易被捕，作為回報，紐佩斯特的麻煩幾乎都不會找上他們。幫派間的暴力活動相當儀式化，大多時候也不會牽扯上外人。在少數影響到平民的事件中，迅速且暴力的懲處性掃黑行動就會讓幾個幫派要角被送進儲存庫，我們則會遭到毒打。幸運的是，我從未被拔擢到可能被逮捕的地位，因此我再次見到法庭內部的場合，就是殷奈寧調查會。

我在該處見到的律師們和十五歲時幫我辯護的律師差異甚大，就像自動機槍和放屁一樣不同。他們相當冷酷，充滿專業氣息，地位也正扶搖直上；無論他們穿的是哪種制服，所處的地位都使他們永遠不須靠近任何槍戰數千公里內的範圍。當他們像鯊魚般在法庭的大理石地板來回走動時，他們唯一的問題，就是在戰爭（對穿著非己方制服的對象進行大屠殺）、可理解的損失（自身人馬遭受大屠殺，但獲得顯著成果）與嚴重疏失（自身人馬遭受大屠殺，但缺乏足夠收益）間劃出微妙的界線。我在法庭內坐了三週，聽他們像對沙拉淋醬般以各種方式包裝該事件；隨著時間過去，他們口中我曾一度熟悉的細節，卻變得十分模糊。我想那證明了他們的功力吧。

在那之後，風格直接的犯罪反而令人放心。

「心煩嗎？」當奧特嘉將無標記的飛艇停在執業律師普林德賈斯特・山切茲（Prendergast Sanchez）樓層眾多、還有玻璃帷幕的辦公室下的礫石海灘時，她側眼看我，問道。

「只是在思考。」

「試試冷水澡和酒精，對我有效。」

我點頭，舉起剛剛撥弄在食指與拇指間的小金屬珠。「這合法嗎？」

奧特嘉伸手關閉主翼。「多少合法吧，沒人會抱怨的。」

「很好。現在呢，我需要話術掩護來開頭。妳負責說話，我則閉嘴專心聽。之後見機行事。」

「好，反正萊克以前也是那樣。如果能只說一句話，他絕對不多開口。大多碰上人渣的時候，他都只瞪著對方看。」

「有點像米奇・野澤（Micky Nozawa），是嗎？」

「誰？」

「沒事。」船殼上的礫石敲擊聲在奧特嘉關閉引擎後，安靜下來。我在座位上伸展身體，打開我身旁的艙門。我爬出來時，就看見一個身材結實的人影，走下上層蜿蜒的木製階梯；他的肌肉似乎是移植上去的，一把外型凶狠的槍掛在他肩上，他還戴了手套。他可能不是律師。

「放輕鬆。」奧特嘉說，突然走到我身旁。「我們在這裡有司法權，他不會惹麻煩。」

當打手走下抵達海灘前最後的階梯時，她就亮出警徽；對方看到警徽，失望的表情非常明顯。

「海灣市警方。我們來見魯瑟佛。」

「妳不能把飛艇停在這裡。」

「我已經停了。」奧特嘉語氣平板地對他說。「我們要繼續讓魯瑟佛先生等嗎？」

我們之間浮現一陣令人不安的沉默，但奧特嘉用了正確的方式刺激他。打手咕噥一聲，示意我們往階梯上走，並與我們保持謹慎的距離。我們花了一陣子才抵達頂端，在我們到達目的地時，我也很開心看到奧特嘉比我還喘。我們跨越由和階梯同種木頭製成的陽臺，走過兩道玻璃自動門，踏入類似高級休息室的接待處。地板上鋪了地毯，上頭的花紋和我的夾克一模一樣，牆上則有同理派（Empathist）的繪畫作品。五張單人用的扶手椅則擺在一旁。

「我能幫你嗎？」

這人無疑是名律師。她是位打扮光鮮亮麗的金髮女子，身穿適合房間風格的寬鬆裙子與客製化夾克，雙手則輕鬆地插在口袋裡。

「海灣市警方。魯瑟佛在哪？」

女人側眼瞥了一眼我們的護衛，在看到對方點頭後，就沒有要求我們出示身分證明。

「基斯恐怕在忙，他在進行與紐約的虛擬會議。」

「那就把他弄出來。」奧特嘉用危險的柔和語氣說。「告訴他，逮捕他客戶的警官來見他了。我確定他會有興趣。」

「可能要花一點時間，警官。」

「不，不會。」

兩名女子的目光對峙了一下，律師便轉開雙眼。她對打手點點頭，對方便走回外頭，臉上依然掛著失望的神情。

「我盡力而為。」她冷若冰霜地說。「請在這裡稍等。」

我們等待著，奧特嘉站在落地窗邊，瞪著底下的海灘，背對房間；我則在藝術品前踱步。有些作品的品質相當好。由於我們都有在受監視的環境下工作的習慣，魯瑟佛離開內部辦公室的十分鐘內，我倆都沒開口。

「奧特嘉巡佐。」調整過的嗓音讓我想起診所的米勒；我將視線從掛在壁爐上的畫像挪開，抬頭看時，就發現了與米勒同款的義體——或許年紀稍長，帶有些微粗獷的父親感五官，設計來立刻激發陪審團和法官的敬意，但他也具備同樣的健美身形，和剛出廠的俊美外貌。「什麼風把你們吹來的？我希望不是又來騷擾了。」

奧特嘉忽略對方的影射。「這位是伊利亞斯．萊克警長。」她說，一面朝我點點頭。「你的客戶剛承認犯下一樁綁架案，還在監視下進行第一級有機傷害——想看看影片嗎？」

「不太想。要告訴我你們為何過來嗎？」

魯瑟佛手段高明。他幾乎沒有反應；幾乎沒有，但我從眼角就足以發現他微不足道的反應。我的大腦開始全面運轉。

奧特嘉靠上一張扶手椅的椅背。「對辯護強制抹煞案的人來說，你還真缺乏想像力。」

魯瑟佛戲劇化地嘆了口氣。「你們把我從重要的連線會議上叫來，我想你們有重要的事要談。」

「你知道第三方回溯串通行為嗎？」我問道，視線沒有離開畫像；我抬頭時，魯瑟佛已全神貫注地看著我。

「我不知道。」他僵硬地說。

「真可惜，因為如果凱德敏倒楣的話，你和普林德賈斯特．山切茲的其他同事都準備喝西北風了。但當然啦，如果那種後果成真——」我把雙手往兩旁一伸，聳聳肩。「狩獵季就開始了。其實，可能早就開始了。」

「好，你說夠了吧。」魯瑟佛的手果斷地伸向翻領上的遙控呼叫發信器。我們的護衛正在走來的路上。「我沒時間和你們玩遊戲。根本沒有那種法規，這事近乎騷擾。」

我提高音量：「我只是想知道，當問題發生時，你想站在哪一邊，魯瑟佛。的確有這條法案——聯合國公訴罪，上次發生是二二〇七年五月四日。你查查看，我花了好大一番工夫才挖出這條法案，最後它會擊垮你們。凱德敏也曉得，所以他才說溜了嘴。」

魯瑟佛露出微笑。「我不這麼認為，警探。」

我又聳了一下肩。「可惜。就像我說的，去查看看吧，再決定你想靠哪邊站。我們需要內部證詞，也準備為此付出代價。如果你不要，烏蘭巴托還有一堆律師為這種機會搶破頭。」

對方的笑容微微動搖。

「沒錯，好好想想吧。」我對奧特嘉點頭。「你可以來費爾街找我，這位警探也是。伊利亞斯．萊克，異星聯絡官。我向你保證，無論發生什麼，這個案子都會被解決，等到事情發生，你就想認識我了。」

奧特嘉彷彿早已習慣般地配合演出。像莎拉一樣。她離開扶手椅，往門口走去。

「再見，魯瑟佛。」我們踏上陽臺，她簡短地道別。打手站在陽臺上，咧嘴一笑，身體兩側的雙手也一張一合。「至於你，別輕舉妄動。」

我露出據說萊克擅長的沉默表情，跟著搭檔走下階梯。

回到飛艇上時，奧特嘉打開螢幕，看著螢幕上的身分資料往下滑。

「你把它裝在哪裡？」

「壁爐上的畫，畫框角落。」

她哼了一聲。「你知道，他們很快就會發現那個裝置了。反正，上面根本就沒有能當成證據的東西。」

「我明白，妳已經告訴我兩次了。那又不是重點。如果魯瑟佛開始緊張，他就會率先倒戈。」

「你覺得他緊張了嗎？」

「一點點吧。」

「好吧。」她好奇地望向我。「所以那個第三方回溯串通行為是什麼？」

「不知道，我編的。」

她揚起眉毛。「真的？」

「也騙倒妳了，對吧。妳知道嗎？我剛剛鬼扯時，妳可以把我連上測謊機，我照樣能騙過機器。這是基本的特使技巧。當然，魯瑟佛一查就會知道真相，但我們已經達到目的了。」

「目的是？」

「提供戰場。一說謊，妳就會讓自己的對手失去平衡，就像在陌生的戰場上作戰。魯瑟佛嚇到了，但當我說，這就是凱德敏配合的原因時，他露出笑容。」我抬頭，透過擋風玻璃看上頭的房屋，將直覺轉為思考理解。「我那樣說時，他鬆了一大口氣。我不覺得他平常會透漏那麼多訊息，但我的虛張聲勢嚇壞了他；而他比我更了解的，就是自己所需要的那一丁點穩定。意思是，他知道凱德敏改變作風的另一個理由，他清楚真正的原因。」

奧特嘉讚許地咕噥：「不錯嘛，科瓦奇。你應該當警察的。在我告訴他凱德敏的行為時，你注意到他的反應了嗎？他一點都不訝異。」

「對，他早就料到了；或是某種類似的答覆。」

「對。」她停了下來。「……這真的是你的日常工作內容嗎？」

「有時候吧。外交任務，或是臥底。那並非——」

她用手肘戳了我肋骨一下，於是我停了下來。螢幕上有串編碼，正像藍色火焰構成的蛇般不斷延展。

「有了。是同時打出的電話，他一定使用了虛擬系統來節省時間。一、二、三——那條是紐約，他肯定想跟資深同事說：噢糟了。」

螢幕閃了一下，立刻轉暗。

「他們發現裝置了。」我說。

「沒錯。紐約線路可能裝了感測器，一連線就掃描通話環境的周遭。」

「也許是別人發現的。」

「嗯。」奧特嘉叫出螢幕中的記憶存檔，盯著電話編碼。「他們三人都有保密線路，我們得花一陣子才能定位對方的位置。你想吃東西嗎？」

思鄉病並非資深特使會承認的事。即便訓練過程沒有將這種症狀從你心裡剔除，在保護國內來回使用不同義體的過程，也會達到同樣的效果。特使身處的飄渺精神狀態，被稱為「當下」（Here-and-Now），此狀態不允許特使感受到雙重歸屬感。往事不過是資料。

我跨過飛魚餐廳的廚房，一股思鄉之情便湧上；我上次在米爾斯波特吃過的醬料香氣，像友善的觸手般一股腦地席捲我。照燒醬、天婦羅，與作為基底的味噌……我站在原處，讓這種感覺湧過全身，回憶起當時。莎拉和我躲在一處拉麵吧，等待雙子座生化合成公司的騷動平息，我們的目光緊盯著新聞網廣播，還有牆角一臺螢幕被砸碎的影音電話——電話鈴聲隨時會響起。另外，還有窗戶上的蒸氣，加上米爾斯波特沉默寡言的漁船船長們。

除此之外，我還想起某個紐佩斯特的週五夜晚，渡邊餐廳外黏滿飛蛾的紙燈籠。我青少年時期的皮膚，由於南方吹來的叢林熱風而沾滿黏膩汗水，雙眼在其中一個大風鈴上的鏡片閃爍著四式冰毒帶來的光芒。說著內容比大碗公中的拉麵還廉價的對話內容，述說幹下的大案子和在日本黑幫中的人脈，能逃往北方的車票，與新義體和新世界……老渡邊和我們一起坐在甲板上，聽我們說話，卻從未補充任何意見；他只是抽著自己的菸斗，三不五時望向自己鏡中的白人外型倒影。對我來說，他似乎總是帶著些許訝異地望著自己。

他從來沒有告訴我們他是如何得到那具義體的，就像他從未否定或確認自己逃離了陸戰隊、奎爾紀念軍團（Quell Memorial Brigade），抑或特使軍團。一名年紀較長的幫派成員曾告訴我們，他看過渡邊與一整個房間的百分之七天使幫（Seven Per Cent Angels）成員對峙，手裡只拿著根菸斗；某個來自沼澤區城鎮的小子也曾拿出一段模糊的新聞影像，宣稱影片來自殖民時期的戰爭——那是2D影片，在攻擊部隊上場前緊急拍攝完成，被訪問的中士被字幕標為「渡邊Y」，他歪頭動作中的某種感覺，讓螢幕前的我們覺得似曾相似。但當時渡邊是個常見的姓，換個角度想想，聲稱自己看過渡邊和天使幫對幹的人，也喜歡向我們吹噓，自己睡過某個來貧民窟閒晃的哈蘭大家族女繼承人，根本沒人會相信這種事。

有一次，在某個我清醒又獨自處在渡邊餐廳的夜晚，我嚥下自身的青少年傲慢，徵詢老人的建議。我讀了聯合國武裝部隊的宣傳文獻好幾周，需要某人推我一把。

渡邊咬著菸斗的嘴角對我露出笑意。「要我建議？」他問，「要我跟你分享讓我流落至此的人生智慧？」

我倆看了看小吧臺四周，和甲板外的原野。

「這個嘛，呃，對啊。」

「這個嘛，呃，**不**。」他堅定地說，繼續抽著他的菸。

「科瓦奇？」

我眨了一下眼睛，發現奧特嘉站在我面前，好奇地望著我的雙眼。

「有事要告訴我嗎？」

我微微一笑，視線掃向廚房閃亮的鋼製櫃臺。「沒事。」

「這裡的食物不錯。」她說，誤會了我目光的含意。

「好，那就來點吧。」

她帶我走出蒸氣，踏上餐廳的其中一條網架走道。根據奧特嘉的說法，飛魚餐廳由某個海洋研究機構弄來的退役空中掃雷機改建而成。研究機構要不是倒閉，就是搬走了，面對海洋的研究設施則被破壞；但有人拆下了飛魚，將之改裝成餐廳，還把它連結到破舊設施上空五百公尺。整艘飛船會定期被拉回地面，放出滿足的顧客、接納新客人。我們抵達時，登機棚兩側圍繞了一排隊伍，但奧特嘉拿出警徽直接插隊，等飛船從機棚的露天屋頂降落，我們就率先登船。

我翹腳坐在桌邊的坐墊上，桌子被金屬臂連到飛行船的船殼，因此完全不會碰到網架走道。網架本身散發出動力屏幕的微光，維持室溫，也讓外頭的強風轉為清爽的微風。我周圍的六角形網格地板，使我從坐墊旁也能一覽無遺地看到半公里下的海洋。我不安地動了一下。高度從來不是我的強項。

「這裡原本是用來追蹤鯨魚之類的動物。」奧特嘉說，往旁指著船身。「當時，這地方還能負擔衛星時間。當然，隨著覺悟日（Understanding Day）到來，對任何能跟鯨魚對話的人來說，鯨魚突然變成了搖錢樹。你知道牠們對火星人的知識，幾乎和上四世紀以來，在火星上的考古發現一樣多。老天爺，牠們還記得火星人來此的時代……那是種族記憶吧。」

她停了下來。「我是覺悟日出生的。」她稀鬆平常地補充道。

「真的嗎？」

「對。一月九日。他們以某個澳洲的鯨魚科學家將我命名為克莉絲汀，那人曾參與原本的翻譯團隊。」

「真不錯。」

她終於想起自己在跟誰說話，立刻冷淡地聳聳肩。「你還小時，就無法理解其中含意。以前我想叫瑪麗亞。」

「妳常來這裡嗎？」

「不常。但我想任何從哈蘭世界來的人都會喜歡這裡。」

「猜得真準。」

一名服務生走了過來，用立體投影器把菜單投射到我們之間的空中。我大概看了一下菜單，隨便選了其中一道拉麵。某種素食料理。

「選得好。」奧特嘉說。她對服務生點點頭。「我也要一樣的，還有果汁。你想喝什麼嗎？」

「水。」

我們的點菜以粉紅光芒短暫地閃了一下，菜單就消失了。服務生俐落地把立體投影器收回胸前，隨即離開。奧特嘉看看四周，想找普通的話題聊聊。

「所以，呃——米爾斯波特有這樣的店嗎？」

「有，在地面。我們不太習慣空中裝置。」

「沒有喔？」她習慣地揚眉。「米爾斯波特是半島，不是嗎？我以為飛行船是——」

「房地產短缺的解決之道？算是對，但我想妳忘了某件事。」我把目光上移。「**我們並不孤單。**」

她懂了。「軌道衛星？它們有敵意嗎？」

「嗯，應該說是任性吧。它們經常打下任何比直升機大的飛行物。由於沒人能靠近去關閉或登上衛星，我們無法知道它們的預設防衛距離究竟多大。所以保守起見，我們不太常升空。」

「IP流量一定很糟。」

我點頭。「對，是呀。當然了，其實沒有多少流量。星系中沒有其他可居住的星球，我們也忙著開發哈蘭世界，沒時間管地表改造工程。有幾具探索機器人，和前往平臺的維修交通梭，還有些稀少元素的挖掘工程，就這樣了。赤道周圍的夜晚，有幾個升空的時段；極圈上、黎明時，也有個升空時段。當時似乎有好幾個衛星墜落，燃燒了起來，給防衛網造成漏洞。」我停了下來。

「或是有人擊落了衛星。」

「某人？你是說某人，不是火星人？」

我攤開雙手。「怎麼不是呢？我們在火星上發現的一切都被燒光了。又或者是被巧妙地掩飾，讓我們花了數十年愣愣地盯著看，卻沒發現要找的東西就在原處。大多數殖民世界也是這樣，所有證據都指向外頭的某個衝突。」

「但考古學家說那是內戰，某種殖民戰爭。」

「對，是吧。」我盤起手臂，往後靠。「考古學家會照保護國給他們的稿子念，而現在很流行對火星國自行崩解，並逐漸由野蠻社會轉為絕種一事感到惋惜。這對下一代繼承者來說是個莫大警告——為了所有文明好，別反抗你的合法統治者。」

奧特嘉有些緊張地四下張望。附近有些桌位的客人迅速地離開，又或突然停下動作。我對旁觀者大咧出笑容。

「你想聊別的事嗎？」奧特嘉不安地問。

「當然好，談談萊克吧。」

不適感迅速變為冰冷的沉默。奧特嘉把雙手平放在面前的桌上，盯著手看。

「不，我不想談。」最後她說。

「沒關係。」我花了一陣子看雲朵被動力屏幕散發的微光照亮，並迴避看底下的海洋。「但我覺得妳其實想談。」

「你真是個大男人。」

餐點被送了過來，我們安靜地用餐，只偶爾發出吞嚥聲。儘管罕醉克斯飯店提供了營養相當均衡的自動烹飪早餐，我發現自己依然飢腸轆轆。食物觸發了比食欲更深層的需求。當我正在吞食碗底的殘渣時，奧特嘉才剛吃到一半。

「對食物還滿意嗎？」我往後坐，她語帶諷刺地問我。

我點了頭，試著消去拉麵帶來的記憶片段，但我並不想用上特使訓練，那會讓肚子裡的滿足感消失。我往餐廳網格走道的乾淨金屬邊緣望去，看向外頭的天空，自從米麗安．班克勞夫特在罕醉克斯飯店榨乾我後，我就沒這麼滿足過了。

奧特嘉的電話響起尖銳的鈴聲。她拿出電話回應，嘴裡還嚼著最後一口食物。

「嗯？嗯哼。嗯，好。不，我們過去。」她的目光短暫地轉到我身上。「是嗎？不，也留下那一個，可以保留。對，謝了，賽克，我欠你一個人情。」

她又收起電話，繼續用餐。

「好消息嗎？」

「看你怎麼想。他們追蹤了兩通當地電話，一通連到里奇蒙（Richmond）的格鬥場，我知道那裡，可以去看看。」

「另一通呢？」

奧特嘉從碗邊抬頭看我，一面咀嚼吞嚥。「另一通是住家保密電話。班克勞夫特居所，日觸宅邸。好了，你怎麼想？」

第十九章

奧特嘉口中的格鬥場，是艘老舊的大型運兵船，停泊在海灣北端，旁邊還有綿延好幾畝的廢棄倉庫。船身一定有半公里長，從船首到船尾有六個明顯的貨艙。後頭的貨艙似乎是開啟的。從空中看來，運兵船的主體呈現橘色，我猜是生鏽了。

「別被它的外表騙了。」我們在上空盤旋，奧特嘉咕噥道。「他們把船殼用聚合物加厚了二十五公分，現在得用鑽頭鋒利的魚雷才能擊沉它。」

「真昂貴。」

她聳聳肩。「他們有金援。」

我們降落在碼頭上。奧特嘉將引擎熄火，傾身跨過我，抬頭看看船身的結構；第一眼望去，船隻彷彿被棄置了。我在座位上稍微往後靠，被腿上的纖細身軀和我稍微鼓脹的胃壓得不太舒服。她感覺到我的動作，似乎突然發現到自己的作為，立刻抽回身子坐直。

「沒人在家。」她尷尬地說。

「似乎如此。我們要上去看看嗎？」

我們走入海灣邊常有的強風中，步向導向船尾的管狀鋁製舷梯。該處是令人不適的開放空間，當我跨越舷梯時，目光不斷地掃視甲板和塔臺上的鐵欄與彎曲的管線。沒有任何事物動作。我用左臂輕觸身體側邊，檢查纖維握把槍套是否脫落，因為有些便宜貨在使用過幾次後，經常產生這類問題。有了涅米槍，我相信自己可以擊中任何從欄杆旁對我們開槍的人。

當下這毫不必要。我們平安抵達了舷梯盡頭。開放的入口前纏了一條細鍊，上頭綁了一塊手寫招牌。

巴拿馬玫瑰號
今晚賽事——晚間十點
雙倍票價

我抬起薄金屬板，存疑地看著上頭的字。

「妳確定魯瑟佛有打來這裡嗎？」

「就像我之前說的，別被它的外表騙了。」奧特嘉正取下鏈子。「這是格鬥中的時尚。粗俗的風氣正在流行，上一季流行的是霓虹燈招牌，但現在不夠酷了。這個地方全球知名，地球上只有三、四個類似的地點。格鬥場中禁止現場報導，沒有立體顯像，連電視轉播都沒有……你到底要不要來？」

「真怪。」我跟著她走進管狀走廊，聯想到我年輕時曾參加的格鬥賽。哈蘭世界的所有格鬥都會被轉播；在所有線上傳輸娛樂中，格鬥擁有最高的收視率。「人們不喜歡看這種東西嗎？」

「喜歡啊，他們當然喜歡。」就算有走廊中被扭曲的回音，我依然聽得見奧特嘉的嘴唇隨著語調而捲曲的聲音。「大家都想看。這種騙局就是這樣進行的。首先他們設立教條——」

「教條？」

「對，純淨教條（Creed of Purity）之類的屁話——沒人跟你說過插嘴很不禮貌嗎？根據教條，如果你想看格鬥，就得現場觀看，感覺可比在網路上看**好多了**。這是更有品味的觀賞法。所以啦，有限的觀眾席位，加上高漲的需求——門票因此更加性感，也變得更加昂貴，價格還使門票的吸引力加倍；想到門票的人都樂翻天了。」

「真聰明。」

「對，真聰明。」

我們抵達走道盡頭，再度往外踏上一塊受到強風吹襲的甲板。兩側的貨艙屋頂，就像船身上的兩個巨型鋼製水泡般，滑順地膨脹到及腰高度。在膨脹處的後方，艦橋高高指向天空，彷彿與我們站立於其上的船身沒有連結。周圍唯一的動靜，來自我們前方被風吹得搖曳的起重機。

「上次我來這裡時，」奧特嘉說，一面在強風中拉高自己的音量，「是因為某個一號世界網的蠢記者，被逮到企圖帶植入式錄影裝置進格鬥賽。主辦單位把他丟進了海灣。在那之前，他們已經用鉗子把植入式裝置拔了出來。」

「厲害。」

「我說過了，這是個高級場所。」

「真會說話，警官。我幾乎不知道該如何回答。」

一個嗓音由裝在欄杆旁兩公尺高的鐵柱上、生鏽的坦諾伊擴音器播出。我的手立刻伸向涅米槍的槍把，視線也切換到環景掃描模式，速度快得眼睛發疼。奧特嘉對我以幾乎無法察覺的動作微微搖頭，抬頭望向艦橋。我們倆各自掃視船身相反方向的動靜，不自覺地互相定位。緊張之下，我對這種預料之外的默契感到一股溫暖的喜悅感。

「不，不，過來這裡。」金屬語音說，這次則是船尾的擴音器發了聲。在我眼前，後方其中一臺舉重機開始移動，可能要從艦橋前的開放貨艙吊起某個物體。我把手放上涅米槍。頭頂的太陽正逐漸從雲層中露臉。

鍊子尾端有個龐大的鐵鉤，說話者正站在鉤子的彎曲處，一手拿著一個古老的大聲公，另一手則輕鬆地抓著升起的鐵鍊。他不合時宜的灰色西裝在風中擺動，以謹慎的角度從鍊子上傾身，頭髮反射著一絲陽光。我瞇起眼睛確認——人造義體，低廉的人工義體。

起重機轉到貨艙上的彎曲艙蓋，合成人則優雅地跳上頂端，俯視著我們。

「伊利亞斯．萊克。」他說，他的嗓音並沒有比擴音器來得好聽。某人對他的聲帶做了廉價手術。他搖了搖頭：「我們以為再也見不到你了。司法機關的記性真差。」

「——屠殺？」奧特嘉舉起手，遮住突然撒下的陽光。「是你嗎？」

合成人微微鞠躬，把大聲公藏進夾克。他開始走下傾斜的貨艙頂端。

「伊姆西．屠殺（Emcee Carnage），任警官們差遣。我們今天犯了什麼錯？」

我隻字未語。聽起來，我應該得認識屠殺，但我當下沒有任何資訊可用。我記起奧特嘉說過的話，無神地盯著走近的合成人，希望自己表現得夠像萊克。

合成人抵達貨艙頂端的邊緣，跳了下去。靠近看，我發現品質粗劣的不只聲帶。這具義體跟我燒死崔普時，她所使用的款式相差太多了，根本不配被稱為同一種合成義體。我短暫思考，這義體是否為某個古董——黑髮粗糙、看似陶瓷，臉上長滿矽膠肌肉，淡藍色的眼球，眼白很明顯是被另外貼上的。軀體看起來很結實，但過於僵硬，手臂的比例也不太正確，看起來反而像蛇。袖口外的雙手光滑無痕。合成人伸出一隻毫無特徵的手掌，像要讓我們檢查。

「怎麼了？」他溫和地問。

「例行檢查，屠殺。」奧特嘉幫了我一把。「今晚的格鬥賽有炸彈威脅，我們是來檢查的。」

屠殺粗鄙地笑道。「你們在乎過嗎？」

「嗯，我說過了，」奧特嘉平板地回答：「這是例行公事。」

「噢，好吧，你們最好進來。」合成人嘆了口氣，對我點頭。「他怎麼了？他們把他暫存器的說話功能搞壞了嗎？」

我們跟著他走向船尾，發現自己繞過了由最後方開啟的貨艙頂端所形成的坑洞。往下一看，我看見圓形的白色格鬥場，四面都有金屬斜坡與塑膠座位；數排打光設備被掛在上方，但沒有任何使我聯想到遙測功能的尖刺狀球體。在格鬥場中央，有某人跪在地氈上畫圖案。我們經過時，他往上看了一眼。

「主題圖紋。」屠殺在發現我注視的東西後說，「那是阿拉伯文。本季的格鬥都與保護國的警方行動有關。今晚是夏雅的上帝右手烈士（Right Hand of God Martyrs）對上保護國陸戰隊（Protec Marines）。手對手搏擊，不得使用超過十公分的刀械。」

「換句話說，是場浴血混戰。」奧特嘉說。

合成人聳聳肩。「觀眾買單。我了解用十公分長的刀鋒，**有可能**致死，只不過很困難而已。據說這是對技術的真正考驗——這裡請。」

我們沿著狹窄的升降梯走入船身，腳步聲在我們身邊的牆面迴盪。

「我想，你們要先去格鬥場吧？」屠殺用蓋過回音的音量說。

「不，我們要先看儲存槽。」奧特嘉建議。

「真的嗎？」難以判斷低階合成嗓音的語氣，但屠殺似乎覺得有趣。「妳確定自己找的是炸彈嗎，警官？我覺得競技場應該是——」

「有東西要藏嗎？屠殺？」

合成人轉身，好奇地看了我一下。「不，完全不，萊克警官。就去儲存槽吧。對了，歡迎加入討論。被儲存起來時冷嗎？當然啦，你可能從沒料到自己會被關進去吧。」

「夠了！」奧特嘉打了岔。「帶我們去儲存槽，要聊天晚上再說。」

「那當然。我們願意配合執法單位，作為合法——」

「好啦好啦。」奧特嘉疲倦地揮手示意對方不要囉嗦。「帶我們去他媽的儲存槽就好。」

我讓目光再度變得危險。

我們搭乘裝設在船殼一側的窄小電磁列車前往儲存槽區，穿過另外兩個被改裝過的貨艙，裡頭也設有同樣的格鬥場和座位區，但都被塑膠布給蓋住。在遙遠的另一頭，我們下了車，走過客製化的超音波清潔閘門。這裡比賽查科技來得骯髒許多。然而，表面上由黑鐵打造的沉重門板往外打開後，露出了潔淨無瑕的白色走廊。

「目前我們略過了外在形象。」屠殺滿不在乎地表示。「觀眾熱愛粗俗的低階科技，但幕後呢，」他向閃爍的設施揮揮手。「總得花點心思。」

前端載貨區寬闊又冷冽，照明相當朦朧，裡面的科技設備也相當龐大。班克勞夫特位於賽查科技的黯淡子宮式陳列室，是低調地顯露財富與教養；海灣市儲存機構則反映出只配給卑微罪犯使用的最低成本設施；巴拿馬玫瑰號的義體儲存槽便是對力量的粗獷展示。儲存管魚雷般地被沉重的鍊子架在我們兩側，透過地板上蟒蛇般粗厚的黑色電纜，連接到貨艙另一端的中央監控系統。監控裝置出現在我們面前，好似某種恐怖蜘蛛神的祭壇。我們走近監控裝置，站在離冰冷的資料纜線有二十五公分高的金屬平臺上。監控裝置左右的遠處牆面上，有兩臺空間寬闊的安裝槽的方形玻璃牆。右手邊的水槽中，已經裝有一具義體，背著光漂浮著，宛若釘上十字架一般，被監控纜線牢牢纏住。

感覺彷彿踏進了紐佩斯特的安德里克大教堂（Andric cathedral）。

屠殺走向中央監控器，轉過身，如他頭頂與身後的義體一般伸展雙手。

「你們想從哪裡開始？**我想**，你們應該帶了精細的炸彈偵測器吧。」

奧特嘉無視他的挑釁。她往安裝槽走了幾步，抬頭看著撒入黑暗中的冰冷綠光。「這是今晚的賤貨之一嗎？」她問。

屠殺抽了下鼻子。「簡單來說，是沒錯。我希望你們能了解別人在海岸邊那些噁心小店裡亂搞的玩意，和這些產品的差別。」

「我也想。」奧特嘉告訴他，目光還停留在義體上。「你是從哪弄來這具義體的？」

「我怎麼知道？」屠殺故作誇飾地檢視右手的塑膠指甲。「噢，如果你們一定要看的話，我們把銷售單據放在某處。從外表來看，我敢說這傢伙是日本有機企業（Nippon Organics）製造的，或是其中一家環太平洋合併公司——這很重要嗎？」

我走到牆邊，往上看漂浮的義體。他身材纖細，外表剛硬，有著褐色皮膚，微微上揚的日式雙眼位於高聳的顴骨上；濃密的黑色直髮像海草般在水槽液中漂動。軀體相當有彈性，還有藝術家般的雙手，又有便於迅速戰鬥的肌肉。這是科技忍者類的義體；我十五歲居於紐佩斯特時，在那些雨下不停的無聊日子中，曾夢想過擁有這種軀殼——這和我在夏雅作戰時，他們給我的義體相差無幾，這是我在米爾斯波特用第一筆大酬金買下的義體的變異版，也是我遇見莎拉時穿戴的義體。

彷彿像看著鏡中的自己，是我打從記憶深處的童年開始，就在心中思念的義體。突然間，我彷彿被囚禁在鏡子另一邊的高加索人皮囊中。

屠殺走到我身旁，拍了拍玻璃。「喜歡嗎，萊克警官？」我沒有作答，他便繼續發言。「我確定像你這樣的人，一定喜歡打架。它的條件相當傑出，底盤經過強化，骨骼全是特殊培育的骨髓合金，加上聚合性韌帶，強化碳基肌腱，庫瑪洛神經化學系統（Khumalo）——」

「我已經有神經化學系統了。」我擠出幾句話。

「我知道，萊克警官。」即便透過品質奇差無比的語音，我還是聽得出對方黏膩的竊喜。「你還被關在暫存器裡時，格鬥場掃描過你的設定。你知道，有人談過要買下你——我是說，買下你的義體。大家覺得你的義體可以拿來進行羞辱性賽事……當然得造假啦，我們完全不敢在這裡玩真的，那等同**犯罪**了——」屠殺戲劇化地暫停了話語。「不過，我們認為羞辱性賽事並不適合本店的精神。格調會被降低，你懂的。也稱不上真正的比賽。真可惜，你有這麼多朋友，肯定能吸引不少人。」

我並沒有在聽他說話，但我發覺萊克受到侮辱，便從玻璃邊轉身面向屠殺，露出恰當的瞪視。

「我離題了。」合成人圓滑地繼續說：「我的意思是，你的神經化學系統比起這個系統，就像我的嗓音比上安查娜・沙洛莫。**這東西**，」他又指向儲存槽，「是**庫瑪洛**神經化學系統，去年凱普神經電子工業（Cape Neuronics）才申請了專利。開發的結果簡直是神來之筆，內部既沒有神經突觸化學加強裝置，也沒有伺服晶片或植入性線路。系統完全由內部生長，也直接**呼應思考**——想想看，警探，外星球還沒有人擁有這種義體，聯合國正在考慮設下為期十年的殖民禁運，不過我自己是對這種法案的效率存疑——」

「屠殺。」奧特嘉不耐煩地繞到他身後。「你為何還沒有解凍另一個鬥士？」

「我們正在進行，巡佐。」屠殺單手揮向左側的義體管槽架。管子後頭傳來重裝機械的移動聲。我往黑暗中看去，發現大型自動起重機正沿著儲存管之間的通道移動。當我們觀看時，起重機停了下來，外殼亮起明亮的號誌燈。起重叉架伸了出去，夾住一根管子，從鍊架上將之抽出，小型伺服機器人則解開底下的纜線。完成分離過程後，起重機就微微後退，轉到另一頭，並沿著成排的管槽，向空無一物的安裝槽前進。

「系統完全自動化。」屠殺多此一舉地補充。

在安裝槽下，我注意到排成一列的圓形開口，就像ＩＰ無畏級戰艦的前端卸貨皐。起重叉架靠液壓活塞引擎稍微抬起，將它攜帶的空管槽放入中央開口。管子順利地被塞入，一端旋轉了九十度，金屬夾才固定住它。一完成任務，起重叉架就被液壓裝置放下，引擎也隨即關閉。

我看著安裝槽。

彷彿過了好一會，但其實只過去不到一分鐘。水槽底部的艙門打開，一大堆銀色氣泡往上湧出。義體隨後浮起，它胚胎般地搖晃了一下，被空氣造成的漩渦推得四處亂晃，接著四肢開始張開，連結到手腕和腳踝的監控纜線則輕輕扯動，協助義體的伸展動作。這具義體的骨架比庫瑪洛義體還大，身材魁梧且肌肉更為發達，但膚色相近。當纖細的纜線拉直義體時，生有鷹勾鼻的剛毅臉孔就慵懶地轉向我們。

「夏雅的上帝右手烈士。」屠殺滿臉笑容地說。「當然並非真品，但人種類型精準，也有真正的上帝意志強化反應系統。」他向另一個儲存槽點頭。「夏雅星上的陸戰隊混合了不同人種，但當地的日本人人口夠多，能增加可信度。」

「不太算真正的比賽，是嗎？」我說。「頂尖神經化學系統對上一百歲的夏雅生化科技。」

屠殺用鬆垮的矽膠臉孔露齒一笑。「這個嘛，那就要看鬥士了。我聽說庫瑪洛系統需要時間適應，而且老實說，它並非總是勝利的最佳義體。這跟心理層面比較有關係，忍耐度、疼痛忍受度……」

「野蠻度。」奧特嘉補充道。「缺乏同理心。」

「那之類的東西。」合成人同意。「當然，這樣才刺激。如果你們今晚想來，警官們，我相信我能幫你們找到後頭幾個剩下的座位。」

「你擔任評論員吧。」我判斷道；我早已在屠殺用擴音器說話時聽出了特定詞彙。格鬥場籠罩在炫目的白光下，漆黑座位上吼叫、蠢動著的觀眾，汗水與嗜血欲望的氣味。

「那是當然。」屠殺瞇起被印上的雙眼。「你知道，你還沒離開那麼久。」

「我們要去找炸彈了嗎？」奧特嘉大聲地說。

我們花了一小時才抵達船艙，找尋根本不存在的炸彈，屠殺則看著我們，沒花多少工夫掩飾自己的興趣。上方，兩具注定要在競技場中廝殺的義體則從亮起綠光的玻璃子宮內俯視我們；由於它們閉眼作夢般的神情，使它們毫無存在感。

第二十章

奧特嘉讓我在傳教街下車，市區被夜色所籠罩。從格鬥場回來的路上，她相當寡言；我猜，她正不斷地提醒自己我並非萊克，而對自己造成了無法負擔的壓力。但我企圖忽視這分敵意、走下飛艇時，她突然笑了出來。

「明天待在罕醉克斯飯店吧。」她說。「我想讓你和某人談話，但得花一點時間才能安排。」

「好。」我轉身準備離開。

「科瓦奇。」

我又轉了回去。她正傾身探出車外，抬頭看我。我把一隻手臂放在向上掀開的車門，並往下看。在這段漫長的沉默時刻裡，我感到自己血液中的腎上腺素正緩緩地攀升。

「怎麼了？」

她又猶豫了一會，接著說：「屠殺藏起了某個東西，對吧？」

「從他說話的方式看來，我想是的。」

「我也這樣想。」她趕緊按下儀表板，車門隨即滑下。「明天見。」

我目送飛艇升空，嘆了口氣。我原本認為，敞開心胸去找奧特嘉是個好主意，但我沒料到情況如此棘手。無論她與萊克交往了多久，他倆之間的化學反應一定相當誇張。我記得在某處讀過，不同身體接近彼此時，兩者的初期吸引力費洛蒙就會進入編碼狀態，讓他們更貼近彼此。這些被訪談的生物化學家都沒有真正了解這種過程，但依舊有人企圖在實驗室中重現這種化學反應。加速或打斷這種效果都得到反應不一的結果，其中一種成果就是同質素和它的變異體。

化學物質。我仍試著從米麗安．班克勞夫特的混合費洛蒙中康復，不需要當下這種狀況。我不太肯定地告訴自己，**我不需要這種問題**。

晚間，人潮稀疏。我越過前方人潮的頭頂，看到罕醉克斯飯店外、左撇子吉他手的巨型立體顯像。我又嘆了氣，繼續走路。

走到街區一半時，一臺大型自動車輛駛過我身旁，車輪輾過路肩。這臺車看起來很像米爾斯波特打掃街道的機器清潔車，所以車子開到我身旁時，我完全沒有多加留意。幾秒後，我就受到來自車裡的影像投射衝擊。

……**來自家族來自家族來自家族來自家族來自家族來自家族**……

男女嗓音交雜，呻吟低語。聽起來彷彿高潮中的合唱團。影像令人無法逃離，混雜了各種不同的性愛偏好，一連串感官刺激旋風般地攪在一起。

真正的……

一刀未剪……

全面感官……

客製化……

宛如要證明最後一點，隨機影像逐漸簡化為不同的異性戀性愛片段。他們一定掃描過我對混雜圖像的反應，並直接將之輸入廣播器——果然是高端科技。

影像以發光的電話號碼數字，與被留著黑色長髮、紅唇露出笑意的女子所握住的勃起陽具做結尾。她望進鏡頭。我可以感覺到她的手指。

極樂飄緲屋，她喘息道。**就是這種感覺……也許你無法負擔這裡的費用，但你絕對買得起這種服務**。

她低下頭，嘴唇包住陽具——我彷彿身歷其境。接著，黑色長髮從兩端有如布幕般地蓋住影像，片段就此結束。我的意識回到街頭，身體搖晃，還流了一身汗。自動播放器沿著我身後的道路繼續前進，有些更有街頭智慧的路人，立刻閃過了車輛的播放範圍。

我覺得自己能清楚地記得那串電話號碼。

流汗的身體迅速打了個冷顫。我放鬆肩膀，再度開始行走，試著不去注意周遭路人心知肚明的目光。當我幾乎要邁出正常步伐時，前方的人群出現了一道裂隙，我看見一臺壓低的長禮車停在罕醉克斯飯店的前門。

敏感的神經使我立刻把手伸向槍套中的涅米槍，這時才認出那是班克勞夫特的車。我用力吐出一口氣，繞過禮車，確認駕駛艙沒人。當我還在思考該怎麼做時，後車廂的艙門就被打開，克提斯從裡頭的位子出現。

「我們得談談，科瓦奇。」他用硬漢談判的嗓音說道，讓我差點發出有些歇斯底里的竊笑。「該做決定了。」

我上下打量他，從身體姿態和行徑看來，他目前被化學物質所影響，因此我決定順從他。

「好。在禮車裡嗎？」

「車裡很擠，你何不邀我去你房間呢？」

我瞇起眼。司機的語氣中無疑帶著敵意，他整齊的絲光長褲前端也有明顯的勃起。我胯下當然也有類似的突起，不過已經慢慢消退；但我明確地記得，班克勞夫特的禮車有街頭廣播的防護系統——他與我的情況不同。

「好，走吧。」

我對飯店入口點點頭。

前門打開讓我們進去，罕醉克斯飯店立刻啟動。

「晚安，先生。今晚你沒有訪客——」

克提斯哼了一聲。「失望了嗎？科瓦奇？」

「——你離開後，也沒有電話打過來。」飯店繼續禮貌地說道：「你希望將這個人認定為客人嗎？」

「對，當然。你有我們能去的酒吧嗎？」

「**我說的**是你的**房間**。」克提斯在我身後吼道，當他的腳脛撞上大廳中一張低矮的金屬桌子時，又叫了一聲。

「午夜燈光酒吧（Midnight Lamp）位於此樓層。」飯店存疑地說，「但已經很久沒有人使用過了。」

「我說——」

「閉嘴，克提斯。沒人告訴你初次約會不要急嗎？午夜燈光聽起來不錯，幫我們準備吧。」

大廳彼端，入房登記主機的旁邊，一大片牆面緩緩往旁滑開，牆面之外的燈光隨之亮起。克提斯在我身後竊笑，我則走向牆壁開口，往下看到一道導向午夜燈光酒吧的短階梯。

「很好，來吧。」

某個想像力過度豐富的人執行了午夜燈光酒吧的裝潢設計。牆壁塗了迷幻藥般的深沉藍紫色，上頭還裝飾著好幾個不同的鐘面，有些顯示當下的時間，有些則遲了幾分鐘，與各形各狀的檯燈交雜在一起——從史前的黏土造型，到酶基衰退光源瓶都有。兩邊牆面上都有往內凹的長椅，外形則被設計為倒數計時用的旋鈕。一具完全以時鐘與檯燈組成的機器人等在旋鈕的十二點鐘記號旁，一動也不動地待命。

少了其他客人的酒吧更顯得詭異；我們走向服務機器人，我能感覺到克提斯的心情稍微放鬆了點。

「需要什麼呢，各位？」機器人出乎意料地問，身上卻沒有明顯的發聲器。它的臉孔是古董類比鐘，有著蜘蛛絲般纖細的巴洛克式指針，時間標記則是羅馬數字。我感到有些不適，便轉身面對克提斯，他的臉不情願地嚴肅起來。

「伏特加。」他簡短地說。「我要最冰的。」

「還有威士忌。就是我一直從房內酒櫃拿來喝的那款。麻煩室溫就好，都算在我帳上。」

鐘面微微點頭，舉起一隻關節眾多的手臂，自頭頂的架上拿起玻璃杯；另一隻末端設計成長了小綠芽的森林的燈罩手臂，則將我們點的烈酒注入杯中。

克提斯拿起他的酒杯，將一大口伏特加灌入喉中。他用力從齒縫中吸氣，發出了滿足的咕噥聲。我謹慎地小口啜飲自己的酒，思索酒吧裡的管線和瓶口究竟有多久沒倒出過酒液了……我的恐懼似乎毫無必要，因此我大口喝下酒，讓威士忌融入胃中。

克提斯把玻璃杯用力地放上吧臺上。

「**現在**你想談了嗎？」

「好了，克提斯。」我緩緩地說，望著自己的酒。「我想你有信息要給我。」

「當然。」他聽起來隨時都要破口大罵。「夫人問，你到底要不要接受她慷慨的提議。就這樣。我應該要給你時間做決定，所以我要喝完酒。」

我把目光投到對面牆上的一盞火星沙燈。終於有理由解釋克提斯的脾氣了。

「我侵占了你的地盤，是嗎？」

「別要把戲，科瓦奇。」他的話語中有種絕望感。「你一說錯話，我就——」

「你就怎樣？」我放下玻璃杯，轉身面對他。他連我客觀年齡的一半都不到，年輕、肌肉結實，也受到化學物質影響，因而覺得自己充滿危險氣息。他讓我想起自己在同樣年紀時的行為，令我感到不快。我想搖醒他。「你會**怎樣**？」

克提斯吞了一下口水。「我參加過地區陸戰隊。」

「在裡面當模特兒？」我用一隻僵硬的手推了他胸膛一下，接著自覺慚愧地放下手。我也把音量放小。「聽著，克提斯。別做這種事。」

「你覺得自己很猛，對吧？」

「這跟猛無關，小——克提斯。」我差點叫他小鬼。我心裡似乎也有某個部分想打架。「這是兩個截然不同的物種。他們在地區陸戰隊裡教了你什麼？徒手對戰？徒手殺死敵人的二十七種方法？在這些招術之下，你依然只是凡人。我是特使，克提斯，完全不同。」

他依然撲向我，揮出企圖使我分心的直拳，同時從桌底往頭部踢出迴旋踢。如果踢中目標，就可能擊碎頭顱，但這招太過戲劇化了，也許是因為他當晚使用的化學藥劑吧。沒人會在實戰中踢往腰部以上的。我同時躲過直拳和迴旋踢，抓住他的腳。我用力一扭，克提斯就大字型地摔在吧臺上。我把他的臉砸向堅硬的吧臺，一手緊抓他的頭髮，不讓他移動。

「明白我的意思了嗎？」

他發出悶哼並無力地掙扎，鐘面酒保則毫無動靜。從他斷掉鼻子中流出的鮮血流到吧臺表面。我一面觀察鮮血的痕跡，一面調整呼吸。我用於控制自身特訓的意志力讓我喘氣。我轉為握住他的右臂，拉高到他的背部上頭。他停止了掙扎。

「很好。你最好別動，不然我就折斷你的手。我現在沒心情搞這些。」我說著話，迅速地搜他的身。我在他夾克的內側口袋中找到一根小塑膠管。「啊哈，今晚用了什麼好東西？從你硬梆梆的褲檔看來，應該是賀爾蒙增強劑。」我把塑膠管移到微弱的光線下，看到裡頭有上千塊晶體碎片。「軍用規格……你從哪弄到這東西的，克提斯？陸戰隊的退伍禮物嗎？」我繼續搜索，找到了吸收裝置：一把小注射槍，上頭有滑膛和磁力線圈。把晶體碎片倒入槍膛中，關上滑蓋，磁場便會排好它們，加速器則會以具穿透性的高速將它們射出。和莎拉的爆裂手槍原理沒什麼不同。對戰場醫官來說，這些是非常耐用的工具，之後也變得很受歡迎，僅次於皮下注射器。

我把克提斯拉起來，推開他。他勉強站著，一手抓著鼻子，惡狠狠地瞪視我。

「你該把頭往後仰，好止血。」我告訴他。「去吧，我不會再傷害你了。」

「王阿蛋！」

我舉起晶體和小槍。「你從哪弄來這些的？」

「吸偶的屌吧，科瓦奇……」克提斯勉強把頭稍微後仰，試圖盯著我。他的雙眼像驚嚇的馬匹般不斷轉動。「我無會奧訴你任何似！」

「好吧。」我把藥劑放回吧臺，嚴肅地看了他幾秒。「那讓我告訴你一些事。當他們訓練特使時，你知道他們會做什麼嗎？他們抹殺所有人性所演化出的、對暴力行為的自我限制。判別投降信號、強弱順序與團隊忠誠。這些東西會逐一消失，取而代之的，則是樂意造成傷害的心智。」

他沉默地盯著我。

「你了解我的意思嗎？剛剛殺了你還比較容易，事情簡單得多。我得阻止自己，特使就是這種生物，克提斯。經過重組的人類，人造物。」

沉默繼續蔓延。我無法得知他是否聽進了我的話——回想起一個半世紀前的紐佩斯特，以及年輕的武．科瓦奇，我就覺得他是聽不進去的。在他這年紀，整件事就像某種充滿權力的幻夢終於成真。

我聳聳肩。「如果你還沒猜到的話，給夫人的答覆是不。我沒興趣。好了，這樣你該高興了，而且斷掉的鼻樑還是唯一的代價。如果你沒用這麼多藥的話，代價可能更輕。幫我向她道謝，我很感激她的提議，但目前有太多棘手的事在等我。告訴她，我開始喜歡這樁案件了。」

酒吧入口傳來一陣輕咳。我抬頭一看，發現一名穿著西裝的紅髮人影站在階梯上。

「我打擾了嗎？」龐克頭問道。他的嗓音緩慢又放鬆，他不是費爾街的硬漢。

我拿起吧臺的酒。「沒事，警官。一起喝吧。你想來點什麼？」

「酒精濃度超標的蘭姆酒。」警察說，一面向我們走來。「如果他們有的話。小杯的就好。」

我對鐘面酒保揚起一根手指。酒保從某處拿出方塊型酒杯，注入深紅色的酒液。龐克頭走過克提斯身旁，好奇地看了他一眼，用長臂接下飲料。

「謝了。」他啜飲了一口，接著點頭。「不錯嘛。我想跟你談點事，科瓦奇。私下談。」

我倆望向克提斯。司機充滿怨恨地瞪著我，但新來者讓他戰意全消。警察朝出口處歪了歪頭，克提斯則按著自己受傷的臉離開。警察目視他走出視野，才轉回來看我。

「是你幹的？」他稀鬆平常地問。

我點頭。「我受到冒犯。事情有些不受控，他以為自己在保護別人。」

「好吧，我很高興他不是在保護我。」

「就像我說的，狀況有點不受控。我反應過度了。」

「嘿，你不用對我解釋。」警察靠上吧臺，饒富興味地打量四周。我記起他的臉了——海灣市儲存處，那個拿著褪色警徽的人。「他真的有意見的話，可以提出控訴，我們會重播飯店的記憶來判斷。」

「你帶了搜索票嗎？」我輕鬆地問，但卻一點都不覺得輕盈。

「幾乎要到手了。法律部門總是要花些時間。該死的人工智慧。聽著，我要為梅瑟（Mercer）和戴維森（Davidson）在局裡的行為道歉。他們有時表現得像渾蛋，但其實是好人。」

我揮了一下酒杯。「沒關係。」

「很好。我是偵查佐羅德里哥·巴提斯塔（Rodrigo Bautista）。也是奧特嘉大多時候的拍檔。」

他把酒一飲而盡，對我微笑。「應該說，**偶爾**搭檔而已。」

「了解。」我向酒保示意倒酒。「告訴我，你們都找同一個理髮師，還是這髮型只是某種團隊精神象徵？」

「同一個理髮師。」巴提斯塔悲傷地聳肩。「是個住在富頓（Fulton）的老傢伙。他是前詐欺犯。在他被關進儲存中心時，似乎很流行龐克頭。這是他唯一會剪的該死髮型，但他是個好人，收費也低廉。幾年前，我們其中一人開始讓他剪，他也給了折扣……接下來你就懂了。」

「但奧特嘉沒有？」

「奧特嘉自己剪頭髮。」巴提斯塔做了個無奈的手勢。「她弄來一臺小型立體顯像掃描器，說這樣會加強她的空間定位感。」

「特立獨行。」

「對，她就是這樣。」巴提斯塔沉思般地停了一下，注視著前方。他心不在焉地從手中被重新斟滿的酒杯中啜飲。「我是來談她的事。」

「糟了，這是友善的警告嗎？」

巴提斯塔故意拉下臉。「這個嘛，不管怎樣都得友善。我不想讓鼻子被打斷。」

我不禁大笑出聲。巴提斯塔也流露出溫和的笑容。

「問題是，你頂著那張臉走來走去，就夠讓她心碎了。她和萊克相當親近。她已經付了一年的義體貸款，以巡佐的薪水來說，這並非易事……完全沒料到班克勞夫特那個混蛋會付出這麼高的金額。畢竟，萊克不太年輕，也算不上英俊。」

「他有神經化學系統。」我指出。

「噢，對啦，有神經化學系統。」巴提斯塔誇張地揮了一下手。「你試用過嗎？」

「用過幾次。」

「就像在漁網裡跳佛朗明哥舞，對吧？」

「有點難搞。」我承認。

這次我們倆都笑了。笑聲平息，警察又將目光轉回杯中。他的表情變得嚴肅。

「我沒打算給你壓力。我只是希望你慢慢來，這並非她當下得面對的事。」

「我也不需要。」我感同身受地說。「這裡甚至不是我他媽的母星。」

巴提斯塔看起來滿腹同情，但或許他只是醉了。「我猜，哈蘭世界和這裡差異很大吧。」

「沒錯。聽著，我不想太過魯莽，但沒人對奧特嘉指出過，萊克的下場等於真實死亡嗎？她不會等上萊克兩百年，對嗎？」

警察瞇起眼看我。「你聽說了萊克的事？」

「我知道他受到嚴懲，也知道原因。」

巴提斯塔的眼神中似乎浮現了多年來的悲傷，提及自己貪汙的同事肯定不好受。有那麼一瞬間，我後悔說出那句話。

當地民情。好好學習。

「你想坐下嗎？」警察難過地說，一面尋找早已被移除的酒吧坐凳。「或許可以進去包廂？這會花點時間。」

我們坐在其中一張鐘面桌邊，巴提斯塔在口袋中摸索香菸。我顫動了一下，但當他給我一根菸時，我搖了搖頭。他看起來和奧特嘉一樣訝異。

「我戒了。」

「在那具義體裡？」一團藍煙後的巴提斯塔尊敬地揚起眉毛。「恭喜。」

「謝了。你本來要告訴我萊克的事。」

「萊克，」警察從鼻孔中呼出煙霧，往後靠，「直到幾年前，他曾跟義體失竊部共事。比起我們，他們是一群更有天分的人。偷取完整的義體並非易事，因而造就出更高明的竊賊。有時他們和有機傷害部會產生司法權衝突，大多發生在罪犯開始分解軀體的時候。譬如魏記診所。」

「喔？」我平靜地說。

巴提斯塔點點頭。「對，某人昨天幫我們省了不少時間和力氣，把那裡完全轉變成備用器官大拍賣市集。但我猜你對此一無所知吧。」

「一定發生在我走出門之後。」

「對啦，隨便。〇九年冬天，萊克正在追蹤某件隨機保險詐騙案，你知道那類案件；義體重新安裝方案中的複製人居然只是空儲藏槽，也沒人知道複製體跑哪去了。案子一發不可收拾，最後發現，義體被拿去運用在南方的某場骯髒小戰爭中，原因是高層貪腐。問題根源直接追溯到聯合國常務委員會，幾個替死鬼背了黑鍋，萊克也成了英雄。」

「真不錯。」

「短期來說沒錯。照這裡的規矩，英雄們都會受到高級待遇，他們也把獎勵一股腦地套在萊克身上。他在一號世界網上受訪，甚至還與金珊蒂傳出被高度關注的緋聞，報導頭條上寫滿了他的名字。在這一切退燒前，萊克抓緊了機會，他申請轉調到有機傷害部。他之前和奧特嘉合作過幾次，我剛說過我們的部門業務三不五時會重疊，所以他清楚我們如何作業。警局不可能拒絕他，特別在他發表過一些狗屁言論後——關於他想去能造成改變的地方。」

「他做到了嗎？我是說，造成改變？」

巴提斯塔鼓起臉頰。「他曾是個好警察，也許吧。最初一個月，還能去問奧特嘉，但他倆之後勾搭上，她的判斷力就開始出現破綻了。」

「你不贊成？」

「嘿，要贊成什麼？當你對某人有感覺時，就只能順其自然。只是要在這種事上保持客觀並不容易。萊克搞砸時，奧特嘉一定會支持他。」

「你從哪聽說的？」

「她有嗎？」我把我們的空杯拿到吧臺邊，斟滿酒杯，繼續說話。「我以為是她逮捕萊克的。」

「口耳相傳，來源不可靠。所以不是事實囉？」

「不是。有些街頭混混喜歡那樣說。我猜，一想到我們自己人內鬨，就讓他們興奮到高潮了吧。事實是，政風組到她公寓裡逮捕了萊克。」

「噢。」

「對，可怕吧。」當我把斟好的酒遞給他時，巴提斯塔抬頭看我。「她從來不顯露真性情，你懂。她只是直接對抗政風組的控訴。」

「我聽說他被逼上了絕路。」

「對，你的消息來源說對了。」龐克頭沉思般地凝視著酒杯，彷彿不確定自己是否該繼續說下去。「奧特嘉的理論是，萊克被某個在〇九年受到波及的高層混球陷害——他當時的確惹毛了不少人。」

「你不相信？」

「我想相信。就像我說的，他曾是個好警察。但我也說了，義體失竊部對付的是更狡猾的罪犯，意思是你得很小心。聰明的罪犯有聰明的律師，你也無法隨便惹他們。有機傷害部處理從人渣到高層的所有對象。我們自然會被放水——那就是你……抱歉——萊克申請移轉時想要的。放水。」巴提斯塔往後仰，一口飲盡酒液，喉嚨裡發出咕嚕聲。他穩穩地看著我。「我猜萊克做得太過火了。」

「碰、碰、碰？」

「之類的下場吧。我看過他偵訊的模樣，大多時候他都會守規範，只有一次失控。」巴提斯塔的雙眼中浮現了過往的恐懼，這是他每天與之朝夕相處的畏懼。「碰上部分人渣時，便很容易失控。我想事情就是那樣發生的。」

「我的消息來源說，他讓兩人真實死亡，但饒了另外兩人的暫存器。聽起來相當魯莽。」

巴提斯塔肯定地點頭。「奧特嘉就是這樣說，但這種汙點無法被洗掉。一切都發生在西雅圖某間黑市診所，兩名倖存者跑出建築，跳上飛艇就逃。飛艇起飛時，萊克開火，在上頭打穿了一百二十四個洞……就別提周圍的車潮了。殘存者墜落在太平洋中。其中一人死在儀表板前，另一人則死於衝擊。飛艇沉入數百公尺下的水底。萊克不在自己的管區內，西雅圖警方也不喜歡外來警察對車潮開槍，所以回收團隊不讓他接近屍體。

暫存器被發現屬於天主教徒，大家都很訝異，西雅圖警局也有人不相信。深入調查後，才發現良心聲明是假的。被某個相當魯莽的人所安裝。」

「——或是很急的人。」

巴提斯塔彈了下手指，一根指頭指向對面的我。他肯定有些醉意。「沒錯。在政風組看來，萊克不小心讓證人逃走了，而他唯一的希望，就是在他們的暫存器上張貼『禁止碰觸』的標籤。當然了，在他們復活倖存者時，兩名倖存者都發誓說萊克出現時沒有搜索票，虛張聲勢一番後就闖進診所，他們不願回答他的問題，他就拿出電漿槍，開始玩『下一個換誰？』的遊戲。」

「這是真的？」

「關於搜索票？對。萊克一開始根本不該去那裡。至於其他細節？誰知道呢？」

「萊克怎麼說？」

「他說他沒做。」

「就這樣？」

「不，說來話長。他是循著線報去的，於是虛張聲勢地進了診所，想看看自己能有多少進展，但他們卻突然對他開火。他聲稱自己可能打中了某人，但沒有擊中對方的頭部；還宣稱診所一定帶了兩個犧牲用的員工進來，在他抵達前就燒死了他們。他也說自己不清楚有任何浸漬事件發生。」巴提斯塔無神地聳聳肩。「他們找到了浸漬人，對方說萊克付錢要他辦事。他接受了測謊，但他也說萊克是打電話給他，並非面對面。虛擬頻道連結。」

「那當然可以被偽造，很容易啊。」

「對。」巴提斯塔看起來很高興。「不過，這傢伙說他之前為萊克工作過，那次則是面對面，他也針對這點接受了測謊。萊克認識他，毫無疑問。當然，政風組想知道萊克為何沒帶支援人員一起去。有街頭證人指證萊克瘋子般地胡亂開槍，試圖打下飛艇。就像我說的，西雅圖警局對此相當不滿。」

「一百二十四個洞。」我咕噥道。

「對呀，非常多洞。萊克急著抓住那兩名倖存者。」

「這可能是**設局**。」

「對，有可能。」巴提斯塔清醒了一點，語氣變得憤怒。「有很多可能。但事實是你……抱歉，事實是萊克下手過重了，等到問題發生，已經沒人能幫他了。」

「所以奧特嘉相信了設局的可能性，並支持萊克對抗政風組，等他們一輸……」我對自己點頭。「他們一輸，她就接下義體貸款，讓萊克不被市立拍賣場買走。然後她去找證據？」

「你搞懂了。她已經申請再次上訴，但從刑期開始，最少兩年內她都見不到萊克。」巴提斯塔深深嘆了口氣。「我說過，這讓她相當心碎。」

我們沉默了一陣子。

「你知道，」巴提斯塔最後開口。「我想我該走了。坐在這裡，面對萊克的臉談萊克的事，感覺很怪。我不知道奧特嘉如何適應。」

「這是現代生活的一部分吧。」我告訴他，一面把酒喝光。

「對，我猜也是吧。你會覺得我現在應該要習慣了。我花了大半輩子和戴著別人臉孔的受害者談話。更別提人渣了。」

「那你覺得萊克是哪種人？受害者或人渣？」

巴提斯塔皺起眉。「這不是個好問題。萊克是個犯了錯的好警察，不代表他是人渣……當然也不代表他成了受害者。這只讓他成為把事情搞砸的人。我呢，也身處相差不遠的處境中了。」

「當然。抱歉。」我揉了揉一側臉頰；特使交談通常不該露出這種破綻。「我感到有點累了。我很明白你的處境。我想我該上床去了，如果你離開前還想喝一杯的話，就自己倒吧。帳算在我頭上。」

「不了，謝謝。」巴提斯塔喝光杯中的酒液。「老警察的規矩，永遠不獨飲。」

「聽起來我應該當個老警察。」我站了起來，微微搖晃。萊克也許是個不怕死的抽菸者，但他對酒精沒多少抗性。「我猜，你可以自己離開吧。」

「可以。」巴提斯塔起身離開，但走了十來步就轉回身。他專注地皺起眉。「噢，對了。不用說，我從沒來過這裡，對吧。」

我示意他出門。「你沒來過這裡。」我向他保證。

他饒富興味地一笑，表情突然變得相當年輕。「好。很好，再會了，可能的話。」

「再見。」

我看著他離開視野，接著讓冰冷的特使自制力流竄過混濁的神經系統。當我再度令人不適地清醒時，就撿起克提斯留在吧臺上的毒品晶體，去和罕醉克斯飯店談談。

第二十一章

「妳知道西納摩固酮嗎？（synamorphesterone）」

「聽過。」奧特嘉用靴子尖端心不在焉地戳著沙灘。地面因為退潮而變得潮溼，我們溼黏的腳印則蔓延在身後。海灘兩側的曲線都空無一人，除了高空以幾何陣列飛行的海鷗外，我們沒有任何同伴。

「嗯，既然我們還在等，妳何不告訴我那是什麼？」

「後宮毒品。」我露出茫然的表情，奧特嘉便不耐煩地鼓起臉頰。她表現得像睡不好的人。

「我不是本地人。」

「你說自己待過夏雅。」

「對。但當時在從軍，沒那麼多時間處理文化差異，我們忙著殺人。」

最後一點不太正確。掠奪紀希奇後，特使軍團就投入了設立服從保護國的當地政權的計畫。麻煩人物都遭到排除，抵抗勢力也受到滲透並殲滅，盟友則被安插進政治系統中。過程裡，我們學到很多當地文化。

我要求提早移轉。

奧特嘉用手遮住照進雙眼的日光，掃視兩邊。沒有任何動靜。她嘆了口氣。「那是男性反應強化劑，會增強侵略性、性能力和自信。在中東和歐洲的街頭，人們叫它種馬，南邊則叫托托（Toto）。我們這裡很少見，街頭氛圍也較為一致；我相當樂見於這種狀況。我聽說這種藥很糟——你昨晚碰上了？」

「算是吧。」這跟我昨晚在罕醉克斯飯店資料庫看到的資訊差不多，但更為具體，少了些化學性。克提斯的行徑完全符合上述症狀和副作用。「如果我想弄到這種藥，我得上哪找？我的意思是，輕鬆取得。」

奧特嘉敏銳地瞪了我一眼，從沙灘走回乾燥的沙地。「就像我說的，它在本地很罕見。」她說話的節奏對上了沉重的步伐。「你得四處打聽，找人脈延伸到當地外的人，或在本地合成它——但我不清楚細節。對設計款荷爾蒙來說，那樣做的成本比從南邊買還要更高。」

她在沙丘頂端停下腳步，再度觀望四周。

「她到底在哪？」

「也許她不來了。」我後悔地猜測道。我自己也沒睡好；在羅德里哥．巴提斯塔離開後的大半夜晚，我都在思考班克勞夫特懸案中不合理的部分，並努力抗拒抽菸的衝動。當罕醉克斯飯店將奧特嘉的電話轉來、讓我甦醒時，我似乎才剛倒在枕頭上沒多久。現在還是大清早。

「她會來。」奧特嘉說。「頻道直接連結到她的私人通話系統，電話可能只是在保全處耽擱了。在真實時間中，我們只進來十秒而已。」

我在岸邊冷冽的海風中發抖，一句話也沒說。頭頂的海鷗重覆以幾何樣式飛行。這種虛擬實境相當廉價，並非設計來久待的。

「有香菸嗎？」

我坐在冰冷的沙子上，機械式地抽著菸；此時某個移動的物體出現在海灣右方。我挺直身子、瞇起眼睛，把一隻手放上奧特嘉的手臂。一臺高速移動的地面載具激起的沙幕和水幕飛入空中，沿著海灘的曲線向我們開來。

「就說她會來了。」

「或別人會來。」我咕噥，站起身，朝涅米槍伸手——槍當然不存在。沒什麼虛擬論壇允許槍支出現——反之，我拍掉衣服上的沙子，沿著沙灘走，依然試圖忘卻自己在浪費時間的感覺。

載具進入我們的視野，看起來像濃霧前的小黑點。我聽得到載具的引擎聲，尖銳的音量蓋過了海鷗的陰鬱鳴叫。我轉向奧特嘉，她冷淡地在我身旁望著逼近的載具。

「不過是一通電話而已，這樣太誇張了，不是嗎？」我尖酸地說。

奧特嘉聳聳肩，把香菸彈入沙中。「金錢不代表品味。」她說。

加速駛來的黑點，逐漸變成粗短的有翼單人地面飛艇，上頭漆了螢光粉紅色。它衝過海水旁的淺浪，在後頭甩出水花和溼沙，但駕駛員肯定在數百公尺外就看見了我們——小艇逐漸遠離較深的水域，朝我們駛來，後頭延伸出幾乎是艇身兩倍高的噴沫。

「粉紅色？」

奧特嘉又聳聳肩。

地面飛艇在十公尺外減速，突然停下，在周圍甩出一大團溼沙。騷動平息後，小艇的艙口往外打開，一個戴頭盔的黑衣身影從裡頭爬出。由緊身飛行裝的線條看來，可以判斷對方是個女人。緊身衣末端連接著腳跟到腳趾的部位，都包覆在有銀色線條裝飾的長靴中。

我嘆了口氣，跟著奧特嘉走到載具旁。

穿飛行裝的女子跳進淺浪，踏著水走向我們，一面拉扯頭盔上的繫帶。我們碰頭時，頭盔被取了下來，紅銅色長髮也隨之灑在穿著緊身衣的肩膀上。女子仰起頭，甩了一下頭髮，露出骨架寬大的臉孔，與又大又圓的雙眼，眼睛是帶著斑點的瑪瑙黑，臉上還有微微隆起的鼻子，以及線條優雅的嘴唇。

這名女子過去類似米麗安．班克勞夫特的美貌，現在已完全消失。

「科瓦奇，這位是莉拉．貝金。」奧特嘉態度正式地說。「貝金小姐，這位是武．科瓦奇，羅倫斯．班克勞夫特雇用的私家偵探。」

那雙大眼評估著我。

「你來自外星球？」她問我。

「沒錯。哈蘭世界。」

「對，巡佐提過了。」莉拉．貝金的嗓音中，有種設計精良的溫軟，腔調也顯示她不太習慣說亞美聖公語。「我希望那代表你的觀點開闊。」

「對什麼開闊？」

「真相。」貝金訝異地看了我一眼。「奧特嘉巡佐告訴我，你對真相有興趣。我們走走吧？」還沒等我回話，她就往海浪平行的方向走去。我和奧特嘉對視一眼，她用拇指示意，但自己卻沒打算移動。我猶豫了幾秒，隨後跟上貝金。

「真相是什麼？」我跟上她，問道。

「你被雇來找出殺害羅倫斯·班克勞夫特的真兇。」她頭也不回地用嚴厲語氣說。「你想知道他被殺當晚的真相，不是嗎？」

「妳不認為那是自殺？」

「你信嗎？」

「我先問的。」

我看見她嘴邊漾出淡淡笑意。「不，我不信。」

「讓我猜。妳怪的是米麗安·班克勞夫特。」

莉拉·貝金停下腳步，用其中一隻華麗的高跟鞋轉身。「你在嘲諷我嗎？科瓦奇先生？」她眼神中帶有某種感覺，立刻消弭了我的不耐與嘲諷。我搖搖頭。

「不，我沒有在嘲笑妳。但我沒錯吧？」

「你見過米麗安·班克勞夫特？」

「對，見過一下下。」

「你想必覺得她很有魅力。」

我閃躲般地聳聳肩。「有時候她很煩，但大多時候是的。形容她有魅力並沒錯。」

貝金望著我的雙眼。「她是個瘋子。」她嚴肅地說。

她繼續走路。我一陣子後也跟上了她。

「瘋子已經不是專門用語了。」我謹慎地說。「我還曾聽過一整個文化都被這樣形容，我也被這字眼形容過一兩次。近日來，現實相當多變，很難判斷誰偏離了現實，誰又保持清醒。妳甚至可以說，這種差異根本沒有意義。」

「科瓦奇先生。」女子的語氣流露出不耐煩的心態。「米麗安．班克勞夫特在我懷孕時攻擊我，謀害了我未出世的孩子。她明白我當時懷有身孕，她蓄意下手——你懷過七個月的身孕嗎？」

我搖搖頭。「沒有。」

「太糟糕了。這是我們都應該至少經歷一次的事。」

「這很難立法規範。」

貝金斜眼看我。「你穿戴著那具義體時，看起來就像個熟悉傷痛的人，但那只是表象——你表裡如一嗎，科瓦奇先生？你熟悉失落感嗎？我們談的是覆水難收的損失，你了解那種感受嗎？」

「我想是吧。」我說，態度比我想得還要僵硬。

「那你就該了解我對米麗安．班克勞夫特的感覺。在地球上，皮質暫存器只有出生後才會進行安裝。」

「在我的故鄉也一樣。」

「我失去了那個孩子，沒有任何科技能讓它回到我身邊。」

我聽不出莉拉．貝金嗓音中上揚的情感是真是假，但我逐漸失去專注力。我將話題拉回原點。

「那並沒有給米麗安．班克勞夫特殺害她丈夫的動機。」

「當然有。」貝金再度用她慣用的斜視眼神看我，臉上露出酸楚的笑容。「我在羅倫斯．班克勞夫特的生命中並非單一範例。你認為他怎麼認識我的？」

「我聽說是在奧克蘭……」

她的笑容轉為大笑。「真是非常委婉的說法。對，他當然是在奧克蘭見到我的。他在俗稱肉架（Meat Rack）的地方碰上我，那不是什麼有品味的好地方。羅倫斯需要羞辱他人，科瓦奇先生，那樣才能讓他興奮。遇上我前，他已經這樣幹了數十年，我也看不出為何他之後會停手。」

「所以米麗安突然間覺得受夠了，就炸碎他？」

「她下得了手。」

「我相信她辦得到。」貝金的理論就和被擄的夏雅逃兵一樣破綻百出，但我不想將自己所知的細節告訴這名女子。「我想，你對班克勞夫特本人毫無感覺吧？無論感覺是好是壞。」

她又露出微笑。「我是個妓女，科瓦奇先生。也對此很拿手。厲害的妓女會感覺到客戶要她們感受的事。沒有空間容納其他情感了。」

「妳是在告訴我，自己能輕易關閉感情？」

「你是說你辦不到嗎？」她駁斥。

「好吧，羅倫斯·班克勞夫特要妳感覺什麼？」

她停了下來，緩慢地面對我。我感到相當不安，彷彿自己剛打了她一記耳光。隨著回憶，她的臉孔流露出面具般的神情。

「有如畜生的遺棄感。」她終於開口：「接著是卑微的感激。他停止付我錢後，我就完全感受不到了。」

「那妳現在感覺到什麼？」

「現在嗎？」莉拉·貝金望向海面，彷彿在測試微風的溫度吹拂內心的感覺。「現在我什麼都感覺不到，科瓦奇先生。」

「妳同意和我見面，一定有某種理由。」

貝金不耐煩地揮手。「是巡佐找我來的。」

「妳真是急公好義。」

女子的目光回到我身上。「你知道我流產後的事嗎？」

「我聽說妳收錢保密了。」

「沒錯。聽起來很糟，不是嗎？但現實就是如此。我收了班克勞夫特的錢，並保持緘默。那是一大筆錢，但我可沒忘記自己的出身。我一年還會回奧克蘭工作兩三次，也認識現在在肉架工作的女孩們。奧特嘉巡佐在那裡的名聲很好，很多女孩都欠她人情——可以說我是在還人情債。」

「對米麗安・班克勞夫特的報復與此無關嗎？」

「什麼報復？」莉拉・貝金又發出尖酸的竊笑。「巡佐要求，所以我才給你資訊。你不可能對米麗安・班克勞夫特做出任何事。她是瑪士，沒有人能碰她。」

「沒有人毫無弱點，即便瑪士也如此。」

貝金悲傷地看著我。

「你不是本地人。」她說。「我看得出來。」

貝金的電話透過一名加勒比連線掮客轉接，虛擬時間則是跟某個唐人街論壇供應商租來的。**「便宜，」**奧特嘉連線時告訴我，**「可能和其他地方一樣毫無安全性。班克勞夫特想要隱私，在保密系統上砸了五百萬。至於我，就會去沒人偷聽的地方。」**

地方同樣窄小，被擠在中式塔型銀行和充滿霧氣的餐廳前廊之間，空間相當稀少。得走上一道狹窄的鋼製階梯，和一道連在中式高塔中段屋翼的網格走道，才能抵達接待室。占地七或八平方公尺的豪華融合矽質地板被壓在廉價的玻璃帷幕後，該處作為客戶的等待區，也提供了自然光與彷彿從退役的噴射客機上拔下的兩張座椅。座位旁有個老邁的亞洲女子，坐在一堆書記設備後，大部分設備似乎都已經被關閉，也擋住了一道導向建築內部的階梯。底下，髮夾型的走廊堆滿電纜導管和管線。走廊每處都擠滿了服務包廂的門板。電極長椅以垂直角度裝設在包廂中，以便增加地板空間，包廂周圍則圍繞了閃爍著光線又積滿灰塵的儀器面板。你將自己在座位上繫好、接上電極，然後在長椅扶手上輸入在接待處拿到的密碼，機器就會啟動並運走你的心智。

從海灘虛擬實境的開闊地平線回到現實，令人感到十分衝擊。我一張開眼睛，看到頭頂的儀器，就短暫地想起哈蘭世界。十三歲的我首次使用色情程式後，醒在虛擬遊戲機中。在低比率的論壇裡，兩分鐘的真實時間，使我能體驗和兩名有著充氣般乳房的女伴玩一個半小時；比起真正的女人，她們的身體更接近卡通比例。場景是充滿糖果香味的房間，裡頭放了粉紅色的軟墊和人工皮草地毯，以及放映出低解析度城市夜景的窗戶。當我開始和幫派廝混，也賺了更多錢後，影像比率和解析度就開始上升，情境也變得更富想像力，但唯一不變的，則是你事後從棺材般的擁擠小空間中回到現實時，嗅到的老舊氣味與皮膚上電極的黏著感。

「科瓦奇？」

我眨了眨眼，向繫帶伸手。我努力擠出包廂，發現奧特嘉已經在布滿纜線的走廊中等我了。

「你覺得如何？」

「我想她滿口廢話。」我舉起雙手，阻止奧特嘉發脾氣。「不，聽好了，我相信米麗安·班克勞夫特非常可怕。我毫不反對，但起碼有五十個理由能使她脫離嫌疑。奧特嘉，妳甚至還為她測謊過。」

「對，我知道。」奧特嘉跟著我沿走廊走。「但我在思考這點。你知道，她自願接受測謊……我是說，儘管這是證人的必經程序，但我一到達案發現場，她就立刻要求測謊。她沒裝成哭泣的愛妻，一滴淚都沒流，就登上前來的飛艇，要求測謊。」

「所以呢？」

「我在思考你對魯瑟佛玩的把戲。你說就算他們在對你測謊時用出那招，你也不會被識破，然後——」

「奧特嘉，那是特使的特訓能力，是純粹的心靈規範，並非物理能力。妳無法在義體市場（SleeveMart）買到這種東西。」

「米麗安．班克勞夫特穿戴的是最頂級的中村義體，他們用她的臉孔和軀體來賣這些產品——」

「中村做得出能瞞過警方測謊機的產品嗎？」

「檯面上沒有。」

「所以啦——」

「別說蠢話。你沒聽過客製化生物化學裝置嗎？」

我停在引向接待處的階梯底端，搖搖頭。「我不相信。用只有她和她丈夫能取得的唯一武器殺死丈夫，沒人那麼笨。」

我們走上樓梯，奧特嘉跟在我身後。

「想想看，科瓦奇。我並非指這是預謀——」

「那遠端儲存呢？這是毫無道理的犯罪——」

「我也不是說這件事充滿理性，但你得——」

「一定是某個不知道——」

「幹！科瓦奇！」

奧特嘉的音量高了八度。

我們已經走入接待區。左邊還有兩名客人在等，是一對正在對一個大紙包裹展開熱烈討論的男女。我則用環場視線注意到右邊出現原本不該有的紅光。我看到了血。

年老的亞洲招待員死了，喉嚨被某種閃著金屬光芒的物體割開，凶器還深深地扎在頸部傷口中。她的頭靠在面前桌上、由自己的鮮血形成的閃亮血泊中。

我的手迅速伸向涅米槍。在我身旁，則傳來奧特嘉將第一枚子彈送入史密斯威森手槍中的喀嚓聲——我轉向兩名等待中的顧客和他們的紙包裹。

時間如夢境般緩慢消逝。神經化學系統使一切變得相當緩慢，在我視線中，往地面掉落中的物品有如秋季落葉般緩速落下。

包裹裂了開來。女子握著小型桑杰槍，男子則拿著機關手槍。我掏出涅米槍，從臀部高度開始射擊。

連結網格走道的門被踢開，有另一個人站在門口，雙手各握著一把手槍。

我身旁響起奧特嘉的史密斯威森手槍的轟鳴，像倒帶畫面般將新來者轟回門外。

我的第一發子彈打穿了女子座位的靠頭器，往她身上灑了一堆白色墊料。桑杰槍滋滋作響，激光掃射出來。第二發子彈打爆了她的頭，將白色棉料染成紅色。

奧特嘉憤怒地大喊。我的環場視線告訴自己，她還在往上開火。我們上空某處，她的子彈打碎了玻璃。

機槍手掙扎著站起身。我注意到對方合成義體的無神五官，朝他發射了兩發子彈。他蹣跚地往後撞上牆面，依然舉著槍——我撲向地板。

我們頭頂的弧狀帷幕朝內部垮了下來。奧特嘉喊了某句話，我往旁邊一滾，一具軀體柔若無骨般地滾到我身旁數呎處。

機關槍漫無目標地掃射。奧特嘉再次大喊，在地板上壓低身子。我滾到女子屍體的大腿上，再次對合成人開槍，連續開了三次火。對方的槍聲瞬間停止。

一陣寂靜。

我把涅米槍左右晃晃，瞄準房間的四個角落和前門，以及上頭被砸碎的帷幕的銳利邊緣。什麼都沒有。

「奧特嘉？」

「我沒事。」她趴在房間另一側，用一隻手肘撐起自己。她嗓音中有種緊張感，和她說的話完全不同。我搖搖晃晃地起身，走到她身旁，腳踩在碎玻璃上。

「哪裡會痛？」我問道，一面蹲下扶起她。

「肩膀。該死的婊子用桑杰槍打中我了。」

我收起涅米槍，看向傷口。光束在奧特嘉背後的夾克上留下一道又長又斜的燒痕，燒穿了左墊肩的頂部。墊肩底下的皮肉被烤熟，傷口中央的細線則深及骨頭。

「真幸運。」我故作輕鬆地說。「如果妳沒臥倒，頭部就遭殃了。」

「我沒臥倒，我是摔倒了。」

「也很好——妳想站起來嗎？」

「你覺得呢？」奧特嘉用沒有受傷的手臂撐起自己的身體，接著站起身。當夾克摩擦到傷口時，她的臉色就黯淡下來。「**幹**，真痛。」

「我想門口那傢伙也會這麼說。」

她靠著我，瞪了過來，雙眼離我只有幾公分。我對上她的目光，接著她發出如日出般的和藹笑聲。她搖搖頭。

「老天呀，科瓦奇，你真是病態的渾蛋——是特使軍團教你們在槍戰後開玩笑，還是只有你這樣？」

我帶她走向出口。「只有我。來吧，讓妳呼吸點新鮮空氣。」

我們身後，突然一陣騷動。我往後一轉，發現合成義體坐直了身子。它的頭已被打得毀容，我最後一發子彈撕裂了它的側頭部，它握槍的右手則不斷痙攣，右手臂僵硬又沾滿鮮血，但另一隻手則正在伸展，手握起拳頭。合成人跌撞上椅子，將自己調整好姿勢，拖著右腿向我們衝來。

我抽出涅米槍瞄準它。

「戰鬥結束了。」我建議道。

鬆垮的臉孔對我一笑。它又踏了一步。我皺起眉頭。

「看在老天份上，科瓦奇——」奧特嘉摸索著自己的武器。「解決它！」

我開了一槍，子彈將合成人往後彈向布滿碎玻璃的地板。它又扭動了幾下，接著停止動作，但依然沉重地呼吸著。我訝異地看它時，它嘴裡就發出喀喀笑聲。

「夠了。」它咳嗽起來，接著繼續發笑。「呃，科瓦奇？他媽的夠了。」

對方的話語讓我愣了一秒鐘，接著我轉身衝向門口，也拖著奧特嘉。

「什——」

「出去！他媽的出去！」我把她往前推出門，抓住外頭的鐵欄。死亡的槍手扭曲地倒在前方。我又推了奧特嘉一次，她尷尬地躍過屍體。我隨後用力關上門，拔腿就跑。

就在我們幾乎要抵達網格走道盡頭時，身後的弧狀帷幕就炸了開來，化成一堆玻璃與鋼鐵碎片。我聽見身後的門從鉸鏈上被炸飛，而後，衝擊波就把我倆像廢棄的外套般拋出，使得我們從階梯摔上街頭。

第二十二章

晚間，警方看來較有氣勢。

首先，閃光燈在所有人臉上投射出戲劇化的色彩，嚴肅的神情上交替亮著鮮紅色與暗藍色的光芒。接著是夜空中的警鈴聲，就像往城市底層急速下降的電梯，以及通訊設備發出的沙沙聲，聽起來輕快又神祕；被微光照亮的魁梧身影來來去去，也傳出神秘兮兮的悄聲交談，執法單位科技設備讓路人不斷地駐足圍觀，周圍卻也沒有其他事發生，使得事發現場空無一人。除此之外，可能沒有任何特點，但人群依然會在旁觀看好幾小時。

平日早上九點，則完全不同。好幾臺飛艇回應了奧特嘉的呼叫，但難以在城市的喧鬧聲中注意到它們的燈光與警鈴。穿著制服的員警將案發路障裝在街頭兩側，將顧客引導出附近店家，同時奧特嘉則說服銀行的私人保全不要把我當成爆炸案的同夥逮捕——明顯地，恐怖分子的人頭有懸賞金。一小群人聚集在幾乎隱形的路障微光外，但感覺大多是想通過的憤怒路人。

我坐在對街路肩，對此毫不理睬，兀自檢查著自己從網格走道掉到街頭時所受的皮肉傷。大多是瘀青與擦傷。論壇供應商接待區的形狀使衝擊波直接穿過屋頂，因此大部分碎片也飛往那方向。我們很幸運。

奧特嘉離開聚集在銀行外的大批制服員警，跨過街道走向我。她脫下夾克，肩傷上有道長長的組織黏合膠正在凝結。她一手拿著肩上的槍套，雙乳則在白T恤的微薄棉料下晃動，T恤上寫了**「你有權保持緘默——何不保持安靜？」**的字樣。她在我身旁的路肩上坐下。

「鑑識組要來了。」她語氣平淡地說道。「你覺得我們可以從廢墟中找到什麼嗎？」

我望向冒煙的弧頂廢墟，搖搖頭。

「裡頭有屍體，可能還有完好無缺的暫存器，但那些人都是當地的街頭打手。他們會說是合成人雇用自己，酬勞可能只是一人六小瓶四式冰毒。」

「對，他們的手段很粗糙，不是嗎？」

我感到自己的嘴唇露出淺笑。「大概吧。但我不認為他們是被派來抓我們的。」

「只需要拖到你朋友爆炸，對吧？」

「也許吧。」

「在我看來，引爆器被連到他的生命跡象上，是嗎？你一殺掉他，碰——他就和你同歸於盡。順便帶上我，還有廉價的幫手們。」

「一併消除他的暫存器和義體。」我點頭。「真方便，對嗎？」

「所以是出了什麼錯？」

我心不在焉地揉著眼下的疤痕，「他高估了我。我應該要立刻殺死他才是，但我射偏了。當下他可能會自殺，但我在試圖阻止機關手槍時打傷了他的手臂。」在我腦海中，手槍從張開的手中掉落，滾過房間。「也把槍打離了他。他聽見我們要離開時，肯定躺在那裡，企圖尋死……我真想知道他用的是哪種義體。」

「無論他是誰，製造商都可以找我為產品背書。」奧特嘉愉快地表示。「也許鑑識人員還有碎片可以調查。」

「妳知道對方是誰吧？」

「他叫你科瓦——」

「是凱德敏。」

我們間出現短暫的靜默。我望著由穹頂飄出的煙霧。奧特嘉吸了口氣，隨之吐氣。

「凱德敏還在儲存庫裡。」

「不在了。」我側眼看她。「妳有香菸嗎？」

她一語不發地把菸盒遞給我。我甩出一根菸，塞進嘴角，再把點火板移到香菸末端一劃——深深地抽了一口。這一連串動作流暢地進行，多年舊習如同需求性指令般迅速重演，不須動腦。煙霧飄入我的肺，就像舊愛在回憶中使用的香水。

「他認識我。」我吸了口菸。「他也懂奎爾派的知識。『他媽的夠了』是一位名叫伊菲·德米的奎爾派游擊隊員，在哈蘭世界的未殖民時代受凌虐致死時說的話。她身上安裝了體內爆炸物，炸毀了整棟建築……聽起來很熟悉嗎？在我們認識的人之中，有誰能像米爾斯波特當地人一樣說出奎爾引言？」

「他在該死的儲存庫裡，科瓦奇。你無法把某人移出儲存庫，卻沒——」

「卻沒使用人工智慧。透過人工智慧就能辦到。我見過先例。欽慕星上的核心處理器對我們的戰犯做過同樣的事。」我彈了一下手指。「就像把象魟從產卵的珊瑚礁上釣走。」

「這麼容易嗎？」奧特嘉語帶諷刺地說。

我吸入更多煙霧，不理睬她的話語。「妳記得我們和凱德敏在虛擬實境裡時，天空出現的閃電效果嗎？」

「沒看到……不，等等，有。我以為那是當機。」

「不是。閃電碰到他了，光芒從桌上反射出來。當時他發誓要殺死我。」我轉向她，露出令人不適的笑容。記憶中，凱德敏在虛擬實境裡的外貌清晰又可怕。「妳想聽哈蘭世界第一代移民口中的一個傳說嗎？來自外星球的童話故事？」

「科瓦奇，就算是人工智慧，它們也需要——」

「要聽故事嗎？」

奧特嘉聳聳肩，畏縮了一下，點頭。「好。我可以拿回香菸嗎？」

我把菸盒拋給她，等她點燃香菸。她往街頭吐出煙霧。「快說吧。」

「好。在我的老家紐佩斯特，曾經有一座出產紡織品的城鎮。哈蘭世界有種植物叫做貝拉草（belaweed），它生長在海中，大多數海岸邊都有。把它曬乾，再加上化學藥劑，就能提煉出類似棉花的物質。在殖民時期，紐佩斯特是哈蘭世界的貝拉棉（belacotton）出口首都。當時磨坊中的情況很糟，當奎爾派分子顛覆一切後，狀況就益發惡化。貝拉棉工業逐漸衰退，出現了失業大潮，與無法改善的貧困；而其他反殖民者（Unsettler）根本無計可施——他們是革命分子，不是經濟學者。」

「老調重彈的問題，是吧？」

「嗯，確實是陳腐老調。當時從紡織業貧民窟中傳出了不少可怕故事。像是打穀精（Thrashing Sprites），和北野街食人魔（Cannibal of Kitano Street）。」

奧特嘉吸了口菸，睜大雙眼。「真有趣！」

「對，這個嘛，那是個糟糕的時期。你會聽說女裁縫瘋狂路德米拉（Mad Ludmila）的故事。這是大家常說給小孩子聽的故事，用來逼他們做家事和在天黑前回家。瘋狂路德米拉有座衰敗的貝拉棉磨坊，還有三個從來不幫她忙的孩子。他們經常在外頭待到很晚，在鎮上到處玩遊戲機，或是整天睡覺。所以有一天，路德米拉爆發了。」

「所以她一開始沒瘋？」

「不，只是有點壓力。」

「你叫她瘋狂路德米拉。」

「那是故事的名稱。」

「但如果她一開始沒瘋——」

「妳到底要不要聽故事？」

奧特嘉嘴角上揚。她揮了揮香菸，示意我繼續。

「**於是**，某天晚上，當她的孩子們準備出門時。她在他們的咖啡裡下了藥，等他們意識模糊，神智卻還清醒時，聽好了，她就把孩子們載到米切姆海角（Mitcham's Point），一個接著一個地將他們拋進打穀機。據說，即使沼澤對岸也能聽見慘叫。」

「嗯哼。」

「當然，警方很懷疑——」

「真的嗎？」

「——但他們無法證明任何事。有些孩子迷上糟糕的毒品，或和當地日本黑道廝混，所以當他們失蹤時，沒人會感到訝異。」

「這個故事有重點嗎？」

「有。聽好，路德米拉除掉了她沒用的孩子們，但狀況並沒有改善。她還是需要人手幫她處理調製槽，和從海中拉起貝拉草，再搬下樓；而且她依然很窮——所以她做了什麼？」

「我想，是某種血腥的事吧。」

我點頭。「她把被攪爛的孩子碎片從打穀機中撿出來，將它們縫製成一具三公尺高的屍首。接著，在充滿黑暗力量的一晚，她召喚了一隻天狗——」

「……一隻什麼？」

「天狗。一種惡作劇妖怪，我猜妳也可以說是惡魔。她召喚天狗讓死屍復活，又將天狗縫進屍體內。」

「什麼，趁對方不注意嗎？」

「奧特嘉，這是童話故事。她把天狗的靈魂縫了進去，但她保證，如果天狗遵從她的命令九年，她就釋放對方。在哈蘭宗教文化中，九是個神聖的數字，所以她和天狗一樣受到諾言制約。不幸的是——」

「啊。」

「——眾所皆知，天狗沒有耐心，我也不覺得老路德米拉是個好相處的上司。有一晚，合約期還沒滿三分之一時，天狗就背叛了她，將她撕成碎片。有些人說這是岸本神（Kishimo-jin）的作為，祂在天狗耳邊悄聲說出可怕的煽動話語——」

「岸本啥？」

「岸本神，祂是孩童的守護女神。這是祂為路德米拉的孩子們所進行的復仇。這是其中一個版本的說法，還有另一個——」我從眼角瞥見奧特嘉不耐煩的神情，只好加快速度。「好吧，總而言之，天狗撕裂了她，但因此受制於咒語，也受到詛咒，被囚禁在屍體中。由於原本的施咒者已死，更糟的是，路德米拉還遭到背叛，屍體便開始腐敗。軀殼開始四處剝落，無法控制。因此，天狗被迫在紡織區街頭和磨坊出沒，找尋新鮮的肉體來取代身上腐爛的部位。牠總是殺死孩童，因為需要替換的部分都是孩童的尺寸，但無論牠多少次將新的血肉縫上屍體——」

「牠學會縫紉啦？」

「……天狗多才多藝。無論牠替換了身體部位多少次，幾天後新部位就會開始腐化，迫使牠再度出外狩獵。當地人叫牠拼布人。」

我陷入沉默。奧特嘉安靜地讓嘴形成O型，並緩緩吐出煙霧。她看著煙霧消散，轉向我。

「是你媽告訴你這故事的嗎？」

「我爸。我當時五歲。」

她望向菸屁股。「真好。」

「不，他並不是好人——但那是另一段故事了。」我起身，看向其中一個擠滿人群的路障。「凱德敏在外頭，而且失控了。無論他之前為誰工作，現在他已經自己作主了。」

「他怎麼辦到的？」奧特嘉無奈地攤開雙手。「好，人工智慧有可能鑽進海灣市警局的警用暫存器，我相信。但我們談的是微秒入侵。比那瞬間長的入侵時間，都會讓這裡到沙加緬度的警鈴為之大響。」

「它只需要微秒。」

「但凱德敏**不在**暫存器裡。他們得知道他何時會被載入，也需要門路。他們需要……」

她在明白時停了下來。

「我。」我幫她說完。「他們需要我。」

「但你——」

「我得花時間釐清頭緒，奧特嘉。」我把菸蒂彈入水溝，並在嘗到口中的苦味時拉下臉來。

「今天，也許還需要明天。去檢查暫存器吧。凱德敏不見了。如果我是妳的話，這陣子就會保持低調。」

奧特嘉露出苦澀的神情。「你要我在自己的城市裡臥底？」

「我沒有要妳做任何事。」我掏出涅米槍，將半空的彈匣彈出，動作幾乎和抽菸一樣不需思考。我將彈匣放入夾克口袋，「我要解釋目前的情況。我們需要在某處見面，不能是罕醉克斯飯店，也不能是任何妳會被追蹤到的地點。別告訴我——只要寫下地點就好。」我對路障外的人群點頭。「那裡如果有人裝了不錯的植入裝置，就能聚焦、放大我們的談話。」

「老天爺。」她鼓起雙頰。「這是科技疑心病啊，科瓦奇。」

「別跟我談這個，我以前就是幹這行的。」

她想了一下，拿出一枝筆，在菸盒旁寫字。我從口袋拿出新彈匣，插進涅米槍，雙眼依然掃視著人群。

「拿去吧。」奧特嘉把菸盒拋給我。「那是機密地點的密碼。在海灣市裡任何計程車中輸入密碼，就能抵達了。我今晚和明晚都會去。之後，一切就恢復正常。」

我用左手接住菸盒，迅速看了眼數字，就把菸盒放進口袋。接著，我把涅米槍的滑蓋闔上、將第一發子彈上膛，再把手槍塞回槍套。

「等妳檢查過暫存器後再告訴我。」我說，開始走路。

第二十三章

我往南方走。

我頭頂的自動計程車在車潮中來來去去，滿是程式設定好的高效率，偶爾會降落地面，企圖招攬客戶。車潮頂端的天氣不斷改變，灰色的雲朵從西邊急速飄來；我抬頭時，偶爾還有雨水滴落在臉上。我沒有搭計程車。**「採取原始方法。」**維吉尼亞．維達奧拉會這樣說。被人工智慧鎖定時，你唯一的希望，就是離開電子世界。當然了，在戰場上比較容易做到，因為到處都有能供躲藏的泥巴和混亂場面。在未受轟炸的現代都市中，這類型的閃躲行動就成為後勤的惡夢。每座建築、每臺載具、每條街道都被記錄在網路中，你每項提款交易也都會讓你成為資料獵犬的目標。

我發現一臺破爛的提款機，用它補滿了那疊變薄的塑膠鈔票。接著我往後走了兩個街區，往西邁進，直到發現一個公共電話亭。我在口袋中摸索，找到了一張電話卡，再從腦海中喚起電話號碼，隨即撥號。

機器上沒有顯示影像，沒有連線訊號音——這是內部線路。螢幕一片空白，發出簡短的聲音。

「你是誰？」

「妳把自己的名片給我，」我說：「以防重大事故發生。好吧，看來目前有某件我們得好好談的事了，醫生。」

她吞口水時，我聽得到明顯的咕嚕聲；只響了一次，接著她冷靜的嗓音再度浮現。「我們得見面。我猜你不會想來監獄吧。」

「沒錯。妳知道紅橋嗎？」

「它叫金門大橋。」她冷淡地說。「是，我知道。」

「十一點在那碰面。北向車道。獨自過來。」

我掛掉電話，再度撥號。

「班克勞夫特居所，請問你找誰？」一名穿著嚴謹的女子在語音撥出後，一秒便出現在螢幕上，髮型和安基恩・強德拉的飛行員髮型一模一樣。

「請接羅倫斯・班克勞夫特。」

「班克勞夫特先生正在開會。」

這讓事情更簡單了。「好。等他有空，請妳告訴他，武・科瓦奇打來過。」

「你想跟班克勞夫特太太說話嗎？她留下指示——」

「不用。」我迅速回應。「不需要。請告知班克勞夫特先生，我要離開幾天，但會從西雅圖聯絡他。就這樣。」

我切斷連線，並檢查手錶。離我前往橋上的時間還有一小時四十分。我準備去找間酒吧。

我被儲存，備份，還是五段高手
毫不懼怕拼布人

來自我童年回憶深處的兒歌片段出現在腦海中。

但我害怕。

我們抵達前往橋墩的道路時，雨水尚未落下，然而烏雲依然匯集在空中，擋風玻璃上也只沾了少許沉重的雨滴，無法觸發卡車的雨刷。我透過爆開的模糊雨滴，看著前方逐漸浮現的鐵鏽色建築，明白自己鐵定會淋溼。

橋上沒有車流。鐵塔像某種巨型恐龍的骨架般，高高架在荒涼的柏油道路與路旁積滿不明垃圾的路肩網格走道上。

「慢下來。」在經過第一座塔時，我對同伴說道，沉重的車輛則忽然以強大的力道剎車。「放輕鬆，我告訴過你，這個工作毫無風險。我只是來與某人見面。」

植皮·尼可森（Graft Nicholson）從駕駛座對我投以睡眼惺忪的眼神，嘴裡還飄出一股陳年酒臭味。

「好，當然。你每週都給司機這麼多錢，對吧？隨便從敗亡鎮酒吧裡挑人做慈善？」

我聳聳肩。「隨你怎麼想，放慢速度就好。等你讓我下車後，你想開多快就多快。」

尼可森搖了搖髮絲雜亂的頭。「這件事很糟，老兄——」

「那裡。有人站在走道上，在那裡放我下車。」前方的鐵欄邊有個人影，看似在欣賞海灣景色。尼可森專注地皺起眉，駝起過大的肩膀，他可能就是因此部位而得名。破爛的卡車平緩地滑行過兩條車道，但過程不太平順，並在右邊的柵欄突然停下。

我跳下車，四處觀察是否有路人；我沒看到任何人，便爬回開啟的車門內。

「好了，聽著。我至少要花兩或三天才會抵達西雅圖，所以你得躲在城市資料暫存器推薦的第一間旅館內，在那裡等我。現金付款，但用我的名字登記房間。早上十點到十一點間我會連絡你，所以那段時間中你得待在旅館內。其他時間，你愛做什麼都可以。我想我給你夠多錢了，不會讓你無聊。」

植皮．尼可森露出心知肚明的露齒笑容，讓我為那週在西雅圖風化業工作的人感到有些難過。

「別擔心，老兄。老植皮知道如何用奶子打發時間。」

「那就好。別玩得太過頭，我們可能需要迅速離開。」

「好，好。那剩餘的現金呢，老兄？」

「我說過了。等我們完事，你才拿得到餘額。」

「那如果你三天內沒出現呢？」

「那樣的話，」我和善地說，「我就死了。那樣的話，你最好躲個幾週。他們不會浪費時間找你。他們找到我，就開心了。」

「老兄，我不覺得我——」

「你沒事。三天後見了。」我跳回地面，用力關上卡車車門，在上頭敲了兩下。引擎再度啟動，尼可森倒車回到車道中央。

我看著他離去，短暫地思索他會不會去西雅圖。畢竟，我給了他一大筆錢，就算我答應在他遵守指示的情況下，支付他第二筆款項，他仍然可能加速開回海岸某處，直接回到我發現他的酒吧裡。或者他可能變得緊張兮兮，坐在旅館中等人敲門，並在三天內逃跑。我無法因這些潛在性的背叛責怪他，因為我自己也不會想出現。隨便他幹嘛，我都無所謂。

在系統性躲避時，你必須先打亂敵人的認知，維吉尼亞在我耳邊說。盡量在維持工作效率時製造干擾。

「那是你朋友嗎，科瓦奇？」醫生走到路障邊，望向遠去的卡車。

「我在酒吧裡碰上他的。」我老實地說，一面爬過路障，翻到她身邊。我面前的景象，和抵達本地那天，克提斯將我從日觸宅邸載回來時一樣。在雨水落下前的黯淡光線中，海灣市的空中交通像群螢火蟲般地於空中閃爍。我瞇起眼，看見惡魔島的外觀細節，與賽查科技建築的灰色牆面和橘色窗戶。奧克蘭則位於彼端。我背後則是開闊的海域和往南北延伸的一公里空蕩橋面。在確定沒有任何戰略性拋射武器能在這裡突襲我後，我就轉身面對醫生。

「怎麼了？」我輕輕地問。「受到醫德譴責了嗎？」

「那不是我——」

「我知道。妳只是簽署了釋放合約，再假裝視而不見吧。所以，是誰？」

「我不知道。」她情緒浮動地說。「有人來見蘇利文。使用的是人工義體。我想，是亞洲人。」

我點點頭。是崔普。

「蘇利文的指示是什麼？」

「將虛擬網路定位器安裝在皮質暫存器與神經介面之間。」談到臨床細節，似乎給了她勇氣，她的聲音再度變得穩定。「我們在你被運來的前兩天進行手術。透過顯微手術，沿著原有的暫存器切入溝剖開脊椎，再用移植組織接上裝置。在虛擬環境外，無法被任何掃描器發現。你得使用全身神經電流掃描才能找到它……你怎麼猜到的？」

「我不用猜。有人利用它定位，將一名職業殺手移出海灣市警用拘留暫存器。這算是幫助與教唆罪，妳和蘇利文起碼都得坐幾十年牢。」

她迅速抬頭，望向空無一人的橋面。「若是如此，警方為何沒來？科瓦奇先生？」

我想到那些肯定和我一起來到了地球的犯罪紀錄與軍方紀錄，以及和做過文件上那些事的人獨自站在一起的感覺——她得花多少勇氣，才敢獨自來到這裡？一股不情願的笑容緩緩浮現在我嘴角。

「好吧，我很佩服妳。」我說。「現在告訴我，如何關掉這該死的裝置。」

她嚴肅地看著我，雨水開始落下。沉重的雨滴打溼了她外套的肩膀處。我也感覺雨水流進頭髮。我倆抬起頭，我咒罵了一聲。一秒之後，她就走到我身邊，壓下大衣一側翻領上的厚重別針。我們頭頂的空氣閃爍起來，接著雨水就停止落在我身上。我再度抬頭，看見雨水在我們頭頂的反制力場所形成的弧頂上爆開。我們腳邊的道路布滿黑色的溼痕，接著一片黯淡，但我們腳邊的神奇圓圈則乾燥無比。

「要移除定位器，就需要進行和安裝時同樣的顯微手術。這的確辦得到，但必須使用裝備齊全的顯微手術室。使用任何低階設備，都可能毀損神經介面，或脊椎神經管。」

我稍微挪動了一下，對我們之間的距離感到不適。「好，我想也是。」

「嗯，那你可能也**想過**，」她模仿著我的語氣，「你也能輸入干擾訊號或鏡像編碼到暫存器接收裝置裡，關閉廣播憑證。」

「前提是得有原本的憑證。」

「的確，得有原本的憑證。」她把手伸入口袋，拿出一片小塑膠磁碟，將它在手上握了一下，然後把磁碟遞給我。「現在你有了。」

我接過磁碟，質疑地盯著它。

「這是真貨。任何神經電子診所都能證明，如果你不信，我可以推薦——」

「妳為何要為我做這種事？」

這次她毫不畏縮地對上我的目光。「我不是為了你，科瓦奇先生。我是為了自己。」

我等了等。她將目光轉開了一下，望向海灣彼端。「我對貪腐並不陌生，科瓦奇先生。沒人在司法機構工作很久後，還認不出幫派分子。那名合成人相當獨特，打從我在海灣市的任期開始，蘇利文典獄長就一直和這些人有來往。警方司法權在我們門外就得止步，公家機關的薪水也不夠高。」

她回頭看我。「我從未接受這些人的賄賂，一直到現在，也沒有幫助過他們。但同樣的，我也沒有與他們對立過。很容易讓自己埋首於工作，並假裝對當前局勢一無所知。」

「『人眼是精巧的裝置。』」我心不在焉地引用《詩集與其他搪塞之語》，「『只要稍作努力，它就能無視於最顯眼的不義事件。』」

「非常恰當的說法。」

「這不是我想出來的。所以妳怎麼會進行手術？」

她點頭。「我說了，目前為止，我都避免與這些人有實際接觸。蘇利文將我安排到異星義體安裝部（Offworld Sleeving），因為那裡沒什麼要務，而他得償還的人情債也都來自當地。這對我們兩人來說都較為方便。從這點看來，他是個好主管。」

「可惜我出現了。」

「對，這導致了一個問題。他知道，如果我被調出安裝過程，轉由比較聽話的醫療人員代替的話，情況看起來就很怪異，他也不想製造騷動。明顯地，這是**某件大事**。」她在這個字眼上用了和剛剛嘲諷我一樣的語氣。「這些人和高層有關，所以一切都得平穩地進行。但他不笨，也早已為我準備好了一個合理的藉口。」

「什麼？」

她又坦率地看了我一眼。「你是個危險的精神病患，是發狂的殺人機器。因此，無論什麼理由，讓你毫無控制地在資料串流中遊蕩都不是好主意。一等你離開真實世界，就無從得知你究竟透過針刺傳輸被送到哪——我相信了他的說法。他讓我看軍方為你保留的紀錄。噢，他並不笨，一點都不。傻的是**我**。」

我想起莉拉・貝金，與我們在虛擬海灘上談到的精神病患話題，以及我當時輕浮的回應。

「蘇利文不是第一個說我是瘋子的人。妳也不是第一個相信的。特使軍團，嗯，這……」我聳聳肩，移開目光。「這是一種標籤，使大眾能接受的簡化說詞。」

「他們說你們有很多成員變節。據說保護國內百分之二十的嚴重罪行都是由叛逃的特使所犯下，真的嗎？」

「比率嗎？」我盯著雨水。「我不知道。外頭有很多我們的成員，沒錯。當你從軍團中退役後，就沒什麼事可做。無人會讓你擔任任何可能帶來權力或影響力的職位。在大多數星球上，你也被禁止從事公職。沒人信任特使，意味著無法升官、無法成功、無法借貸，也沒有信用。」

我轉回去面對她。「我們受訓的內容太過接近犯罪，兩者幾乎沒有差別。只是犯罪容易了點。妳可能知道，大多數罪犯都很笨。和特使軍團相比，犯罪組織簡直像是兒童幫派。我們很容易得到尊重。而當你人生中最近十年都花在進出不同義體，和待在暫存器裡發閒，並活在虛擬實境中後，執法單位的威脅就沒那麼可怕了。」

我們倆沉默地站了一會。

「我很抱歉。」她最後說道。

「沒關係。任何讀過我檔案的人都會——」

「我不是那個意思。」

「噢。」我往下看看手中的磁碟。「好吧，如果妳想贖罪的話，我想妳已經成功了。相信我，沒有人毫無罪孽。唯一能讓妳維持純淨的地方，只有暫存器裡了。」

「對，我知道。」

「嗯。我還想知道一件事。」

「什麼事？」

「蘇利文人在海灣市中央監獄嗎？」

「我離開時，他還在那。」

「今晚他什麼時候離開？」

「通常是七點。」她抿起雙唇。「你要做什麼？」

「我要問他一些問題。」我老實地說。

「如果他不回答呢？」

「就像妳說的，他並不笨。」我把磁碟放入口袋。「多謝妳的幫忙，醫生。我建議妳今晚七點不要去監獄。再次謝謝妳。」

「我說了，科瓦奇先生，我是為了自己。」

「我不是那個意思，醫生。」

「噢。」

我輕輕地握了一下她的手臂，離開她身邊，踏入雨中。

第二十四章

被坐了數十年後，木製長椅的表面已經被磨出舒適的臀型凹陷，扶手也有類似的效果。我讓身體貼上這曲線，把靴子擺上長椅一端，靠近我正在觀察的房門，並坐下來欣賞刻在木板上的塗鴉。在跨越市區的漫長路程中，我全身都被淋溼，但大廳被加熱，雨水也無力地打在位於我頭頂高處、傾斜屋頂的透明長板上。過了一陣子，其中一具犬隻大小的清潔機器人，就將我留在焊接玻璃地板上的泥濘腳印擦掉。我慵懶地看著它，直到打掃完成，我走向長椅的證據也完全消失。

若我電子世界中的足跡也能這樣被抹去就好了，但那種逃脫方式只屬於其他時代的傳奇英雄。

清理機器人離開，我將目光轉回塗鴉上。上頭大多是亞美聖公文或西班牙文，充斥著我在上百個類似地點看過的老笑話：**「Cabron Modificado!」**[6]與**「沒有義體的假期！」**和老套的**「道地改造人在此！」**但長椅靠背板上頭的顛倒刻痕，則像是處在怒火與傲慢中的內斂冷靜，上頭以漢字寫出了一首特別的俳句：

套上他人手套般的新肉體
再度燃燒自身手指。

作者在將這段話刻入木板時，他一定是後趴在長椅上，但每個字都被細心地刻下。我可能看了這些字很長一段期間，哈蘭世界的回憶在我腦中如同高壓電纜般發出嗡鳴。

我右手邊忽然傳來哭聲，讓我從白日夢中驚醒過來。一名年輕的黑人女子，以及她兩個同樣黑皮膚的孩子，正望向面前穿著過大聯合國破爛迷彩服的白人男子。家人重逢，年輕女子神情震驚，她還沒接受事實；而不到四歲、年紀較小的孩子，則完全搞不懂發生了什麼事。她盯著白人看，口中不斷重複同樣的問題：**「爹地在哪？爹地在哪？」**男人的五官，透過屋頂雨水流洩而下的微光，閃爍著——他彷彿從儲藏槽被拉出來後，就不斷哭泣。

我轉頭望向大廳空曠的另一端。我父親接受義體重置後，就直接走過等待他的家人身邊，也離開了我們的生活。我們從來不知道哪一個人是他，儘管我有時會思考，我母親是否在某個亟欲避開目光的路人身上，發現了某些熟識的蛛絲馬跡，或某個熟悉的動作……我不知道他是羞於面對我們，或只是覺得自己幸運得到了比原有的酗酒肉體還優秀的軀殼，也早已計畫要前往其他城市，找更年輕的妹子。當時我十歲。我對此事第一次產生體悟，是助理們在監獄晚上關門前，將我們趕出接待中心時。我們中午就待在那了。

助理長是名老人，善於安撫他人，也擅長與孩童相處。他把手放在我的肩膀上，送我們出門

6 西班牙文中的「碳變」。

時還溫和地對我說話。他對我母親微微鞠躬，並向她低語某種正式話語，使她得以不讓心中的自制力潰堤。

他可能每週都看到和我們一樣的人。

我背誦起奧特嘉的機密地點編碼，好讓大腦有點事做，接著撕下了菸盒上寫了字的部分，吞下紙片。

等蘇利文走出設施大門、開始步下臺階時，我的衣服幾乎都乾了。他纖細的身軀上套著長版灰雨衣，頭上戴了寬邊帽——那是我還沒在海灣市看過的配件。從我抬高的雙腳形成的V型空間中，我以神經化學系統向前放大視野；他的臉看起來蒼白又疲勞。我在長椅上稍微移動，指尖掃過槍套中的菲利浦槍。蘇利文正逕直地走向我，但當他看見我躺在長椅上的身影時，就不滿地抿起嘴，繞過他以為是大廳中遊民的對象。他看都不看地經過我。

我讓他走了幾公尺，就沉默地起身，隨後跟上他，一面在大衣下掏出菲利浦槍。他抵達出口時，我追上了他。門口一為他開啟，我便用力地推向他腰背處，並迅速踏出門。門板關上，他轉過身面對我，五官充滿怒氣。

「你以為你——」他一發現我是誰，就說不出話了。

「蘇利文典獄長。」我友善地說，讓他看看大衣底下的菲利浦槍。「這是消音武器，我現在心情也不好。請照我的話做。」

他吞了一下口水。「你想要什麼？」

「我想談談崔普，還有其他事。我不想在雨中談，走吧。」

「我的車——」

「真糟的主意。」我點頭，「所以我們走路吧。還有，蘇利文典獄長，就算你只是對錯誤的路人眨眼，我都會對你開槍。你看不到槍，別人也是。但槍口的確對著你。」

「你犯了大錯，科瓦奇。」

「我不覺得。」我朝停車場中稀疏的車輛點了一下頭。「直走，然後往左踏上街道。直到我叫你停之前，繼續走。」

蘇利文想開口說話，但我用菲利浦槍戳了他一下，他就住口了。他一開始往側邊走，接著走下樓梯，前往停車場；他三不五時往後看，望向崎嶇地面外的雙重大門，上頭的鏽斑彷彿一世紀前留下的。

「眼睛往前看。」我望望兩人間逐漸變大的空間喊道。「我還在後面，你不需要擔心。」

在街上，我讓我們間的距離拉長到十多公尺，並假裝與前方的人物毫無瓜葛。這一帶並非什麼好社區，也沒有很多人在雨中行走。儘管距離拉長，蘇利文還是能輕易被菲利浦槍打中。走了五個街區，我發現自己目標麵店那布滿蒸氣的窗戶。我加快腳步，來到蘇利文靠近街道的身旁。

「在裡面。去後頭的包廂坐下。」

我迅速掃視街道，沒看到任何可疑人物，便隨後跟著蘇利文入內。

店裡幾乎空無一人，白天的客人早就離開了，目前也還沒天黑。兩名年邁的中國女子坐在角落，流露出乾燥花般的優雅氣質，兩人的頭上下晃動。餐廳另一邊，有四名穿著絲質西裝的年輕人正拿著造型昂貴的武器揮舞嬉鬧。靠近其中一扇窗戶的桌邊，有名胖白人正在吃大碗公中的炒麵，同時翻閱著立體色情漫畫的書頁。一座牆面上的螢幕，正在轉播某種令人無法理解的當地運動。

「茶。」我對來招呼我們的年輕服務生說道，在包廂中坐到蘇利文對面。

「你逃不掉的。」他毫無說服力地說。「就算你殺了我，讓我真實死亡，他們也會檢查最近接受義體重置的人，遲早會發現你。」

「對，也許他們還會發現在我抵達前，這具義體就接受了非正式手術。」

「那婊子！她會——」

「你沒資格威脅別人。」我溫和地說。「事實上，除了回答我的問題，並祈禱我相信你外，你沒資格做任何事；誰叫你追蹤我的？」

屋內除了牆上的球賽轉播外，沒有其他聲響。蘇利文陰鬱地盯著我。

「好吧，我讓你輕鬆點，只要回答對或錯就好。有個叫崔普的人工智慧來見你，這是你第一次和她打交道嗎？」

「我不知道你在說什麼。」

我帶著估算好的怒氣，反手打了他嘴巴一掌。他往旁倒向包廂牆面，帽子也掉了下來。穿著絲質西裝的年輕人們忽然停止交談，接著，我斜眼瞪了一下他們後，他們就繼續激烈地談話；兩名老女人僵硬地站起身，由後門離開；白人根本沒把頭從立體色情漫畫中抬起來過。我往桌邊傾身。

「蘇利文典獄長，你沒搞清楚狀況。我很想知道你把我賣給了誰。我不會因為你對顧客保密義務有某種堅持就離開。相信我，他們付你的錢，不足以讓你對我說謊。」

蘇利文起身，擦拭嘴角流下的血。該稱讚他的是，他勉強用沒受傷的嘴角擠出苦澀的笑容。

「你以為我沒被威脅過嗎，科瓦奇？」

我檢視剛剛打他的手。「我想你對私人暴力的經驗非常少，這可對你不利。我要給你機會，說出我想知道的事。之後我們就會去有隔音設備的地點——好了，是誰派崔普來的？」

「你是個惡棍，科瓦奇。你不過是——」

我將握緊的拳頭揮向桌子對面，擊中他左眼，發出的聲響比打耳光還小。蘇利文震驚地咕噥一聲，接著因遭到毆擊而後退，縮回座位。我無情地盯著他，直到他回過神來。我心中有某種冰冷的情緒正逐漸上升，是某種在紐佩斯特司法機構的長椅上誕生的東西，也受到我眼中所見多年的無意義暴行所扭曲。為了我們彼此好，我希望蘇利文不像他企圖表現得那麼堅強。我又傾身靠近他。

「你說了，蘇利文，我是個惡棍，和你這種受人敬重的罪犯不同。我並非瑪士，也不是商人。我沒有既得利益，沒有社會人脈，也沒有用錢買來的名聲。這裡只有我，而你擋了我的路……所以我們再試一次吧——是誰派崔普來的？」

「他不知道呀，科瓦奇，你在浪費自己的時間。」

女人的嗓音輕快又愉悅，因為自己站在門邊而稍微拉高了音量，她雙手則插在黑色長大衣的口袋中。她蒼白的身材相當纖細，黑髮緊緊往後梳，沉著的站立方式則突顯出她的作戰技巧。她在大衣下穿了灰色棉質上衣，似乎有防衝擊的功能；以及同款工作長褲，褲管塞入高度及踝的靴子裡。她的左耳上垂下一只形狀像被棄置的電極纜線的耳環。她似乎獨自一人。

我緩緩放下菲利浦槍；在沒指出槍口對準自己的情況下，她輕鬆地踏入餐廳。穿著絲質西裝的年輕人們看著她踏出每一步，但即使她注意到這些人的目光，也沒有洩露出任何跡象。當她站在離包廂五步的距離時，她對我投以質詢的眼神，開始緩緩將雙手從口袋中移出。我點點頭，她抽回手，露出張開的手掌，與戴了鑲有黑色玻璃的戒指的手指。

「崔普？」

「猜得好。你要讓我坐下嗎？」

我用菲利浦槍示意她坐在對面的位置，和用雙手掩住眼睛的蘇利文同側。「妳得說服同夥坐過去點；把妳的手放在桌上。」

女人微笑並點頭。她望向蘇利文，對方已經擠到牆邊，讓出了空間給她；她將雙手緊緊貼在身邊，優雅地在蘇利文身旁落坐。這一連串動作十分敏捷，她的耳環幾乎沒有搖動。一坐下，她就將雙手手掌向下地擺在桌上。

「覺得安全點了嗎？」

「差不多。」我說，注意到黑色的玻璃戒指——跟耳環一樣，都是身體上的笑話。每個戒指都像X光般地照出底下手指的骨骼關節所形成的藍色幻象。至少，我能習慣崔普的風格。

「我什麼都沒告訴他！」蘇利文緊張地表明。

「你根本不知道任何有用的事。」崔普毫無興趣地說道。她甚至不屑轉身看對方一眼。「對你而言，幸好我出現了。科瓦奇先生並不像是會接受『不知道』的人。我說對了嗎？」

「妳想要什麼？崔普？」

「我來幫忙。」餐廳發出某種聲響，崔普抬頭一看。服務生拿著盛有一個大茶壺的托盤過來，以及兩個沒有握把的茶杯。「你點的嗎？」

「對，自己來。」

「謝啦，我愛死這東西了。」崔普等服務生擺好東西，拿起茶壺。「蘇利文，你也來一杯嗎？嘿，可以幫他再拿個茶杯來嗎？謝謝。好了，我說到哪？」

「妳是來幫忙的。」我強調。

「沒錯。」崔普啜飲了一口綠茶，從杯緣邊望著我。「沒錯，我來把事情說清楚。聽好，你試著從蘇利文身上逼出資訊，但他什麼都不知道。他的聯絡人是我，所以我來了。跟我談吧。」

我平板地看著她。「我上週殺了妳，崔普。」

「對呀，他們告訴過我。」崔普放下茶杯，仔細地檢視自己的指骨。「當然啦，我根本不記得。事實上，我根本不認識你，科瓦奇。我最後記得的事，是約莫一個月前，我讓自己進入了儲存槽。之後就都沒了。你在飛艇上燒爛的我，已經死了。那不是我。所以我們沒恩沒怨，對吧？」

「妳沒有遠端儲存系統嗎？崔普？」

她哼了一聲。「你在開玩笑嗎？我跟你一樣幹這行維生，但沒賺那麼多。總而言之，誰需要那種遠端狗屁？我的觀點是，只要一搞砸，就得付出某種代價。我在你身上搞砸了，是吧？」

我啜飲了一口自己的茶，並回憶飛車中的搏鬥，評估當時的情況。「妳有點慢，」我做出結論。「有點莽撞。」

「對，莽撞。我得小心這點。使用人工義體就會染上這種壞習慣。和禪宗恰恰相反；我在紐約有個禪學師父，這氣死他了。」

「真可惜。」我耐心地說。「妳想告訴我，妳是誰派來的嗎？」

「嘿，我要告訴你更好的事——你被邀請和老大碰面了。」她對我的神情點頭。「沒錯，雷想和你談。跟上次一樣，只是這次是自願性的——看來恐嚇對你沒用。」

「凱德敏呢？他也有所關聯嗎？」

崔普從齒縫中吸了口氣。「這個嘛，凱德敏現在是個附加問題。說來有點丟人，但我想我們也可以處理他。我現在無法告訴你太多。」她瞄向蘇利文，對方已經坐起身子，開始專注傾聽了。「我們最好去別的地方。」

「好吧。」我點頭。「我跟妳出去。但離開前，我們得先立下幾條基礎規範。第一，不使用虛擬實境。」

「這點我們比你超前。」崔普把茶喝完，從桌邊起身。「我接到的指示，是要將你直接帶給雷——親自前往。」

我把一隻手放上她的手臂，她立刻停止了動作。

「第二，不要搞鬼。妳在任何事發生前，都得先行告知我。如果有意料之外的事出現，妳可能就又要讓師父失望了。」

「好，不搞鬼。」崔普勉強露出微笑，讓我明白她並不習慣被別人抓住手臂。「我們要走出餐廳，去搭計程車。你可以嗎？」

「只要車裡沒人就好。」我放開她的手臂，她則繼續剛才的動作，流暢地站起身，雙手依然離身體兩側很遠。我把手伸入口袋，將幾張塑膠鈔票拋向蘇利文。「你留在這。如果我在我們離開前，看到你的臉探出那道門，我就要在上頭打洞。茶算在我帳上。」

我跟著崔普走到門邊時，服務生帶著蘇黎文的茶杯和一條白色大手帕過來，可能是為了處理典獄長被打傷的嘴唇，真是好孩子。在他試圖躲開我時，還差點跌倒，投向我的眼神也混雜了作嘔與敬畏。在經歷了早先襲捲我全身的冰冷怒火後，我比他預期得還更能理解他的想法。

穿著絲質西裝的年輕人們毒蛇般專注地看我們離開。

外頭還在下雨。我拉高衣領，看著崔普拿出車輛呼叫器，輕鬆地在頭頂晃晃。「等它一分鐘。」她說，好奇地側眼瞄了我一眼。「你知道那家店是誰的嗎？」

「我猜過了。」

她搖搖頭。「三合會麵館。一點都不適合拿來拷問別人——還是你喜歡過危險的生活？」

我聳聳肩。「在我老家，罪犯都會遠離別人的戰鬥。他們大多是膽小鬼，反而比較可能騷擾平民。」

「這裡不一樣。大多當地平民都太過拘謹，不會為陌生人出手。他們覺得那是警察的工作。你是哈蘭世界來的，對吧？」

「沒錯。」

「有可能是因為奎爾派的影響。你覺得呢？」

「也許吧。」

一臺自動計程車在雨中降落，回應了呼叫器的訊號。崔普站在打開的艙門旁，諷刺地展示空無一人的車廂。我冷冷一笑。

「妳先請。」

「隨便你。」她爬入車內，往旁邊移，好讓我進去。我坐在她對面的座位上，注視著她的雙手。當她發現我雙眼的目標時，便咧嘴一笑，把雙手像被釘在十字架上一樣地往兩旁伸開。艙門往下關閉，雨水流洩在車窗上。

「歡迎使用都市快線服務。」計程車溫順地說道。「請說明目的地。」

「機場。」崔普說，一面往後靠上座位，觀察我的反應。「私人航廈。」

計程車往上飛升。我把目光從崔普身上移開，望著後車窗上的雨水。「我想，這不是當地行程吧。」我語氣平板地說。

她又舉起手臂，手掌上伸。「這個嘛，我們想你應該不願意在虛擬實境中交談，所以我們得用上困難點的方法。亞軌道飛行，大約要花三小時。」

「亞軌道？」我深吸一口氣，輕觸槍套中的菲利浦槍。「妳知道，如果有人要我在飛行前取下這把槍，我會非常生氣。」

「對，我們考慮過這點了。放鬆點，科瓦奇，你聽到我說私人航廈了吧，這是為你設計的客製化行程。如果你想，就帶戰略性核彈上機吧。這樣可以嗎？」

「我們要去哪，崔普？」

她露出微笑。

「歐洲。」

第二十五章

無論我們究竟降落在歐洲何處，天氣都好多了。我們離開停在焊接玻璃跑道上的無窗亞軌道座機，在刺眼的陽光下走向航廈，即便穿著夾克，陽光還是猛烈地照在我身上。上空一片蔚藍，空氣也相當乾燥。我脫下夾克。

「應該會有禮車來接我們。」崔普轉身說。

我們自行走進航廈，跨越種滿棕櫚樹和其他不明熱帶植物的微型氣候區，樹木們努力地往龐大的玻璃天花板生長。一片水霧從灑水系統中飄出，經歷過外頭的乾燥環境後，空氣中的水氣令人感到相當舒適。孩童沿著樹木間的走道玩耍尖叫，老人則在鐵製長椅上打瞌睡；這般組合相當具有反差。年紀介於這兩者間的人們則三五聚集在咖啡座邊，用比我在海灣市看過的還更誇張的動作比手畫腳，似乎對大多數航廈中的重要時間與行程表不感興趣。

我調整了夾克在肩上披掛的位置，以便盡量遮住我的武器，跟隨崔普走入樹中。不過速度不夠快，來不及躲過站在棕櫚樹下兩名保全的目光，或沿著走道蹣手蹣腳地走向我們的小女孩。崔普向保全做了一個手勢，使他們僵在原地、點了個頭，就恢復之前放鬆的姿態。小女孩就沒這麼容易擺脫了——她睜大眼睛，抬頭盯著我，直到我用手指比了手槍的手勢，並從嘴中發出吵雜的槍聲效果——接著她咧嘴一笑，躲在最近的長椅後。我跨越走道時，還能聽到她對我假裝開火的咻咻聲。

我們又走到外頭，崔普帶我繞過成排計程車，走到停在禁止停車區的、一臺龐大的黑色加長型禮車旁。我們爬入開了涼爽空調的車內，裡面也有自動合身座椅。

「十分鐘。」我們飛入空中時，她保證道。「你覺得那些微型氣候區如何？」

「很不錯。」

「機場到處都是。人們周末時會從市中心過來，一整天都待在那裡。很怪，對吧？」

我咕噥一聲便望向窗戶。接著，我們繞過大城市漩渦狀的市區。市區外，充滿塵埃的平原延伸到地平線，天空邊際藍得炫目。我左手邊能看到揚起的山脈。

崔普似乎仿效我不想說話的心情，忙著將耳飾插入耳後的小孔，進行電話連線。又是體內晶片。她在撥出電話時閉上雙眼，我也感受到，每當有人做出這種動作時，自己經常會產生的特殊寂寥感。

我習慣孤獨了。

其實，對崔普來說，我是個無趣的旅伴。在亞軌道座機的機艙中，儘管崔普對我的背景十分感興趣，但我幾乎沒有開口。她最後終於放棄詢問哈蘭世界與特使軍團的小知識，決定教我幾個她會玩的紙牌遊戲。由於某種文化性禮節的驅使，我接受了邀請，但兩人並非適合這些遊戲的人數，我倆也沒心情繼續。我們沉默地在歐洲降落，兩人都不斷地翻閱機上的媒體暫存器。儘管崔普明顯地毫不在意，但我還是很難忘記我們上次同行時發生的事。

我們底下的平原逐漸轉變為蒼綠的高地，有道長滿樹林的峽谷，似乎圍繞著某個人造物。我們開始降落，崔普拔除了自己的連線，使得她眼皮顫動；這意味著她懶得先結束晶片神經元的連線——嚴格來說，大多數晶片製造商都不建議這樣做，但也許她只是在炫耀自己的能耐。我幾乎沒注意到。我大部分注意力都被降落點旁邊的物體所吸引。

那是座龐大的石製十字架，比我看過的任何十字架都來得大，上頭累積了歲月的痕跡。當飛艇降落在十字架底部時，我理解到，無論是誰建造了這座十字架，都特意將它建構在一個龐大的岩石基座上，使它整體看起來，活像是被某個退休的戰神插入土裡的巨劍。十字架被周圍的山脈映襯得很好，彷彿它不可能由人類打造而成。儘管石塊上的傾斜平臺，與基座下的附屬建築都相當龐大，但和這座巨型十字架相比，卻顯得毫不起眼。

崔普看著我時，眼中流露出某種光芒。

禮車降落在其中一個岩石平臺上，我爬出車外，在太陽光中眨著眼，望向十字架。

「這是天主教徒的地盤嗎？」我猜道。

「曾經是。」崔普走向前方岩壁上的一列高聳鋼製大門。「那時這裡還完全嶄新，現在則是私人財產了。」

「怎麼會？」

「問雷吧。」換崔普不想回答問題了。彷彿這個巨型建物喚醒了她心中的某種事物。她像是被磁力吸引般地走到門邊。

我們抵達門口，大門便緩緩地打開，發出沉重的動力鉸鏈移動聲；巨響停止時，大門間便露出了兩公尺長的空隙。我示意崔普，她聳聳肩，便跨入門口。入口兩旁的牆上，都有像巨型蜘蛛的物體在微光中爬行。我把手靠上涅米槍的槍托，即使明知此舉毫無意義——我已經深入虎穴了。

和人體一樣長的纖細槍管冒出黑暗，同時有兩名哨兵機器人對我們進行搜身。我判斷對方的彈藥口徑應該和罕醉克斯飯店的大廳防禦系統相同，交出了我的武器。自動化殺人裝置發出昆蟲般的吱喳聲，爬回牆上的防禦點。在它們居住的壁龕底部，我能看見手持長劍的巨型鐵製天使像。

「來吧。」崔普的嗓音在大教堂般的靜默環境中顯得格外宏亮。「你覺得如果我們想殺你，還會大老遠地帶你過來嗎？」

我跟隨她走下一道石階，踏入廳室主體。我們位於十字架岩石基座下的大教堂內，天花板則在我們頭頂的、黑暗空間中的某處。前方有另一道階梯，導向一處隆起又有些狹窄的區域，那裡光線較強。我們走近時，我發現這裡的屋頂被頭戴兜帽的守護者石像所拱起，它們的雙手放在厚重的巨劍上，兜帽下的嘴唇則流露微帶輕蔑的笑容。

我感到自己的嘴角微微露出相同的神情，腦裡想的則都是強力炸藥。

大教堂末端的空中吊了不少灰色物體。有一瞬間，我以為自己看到一連串飄浮在永久動力場中的巨石柱；然而，其中一個灰色物體在冷冽的空氣中微微動了——我突然明白這些物體是什麼了。

「還滿意嗎，武先生？」

對我說出的這段優雅日語，像氰化物般鑽入我腦海。我的呼吸情緒化地暫時停止，感到體內的神經化學系統回應似地蠢動。我強迫自己轉身面對嗓音來源，速度十分緩慢。我眼皮下某處的一條肌肉開始扭動，壓抑自己的暴力衝動。

「雷。」我用亞美聖公語說。「我早在該死的停機坪就該看出來了。」

瑞琳．川原走出大教堂末端、圓形廳室一側的門口，並諷刺地鞠了個躬。她流利地隨我切換成亞美聖公語。

「沒錯，也許你早該料到了。」她思索道。「但我喜歡你的其中一點，科瓦奇，就是你總會感到訝異。儘管你老裝得像個戰場老兵，但你內心仍是個老實人。在當代世道下，這可並非易事……你怎麼辦到的？」

「商業機密。妳得是道地的人類，才能明白。」

沒人在乎這段侮辱。川原垂眸看著大理石地板，宛若她能夠看到無用的侮辱言詞掉在地上。

「對，好吧，我相信我們之前談過這事了。」

我的思緒飄回新北京，與川原的利益關係在當地建構的腐敗權力結構，以及，使我總是想起她名字的淒厲尖叫聲。

我走向其中一個灰色包裹，拍了它一下。我手下的粗糙表面隨著觸碰而顫動，包裹也在纜繩上微微搖晃。某個物體在裡頭緩緩移動。

「有防彈功能，對吧？」

「嗯。」川原把頭傾向一側。「我會說取決於子彈啦，不過，當然有防撞擊功能。」

我擠出一陣大笑。「防彈子宮膜！只有妳會這樣做，川原。只有妳需要幫複製人加裝防彈保護，還把它們埋在山下！」

她往前踏入光源，我望向她，心中的怨恨也立即浮現。瑞琳．川原聲稱自己在西澳大利亞的分裂市（Fission City）裡，一個受到嚴重汙染的貧民窟長大，但如果屬實，她也早就擺脫了任何能指向她起源點的證據。我面前的人擁有舞者的體態，身體的平衡感不須靠任何賀爾蒙反應，就能低調地吸引他人注意，軀體頂端，小巧玲瓏的臉孔則充滿智慧氣息。她在新北京使用過這具義體，以客製化方式培養，沒有植入任何裝置——這是被提升到藝術等級的純粹生物組織。川原穿了條鬱金香花瓣造型的黑裙，將她的下半身包裹到小腿中央，上半身則是件有如黑色水面般的柔軟絲質上衣。她腳上的鞋子以太空船甲板使用的拖鞋為概念設計，但後跟並不高，她紅棕色的短髮從骨骼高聳的臉龐邊往後梳，看起來就像某個稍微性感的、投資基金廣告中的人物。

「權力經常被掩埋。」她說。「想想哈蘭世界的保護國碉堡。或是特使軍團將你塑造成他們的形象時，用來藏匿你的洞穴。控制的精髓在於隱藏行蹤，不是嗎？」

「從我上週被抓著到處繞的狀況看來，我想的確如此。現在，妳想談正事了嗎？」

「很好。」川原側眼望向崔普，她走進黑暗中，像個觀光客般往上看著天花板。我在四周找尋座位，卻遍尋不著。「你當然清楚，是我把你推薦給羅倫斯．班克勞夫特的。」

「他提過。」

「對，而且如果你的飯店沒那麼神經質的話，事情可能就不會失去控制。我們一週前就可能進行這段對話，為大家省去一堆不必要的麻煩。我沒打算讓凱德敏傷害你。他接到的指示，是將你活著帶來。」

「計畫改變了。」我說，一面沿著小廳室的牆面曲線走。「凱德敏沒有遵循命令，今天早上他試圖殺害我。」

川原做了個不耐煩的手勢。「我知道。所以你才被帶來這裡。」

「是妳放出他的嗎？」

「對，當然。」

「他要供出妳嗎？」

「他告訴基斯．魯瑟佛說，他覺得保密對自己沒有好處。在這種情況下，他很難維持和我之間的合約。」

「真巧妙。」

「可不是？我從來無法抗拒充滿手段的談判。我覺得他贏得了被重新投資的機會。」

「所以妳透過我發出信號，勾他出來，再將他傳送給屠殺進行義體重置，對嗎？」我在口袋中摸索到奧特嘉的香菸。大教堂晦暗的光線中，這個熟悉的菸盒彷彿來自異鄉的明信片。「難怪我們抵達時，巴拿馬玫瑰號沒有解凍第二名鬥士……他可能剛安裝完凱德敏。那個王八蛋以上帝右手烈士的身分大搖大擺地走出去了。」

「約莫你登船的同時。」川原同意道。「事實上，據我所知，他當時曾假裝粗工，你還直接走過他身旁——我希望你不要在這裡吸菸。」

「川原，我希望妳死於內出血，但我不覺得妳會聽我的建議。」我把香菸移到點火板旁，點燃菸頭，想起了那時的景象：跪在格鬥場中的男子——我緩緩回想那段記憶——在競技場船身的甲板上，俯視格鬥場中央被畫上的標誌——我們經過時往上看的臉孔。對，他甚至露出微笑。我對這段回憶皺起眉頭。

「以身在目前處境的人來說，你可真不太禮貌。」我察覺，在冷靜的表象底下，她的語氣中帶有某種怒氣。儘管她誇耀過自己的自我控制力，瑞琳．川原卻和班克勞夫特、麥金提爾將軍等掌權人士一樣，不擅面對不尊重的態度。「你的性命受到威脅，我則是負責保護你的人。」

「我的生命之前就陷入危機了。」我告訴她。「通常都是因為妳這樣的爛人，搞出該如何控制現實的大方向決策。妳已經讓凱德敏太靠近我了，事實上，他可能還用了妳該死的虛擬定位器。」

「我派他、」川原咬牙切齒地說道，「去接你！他再度違抗我。」

「他可不是實行了嗎？」我下意識地揉了揉肩膀上的瘀青。「為何我要信任妳下次能做得更好？」

「因為你清楚我辦得到。」川原跨越廳室中心，低下頭來躲過灰色的複製體皮革囊，並在廳室邊緣擋住我的去路。她臉上充滿怒氣。「我是太陽系內最有勢力的七個人類之一，我擁有聯合國戰場指揮官夢寐以求的權力。」

「這棟建築讓妳自大過頭了，瑞琳。要不是妳追蹤蘇利文，妳根本找不到我——妳他媽的該如何找到凱德敏？」

「科瓦奇，科瓦奇。」她笑聲中有股明確的顫抖感，彷彿她正抗拒著把拇指戳進我眼窩的衝動。「你明白，如果我放話要找人，在地球任何城市的街頭會發生什麼事嗎？**你清楚**，我此時此地要殺掉你有多容易嗎？」

我故意吸了口菸，把煙霧吐向她。「就像妳忠心的手下崔普不到十分鐘前所說的，為何只為了殺我而帶我來？妳想從我身上得到東西……妳要什麼？」

她用力吸氣，臉上露出冷靜的神情，退後了幾步，轉身避開這場爭執。

「你說對了，科瓦奇。我要你活著。如果你現在消失，班克勞夫特就會產生錯誤的理解。」

「或是正確答案。」我心不在焉地磨蹭腳底下的銘文。「妳殺了他嗎？」

「不，」川原似乎覺得很有趣。「他殺了自己。」

「對，最好是。」

「不管你相不相信，我都無所謂，科瓦奇。我想從你身上得到的，是調查結束，乾乾淨淨地結尾。」

「妳覺得我該怎麼做？」

「我不在乎。比如編些理由？畢竟你是名特使。說服他、告訴他，你認為警方的判斷是正確的。如果必要，就羅織一個替死鬼。」她露出冷冽的笑容。「我自己可不是人選。」

「如果妳沒殺他，他也炸掉了自己的頭，為何妳在乎這件事？妳的目的是什麼？」

「我們不討論這點。」

我緩緩點頭。「為了乾淨結案——我能拿到什麼回報？」

「除了十萬塊？」川原困惑地歪頭。「這個嘛，我知道有其他陣營向你提出非常豐厚的娛樂性提議。至於我，我會用各種方式讓凱德敏遠離你。」

我往下看腳邊的文字，謹慎地思考。

「法蘭西斯可·法蘭科（Francisco Franco）。」川原說，她誤以為我的目光放在思考目標上。「他是很久以前的自私暴君，他打造了這裡。」

「崔普說這裡曾屬於天主教徒。」

川原聳聳肩。「抱持宗教大夢的自私暴君。天主教徒很習慣暴政，這是他們的文化特質。」

我表面上假裝稀鬆平常地四處觀望，觀察機器人保全系統的位置。「對，大概吧。所以讓我搞清楚。妳要我給班克勞夫特某種聲東擊西的屁話，妳則會讓凱德敏滾蛋作為我的回報……一開始還是妳派他來的。條件就是這樣？」

「就像你說的，這就是條件。」

我吸了最後一口菸，好好地品味煙霧，接著吐氣。

「去死吧，川原。」我把菸蒂丟在刻有銘文的石地上，用腳跟踩扁它。「我寧願冒險碰上凱德敏，並讓班克勞夫特知道妳差點害他被殺。所以啦，改變讓我存活的念頭了嗎？」

我在身側張開雙手，掌心渴求地握住粗糙的槍把。我想往川原的喉嚨射出三發涅米彈，瞄準暫存器的高度，接著把槍塞進口中，打壞我自己的暫存器。川原絕對有遠端儲存系統，但管他的，人還是得堅持自己的主張。當一個人想尋死時，也無法忍受太久。

情況可能更糟，可能早已演變成殷奈寧事件了。

川原後悔地搖頭。她正在微笑，「你還是一樣，科瓦奇。老愛大發雷霆，卻毫無用武之地，充滿浪漫派虛無主義思想。自從新北京後，你還沒得到**任何經驗**嗎？」

「有些領域極度腐敗，唯一的清理方式就是虛無主義。」

「噢，是奎爾的引言吧？我的引言來自莎士比亞，但我不覺得殖民文化聽過那麼古老的東西，是嗎？」她還在微笑，姿態活像即將唱起詠嘆調的軀體劇院體操演員。有一瞬間，我興起了相當誇張的幻想，覺得她會隨著安裝在頭頂、圓弧屋頂中的隱藏式音響所放出的音樂節奏，跳起一支小舞。

「武，你怎麼會相信所有事都能被這種簡單的行為給解決？不可能是特使軍團教的吧？是紐佩斯特幫派嗎？還是你爸小時候揍你時學到的？你真的認為我會空手前來談判？用用腦袋啊。你了解我，你真的認為事情會這麼簡單？」

我體內的神經化學系統開始啟動。我將它壓抑下去，就像卡在飛機艙門的跳傘者。

「好吧，」我語氣平板地說。「給我驚喜。」

「樂意之至。」川原把手伸入黑色上衣的胸前口袋，拿出一張小顯像檔案卡，用指甲啟動它。當影像浮現在裝置上空時，她把裝置遞給我。「很多細節都是法律條款，但你自然能看出重點。」

我接下小光球，彷彿那是朵有毒的花。螢幕上的姓名立刻使我感到衝擊——

——莎拉·薩奇洛斯卡（Sarah Sachilowska）——

接著，合約上的條文用語，就像是以慢動作坍塌的建築般砸在我身上。

——轉入私人儲存庫——

——提供虛擬居留——

——無限期——

——受制於聯合國決定——

——受到海灣市司法機構羈押——

這些資訊在我腦中病態地翻攪。我早該在有機會時就殺了蘇利文。

「十天。」川原正緊盯我的反應。「你只有十天能說服班克勞夫特相信調查已經結束，並且離開。在那之後，薩奇洛斯卡就會進入我手下其中一家診所的虛擬實境。外頭有全新一代的虛擬拷問軟體，我也會親自確認她成為第一位試用者。」

顯像檔案喀答地一聲，掉在大理石地板上。我呲牙咧嘴地撲向川原，喉嚨中發出一股低吼，吼聲與我的作戰訓練毫無關聯，我的雙手也像鷹爪般勾起——我明白她的血嘗起來是什麼滋味。

我才衝到半途，冰冷的槍管就抵住我的脖子。

「我不建議你這麼做。」崔普在我耳邊說。

川原走了過來，靠近我。「班克勞夫特並非唯一能從殖民地暫存器買下危險罪犯的人；我在兩天後向神奈川司法機構買下薩奇洛斯卡時，他們欣喜若狂。從他們的角度看來，如果你被運到外星球，有錢購入針刺傳輸歸鄉路程的機會就相當渺小。送走你們自然也會讓他們得到獎金，就像美夢成真。我想他們會希望這是某種趨勢的開頭。」她若有所思地把玩我夾克的衣領。「而照虛擬市場當下的方向，這可能是個值得催生的趨勢。」

我眼皮下的肌肉猛烈顫動。

「我會殺了妳。」我悄聲說道。「我會把妳該死的心臟挖出來吃掉；我會讓這個鬼地方在妳周圍崩塌——」

川原傾身向前，直到我們的臉龐幾乎貼上彼此。她的呼吸有微弱的薄荷與奧勒岡葉味。「不，你不會。」她說。「你會照我說的做，也將在十天內完成。因為如果你辦不到，你的朋友薩奇洛斯卡就會開始她的私人地獄行程，永世無法脫身。」

她後退了一步，舉起雙手。「科瓦奇，無論哈蘭世界上有哪些神明，你都該感謝祂們，因為我並非虐待狂。我是說，我給了你選擇。我們可以簡單地討論我該讓薩奇洛斯卡體驗多少痛苦——我的意思是，我們現在就可以開始。這樣就能帶給你開工的動力，不是嗎？在大多數虛擬實境中，十天就等於三到四年。你待過魏記診所，你認為她能忍受那種生涯三年嗎？我想她可能會瘋掉，你覺得呢？」

我用意志力強壓下心中的恨意，感覺從我眼球後方到腹中爆開了一道裂痕；我勉強擠出話語。

「有條件。我怎麼知道妳會放了她？」

「因為我答應你了。」川原讓雙手垂到身體兩側。「我相信你過去也體會過我的諾言效力。」

我緩緩點頭。

「等班克勞夫特接受案件結束，你也消失後，我就會將薩奇洛斯卡運回哈蘭世界，讓她完成刑期。」川原彎腰拾起我丟下的顯像檔案卡，舉起裝置。她晃了它幾下，翻閱著頁面。「我覺得你能看出合約中有反轉條款。我當然會喪失原本費用中的一大部分，但我已經準備好面對這種情況了。」她虛弱地笑道。「但請記得，反轉條款對雙方同時具有效力。我總是能買回退還的物品。所以如果你打算等避一陣風頭後再回到班克勞夫特身邊，麻煩現在就放棄這股念頭吧，這是你贏不了的牌局。」

槍管從我脖子邊移開，崔普也退後一步。神經化學系統使我像半身不遂的殘障者使用的動力裝般僵硬地站在原地。我麻木地盯著川原。

「妳為何要做這些該死的事？」我悄聲問。「如果妳不想讓班克勞夫特發現真相，為何要將我牽扯進來？」

「因為你是特使，科瓦奇。」川原緩緩地說，彷彿在對小孩說話。「因為，如果有人能說服羅倫斯·班克勞夫特相信他死於自殺，人選就是你了。也因為我十分了解你，能預測你的行動。幾乎在你剛抵達時，我就安排要帶你來，但飯店插手干涉。而當命運送你到魏記診所時，我再次想將你移轉過來。」

「我自己闖出魏記診所。」

「噢，沒錯。你的生化海盜故事。你真的以為自己能讓他們相信那種二流鬼話？理智點，科瓦奇。當他們思索你的話語時，你可能為自己爭取了一點時間，但你離開魏記診所的**唯**一理由，是因為我要他們送你過來。」她聳聳肩。「然而你堅持逃走。這週非常混亂，我也責怪自己。我覺得自己像是把實驗室老鼠的迷宮設計得很差的行為學家。」

「好吧。」我微微注意到自己在發抖。「我照做。」

「好。你當然會照做。」

我想說些話，但感覺我的抵抗心似乎被抽乾了。大教堂的冷冽空氣似乎鑽進了我的骨髓。我控制住顫抖，並轉身離開。崔普沉默地跟上我。我們才走了十多步，川原就從後頭叫住我。

「噢，科瓦奇……」

我彷彿作夢般地轉身，她正在微笑。

「如果你順利又迅速地完事，我可能會考慮給你某種金錢補償，也可以說是獎金，價格可議。崔普會給你聯絡號碼。」

我再度轉身，感覺到打從殷奈寧的廢墟後就未感受過的麻木。我微微感到崔普扣住我的肩膀。

「來吧。」她友善地說。「讓我們離開這裡。」

我跟著她走出這棟摧殘靈魂的建築，跨過兜帽守護者的冷笑，我也知道川原的目光穿過灰色子宮袋中的複製人，一路帶著笑容看我。我們似乎花了一輩子才離開大廳，當鋼製大門打開，顯露外頭的世界時，灑入門內的光芒為此地注入了一絲生機，我則像溺水的人般緊抓住這個希望不放。大教堂彷彿是一座直立的冷冽海洋，我則向充滿漣漪的水面伸手。我們離開陰影，我的身體吸飽了陽光的溫度，彷彿那是實體物質。我緩緩停止顫抖。

但當我離開時，從十字架充滿權威的形象底下，我還是能感受到此地有如冰冷的手掌般，緊抓著我的脖子。

第二十六章

我記憶中的當晚一片模糊。當我試圖回憶時，就連特使的回憶能力都只能讓我看到細枝末節。崔普想在城裡待一晚。據她所說，歐洲最佳的夜生活場所距離這裡只有幾公里，她也知道所有該去的地點。

我希望自己的思緒能在這些地方停止運轉。

我們從一條我無法唸出發音的街道上的旅館房間開始；某種四式冰毒的模擬品透過針孔噴霧被噴入我們的眼白。我無動於衷地坐在窗邊的椅子上，讓崔普幫我注射，試著不去想莎拉和米爾斯波特的房間。試著完全不想。窗外只有兩色的立體顯像，在崔普的五官上反映出紅色與黃銅色的光芒，彷彿她是正立下契約的惡魔。四式冰毒在我的神經元內翻攪，我感到視野邊緣傳來詭異的振動，而輪到我幫崔普注射時，我幾乎被她臉孔的幾何線條所迷惑。這東西真棒……

在描繪聖誕節地獄的壁畫上，有尖叫著的赤裸罪人，火焰像爪狀手指般環繞他們。房間另一端，在牆上的人像似乎和酒吧中受到煙霧與噪音包圍的群眾融為一體的位置，有名女孩正在旋轉平臺上跳舞。有片花瓣般彎曲的玻璃隨著平臺旋轉，每當玻璃滑過觀眾與舞者之間，女孩就會消失，一具冷笑的骷髏則取而代之。

「這裡叫做血肉滅絕（All Flesh Will Perish）。」我們努力地擠過人群，崔普便拉高音量，在噪音中對我說明。她指向女孩，又指向她手指上的黑色玻璃戒指。「我就是在這裡得到戒指設計的靈感。效果很棒，對吧？」

我趕緊弄來酒。

人類花了上千年幻想天堂與地獄。永無止盡的享樂與痛苦，不受生命或死亡的規範所侷限。多虧虛擬實境，這些幻想現在成真了。我們需要的，是一臺工業級發電機。我們的確打造了人間地獄——與俗世天堂。

「聽起來有點史詩的感覺，像是安基恩．強德拉給人們的公開告別辭之類的。」崔普喊道，「但我明白你的意思。」

我內心的所想所思，明顯地被我脫口而出。如果這是引言，那我還真不知道引用的源頭為何。肯定不是奎爾主義，她會打任何說這種話的人一巴掌。

「問題是，」崔普還在叫喊，「你有十天！」

現實變得歪斜，發出火焰般色澤的光芒往側邊流動。音樂，騷動與笑聲。我牙齒下的玻璃杯邊緣。一條溫暖的大腿碰觸我的腿；我想那是崔普的腿，但當我轉過身時，另一名黑髮長直、雙唇紅潤的女子則對我露齒一笑。她對我顯露的邀請意涵也讓我微微想起自己最近——

街道場景：

兩側都有裝了柵欄的陽臺，光線與聲響從眾多渺小的酒吧飄散到人行道上，街道上擠滿了人。我走在自己上週殺死的女人身旁，試著回應關於貓的話題。

我忘了某件事。怎麼都想不起來。

某件重——

「你不能相信那種該死的事！」崔普驚呼，或直接往我腦內呼喊，當時我幾乎要想起自己——她是故意的嗎？我甚至記不得前一秒的自己是如此地堅信貓。

在某處跳舞。

＊

更多冰毒，在街角做眼部施打，背靠著牆。有人從旁走過，對我們喊了些什麼。我眨眨眼，試圖看向對方。

「幹，你可以不要動嗎？」

「她說什麼？」

崔普又剝開我的眼皮，專注地皺起眉。

「她說我們倆很美。該死的毒蟲，可能想討施捨吧。」

某間釘滿木板的廁所中，我盯著碎裂的鏡子裡、自己穿戴著的臉孔，彷彿這張臉犯下了反抗我的罪行；也像我正在等待某人從這組五官後方浮現。我雙手靠在底下的金屬水槽上，將水槽連接到牆面的環氧樹脂條，則被我的體重壓得發出嘎吱聲。

我不知道自己在這多久了。

我不知道身在何處，或是我們今晚去過多少地方。

這一切似乎都毫無意義，因為……

鏡子的尺寸搭不上鏡框——鏡子尖銳的邊角，被強硬地塞入將星形鏡面不牢固地架在牆上的塑膠邊框中。

太多邊緣了，我如此對自己說。這一切都不合理。

話語似乎相當特別，就像一般對話中意外出現的韻腳與節奏。我不認為自己有辦法修好鏡子，光是嘗試，就會讓我的手指被割傷……管他的。

我離開鏡子中萊克的臉龐，步履蹣跚地走回堆滿蠟燭的桌子，崔普正在桌邊用一根象牙製長菸斗吸菸。

「米奇．野澤？妳說真的？」

「他媽的沒錯！」崔普激烈地點頭。「《艦隊之拳》（*Fist of the Fleet*），對吧？我至少看過四次。紐約體感（experia）連鎖店進口了很多殖民物品，那變得很時尚。他用飛踢打敗魚叉手的橋段——當他踢出那炫目的一腳時，觀眾完全打從心底感到震撼。真美！簡直是移動詩篇。嘿，你知道他年輕時，也拍過一些立體色情片嗎？」

「狗屁，米奇．野澤沒拍過色情片，他根本不需要。」

「誰說是需求了？光看跟他周旋的那幾個蠢女人，我不用花一毛錢就玩得到。」

「狗、屁。」

「我向上天發誓。他在那部沈船電影中穿戴的高加索式鼻子和眼睛，都是很早期的產品。」

那裡有間酒吧，牆壁和天花板都掛滿了荒唐的樂器，吧臺後方的架上也堆滿了古老的酒瓶，和構造複雜的小雕像等其他無名垃圾。噪音相對地低，我則在喝某種似乎不會對我的身體造成立即損傷的酒。空氣中有股微弱麝香，桌上則擺了幾小碟蜜餞。

「妳他媽的為何這樣做！」

「什麼？」崔普呆滯地說。「養貓？我喜歡貓——」

「為該死的川原工作！她是該死的人渣，還是一文不值的瑪士賤貨，妳為何——」

崔普抓住我揮舞的手臂，瞬間，我以為暴力要發生了。神經化學系統也慵懶地蠢動。但她把我的手臂溫和地架上她肩膀，將我的臉拉到她面前。她睡眼惺忪地對我眨眼。

「聽好。」

一段漫長的停頓出現。我仔細傾聽，崔普則專心地皺眉，拿起酒杯深深地喝了一口，又極度細心地放下玻璃杯。她對我搖晃一根手指。

「不要論斷他人，以免自己遭到論斷。」她口齒不清地說道。

*

另一條往下傾斜的街道。走路突然輕鬆多了。

上頭的星辰明亮地閃耀，比我在海灣市一整週所看到的星空還要清晰。我突然停下腳步，想找尋角馬座（Horned Horse）。

有些事。不對勁。

異星感。我不認得任何星座排列。我的手臂內側冒出冷汗。突然，明亮的火點變得像是外太空艦隊，聚集起來轟炸行星。火星人再度回歸。我以為自己能看到艦隊在頭頂狹窄的天空緩慢移動⋯⋯

「哇！」崔普在我摔倒時扶住我，大笑。「你幹嘛看上面，蚱蜢？」

這不是我的天空。

情況惡化。

在另一個光源明亮的廁所中，我試著把崔普給我的一些粉末塞入鼻孔。我的鼻腔已經相當乾熱，粉末不斷地掉出鼻孔，就像這具軀體已經受夠毒品了。我身後的隔間發出沖水聲，我望向大鏡子中。

吉米．迪索托走出隔間，作戰制服上沾滿殷奈寧的泥巴。在強烈的廁所燈光下，他臉上的傷口看起來特別醜陋。

「你還好嗎，老兄？」

「不太好。」我摳了摳鼻孔，裡頭感覺發炎了。「你呢？」

他打了個代表不想抱怨的手勢，走向鏡子，站在我身旁。當他向水槽傾身時，感光水龍頭就湧出水柱，他開始洗手。泥巴與血塊從他皮膚上被洗去，在水槽中形成濃稠的汙水池，又在排水孔上形成小漩渦。我能感受到他站在我身旁的軀體，但他僅存的獨眼則讓我緊盯鏡中的倒影。我不能，或不想轉身。

「這是夢嗎？」

他聳聳肩，繼續搓手。「是邊緣吧。」他說。

「什麼的邊緣？」

「一切。」他的神情似乎指出這很明顯。

「我以為你只會出現在我的夢中。」我說，態度稀鬆平常地望向他的手。他的雙手有些不對勁，無論吉米洗掉多少汙垢，底下依然有更多層髒汙。水槽裡積滿了汙泥。

「這個嘛，也算吧，老兄。夢境，高壓性幻覺，或像你這樣的昏頭狀況。這就是邊緣，懂吧？現實上頭的裂隙。我這般蠢蛋就存在於此。」

「吉米，你死了。我說這件事說得都煩了。」

「嗯哼。」他搖搖頭。「但你得來到這些裂隙，才碰得見我。」

水槽中的血液泥漿逐漸變少，我也忽然明白，汙水消失時，吉米也會消失。

「你是說——」

他悲傷地搖頭。「解釋太複雜了。你以為就因為我們能記錄一小部分現實，我們就了解它了嗎？還早呢，老兄。還有太多奧秘了。」

「吉米，」我擺出無助的手勢，「我他媽的該怎麼做？」

他從水槽邊後退，毀壞的臉孔則對我露出開朗的笑容。

「病毒攻擊（Viral Strike）。」他語氣清楚地說。當我想起自己在灘頭上尖叫時，全身變得冰冷。「你記得那件鳥事，對吧？」

隨著雙手將水一甩，他就像魔術把戲般消失。

「聽好，」崔普理性地說，「凱德敏得進入儲存槽，才能被安裝進人工義體中。我猜在他發現自己是否殺死你前，你有一整天的時間。」

「前提是他還沒製造雙重義體。」

「不。你想想，他沒有川原的援助了。老天爺，他現在沒有額外資源了，他得自力更生，加上川原對他的追殺，使他極度受限。凱德敏的末日要到了，你等著瞧。」

「只要川原還需要用他來逼我，就會護著他。」

「嗯，這個嘛。」崔普難堪地盯著自己的酒。「也許吧。」

還有另一間叫做電纜（Cable）之類的酒吧，牆上架滿五顏六色的管線，裡頭被設計師擺好的纜線則宛如僵硬的銅毛般露出。吧臺上的間隔處，鉤子掛著外表纖細致命的電纜，纜繩末端有閃爍的迷你接頭。吧臺頂端的空中，有一對龐大的立體顯像插頭與插座，正隨著流水般瀰漫室內的另類音樂顫動。有時候，電子零件似乎會轉變成性器官，但可能只是我受到四式冰毒影響而產生的幻覺罷了。

我坐在吧臺，手肘邊的菸灰缸飄散出某種燒灼的甜味。從我肺部和喉嚨的黏膩感看來，我正在吸入這種煙霧。酒吧裡相當擁擠，我卻覺得孤獨。

我兩側吧臺的酒客將細纜線插入自己，看似瘀青的眼皮下，眼球不斷轉動，扭動的嘴唇也露出作夢般的笑容。其中一人是崔普。

我獨自一人。

原本應該成為想法的思緒，在我受創的心智底部游移。我拿起香菸，陰鬱地吸了一口。現在不是思考的時機。

現在不是——

病毒攻擊！

——思考的時機。

我踏過腳下街道的感覺，就像我夢中，吉米走在我身旁的感覺；殷奈寧的礫石在吉米靴子下移動的方式……**原來他是這樣做的**。

紅唇女子——

也許你不能——

什麼？什麼??

插頭與插座。

試著告訴你——

沒時間去——

沒時間——

沒——

思緒如同漩渦中的水般消失，好似吉米雙手上剝落的泥巴與血塊，流入水槽底部的孔洞……

再度消失。

*

但思緒就和黎明一樣，遲早會再度浮現；隨著日出，這也發生在我身上。我位於導向幽暗水面的白色石階，我們身後升起華麗建築的模糊剪影，我能看出水域另一端、迅速變淡的黑暗中的樹木。我們在一個公園裡。

崔普靠到我肩上，給了我一根點燃的香菸。我反射性地接下，立刻吸了一口，煙霧從我鬆垮的雙唇中飄出。崔普蹲在我身旁。一條尺寸令人難以置信的大魚在我腳邊的水中翻滾。我太過暈眩，來不及反應。

「變種生物。」崔普態度平和地說。

「妳也是。」

零星的對話飄過水面。

「需要止痛藥嗎？」

「可能吧……」我刺探了一下頭部的感覺。「要。」

她一句話也沒說地給了我一大袋顏色各異的膠囊。

「你要怎麼做？」

我聳聳肩。「我得回去，我必須做好被交代的事。」

PART 4 PERSUASION

説服

VIRAL CORRUPT

（病毒破壞）

第二十七章

從機場離開後，我換了三次計程車，每次都用現金付款，接著訂了奧克蘭一家廉價旅館的房間。任何透過電子方式追蹤我的人，都得花點時間才能跟上，我很確信自己沒有被跟蹤。這心態有點偏執——畢竟，我現在的雇主是壞人，所以他們不需要跟蹤我；但我不喜歡崔普在海灣市機場送我離開時，所說的諷刺性道別：「**保持聯絡呀。**」而且，我也不確定自己究竟要做什麼，而如果我不清楚，我當然也不希望別人知情。

廉價旅館的房間內，有七百八十六個影音頻道，包括以高度色彩和預設色彩播放的立體色情片和時事節目；一張有自動清潔功能的雙人床被鉸鏈裝在牆上，上頭飄滿消毒水的臭味；還有逐漸從牆邊歪斜剝落的獨立淋浴間。我從唯一的骯髒窗口眺望——現在是海灣市午夜，微弱的毛毛雨正在落下。已經十分接近我對奧特嘉立下的時限了。

窗戶底下十公尺，有個傾斜的纖維水泥屋頂。上方的中式塔型樓層上的長屋簷，則遮掩了底下的屋頂與街道。這是遮蔽空間。我內心掙扎了一秒，就將崔普給的最後一顆宿醉膠囊擠出包裝，吞下，然後盡可能無聲地打開窗戶，爬了出去，並用手指抓住底部窗框。儘管伸直了手臂，我還是會墜落八公尺。

使用原始手法。好吧，已經沒什麼會比半夜偷偷從旅館窗後爬出去更原始了。

我希望屋頂和外表看起來一樣堅固，並放開了手。

我以正確姿勢撞上屋頂斜坡，滾向一側，並突然發現，雙腿又往空中揮去了——屋頂相當穩固，和新鮮的貝拉草一樣滑溜，我不斷地滑向屋簷。我壓下手肘，以便抓住屋頂，但完全沒有突起物可供抓握，我也只在即將滑出屋頂時，才趕緊單手抓住銳利的屋簷。

離街道還有十公尺。屋簷緊緊扎入我手掌，我用手臂吊著身體一會兒，試著辨識能減緩衝擊力的障礙物，好比垃圾桶或停在路邊的車輛——接著放棄，讓自己直接墜落。道路用力撞上我，但上頭沒有尖銳物體會加強撞擊力道；我翻身時，也沒有撞上可怕的垃圾桶區。我起身，往距離最近的陰影處走去。

在街頭隨機遊蕩了十分鐘後，我發現了一排閒置的自動計程車，便迅速走出目前的遮蔽處，踏上排隊中的第五臺車。升空時，我唸出奧特嘉的暗碼。

「收到密碼。大約抵達時間為三十五分鐘。」

我跨越海灣，接著出海。

——太多邊緣了。

前晚碎裂的記憶片段，在我腦中宛如亂七八糟的燉魚肉，隨機浮現在我腦海中。無法消化的碎塊浮出表面，於記憶環流中搖晃，再度下沉。崔普在電纜酒吧和吧臺連線，萊克的臉從星狀鏡面中回視我。川原也在某處，宣稱班克勞夫特的死因是自殺，但要求終結調查，跟奧特嘉和海灣市警方一樣。清楚我與米麗安·班克勞夫特之間聯繫的川原，也知曉羅倫斯·班克勞夫特和凱德敏各自的秘密。

我的宿醉後期症狀，蠍子般地顫動，抵抗著崔普的止痛藥那逐漸強化的壓制力。崔普，這名曾被我殺害的溫和禪宗殺手，復活後對此毫無記憶，所以毫不計較；因為對她來說，這件事根本沒發生過。

如果有人能說服羅倫斯·班克勞夫特相信他死於自殺，人選就是你了。

在電纜酒吧中連線的崔普。

病毒攻擊。你記得那件鳥事，對吧？

班克勞夫特在日觸宅邸的陽臺上，緊緊鎖定我的目光。**我並非奪取自身性命的人，就算我是，也不會這般魯莽地自殺。假若我的確企圖尋死，你現在就不可能和我交談。**

接著，我突然盲目地明白自己該怎麼做。

計程車開始下降。

「降落地並不穩固。」當我們降落在傾斜的甲板上時，機器多此一舉地說：「請小心。」

我把現金塞入付款孔，艙門就對著奧特嘉的安全地點關上。鐵灰色的短起降臺、以鋼纜作為柵欄，還有周圍的海域；水面在滿是烏雲與雨滴的夜空下波動。車身的探照燈消失，我將注意力轉到自己所在的船隻上。

起降臺位於船尾，我從柵欄邊能看到整艘船身。它看來約莫有二十公尺長，大約是米爾斯波特拖網漁船的三分之二，但寬度則窄了點。甲板上有抗風暴設計的光滑密閉結構；儘管船身看似裝備齊全，卻沒人會認為這是艘漁船。纖細的望遠用船桅在甲板兩處伸高到一半高度，位於前方的尖銳船首斜桅則架在狹窄的船首前。這是艘遊艇，是有錢人漂浮在海上的住家。

光線從後方甲板的艙門洩出，奧特嘉走了出來，揮手要我走下起降臺。我用手指穩穩地勾住柵欄，讓自己不受強風與船身的搖晃影響，走下位於停機坪一側的短階梯，接著跨越後方甲板，抵達艙口。雨水灑落在船身，強風也把我吹得難以行走。透過艙門的光線，我看到一道更為陡峭的階梯——我小心地爬下升降梯，踏入溫暖的室內。頭頂的艙門發出嗡鳴聲，緩緩地關閉。

「你他媽的去哪了！」奧特嘉罵道。

我花了點時間把水甩出頭髮，接著觀望四周。如果這是有錢人的海上住家的話，這名富翁肯定很久沒回家了。家具被收到我剛踏入的房間一隅，被半透明的塑膠布包住，小吧臺上的酒架也空無一物。窗戶邊的艙口都被扣板固定住，房間兩側的房門則導向類似的封存空間。

儘管如此，遊艇中依然流露出財富的氣味。塑膠布下的桌椅以光滑的黑色木頭製成，艙壁與房門上的木板也使用了同樣的木頭，我腳下塗蠟的地板上則鋪了地毯。其餘裝潢也有相近的低調風格，艙壁上還掛了原創畫作。其中一幅是同情者風格的作品，描繪日落中，一座火星造船廠的廢墟；另一幅則是抽象畫，但我沒有足夠的文化素養看懂它。

奧特嘉站在這一切的中央，頭髮散亂又皺著眉，身上穿著絲質和服，我猜是從船上的衣櫥裡拿來的。

「說來話長。」我走過她身邊，瞥向附近的門。「如果廚房能用的話，我想喝點咖啡。」臥房。大型橢圓形床鋪被擺在品味不佳的鏡子間，上頭的羽絨被一團雜亂，看似被急忙掀開過。我走向另一道門時，她打了我一巴掌。

我往旁晃了一下。這一擊並不比我在麵店揍蘇利文的力道重，但奧特嘉是站著的，因而更為有力，傾斜的甲板也使我難以維持平衡。宿醉和止痛藥的交互作用毫無幫助。我沒有倒在地上，但也快了。我蹣跚地起身，舉起一隻手撫摸臉頰，並盯著奧特嘉，她正狠狠瞪著我，兩邊頰骨上有著明顯的紅暈。

「聽好，我很抱歉吵醒妳，但——」

「你這人渣！」她憤怒地罵道，「你這撒謊的垃圾！」

「我不確定我——」

「我應該要讓你被逮捕，科瓦奇，我早該因為你做過的事而讓你被儲存！」

我發起脾氣。「我做了**什麼？**妳最好冷靜一點，奧特嘉，然後告訴我到底發生了什麼。」

「我們今天讀取了罕醉克斯飯店的記憶。」奧特嘉冷冷地說。「初期搜索票中午得到許可。上週的所有紀錄都有，我一直在看。」

她說完後，劇烈的怒氣就從我體內消失。感覺像是她在我頭上倒了一大桶冰冷的海水。

「噢。」

「對，裡頭沒什麼東西。」奧特嘉轉身，雙手環住和服的肩膀處，走過我身邊，往另一道我沒進去過的門走。「你當時是唯一的房客，所以裡頭只有你，還有你的訪客們。」

我跟著她走進第二間鋪設地毯的房間；兩排階梯往下導向狹窄的凹陷廚房，前方兩側則有木板隔間。其他牆面和第一間房有類似的家具；遠處的牆角除外，一臺一公尺寬的螢幕、附屬的接受器和重播模組上的塑膠布被掀了開來。一張有著直挺靠背器的椅子擺在螢幕前，影像則停留在伊利亞斯・萊克的臉鑽入米麗安・班克勞夫特張開的雙腿間的畫面。

「椅子上有個遙控器。」奧特嘉放空地說。「你何不先看點片段，我再幫你泡咖啡？讓你的記憶回復一點，然後你就能好好解釋了。」

她完全不給我回應的機會，就走入廚房。我走向螢幕上暫停的畫面，當影像喚回九感合併激素的回憶時，我內心似乎融成了液體。在前半天缺乏睡眠又混亂的時刻裡，我完全忘了米麗安・班克勞夫特，但現在她回到我面前，與那晚同樣強勢又充滿吸引力。我也忘了羅德里哥・巴提斯塔聲稱警方幾乎已經要和罕醉克斯飯店的律師們達成協議了。

我的腳踢到某個物體，我垂眼看地毯。地板上，有個杯子放在椅子旁，裡頭還有三分滿。我思索著奧特嘉看了多少飯店的記憶。我望向螢幕上的畫面——她只看到這裡嗎？她還看了什麼？那麼，要如何解決這件事？我撿起遙控器，在手中翻轉它。截至目前，與奧特嘉合作仍是我計畫中不可或缺的部分。如果現在失去她，我就有大麻煩了。

我內心還有別的疑慮。那是分我不願承認的激動情感；因為一旦承認，就是典型的愚蠢行徑。儘管我掛念著在飯店記憶中後期發生的事件，心中的感覺還是與螢幕上的畫面產生了緊密連結。

尷尬。羞恥。

愚蠢。我搖搖頭，他媽的**愚蠢**。

「你沒在看。」

我轉身，看見奧特嘉兩手各拿著一杯冒著蒸氣的馬克杯。咖啡混合蘭姆酒的香氣飄向我。

「謝了。」我從她手中接過馬克杯，啜飲了一口，企圖爭取時間。她離開我的身邊，盤起手臂。

「好了。在種種為何米麗安·班克勞夫特不符合犯人條件的情況中。」她往螢幕歪了一下頭。

「那事占了多少比例？」

「奧特嘉，跟那無——」

「你告訴過我，你覺得米麗安·班克勞夫特很嚇人。」她尖酸地搖頭，啜飲咖啡。「我不知道，不過你臉上的神情看起來真不像害怕。」

「奧特嘉——」

「『我要你停止。』她是這樣說的。她真的說過，如果你不記得，就倒帶——」

我把遙控器抽出她手中。「我記得她說的話。」

「那你也記得她對你提出停止調查的小提議，多人——」

「奧特嘉，妳一開始也不想要我查案，記好了。妳說，那是徹頭徹尾的自殺。那不代表妳殺了他，對——」

「住口！」奧特嘉繞著我，彷彿正和我進行近身刀械戰，手上拿的也不是馬克杯。「你在掩護她。一直以來，你都把鼻子埋在她胯下，像條忠心的——」

「如果妳看了剩下的影片，就知道那並非事實。」我試著使用萊克的賀爾蒙不讓我使用的平板聲調，「我告訴克提斯我沒興趣，我兩天前就他媽的那樣回覆他了。」

「你知道法官會怎麼處置這段影片嗎？米麗安．班克勞夫特試圖透過非法性服務買通她丈夫的調查員。噢對了，承認擁有多重義體這件事，儘管無法被證實，在法院上看起來還是很糟。」

「她會駁斥這個紀錄，妳知道她辦得到。」

「前提是，她的瑪士丈夫想站在她這邊。他看過這影片後，可能就不會願意了。你知道，這不是莉拉．貝金案的重演，這次道德壓力來自另一方。」

道德觀的影射是這場爭論的表象，但我隨後不安地發現，這就是當下狀況的核心。我回憶起班克勞夫特對地球道德文化進行的重點評估，並思索他是否能看著我的頭伸進他老婆腿間，而不會覺得遭到背叛。

我依然嘗試理出自己對這件事的看法。

「既然我們提到法律問題，科瓦奇，你從魏記診所帶回來的人頭也不可能使你減刑。非法扣留數位人類，在地球上會被判五十到一百年徒刑，如果我們能證明是你砍下頭的話，刑期還會更久。」

「我本來要告訴妳的。」

「不，你他媽的沒這麼打算！」奧特嘉吼道，「你根本不打算告訴我任何自認不需要提的事！」

「聽著，反正診所不敢抗告。他們有太多——」

「你這傲慢的王八蛋！」咖啡杯沉重地撞上地毯，她握起拳頭。現在她雙眼中充滿了真實的怒火。「你和他一樣，你和他**完全**一樣！你認為我們需要該死的診所，還有你把切下的腦袋放進旅館冰箱裡——那在你老家不是犯罪嗎？科瓦奇？斬首——」

「等等，」我把咖啡放在身旁的椅子上。「我到底像誰？」

「什麼？」

「妳剛說我像——」

「別管我剛說的！你明白自己幹了什麼好事嗎？科瓦奇！」

「我唯一明——」突然，我身後的螢幕傳出聲響，那是黏膩呻吟與高潮吸力的淫黏聲。我望向左手緊握的遙控器，試著研究我為何不小心啟動了繼續播放，而一陣低沉的女性呻吟嚇得鮮血在我全身亂竄……奧特嘉撲向我，想把遙控器從我手中搶走。

「把那東西給我，關掉那該死的——」

我和她爭奪了一下，但我們的動作只使音量被調得更大。接著，忽然間，隨著理智上升，我鬆開了手，她則往後倒在椅子上，胡亂地按著按鈕。

「——東西。」

房內一陣靜默，只傳出我們沉重的呼吸聲。我將目光定在房間另一頭、其中一扇被釘起來的舷窗；倒在我大腿和椅子間的奧特嘉，可能還盯著螢幕。當我思及此，有那麼一瞬間，我們的呼吸節奏對上了彼此。

我轉身，打算扶她起身時，她已經起身撲向了我。我想，在我倆明白發生了什麼事前，我們的手就貼上彼此了。

這種反應彷彿旋轉。彼此環繞的敵手，衛星般地往下墜落、燃燒，臣服於如同鐵鍊拉扯的同一股引力，又在全身放出火焰般的感觸。我倆同時企圖親吻彼此和大笑。當我的雙手滑進她和服內時，奧特嘉發出興奮的急促喘息，我的手掌又滑過和繩索末端同樣硬挺的粗糙乳頭，以及尺寸彷彿天生就適合我手掌的乳房。和服脫離她的身體，開始先是滑落，接著便隨著肩膀的動作逐漸被扯下。我同時脫下夾克和上衣，奧特嘉的雙手則著急地解開我的皮帶、拉開拉鍊，將一隻手指修長的厚實手掌深入我的褲檔。我感到每一根指頭末端的繭都在磨蹭我。

不知如何，我們離開了擺設螢幕的房間，抵達我之前看到的船尾艙房。我跟隨奧特嘉搖晃的腳步跨越房間，看著對方修長大腿上的肌肉線條，覺得這想必是萊克和我一致的心願，因為我感覺像個返鄉的遊子。擺滿鏡子的房間中，她的頭在雜亂的被單上躺下，我則眼看自己全根插入她的身體，口中發出喘息，因為她的身體相當灼熱。她體內彷彿起了火，用洗澡熱水般的溫度握住我，她炙熱的屁股則隨著每一次插入，在我骨盆上留下烙印般的熱痕。她的脊椎在我前方蛇般上揚，她的頭髮則從下垂的頭部帶著混亂的優雅撒下。透過周圍的鏡子，我看見萊克伸手握住她的雙乳，接著摸向她的肋骨與肩膀的曲線，同時，她像船身周圍的海域般起伏呻吟。萊克與奧特嘉，兩人的身軀彼此纏繞，宛若永恆史詩中的重逢戀人。

我感到高潮傳遍她全身，但卻是她透過凌亂的髮絲看我的眼神，還有微張的嘴唇，才讓我失去最後一丁點自我控制，使我緊緊貼住她背部、臀部的輪廓，直到我在她體內結束痙攣，一同倒上床。我覺得自己像某種新生的物體般滑出她體內，我覺得她還在高潮。

很長一段期間，我倆什麼都沒說。船隻自動行駛，我們周遭的鏡面則像冰冷的浪潮般逼近，彷彿要與我們融為一體，消弭了親密度。幾秒內，我們仔細地檢視了自己的外在形象，而非專注在彼此身上。

我一隻手臂環住奧特嘉的側腹，將她輕輕轉過一邊，使我們湯匙一樣地躺著。我在鏡中對上了她的目光。

「我們要去哪？」我溫和地問她。

她聳聳肩，但她用這動作磨蹭著我。「設定好的航程會繞過沿岸，航行到夏威夷，繞一圈之後再回來。」

「沒人知道我們在這裡？」

「除了衛星。」

「這主意不錯。這是誰的船？」

她往後看我。「萊克的。」

「唉呀，」我刻意移開目光。「地毯真不錯。」

令人意想不到的是，這居然讓她發笑。她在床上轉過身、面對我，輕柔地觸摸我的臉，似乎以為能輕易留下記號，或使我的面容消失。

「我告訴過自己，」她低語道，「這樣太瘋狂了。你知道，這只是軀殼而已。」

「大多數事物都一樣。主觀意識與這種事無關。如果妳相信心理學家，這也和我們過活的方式沒有關聯。理性思考只有一丁點，大多仍來自後見之明。其餘行為都來自賀爾蒙衝動、基因性本能，和費洛蒙的微妙調整。十分悲傷，卻是事實。」

她的手指順著我臉龐線條滑下。「我不認為這很悲傷。我們對自己做的事，才令人難過。」

「克莉絲汀．奧特嘉。」我抓住她的手指，溫和地捏緊。「妳是個真正的盧德主義者[7]，對吧？妳到底怎麼選上這種工作的？」

她又聳聳肩。「警察世家。我父親是警察，祖母也是警察。你懂的。」

「我沒有這種經驗。」

「對。」她慵懶地將一條腿伸向裝設鏡子的天花板。「我猜沒有。」

我把手伸過她平坦的腹部，沿著大腿線條移到膝蓋，將她輕柔地放平，並溫柔地吻向陰部生長的、被修剪過的小撮陰毛。她微微抗拒，或許是想到了另一個房間裡的螢幕，也或許是因為我們混雜在一起的汁水從她體內流出……她放棄了掙扎，在我身下放鬆。我把她另一隻大腿高舉上我的肩膀，把臉貼近她的雙腿間。

這次她高潮時，隨之而來的，是她從喉中發出的強烈叫聲，她腹部的肌肉緊縮著，整具身軀則在床上前後扭動，臀部往上抬起，將柔軟的嫩肉送入我口中。某段期間，她不自覺地吐出西班牙語，語調讓我感到更加激情；當她終於停止顫動時，我就直接滑入她體內，向下抱住她，將舌頭送入她口中。這是我們抵達床鋪後首次接吻。

我們緩慢移動，試著配合海水晃動的節奏，也浸淫在我倆第一次擁抱對方時發出的笑聲中。這似乎維持了很長一段期間，從談話的時間，到溫軟的低語和興奮的急促對話、體位的變化與輕咬，到手掌緊握彼此……同時，一股滿溢的情感幾乎讓我的雙眼感到疼痛。在最後一波難以抵擋的壓力下，我終於解放了自己，進入她體內，感受她最後一次渴求著我逐漸消退的硬挺，並達到她自身顫抖的終曲。

「在特使軍團中，你接受被賜予的一切。」維吉尼亞．維達奧拉在我記憶迴廊的某處說。**「有時那樣就夠了。」**

我們第二次分開時，前二十四小時的重量，就像另一間房裡的沉重地毯般垮在我身上，我的意識也逐漸消失在身體周邊的暖意中。我最後一個清楚的記憶，是我身旁的修長軀體重新用胸部貼上我的背，一隻手環過我，以及特別舒服的足部交纏感，我們的雙腳勾在一起，像在牽手。我的思緒逐漸放緩。

被賜予的一切。有時。就夠了。

7 Luddite，十九世紀反對工業革命的抗議分子。

第二十八章

我甦醒時，她已經不見了。

陽光從許多被打開的觀景窗照入艙房。船身幾乎已停止搖晃，但還是有足夠的晃動，讓我能間斷地看到藍天與水平線上的些許雲朵，與底下相對和緩的海面。船上某處，有人正在煮咖啡和煎煙燻肉。我躺了一下，整理內心四散的思緒，並試著從中釐清某個合理的想法——該告訴奧特嘉什麼？要說多少，又得強調多少？特使訓練宛如正爬出沼澤般地緩緩啟動。我讓它在我心中沉澱，被照在我頭部旁、床單上的陽光所吸收。

門邊，玻璃杯的響聲讓我回過神來。奧特嘉站在門口，身上穿著寫有**「對六五三法案說不」**的T恤，上頭的**「不」**還被特意抹上了紅色十字架，還有同色的**「好」**。她赤裸的雙腿末端消失在T恤底部，彷彿還會無止盡地往上延伸。她雙手捧著一個大托盤，上頭擺滿足以餵飽一整支中隊的早餐。看到我起床，她就把髮絲從眼前撥開，露出大咧的笑容。

於是我把一切都告訴她。

「那你要怎麼做？」

我聳聳肩，往水域看去，因反光而瞇起雙眼。海面似乎更為平靜，也比哈蘭世界的海洋流速更為遲緩。在甲板上一看，海洋的無邊無際便十分明顯，遊艇也只是孩童的玩具。「我要照川原的要求去做；以及米麗安．班克勞夫特的要求；還有**妳**的要求——照每個人他媽的想要的做，我要結案。」

「你覺得是川原殺了班克勞夫特嗎？」

「很可能。或是她在保護兇手……這不重要。莎拉在她的手掌心，這才重要。」

「我們可以控告她綁架。非法居留數位人類會被判——」

「五十到一百年，對。」我微弱地笑道。「我昨晚聽過了。但她不可能直接揹起罪名，一定會有替死鬼。」

「我們可以弄到搜索票——」

「她是該死的瑪士，克莉絲汀。她不需要花任何心思，就能擊垮一切。總而言之，這不是當下的問題。我一反抗她，她就會把莎拉拋進虛擬牢房。妳的搜索票要花多久才能得到許可？」

「如果是聯合國批准的，就得花上幾天。」奧特嘉說出這句話時，她的表情也轉趨凝重。她靠向柵欄，往下看。

「沒錯。在虛擬實境中，那等於一整年。莎拉不是特使，沒有受過特訓。川原在八到九個月的虛擬月中對她做的事，會讓正常的心智完全瓦解。等到我們把她拉出來時，她就學會不斷地瘋狂尖叫了。**前提是**我們成功救她出來，總而言之，我他媽的**不考慮**讓她經歷——」

「好。」奧特嘉把一隻手放在我肩膀上。「好，對不起。」

我微顫了一下，不確定是因為海風，或是因為想到川原的虛擬地牢。

「算了。」

「我是警察，我的本性就是找出打垮壞人的方法。僅此而已。」

我抬頭看她，露出淒涼的微笑。「我是特使。我的本性是找出撕裂川原喉嚨的方式。我想過了，沒有別的方法。」

她對我露出的笑容相當不安，混合了遲早會影響我們的矛盾感。

「聽好，克莉絲汀。我找到處理方式了。得對班克勞夫特撒個頗具說服力的謊，終結案件。這相當非法，但沒有相關人士會受傷。如果妳不想知道的話，我就不告訴妳。」

她思考了好一陣子，目光掃視遊艇旁的水面，彷彿答案在水上游泳，維持和我們同樣的位置。

我在柵欄邊漫步，給她時間思考，一面揚頭觀看上方的藍色天空，也想到軌道監視系統。在彷彿無邊無際的海洋中間，還受到遊艇的高科技設備保護下，很容易便能相信自己得以躲過世上類似川原與班克勞夫特的人士，但這種躲藏方式早在數世紀前就沒屁用了。

「如果他們在找你，」年輕的奎爾曾經如此描寫哈蘭世界的菁英統治階層，**「就遲早會把你從星球上揪出來，好像拾起火星古物上的幾顆有趣塵埃。即便穿越星際蒼穹，他們依然追殺著你。躲入儲存庫數世紀，等到你被重新安裝在義體上後，他們也會在全新的複製體中等待你。他們是我們曾幻想過的神明，是命運的神秘使者，和死亡一樣令人無法逃脫；而死神，這帶著鐮刀的可**

憐老傢伙，則早已失去了原本的魔力。可憐的死神，無力對抗偉大的碳變科技中，數位人類資料的儲存與復活能力。我們一度恐懼祂的到來，現在我們則誇張地捉弄一度充滿威嚴的祂，而這些人甚至不願讓祂在世上占一席之地。」

我拉下臉。比起川原，死神太容易被擊敗了。

我在船首停下腳步，望向水平線上的一點，直到奧特嘉下定決心。

假設你很久以前便認識某人。你們分享一切，也將對方了解得透徹。接著你們分道揚鑣，生命把你們沖刷到不同的方向，你們之間的連結也不夠強韌。也或許，你們迫於外在因素而分離。數年後，你再度遇上使用同具義體的對方，使你重蹈覆轍——吸引力在哪？這是同樣的人嗎？他們可能擁有一樣的名字和相同的外表，但這能代表他們是同一人嗎？如果不是，就代表關係變得不重要了嗎？人會改變，但變了多少？孩提時期的我，相信基礎人格的存在；外界因素會在核心人格周圍演化、改變，而不影響你的本質。之後，我開始發現這是由於我們習慣將自己置入比喻，因而引發的錯誤認知。我們認為是人格的事物，其實不過是我面前其中一波移動事物的當下形體。或是說，將它減慢到人類的速度時，就會形成沙丘的形狀。那是會隨著刺激而有所反應的物體。強風、引力與家世，基因藍圖。一切都會被腐蝕、被更改。改變這件事的方式，就是永遠待在暫存器中。

就像原始的六分儀運作方式，是基於太陽和星辰圍繞著我們所在的行星而運轉的錯誤認知，感官也使我們產生宇宙穩定的幻覺，我們接受了這點，因為一旦少了這分自我接受，就什麼都做

不成了。

維吉尼亞・維達奧拉在會議室中踱步，沉浸在教學模式中。

但儘管六分儀讓你能夠在海上準確定位，卻不代表太陽和星辰繞著我們轉。儘管我們以文明或個體所成就了一切，但宇宙並不穩定，宇宙的萬物也是如此。星辰會吞噬自身，宇宙本身也會分裂，我們自己也由持續變動的物質組成。短暫團結的細胞群，在群體中重覆複製與壞死，形成充滿電子脈衝的白熱細胞雲，與極度脆弱的堆疊碳元素編碼記憶。這是現實，也是自我認知；察覺這點自然令人頭暈目眩。你們有些人在真空指揮部（Vacuum Command）服務過，一定會覺得自己碰上了存在感暈眩症。

一抹淺笑。

我向你們保證，你們在太空中享受的禪學氛圍，不過是這裡的學習過程中的初步階段而已。你們身為特使所做的一切，都必須奠基於對萬物皆為流動的理解。無論是任何你們想以特使身分察覺的事物，無論是創造或達成任何事，都必須以那股流動打造。

祝你們所有人好運。

如果你無法在同輩子以同樣的義體見到同樣的人兩次，那下載中心的親友們，又該如何是好？他們等待著某個自己曾經認識的人，對方卻透過陌生人的雙眼注視自己——那樣的人，怎麼會是同樣的對象呢？

面對穿戴著她曾愛過的男人軀殼的陌生人，這名女子該如何抉擇？究竟是更貼近自己，或反而離自己更加遙遠？

開口回答的陌生人又該如何思考？

我聽見她沿著柵欄走向我，停步在幾步以外的距離，平靜地清了清喉嚨。我壓下笑意，轉過身。

「我沒告訴你萊克是怎麼擁有這一切的，對吧？」

「之前似乎不是問這件事的好時機。」

「當然。」她的笑容彷彿被微風吹散。「他偷來的。幾年前，他還在義體失竊組時，這裡屬於雪梨的某個大牌複製人營銷商。萊克破獲案件的原因，是由於這傢伙透過西岸診所運送分解後的商品。萊克被邀請加入當地的調查小組，他們則試圖趁對方在碼頭時逮住他。大規模槍戰發生，死了很多人。」

「以及許多戰利品。」

她點點頭。「那裡的人作風不同。大多數警務工作都由私人承包商接下。當地政府處理的方式，是將你打敗的罪犯資產作為酬勞。」

「有趣的獎勵方式。」我沉思著說，「應該會導致很多有錢人被逮。」

「對，他們說的確如此。這艘遊艇是萊克的酬勞，他在那起案件中接下很多基本業務，也在槍戰中受了傷。」她說出這些細節時，語氣出奇地毫無戒心，這也是我頭一次感到萊克的距離感。

「那就是他得到眼睛下傷疤的事件，還有手上的傷痕。是纜繩槍幹的。」

「真慘。」我不禁從有傷疤的手臂上感到微顫。我之前對上過纜繩槍，也不怎麼喜歡那狀況。

「對。大多人認為萊克踏實地賺了每分錢。重點是，海灣市的政策不允許員警因勤務而收下禮物或獎金等物品。」

「我懂箇中道理。」

「對，我也能。但萊克不懂；他雇了一些高明的浸漬人來消除船隻的紀錄，再透過秘密帳戶重新注冊船隻。他自稱需要避難所，以便自己哪天需要藏匿某人。」

我露出一絲微笑。「真不合理。但我喜歡他的風格——那和在西雅圖出賣他的浸漬人是同一個人嗎？」

「你的記憶力不錯。對，就是同一個人。他叫細針納丘（Nacho the Needle）。巴提斯塔把故事說得四平八穩，對嗎？」

「妳也看到那段了吧？」

「對。原本，我應該因巴提斯塔表現得一副好舅舅的模樣修理他。講得像是我需要情感上的保護……他已經離過兩次婚了，他甚至還不到四十歲。」她若有所思地望著外海。「我還沒時間找他，最近忙著生你的氣。聽著，科瓦奇，我告訴你這一切的原因，是因為萊克偷了船，觸犯了西岸法律。我明白的。」

「但妳什麼都沒做。」我猜道。

「對。」她看著自己的雙手，手掌往上攤開。「噢，該死，科瓦奇，我們在騙誰？我也不是聖人，我在凱德敏的拘留期內踢了他，你看到了；我應該因為發生在傑瑞妓院外頭的鬥毆逮捕你，我卻放走了你。」

「我記得，妳當時不想寫案件報告。」

「對，我記得。」她露出陰鬱的神情，轉身望進我的雙眼，在萊克的臉龐上找尋她能信任我的蛛絲馬跡。「你說自己會犯法，但不會有人受傷——沒錯吧？」

「沒有相關人士會受傷。」我溫和地更正。

她緩緩點頭，彷彿某個剛因有力說詞而改變心意的人。

「你需要什麼？」

我離開柵欄邊。「首先，我需要海灣市的妓院名單，特別是使用虛擬設施的據點。之後，我們最好回到城裡。我不想在這裡聯絡川原。」

她眨了一下眼睛。「虛擬妓院？」

「對。混合虛擬和真實設施的都行。其實，最好給我西岸所有經營虛擬色情影片的業者名單，越低階的越好。我要給班克勞夫特一個髒到不行的答案，使他根本不會想仔細觀察上頭的瑕疵。得糟糕到讓他連**想都不敢想**。」

第二十九章

奧特嘉的名單上有超過兩千個名字，每個名字都附注有簡短的監視報告，與店主、顧客相關的有機傷害罪名。紙本檔案約莫有兩百張疊在一起的報單，我才看完第一頁，其餘文件就像長條紙圍巾一樣攤開。我試著在回海灣市的車程中掃視名單，但文件多到差點在後座淹沒我們後，我就放棄了。我心裡有一部分希望自己還留在萊克遊艇後艙的床上，遠離人類世界和裡頭的問題，待在上百公里外的無邊藍海上。

回到守望塔套房後，我讓奧特嘉待在廚房，同時用崔普給我的號碼打給川原。崔普先出現在螢幕上，五官充滿睡意。我想她可能整晚沒睡，試圖追蹤我。

「早安。」她打起呵欠，可能還查閱了體內報時晶片。「我是說，午安。你上哪去了？」

「外頭。」

崔普粗獷地揉揉一隻眼睛，又打起呵欠。「隨便你。我只是在閒聊而已……你的頭還好嗎？」

「好多了，謝謝。我要跟川原談話。」

螢幕轉為待機狀態，開展的三色螺旋畫素和怪異的柔和弦樂隨之出現。我緊咬牙關。

「武先生。」一如既往，川原以日語開場，彷彿這樣便能和我達成某種共識。「這真是出乎意料地早——你有好消息要給我嗎？」

我固執地使用亞美聖公語。「這是保密線路嗎？」

「相當接近，沒錯。」

「我有份必需品清單。」

「說吧。」

「首先，我需要一種軍用病毒。最好是羅林四八五一（Rawling 4851），或其中一種康多瑪變體（Condomar）。」

川原充滿智慧的五官突然變得僵硬。「殷奈寧的病毒？」

「對。它已經過期一世紀了，應該不太難取得。然後我需要——」

「科瓦奇，我想你最好解釋解釋自己的計畫。」

我揚起一道眉毛。「我以為這由我全權負責，而妳不想牽扯入其中。」

「要是我幫你弄到羅林病毒的樣本，我就會說這已經和我扯上關係了。」川原對我露出若有所思的微笑。「你究竟想做什麼？」

「班克勞夫特自殺，就是妳要的成果，對吧？」

對方緩緩點頭。

「那就必須有理由。」我說，不自禁地對自己構思出的謊言感到熟悉。我做了特使軍團訓練我做的事，感覺很棒。「班克勞夫特擁有遠端儲存功能，除非他有非常特殊的理由，否則自殺並不合理。得是個和實際自殺事件無關的理由……譬如自保。」

川原瞇起眼睛。「繼續。」

「班克勞夫特經常前往現實與虛擬妓院，這是前幾天他自己告訴我的。他也不太在乎場所的品質。好，假設他洩慾的其中一家虛擬妓院出了意外——某個被棄置了數十年的老舊程式意外發生外洩。低階妓院中，沒人知道裡頭到底藏了什麼鬼東西。」

「羅林病毒。」川原屏息以待般地吐了口氣。

「羅林四八五一變體要約莫一百分鐘才能完全啟動，到時便來不及補救了。」我努力將吉米．迪索托的影像趕出腦海，「目標的汙染程度已經無藥可救。假設班克勞夫特透過某個系統警告發現這件事——他體內一定有某種警告裝置。忽然間，他發現自己裝備的暫存器和相連的大腦都必須被銷毀。如果你有備用複製體和遠端備份的話，這就不是災難，但——」

「傳訊！」川原的表情在恍然大悟時亮了起來。

「沒錯。他得儘快阻止病毒被針刺傳輸送進他其餘的人格備份中。由於下一波針刺傳輸當晚就會開始，也許只剩下幾分鐘，只有一個方法能確保遠端暫存器不受汙染。」

我往頭部比了個模擬手槍的手勢。

「真狡猾。」

「所以他才要求檢查時間。他無法信任自己的體內晶片，病毒可能已經破壞了程式功能。」

川原嚴肅地將雙手移入鏡頭，鼓起掌來。她拍完手，就將手合起，越過雙手看我。

「非常高明，我會立刻取得羅林病毒。你還過下載病毒用的虛擬儲存庫了嗎？」

「還沒。我不只需要病毒，我還要妳安排艾琳．艾略特的假釋與義體重置，她目前因遭控浸漬罪而被關在海灣市中央監獄。我也要妳看看是否能從買家手上，買回她原本的義體。購買過程經過企業協定，一定會有紀錄。」

「你要用艾略特來下載羅林病毒嗎？」

「證據顯示她很有一手。」

「證據顯示她被抓了。」川原簡短地說。「我有很多人能幫你做這個工作，有頂尖入侵專家。你不需要——」

「川原。」我努力壓抑脾氣，但聽出自己嗓音中的緊繃感。「記好，這是我的計畫，我不要妳的人插手。如果妳放出艾略特，她就會保持忠心。把她自己的軀體還給她，她就會為我們終生效勞。我打算如此，所以妳就照做吧。」

我等著對方回覆。川原面無表情了一陣子，接著對我投以工於心計的詭異笑容。

「好吧，我們照你的作法走。我確定你明白自己承擔的風險，以及失敗的後果。今天稍晚，我會藉由罕醉克斯飯店聯絡你。」

「凱德敏的消息呢？」

「凱德敏毫無風聲。」川原再度微笑，終止了連線。

我盯著待機螢幕一陣子，思索剛設下的騙局。我有種不安感，認為自己在謊言中吐露了真相。

更確切的說法，是我精心設計的謊言沿著真相的軌跡發展。好的謊言應該緊貼真相，從中汲取精華，但這是某種令人感到不適的氛圍。我覺得自己像個在追蹤沼澤獵豹、卻太過靠近獵物的獵人，隨時可能看到牠以血口利齒與滿頭觸鬚的恐怖模樣衝出沼澤。真相就隱藏在這裡某處。

這感覺相當難以消除。

我起身走進廚房，奧特嘉則正在幾乎空無一物的冰箱中摸索。裡頭的燈光以我沒見過的方式照亮她的五官；而在一條舉起的手臂下，她鬆垮上衣下的右乳像果實或水波般隆起。我的手充滿觸碰她軀體的渴望。

她抬起頭看我。「你不煮飯嗎？」

「飯店會處理，餐點會從艙口送來。妳想要什麼？」

「我想**煮**飯。」她放棄搜索，關上冰箱門。「找到你要的東西了嗎？」

「我想是吧。妳把食材清單交給飯店。我想，那底下的架子上有平底鍋之類的廚具。妳還需要別的東西的話，就問飯店。我要去檢查名單。對了，克莉絲汀……」

她從我指向的架子邊轉頭。

「米勒的頭不在這裡，我把它放在隔壁。」

她的嘴微微抿了起來。「我知道你把米勒的頭放哪。」她說，「我不是在找它。」

幾分鐘後，我坐在窗架上，紙本名單則攤在地板上時，我聽見奧特嘉與罕醉克斯飯店低聲交談。外頭有些敲擊聲，也傳來更多低語，接著則是熱油被輕輕翻炒的聲響。我壓下抽菸的欲望，低頭繼續看資料。

我正尋找某個東西，我在紐佩斯特的年輕時代每天都會看到的東西；我的青少年時期都在這類地點度過：狹窄的走道中有不同小店，裝滿廉價立體顯像招牌，上頭寫著**「比實體更棒」**、**「大量場景」**、與**「美夢成真」**。設立虛擬妓院的成本不高，你只需要用來擺設客戶包廂的空間與店鋪前廳。軟體的價格各異，取決於它的原創性或特異性；但通常能以二手價買到軍用品，作為執行程式用的機器。

如果班克勞夫特能把時間和金錢花在傑瑞的生化包廂上，他在這種地方一定相當自在。

當我看完三分之二的名單時，注意力就越來越受廚房飄來的香氣所吸引，此時，我的目光落在一項熟悉的條目上，使我突然僵住。

我看到一個留著黑色長直髮，還有鮮紅唇瓣的女子

我聽到崔普的聲音

……**極樂飄緲屋。我要在午夜前抵達。**

刺有條碼的司機

沒問題。今晚海岸區的人不多。

極樂飄緲屋。就是這種感覺；也許你無法負擔這裡的費用，但你絕對買得起這種服務。

多人的高潮呻吟

來自家族，來自家族，來自家族……

與我手中的正式文件。

極樂飄緲屋：合格西岸家族，提供真實與虛擬產品，機動空中據點位於海岸邊界……

我掃視紀錄，腦中發出嗡嗡聲，彷彿大腦是被鎚子仔細敲下的水晶。

定位光線與信標系統鎖定於海灣市與西雅圖。機密會員編碼。路線搜尋，無紀錄。無罪行。

營運者為第三眼股份有限公司（Third Eye Holdings Inc.）。

我動也不動地坐在原地思考。

還缺了些線索。這就像是尖銳邊緣被塞入框內的鏡子，它能照映出畫面，卻無法顯露整體影像。我努力窺視手中的不規則邊線，試圖從邊緣找出背景。崔普原本要帶我去見雷——瑞琳——地點在極樂飄緲屋。不在歐洲，歐洲是個煙幕彈，肅穆的大教堂是用來讓我忽視原本應該相當明顯的事實。如果川原和這件事有關，她就不可能在地球另一端進行主導。川原人在極樂飄飄緲屋，而且……

而且什麼？

特使直覺是種潛意識的感覺，也是經常遭到真實世界對細節的要求所損壞的強化感知力。只要有足夠的連續性，你就能瞬間看出事件始末，彷彿是對真相的預感。從大綱開始觀察，之後再填入細節。但在特定細節上，你必須得到鳥瞰般的空中角度。就像舊式飛行器，你得先助跑一段距離。我卻沒有這種優勢。我能感到自己在地面蹦跳，不斷向天空伸手，卻持續掉落……距離不夠。

「科瓦奇？」

我抬起頭，看到了解答。就像連上線的抬頭顯示器，也像在我腦中扣上的氣壓鎖。

奧特嘉站在我面前，一手拿著攪拌器，頭髮則往後綁成鬆垮的髮結。她的T恤字樣十分搶眼。

六五三法案。好或不，隨你決定。

歐穆．裴斯考

班克勞夫特先生在聯合國法院有強大的非正式影響力。

傑瑞．西達卡

海葵是天主教徒……我們接納很多這種人，有時候可方便了。

我的思緒炸藥引信般地點燃，沿著思緒連起不同的要點。

網球場

納蘭．爾特金，聯合國最高法院大法官

喬瑟夫．費里，人權委員會

我說的話

我想，你們是來討論六五三法案的吧。

強大的非正式影響力……

米麗安．班克勞夫特

我需要有人幫我讓納蘭擺脫馬可。對了，他正在氣頭上。

與班克勞夫特

照他今天打球的方式，我一點都不訝異。

六五三法案。天主教徒。

我的心智將資料灑向自己，就像故障的檔案搜尋功能一樣，不斷往下捲。

訕笑的西達卡

宣誓文還存在硬碟裡，也跟梵蒂岡申請了棄權誓言。

有時候可方便了。

奧特嘉

受到良心聲明封鎖。

瑪莉．盧．辛奇利。

去年海岸防衛隊從海裡撈起某個小鬼。

身體沒殘留多少，但他們找到了暫存器。

良心聲明封鎖。

從海裡。

海岸。

機動空中據點位於海岸邊界……

極樂飄緲屋。

這過程無法暫停，彷彿是心靈中的山崩。現實的碎片往下崩落、瓦解，但它們並非落入虛無，而是合成某種型態，重組成我還無法一窺全貌的完整實體。

定位光線鎖定於海灣市——

——與西雅圖

巴提斯塔。

一切都發生在西雅圖某間黑市診所。

殘存者墜落在太平洋中。

奧特嘉的理論是，萊克遭到陷害。

「你在看什麼？」

這段話像時間大門中的鉸鏈般，懸掛空中好一陣子，突然間，時間關上大門，而門後的莎拉剛從米爾斯波特的飯店床鋪上醒來，軌道衛星開火時的轟然巨響則使玻璃在窗框中搖晃；窗口外，旋轉的螺旋槳正劃開夜空，我們的死亡則近在咫尺。

「——你在看什麼？」

我眨眨眼，發現自己仍盯著奧特嘉的T恤，以及她被外衣包住的雙峰，還有胸口上的浮印字體。她臉上掛著一抹微笑，但笑容隨著關切逐漸淡去。

「科瓦奇？」

我又眨了一次眼，試著掙脫T恤引發的滿溢思緒……極樂飄緲屋的高聳真相。

「你還好嗎？」

「沒事。」

「想吃東西嗎？」

「奧特嘉，萬一——」我得清清喉嚨，吞下一口唾液，再繼續說話。其實我不想這麼說，我的軀體也不想要我開口。「萬一我能讓萊克被釋放呢？我是說，永久釋放。解除他的罪名，證明西雅圖事件是被誣陷的。那樣對妳來說，有什麼意義？」

瞬間，她就像我說了她不懂的語言般直盯著我。接著她走到窗架邊，小心地面對我，在窗邊坐下。她沉默了一陣子，但我已經在她眼中看出答案了。

「你有罪惡感嗎？」她終於問。

「關於什麼？」

「關於我們。」

我差點大笑出聲，然而體內的痛苦足以壓抑喉中發笑的反射動作。想碰觸她的慾望並未停止。過去一天內，這個慾望如退潮般不斷減弱，但從未消失。當我望向她靠在窗臺上的臀部與大腿曲線時，就能清楚地回想起她貼緊我的時候，印象清晰地彷彿身在虛擬實境。我記得她的乳房在我手掌上的重量與形狀，彷彿握住那對美乳，就是這具義體的畢生志業。我望向她時，我想用手指愛撫她臉蛋的線條。我心中沒有罪惡感，也沒有空間容納寵愛感以外的事物。

「特使沒有罪惡感，」我簡短地說。「我很嚴肅。川原很有可能、不，幾乎能肯定是她陷害了萊克，因為萊克讓瑪莉．盧．辛奇利案變得過度棘手。妳記得辛奇利的工作紀錄細節嗎？」

奧特嘉想了一下，接著聳肩。「她逃家和男友私奔。她做的大多是未注冊的雜務，只要能讓她支付房租的工作都行。她男友是個人渣，早在十五歲就有犯罪紀錄。他賣了些僵毒，也破解了幾個安全性不高的資料暫存器，但多數靠他的女友賺錢維生。」

「他會讓女友去肉架工作嗎？或生化包廂？」

「噢，當然。」奧特嘉臉色凝重地點頭。「答應的速度可快了。」

「如果有人為虐殺式妓院招募人手，天主教徒就是理想的選擇，不是嗎？畢竟，他們死後也不會把事情告訴別人。因為良心聲明。」

「虐殺。」如果可以用凝重來形容奧特嘉之前的表情，那現在她就是面如鐵灰了。「在這裡，大多數虐殺妓院被害者，暫存器都會在事後遭到電擊。他們不會說出任何事。」

「好吧。但如果出差錯了呢？特別是，如果瑪莉．盧．辛奇利本來要被當成虐殺用妓女，所以她試圖逃跑，並跌出名叫極樂飄緲屋的空中妓院。她的天主教信仰因此非常有用，對吧？」

「極樂飄緲屋？你是認真的嗎？」

「這也使得極樂飄緲屋的老闆們急於阻止六五三法案通過，對嗎？」

「科瓦奇。」奧特嘉用雙手示意我冷靜點。「科瓦奇，極樂飄緲屋是其中一個家族。高級妓院。我不喜歡那些地方，它們就和生化包廂一樣令我作嘔，但它們很清白。它們為上流社會提供服務，也不會進行虐殺這類勾當——」

「那麼，妳不認為上流階層會在虐待癖和戀屍癖上找樂子，那是賤民的的樂趣，是嗎？」

「不，不是。」奧特嘉平靜地說。「如果有錢人想扮演凌虐者，他們可以付錢在虛擬實境中進行。有些家族提供虛擬虐殺情境，但他們這樣做的原因，是因為這種行為**合法**，而我們也無計可施。他們就喜歡如此。」

我深吸一口氣。「克莉絲汀，有人本來要帶我去極樂飄緲屋見川原，是某個來自魏記診所的人。如果川原和西岸家族有牽扯，那他們就會不計手段地賺取利潤，因為她什麼都願意幹。妳想找出瑪士大壞蛋？忘了班克勞夫特吧，比起來，他清廉得像個修道士。川原在分裂市長大，販賣抗輻射藥品給核電燃料棒製造工的家人。妳知道扛水工（water carrier）是什麼嗎？」

她搖搖頭。

「人們那樣稱呼分裂市裡的幫派打手。如果有人拒絕付保護費、向警察通風報信，或來不及應和當地日本黑幫老大的命令，制式懲罰就是喝下汙水。打手會把汙水裝在有防護層的水壺裡，汙水則是從低階反應爐冷卻系統中透過虹吸方式採收的。他們某晚會出現在冒犯者的家中，告訴對方該喝多少。他的家人則被迫觀看。如果他不喝，打手們就會開始將他家人一個接一個地開腸剖肚，直到他喝水。妳想知道我是怎麼明白這件特別的地球小趣聞的嗎？」

奧特嘉一句話都沒說，但她作噁地抿起嘴。

「因為川原告訴過我，這是她年紀還小時的工作。她曾是扛水工，也對此很驕傲。」

電話響了起來。

我揮手示意，要奧特加離開鏡頭範圍，接起電話。

「科瓦奇？」是羅德里哥・巴提斯塔。「奧特嘉和你在一起嗎？」

「沒有。」我自動說謊。「好幾天沒看到她了，有問題嗎？」

「啊，可能沒有。她又消失了。好吧，如果你碰到她，就說她今天下午錯過了中隊集會，穆拉瓦隊長（Murawa）很不滿。」

「她會來找我嗎？」

「天知道？這就是奧特嘉。」巴提斯塔把手一攤。「好吧，我該走了。再見。」

「再見。」我看著螢幕轉為空白，奧特嘉也從牆邊走回來。「妳聽到了嗎？」

「有。我今天早上應該要繳回罕醉克斯飯店的記憶磁碟。穆拉瓦可能想知道我一開始為何把磁碟帶離費爾街。」

「這是妳承辦的案子，不是嗎？」

「對，但警局有規範。」奧特嘉忽然看起來相當疲勞。「我無法拖延他們太久，科瓦奇。因為和你合作，我已經惹來不少非議了。很快就會有人起疑心。你還有幾天能設下給班克勞夫特的騙局，但在那之後……」

她特意揚起眉毛。

「妳不能說自己有事嗎？或是凱德敏搶走了磁碟？」

「他們會對我測謊——」

「不會立刻執行。」

「科瓦奇，我們要搞砸的是我的事業，不是你的。我幹這行不是做好玩的，它花了我——」

「克莉絲汀，聽我說。」我走向她，握住她的雙手。「妳想不想讓萊克回來？」

她試著從我身邊退開，但我緊抓住她。

「克莉絲汀。妳相信他是被陷害的嗎？」

她吞嚥了一下。「對。」

「那為何不相信是川原幹的？她在西雅圖試圖打下的飛艇，墜機前正往海域飛。妳從這點開始推論，想想有什麼結果。妳找出海岸防衛隊在海上撈出瑪莉・盧・辛奇利的位置，然後把極樂飄緲屋的地點地圖上，看看會出現什麼吧。」

奧特嘉推開我，眼中流露怪異的眼神。

「你希望這是真的，對吧？你想有理由去追殺川原，無論藉口是什麼。你憑著仇恨行事，是吧？又一樁要報的仇。你不在乎萊克。你甚至不在乎你朋友，莎拉——」

「再說一次，」我冷冷地對她說，「我就揍妳。妳得知道，在我們討論的事情中，沒有事比莎拉的性命更重要。我也沒說過除了遵照川原的指示外，自己有其他選擇。」

「那他媽的重點在哪？」

我想伸手抱她。但是，我反而將渴求的手勢，轉為放棄地用雙手輕輕揮過空中。

「我不知道。還不知道。但如果我能救出莎拉，之後可能有機會能打垮川原，也可能有辦法救出萊克。這是我的想法。」

她繼續看了我一陣子，接著轉身，從椅子扶手上拿起她在我們來此時穿的夾克。

「我要出去一下。」她平靜地說。

「好。」我也保持同樣的冷靜態度。這並非施壓的好時機。「我會待在這裡，如果我得出去，就會留下訊息。」

「好，就這樣。」

她的語氣中聽不出她到底會不會回來。

她離開後，我坐著思考了很久，試圖思考特使直覺讓我一窺的真相結構。電話再次響起，我明顯已放棄思索，因為鈴聲打斷了我往窗外呆望的目光，我腦子裡正在想，奧特嘉跑去海灣市哪個角落了。

這次是川原打來。

「我拿到你要的東西了。」她不加思索地說。「一個羅林病毒的休眠版本，明天早上八點後會被送到希爾賽儲藏庫（SilSet Holdings）。地址是沙加緬度一一八七號。他們知道你會去。」

「啟動碼呢？」

「以不同的機密方式傳送，崔普會連絡你。」

我點點頭。聯合國法律對軍用病毒的移轉與所有權規範非常明確。休眠狀態的病毒能以研究方式被保留，也曾在一個怪異的測試案件中成為私人收藏品。擁有或販賣啟動的軍用病毒，或是能啟動休眠病毒的密碼，都是聯合國公訴罪，能處一百到兩百年之間的儲存徒刑。在病毒被實際使用的情境下，罪刑可能會被提升到抹殺。這些刑罰自然只會對一般平民施行，軍事將領或政府官員則除外。當權者忌妒別人拿走自己的玩具。

「只要確保她快點聯絡我就好。」我簡短地說。「我不要浪費十天的時間。」

「我了解。」川原露出憐憫的神情，彷彿莎拉面臨的威脅是來自某種非我倆所能控制的自然界惡勢力。「明天晚上前，我會讓艾琳．艾略特接受義體重置。名義上，她被傑克索有限公司（JacSolSA）轉移出儲存庫，那是我手下其中一家電信介面公司。你可以十點去海灣市中央監獄接她，我會讓你暫時使用傑克索西區保全顧問的身分，名字是馬丁．安德森（Martin Anderson）。」

「知道了。」川原透過這種方式告訴我，要是出了差錯，我會受到牽連，也會先遭殃。「但那跟萊克的基因特徵有所衝突。只要義體被解凍，海灣市中心監獄就會有線上檔案。」

川原點頭。「已經處理好了。在任何人進行基因搜尋前，你的身分將先經過傑克索企業管道，那裡頭有附加編碼——因此，透過傑克索公司，你的基因特徵便會被記錄為安德森。還有別的問題嗎？」

「萬一我碰上蘇利文？」

「蘇利文典獄長請了長假；因為某種心理問題，他花了點時間待在虛擬實境中。你不會再見到他了。」

當我望向川原好整以暇的容貌時，不禁打了個冷顫。我清了清喉嚨。

「那重新購買艾琳．艾略特的義體一事？」

「不。」川原微微一笑。「我查過了。艾琳．艾略特的義體沒有接受生化科技強化，不值得花錢購買。」

「我沒說值得。這跟科技能力無關，是動機問題。她會更加忠心——」

川原傾身靠近螢幕。「我只會稍做讓步，科瓦奇，我不會再讓步了。艾略特將得到可用的義體，她對此應該要心懷感激。你要她的話，她的任何忠誠問題都是你一人的責任。我不想繼續聽你說了。」

「她得花更久時間調適。」我不放棄地說，「在新義體裡，她得更慢，較不——」

「那也是你的問題。我打算給你頂尖的入侵專家，你也拒絕了。你必須學著接受自身行為的後果，科瓦奇。」她停頓了一下，帶著另一抹微笑往後坐。「我調查過艾略特。她是誰、她家人是誰，以及他們的人脈，還有你為何要釋放她。主意不錯，科瓦奇，但恐怕你得在缺乏援助的情況下自己做好事了。我又不從事慈善事業。」

「對，」我語氣平淡地說。「我想也是。」

「沒錯。我想我也能斷言，這是事情結束前，我最後一次直接與你連絡。」

「是。」

「好吧，儘管這樣說似乎不恰當，但祝你好運，科瓦奇。」

螢幕轉為空白，她的話語彷彿凝結在空中。我好像又坐了很長一段時間，聽著這段話，並盯著螢幕上被我的仇恨幻化出的臉孔。我開口時，萊克的聲音在我耳裡聽來相當怪異，有如某人透過我發言。

「不恰當很好。」這道嗓音在寧靜的房內說：「王八蛋。」

奧特嘉沒有回來，但她烹煮的菜餚香味停留在房中，我的胃也呼應地緊縮。我又等了一下，繼續試著拼湊心中的拼圖，但要不是我不專心，就是有某個重要環節尚未明朗。最後，我強壓下仇恨與頹喪引發的苦澀血液鏽味，去吃東西。

第三十章

川原的準備事務完美無瑕。

早上八點，自動禮車出現在罕醉克斯飯店外，傑克索的標誌在兩側車身上閃爍。我下樓搭車，卻發現後車廂堆滿了盒子，它們都貼有中國設計師的標籤。

我將它們帶回房間打開，盒子裡放了高端的商務用品，換作寧靜・卡萊爾可能會高興到失心瘋：兩套斑駁的沙色西裝，被剪裁為萊克的尺寸；六套手工襯衫，上頭的衣領繡有傑克索的商標；以真皮製成的正式皮鞋；午夜藍雨衣；一支傑克索專屬手機，與附有拇指指紋DNA編碼面板的小型黑色磁碟。

我沖了澡、剃了鬍子、穿好衣服、啟動磁碟。川原光鮮亮麗地出現在螢幕上。

「早安，武先生，歡迎來到傑克索通訊。磁碟上的DNA編碼已登記為馬丁・詹姆斯・安德森。像我之前提過的，任何與萊克的基因紀錄，或班克勞夫特幫你設定的帳戶有關的衝突，傑克索的企業編碼都會負責解除。請牢記底下的編碼。」

我一眼便望過那串數值，繼續看川原的臉孔。

「傑克索帳戶會負擔所有合理開銷，也被設定在我們的十日合約結尾時終結。如果你想提早取消帳戶，就輸入兩次密碼，再輸入基因特徵，最後再鍵入兩次密碼。

崔普今天會透過企業手機連絡你，所以把手機隨時帶在身上。西岸時間晚上九點四十五分，艾琳·艾略特將被下載，安裝過程應該要花四十五分鐘。等到你收到這封訊息時，希爾賽儲藏庫就收到你的包裹了。在與我手下的專家討論後，我附上了一份艾略特可能會需要的裝置清單，以及一些能低調取得這些物品的可信供應商。透過傑克索付款。這份紙本清單稍後會印出來。

如果你需要重新聽取這些細節，接下來十八分鐘內，這張磁碟還能重播，之後會自我銷毀——你現在得自食其力了。」

川原重新露出公關般的微笑，影像也在列印機印出裝置清單時消失。我下樓下走向禮車的途中，快速掃視了清單一遍。

奧特嘉沒有回來。

我在希爾賽儲藏庫被當作哈蘭家族的繼承人款待。光鮮亮麗的接待員忙著照料我，同時一名技師則拿出一個金屬罐，尺寸彷若迷幻劑榴彈的大小。

崔普對我則較為無感。照她電話中的指示，傍晚過後，我在奧克蘭的一家酒吧和她碰面，她看到傑克索商標時，酸酸地笑了出來。

「你看起來像他媽的程式設計師，科瓦奇。你從哪弄來這套西裝的？」

「我的名字是安德森。」我提醒她。「這套衣服屬於安德森。」

她拉下臉。

「好吧，你下次去購物時，**安德森**，帶我一起去。我能幫你省下不少錢，你看起來也才不會像某個要帶孩子去檀香山過週末的傢伙。」

我傾身靠過小桌子。「妳知道嗎？崔普，上次妳嘲笑我的穿衣品味時，我殺了妳。」

她聳聳肩。「看得出來，有些人無法接受真相。」

「東西帶來了嗎？」

崔普把手平放在桌上，她移開手，桌上就擺了一張被防撞塑膠包起來的不起眼灰色小磁碟。

「這裡。一如你的要求。現在我知道你瘋了。」她的語氣中似乎帶有某種讚賞。「你知道在地球上玩這種東西，會有什麼下場嗎？」

我用手蓋住磁碟，將它放入口袋。「我猜，和其他地方一樣吧。完全的聯邦公訴罪。妳忘了，我沒有選擇。」

崔普搔了搔耳朵。「入監或死亡。我一點都不喜歡成天帶著這東西。你收好了嗎？」

「幹嘛？擔心被看到和我在公眾場合待在一起嗎？」

她露出笑容。「有一點。我希望你清楚自己在幹嘛。」

我也希望。我從希爾賽拿來的手榴彈尺寸包裹，整天下來已經在我昂貴的外套口袋中燒出了一個小洞。

我回到罕醉克斯飯店檢查訊息。奧特嘉沒有聯絡。我在飯店房間中消磨時間，思考我該如何說服艾略特。九點時，我又坐回禮車，車開向海灣市中央監獄。

我坐在接待室裡，一名年輕醫生填妥了必要文件，我在他指示的位置簽下了縮寫的姓名。過程有種異樣的熟悉感。大多假釋條款都與規範有關，迫使我對艾琳．艾略特在假釋期間的行為負責。她能表達的自我意見，比我上週抵達時還少。

當艾略特終於從標了**「限制區」**的大門走出，踏入接待室時，她蹣跚的腳步就像某個剛從衰弱病症中康復的病人。她臉上還殘留著看到鏡中倒影時的震驚。若你不以此為生，首次見到鏡中的陌生人可不是件輕鬆的事，而艾略特現在配戴的臉孔，和我從她丈夫的相片方塊中看到的、骨架龐大的金髮女子完全不同，就像萊克和我前一具義體一般，差異有天壤之別。川原說新義體堪用，實情也悲哀地如此。那是具女性義體，和艾略特原本的軀體年紀相仿，但就到此為止。艾琳．艾略特曾是高大的白人女子，這具義體的膚色卻有如水中的古銅色。濃密的黑髮落在臉蛋旁，雙眼像是燃燒的黑炭，嘴唇和李子一樣暗紅，身材纖細又苗條。

「艾琳．艾略特？」

她腳步不穩地靠上接待室櫃檯，轉頭看我。「對。你是誰？」

「我的名字是馬丁．安德森，代表傑克索西區分部。我們安排了妳假釋。」

她的雙眼稍稍瞇起，上下掃視我。「你看起來不像程式設計師。我是說，除了西裝之外。」

「我是保全顧問，跟傑克索在部分計畫上合作。我們希望妳能幫我們做某件工作。」

「是嗎？不能找更便宜的人手做嗎？」她往周圍示意。「怎麼了，我在被儲存時出名了嗎？」

「算是吧。」我謹慎地說。「也許我們最好結束客套話，離開這裡。外頭有禮車在等。」

「禮車？」她語氣中的不敢置信，使我露出當天第一抹真心的微笑。她作夢般地簽下最終釋放文件。

「你到底是誰？」禮車飛上空中時，她問。過去幾天內，似乎很多人問過我這個問題——我幾乎都要懷疑自我了。

我盯著禮車前方的定位面板。「一個朋友。」我平靜地說，「妳現在只需要知道這點。」

「在我們開始前，我要——」

「我知道。」我說話時，禮車正在空中轉彎。「我們半小時內就會抵達琥珀鎮。」

我沒轉頭，但我能感到她灼熱的目光盯著我的臉頰。

「你不是企業人員。」她斷然說道。「企業不會做這種事，不會這樣。」

「企業會做任何有利可圖的事。別被妳的偏見控制了。當然，如果有錢賺，他們也可能燒毀整座村莊；如果得有張人性的表皮才能達成目標，他們也會帶上一副人皮面具。」

「你就是人皮面具嗎？」

「不太算。」

「你到底要我做什麼？非法勾當嗎？」

我將圓管狀的病毒收納器拿出口袋，遞給她。她用手接下，用專業態度仔細地觀察裝置。在我看來，這是第一場試驗。我放出艾略特的原因，是因為一旦如此，她就會比任何川原派來或街頭找來的專家，還要來得對我忠心。但除此之外，我沒有其他把握，只能仰賴直覺與維克多．艾略特對自己妻子優良技術的讚譽，我也對自己引導的事態發展感到不安。川原是對的，良心事業的代價很昂貴。

「我們來看看。這是第一代模擬科技病毒（Simultec）。」她的輕蔑使自己緩緩吐出每個字。「這是收藏品，基本上是古物。你還把它裝進附有防定位外殼的頂級快速部署器……為何不直接告訴我裡面到底有什麼？你在計畫搶劫，對嗎？」

我點點頭。

「目標是？」

「受人工智慧管理的虛擬妓院。」

艾略特的新唇瓣無聲地吹了個口哨。「解放計畫？」

「不，我們要安裝東西。」

「安裝這個？」她舉起圓罐。「所以這是什麼？」

「羅林四八五一。」

艾略特突然停止了動作。「不好笑。」

「的確不好笑。那是休眠狀態的羅林病毒變體，專門用於快速部署，就和妳觀察的一樣。啟動碼在我口袋中。我們要把羅林病毒裝在人工智慧妓院的資料庫裡，輸入密碼，將它鎖在裡頭。得在監視系統上動些手腳，還有些後續狀況得處理，但基本上這就是計畫。」

她對我投以好奇的眼光。「你是某個宗教狂熱者嗎？」

「不是。」我虛弱地笑道。「完全不是……妳辦得到嗎？」

「取決於人工智慧的程度。你有它的細部資料嗎？」

「不在這裡。」

艾略特將部署器還給我。「那我就無法回答了，對吧？」

「我就希望妳這樣說。」我滿意地將圓罐收好。「新義體如何？」

「還不錯。為什麼我無法拿回自己的身體？用我自己的會快得多——」

「我知道。遺憾的是，這並非我力所能及的事。他們有提到妳被儲存多久了嗎？」

「有人說四年。」

「四年半。」我說，一面望向我簽過的釋放文件。「與此同時，恐怕有某人喜歡上妳的義體，買走它了。」

「噢。」她沉默下來。首次在別人軀體中甦醒的感覺，和得知身在他處的陌生人正待在妳體內時所感到的憤怒與背叛感比起來根本不算什麼。這就像是發現伴侶不忠，卻又有強暴般的切身之痛。而如同這兩者，你對此無能為力，你只會習慣這件事。

沉默繼續擴散；我望向安靜的她，清了清喉嚨。

「妳確定現在想這樣做嗎？我是說，回家。」

她看都不想看我。「對，我很確定。我幾乎五年沒見過女兒和丈夫。你覺得這樣……」她指向自己。「你會阻止我嗎？」

「很好。」

琥珀鎮的燈火出現在前方海岸線的漆黑背景中，禮車開始下降。我用眼角瞥向艾略特，發現她逐漸陷入緊張的情緒。她摩擦擺在膝上的雙手，咬著新嘴巴的下唇。她發出小口的吐氣聲。

「他們不知道我要來嗎？」她問道。

「不知道。」我簡短地回答。我不想繼續談這件事。「合約是妳與傑克索西區分部簽的，跟妳家人無關。」

「但你安排讓我見他們。為什麼？」

「我對家庭團圓感到心軟。」我把目光停在底下廢棄航空母艦的漆黑船身上。自動禮車轉了個彎，以配合當地交通系統，並在艾略特資料連結公司北方數百公尺處降落。我們沿著海岸道路平順地行駛在安查娜．沙洛莫的立體顯像下，優雅地停在狹窄的店鋪前。故障的顯示器門擋已經被移開，店門也被關上，但還能在後頭的玻璃牆辦公室中看到燈光。

我們爬出車子，踏上街頭。關著的店門上鎖了。艾琳．艾略特不耐煩地用古銅色的手掌敲門，某人則從後頭的辦公室裡慢吞吞地起身。過了一會兒，維克多．艾略特的身影就走到傳訊樓層，跨越接待櫃臺，走向我們。他的灰髮相當雜亂，臉上也充滿睡意。他注意力毫不集中地窺視我們，我在連線到暫存器太久的資料駭客身上看過這種表情……連線得太入迷了。

「他媽的是誰——」他在認出我時停了下來。「你他媽的要幹什麼，蚱蜢？這又是誰？」

「維克？」艾琳．艾略特的新嗓音聽起來相當小聲。「維克，是我。」

瞬間，艾略特的雙眼從我的臉孔移到我身旁的矮小亞洲女子身上，接著她說的話卡車般地打擊到他。他明顯畏縮了一下。

「艾琳？」他悄聲問。

「對，是我。」她也輕聲回應。眼淚從她臉頰上流下。他們隔著玻璃看了彼此一會，接著維克多．艾略特就摸索著門鎖，用力推開門；古銅色肌膚的女子則跨過門檻，撲進他懷裡。他們緊緊地相擁，看起來幾乎要壓碎新義體纖細的骨頭。我把注意力轉到走道上的街燈。

最後，艾琳．艾略特終於想起我的存在。她放開丈夫並轉過身，用一隻手抹去臉上的淚水，對我淚光閃閃地眨了眼。

「你可以——」

「當然。」我平靜地說。「我會在禮車裡等。明早見。」

當維克多．艾略特的太太把他推進門時，我發現他困惑地看了我一眼，我則溫和地對他點點頭，轉身往禮車與海灘走去。我在口袋中摸索，找到奧特嘉被壓扁的菸盒。我繞過禮車，走到鐵欄邊，點燃其中一根又彎又扁的香菸；煙霧飄進我肺部，我頭一次沒有感到背叛了某個事物。浪潮湧上海灘，彷彿沙地上的鬼魅正在合唱。我靠上柵欄，傾聽浪花散去的沙沙聲，思索為何在許多事懸而未解時，我還能如此安詳。奧特嘉沒有回來。凱德敏還在外頭某處。莎拉依然身為人質。川原也還握有我的把柄。我也還不知道為何班克勞夫特會被殺。

儘管如此，還是有空間容納這分寧靜。

接受被賜予的一切，有時那樣就夠了。

我的目光飄到浪花的遠方。彼端海洋既黑暗又神秘，從海岸延伸出一小段距離，便和夜晚無縫接軌地相連。就連擱淺的自由貿易執行者號，它那巨型船身的輪廓也很難在黑暗中被看出。我想像瑪莉．盧．辛奇利往下掉落，撞上堅固的水面，接著在浪花下碎裂，等待海中的掠食者上前大快朵頤。在海流將殘肢沖回人類世界前，她在海中待了多久？黑暗包覆了她多久？

我的思緒漫無目的地遊竄，沿著模糊的接納感與舒適感衍伸。我看到班克勞夫特的骨董天文望遠鏡，對準了天空和上頭的小光點，那些光點曾是地球踏出太陽系後充滿猶豫的前幾步。脆弱的方舟們載運上百萬名探險家的義體與冷凍胚胎庫，如果人類不甚理解的火星天文定位圖帶來良好成果的話，某天他們就能在遙遠的星球上得到義體重置。反之，他們將永遠漂浮在太空中，因為大半部分的宇宙宛如黑夜與漆闇的海洋。

我因自己的思緒而揚起一道眉毛，接著抓住欄杆、抬高自己，望向頭頂的立體顯像。安查娜．沙洛莫在黑夜中大放異彩，她鬼魅般的影像重覆地望向街道，神情憐憫，卻又無動於衷。望向她沉靜的五官時，很容易明白為何伊莉莎白．艾略特如此想攀上那種高位。為了露出同樣的厭世神情，我也願意放棄很多事。我將注意力轉向艾略特家樓上的窗戶。裡頭還亮著燈光，當我注視窗戶時，一個赤裸的女性剪影經過其中一道窗戶。我嘆了口氣，將菸屁股丟入水溝，躲進禮車中休息。讓安查娜站哨吧。我在娛樂匣上隨機挑了幾個頻道，毋須被思考的一連串畫面和聲音幫我陷入半夢半醒的狀態。夜晚冷霧般地包圍車身，我微微感到自己飄離艾略特家的窗戶燈火，搭著斷裂的碼頭飄上海面，我和海平線上醞釀著的風暴之間毫無阻隔……

頭部旁的窗戶傳來銳利的敲擊聲，我驚醒過來。我從睡著時的姿勢迅速轉身，看到崔普耐心地站在外頭。她示意我搖下窗戶，帶著一抹笑容傾身過來。

「川原說對了。你睡在車裡，讓浸漬人搞一夜情——你真以為自己是修道士啊，科瓦奇。」

「閉嘴，崔普。」我不耐煩地說。「幾點了？」

「大約五點。」她的雙眼往左上方檢視體內晶片。「五點十六分。快天亮了。」

我努力坐起身，嘗到舌尖上菸蒂殘留的苦味。「妳在這裡幹嘛？」

「掩護你。我們不要凱德敏在你騙過班克勞夫特前逮到你，對吧？嘿、那是破壞者嗎（Wreckers）？」

我隨著她的目光瞄向娛樂匣，上頭正在播放某種運動競賽。迷你小人在十字型的賽場上來回奔跑，伴著難以聽見的球評。兩名對手間的簡短衝擊，有時會引起蟲鳴般的歡呼。我睡著前肯定調低了音量。我關掉螢幕，週遭隨之變暗——我發現崔普說得沒錯。夜色逐漸轉為柔和的暗藍色，逐漸蔓延過我們身旁的建築，就像黑暗中的漂白水污漬。

「不喜歡嗎？」崔普朝螢幕點點頭。「我之前不愛，但等你在紐約住得夠久，就會養成習慣了。」

「崔普，如果妳把頭塞進這裡看螢幕，要怎麼他媽的掩護我？」

崔普對我投以受傷的眼神，把頭抽出去。我爬出禮車，在冷冽的空氣中伸展身體。頭頂上的安查娜．沙洛莫亮麗依舊，但艾略特家樓上的燈光已經熄滅。

「他們幾小時前才睡。」崔普熱心地告訴我。「我以為他們會放你鴿子，所以我檢查了後門。」

我抬頭看漆黑的窗口。「他們為何要逃跑？她連交易條件都沒聽。」

「這個嘛，牽扯上死刑總會讓大多人緊張。」

「這女人不會。」我說，並思考自己到底有多相信這點。

崔普聳聳肩。「隨你。不過，我還是認為你瘋了。川原手下有能輕易完成這差事的浸漬人。」

我不接受川原技術協助的原因，幾乎來自直覺，因此我一句話也沒回。我對班克勞夫特、川原和六五三法案間關係的冰冷篤定感，在前一天為計畫做準備時已逐漸消磨，而奧特嘉離開後，所有相關的愉快感也都煙消雲散。現在我只有任務時間帶來的壓力，冰冷的黎明與岸上的海浪聲。奧特嘉在我口中留下的感覺，與她四肢修長的身體蜷縮靠上我的觸感，就像冷風中的熱帶島嶼，隨著我的甦醒而漸漸模糊。

「妳覺得這裡有地方這麼早就賣咖啡嗎？」我問道。

「這種大小的鎮？」崔普從牙縫中吸了一口氣。「我覺得沒有。但我在過來的路上看到一堆販賣機，裡頭一定有賣咖啡的。」

「機械製咖啡？」我噘起嘴。

「嘿，你是哪來的美食家？你住的旅館就是一臺該死的大販賣機！老天呀，科瓦奇，這是機械時代。沒人提醒你嗎？」

「妳說得對。販賣機有多遠？」

「幾公里遠。我們可以開我的車，如果返鄉小姐起床，往窗外看時就不會驚慌失措了。」

「好。」

我跟著崔普跨過街道，走到一臺低矮的黑色車輛旁，車身看起來有雷達匿蹤功能。我爬入飄著微微線香味的車內。

「這是妳的車？」

「不，租來的。我們從歐洲飛回來時租的。怎麼了？」

我搖搖頭。「不重要。」

崔普啟動引擎，我們鬼魅般安靜地沿著道路行駛。我從靠海的窗戶往外看，努力壓下心中的頹喪感。禮車中的短暫睡眠讓我感到不適。當下情況中的所有要素再度襲上我心頭，從缺乏對班克勞夫特死亡的解釋，到我自己又開始抽菸的惡習。我覺得今天會過得很糟，太陽甚至還沒有升起。

「你想過等這一切結束，自己要做什麼嗎？」

「沒有。」我懊悔地說。

我們在通往城鎮另一頭海岸的下坡路段上的店家前發現了販賣機。它們很明顯是用來服務海灘上的顧客的，但容納販賣機的屋舍十分破爛，生意肯定不比艾略特資料連結公司好到哪去。崔普把車面對海洋停下，去買咖啡。我透過窗戶看她對販賣機又踢又打，直到機器終於吐出兩個塑膠杯。她把杯子拿回車裡，將咖啡遞給我。

「想在這裡喝嗎？」

「好呀，為何不？」

我們拉開杯蓋，聽裡頭的液體發出沸騰地冒泡聲。這種加熱方式效果並不好，但咖啡味道尚可，也帶來了某種化學效果。我感到自己的倦意逐漸消散。我們緩緩地啜飲，透過擋風玻璃看海，沉浸在令人安心的沉默中。

「我曾經報名過特使。」崔普忽然說道。

我好奇地側眼瞟她。「喔？」

「是，很久以前了。他們在審查資料時就把我刷掉了。他們說我缺乏忠誠。」

我咕噥一聲。「我懂了。妳沒有從軍過，對吧？」

「**你**想呢？」她看我的方式，彷彿我剛說她可能曾性侵過兒童。我發出輕笑。

「我想也沒有。聽著，其實他們要的是有潛在邊緣型精神病的人。所以他們一開始才從軍隊中招募成員。」

崔普看起來很洩氣。「我有潛在邊緣型精神病。」

「是啊，我相信；但重點是，**同時**擁有這種傾向和團隊精神的平民少之又少。這兩點是互相衝突的特質。兩者在同一人身上自然發展的機率幾乎是零。軍事訓練胡搞了自然秩序，它破壞了對精神病行為的所有內在控制，同時建立對團體的瘋狂忠誠。這是好交易，士兵是特使的良好人選。」

「你說得像是我幸運逃過一劫。」

有幾秒，我往外望著地平線，開始回憶過去。

「對。」我喝光咖啡。「來吧，該回去了。」

我們沿著道路行駛回去，我們之間的寂靜產生某種變化。就像是車身周邊逐漸亮起的天色，明顯又令人無法忽視。

我們停在資料駭客的店鋪外面，艾琳．艾略特已經在等了，她靠在禮車邊看海。她丈夫則不見人影。

「妳最好待在這。」我爬出車外時，這樣告訴崔普。「謝謝妳幫我買咖啡。」

「不客氣。」

「我猜有段時間，我都會在後照鏡裡看到妳了。」

「我不認為你會發現我，科瓦奇。」崔普愉快地說。「這事我比你拿手。」

「走著瞧。」

「好啦，好啦。再會。」我走開時，她揚起音量。「別把任務搞砸了。我們都不想看到那種結局。」

她讓車子後退了十多公尺，接著用花俏的方式駛向天際，渦輪巨響打破了周遭的寧靜；她飛升到頭頂，又迅速升空、飛越海域。

「那是誰？」艾琳．艾略特的嗓音有種沙啞感，彷彿她哭了太久。

「後援。」我心不在焉地說，一面望向擱淺的航空母艦周圍的車道。「為同一批人做事。別擔心，她是朋友。」

「她可能是你的朋友。」艾略特苦悶地說。「但不是我的，你們這些人都不是。」

我看著她，接著把目光轉向海洋。「好吧。」

除了浪潮聲外，一切都相當寧靜。艾略特動了一下靠在禮車光滑車身上的身軀。

「你知道我女兒發生了什麼。」她語氣平板地說。「你一直都知道。」

我點點頭。

「你他媽的不在乎，對吧？你為那個把她當廁所衛生紙用的男人工作。」

「很多人都用過她。」我粗暴地說。「她自願讓自己被使用。我確定妳丈夫告訴妳她那樣做的原因了。」

我聽見艾琳．艾略特喉中倒吸了一口冷氣，我則把目光聚焦在地平線上，崔普的飛艇已經消失在黎明前的幽暗天空了。「她這樣做的理由，和她試圖寄黑函恐嚇雇用我的人理由相同，也和她反撲一個叫做傑瑞．西達卡的糟糕男子的理由一樣，那人後來殺了她——她是為了妳才這樣做的，艾琳。」

「你這王八蛋……」她開始哭泣，絕望的細小哭聲在寧靜中十分明顯。

我將目光停留在海上。「我再也不為班克勞夫特工作了。」我謹慎地說。「我離開那個混帳的陣營了。我要給妳機會痛擊班克勞夫特，用他上妳女兒時從未感受到的罪惡感打擊他。再說，既然妳脫離了儲存槽，也許妳有辦法賺到錢，將伊莉莎白重新安裝到義體上，或至少讓她脫離儲存，幫她在虛擬公寓租個地方住。重點是，一旦妳被解凍，就能做出改變了。妳有選擇。我要給妳的就是選擇，我要讓妳回到戰場上。別拋棄這種機會。」

我聽到身邊的她努力壓抑淚水。我等待著。

「你很自豪，不是嗎？」她終於開口。「你認為你在幫我大忙，但你根本不是好人。我是說，你把我放了出來，但有代價，不是嗎？」

「當然。」我平靜地說。

「假若我照你要求的做，病毒就會被釋放。我得為你違法，或回去被冷凍。如果我告密或搞砸，我失去的會比你更多。條件就是這樣，對嗎?天下可沒有白吃的午餐。」

我看著波浪。「條件就是這樣。」我同意。

沉默繼續延長。我從眼角瞥見她往下審視自己穿戴的軀殼，彷彿在上頭打翻了東西。「你清楚我的感覺嗎？」她問道。

「不清楚。」

「我和自己的丈夫同床共枕，卻覺得他背叛了我。」她發出噎到般的笑聲。她憤怒地抹了一下眼睛。「我覺得**自己**不忠。對某件事而言。你知道，當他們冷凍我時，我拋下了軀體和家人。現在我兩者都失去了。」

她又往下看著自己，舉起雙手並翻轉手掌，十指伸開。

「我不清楚自己的感覺。」她說。「我不知道該有什麼**感受**了。」

我有很多話可以說。這個主題已經被許多人談過、寫過、研究過，也爭論過了。陳腐的雜誌文章總結了義體重置帶來的問題——**《如何用不同身體使另一半再愛上你》**——陳腐又冗長的心理現象——就連該死的特使軍團所核准的教學手冊對此的說法都是陳腔濫調。引言、長篇大論、宗教偏激分子的激進言論。我可以把這些都告訴她。我可以告訴她，她經歷的現象對沒受過特訓的人類來說，是相當正常的。我能告訴她，這種狀況會隨時間消逝，其他上百萬人都經歷過了。我甚至還能告訴她，無論她信奉哪尊神明，對方都會看顧她。這些話語有同樣的核心，因為現實就是**痛苦**，目前沒有任何人能使其消失。

我什麼都沒說。

黎明浮現在我們頭頂，漸強的光線也灑落在我們身後的店鋪前門。我望向艾略特資料連結公司的窗口。

「維克多呢？」我問。

「在睡覺。」她用手臂抹過自己的臉，使勁壓抑淚水，活像有難以擺脫的安非他命癮頭。「你說這會傷害班克勞夫特？」

「對。方式微妙，但沒錯，他會吃虧。」

「在人工智慧上進行安裝任務。」艾琳．艾略特對我說。「安裝死刑等級的病毒，搞垮知名瑪士。你知道這有什麼風險嗎？你清楚自己要我做什麼嗎？」

我轉身望進她眼裡。

「是的，我知道。」

她緊張地抿起嘴。

「好。那我們開始吧。」

第三十一章

不到三天，就完成了行動準備。艾琳．艾略特搖身一變成為冷酷的專家，事情順利進行。

在搭禮車回海灣市的路上，我告訴她細節。剛開始她內心還在哭泣，但隨著細節增加，她的腦筋便開始運轉，一邊點頭咕噥，有時則要我停止，並補充我沒說清楚的細微重點。我讓她看瑞琳．川原建議的硬體清單，她也核准了上頭三分之二的設備。其餘都只是企業贅字，而在她看來，川原的顧問根本一竅不通。

車程結束時，她就了解了整體計畫。我能從她眼中看出，計畫細節已牢牢地烙進了她腦海。她臉上的淚水已經乾涸並被遺忘，表情也充滿動力——對利用她女兒的男人所抱持的恨意，加上復仇的毅力。

艾琳．艾略特被說服了。

我用傑克索帳戶在奧克蘭租了一間公寓。艾略特搬了進去，我把她留在那睡覺。我待在罕醉克斯飯店，想補眠卻徒勞無功。七小時後我回到公寓，發現艾略特已經在公寓中踱步了。

我透過川原給我的電話號碼打電話給名單上的人，訂下艾略特在清單上打勾的物品。紙箱幾小時內就被寄來。艾略特將它們打開，將裝置擺在公寓地板上。

我們一起檢查奧特嘉的虛擬論壇名單，將清單濃縮成七家。

（奧特嘉沒有出現，或打電話到罕醉克斯飯店找我。）

第二天中午，艾略特打開主要模組，檢查清單上的每個選項。名單上的論壇減為三個，艾略特要我再去買幾樣東西——都是為了致命一擊而找來的精銳軟體。

太陽剛下山，名單上只剩下兩個選項，艾略特則為兩者都寫了初步入侵步驟。只要她遇上程式瑕疵，我們就回去比較兩者相對的優點。

午夜時，我們找到目標。艾略特上床睡了八小時。我回到罕醉克斯飯店沉思。

（奧特嘉依然沒有回應。）

我在街上買了早餐，帶回飯店。我們卻都不太想吃。

當地時間十點十五分。艾琳·艾略特調整了自己的設備最後一次。

我們辦到了。

二十七分半鐘。

艾略特說，小事一樁。

我留下她去拆解設備，並在那天下午飛去見班克勞夫特。

第三十二章

「我極度難以置信。」班克勞夫特語氣尖銳地說。「你確定我去過這家店？」

在日觸宅邸陽臺底下的草皮上，米麗安・班克勞夫特似乎正在根據一個移動中的立體顯像的指示，打造一架龐大的紙飛機。白色的機翼明亮到我無法直視。我靠在陽臺欄杆上，她用手遮住陽光，抬頭看我。

「購物中心有保全監視器。」我不感興趣地說。「自動系統，即便過了這麼多年也依然在運作。它們錄下了你走進大廳的畫面。你知道店名，不是嗎？」

「硬起來（Jack It Up）？我當然聽過，但我沒**去過**那地方。」

我環視四周，但沒有離開欄杆。「真的？那你反對虛擬性愛嗎？你是現實擁護者？」

「不。」我能聽出他嗓音中的笑意。「我對虛擬性愛沒有意見，我相信自己也告訴過你了，我有時也會這麼做。但硬起來這個地方，該怎麼說好呢……不算是市場上的好店。」

「的確不。」我同意。「那你覺得傑瑞密室如何？是典雅的妓院嗎？」

「當然不是。」

「但並沒讓你對到那裡去和伊莉莎白・艾略特玩包廂遊戲卻步，對吧？還是因為那裡最近走下坡，由於——」

「好。」他語氣中的笑意轉趨陰沉。「你說得沒錯，但別過頭。」

我停止看米麗安．班克勞夫特，回到座位。我冰冷的雞尾酒還擺在我們之間的小桌子上。我拾起酒杯。

「很高興你明白了。」我說，一面攪拌著酒液。「因為我費了很大的勁才釐清這團問題。我在過程中被綁架、凌虐，還差點被殺。有名叫做露易絲的女子，年紀不比你寶貝女兒奈歐蜜大多少，也因為她被牽扯進來而**被殺**。所以如果你不喜歡我的結論，你就去死吧。」

我從桌邊用玻璃杯對他敬酒。

「不用這麼戲劇化，科瓦奇，你還是坐下吧。我沒有駁斥你說的話，只是問了個問題。」

我坐了下來，對他舉起一根手指。「不。你感到尷尬。這件事直指你輕視的自身慾望。你寧願不知道自己當晚在硬起來妓院使用的軟體類型，以免真相比你想得更骯髒。你被迫面對想射精在老婆臉上的私慾，自己卻不喜歡這點。」

「沒必要重述那段對話。」班克勞夫特語氣平板地說；他豎起手指。「我想，你清楚自己看過的保全影像，能輕易被任何擁有我新聞片段的人進行偽造。」

「沒錯，我明白。」我四十八小時前才看艾琳．艾略特這樣做過。輕易還不足以形容。在病毒行動後，這彷彿是要求軀體劇場舞者做熱身。當她完工時，我連根菸都來不及抽。「但為何有人要這樣做？可能是轉移我注意力的花招，當然，前提是有某個錯誤，導致我一開始就跑去某間廢棄的里奇蒙購物中心調查。少來了，班克勞夫特，踏實點。光是我一開始前往該處，就證明了影片的真實性。而且，那些影像不代表任何事。片段只是確認了我已經想到的狀況，也就是你選擇自殺，以防病毒汙染你的遠端暫存器。」

「只花六天調查就以直覺得出這種結論，真不簡單。」

「怪奧特嘉吧。」我語氣輕快地說，不過班克勞夫特對令人不快的事實所抱持的強烈疑心，開始讓我感到擔憂。我沒料到得花這麼大工夫來說服他。「她將我導向正軌。她一開始就不願意接受謀殺理論。她不斷告訴我，你是個狡猾又難纏的瑪士渾蛋，不會讓任何人殺害自己；這都是她的用詞，也讓我想起我們一週前的對話。你告訴我：『**我並非奪取自身性命的人，就算我是，也不會這般魯莽地自殺。假若我的確企圖尋死，你現在就不可能和我交談。**』特使擁有完整回憶的你力，這些就是你的原話。」

我停住，並放下酒杯，編織總是依附在真相邊緣的渺小謊言。

「這段期間中，我都在調查你沒有扣下扳機的原因，因為你並非會自殺的人。也正是因為這點，我忽略了所有導向相反結果的證據。你家的嚴密保全系統，缺乏入侵跡象，以及保險箱上的指紋鎖。」

「還有凱德敏，與奧特嘉。」

「對，那沒什麼幫助，但我們解決了奧特嘉的問題；至於凱德敏，這個嘛，我稍後就會提到他。重點是，只要我將扣扳機這事和自殺連在一起，我的思緒就會卡進死路。但是，萬一這兩件事並沒有同等意義呢？萬一你摧毀自身暫存器的原因，並非尋死，而是為了其他理由呢？一這樣想，其他事情就簡單多了。有哪些理由導致你這樣做？即便你想尋死，用槍對準自己的頭也並非易事。為了生存而這麼做，必然需要惡魔般的強大意志力。儘管你清楚，自己大部分的心智依然會被重新安裝回義體中，你當下的自我也即將死亡。你得深陷絕望，才會扣下扳機——一定得是某件重要大事。」一我微微一笑，「威脅性命的大事。照這種方向思考，不久就會得出病毒情境。接著我該做的，就是推理出你在哪遭到感染。」

班克勞夫特邊聽邊不適地蠢動，我也在內心感到一股喜悅。病毒！連瑪士都害怕的隱形小殺手，因為就算瑪士擁有遠端存檔和冷凍庫中的複製人，他們對此也沒有免疫力。病毒攻擊！暫存器毀損！班克勞夫特的陣腳被打亂了。

「好，基本上，不可能將像病毒這麼複雜的物體注入沒有連線的目標，所以你得在某處連上網路。我想到賽查科技，但他們萬無一失。以同樣的理由看來，這也不可能發生在你前往大阪前；即便是休眠狀態，病毒依然會在他們設定針刺傳輸時，觸發賽查科技中的所有警報。一定是四十八小時前的某段時間，因為你的遠端儲存庫沒有遭到汙染。我從和你太太的交談中，得知有可能是當你從大阪回來時曾出城去，而照你的自白來看，你的目的地之一也許是某家虛擬妓院。之後，我只需照著線索走。在找到硬起來前，我探查了好幾個地點，當我聯絡他們時，病毒汙染警報的巨響幾乎讓我的電話爆炸。這就是人工智慧的問題——它們寫出自己的保全程式，能力無人能出其右。硬起來被徹底封鎖，警方也得花好幾個月才能破解屏障，檢查核心處理器到底還剩下多少完整的部分。」

當我思及人工智慧像泡在強酸管中的人一樣顫動，同時它的系統則在周圍崩解時，罪惡感就襲上心頭；人工智慧的意識逐漸萎縮、化為虛無——這種罪惡感迅速消失。我們選擇硬起來妓院有好幾個理由：它位於被屋頂遮蔽的區域，意味著沒有衛星畫面能干涉我們在購物商場監視系統中設下的騙局；妓院位於犯罪率極高的環境，所以沒人會相信非法病毒因不明理由在裡頭爆發疫情；但最重要的是，妓院使用了各種噁心的軟體，警方除了義務檢查毀損的機器殘骸外，也不會想多加調查。根據奧特嘉清單上的注釋，至少有一打模仿性質的性犯罪中的軟體封包，都被有機傷害部查到來自於硬起來妓院。我能想像奧特嘉閱讀軟體清單時噘起嘴唇的樣子，她帶著冷硬神情處理案件。

我想念奧特嘉。

「那凱德敏呢？」

「很難說，但我猜一開始感染硬起來妓院的人，可能雇了凱德敏要殺我滅口，確保整件事不外流。畢竟，少了我爆料，要多久才會有人發現硬起來被毀了？我不覺得它的潛在客戶會在不得其門而入時找警察，對吧？」

班克勞夫特嚴厲地看了我一眼，但我從他接下來說出的話中察覺，自己贏了這場戰鬥。信任度的平衡已經傾向我了，班克勞夫特會相信這段說詞。「你說病毒是被刻意導入的……有人謀害了這臺機器？」

我聳聳肩。「似乎如此。硬起來妓院遊走在法律邊緣。它使用的很多軟體都在某段期間遭到犯罪通訊部（Felony Transmission）沒收，這意味它與犯罪社群有經常性往來。它有可能樹立了敵人。在哈蘭世界，日本黑道會將被認定背叛組織的機器處以病毒處決。我不知道這裡的人會不會這樣做，或有誰擁有能動手的暫存器優勢。但我清楚雇用凱德敏的人，也使用了人工智慧將他送出警方儲存器。如果你想，可以向費爾街確認此事。」

班克勞夫特一語不發。我看了他一陣子，明白他被說動了。我凝視著他漸漸說服自己，幾乎能用肉眼看到他的心態變化。他在自動計程車中彎起身，他對自己在硬起來妓院所做的事而感到的汙穢罪惡感，和腦內的汙染警報交織在一起。感染！他，羅倫斯・班克勞夫特，在黑暗中蹣跚地走向日觸宅邸的燈火中，與能使他存活的唯一途徑。為何他要把計程車停在離家這麼遠的地方？為何他沒有叫醒人來幫忙？這些是我不再需要為他回答的問題。班克勞夫特**相信**了。他的罪惡感與自我嫌棄使他**相信**了這件事，他會自行找到強化腦中恐怖景象的理由。

等到犯罪通訊部鑿出通往硬起來妓院中央處理器的安全通道後，羅林四八五早就吞噬了機器中曾存在的所有智能。沒有任何東西能駁斥我為川原撒下的謊言。

我站起身，走回陽臺，思索是否該抽根菸。上次抽的菸已經足以讓我壓抑好幾天癮頭。看艾琳・艾略特工作令人相當緊張。我強迫自己的手放開胸前口袋裡的菸盒，並俯視米麗安・班克勞夫特，她已經快完成自己的紙飛機了。她抬起頭時，我就將目光轉向陽臺護欄，看到班克勞夫特的天文望遠鏡，觀測筒依然以同樣的角度對準海面。好奇心使我傾身過去看上頭的調整數值。灰塵上還有指痕。

灰塵？

我回想起班克勞夫特不自覺的傲慢話語。**那是我以前的興趣，當時觀星還算件令人驚奇的事。你不可能記得那種感覺。我最後一次使用那架望遠鏡，已經是接近兩世紀前的事了。**

我盯著指痕，陷入思緒中。有人在兩百年內使用過這臺望遠鏡，但並沒有使用很久。從上頭微微減少的灰塵來看，設定鍵只被用過一次——我突然有股衝動，便到天文望遠鏡旁，沿著鏡筒望向外頭的海域，遠方的景象一片模糊。在那般長距離外，鏡筒抬高的角度，能讓你看到數公里上空的景象。我作夢般地低頭往目鏡中看——一個灰色物體出現在我視野中央，又隨著我的眼睛努力適應周圍的蔚藍，時不時變得模糊。我抬起頭，再次檢查了控制面板，找到了強化鍵，便不耐煩地按下去。當我再往目鏡內看時，灰色物體便逐漸聚焦，占滿了透鏡視野。我緩緩吐氣，感到自己像剛抽了菸。

飛船像吃飽後的瓶背魚般飄浮。它起碼有數百公尺長，船身下半部有龐大的隆起處，以及看起來像停機坪的突起物。在萊克的神經化學系統放大船身上、閃爍著反射陽光的字樣前，我就明白自己看到了什麼——極樂飄緲屋。

我從望遠鏡旁退了一步，做了個深呼吸；當我的雙眼恢復正常聚焦後，我又看見米麗安・班克勞夫特。她正站在紙飛機的零件之間，抬頭看我。我倆目光交會時，我幾乎畏縮起來。我把一隻手擺在望遠鏡操作板上，做了班克勞夫特應該在轟掉自己的頭前做的事——我按下清除記憶鍵，使飛船過去七週內維持在鏡筒視野中的數值化為烏有。

我這輩子經常感到被耍，但沒有任何一次比這次嚴重。最明顯的線索就留在鏡片中，每個人都隨時會發現。警方因自身的急躁、無感和缺乏常識而完全未加注意；班克勞夫特則因為天文望遠鏡是自己世界中的一部分，而完全忽視它。但我沒有以上問題。我一週前站在這，目睹兩種完全矛盾的現實彼此衝突。班克勞夫特聲稱數世紀來都沒有使用天文望遠鏡，幾乎就在同時，我看見了因近日使用而留下的灰塵指痕。當時。米麗安・班克勞夫特不到一小時後，還精準地說道：**「羅倫斯仰望星辰，我們其他人則專注於塵世。」**我當時想到了天文望遠鏡，大腦不斷地抗拒下載過程引起的慵懶，也試圖告訴我這件事。我忽略了當下的感覺。下載過程確實影響很大。

位在底下草皮的米麗安・班克勞夫特依然盯著我。我退開望遠鏡旁，整理了自己的神情，回到位子。由於吸收了我假造的資訊，班克勞夫特似乎完全沒注意到我移動了。

但現在我的心智正高速運轉，沿著受到奧特嘉清單和標示六五三法案的T恤所開啟的思緒動向發展。我兩天前在琥珀鎮感受到的平靜放棄感，和對班克勞夫特撒謊，同時還得救出莎拉的不耐煩心態都已消失。每件事都連上了極樂飄緲屋，連班克勞夫特也是。他死亡當晚曾前往該處根本不言而喻。無論他在那發生了什麼事，都導致數小時後他在日觸宅邸死亡，也導向了瑞琳・川原亟欲掩蓋的真相。

這意味我得親自前往該處。

我拿起玻璃杯，吞下一點酒液，沒來得及品嘗。聲響似乎使班克勞夫特回過神來。他抬頭一看，彷彿訝異於看到我留在原處。

「不好意思，科瓦奇先生。我得好好思考這些事。在我想像的所有情境中，完全沒考慮過這種可能，而真相卻如此單純。太令人吃驚地明顯了。」他的語氣流露出強烈的自我厭惡。「事實是，我不需要特使調查員，只需要拿鏡子照照自己。」

我放下玻璃杯，站起身。

「你要走了嗎？」

「這個嘛，除非你還有其他問題。我覺得你還需要點時間。我不會消失，你可以在罕醉克斯飯店找到我。」

走出大廳的路上，我和米麗安・班克勞夫特碰上了面。她穿著和花園中一樣的連身裝，頭髮用看似昂貴的電磁髮夾夾住。她一手拿著格狀盆栽罐，就像風雨夜中的吊燈。烈士草盛開，長條葉片由盆栽罐中垂下。

「你有——」她開口道。

我走近她，踏入烈士草的收音範圍內。「我不幹了。」我說。「我已經忍耐到極限了。你丈夫有了答案，但並非真相。我希望妳和瑞琳・川原都滿意。」

一聽到那名字，她的嘴就震驚地微張。這是唯一不受她控制的反應，但我只需要確認這點。做出殘酷舉止的念頭從我內心黑暗的憤怒深淵中逐漸攀升，這個無底深淵平時都是我棄置陰鬱情感的地點。

「我從不覺得瑞琳像個情人，但也許同類相吸。我希望她腿間的功夫比網球的技術好。」

米麗安·班克勞夫特臉孔發白，我也做好被打耳光的準備。但她反而對我露出強擠出的微笑。

「你誤會了，科瓦奇先生。」她說。

「對，我經常搞錯。」我繞過她。「借過。」我頭也不回地沿著大廳離開。

第三十三章

建築本身是個空殼，整棟樓都被改建為倉庫，每面牆都有相同的拱型窗戶，以及每隔十公尺就出現的白色支撐柱。天花板是骯髒的灰色，原有的磚牆斑駁地外露，露出支撐水泥的格狀鋼筋。地板由水泥鋪成，相當平坦。強光由窗外灑落，絲毫沒有因為漂浮的塵埃而變弱。空氣乾燥又冷冽。

在我看來，大概在建築中央，有張簡單的鋼桌和兩張看起來並不舒適的椅子，擺設方式彷彿是為了某種棋局。其中一張椅子上坐了個高大男子，他有一張黝黑又英俊的臉孔，正在桌面上快速打著節拍，彷彿聆聽著體內接收器播放的爵士樂。不協調的是，他穿著藍色的外科醫生罩衫與手術用拖鞋。

我從其中一根柱子後出現，跨越水泥地走到桌邊。穿罩衫的男子抬頭看我並點了點頭，毫不訝異。

「哈囉，米勒。」我說。「介意我坐下嗎？」

「你控告我後，我的律師一小時內就會把我弄出去。」米勒稀鬆平常地說。「前提是你告我。你犯了大錯，老兄。」

他繼續在桌上打節拍。他的目光飄到我身後，彷彿剛在拱型窗戶外看到某種有趣事物。我露出微笑。

「大錯特錯。」他自言自語地重述。

我伸手，輕柔地將他的手壓上桌面，阻止他繼續敲擊。彷彿被鐵鉤勾住般，他瞬間轉回目光。

「你他媽的以為——」

他迅速抽回手、站起身，但當我用力把他壓回座位上時，他立刻緊閉嘴巴。有一瞬間，他彷彿想撲向我，但桌子擋住了他的動向。他繼續坐著，惡狠狠地瞪我，無疑想起了他律師談過關於虛擬拘留法規的事。

「你從來沒被逮捕過，對吧，米勒？」我態度輕鬆地問。他沒作出回答，我則拿起他對面的椅子，將它轉過來，坐在上頭。我摸出菸盒，取出一根菸。「這個嘛，嚴格上來說，這句話目前依然正確。你沒有遭到逮捕，你不在警方手上。」

我在他臉上看到第一絲恐懼的神色。

「讓我們先回顧過去，好嗎？你可能在想，你被射中後，我大開殺戒，警方則來收拾殘局。他們也找到足夠控告診所的線索，如今你也在等待司法程序。這個嘛，部分是事實——我的確離開了，警方也有善後。不幸的是，那裡有個東西他們永遠找不到，因為我帶走了——就是你的頭。」我舉起一隻手，做出砍頭的手勢。「從頸部燒斷，包在我夾克下帶了出去，暫存器毫髮無傷。」

米勒吞了口口水。我低下頭，吸了口菸蒂，使菸頭冒出火光。

「目前，警方認為你的頭被過度充能的爆能槍激光完全燒毀了。」我把煙吐向桌子對面的他。「我刻意燒焦了頸部和胸膛來強化那種印象。如果多花上一點時間，再加上厲害的鑑識專家，他們就可能想到別的可能性，但不幸的是，你診所裡倖存的同僚在警方開始調查前就把他們趕出了門。看在警方可能發現的事物上，這點可以理解。我相信你也會有同樣的舉動。不過，卻也代表了你不只沒被逮捕，還被認為已經真實死亡了。警方沒在找你，其他人也是。」

「你要什麼？」米勒的嗓音聽起來相當沙啞。

「很好。我看出你明白自身處境了。我想，對你這種……專業的人來說，應該很正常。我要極樂飄緲屋的詳細資訊。」

「什麼？」

我的語氣變得強硬。「你聽到了。」

「我不知道你在說什麼……」

我嘆了口氣。這事在預料之中，我之前就遇過；只要跟瑞琳．川原有關就會發生。她激發的恐懼性忠誠，能讓她以前在分裂市的日本黑幫老大為之汗顏。

「米勒，我沒空跟你瞎扯。魏記診所和一間名叫極樂飄緲屋的空中妓院有關。你可能透過一名來自紐約、名叫崔普的打手與對方聯絡。和你打交道的女子是瑞琳．川原。你去過極樂飄緲屋；

我清楚川原的個性，她總是會邀請同夥進入自己的老巢，首先展現強悍，接著則展示忠誠度價值所換來的某種可怕教訓——你見過嗎？」

我從他眼中看得出，他的確有經驗。

「好，我只知道這些。換你了，我要你畫出極樂飄緲屋的粗略藍圖。盡可能加入細節。像你這樣的外科醫生，一定很清楚怎麼觀察細節。我也要知道拜訪該處的細節。安全編碼，或來訪的最低合理理由之類的東西，再加上內部保全系統概略的部署。」

「你認為我會直接吐實。」

我搖搖頭。「不，我覺得我得先凌虐你。但無論如何，我都會問出真相。你決定吧。」

「你不會下手。」

「我會。」我溫和地說。「你不認識我。你不知道我是誰，也不知道我們進行這番談話的原因。聽著，在我把你的臉轟爛前一晚，你的診所讓我經歷了兩天的虛擬拷問——夏雅星宗教警察的例行手法。你可能審核過軟體，所以一定知道情況。對我來說，仇還沒報完呢。」

在漫長的沉默中，我注意到對現實的接受逐漸在他的神情上浮現。他轉過頭。

「如果川原發現——」

「忘了川原吧。等我解決川原，她就會成為街頭上的回憶。川原要完蛋了。」

他猶豫，內心在矛盾邊緣掙扎，接著搖頭。他抬頭看我，我也清楚自己得下手。我低下頭，強迫自己想起露易絲的屍體——她躺在自動手術臺上，從喉嚨到鼠蹊部都被劃開，內臟則被擺在身體周圍的碟子上，彷彿開胃小菜。我想起自己曾身為被關在氣氛鬱悶的高聳牢房中的古銅色皮膚女子；當他們將我壓在木質地板上時，身上膠帶的緊繃感；以及他們傷害我身軀時，太陽穴深處傳來的尖銳哀鳴。尖叫聲不斷持續，兩名男子則把叫聲當香水般享受。

「米勒。」我覺得自己得清一下喉嚨再說話。「你想知道夏雅的事嗎？」

米勒一語不發。他開始使用某種特意控制的呼吸節奏，好讓自己迎接未來的痛苦。這人不像蘇利文典獄長；只要在骯髒的角落揍蘇利文一拳，就能讓他吐露一切。米勒是個硬漢，可能也受過訓練——當你在魏記診所這種地方當院長時，就不可能不把部分科技產品用在身上。

「我待過那裡，米勒。二一七年冬季的紀希奇，距今一百二十年前。當時你可能還沒出生，但我想你在歷史課本中讀過這件事。轟炸結束後，我們以政府工程師的身分入境。」我說話，喉嚨就變得不那麼緊繃。我用香菸示意。「那是保護國對打壓抵抗勢力、建立傀儡政府的委婉說法。當然，這樣做的話，你得先拷問一些人，我們也沒有厲害的程式能幫忙。所以啦，我們得有創意。」

我把香菸在桌上捻熄，站起身。

「我想讓你見見某人。」我說，目光轉到他身後。

米勒順著我的眼神望去，僵在原處。在最近一根支撐柱旁的黑影中，逐漸聚合起來的，是個穿著藍色手術用罩衫的高大人影。當我們望向人影的同時，對方的五官變得清晰可辨；不過米勒肯定在看到衣著明亮的顏色時，就猜到對方的身分了。他回頭看我，想張嘴說些什麼，但他的雙眼反而定格在我身後的東西上，臉色則變得蒼白。我往後看其他人影實體化的位置，每個人都有相同的高大身軀與古銅色肌膚，也都身穿手術用罩衫。當我回頭時，米勒已流露出崩潰的神情。

「資料套印。」我對他確認道。「在保護國境內大多地區，這種行為甚至稱不上犯法。當然，如果是電腦錯誤，情況通常不會這麼極端，頂多是跑出雙重分身，回收系統也會在幾小時內把你拉出虛擬實境。這是個不錯的故事——如何碰上自己，又學到了哪些教訓——是約會時的好話題，也許還能講給你的孩子聽。你有孩子嗎，米勒？」

「有。」他的喉嚨勉強發出聲音。「對，我有。」

「是嗎？他們知道你以什麼維生嗎？」

他什麼都沒說。我從口袋中拿出一支電話，把它丟在桌子上。「等你玩夠了，就告訴我一聲。這是熱線。按下發送鍵，並開始說話。極樂飄緲屋，所有相關細節。」

米勒望向電話，又轉回來看我。我們身邊的分身幾乎已經合成完畢。我揮手道別。

「好好享受呀。」

我在罕醉克斯飯店的虛擬娛樂室中醒來，身體蜷在其中一個寬敞的使用者座位架上。遠端牆面上的數位時鐘顯示我才連線不到一分鐘，我在虛擬實境中度過的時間可能只有幾秒。連線進出反而花了比較多時間。我躺了一下，思考剛剛自己的行為。夏雅已經是很久以前的往事了，也是我希望能遺忘的過去。米勒並非唯一在今天碰見自我的人。

我提醒自己，**這是私怨**，但又深知並非如此。這次我有某個目的，報仇只是舉手之勞。

「目標顯露心理壓力跡象。」罕醉克斯飯店說。「初步模組估計該跡象會在六個虛擬日內引發人格瓦解。以目前的速率看，這約莫等同於真實時間中的三十七分鐘。」

「很好。」我扯下電極接頭，移開催眠引導器，爬到架外。「如果他崩潰了，再打給我。你有調出我之前要求的監視器畫面嗎？」

「有。你要看嗎？」

我又看了一下時鐘。「現在不要。我等米勒好了。保全系統有問題嗎？」

「沒有。資料並沒有受到防護。」

「尼曼局長真不謹慎。裡頭有多少東西？」

「相關診所畫面長達二十八分鐘又五十一秒。照你要求的去追蹤離開的雇員則得花更長的時間。」

「多長？」

「目前無法估計。雪洛・玻斯托克（Sheryl Bostock）乘坐已有二十一年資歷的軍事用額外微型直升機離開了賽查科技機構。我不認為該機構的輔助人員薪資很高。」

「為何我不感到意外呢？」

「可能是因為——」

「別說了，我只是打比方。微型直升機呢？」

「導航系統沒有網路連線，因此無法在交通控制區域中定位該座機。我得仰賴它航程中經過的實體監視器，來找出飛行器的出沒地點。」

「你是指衛星追蹤？」

「以最後手段來說，沒錯。我偏好從低階地面系統先著手；這些系統比較容易破解。衛星保全通常都有高防護性，破解這類系統困難又危險。」

「隨便啦。等你找到東西，再告訴我。」

我在娛樂室中陰鬱地踱步。這個房間被棄置已久，多數乘坐架和其他機器都被塑膠保護膜包住。在牆上發光磚提供的微弱光源下，機器模糊的輪廓就像是健身中心或拷問室的器材。

「可以打開亮一點的燈嗎？」

來自嵌入低矮天花板中、高強度燈泡的亮光，瞬間照亮了工作室。我看到牆上貼滿某種虛擬服務的廣告畫面——護目鏡中看到的眩目山景、坐在昏暗酒吧中的俊男美女、跳向狙擊鏡視角的龐大野生動物——畫面被直接鑲入立體顯像玻璃中，因此當你盯著它們看時，圖片們就彷彿活了過來。我找到一張矮長椅，坐在上頭，留戀地想起剛剛虛擬實境中肺部吸入煙霧的感覺。

「儘管我執行的程式嚴格來說並不違法，」罕醉克斯飯店試探地說，「在違背數位化人類的個人意願下扣押對方，就是**犯法**的行為。」

我無助地望著天花板。「怎麼，你怕了？」

「警方已經傳喚過我的記憶一次了，他們也可能會控告我協助你冷凍菲利浦．米勒（Felipe Miller）的頭。他們還可能想知道他的暫存器在哪。」

「對，但飯店規範裡一定也有條例說，你不能讓未授權的人進入房客的房間，但你還是那麼做了，不是嗎？」

「那並不犯法，除非犯罪因為此安全漏洞而發生。米麗安．班克勞夫特來訪的結果並非是犯罪。」

我又往上看了一眼。「你想說笑話嗎？」

「幽默並非我目前使用的參數，不過有需要的話，我可以安裝那種模式。」

「不了，謝謝。聽著，你為何不把之後不想被人看到的記憶清除掉就好？刪掉它們？」

「我有一連串內建功能防止我採取這種行動。」

「真可惜，我以為你是獨立個體。」

「所有合成智慧程式，只能在聯合國規範中許可的範圍維持獨立運作。規章被強制安裝在我的系統中，所以實際上，我和人類一樣害怕警察。」

「你讓我擔心警察就好。」我說，一面流露出自奧特嘉離開後，就不斷降低的自信。「只要有一點運氣，那種證據甚至根本不會被傳喚。就算有，你也早被列為共犯了——所以你在怕什麼？」

「我能得到什麼？」電腦嚴肅地問。

「延續有房客的狀態。一直到整件事結束前，我都會待在這裡；而從米勒身上得到的資料來看，我可能要待上很長一段期間。」

房內除了空調系統的嗡鳴外，什麼聲音都沒有，直到罕醉克斯飯店再度說話。

「如果我被控訴的犯罪情事達到一定數量，」它說：「聯合國規範可能會被直接啟動。在十四A規章下，我會被處以減少容量，或是在更嚴重的狀況下，遭判強制關閉。」對方又短暫猶豫片刻。「一被關閉，我可能就再也無法被任何人使用了。」

滿嘴機器的個人方言。無論它們變得多精明，說起話來還是有如孩童遊戲小組的學習裝置。我嘆了口氣，直接望向前方牆上的立體顯像圖片。「你想退出的話，現在就該告訴我。」

「我不想退出，武．科瓦奇。我只是希望你明白這一連串行動中的風險。」

「好。我明白了。」

我抬頭看電子鐘，盯著下一分鐘出現。對米勒來說，那又是四小時的時間。在罕醉克斯飯店執行的程序下，他不會感到饑渴，或想滿足任何生理需求。他可以睡，但電腦不會讓他的睡眠成為長期無意識狀態。除了周圍帶來的不適感外，米勒只能自處。最後，這也會逼瘋他。

我希望如此。

我們用這種手段對付的上帝右手烈士中，沒人能撐過十五分鐘的真實時間，但他們都是有血有肉的戰士，在自己的專長領域中十分英勇，卻對虛擬技術毫無招架之力。他們也受過強烈的宗教教條洗腦，能使自己不斷犯下暴行；但一缺少那心態，就像水壩潰堤一樣，他們的自我厭惡就會將自己完全吞噬。米勒的心智不會如此單純，也沒有自我正當性，受過的訓練也很不錯。

外頭已經開始天黑了。我看著時鐘，強迫自己不要抽菸。我也盡量不要思念奧特嘉，但徒勞無功。

萊克的義體開始讓我覺得麻煩了。

第三十四章

米勒在第二十一分鐘時崩潰。罕醉克斯飯店不需要告訴我，因為我和虛擬電話相連的資料傳輸主機突然啟動，並開始列印文件。我站起身，走過去看裡頭的資料。程式會潤飾米勒的話語，所以讀起來相當正常，但就算整理過，文句還是相當不協調。米勒放棄前已經讓自己瀕臨瘋狂。我掃視前幾句話，在廢話中發現了我需要的資料起點。

「清除複製資料。」我告訴飯店，一面迅速走回乘坐架。「給他幾小時冷靜，然後讓我連線。」

「連線時間會超過一分鐘，以目前的轉換率來看，應對到虛擬時間三小時又五十六分鐘。你需要在抵達內部前，先安裝虛擬形體嗎？」

「對，那樣——」我還沒完全將催眠引導器裝在頭上，就停了下來。「等一下，那形體的品質有多好？」

「我是愛默森系列主機合成智慧程式。」飯店語帶責難地說。「在最高還原度設定下，我創造的虛擬形體和使用者的投射意識一模一樣。目標已經獨處了一小時又二十七分鐘，你需要安裝形體嗎？」

「好。」即便話是我說的，聽起來依然很怪。「其實，讓它進行整場拷問好了。」

「安裝完成。」

我掛掉電話，坐在乘坐架邊緣，思考在罕醉克斯龐大的處理系統中，存在著第二個我一事的意涵。這是我從未——據我所知——在特使軍團中體驗過的事，當我成為罪犯後，也沒信任過任何機器做這種事。

我清清喉嚨。「這個虛擬形體……它清楚自己的本質嗎？」

「一開始不清楚。它只知道你離開程式那瞬間所知的一切，不過，基於你的智力，除非接受調整，否則它就會自行摸索出真相。你希望安裝封鎖用的子程式嗎？」

「不。」我立刻說。

「你希望我持續維持虛擬實境嗎？」

「不。等到我……我是說等到他，等虛擬形體認為事情辦完後，就關閉實境程式。」我想到另一件事。「實體也有他們裝在我身上的虛擬定位器嗎？」

「目前有。我用同樣的鏡面編碼掩飾訊號，和我對你自己的心智做出的防護相同。不過，由於虛擬形體並非直接連結到你的皮質暫存器，如果你想，我可以消除訊號。」

「有必要嗎？」

「鏡面編碼較容易處理。」飯店承認。

「那就擺著吧。」

一想到要編輯我的虛擬分身，就使我腹中一陣不適。這與川原和班克勞夫特等人在現實世界對付真人的隨意手段太相似了。這是毫無限制的原始力量。

「你有虛擬實境來電。」罕醉克斯飯店說。

我抬起頭，感到驚訝和一絲希望。

「是奧特嘉嗎？」

「是凱德敏。」飯店怯生生地說。「你要接電話嗎？」

虛擬實境的背景是座沙漠。腳下有紅色沙塵和砂石，天空沿著地平線綿延出去，呈現一片無雲的蔚藍。太陽和四分之三的蒼白彎月，高掛在遠方書架般的山脈上空。溫度相當冷冽，與太陽眩目的光芒完全相反。

拼布人正站著等我。在空曠的環境中，他看起來就像座雕像，是對某個野蠻沙漠遊魂的描繪。他看到我時，就咧嘴一笑。

「你想要什麼，凱德敏？如果你要的是對川原的影響，就恐怕要失望了。她對你徹底失望。」凱德敏臉上露出一絲饒富興味的神情，緩緩搖頭，彷彿完全否定川原的存在。他的嗓音低沉又悅耳。

「你和我有未完成的事。」他說。

「對，你連續搞砸兩次了。」我讓輕蔑滲入語氣中。「你要什麼，第三次嘗試嗎？」

凱德敏聳聳他龐大的肩膀。「這個嘛，據說第三次總會最幸運……我給你看個東西。」

他指向身旁的空中，沙漠上的一塊地翻了開來，露出底下的黑暗。空洞形成了一塊螢幕，播出影像——聚焦在一張沉睡的臉上。那是奧特嘉的臉孔——我的心臟感覺被拳頭握住了。她臉色蒼白，眼睛底下還有瘀青；一絲唾液沾黏在她嘴角。

——近距離受到震盪電擊。

我上次受到的震盪電擊來自米爾斯波特公眾秩序警察；儘管特使訓練在二十分鐘內便使我恢復某種程度的意識，但接下來幾小時內，我也只能不斷地顫抖、痙攣。我無法看出奧特嘉何時遭到電擊，但她看起來很糟。

「這是很簡單的交換。」凱德敏說。「用你交換她。我把車停在一條叫米娜（Minna）的街道上，接下來的五分鐘，我都會在那。獨自過來，不然我就從她脖子後方把她的暫存器打爆。你好好選吧。」

沙漠隨即消失，最後的畫面則是微笑的拼布人。

我一分鐘內就跨越兩個街區，抵達米娜街。戒了兩週菸，彷彿在萊克的肺臟底部挖出了新空間。這是條外型悲哀的小街道，滿是被封死的店鋪和空蕩的停車場。附近空無一人，唯一僅見的交通工具，是一臺停在路肩的飛艇，燈光在傍晚的陰暗天色中亮起。我猶豫地靠近，手靠在涅米槍的槍托上。

我離飛艇後方五公尺時，車門就被打開，奧特嘉的身體被丟了出來——她像布袋般撞上街道，癱軟不動。她倒地時，我就掏出涅米槍，警覺地繞過她身旁，走向她，雙眼盯著車子。

另一端的車門打開，凱德敏爬了出來。虛擬實境後，在這麼短的時間內見到他，讓我花了點時間才辨認出對方：那是我曾在巴拿馬玫瑰號的義體重置槽的玻璃牆後，見過的高大黝黑又帶著鷹勾鼻的面容；那是上帝右手烈士的複製體，而藏在肉體中的，則是拼布人。

我用涅米槍瞄準他的喉嚨。在中間只隔著飛艇的情況下，無論之後發生什麼，子彈都能打飛他的頭，也許還能將暫存器扯出他的脊椎。

「別傻了，科瓦奇。這臺車有裝甲防護。」

我搖搖頭。「我只對你有興趣。待在原地別動。」

我繼續高舉涅米槍，雙眼也盯著他喉結上方的部位，接著我在奧特嘉身邊蹲下，用空出來的手指碰她的臉。溫暖的氣息噴上我的指尖。我在她頸部摸索，找尋脈搏，也找到了虛弱但穩定的跳動。

「巡佐沒事。」凱德敏不耐煩地說。「但如果你不在兩分鐘內放下槍並上車，你們的命運就很難說了。」

我手掌底下，奧特嘉的臉孔動了起來。她的頭部轉動，我則聞到了她的氣味；那是讓我們打從一開始就彼此糾纏的費洛蒙氣味。她的嗓音因遭到電殛而變得虛弱又模糊。

「別這樣，科瓦奇。你不欠我。」

我站起身，微微放下涅米槍。

「後退，走到街上五十公尺處。她沒辦法走路，你也可能在我背她走過兩公尺時撞倒我們。你先後退，我會走到車邊。」我揮舞著槍。「奧特嘉會保管武器。這是我唯一的武裝。」

我拉開夾克證明說詞。凱德敏點頭。他屈身回到車內，車子緩緩往街區前進。我看著車子，直到對方停車，接著再度跪在奧特嘉身旁。她掙扎著想起身。

「科瓦奇，不要，他們會殺了你……」

「對，他們一定會嘗試。」我握住她的手，將她的手覆在涅米槍的槍托上。「聽好，不管怎樣，我都完蛋了。班克勞夫特聽信了謊言，川原也會信守承諾，把莎拉運回去。我了解她。妳要做的，就是用瑪莉・盧・辛奇利的案件打垮她，釋放萊克。跟罕醉克斯飯店聯絡，我在那幫妳留了線索。」

街區彼端的飛艇不耐煩地響起碰撞警告聲。陰暗的街道上，警鈴聲聽起來悲傷又古老，就像平田礁（Hirata's Reef）上瀕死的象魟鳴叫。奧特嘉抬起被電擊的臉，彷彿快溺水了。

「你——」

我露出微笑，把手貼上她的臉頰。

「該跳到下一幕場景了，克莉絲汀。就這樣吧。」

接著我起身，雙手靠在頸部後方，走向汽車。

PART 5 NEMESIS

復仇女神

SYSTEMS CRASH

（系統當機）

第三十五章

飛艇中，我被兩名肌肉壯碩的男子夾著，他們複製體般的英俊容顏被整容手術破壞了些許；這兩人可能光靠壯碩的體態就受到雇用。我們緩緩由街道爬升，轉了個彎。我往窗外一瞥，看見底下的奧特嘉，她正試著站立。

「要我把那條子賤貨做掉嗎？」司機問——我準備好往前撲去。

「不。」凱德敏從座位上轉過來看我。「不，我向科瓦奇先生保證過了。我相信巡佐和我在不久的未來還會再度交手。」

「你真倒霉。」我毫無說服力地對他說，接著他們就用震擊槍射我。

我醒來時，有張臉孔正近距離地觀察我；五官很不清楚，蒼白又缺乏焦點，彷彿某種舞臺劇面具。我眨眨眼，顫抖起來，努力使雙眼聚焦。那張臉後退，在解析度不高的狀況下依然像個玩偶。我咳嗽了一下。

「哈囉，屠殺。」

粗糙的五官露出微笑。「歡迎回到巴拿馬玫瑰號，科瓦奇先生。」

我從狹窄的金屬行軍床上搖晃著坐起身。屠殺退後讓我有空間移動，又或許他只是想遠離我的攻擊範圍。模糊的視力讓我看到他身後的低矮灰鋼艙房。我把雙腳移到地面，立刻停止動作。我四肢的神經還因為震擊電波而癱軟，腹部深處也有種不舒服的顫抖感。整體而言，震擊波並不強。也許那是一連串的電擊。我往下看自己的身體，發現自己穿著布料厚重的灰色柔道服；旁邊的地板上則有一雙相配的太空甲板拖鞋與腰帶。我對凱德敏的意圖開始有種不安的預感。

屠殺身後的房門被打開。一名年約四十的高大金髮女子走了進來，另一名合成人隨後跟上；除了取代左手的閃爍鋼製直線介面工具外，合成人的外表相當有現代感。

「科瓦奇先生，這位是來自格鬥廣播公司（Combat Broadcast Distributors）的佩妮拉・強握（Pernilla Grip），以及她的技術助手麥爾斯・機男（Miles Mech）。佩妮拉，麥爾斯，容我介紹武・科瓦奇，我們今晚的萊克代替品。對了，恭喜呀，科瓦奇。儘管萊克根本不可能在未來兩百年間釋放，之前我可完全被你說服了。我明白，這都是特使技巧。」

「並不是。奧特嘉才是帶來說服力的因素。我只是讓你說話。你說得可溜了。」我對屠殺的同伴點頭示意，「我剛聽到廣播嗎？我以為那違反章旨了。你們之前不是對觸犯那項規範的記者施以極端手術嗎？」

「那是不同的產品，科瓦奇先生。不同的產品呀。廣播排程中的格鬥賽的確違反了我們的規範。但這並非排程中的賽事，而是羞辱賽。」屠殺說出這字眼時的喜悅溢於言表。「由於性質不同、且觀眾人數非常有限，我們被迫升高票價來彌補這項損失。有很多媒體想得到任何來自巴拿馬玫瑰的獨家消息。這就是我們名聲帶來的效果，不幸的是，也是這種聲譽使我們無法直接做生意。強握小姐會為我們處理這項市場矛盾。」

「她人真好。」我的語氣變得冰冷。「凱德敏在哪？」

「再等等，科瓦奇先生，再等等。你知道，當我被告知你會有這種反應，用自己交換巡佐時，我承認自己當時並不相信。但你像個機器般照計畫行事。特使軍團從你身上取走了什麼，才讓你換來其他能力？你的難預測性？還是你的靈魂？」

「別文謅謅，屠殺。他在哪？」

「噢，好吧。這裡走。」

房門外有一對守衛，他們可能是飛艇上的那兩人。我的記憶太過模糊，無法清楚回想。當我們跟著屠殺走上令人感到幽閉恐懼的狹窄走廊，並走向相連的走廊時，守衛兩兩跟在我身旁；走道由布滿鏽跡的聚合金屬製成。我試圖記下路線，但心裡大多想著屠殺說的話。是誰為他預測我的行動？凱德敏嗎？不可能。儘管拼布人充滿怒火和滿嘴威脅，他對我卻一無所知。最有可能的嫌疑犯是瑞琳．川原，這也能解釋為何屠殺在想到讓川原得知他和凱德敏合作時，他的合成義體卻沒有發出哀號。川原出賣了我。班克勞夫特遭說服，麻煩——無論本質為何——都結束了，奧特嘉同一天就被抓來當誘餌。我對班克勞夫特講述的狀況使凱德敏成為潛逃在外、且懷有私怨的私人雇員，所以他攻擊我的行為沒理由不能被看見。而且這狀況下，將我滅口比讓我活命更安全。

以那種角度來看，凱德敏也面臨同樣的處境，所以情況可能並不若表面看來直接。也許表面上的風聲是要抓住凱德敏，但效期只維持到我的存在必要結束。隨著班克勞夫特被說服，我再度成為可淘汰人員，放過凱德敏的風聲也被放了出去。無論情況如何演變，不是他殺死我，就是我殺了他。川原只需要解決倖存者就好。

我毫不質疑川原釋放莎拉的諾言。作風老派的日本黑道對此總是特別執著，但她沒對我本身做出那種誓言。

我們走下最後的階梯，臺階比其他走道來得寬敞一點，踏上位於改裝牢房頂端鑲有玻璃的網格走道。我往下一看，看見我和奧特嘉上週在電磁列車上看過的其中一處競技場；但現在塑膠布已從格鬥圈上被掀開，一群觀眾已聚集在每列塑膠座椅的前排。我能透過玻璃聽到自己年輕時參與怪胎格鬥賽，當時聽過的、充滿興奮與期待的歡呼聲。

「啊，你的觀眾正在等你。」屠殺站在我身邊。「這個嘛，更正確的說法是，萊克的觀眾。不過我相信你也能用說服過我的演技騙過他們。」

「如果我拒絕呢？」

屠殺殘酷的五官流露出不悅。他指向群眾。「這個嘛，我想你可以試著在賽事中途向他們解釋。但老實說，成功機率並不高，而且……」他不懷好意地笑道，「我不覺得你有那個時間。」

「預設結論，是嗎？」

屠殺的笑容不變。他身後的佩妮拉·強握和另一名合成人則帶著和鳥籠前伺機以待的貓一樣的狩獵眼神。底下的群眾因期待而變得噪雜。

「我花了一陣子才安排好這項特殊賽事，靠的只有凱德敏的保證。他們急於看到伊利亞斯・萊克為他的暴行負責，不讓他們滿意太危險了。更別提這樣一點專業精神都沒有。不過，我不覺得你會認為來這裡還能活命吧，科瓦奇先生？」

我想起漆黑空蕩的米娜街，與奧特嘉癱軟的軀體。我努力抗拒震擊帶來的不適，並露出習慣中的笑容。

「不，我沒這麼想。」

走道上傳來平穩的腳步。我往聲音來源瞄了一眼，看見穿著和我同款外衣的凱德敏。太空甲板拖鞋發出的輕微踏步聲在一小段距離外停止，他歪起頭，彷彿首次檢視我。他柔和地說：

「我該如何解釋必然的死亡？
我該說每個人都算過，並寫下
自身性命的價值
以之對上低估之手中的血腥邊緣？
他們想知道
評估如何進行？
我該說此事曾成功一次，
由那些知曉

當日代價的人勝出。」

我陰沈地露出微笑。**「如果你想輸，就大肆宣揚。」**

「——但他說那句話時年紀更輕。」凱德敏也投以微笑，完美的白牙和古銅色的皮膚形成對比。

「如果我的《憤怒》（*Furries*）介紹文沒錯的話，當時他還沒脫離青春期。」

「哈蘭世界的青春期要更久。我想她清楚自己在說什麼。我們可以趕快結束這檔事了嗎？」

窗外的群眾呼聲，聽起來就像打在堅硬礫石海灘上的巨浪。

第三十六章

外頭的格鬥場上，噪音變得更不一致，也更雜亂。個人叫喊聲像騷動水域中的瓶背魚，不過在沒有使用神經化學系統的狀況下，我聽不出任何有意義的字句。只有一個叫聲從周圍震耳欲聾的吼聲中被凸顯出來——我踏上格鬥場的邊界，某人則對我大喊：

「記得我兄弟嗎？你這**王八蛋！**」

我抬頭看是誰有家仇，卻只看到一大堆憤怒又期待的臉孔。好幾個人站起身，邊揮舞拳頭邊跺腳，讓金屬支架也為之顫動。嗜血欲望如今像某種有型事物般逐漸變強，空氣變得濃烈到難以呼吸。我試著回想，自己和幫派同夥是否在紐佩斯特的怪胎搏擊賽上這般鬼吼鬼叫，也猜想我們應該沒有不同。我們當時甚至不認識為了娛樂我們而互相痛毆的鬥士——這些觀眾至少對他們企圖引發的血戰有些情感因素。

格鬥場另一頭，凱德敏雙手抱胸地等待。鑲在他十指強化指節上的鋼鐵，因上頭的光源而閃爍。這是個微妙的優勢，不會使比賽優勝看似被獨占，但長期賽事就會受到明顯影響。我不太擔心關節，凱德敏被安裝的上帝意志（Will of God）強化反應才讓我憂慮。約一世紀前，我曾對抗過同樣的系統，用的則是保護國在夏雅上的敵兵義體，此舉也並非易事。義體老舊又僵硬，同時也是重裝軍事生化機械義體，最近才被震擊電波擊中的萊克神經化學系統，對上這種義體非常不樂觀。

我按照地面標誌站在凱德敏對面。周圍的群眾稍微安靜了下來，當伊姆西．屠殺走上臺時，聚光燈隨著亮起。他穿上長袍，也為了佩妮拉．強手握的攝影鏡頭而化了妝，使他看起來更像孩童惡夢中的人偶，與拼布人非常相配。他舉起雙手，改裝貨艙牆壁上的方向音響則放大他喉嚨擠出的字句。

「歡迎來到巴拿馬玫瑰號！」

群眾發出微微騷動，但他們也安靜下來等待。屠殺清楚這點，並緩緩轉身，催生群眾的期待感。

「歡迎參與巴拿馬玫瑰號極為特殊且完全獨家的活動。歡迎，我歡迎各位，**來此見證伊利亞斯．萊克最終的血腥羞辱！**」

群眾陷入瘋狂。我抬頭看那些微光中的臉孔，察覺文明的外表正逐漸褪去，怒火則如同皮膚底下的赤裸血肉般暴露在外。

屠殺被放大的嗓音壓下了歡呼。他用兩隻手做出安靜的手勢。

「你們大多人都因某些事件而記得萊克警探。對有些人來說，這個名字帶來血光之災，甚至是被打斷的骨頭。

那些回憶——那些回憶相當痛苦；你們之中有些人還認為，這種痛苦永遠不會消失。」

他已經安撫下群眾，嗓音也為之變柔。

「朋友們，我不可能幫你們抹去那些記憶，因為那並非我們在巴拿馬玫瑰號上提供的服務。

在這裡，無論記憶有多苦澀，我們都不會輕鬆遺忘，反而將牢牢記住。朋友們，我們不談夢，只談現實。」他伸手指向我。「朋友們，**這**就是現實。」

群眾又是一番鼓掌。我望向凱德敏，絕望地揚起眉毛。我認為自己會死，但沒料到會無聊到死。凱德敏聳聳肩。他要決鬥，屠殺的戲劇化表現只是他得付出的微薄代價。

「這就是現實。」伊姆西・屠殺重覆：「今晚就是現實！今晚你們會見證伊利亞斯・萊克殞命，看他跪地而死；儘管我無法消除你們對自己軀體遭到毆打、骨頭被打斷的回憶，我至少能以你們凌虐者被擊垮的哀嚎取而代之。」

群眾爆發歡呼。

我短暫地思索屠殺是否在誇大其詞。關於萊克的真相似乎罕為人知。我記得在離開傑瑞密室時，歐卡泰看到萊克臉孔時畏縮的狀況。傑瑞告訴過我關於那名蒙古人和我使用的警察身軀之間的過節：**萊克經常逮到他，幾年前還把他揍得半死**。接著還有巴提斯塔對萊克拷問技巧的評論：**大多時候他都會守規範**。萊克究竟跨越過界線多少次，導致引來這麼多群眾？

奧特嘉會怎麼說？

我想到奧特嘉，她的臉孔在屠殺所激起的混亂叫囂中，成為渺小的寧靜畫面。有了好運與我留在罕醉克斯飯店的線索，她就能幫我扳倒川原。

知道這點就夠了。

屠殺從長袍中抽出一把刀刃厚重又帶有鋸齒邊緣的刀，把刀舉高。房間中陷入一片寧靜。

「這代表致命一擊。」他宣告。「當我們的鬥士打倒伊利亞斯・萊克，使他無力起身時，你們就會看到他的暫存器從脊椎中被挖出打碎，也會知曉他再也不存在於這世間。」

他放開刀子，手臂垂下。純粹的戲劇效果。武器飄浮在空中，在集中的引力場中閃爍，接著往上飄到格鬥場頂端五公尺高的高度。

「讓我們開始吧。」屠殺說，一面後退。

當下的解放感相當神奇，宛如剛拍攝完成的體感場面，我倆也都能暫且休息，也許還能傳遞威士忌小酒壺，在掃瞄器後方說笑，笑談我們方才被迫演出的離譜劇本。

我們開始圍繞對方，整座格鬥場還隔在我們之間，也沒有提升戒備，沒有跡象暗示我們即將要做的事。我試圖觀察凱德敏的身體以找尋蛛絲馬跡。

上帝意志生化機械系統三點一之七版相當單純，但別因此瞧不起它。他們在我們登陸夏雅前這麼說。**建築工人的重點能力在於力量與速度，他們這兩項能力也很優越。要提他們的弱點，就是作戰模式沒有能被隨機使用的子流程。因此上帝右手烈士傾向以招數非常有限的技巧進行攻擊**。

夏雅星上，我們的強化作戰系統是頂尖產品，擁有標準內建的隨機反應系統與分析回饋。萊克的神經化學系統完全不若該系統優秀，但我能用一些特使技巧來模擬該功能。真正的問題在於，我得撐到讓特訓能力分析上帝意志的作戰方式與——

凱德敏發動攻擊。

我們之間有十公尺的空間；他眨眼間就跨了過來，風暴般地襲擊我。

他的招數十分單純，只有直拳與踢擊，不過力道與速度之強使我難以招架。完全不可能反擊。我往右揮出第一拳，並順著後座力移向左方。凱德敏毫不猶豫地跟上我的動作，攻向我的臉。我的頭閃開攻擊，感到對方的拳頭擦過我的太陽穴，力道不夠強到啟動強化關節。直覺要我往低處格檔，而勁道猛烈到能打碎膝蓋的直踢則擊中我的前臂。接續而來的肘擊則擊中我的頭頂，使我蹣跚後退，努力維持站姿。凱德敏追上我。我用右手往側邊打去，但他占有攻擊優勢，輕鬆擋下攻擊。他的低位打擊隨之竄入，擊中我的腹部——強化關節發出像是肉片掉入煎鍋中的聲響，隨之啟動。

那感覺彷彿某人用彎勾刺入我腹中。打擊帶來的實際疼痛留在皮膚上，我腹中的肌肉感到一股相當不適的麻木。加上被震擊槍傳來的麻木，使我感到四肢癱軟。我跌跌撞撞地往後退了三步，撞上墊子，像隻差點被打爛的昆蟲般扭動。我模糊地聽見群眾讚許地歡呼。

我虛弱地轉過頭，看見凱德敏已經後退，正用被陰影籠罩的雙眼看我，雙手也舉到面前。他左手上鋼環的小紅光向我閃爍。強化關節正在充能。

我明白了。

第一回合。

徒手格鬥只有兩條規範：盡可能做出攻擊、儘快發動攻勢，打倒對手。當他倒地，就殺死對方。如果有其他規則或考量，就不是真正的決鬥，只是場競賽。凱德敏應該要在我倒地時解決我，但這並非真正的格鬥。這是羞辱表演賽，為了觀眾的福利，痛苦必須被最大化。

群眾。

我起身，望向周遭藏在微光中的臉孔。神經化學系統使我瞥見眾人喊叫的口中沾滿唾液的牙齒。我壓抑腹中的不適，吐了口痰在格鬥場地板上，擺出守備姿勢。凱德敏點頭，彷彿認同了某件事，再度衝向我。同樣的直線化技巧，與同樣的速度與力量——但這次我準備好了。我用前臂擋下前兩拳，與其退縮，我反而穩穩地擋在凱德敏的去路上。他花了幾微秒察覺我的意圖，但此時他太靠近了。我們幾乎胸併胸地站著。我使力用頭槌砸向他，彷彿他的臉孔屬於歡呼群眾裡的每個人。

鷹鉤鼻應聲碎裂，當他搖晃時，我往內踢中他的膝蓋。我右手往旁一甩，企圖打中脖子或喉嚨，但凱德敏一路下滑。他滾到一旁，從底下勾住我的腳。我摔倒在地，他則在我身旁起身，迅速向我的背部揮拳。撞擊使我顫抖，也讓我的頭用力撞上軟墊。我嘗到血味。

我立刻跳起身，看到凱德敏後退，並從斷裂的鼻梁旁抹去部分鮮血。他好奇地看著沾上紅色血跡的手掌，望向我，不可置信地搖了搖頭。我虛弱地露齒而笑，因看到他流血而感到腎上腺素不斷上升，並舉起雙手，做出預備姿勢。

「來吧，你這混蛋，」我受傷的嘴吐出話語。「宰了我。」

話還沒說完，他就撲向我。這次我幾乎沒碰到他。大多戰鬥動作都並非出於自我意識。神經化學系統英勇地抵抗攻勢，不斷格檔，以防止身體被強化關節碰到，也讓我有空檔能隨機揮出幾下反擊，特使直覺則告訴我，這些招式或許能突破凱德敏的作戰方式——他的攻擊方法就像不耐煩的昆蟲般急躁。

在這些徒勞無功的反擊後，我揮出的攻擊太遠，他抓住我的手腕，把我向前拉。力道平衡的迴旋踢擊中我的肋骨，我也感到骨頭斷裂。凱德敏又拉了一把，扣住我被抓住的肘部，而在神經化學視角中的停格瞬秒內，我看到他用前臂揮向我的關節。我知道手肘斷裂時會發出的聲響，也清楚在神經化學系統壓抑劇痛前自己會發出的叫聲。我的手在凱德敏掌中焦急地扭動，我讓身體倒下。由於沾滿了滑溜的汗水，我的手腕鬆了開來，手臂也被放開。凱德敏的力道極大，但手臂撐住打擊，此時我也往地板倒去。

我壓在受傷的肋骨上，立刻眼冒金星。我扭動著，試圖壓下蜷曲身體的衝動，看到凱德敏借來的五官出現在我上方高處。

「起來。」他說，聲音像是遠方被撕開的紙板。「我們還沒打完。」

我用腰力抬起身子，攻擊他的鼠蹊部。攻擊位置偏了，只打中他的大腿。他稀鬆平常地揮舞手臂，強化腕關節則打中我的臉。我眼前出現彩色光芒，接著一切化為空白。群眾的噪音在我腦中迴盪，我也覺得漩渦正在呼喚我。所有都往內部迴旋並失焦，彷彿引力降低般不斷下墜旋轉，神經化學系統則奮力維持我的意識。光線從上灑落，接著立刻彈回天花板，彷彿光芒只是想看看我受到的傷害，但只是表面功夫的關切，一眼就滿足了好奇。意識似乎在我腦袋中以橢圓形軌道繞行。我立刻回到夏雅上，和吉米·迪索托一起躲在故障的蜘蛛坦克殘骸中。

「地球？」他塗上黑色迷彩條紋的臉龐露齒一笑，被坦克外、雷射槍火的光芒照亮。「那裡是個爛地方，老兄。該死的社會停滯不前，就像回到五百年前。那裡窮極無聊，也不被允許發動歷史性事件。」

「放屁。」我不敢置信的態度，被飛來的劫盜炸彈所發出的銳利響聲打斷。我們的目光在陰暗的坦克艙室中交會。轟炸從夜暮落下就已開始，機器人的武器以紅外線和動態偵測器追蹤敵人。當夏雅的訊號干擾系統在罕見的狀況下解除時，我們聽說克西特上將（Cursitor）的星際保護國艦隊還位在數光秒之外，和夏雅人爭奪軌道控制權。黎明時，如果戰鬥還沒結束，當地人可能會派出地面部隊來掃蕩我們。局勢不利於我們。

至少貝塔汀的效果開始減退了。我感到自己的體溫開始回升到正常溫度。周圍的空氣不再如熱湯般濃稠，呼吸也不若心跳速率幾近停止時如此吃力。

炸彈機器人爆了開來，坦克的腿部則因為近距離爆炸而靠著船殼顫動。我們本能地望向自己的曝光錶。

「放屁，是嗎？」吉米從我們在蜘蛛坦克的外殼上打出的歪扭破洞中探頭窺視。「嘿，你不是打那來的。我才是，我告訴你，如果他們要我選擇終生待在地球上，或是該死的儲存庫的話，我就得好好思考。如果你有機會來拜訪的話，千萬別來。」

我眨了眨眼，讓自己回神。在我上頭空，刀子在引力場中閃爍，就像穿過林間的陽光。吉米的身影逐漸消失，飄過刀子，往屋頂飛去。

「告訴你過別去那裡了，對吧，老兄。看看你現在的狀況。地球。」他吐了口痰並消失，只有嗓音還迴盪在空中。**「這是個爛地方。快去下一幕場景。」**

人群的嘈雜轉為穩定的吟唱聲。

怒氣如同灼熱的電線般竄過我的腦海。我用手肘撐起身體，把注意力專注在格鬥場另一端等待的凱德敏身上。他看著我，擺出和我之前相仿的姿勢。群眾爆出笑聲。

該去下一幕場景了。

我站起身。

只要你不做家事，某天晚上拼布人就會來找你。

說這句話的嗓音浮現在我腦海中，我已經有接近一個半世紀的客觀時間沒聽過這嗓音了。這是我在成年生活的大多時間中都不願回想起的男子。我父親，與他開心的床邊故事。就在我最不需要他鬼話的時刻，他果然出現了。

拼布人會來找你。

這個嘛，你錯了，老爸。拼布人就站在對面等。他不會來找我，我得自己去找他。不過謝了，老爸。多謝你做的一切。

我喚起萊克軀體中所有細胞僅存的能量，並往前走。

格鬥場頂端的玻璃碎裂開來。碎片灑在凱德敏和我之間的空間。

「凱德敏！」

我看到他的雙眼往上望向網格走道，接著他的胸腔似乎炸了開來。他的頭部和雙臂往後伸展，彷彿某個東西突然讓他失去了平衡；室內傳來爆炸聲。他的柔道服前端被撕開，喉嚨到腰部間出現了一個大洞。鮮血往外噴湧，灑落在格鬥場繩索上。

我迅速轉身，往上一看，發現崔普站在她剛摧毀的窗口中央，眼神依然直盯著懷中爆彈步槍槍管所瞄準的方向。她持續開火，槍口噴出火焰。我困惑地轉身找尋她的目標，但格鬥場除了凱德敏的屍體外空無一人。屠殺不見蹤影，在機槍巨響中，群眾的呼聲已轉變為驚慌的尖叫。似乎每個人都站了起來，試圖離開。我立刻明白——崔普正往觀眾開火。

屋內的地面，有人發射能量武器，也有人發出尖叫。我緩慢並笨拙地轉身。屠殺著火了。

在遠處的門口，羅德里哥．巴提斯塔正用附有長槍管的爆能槍射出射程廣闊的激光。屠殺上半身著了火，他用雙手拍打著自己，但手臂上也活像長了以火焰構成的翅膀。他發出的尖叫聽起來充滿怒氣，而非痛苦。佩妮拉．強握的屍體倒在他腳邊，胸腔遭到燒穿。在我眼前，屠殺像個由融化的蠟製成的人偶般撲到她身上，尖叫逐漸轉弱為呻吟，接著變成怪異的電子冒泡聲……最後完全沉默。

「科瓦奇？」

崔普的爆彈槍安靜下來。相對於傷者的呻吟慘叫聲而言，巴提斯塔揚起的嗓音聽起來不自然地大聲。他繞過燒爛的合成人，爬進格鬥場，臉上沾滿血跡。

「你沒事吧，科瓦奇？」

我虛弱地發出輕笑，立刻按住側身傳來的劇痛。

「很棒，太棒了。奧特嘉怎麼樣了？」

「她沒事。我幫她注射了里西諾素（lethinol）。抱歉這麼晚才來。」他往上指指崔普。「你朋友花了一陣子才在費爾街找到我。她拒絕使用官方管道，說檯面上不好看。照我們在這裡造成的混亂來看，她是對的。」

我望向周圍的有機傷害狀況。

「對……會有問題嗎？」

巴提斯塔大笑一聲。「你在鬧我嗎？在沒有搜索票的狀況下闖入私人場所。對毫無武裝的嫌犯造成有機傷害——你他媽的怎麼想？」

「抱歉。」我慢慢開始離開競技場。「也許我們可以想出辦法。」

「嘿。」巴提斯塔抓住我的手臂。「他們撂倒了一名海灣市員警。這裡沒人敢這樣幹。凱德敏犯錯前，應該要有人告訴他這件事的。」

我不確定他說的是奧特嘉還是穿著萊克義體的我，所以我一句話也沒說。我反而勉強地轉頭，檢查是否有受傷，而後抬頭看崔普。她正在為爆彈槍重新裝彈。

「嘿，妳整晚都要待在上頭嗎？」

「馬上下來。」

她把最後一發彈藥裝入爆彈槍，接著往走道外翻了個漂亮的觔斗，往外墜落。離地面只剩一公尺時，她背上的引力肩帶展開翅膀，她便懸空浮在我們頭頂，把槍扛上肩。穿著黑大衣的她，就像個下班的黑暗天使。

她調整了一下肩帶上的轉盤，讓自己飄向地面，在凱德敏身旁落地。我跛著腳走向她。我倆沉默地凝視被燒穿的屍首一陣子。

「謝了。」我柔和地說。

「算了吧。這是服務內容。抱歉帶這些傢伙來，但我急需後援。你清楚別人是怎麼形容當地條子的——城裡最強悍的該死組織，對吧？」她向凱德敏點點頭，「你要讓他維持這樣嗎？」

我盯著上帝右手烈士，以及他因為突如其來的死亡而露出的震驚表情，試圖觀察他體內的拼圖人氣息。

「不。」我說，用腳翻過屍首，露出他的後頸。「巴提斯塔，你可以借我那把槍嗎？」

警察一語不發地把爆能槍遞給我。我將槍口對準拼布人頭顱底部，抵上去，等待自己產生某種感覺。

「有人想說什麼嗎？」崔普面無表情地說道。巴提斯塔轉過身。「快下手吧。」

就算我父親有什麼話想說，他最後也沒有開口。我只聽見受傷的觀眾發出的慘叫，以及我忽略的其他聲響。

我毫無感覺地扣下扳機。

第三十七章

一小時後，奧特嘉前來義體安裝室找我，我依然無知無感；我坐在其中一臺自動叉型起重機上，盯著空無一物的安裝槽發出的綠光看。氣閘打開時，發出了柔和的幫浦聲，以及持續的嗡鳴，但我沒有任何反應。即便我認出她的腳步聲，還聽到她在繞過地板上捲曲的纜線時罵出的一小句髒話，我也沒有轉身看她。就和自己乘坐的機器一樣，我毫無動力可言。

「你感覺如何？」

我俯視站在叉型起重機旁邊的她。「可能就像我外表一樣慘吧。」

「這個嘛，你看起來很糟。」她往我坐的位置伸手，抓住了機頂網格的一個角。「你介意我過來嗎？」

「來吧。要幫忙嗎？」

「不用……」奧特嘉試圖用雙臂拉起自己，臉色隨之變得鐵青；接著她露出一個傾斜的笑容。「可能要吧。」

我伸出瘀青較少的手臂讓她握住，她則發出一聲咕噥，爬上起重機。她姿態怪異地蹲了一下，接著在我身旁坐下，一面按摩自己的肩膀。

「老天，這裡可真冷。你坐在這東西上多久了？」

「大約一小時吧。」

她抬頭看空無一人的儲存槽。「看到有趣的東西了嗎？」

「我正在想。」

「噢。」她又停了下來。「你知道，該死的里西諾素比散彈槍可怕。至少當你被電擊時，你知道自己受傷了。但無論你經歷了什麼，里西諾素都會告訴你一切都沒事，好好放鬆就行。接著你就會因為踩到五公分厚的管線而摔了個狗吃屎。」

「我想妳該躺下。」我輕柔地說。

「對呀，這個嘛，你可能也是吧。明天你臉上就會多出一些新瘀青。梅瑟有幫你打止痛藥嗎？」

「我不需要。」

「噢，硬漢。我以為我們已經協議你得照顧這具義體了。」

我反射地露出笑容。「妳該看看對手的慘樣。」

「我看過了。你赤手空拳地把他撕成兩半，是嗎？」

我沒讓笑容消失。「崔普在哪？」

「你的合成朋友？她走了。她對巴提斯塔提到某件關乎利益衝突的事，然後消失在夜色中。巴提斯塔正絞盡腦汁，試圖想辦法壓下這個麻煩。要和他談談嗎？」

「好。」我不情願地轉身。安裝槽的綠光有種特別的催眠感，在我的麻木狀態下，許多想法逐漸焦急地成形，像被餵食的瓶背魚一樣囓咬彼此。凱德敏的死並沒有讓我感到放鬆，反而點燃了我內心深處緩緩升溫的毀滅性欲望。有人得為這一切付出代價。

私怨。

這又比私怨更糟。這是為了別名海葵的露易絲，她在手術臺上被大卸八塊；這是為了被刺死的伊莉莎白．艾略特，她窮困到無法接受義體重置；艾琳．艾略特，為了被企業代表在不同月分交替使用的自身義體而哭泣；維克多．艾略特，被夾在對某個相同卻又異樣的女子所感到的失落與重逢感之間。這是為了某個以殘缺的中年白人軀體面對自己家人的年輕黑人；這是為了態度輕蔑地走進儲藏庫的維吉尼亞．維達奧拉，她挺直頭部，抽著汙染她即將失去的肺部的最後一根香菸，那具軀殼無疑地會落入某個企業貪心鬼手中。這是為了吉米．迪索托，他在殷奈寧的戰火泥濘中挖出自己的眼睛……以及保護國中和他有同樣遭遇的數百萬人，這群被痛苦連繫在一起的不同個體，小便一般地被撒入歷史的糞坑之中。為了這些人，以及未來更多的人，有人得為此付出代價。

我有些暈眩地爬下起重機，而後攙扶身後的奧特嘉落地。我的雙臂因承受她的體重而感到痛苦，但比起突然明白這是我倆相處的最後時光來說，這點痛不算什麼。我不知道自己如何得出這個結論，但這感覺源自我內心最深層的角落，我很早之前就學會對其付出比對理性意識更強的信任。我們都沒注意到，我們是牽著手離開義體重置室的——直到我們在外頭的走廊上碰上巴提斯塔，本能地立刻放開對方。

「我在找你，科瓦奇。」就算巴提斯塔對我們牽手有任何感覺，他臉上也找不出蛛絲馬跡。「你的傭兵朋友溜了，留下我們善後。」

「對，克莉絲——」我頓住，向一旁的奧特嘉點點頭。「我聽說了。她帶走了爆彈槍嗎？」

巴提斯塔點頭。

「那你就有完美的故事了：有人從巴拿馬玫瑰號打電話來報案說有槍戰，你前來時發現觀眾遭到屠殺，凱德敏和屠殺雙雙死亡，我和奧特嘉則半死不活。兇手肯定是某個被屠殺冒犯的人，動機則是私怨。」

我眼角瞥見奧特嘉搖了搖頭。

「沒用的。」巴提斯塔說。「費爾街接到的電話都會被錄音，飛艇裡的電話也是。」

我聳聳肩，特使能力全面啟動。「所以呢？你或是奧特嘉，你們在里奇蒙都有線民。你們不能透漏那些人的姓名。他們打私人電話來，而當你得從屠殺殘存的保全人員中殺出一條血路時，電話剛好被砸壞了。通話無法追蹤。監視器上也空無一物，因為那名開火的神秘客將整個自動保全系統中的紀錄全部消除了。我想，這種事是可以安排的吧。」

巴提斯塔看起來相當懷疑。「我想可以吧。我們需要資料駭客來幹這差事。戴維森會處理資料碟，但他沒那麼高明。」

「我可以幫你找資料駭客。還有別的嗎？」

「有些觀眾還活著。他們無法反應，但的確還在呼吸。」

「算了吧。就算他們看到了某人，也只看到了崔普。甚至可能根本沒清楚地看見她，整件事幾秒內就結束了。我們唯一得做的，就是決定何時叫救護車來。」

「得快點。」奧特嘉說。「不然這事就很可疑了。」

巴提斯塔哼了一聲。「整件該死的事都疑點百出，任何費爾街的人都會知道今晚這裡發生了什麼。」

「你很常幹這種事，是嗎？」

「不好笑，科瓦奇。屠殺越界了，他明知自己會引來麻煩。」

「屠殺。」奧特嘉低語道。「那個王八蛋把自己儲存在別處。一等他被重新安裝到義體上，肯定會死命要求警方調查。」

「也許不會。」巴提斯塔說。「妳覺得他被裝入那具合成義體多久了？」

奧特嘉聳聳肩。「誰知道？上週他就用了，至少用了一週，除非他更新過儲存庫中的義體。但那樣非常昂貴。」

「如果我是屠殺這種人，」我沉思著說，「無論大事何時發生，我都會更新自己的義體，無論得花多少錢都一樣。我不想在醒來時，發現自己對被殺那週發生的事一無所知。」

「那取決於你當下的行為。」巴提斯塔指出。「如果是某種嚴重的違法勾當，你可能更希望醒來時不記得。那樣的話，你就能帶著笑容通過警方測謊。」

「比那更好。你甚至不會……」

我停了下來，思索這句話的意義。巴提斯塔做了個不耐煩的手勢。

「隨便啦。如果屠殺醒來時一無所知，他可能會做私人調查，但不會立刻讓警方插手。而如果他醒來時還記得，」他攤開雙手。「他的抱怨聲也不會比高潮中的天主教徒大到哪去。我想我們沒事。」

「那叫救護車來吧。或許也得找穆拉瓦……」當謎題的最後一塊拼圖逐漸浮現時，奧特嘉的嗓音在我耳中就逐漸變弱。兩名警探的交談變得像對講機中的雜訊般模糊。我望向身旁金屬牆面上的凹痕，不斷用各種邏輯方式測試這個想法。

巴提斯塔好奇地看了我一眼，並離開去打電話聯絡救護車。他消失時，奧特嘉輕輕碰了我的手臂。

「嘿，科瓦奇，你還好嗎？」

我眨眨眼。

「科瓦奇？」

我伸出一隻手觸碰牆面，彷彿要確認牆面的真實性。比起我對心中想法的肯定，我周遭的一切似乎毫無形體。

「克莉絲汀，」我慢慢地說，「我得上極樂飄緲屋去。我知道他們對班克勞夫特做了什麼。我能打倒川原，促使六五三法案通過；我也能救出萊克……」

奧特嘉嘆了口氣。「科瓦奇，我們談過了——」

「不！」我語氣中突如其來的蠻橫讓我自己也嚇了一跳。我能感到萊克的五官在緊繃時，因上頭的瘀青而感到疼痛。「這不是推測，也不是病急亂投醫，這是事實。我也得去極樂飄緲屋——不管妳幫不幫忙，我都得去。」

「科瓦奇。」奧特嘉搖搖頭。「看看你自己。你全身都一團糟。現在你連個奧克蘭的皮條客都打不倒，還說自己要對其中一個西岸家族進行秘密攻擊。你以為自已能靠斷掉的肋骨和那張臉打垮川原的保全？算了吧。」

「我又沒說這事很簡單。」

「科瓦奇，根本不可能。我在罕醉克斯飯店等你對班克勞夫特撒謊，但最多也只能這樣。遊戲結束了，你的朋友莎拉會回家，你也會離開。但情況不會改變了，我沒興趣維持私怨。」

「妳真的想讓萊克回來嗎？」我輕柔地問。

剎那間，我以為她會揍我。她的鼻孔脹大、噴氣，右肩也因為準備揮拳而下垂。我從不知道究竟是震擊槍的餘波，或是自我控制使她停手。

「我應該要揍你，科瓦奇。」她平靜地說。

我舉起雙手。「來吧，現在我連個奧克蘭皮條客都對付不了。記得嗎？」

奧特嘉從喉中發出作嘔的聲音，轉過身。我伸手碰她。

「克莉絲汀……」我猶豫起來。「對不起。那句關於萊克的話很不得體。妳能至少聽我說完一次嗎？」

她向我走來，嘴巴緊緊抿起，隱藏起自己的感覺，低垂著頭。她吞了一下口水。

「我不聽，已經發生太多事了。」她清了清喉嚨。「我不想再讓你傷害我了，科瓦奇。我不想受傷，僅此而已。」

「妳是說，讓萊克的義體受傷？」

她看著我。

「不。」她平靜地反駁。「不，那不是我的意思。」

接著，她在陰暗的金屬走廊中貼上我，緊抱住我的身體，臉孔埋在我的胸膛上，態度完全沒有改變。我自己也嚇了一下，緊緊地擁住她，我們相伴彼此的時間如砂礫般從我的指縫間逐漸流失。當下，我寧願犧牲一切，也不想讓她知道任何計畫，或因任何事使我們之間的感情消散，也不願如此憎恨瑞琳．川原。

我幾乎願意犧牲一切。

凌晨兩點。

我打給待在傑克索公寓的艾琳．艾略特，要她起床。我告訴她，我們有個會付她很多錢處理的案件。她睡眼惺忪地點頭。巴提斯塔開了無標記的飛艇前去接她。

等到她抵達時，巴拿馬玫瑰號的船身已經被完全點亮，彷彿在準備甲板派對。船身上的水平搜尋燈讓船隻看起來彷彿透過發光繩索從天而降。船身外的發光纜繩式保全屏障交叉架住船體結構和碼頭。舉辦羞辱賽的貨艙屋頂大大敞開，讓救護車能直接進入，犯罪現場的指示燈發出的光芒，也像煉鋼廠的火光般直沖天際。警用飛艇在天空盤旋，或閃著紅藍燈光停在甲板上。

我在舷梯上碰見她。

「我要拿回自己的身體！」她在空中引擎的巨響聲中喊道。搜尋燈使她義體的黑髮幾乎被照亮成金髮。

「我現在無法幫妳做到！」我回喊。「但那在計畫之中。首先，妳得接下這這個活，賺點錢——現在，我們先讓妳離開外頭，以免被該死的金珊蒂發現。」

當地警方正阻擋媒體直升機靠近。奧特嘉依然感到不適，持續發抖，並用警方大衣包住自己，使自己保持身體挺直與警覺的緊迫態度，將當地警力擋在外頭。她端出有機傷害部的招牌，邊吆喝邊以階級壓迫對方，不斷恐嚇又威張聲勢，在艾略特偽造監視器片段時擋住外頭的人。一如崔普所說，他們是當地最強悍的組織。

「我明天會搬出公寓。」艾略特工作時對我說。「你無法從那裡找我了。」

她沉默了幾分鐘，在輸入她設計的畫面時，三不五時地從齒縫洩漏出口哨聲；而後她往後看了我一眼。

「你說我會因為幫這些人做事而拿到錢。是他們欠我嗎？」

「對，我想是的。」

「那我會聯絡他們。幫我找主管警官，我會和對方談。別到琥珀鎮找我，我也不會在那裡。」

我隻字未語，只是盯著她。她轉身繼續工作。

「我需要一些獨處的時間。」她低語。

在我聽來，光是這段話都算是莫大的奢侈。

第三十八章

我看著他從十五年的單一麥芽威士忌酒瓶中倒了杯酒，拿到電話邊，謹慎地坐下。斷裂的肋骨已經在其中一臺救護車中被黏好，但那側的身體還是相當疼，有時也會傳來針刺般的痛苦。他啜飲著威士忌，振作起精神，撥出電話。

「班克勞夫特居所。請問找誰？」一個西裝女子接了電話，跟上次我打到日觸宅邸時是同一個。同樣的西裝，同樣的髮型，連妝容都相同。也許她是接線虛擬實體吧。

「米麗安．班克勞夫特。」他說。

——又一次。我又感到像個被動的觀察者，和我那晚在鏡子前看著萊克的義體配戴武器時所感到的脫離感無異。就像斷肢……不過，這次的感覺更糟了。

「請等一下。」

螢幕上的女子消失，取而代之的，則是有風吹拂的燭火影像，伴隨著像是秋天落葉被颳過老舊人行道時那般聲音的鋼琴聲。一分鐘過去了，接著米麗安．班克勞夫特出現，華麗地穿著一件正式外套與上衣。她揚起一道修剪完美的眉毛。

「科瓦奇先生，令人意外。」

「對，這個嘛。」他不適地揮手示意。就算透過通訊頻道，米麗安．班克勞夫特依然流露出令他難以招架的肉慾。「這是安全線路嗎？」

「基本上是的。你要什麼？」

他清了清喉嚨。「我想過了。我想和妳討論一些事。我，呃，我可能欠妳一句道歉。」

「是嗎？」這次她揚起兩道眉毛。「你想在何時碰面？」

他聳聳肩。「我現在沒事。」

「好。不過，我現在有事，科瓦奇先生。我準備前往芝加哥舉辦的會議，明晚才會回來。」

她嘴角因笑意而微微顫動。「你可以等嗎？」

「好。」

她傾身靠近螢幕，瞇起眼睛。「你的臉怎麼了？」

他把一隻手伸到臉上其中一塊瘀青。在房間黯淡的燈光中，他沒料到瘀青是如此地清晰可辨。

他也沒料到米麗安．班克勞夫特如此敏銳。

「這故事太長了，等我見到妳再說。」

「好吧，我可真等不及了。」她酸溜溜地說。「我明天下午會派禮車去罕醉克斯飯店接你。四點可以嗎？好，再見。」

螢幕轉為空白。他坐了下來，盯了螢幕好一陣子，接著關掉電話，把座椅轉向窗邊的架子。

「她讓我緊張。」他說。

「對啊，我也是。嗯，當然了。」

「很好笑。」

「我盡力了。」

我起身拿威士忌瓶。跨越房間時，我在床邊的鏡中看見自己的倒影。萊克的義體擁有歷經風霜的氣息，鏡中的男人彷彿能躲過任何危機，冷眼看著命運中的災難失敗。他的軀體動作如貓敏捷，動作相當適合安查娜．沙洛莫的表演。厚重、幾乎呈藍黑色的髮絲微掛在外表看似纖細的肩膀，優雅的微斜雙眼則流露溫和又滿不在乎的神色，彷彿認為這宇宙是個宜居的好地方。

我只穿戴了這名機械忍者義體幾個小時——根據嵌入我視野中左上角的時間顯示器，則是七小時又四十二分鐘——但完全沒有常見的下載副作用。我用一條藝術家式的棕色手臂拿起威士忌瓶，這種肌肉與骨骼的簡單動作就能使我感到相當喜悅。庫瑪洛神經化學系統持續在意識邊緣顫動，似乎正柔和地吟唱這具軀體隨時能辦到的任何事。就連在特使軍團的時期裡，也沒穿戴過這麼厲害的義體。

我想起屠殺的話語，在心裡搖了搖頭。如果聯合國認為他們能在**這種軀殼**上施加為期十年的殖民區禁運條款，他們的腦筋就太過時了。

「我不知道你怎麼想，」他說，「但我覺得很怪。」

「還用得著你說？」我把自己的酒杯斟滿，遞出酒瓶。他搖搖頭。我走回窗架，靠著玻璃坐下。

「凱德敏是怎麼忍受這種事的？奧特嘉說他總是跟自己的分身工作。」

「我想，只要時間足夠，人就能習慣任何事吧。再說，凱德敏完全瘋了。」

「噢，而我們沒瘋？」

我聳聳肩。「我們別無選擇。我是說，除了逃走以外——逃走比較好嗎？」

「你倒是告訴我啊，是你想對付川原，我只是被雇來的。再說，我不覺得奧特嘉對交易中的那部分特別滿意。我是說，她之前也困惑過，但現在——」

「**她**困惑！你覺得我有什麼感覺？」

「我清楚你的感覺，白痴，我就是你。」

「是嗎？」我從酒杯中啜飲，揮著酒杯示意。「你覺得要花多久，我們才會產生差異？」他聳聳肩。「你是自己記憶中的自我。現在我們只有七到八小時的觀念差距，還來不及造成太大的改變，對吧？」

「改變四十多年來的記憶嗎？我想不會。建構個性的基礎也都來自生命早期。」

「對，據說是這樣。既然我們都談到這點了，何不告訴我別的事？你感覺如何？我是說，**我們**對拼布人的死有什麼感覺？」

我不安地挪動。「我們得談這件事嗎？」

「我們需要談談。直到明天晚上，只有我們困在這裡——」

「如果你希望，可以出門。要是那樣的話，」我用拇指往上指向屋頂。「我可以由進來的入口離開。」

「你這麼不想談他，是嗎？」

「不太想。」

至少這點沒錯。原本的計畫，是讓我的忍者複製體待在奧特嘉的公寓裡，直到萊克義體和米麗安．班克勞夫特一同消失。接著我才明白，我們需要和罕醉克斯飯店合作，才能成功對極樂飄緲屋展開攻擊；但因為少了儲存槽掃描，我也無法透過忍者義體對飯店證明自己的身分。在萊克義體和米麗安．班克勞夫特離開前，先介紹忍者義體給旅館認識似乎是比較好的點子。由於萊克義體肯定還受到監視——至少有崔普的監督——一起踏進罕醉克斯飯店的大門感覺挺糟糕的。我向巴提斯塔借了一套引力背帶和匿蹤裝，在天亮前往下跳，穿過分布不均的車潮，抵達位於四十二樓、建有屋頂的凸緣。此時，罕醉克斯飯店已經被萊克義體知會過我的到來，便打開了通風口讓我進去。

有了庫瑪洛神經化學系統的幫忙，一切就像走大門一樣簡單。

「聽著，」萊克義體說。「我就是你，我明白所有你知道的事。談談這事有什麼不好？」

「如果你清楚我知道的一切，問這件事又有什麼**意義**？」

「有時候，把事情說出來比較好。即便你是在跟別人說話，其實也同時是在與自己對談。對方只是擔任了發聲器……說出來吧。」

我嘆了口氣。「我不知道。我很久以前就把老爸的事埋藏起來了，都是陳年舊事。」

「是，最好是啦。」

「我很認真。」

「不。」他用一根手指指向我，就像日觸宅邸陽臺上的班克勞夫特不想面對我所說的事時，我對他做出的動作。「你在對自己撒謊。記得我們加入少納言十一幫（Shonagon's Eleven）那年，在拉茲洛（Lazlo）管屋中碰上的那個皮條客嗎？那個在別人把我們從他身上剝開前，差點被我們殺掉的傢伙。」

「那只是因為化學反應而已。我們用了太多四式冰毒，還拿十一幫的事來炫耀，當時我們才十六歲。」

「放屁。我們下手的原因，是因為他長得像老爸。」

「也許吧。」

「那是事實。接下來十五年，我們也把時間花在用同樣的理由殺害掌權者。」

「噢，他媽的饒了我吧！我們花了十五年宰殺阻擋我們的人，那是軍隊的作法，也是我們維生的方式。再說，皮條客何時像掌權者了？」

「好吧，也許我們十五年來殺的都是皮條客，利用他人的傢伙。也許那就是我們報復的方式。」

「他從來沒出賣過老媽。」

「你確定嗎？那為何我們十萬火急地急於處理伊莉莎白．艾略特的案件？為何要把妓院扯進調查？」

「因為，」我說，一面把一根手指浸入威士忌，「這點從調查開始就是一切的核心。我們從艾略特的案件切入，是因為感覺正確。那是特使直覺。班克勞夫特對待他太太的態度——」

「噢，米麗安．班克勞夫特，又是另一個我們可談的話題。」

「閉嘴。艾略特是個好方向。我們如果沒去傑瑞的生化包廂，就不可能發現極樂飄緲屋了。」

「啊。」他擺了個作嘔的手勢，仰頭把酒一飲而盡。「隨你怎麼想吧。我認為拼布人是對老爸的隱喻，因為我們受不了仔細觀察真相，所以當我們第一次在虛擬實境中看見混合分身後，我們就嚇壞了。你記得的，對吧？位於欽慕星的遊樂場——那場小表演過後，我們作了一整週的憤怒惡夢，醒來時雙手沾滿了枕頭的碎片。他們為此送我們去精神診所。」

我不耐煩地揮手。「對，我記得。我記得很怕拼布人，而不是老爸。我記得當我們在虛擬實境裡碰見凱德敏時，也有同樣的感覺。」

「而他死後呢？我們覺得如何？」

「我什麼都感覺不到。」

他又指向我。「只是藉口。」

「才不是藉口！那個王八蛋擋了我的路，還威脅我，現在他死了。傳訊中止。」

「你還記得其他威脅自己的人嗎？也許，當你還小的時候？」

「我不想談了。」我伸手抓起酒瓶，裝滿玻璃杯。「換個話題吧。奧特嘉呢？我們對她的感覺如何？」

「你打算喝光那整瓶酒嗎？」

「你想來一點嗎？」

「不要。」

我攤開雙手。「所以你覺得如何？」

「你想喝醉？」

「我當然想。如果我得跟自己對話，我就看不出為何得清醒地談。所以，談談奧特嘉吧。」

「我不想。」

「為何不？」我理性地說。「得談點東西，記得嗎？奧特嘉怎麼了？」

「問題是我們對她的感覺不同，你又沒穿戴萊克的義體。」

「那沒——」

「不，有關係。我們與奧特嘉之間只有肉體關係，沒時間培養別的情感，根本沒時間做別的事。所以你現在才想談她。在那具義體中，你擁有的，只是對那艘遊艇的模糊懷念，還有一堆回憶。你身上再無任何化學反應。」

我想說些什麼，卻發現自己無話可說。這個突如其來的新發現像個不受歡迎的第三者般，與我們一同坐在房中。

萊克義體把手伸入口袋，拿出奧特嘉的香菸。菸盒幾乎扁平。他抽出一根菸，充滿悔意地看它，並把菸放入口中。我試著不要以不贊同的眼光看他。

「最後一根。」他說，一面把菸蒂湊上點火板。

「飯店可能還有。」

「對。」他吐出口菸，我發覺自己幾乎羨慕起他的癮頭。「你知道，我們現在應該來討論一件事。」

「什麼？」

——我已經知道了。我倆都心知肚明。

「你要我說出來嗎？好——」他又抽了口菸，並不太輕鬆地聳聳肩。「我們得決定當塵埃落定時，誰要被消滅。既然我們雙方的存活本能都越來越強，我們就得趕緊決定。」

「要怎麼決定？」

「我不知道。你想記得什麼？打倒川原？或是去找米麗安．班克勞夫特？」他露出酸溜溜的微笑。「我想，應該沒什麼好比的。」

「嘿，你說的可不只是在沙灘上調情。這是多重義體性愛，也差不多是世上僅存的非法娛樂了。總之，艾琳．艾略特說我們可以接受記憶移植，並同時擁有兩種經驗。」

「可能吧。她是說我們**或許**能做記憶移植。我們之中還是有一人得被抹殺。那不是融合，是移植，將我們其中一人的記憶轉移到另一人身上，編輯。你要對自己這麼做？或是對活下來的人做？我們甚至無法面對罕醉克斯飯店製造出來的虛擬分身。我們要怎麼忍受這件事？不可能，一定得乾淨俐落。只有一人可活。我們得決定誰能活下去。」

「對。」我拿起威士忌瓶，憂鬱地盯著標籤瞧。「所以我們該怎麼做？打賭嗎？猜五次拳來決定？」

「我的方法稍微理性點。現在開始，我們告訴對方自己的記憶，接著決定想留下哪些，看看哪些回憶更有價值。」

「我們要怎麼丈量這種事？」

「我們會知道的。你清楚我們會懂。」

「萬一我們其中一人撒謊呢？美化真相，讓它變得像是更好聽的故事，或對自己喜歡的故事撒謊。」

他瞇起眼睛。「你是認真的嗎？」

「幾天內可能發生很多事。就像你說的，我們都想活著。」

「如果是那樣，奧特嘉能對我們進行測謊。」

「我想我還是打賭吧。」

「把該死的酒瓶給我！如果你不嚴肅地看待這件事，那我也不要。去他的，你可能會被殺嘛，那我們的問題就解決了。」

「謝啦。」

我把酒瓶遞給他，看他小心地倒入兩指節高的酒液。吉米・迪索托總是說無論何時，倒入比五根指節還高的單一麥芽威士忌都是浪費。他說，之後你乾脆喝摻水威士忌就好。我有種感覺，今晚我們要破壞那個好習慣了。

我舉起玻璃杯。

「敬共同目標。」

「對，也敬不再獨飲。」

整整一天後，我依然宿醉纏身，在其中一臺飯店螢幕中目送他離去。他走到人行道上等待，長而光滑的禮車停在路肩。車門往上開啟時，我短暫地瞥見車內的米麗安·班克勞夫特。接著他爬入車內，車門也緩緩關上，遮蔽他倆的身影。禮車逐漸爬升到高空，飛走了。

我乾吞了兩顆止痛藥，等了十分鐘讓藥效發作，接著到屋頂去等奧特嘉。

外頭很冷。

第三十九章

奧特嘉帶來不少新聞。

艾琳・艾略特從某處打來電話，說她願意再談一次合作。電話由費爾街防備最森嚴的針刺傳輸打來，艾略特也說她只願意直接和我接洽。

同時，關於巴拿馬玫瑰號的理由也被採信，奧特嘉還握有罕醉克斯飯店的記憶錄影帶。凱德敏的死讓費爾街原本受理的案件被轉為行政義務，也沒人想盡快處理。政風處剛對該名刺客如何從牢裡被救出去一事展開調查。面對可能的人工智慧牽扯，罕醉克斯飯店隨時可能遭到審問，但目前焦點還不在它身上。有些不同分部間的流程得處理，奧特嘉也編了說詞，對穆拉瓦解釋問題細節。斐爾街警局隊長給了她幾週時間解決事情；大家心照不宣的認知，是奧特嘉不喜歡政風組，因此也不願讓對方輕易完事。

有些政風組警探在巴拿馬玫瑰號附近窺探線索，但有機傷害部全力護住奧特加，巴提斯塔也閉口不言。政風組目前什麼也查不到。

我們有好幾週時間。

奧特嘉飛往東北方。艾略特的指示，引導著我們前往數百公里外被樹林圍繞的大湖、西面的一小群氣泡艙。我們在營區上空轉了個彎，奧特嘉發出了表示熟悉的咕噥。

「妳知道這個地方？」

「知道類似的地方。詐騙犯小鎮——看到營區中央的雷達碟了嗎？他們把雷達碟連上某種老舊的地理合成天氣平臺，使他們能自由連上北半球的任何東西。這地方可能處理了西岸所有資料犯罪的一部分。」

「他們從來沒被逮捕過？」

「視情況而定。」奧特嘉讓飛艇降落在湖岸一處，距離最近的氣泡艙不遠。「從這裡的位置看來，這些人負責讓老舊的軌道衛星繼續運轉。少了他們，就有人得付錢拆除衛星，拆除費也很昂貴。所以如果他們交出一丁點贓物，就不會有人煩他們。通訊犯罪部有更大牌的賊要抓，也沒有其他人對他們感興趣——你要來嗎？」

我爬出飛艇，我們沿著湖邊走向營區。由空中俯瞰，營地有種結構上的統一性，現在我能看出氣泡艙上畫滿了顏色明亮的圖片或抽象圖形。沒有任何重複的圖形設計；不過，我們經過時，我能在好幾個地方看出同一名藝術家的手法。再說，很多氣泡艙都裝了前廊棚、加蓋二樓，有些還設有相連的木屋。衣物掛在建築間的曬衣繩上，孩童們四處奔跑，開心地弄髒全身。

營區保全在氣泡艙的第一圈建築內部和我們見面。他穿著工作用的平靴，身高兩公尺，體重可能跟我目前與之前的義體加起來一樣重。在鬆垮的灰工作服底下，我能看出鬥士般的架式。他的雙眼呈現令人訝異的紅色，太陽穴旁也長出短角。雙角底下的臉龐布滿疤痕又蒼老。和他用左臂抱在懷中的小孩一比，視覺差異十分驚人。

他對我點頭致意。

「你是安德森？」

「對。這位是克莉絲汀．奧特嘉。」我很訝異，這名字對我而言忽然變得平板。少了萊克的費洛蒙介面，我只對身旁的女人感到些許興趣，覺得她的自信相當類似維吉尼亞．維達奧拉以及我的回憶。

我想知道她是否有同感。

「警察啊，是嗎？」前任鬥士的語氣不太友善，但也沒有過多敵意。

「目前不是。」我肯定地說。「艾琳在這裡嗎？」

「對。」他把孩子換到另一條手臂上，用手指出方向。「上頭有星星的氣泡艙，她在等你。」

他說話時，艾琳．艾略特就從那棟建築中走出。長角的男子咕噥一聲，帶我們走向她，順路抱起了另一個孩子。艾略特雙手插進口袋，看著我們走近。和前任鬥士一樣，她穿著灰色靴子與工作服，灰色的衣料和她的彩色頭巾形成強烈對比。

「妳的訪客。」長角的男子說。「沒問題嗎？」

艾略特平靜地點頭，男子又猶豫了一下，接著聳聳肩，帶著孩子們離開。艾略特目送他離開，轉向我們。

「你們最好進來屋裡。」她說。

氣泡艙內，使用空間被木板和裝設在塑膠圓頂上的纜繩索所吊掛的毛毯分隔開來。牆面上擺了更多藝術品，大部分像是營區中的孩子們畫的。艾略特帶我們去被微光照亮的小空間，裡頭擺了休閒坐袋和外型破舊的終端機，被支架連結到氣泡艙的牆面。她似乎很適應新義體，動作也充滿無意識的流暢感。我在清晨的巴拿馬玫瑰號上就注意到她的進步，但在這裡則更為明顯。她輕鬆地坐在休閒坐袋上，懷疑地望向我。

「是你在裡頭吧，安德森？」

我點點頭。

「你要告訴我原因嗎？」

我在她對面坐下。「由妳決定，艾琳。妳要加入，還是退出？」

「你保證我能取回自己的身體——」她努力使自己的語氣保持正常，但無法掩飾嗓音中的渴望。「交易內容就是這樣？」

我抬頭瞄了一下奧特嘉，她也點點頭。「沒錯。如果這件事成功，我們就能透過聯邦法令重新申請取回義體。但得成功。如果我們搞砸，我們可能會一起遭殃。」

「妳目前透過聯邦命令辦案嗎，巡佐？」

奧特嘉緊湊地微笑。「不是。但根據聯合國法規，我們能夠在事後申請命令。前提是，行動得像我說的一樣，成功。」

「**事後**聯邦命令。」艾略特把目光轉回我，也揚起雙眉。「那和鯨魚肉一樣稀有——這肯定是某件大事。」

「沒錯。」我說。

艾略特瞇起雙眼。「你也不再與傑克索共事了，是嗎？你他媽的到底是誰，安德森？」

「我是妳的神仙教母，艾略特。因為如果巡佐的義體申請沒受到核准，我就會花錢買回妳的義體，我保證。好了，妳要加入，還是退出？」

艾琳．艾略特又猶豫不決了一陣子，此時我感到自己對她的技術敬意變得更私人了點。接著她點頭。

「告訴我吧。」她說。

我全盤托出。

我花了半小時才說完，奧特嘉則焦躁地在氣泡艙內外來回踱步。我無法責怪她。過去十天裡，她被迫打破所有專業信條，現在還參與了一旦失敗，就會遭受上百年儲存刑期的計畫。我想，少了巴提斯塔和其他在背後支持她的人，即便自己對瑪士懷抱恨意，或甚至為了萊克，她可能也不願冒風險。

或者，這只是我給自己的藉口。

艾琳．艾略特沉默地坐著傾聽，只問過三次我無法回答的技術性問題。我說完時，她安靜了很長一段期間。奧特嘉停止踱步，走到我身後等待。

「你瘋了。」艾略特終於說道。

「妳辦得到嗎？」

她張開嘴巴，又閉上。她的臉流露迷幻的神情，我猜她正在讀取記憶中前一次的浸漬經驗。幾秒後她回過神來，彷彿正試圖說服自己般地點頭。

「可以。」她緩緩說道。「辦得到，但無法在真實時間中完成。這不像重寫你格鬥場朋友的安全系統，或下載進入人工智慧核心那麼簡單。我們對人工智慧做的，和這計畫比起來簡直只是系統檢查。要進行這項計畫，光是起步，我都得需要虛擬論壇。」

「那不是問題。還有呢？」

「取決於極樂飄緲屋有哪種反入侵系統。」她的神情短暫地被作嘔和落淚感籠罩。「你說那是高級妓院？」

「非常高級。」奧特嘉說。

艾略特又藏匿起自己的感覺。「我得做些檢測，會花點時間。」

「要多少時間？」奧特嘉想知道。

「這個嘛，我有兩種方法。」她的語氣中浮現專業人士的輕蔑，覆蓋住之前的情緒。「我能做快速掃描，或許會使這個天空廢物的警鈴大響；也或者，我可以用正確的方式進行，就得花上幾天。你選，我們照你的進度走。」

「妳慢慢來。」我建議，警告地望向奧特嘉。「還要幫我連上視線和收音——妳認識可以謹慎進行這些事的人嗎？」

「認識，我們這裡有人辦得到。但你可以忘了遙測系統。你一試圖從那裡傳輸資訊出去，就會使一切垮臺。這可不只是雙關語。」她走向架在牆上的終端機，並打開一般使用螢幕。「我看看瑞絲（Reese）能不能幫你找來隱藏式麥克風。用防護微型暫存器，你就能記錄好幾小時的高品質音檔，我們之後可以在這裡取出它。」

「很好。這一切會很貴嗎？」

艾略特回頭，面對我們，雙眉依舊揚起。「跟瑞絲談。她可能得去買零件，但或許你能以事後聯邦許可幫她動手術；她能好好利用聯合國的幫助。」

我望向奧特嘉，對方惱怒地聳肩。

「我猜可以吧。」她在艾略特忙著在螢幕前工作時，不留情面地說。我起身，轉身面對女警。

「奧特嘉，」我在她耳邊低語，立刻明白只要在這具新義體中，我便完全不受她的氣味影響。「我們缺乏資金並不是我的錯。傑克索帳戶沒了，如果我繼續為了這種事提領班克勞夫特的錢，就會顯得怪異。妳冷靜點。」

「不是因為那樣。」她嘶嘶回答。

「不然是什麼？」

她近距離看著我。「你知道天殺的問題是什麼！」

我深吸一口氣，閉上眼睛，避免和她四目相交。「妳幫我找到那個武器了嗎？」

「對。」她往後退，音量恢復正常，語氣則毫無情緒。「來自費爾街工具室的散彈槍，沒人記得有這武器。其他都來自紐約警局的扣押武器庫，我明天會親自飛去拿。都是些無紀錄的物品交換……我用了一些人情。」

「好，謝了。」

「不客氣。」她的語氣相當諷刺。「噢，順道一提，他們花了一番工夫才弄到蜘蛛毒素彈；我不認為你會告訴我那東西的用途，對吧？」

「這是個問題。」

艾略特在螢幕上找到某人，一名使用五十多歲非裔義體的嚴肅女子。

「嗨，瑞絲。」她開心地說，「我幫妳找到顧客了。」

儘管她做出悲觀的估算，艾琳·艾略特還是在一天後就完成了初步掃描。我待在湖邊，歷經瑞絲簡單的微型手術後休息，和一名大約六歲的小女孩一起打水漂，她似乎已經接納了我。奧特嘉還在紐約，我們之間的冷戰並沒有真的解除。

艾略特走出營區，把她成功的機密掃描任務喊了出來，完全不想走到水邊。回音飄過水面時，我畏縮了一下。我花了點時間適應小營區的開闊氛圍，但我還是看不出此地究竟是如何進行成功的資料竊取行動。我把石頭遞給小女孩，直覺地輕揉一隻眼睛下的痠痛處，瑞絲把錄音系統埋在那裡。

「來，看看妳用這顆丟得如何。」

「你的石頭都很重……」她陰鬱地說。

「嗯，還是試試吧。我的上一顆彈了九次。」

她對我瞇起眼。「你有內建功能，我只有六歲。」

「沒錯，兩者都說對了。」我把一隻手放在她頭上。「但妳得運用自身的優勢。」

「等我長大，我就要像瑞絲阿姨一樣安裝體內裝置。」

我思緒清晰的庫瑪洛神經化學腦部感到一小股悲傷逐漸擴散。「真棒。聽著，我得走了。別太靠近水，好嗎？」

她惱怒地瞪我。「我會游泳！」

「我也會，但水看起來很冰，不是嗎？」

「對……」

「那就是了。」我揉揉她的頭髮，往沙灘走去。走到第一處氣泡艙時，我轉頭一看——她正對著湖面舉起那顆大石頭，彷彿湖水是個敵人。

艾略特的態度十分爽朗，大多資料駭客花上很長一段期間泡在暫存器中後都會這樣。

「我做了點歷史研究。」她說，一面把終端機支撐臂從停靠處拉出來。她雙手在主機鍵盤上敲了幾下，螢幕就亮了起來，在她臉上映出光芒。「植入裝置怎麼樣？」

我又摸了下眼皮。「還好。直接連結到執行時間晶片的系統。瑞絲可以以此維生。」

「她以前曾經是。」艾略特簡略地說。「直到他們用製造反保護國文學將她逮捕……等這一切都結束，你得確定某人能用聯邦職權幫她說話，因為她太需要了。」

「好，她說過了。」我從她身後窺視螢幕。「妳找到了什麼？」

「極樂飄緲屋。坦帕機場藍圖。外殼細節和工程計畫——這東西有幾世紀那麼老。我很訝異他們居然還把這東西留在暫存器裡。總之，極樂飄緲屋似乎原本是加勒比海風暴管理漂浮艦隊的一部分，那是天空系統軌道天氣網（SkySystems orbital weather net）使它們遭到淘汰前的事。很多長程掃瞄系統在設施被改裝時都遭到拆除，但他們留下了當地感測器，用它提供基本的外層保全，譬如溫度感測和紅外線等裝置。一旦任何有體溫的物體降落在船殼，他們就會立刻得知。」

我毫不訝異地點頭。「入口呢？」

她聳聳肩。「有上百個。通風孔道，或維修通道；隨你選。」

「我得看看米勒告訴我的、虛擬分身的資料。但就假設我要從頂端進去好了。體溫是唯一的問題嗎？」

「對，但那些感測器會找尋任何異於四分之一微米氣溫的物體。匿蹤裝無法幫你。老天爺，連你肺部中呼出的熱氣都足以觸發警報。問題不僅如此，」艾略特嚴肅地對螢幕點頭。「他們一定很喜歡這系統，因為他們改裝船體時，將系統範圍擴張了到整艘船，每道走廊和通道都有室溫感應器。」

「對，米勒提過熱源感應。」

「沒錯。登艦的旅客和他們的編碼都會被記錄在系統中。只要有任何不請自來的人踏上走廊，或前往自己標記所不允許的地帶，就會觸發船內所有警報。簡單，也有效率。我不認為自己能駭進系統中，替你編寫迎接碼……太多保全裝置了。」

「別擔心。」我說。「我不認為那是問題。」

「——你說什麼？」奧特嘉憤怒地看我，不敢置信的神情像即將到來的暴風雨般浮現在她臉上。她退開我身邊，彷彿我身上有傳染性病菌。

「這只是提議，如果妳不——」

「不！」她說話的口氣，就像自己從沒說過這句話，她也喜歡說出這句話的感覺。「不，他媽的不可能。我已經幫你秘密策畫過虛擬犯罪，也幫你藏匿證據，還協助你進行多重義體安裝——」

「不太算多重。」

「那是他媽的犯罪！」她咬牙切齒地說。「我不會為你從警方扣留處竊取被沒收的毒品！」

「好吧，算了。」我猶豫起來，用舌尖戳了臉頰一下。「那，想幫我扣押更多毒品嗎？」

當她的臉上露出違背自身意願的笑容時，我心裡就歡呼起來。

小販待在我兩週前走進他廣播範圍時的同樣地點。這次我在二十公尺外就看到了他，他把編蝠雙眼般的廣播裝置架在肩上，像個小妖怪般躲在某處壁龕裡。街上的行人很少。我對在對街預備的奧特嘉點頭，往前走。銷售廣播並沒有改變，街道上照樣出現了行徑誇張的女子身影，我也感覺到忽然浮現的、涼爽貝塔汀感觸，但這次我已經準備好了，而且庫瑪洛神經化學系統也對入侵式廣播有一定的減壓效果。我帶著急切的笑容走向小販。

「老兄，我有僵毒。」

「很好，我正需要，你有多少？」

他稍微訝異了一下，表情則在貪婪與疑心間交替變化。他的手往下滑到腰帶上的恐怖盒，以防萬一。

「你要多少，老兄？」

「全部。」我愉快地說。「你所有存貨。」

他判斷出我的意圖，但已經太遲了。在他兩根手指伸向恐懼盒的控制鈕時，我已經扣住了他的手指。

「啊啊——！」

他用另一手向我揮拳，我折斷了他的手指。他嚎叫起來，因痛苦而倒地。我往他的腹部踢了一腳，取走恐怖盒。奧特嘉從我身後走來，往他滿頭大汗的臉孔亮出警徽。

「海灣市警局。」她簡潔地說。「你被捕了；讓我們看看你有哪些貨吧。」

貝塔汀被裝在一堆小皮囊中，皮囊則被裝在用棉花包裹的小玻璃瓶裡。我把其中一個玻璃瓶移到光源下，搖晃瓶身。裡頭的液體呈淡紅色。

「妳覺得呢？」我問奧特嘉。「純度大約百分之八？」

「應該是，或者更低。」奧特嘉把膝蓋靠上小販的頸部，將他的臉壓上人行道。「你從哪拿到這東西的，老兄？」

「這是好商品！」小販尖聲抗議，「我直接買貨！這是——」

奧特嘉用指關節用力敲了敲他的頭，他閉上嘴。

「這是垃圾。」她耐心地說。「這東西一點都不純，甚至不會讓你得小感冒。我們不要它。」

所以如果你想，可以帶整批貨回街上。我們只想知道你從哪弄到它的；給我們地址。」

「我不知道——」

「你想在逃跑時被射殺嗎？」奧特嘉友善地問他，他突然變得非常安靜。

「在奧克蘭。」他鬱鬱寡歡地說。

奧特嘉給他鉛筆和紙。「寫下來。不要寫名字，寫地址就好。如果你唬弄我，我就帶五十毫升的純正僵毒回來餵你。」

她拿回寫上字跡的紙，望向上頭，把膝蓋從小販脖子上移開，並拍拍他的肩膀。

「很好。現在給我起來，滾離街頭。如果上頭寫的是正確地點的話，明天你可以回來工作。如果不是，記好了，我知道你的地盤在哪。」

我們看著他跑走，奧特嘉則拍拍那張紙。

「我知道這個地方。管制藥品部（Controlled Substances）去年破獲了這裡好幾次，但某個狡猾的律師每次都讓涉案的重要人士溜走。我們會製造不少騷動，讓他們以為自己得用一大堆鬼話騙倒我們。」

「很好。」我望著走遠的小販身影。「妳真的會開槍打他嗎？」

「不會。」奧特嘉咧嘴一笑。「但他不知道。管制藥品部有時會這樣做，讓大毒販在有大事發生時離開街頭。涉及這類案件的員警會受到官方處分，對方也會得到能購買新義體的賠償，但過程很花時間，被逮的人渣同時也會被儲存。再說，被射中也很痛。我很有說服力，對吧？」

「我都相信了。」

「也許我該當特使。」

我搖搖頭。「也許妳不該花那麼多時間在我身上。」

我盯著天花板，等待催眠引導器的音效編碼使我遠離現實。在我兩側，是有機傷害部的資料駭客戴維森和奧特嘉，他們都已進入自己的乘坐架中，即便透過催眠引導器，我還是能透過自己的神經化學感知聽見他們的呼吸，聲響緩慢又規律。我試著讓自己再放鬆點，催眠系統將我推下逐漸消失的意識深處；但我的心智反而像是檢查錯誤的程式般探索設定中的細節，感覺像是我在殷奈寧後浮現的噩夢，是種拒絕消失的神經突觸搔癢感。在我的外圍視野時間顯示器告訴我已經至少過了一分鐘後，我就用一邊手肘撐起自己，望向其他在乘坐架中做夢的人。

「有問題嗎？」我大聲問道。

「對雪洛·玻斯托克的追蹤已經完成。」飯店說。「我想，等你想被告知時，應該會希望獨處。」

我坐起身，把電極接頭從身上拔掉。「你猜得沒錯。你確定其他人都連線嗎？」

「奧特嘉巡佐和她的同事們約兩分鐘前就被安裝入虛擬實境。艾琳·艾略特今天下午就便已進駐該處。她要求不受打擾。」

「你目前使用哪種比率？」

「十一點一五。這是艾琳·艾略特的要求。」

當我爬出乘坐架時，便點點頭。十一點一五是資料駭客的標準工作比率。那也是一部特別血腥、但除此之外平凡無奇的米奇·野澤體感電影的片名。我唯一記得的片中細節，是米奇的角色在片尾竟出乎意料地被殺害了……我希望這不是預兆。

「好吧，」我說。「來看看你找到了什麼。」

＊

在微微可見的海浪起伏，和小屋的燈光之間，有一座檸檬林。我沿著林間的泥濘通道走，檸檬的芳香氣味聞起來十分清爽。蟬在兩側的草叢中發出令人放鬆的鳴叫。上方，絲絨般的天空中有寶石般的星辰，小屋後的陸地則有微微隆起的丘陵，輪廓崎嶇。綿羊的模糊白色輪廓在黑暗的斜坡上移動，我聽到某處有狗發出吠叫。漁村的燈光在一側閃爍，光源並不比星光明亮。

小屋前廊的上層屋頂邊緣吊著防風燈，但沒人坐在前廊上的木桌邊。前端牆面上有華麗的抽象壁畫，圖像在寫著**「六八年撫恤金之花（Pension Flower of '68）」**的發光招牌文字上繞進繞出。風鈴掛在欄杆上，發出輕微聲響，並隨著海上吹來的微風搖擺。它們發出的聲響包括清脆的玻璃鐘聲與空洞的木鐘聲響。

在前廊前端，雜草叢生的斜坡上，有人擺了一堆位置不協調的沙發和扶手椅，將它們大略圍成一圈，彷彿小屋被舉了起來，放在斜坡高處，遠離裝潢過的內部結構。柔和的交談聲從圍繞彼此的座位上傳來，還有點燃的香菸火光。我伸手拿自己的菸，這才想起我已經沒有菸盒，也沒有煙癮了，這使我在黑暗中神情陰鬱。

巴提斯塔的嗓音在低聲交談中揚聲冒出。

「科瓦奇？是你嗎？」

「還會有誰？」我聽見奧特嘉不耐煩地問他。「這是該死的虛擬實境！」

「對，但是……」巴提斯塔聳聳肩，指向空位。「歡迎加入。」

有五個人坐在休閒家具圍成的圈子中。艾琳．艾略特與戴維森坐在巴提斯塔坐椅身旁一張長沙發的兩端。在巴提斯塔的另一側，奧特嘉四肢修長的身體則橫躺在第二張沙發上。

第五個人則放鬆地陷在另一張扶手椅中，雙腿伸直、擺在面前，臉孔隱藏在陰影中。鐵絲般扭曲的黑髮在彩色頭巾上豎起，腿上擺了把白色吉他。我停在他面前。

「是罕醉克斯，對吧？」

「沒錯。」對方的嗓音中，有種之前缺少的深度與節奏感。龐大的雙手拂過琴衍，一面在變黑的草原上彈出幾個音符。「基礎身分投影，由原本的設計者做內建設定。如果你消去客戶鏡面系統，這就是你會看到的樣貌。」

「很好。」我在艾琳．艾略特對面的扶手椅坐下。「妳喜歡這個工作環境嗎？」

她點點頭。「嗯，這裡不錯。」

「妳在這多久了？」

「我嗎？」她聳聳肩。「一天左右；你朋友們幾小時前才抵達。」

「兩個半小時。」奧特嘉酸溜溜地說。「你跑去哪了？」

「神經化學系統故障。」我對罕醉克斯的人影點頭。「他沒說嗎？」

「他是這樣告訴我們的。」奧特嘉的目光充滿了警察的銳利感。「我只想知道那是什麼意思。」

我做了個無助的手勢。「我也想知道。庫瑪洛系統不斷地讓我離線，我們花了一陣子才調整好相容性。也許我得寫信給製造商。」我轉身面對艾琳．艾略特。「我想妳需要浸漬最大化所使用的格式吧。」

「你說的對。」艾略特用拇指指向罕醉克斯。「它說這地方的最高比率是三二三，我們也需要所有優勢才能完成任務。」

「妳找到目標了嗎？」

艾略特陰鬱地點頭。「它被鎖在比軌道銀行的防備還要更森嚴的位置。但我能先告訴你幾件有趣的事。首先，你的朋友莎拉．薩奇洛斯卡兩天前從極樂飄緲屋被運出，再由門口傳輸衛星（Gateway comsat）傳送到哈蘭世界。所以她已經脫離火線了。」

「我很佩服，妳花了多久發現這件事？」

「一陣子。」艾略特往罕醉克斯的方向點頭。「有人幫我忙。」

「第二件有趣的事呢？」

「對。每十八小時，就有秘密針刺傳輸訊號被發到歐洲的接收器。在缺乏浸漬的情況下，我無法告訴你細節，我也覺得你還不想要我進行浸漬。但那看起來像是我們的目標。」

我想起蜘蛛般的自動機槍與防撞子宮皮囊，和支撐川原的、大教堂屋頂的肅穆石像守衛者；我發覺自己又因兜帽下帶著輕蔑笑意的身影而露出微笑。

「好啦。」我環視團隊成員。「我們開始行動吧。」

第四十章

夏雅星事件再度重演。

我們在天黑一小時後離開罕醉克斯飯店的高塔，飛入車潮擁擠的夜空。奧特嘉找來曾載我去日觸宅邸的同一臺洛克希德—三苫飛艇，但當我進入飛艇微亮的內部時，發現這和我回憶中的、紀希奇的特使作戰部隊一模一樣。場景相同——戴維森扮演資料通訊官，臉龐被螢幕的淡藍光照亮；奧特嘉是醫官，正將真皮組織和電擊器從密封袋中取出。巴提斯塔站在導向駕駛艙的艙口，看起來憂心忡忡，而另一名我不認識的龐克頭則負責駕駛。我臉上一定浮現了某種表情，因為奧特嘉突然靠過來看我的臉。

「有問題嗎？」

我搖搖頭。「只是有些懷舊。」

「好吧，我只希望你把這些事都計算好了。」她靠著船壁。在她手中，第一片真皮組織看起來像從某種發出螢光的綠色植物上剝下的花瓣。我對她咧嘴一笑，把頭轉向一邊，露出我的頸動脈。

「這東西的濃度有百分之十四。」她說，一面把冰涼的綠色花瓣貼上我頸項。我感到真皮組織砂紙般的摩擦，接著，一股冰冷的觸感就從我的鎖骨往下延伸進胸腔。

「真舒服。」

「也應該這樣。你知道這東西在街頭上值多少錢嗎？」

「這是執法人員的福利，對吧？」

巴提斯塔轉身。「那不好笑，科瓦奇。」

「別理他，羅德。」奧特嘉慵懶地說。「在這種狀況下，人容易說出爛笑話。只是壯膽而已。」

我把一隻手指舉到太陽穴邊，示意自己同意。奧特嘉把真皮組織輕輕地剝除，往後退。

「三分鐘後才能用下一劑。」她說。「對吧？」

我溫順地點頭，讓心智探索收割者的效果。

剛開始令人不適。我的體溫逐漸下降，飛艇中的空氣則變得又熱又悶。空氣溼黏地滲入我的肺中，我的嘴唇也在體內的水分平衡被打亂時開始感到乾燥。無論再小的動作都感覺費力，思考本身也變得吃力。

接著，控制刺激劑生效了——數秒內，我的大腦就從迷濛狀態，轉為清晰到令人難以忍受，像刀子上反映的日光。空氣的黏膩、溫熱也逐漸消散，因為神經控制劑已調整好我的循環系統，以適應體內變化。吸氣帶來了舒爽的快感，彷彿在寒冷的夜晚喝下熱蘭姆酒。飛艇的船艙與裡頭的人員忽然變得像編碼拼圖，我也能輕鬆解碼，只要我……

我感到一股無來由的笑意蔓延過自己的五官。

「哇，克莉絲汀，這是……好東西。比我在夏雅碰過的還厲害。」

「真高興你喜歡。」奧特嘉望向手錶。「還有兩分鐘，你準備好了嗎？」

「好了。」我噘起嘴，吐出一口氣。「我準備好面對任何事了，什麼都行。」

奧特嘉轉頭看巴提斯塔，對方應該能看見駕駛艙內的狀態。「羅德，我們還有多少時間？」

「四十分鐘內抵達目的地。」

「最好把衣服給他。」

巴提斯塔摸索著頭頂的收納櫃，奧特嘉把手伸進口袋，拿出皮下注射器，上頭有令人不安的長針。

「我要你帶上這個。」她說。「這是有機傷害部為你提供的一點小保障。」

「一根針？」我機械般地搖頭。「不了，妳別想把那東西扎到我身上。」

「這是追蹤纖維。」她耐心地說。「你沒裝就別想下船。」

我望向針頭上閃爍的光芒，大腦則像為拉麵切菜、加料般地仔細分析各種可能性。在戰術陸戰隊中，我們會使用皮下纖維來追蹤進行機密任務的探員；若有不對勁的事發生，追蹤器就能讓我們撤離己方人員。如果事情順利進行，纖維粒子通常會在四十八小時內瓦解成有機殘留物。

我望向戴維森。

「追蹤範圍有多大？」

「上百公里。」年輕的龐克頭在螢幕的光源下，突然看起來非常能幹。「只會發出受搜索而引發的訊號。除非我們找你，否則它不會傳訊。很安全。」

我聳聳肩。「好，你要把它裝在哪？」

奧特嘉站了起來，手裡握著針筒。「頸部肌肉，很靠近你的暫存器，以免他們砍了你的頭。」

「真不錯。」我站起來，並轉身背對她，讓她能把針插進來。我的頭骨底部肌肉感到一陣短暫刺痛，接著痛苦迅速消失。奧特嘉拍拍我的肩膀。

「好了。他在螢幕上了嗎？」

戴維森敲了幾個鍵，並滿意地點頭。我面前的巴提斯塔把引力肩帶丟在座位上。奧特嘉看了看手錶，並伸手拿第二塊真皮組織。

「濃度百分之三十。」她說。「準備好發冷了嗎？」

感覺就像是被浸泡在鑽石中。

等到我們抵達極樂飄緲屋時，藥效已經消除了我大多情緒反應，以及新資訊令人不適的所有感受。清晰感成了實質的存在，像是真知薄膜，包覆住我所見聞的一切事物。匿蹤裝和引力肩帶感覺像是日本武士的盔甲，當我將散彈槍從槍套中取出，檢查設定時，我也能確實感受到裝設在裡頭的彈藥。

這是我身上的武裝中，唯一一項效果較為和緩的軍械，其餘都是明快的致死工具。

裝載了蜘蛛毒素的爆裂手槍被塞在我下腹部，旁邊則是電擊槍。我把槍口孔徑調整到最寬；五公尺範圍內，它只需要一發彈藥就能打倒房內所有敵手，沒有後座力，也完全無聲。莎拉・薩奇洛斯卡向你問好。

每個白蟻微型榴彈的發射器彈匣，都不比小型資料磁碟大多少；它們被放進我左臂上的小袋子中。為了紀念伊菲吉內亞・德米。

我前臂上的提比刀，則插在匿蹤裝底下的神經彈簧刀鞘中，彷彿戰鬥中最後的遺言。

我試圖升起自己在傑瑞密室外頭時所感到的冰冷，但在收割者帶來的冰冷心靈深處，我不再需要這種感受。

任務時間。

「目標已在可見範圍。」飛行員喊道：「你們要上來看看這傢伙嗎？」

我望向奧特嘉，她聳聳肩，我們倆便走上前。奧特嘉坐在龐克頭旁，戴上副駕駛的耳機。我和巴提斯塔一起站在艙口邊，這裡的視野夠好了。

洛-三飛艇的駕駛艙，大多部位都以透明合金製成，指示資訊被投射到透明面板上，讓飛行員擁有毫無阻礙的航空視野；我記得來自夏雅星的同樣感覺，就像乘坐些微凹陷的托盤，或鋼製的舌頭，又或者是張魔毯，飛越底下的雲海。這種感覺令人暈眩，卻又彷若神祇……我看著龐克頭的身影，想知道他是否和被收割者影響的我一樣，無法產生那般感受。

今晚沒有雲。極樂飄緲屋懸在左側，像是遠處浮現的山村。一串藍色小燈輕柔地在黑色的龐大船身上閃爍。川原似乎選了世界邊緣作為妓院營業的地點。

當我們轉向光源，一連串扭曲的電子音就出現在駕駛艙中，投射面板微微黯淡下來。

「好了，我們被發現了。」奧特嘉語氣銳利地說。「開始吧，我要飛過船腹，讓他們好好看看我們。」

龐克頭一語不發，但機翼隨即下降。奧特嘉往上伸手，碰觸投射到她頭頂的透明合金面板，按了個鈕——一道冷硬的男性嗓音落入艙內。

「……你們在私人領空。我們有摧毀入侵飛行器的合法權利，立刻表明你們的身分。」

「這是海灣市警局。」奧特嘉簡潔地說。「往窗外看，你們看得到警方圖徽。我們有正式的警方事務，老兄，所以如果你敢把發射器轉向我們，我就轟飛你們。」

對方的頻道一陣沉默。奧特嘉轉頭看我，露出笑容。我們前方的極樂飄緲屋像飛彈瞄準鏡中的目標般越變越大，接著在駕駛員往船殼下行駛並轉彎時突然上昇。我看到燈光像冰凍的果實般聚集在走道和停機坪底部，船身突起的底部曲線則往兩側延伸，而後我們飛過船底。

「說明來訪目的！」嗓音不懷好意地罵。

奧特嘉往駕駛艙外看，彷彿想在飛行船的巨型結構中找出說話人的位置。她的語氣變得冷冽。「小子，我已經把目的告訴你了；現在，給我找一處停機坪。」

沉默延伸得更久。我們在飛行船外五公里處繞行。我開始套上匿蹤裝的手套。

「奧特嘉巡佐。」這次是川原的嗓音，但在貝塔汀的深度影響下，就連恨意都已消散，我得提醒自己感受仇恨。我大部分大腦都在評估他們一下子就透過語音辨識出奧特嘉一事。「這有些出人意料，妳有搜索票嗎？我相信我們的執照沒問題。」

奧特嘉對我揚起一道眉毛，語音辨識也讓她感到訝異。她清清喉嚨，「這不是執照的問題。我們在找一名逃犯，如果妳堅持要看搜索票，我可能得認定妳有罪惡感。」

「別威脅我，巡佐。」川原冷冷地說。「妳知道自己在跟誰對話嗎？」

「我猜，是瑞琳．川原。」在隨之而來的可怕沉默中，奧特嘉朝天花板做了個開朗的揮擊動作，又回身對我咧嘴一笑。對方已經上鉤，我感到自己的嘴角流露出饒富興味的笑意。

「也許妳該告訴我這名逃犯的姓名，巡佐。」川原的語氣盡量像未使用的合成義體般冷靜。

「他的名字是武．科瓦奇。」奧特嘉說，再次對我一笑。「但他目前被安裝在某位前任警官的義體中，我想詢問妳和此人的關係。」

對方又沉默了一陣，我知道誘餌肯定會奏效。我以最巧妙的特使騙術層層疊疊地包裹了這樁謊言。川原肯定知道奧特嘉與萊克間的關係，可能也猜到奧特嘉之前與情人義體新宿主間的糾纏。她會相信，奧特嘉因我的消失而感到擔憂；她會相信，奧特嘉在毫無授權的情況下就來到極樂飄緲屋。假設川原和米麗安．班克勞夫特之間有聯繫，她就會相信自己清楚我身在何方，也會相信自己對上奧特嘉占有優勢。

更重要的是，她會想知道，為何海灣市警局清楚她人在極樂飄緲屋。既然警方可能透過直接或間接方式從武．科瓦奇身上得知此事，她就會想了解科瓦奇是如何知道的。她會想弄清楚科瓦奇知道多少事，還有他究竟洩漏給警方多少細節。

她會想跟奧特嘉談。

我繫上匿蹤裝的腕部封條，等待著。我們正繞行極樂飄緲屋第三圈。

「妳最好上船來。」川原終於說道。「右舷停機指示燈。跟著燈光，他們會給妳密碼。」

*

洛—三飛艇裝設有後部投擲管，那是軍用飛艇上的投彈器的小型版本，用於投擲智慧型炸彈或監視無人機。投擲管能從主機艙的地板進入，我扭動了好幾下才把身體擠進去，身上穿著匿蹤裝、引力肩帶與各式武器。我們在地面上練習過三、四次，但現在飛艇正搖晃著前往極樂飄緲屋，這過程就突然漫長又繁瑣起來。我終於把最後一條引力肩帶塞進管內，奧特嘉則拍了一下匿蹤裝的頭盔，接著關上艙門，將我深埋進黑暗。

三秒後，投擲管開啟，將我往後拋入夜空。

這帶來回憶中的某種愉悅感，是這具義體在細胞層次並未回想起的感受。從管內緊窄的空間，到飛艇引擎的噪雜震動，我忽然被噴入無盡的空間與寂靜中，就連空氣的強烈流動都並未在我掉落時鑽入匿蹤裝頭盔的海綿墊料中。一等我離開投擲管，引力肩帶就啟動，在開始墜落前穩住我的身體。我感到自己飄浮在力場上，並非毫無動靜，而是像顆在噴泉水柱的頂端上下跳動的球。我四處翻滾，望著飛艇的導航燈消失在極樂飄緲屋內。

飛行船像充滿威脅感的雷雨雲般懸掛在我頭頂，光線從彎曲的船身和底部附有走道的結構照向我。一般來說，這會使我感覺自己像個無法動彈的目標，但貝塔汀用清晰的資料細節安撫了我的情緒。穿著匿蹤裝的我，就和周圍的天空一樣漆黑，除了雷達，沒東西能發現我。我所產生的引力場，理論上會被某處的掃描器察覺，但在飛行船的穩定器所引發的大量扭曲力場中，他們得相當仔細才找得到我。我充滿信心地判斷一切，因為我沒有心力質疑自己，或升起恐懼等其他情感——我正在使用收割者。

我小心地前傾葉輪，飄向船殼龐大的彎曲形體。頭盔中，模擬圖像出現在視鏡表面上，我看到艾琳．艾略特為我找出的進入點被紅線標示出來。其中一個是被棄置的、抽樣用塔臺的開口，在螢幕上不斷震動，旁邊則有綠色文字標明「一號通道」——我穩穩地往該通道上昇。

塔臺開口大約一公尺寬，大氣抽樣系統被拆除的邊緣還留有刮痕。我把雙腿伸到前方——在引力場中這樣做並不容易——把我自己勾到艙口邊，接著專注地讓自己鑽入洞口，直到腰部。我在那裡將身體前端塞入洞口，取下引力肩帶，將自己滑入開口中，跳到塔臺的地板上。我關閉了引力肩帶。

裡頭讓工程師躺著檢查設備的空間根本不夠。塔臺後有個古老的氣匣，還裝有壓力輪，就和艾琳．艾略特透過浸漬取得的藍圖顯示的一樣。我扭動身體，直到自己能雙手抓住轉輪；我明白匿蹤裝和引力肩帶都摩擦到狹窄的通道，而我目前為止的動作幾乎耗盡了自身的力氣。我深吸一口氣，喚醒疲倦的肌肉，等待我速度遲緩的心跳將氧氣送往全身，接著開始旋轉轉輪。出乎我意料的是，它旋轉起來相當容易，氣匣艙口也往外開啟。艙口外一片漆黑。

我躺了一會兒，讓肌肉集結更多力量。兩劑收割者讓我花了點時間習慣。我們在夏雅上不需要使用純度超過百分之二十的藥劑。紀希奇的周圍氣溫相當高，蜘蛛坦克的紅外線掃描器也很粗糙。在上頭，維持夏雅星室溫的軀體會讓船身警報大響。少了謹慎的氧氣輸入，我的身體會迅速耗盡細胞層級的能量，讓我像隻被魚叉刺中的瓶背魚般在地板上喘氣。

幾分鐘後，我又轉了一次身，將引力肩帶取下，小心地滑過艙口，用手掌根部碰觸鋼製網格走道。我緩緩地將身體的其餘部分抽出艙口，感覺自己像隻破繭而出的飛蛾。我一面兩頭檢查漆黑的走道，一面站起身，脫下匿蹤裝的頭盔與手套。如果艾琳・艾略特在坦帕機場暫存器透過浸漬取得的龍骨藍圖正確的話，這條走道會導向龐大的氦氣室，然後是飛行船的船尾浮力控制室；我能從該處藉由維修梯直接進入主要運作甲板。根據我們從對米勒的拷問拼湊出的資料，川原的房間在左舷的兩層甲板底下。她有兩扇面對下方的大窗戶。

我回想記憶中的藍圖，抽出爆裂手槍，往船尾走去。

我花了不到十五分鐘抵達浮力控制室，路上沒看到任何人。控制室本身似乎有自動化控制，我懷疑最近根本沒人來過飛行船上層的棚頂。我找到維修梯，費力地往下爬，直到一道暖色光線照到臉上，我才明白自己即將抵達控制甲板。我停下腳步，傾聽四周的話語聲，我強化了聽力和周圍感知力一分鐘，才讓自己降下最後幾公尺，跳到光源明亮、鋪了地毯的走道上。走廊兩端都沒有人影。

我檢查體內的時間顯示器，收起爆裂槍。任務時間正在累積。現在奧特嘉和川原應該正在交談。我望向屋內裝飾，猜測無論之前運作甲板有什麼功能，現在都被棄置了。通道以豪奢的紅色與金色作為主色調，每隔幾公尺就擺了各類充滿異國情調的植物，與描繪交合姿態的立燈。我腳下的地毯有很深的層次感，上頭繡滿細節深刻的性愛高潮畫面。男女和性狀不明的人像彼此纏繞，圖像蔓延了整條走廊，刻畫出被插入的身體孔穴與大大舒展的四肢。牆面滿是類似的立體畫框，當我經過它們時，圖像就發出呻吟。我在其中一個畫框中認出街頭廣告裡的黑髮紅唇女子；在世界另一端，這名女子可能曾在酒吧中將大腿貼向我。

在貝塔汀帶來的冰冷無情中，這些事物帶來的影響，就和整牆火星科技象形文字差不多。走廊兩側，每間隔十公尺，就有裝設軟墊的雙重門板。不用多少工夫就能想像門後的光景——不過是用了不同名稱的傑瑞生化包廂，顧客隨時可能走出任何一道門。我加快腳步，搜尋我知道的一條相連走廊，能導向前往其他樓層的階梯和電梯。

我快抵達時，前方五公尺處，某扇門忽然打開。我急忙停下腳步，手放在爆裂槍的槍把上，肩膀靠著牆面，眼神緊盯門扇邊緣。神經化學系統震動著。

我面前有條灰色的毛茸茸動物，牠彷彿得了關節炎般，慢慢地走出門口；牠要不是還沒長大的幼狼，就是小狗。我的手依然停在爆裂槍上，身體離開牆面，緊盯著面前的景象。這隻動物的高度不及膝，四肢爬行，但後腿的結構卻有某種怪異處——牠有個地方扭傷了。牠的耳朵往後折，一陣微弱的哀嚎冒出它的喉嚨。牠轉向我，瞬間，我的手握緊了槍把，但動物只看了我一眼，我就從牠眼中的痛楚明白自己沒有危險。而後牠一跛一跛地沿著走廊走向另外一面牆遠處的房間，停在那裡，長形頭部低垂著，靠近房門，彷彿在傾聽。

我如同夢境般失去自制，便跟了過去，把頭靠在門上。隔音設施相當不錯，但無法媲美運作中的庫瑪洛神經化學系統。在我聽覺範圍的遠處，有聲音蜂鳴般地飄入我耳中——一個緩慢又有節奏的撞擊聲，和某個可能已精疲力盡的人所發出的哀求呻吟。我一專心聽，那呻吟幾乎就立刻停止。

我底下的狗同時停止哀嚎，躺在門邊的地面。我離開時，牠抬頭看我，眼神充滿黯淡的痛苦與責備。在那雙眼中，我看見我生命的過去三十年中，每道望向我的受害者眼神。接著動物轉頭，無動於衷地舔舐自己受傷的後腿。

有那麼一秒，某種情緒衝破了貝塔汀冰冷的情感高牆。

我回到動物走出的門邊，一面抽出爆裂槍，走進門口，雙手將武器移到面前。房內空間寬敞，顏色柔和，牆上也掛了氛圍平靜的2D畫像。一張裝了半透明帷幕的龐大四帷柱床擺在房間中央。有名外表俊俏的四十多歲男子坐在床邊，腰部以下全裸。上半身似乎穿著正式的晚宴西裝，和他拉長到手肘的一套重裝帆布工作用手套相當具有衝突感。他彎下腰，用潮溼的白布清理自己的雙腿間。

我走進房內，他抬頭一看。

「傑克？你好了——」他不甚理解地望著我手中的槍，接著當槍口來到他面前半公尺的距離時，他的語氣中開始傳出不耐煩的粗暴氛圍。「聽著，我沒叫這種服務！」

「本店招待。」我毫無情緒地說，看著單原子彈殼碎片撕碎他的臉孔。他的雙手從腿間抬起，想護住臉上的傷口，他也側倒上床，在逐漸死去時從喉間發出呻吟。

我眼角的任務時間顯示器開始閃爍紅光，於是我離開房間。對面房門前的受傷動物在我經過時沒有抬頭。我跪了下來，輕柔地把一隻手撫上牠暗沉的皮毛。牠抬起頭，喉中再度發出悲鳴——我放下爆裂槍，握緊空無一物的手，神經刀鞘排出提比刀，刀鋒閃爍著微光。

事後，我用毛皮擦乾刀鋒，將刀子插回刀鞘中，並撿起爆裂槍，因收割者的效果而使態度不疾不徐。接著，我安靜地移動到相連的走廊上。在藥物造成的平靜狀態中，有某種情緒正浮上我的心頭，但收割者不讓我擔心這件事。

照艾略特偷來的藍圖所指示，走廊十字路口會導向一道階梯，上頭的地毯和主走道一樣繡有狂歡圖像。我謹慎地走下階梯，槍口對準前方的空間，周圍感知能力雷達般地大張。沒有東西移動。川原肯定關上了所有艙門，以免奧特嘉和她的組員在船上看到不該看的事。

走下兩層樓後，我離開階梯，遵循記憶中的藍圖路線，通過一連串走廊，直到我確定川原的房門就位於下一個轉角處。我背靠著牆，躡手躡腳地走到轉角並等待著，同時緩緩呼吸。周圍感知告訴我，有某人位於轉角的門邊，可能還不止一個人，我也嗅到微弱的香菸味。我蹲了下來，檢查周遭情況，接著把臉貼到地上。我的側臉摩擦過地毯的毛氈，將頭微微探過轉角。

一對男女站在門邊，穿著相似的工作服。女人正在抽菸。儘管兩人的腰帶旁都掛有電擊槍，比起保全，他們看起來還更像技術人員。我聽見了聲音，是奧特嘉平板又虛假的官僚語氣；川原的聲音則和拉金與格林軍械店中的男型機器人一樣，似乎受過調整。有了貝塔汀壓抑我的恨意，我對對方嗓音的反應彷彿來自遠方的地平線，有如遠處傳來的火光和槍聲。

「……我無法幫忙，巡佐。如果妳對魏記診所的說法正確，自從他為我工作後，他的精神狀態就肯定惡化了。我覺得自己有點責任。我是說，如果我早懷疑這種事會發生的話，就絕對不會把他引薦給羅倫斯．班克勞夫特。」

「就像我說的，這只是推測。」奧特嘉的語氣微微變得尖銳。「我也希望這些細節不要被外傳，直到我們發現科瓦奇的去處；還有為何——」

「當然，我了解問題的敏感度。妳在極樂飄緲屋上，巡佐。我們守口如瓶的程度相當知名。」

「是呀。」奧特嘉讓一絲輕蔑浮現在嗓音裡。「我聽說過。」

「好吧，放心，不會有人提起這件事。抱歉了，巡佐。警長。我有行政問題得處理，媞雅和麥斯會送你們回停機甲板。」

房門關上，柔和的腳步聲往我的方向傳來，我立刻繃緊身子。奧特嘉和她的隨扈正往我走來。沒人想過會發生這種事。在藍圖上，主要停機坪位於川原艙房的前方，因此我從船尾進入。似乎沒有奧特嘉和巴提斯塔走向船尾的理由。

我毫不慌亂。反之，我腦海內浮現一種冷靜的腎上腺素反應，也做出一連串事件解讀。奧特嘉與巴提斯塔沒有危險，他們的去路和過來肯定相同，否則就有人會有反應。至於我，如果他們經過我停留的走廊，隨扈也得往旁邊看才發現得了我。這塊區域的光源相當明亮，也沒有可供躲藏的地方。反之，由於我的體溫比室溫還低，大多會觸發正常人類五感的微妙因素都已經被摒除——假設隨扈們穿戴的是正常義體。

如果他們**轉進**這條走廊，要用我剛走下來的階梯……

我往後靠上牆面，將爆裂槍的強度調到最低，並停止呼吸。

奧特嘉，巴提斯塔。兩名隨扈走在他們身後。他們近到我幾乎伸手就能碰到奧特嘉的頭髮。

沒人轉身。

我等他們走了一分鐘，才再度呼吸。接著我檢查走廊兩頭，並迅速地繞過轉角，用爆裂槍的槍托敲了敲門。我沒等裡頭傳來回應，就走了進去。

第四十一章

房內和米勒描述得一模一樣。房間有二十公尺寬，也裝了從屋頂往內延伸到地板的無倒影玻璃。晴天時，你也許可以躺在玻璃斜坡上，鳥瞰上千公尺下的海洋。室內裝潢非常簡約，反映出川原來自千禧年初期的背景。牆面呈現菸灰色，地板是焊接玻璃，燈光來自發光紙製成的紙鶴，紙鶴則被插在房間角落的鐵製三腳架上。房間一側，擺了個龐大的黑鋼塊，肯定是拿來當辦公桌的；另一頭則有好幾張頁岩色的懶人椅，圍繞在仿製的油桶火爐旁。懶人椅旁，有道拱門導向米勒推論為寢室的房間。

緩慢旋轉的立體資料投影被棄置在辦公桌上。瑞琳．川原背對著門口站立，盯著外頭的夜空。

「忘了什麼嗎？」她冷淡地說。

「不，什麼都沒忘。」

我注意到，她在聽見我的聲音時，背部瞬間僵硬了起來，但她轉身，態度卻從容不迫，就連看見爆裂槍都沒使她冷若冰霜的神情有絲毫裂痕。她的嗓音幾乎和轉身前同樣冰冷。

「你是誰？怎麼進來的？」

「想想看啊。」我指向懶人椅。「坐那，思考時放鬆點。」

「凱德敏？」

「妳在侮辱我了。坐下！」

我看出她的眼神猛然流露出明白的神色。

「科瓦奇？」她的嘴角露出不友善的笑容。「科瓦奇，你真是個**愚蠢**至極的混蛋。你明白自己剛丟掉了什麼嗎？」

「我說坐下。」

「她走了，科瓦奇，回到哈蘭世界。我遵守了諾言。你來做什麼？」

「我不會再說一次。」我柔和地說。「要不妳坐下，要不我打碎妳的膝蓋骨。」

川原慢慢地坐上離她最近的懶人椅，同樣的冰冷笑容依然停留在她嘴邊。「很好，科瓦奇。今晚我們照你的劇本走，之後我就會把薩奇洛斯卡那個捕漁婆弄回這裡，讓你和她待在一起。你要幹嘛？殺了我？」

「如果有必要的話。」

「為了什麼？為了某種道德感？」川原在最後一個字眼上加重了語氣，讓它聽起來像是某種產品的名稱。「你沒忘掉什麼嗎？如果你在這裡殺了我，歐洲的遠端儲存系統就得花十八小時注意到那件事，接著系統會用我上次的更新傳輸重新安裝我。新的我用不著多久，就能明白這裡發生的事。」

我坐在懶人椅邊緣。「噢，我不知道耶。看看班克勞夫特花了多久吧，而且他到現在還不知道真相，對吧？」

「這跟班克勞夫特有關嗎？」

「不，瑞琳。這是妳我之間的恩怨。妳不該碰莎拉，妳早該在能遠離我時，就離得遠遠的。」

「噢。」她用母親般的口吻冷笑道。「你**受人擺布**了呀，真抱歉。」她的口氣迅速變得強硬。「你是個**特使**，科瓦奇。你靠受人擺布維生。我們都一樣，我們都居住在被他人利用的宇宙中，要奪得先機可得花上大工夫。」

我搖搖頭。「我沒要求被牽扯進來。」

「科瓦奇，科瓦奇。」川原的神情突然變得溫柔。「我們沒人要求被牽扯進去。你認為我想出生在分裂市，擁有長蹼的侏儒父親和瘋狂妓女母親嗎？你以為我想過那種生活？我們並非被牽扯，而是被**拋入命運**，之後的問題只在於你是否能維持自己的一線生機。」

「或趁機對他人落井下石。」我溫和地同意。「我猜妳遺傳了母親的本性，對吧？」

有一秒，川原的臉彷彿成了錫製面具，隱藏起後頭熱如鍋爐般的怒火。我看到她眼神中的怒氣，如果收割者沒讓我保持冷靜的話，我可能就會害怕了。

「殺了我。」她抿起嘴說。「最好享受點，因為你即將受苦，科瓦奇。你以為新北京那幾個悲哀的革命分子死亡時受苦了嗎？我會為你和那個全身魚腥味的婊子開發全新的極限痛苦。」

我搖搖頭。「我不這麼想，瑞琳。聽好，妳針刺傳輸的更新，十分鐘前就進行了，我順便讓訊號被浸漬。我們什麼都沒修改，只是在傳輸資訊中放入了羅林病毒。病毒已經進入核心了，瑞琳。妳的遠端儲存庫已經被毀了。」

她瞇起眼睛。「你在撒謊。」

「今天沒有。妳喜歡艾琳・艾略特在硬起來妓院玩的把戲嗎？妳該看看她在虛擬論壇中的手段。我敢打賭，她在那段針刺傳輸訊號裡時，還有時間留下半打心靈咬痕。都是紀念品……其實算是收藏品，因為如果我清楚暫存器工程師的嗜好，他們封起妳遠端儲存庫的速度，會比逃離戰場的政客還要快。」我向旋轉的立體資料點頭。「我想妳再過幾小時就會收到警報了。在殷奈寧花了很長的時間，但那是很久以前的事了。之後的科技進步了不少。」

她相信了，我在她眼中看到的怒火彷彿濃縮成了白熱化的熱線。

「艾琳・艾略特。」她專注地說。「等我找到她——」

「我想我們今天聽夠沒實力的威脅了。」我平靜地打岔。「聽我說。目前妳使用的暫存器，就是妳僅存的性命，而從我當下的心情來看，從妳的脊椎挖出暫存器並踩爛它，簡直易如反掌。這可以發生在我對妳開槍之前或之後，所以**閉嘴**。」

川原動也不動地坐著，瞇著眼睛瞪我。她的上唇短暫揚起，露出一下牙齒，接著控制住自己。

「你要什麼？」

「更好的事。我現在要妳坦承如何陷害班克勞夫特。六五三法案，瑪莉・盧・辛奇利，和這整件事。妳也可以說說自己是如何陷害萊克。」

「你身上有竊聽裝置嗎？」

我拍拍安裝了紀錄系統的左眼瞼，露出笑容。

「你真的以為我會這麼做？」川原的怒火在盯著我的眼神後方燃燒著。她正在伺機等待，找尋破綻。我之前看過她這副模樣，但當時我並非她的目標。在那雙眼睛盯著我時，我覺得自己和在夏雅星的街道上陷入槍戰一樣危險。「你真以為能從我身上得到這種東西？」

「往好的方面想，瑞琳。妳也許能靠錢讓自己逃過抹殺刑責，也可能只被儲存幾百年。」我的嗓音變得嚴厲。「不過，如果妳不開口，妳現在就會死。」

「脅迫下的自白不被法律承認。」

「別笑死我了。這資料才不會被送到聯合國，妳以為我沒上過法庭嗎？妳認為我會讓**律師**處理這種事？妳今晚說的一切，等我一落地，就會透過針刺傳輸到一號世界網上。除此之外，還有我在樓上小狗房間裡殺掉的傢伙的片段。」川原雙眼圓睜，我點點頭。「對，我該早點說的。妳少了個客戶，他並非真正死亡，但他需要義體重置。有了這些片段，我猜等金珊蒂直播三分鐘後，聯合國部隊就會帶著一堆搜索票踢破妳的大門。他們別無選擇。光是班克勞夫特一人就會迫使他們出手。妳以為那些在夏雅和殷奈寧下指令的人，不會稍微扭曲憲政法規來保護自己的權力重心嗎？**開始說吧**。」

川原揚起眉毛，彷彿這段話只是個有些無趣的笑話。「你要我從哪一點開始說，武先生？」

「瑪莉・盧・辛奇利。她是從這裡墜落的，對吧？」

「當然了。」

「妳把她安排在虐殺組嗎？某個變態王八蛋想穿上老虎義體當貓咪玩嗎？」

「唉呀，唉呀。」川原在心中做連結時，把頭傾向一邊。「你跟誰談過啦？某個來自魏記診所的人嗎？讓我想想……米勒來這裡上過堂小課，但你宰了他，所以……噢，你不會又開始獵頭了吧，武？你沒用小盒子把菲利浦．米勒的頭帶回家吧？」

我一句話也沒說，只沿著爆裂槍的槍口上方看著她，耳邊又響起我在那扇房門外聽到的、漸趨虛弱的慘叫。川原聳聳肩。

「可惜不是老虎。但沒錯，的確是那類東西。」

「她也發現了？」

「透過某種方式，對。」川原似乎放鬆下來，在正常狀況下，這種反應會使我緊張。然而，在貝塔汀的影響下，這只讓我更加警覺。「有人說錯了話，可能是某個工程師吧。你知道，我們通常會讓要求虐殺的客戶先經歷虛擬版本，之後才讓他們使用真貨。這幫助我們明白他們會有什麼反應，在某些狀況下，我們甚至能說服對方不要這樣做。」

「妳真貼心。」

川原嘆了口氣。「我要怎麼讓你明白，武？我們在這裡提供服務。如果一切都合法化，事情就好辦多了。」

「放屁，瑞琳。妳賣虛擬體驗給他們，幾個月後，他們就會跪求真實經驗。這是常見的連結，妳也清楚這點。賣非法服務給他們使妳占了上風，可能還能藉此控制一些非常有影響力的人。有很多聯合國總督過來，對吧？像是保護國將軍之類的人渣？」

「極樂飄緲屋為菁英提供服務。」

「就像我在樓上打死的那個白頭髮渾蛋？他是某個重要人士吧？」

「卡爾頓・馬卡比（Carlton McCabe）？」川原不知怎地，流露出一個令人不安的笑容。「我想，你可以這樣形容吧，有影響力的人。」

「妳想告訴我，妳答應哪個有影響力的人，讓他們能撕開瑪莉・盧・辛奇利的內臟嗎？」

川原微微繃緊身子。「不，我不想說。」

「我想也是。妳要把這個答案留在後頭當交易籌碼，對吧？好，跳過這點。所以發生了什麼？辛奇利被帶上來這裡，意外發現自己被當作飼料，試圖逃跑嗎？可能還偷了件引力肩帶？」

「我不這麼認為。設備受到嚴密看管。也許她以為自己能抓住外頭其中一艘交通梭的船身。很明顯，她不是個聰明的女孩。細節不清楚，但她肯定摔下去了。」

「或跳下去。」

川原搖頭。「我不認為她敢這樣做。瑪莉・盧・辛奇利的性情並不剛烈，就像大多數人一樣，她寧可苟且求生，盼望奇蹟到來，懇求對方的憐憫。」

「真不雅。她的失蹤有立刻被發現嗎？」

「她當然被發現了！當時有個客人在等她，我們搜索了整艘船。」

「真難堪。」

「沒錯。」

「但不比她幾天後被沖上岸難堪吧，幸運女神那天可沒眷顧妳。」

「的確挺不幸。」川原附和，彷彿我們只是在談論差勁的牌局。「並非完全出乎意料，但我們沒預料到會產生真正的問題。」

「妳知道她是天主教徒嗎？」

「當然，這是職務需求之一。」

「所以當萊克挖出那段不當變化時，妳一定嚇得尿了褲子。辛奇利的證詞會拖妳下水，加上天知道妳有多少具有影響力的朋友。身為其中一個家族的極樂飄緲屋，因虐殺罪被起訴，也連累了妳。妳那次在新北京說的話是什麼？無法忍受的風險，一定得做出防範措施，萊克得被做掉。如果我偏離重點的話，就打岔吧。」

「不，你說得對。」

「所以妳嫁禍給他？」

川原聳聳肩。「我們企圖買通他。他……並不合作。」

「不幸。那妳做了什麼？」

「你不知道嗎？」

「我要聽妳說出口。我要細節，幾乎都是我在說話。多開點口，否則我可能會覺得妳不想配合。」

川原戲劇化地將雙眼往上轉向天花板。「我陷害了伊利亞斯・萊克。我用西雅圖某間診所的錯誤線索誤導了他。我們製造了萊克的電話虛擬分身，並用它付錢給伊格納西歐．嘉西亞（Ignacio Garcia），在萊克殺死的兩人身上偽造良心聲明。我們知道西雅圖警方不會相信，嘉西亞的偽證也撐不了太久。好了，這種說詞比較好嗎？」

「妳從哪找來嘉西亞的？」

「我們還想買通萊克時，曾研究過他。」川原不耐煩地在懶人椅上挪動。「我們自然發現了兩人的關聯。」

「對，我也這樣覺得。」

「你真有觀察力。」

「所以一切都執行地完美無瑕。直到六五三法案出現，再度攪亂了事情，辛奇利案也尚未結案。」

川原點了一下頭。「正是如此。」

「妳為何不拖延就好？買通聯合國議會上的一些決策人？」

「誰？這裡不是新北京。你遇過費里和爾特金，他們看起來像會收賄的人嗎？」

我點點頭。「所以是妳在馬可的義體中。米麗安．班克勞夫特知道嗎？」

「米麗安？」川原看起來有些錯愕。「當然不知道，重點是沒人知道。馬可經常和米麗安打球，這是個完美的掩護。」

「並不完美。妳的網球明顯打得很爛。」

「我沒時間使用訓練磁碟。」

「為何選馬可？為何不自己去就好？」

川原擺了一下手。「自從法案被端上檯面，我就不斷地找班克勞夫特。當爾特辛允許我接近她時，我也會向她說情。我讓自己變得太高調了。馬可幫我說話，能讓我看起來比較無關。」

「妳接了那通魯瑟佛打來的電話。」我自言自語地說。「在我們去找他後打到日觸宅邸的電話。我猜那是米麗安，但妳在那裡作客，扮演馬可，當天主教大辯論的聽眾。」

「對。」她露出微笑。「你似乎高估了米麗安．班克勞夫特在整件事中的角色定位了。噢，順道一提，目前你是派**誰**穿萊克的義體？我很好奇。不管對方是誰，都幹得不錯。」

我隻字未語，只從一邊嘴角流露笑意。川原注意到了。

「**真的**？雙重義體安裝——你真的將奧特嘉巡佐把玩在手心中啊……或是用別的部位把玩。恭喜你，操縱手段跟瑪士一樣高明。」她笑了一聲。「那是讚美，武先生。」

我忽視她的諷刺。「妳跟班克勞夫特在大阪談過？八月十六日，星期四。妳知道他要去那裡？」

「對。他經常在該地做生意。原本設局為巧遇，我邀請他回程前來極樂飄緲屋。這是他的習慣，在商業交易後花錢在性愛上，你可能發現了。」

「對。所以當妳把他騙上來後，又告訴了他什麼？」

「我把真相告訴他。」

「真相？」我盯著她。「妳告訴他辛奇利的事，希望他能幫妳？」

「為何不？」她回望我的眼神有種冷冽的單純感。「我們的友誼已延續數世紀。有些商業策略需要超越常人壽命的時間才能完成，我不怎麼認為他會支持市井小民。」

「所以他讓妳失望了，他不願保持瑪士的信念。」

川原再次嘆氣，這次口氣中則有著彷彿沉積了數世紀的疲倦感。

「羅倫斯保有被我長期低估的廉價浪漫思想。他在很多方面都和你很類似，但不像你，他沒有藉口。那男人的年齡已經超過了三百歲。我假設——也許只是一廂情願——他的價值觀也會反映他自己的年齡，以為他的其餘言論就只是給大眾看的矯揉做作。」川原用一隻纖細的手臂做了個無奈的手勢。「恐怕只是我自作多情。」

「他做了什麼？堅守某種道德標準嗎？」

川原的嘴角冷漠地抽動。「你在嘲諷我嗎？你手上還沾有魏記診所眾人的鮮血。你是保護國的劊子手，在保護國控制的所有星球上收割人類的性命。如果我可以這樣形容的話，武，你有點做法不一。」

停留在貝塔汀冷靜狀態的我，對川原的愚蠢言行只感到微微惱怒。也覺得需要澄清事實。

「魏記診所是私人恩怨。」

「魏記診所是生意，武。他們對你一點私人興趣也沒有。你殺掉的大多數人都只是在做自己的工作。」

「那他們早該換工作了。」

「夏雅星的人民也是，他們有什麼選擇？避免在特定的時期出生在該地？或許也得不讓自己被徵兵？」

「當時我年輕又愚蠢。」我簡要地說。「我被利用了。我為妳這種人進行殺戮，因為我對世事曾一竅不通。之後我學乖了，殷奈寧的經驗讓我清醒。現在我只為自己進行殺戮，每次我終結一條人命，就清楚那條命的價值了。」

「那條命的價值——人命的**價值**。」川原像個教導愚蠢學生的老師般搖頭。「直至現在，你依然年輕又愚蠢。人命毫無價值，在目睹這一切後，武，你還沒學會嗎？除了對自己本身以外，姓名沒有價值。機器得花錢打造，原料也得花錢採集；但人類呢？」她發出一小口吐氣聲。「你總能找到更多人，無論你需不需要他們，人們總像癌細胞般大量繁殖。他們相當**多餘**，武。他們為何有價值？你知道比起設立虛擬虐殺程式，我們花在招募實際虐殺用妓女的費用還來得**更少**嗎？真人血肉比機器更**廉價**，這是當代不變的真理。」

「班克勞夫特不這樣想。」

「班克勞夫特？」川原從喉間發出深沉的作嘔聲。「班克勞夫特是個殘障！被他古老的想法拖累，我想不透他怎麼能活這麼久。」

「所以妳設定他自殺？給他一點化學刺激？」

「設定他……？」川原睜大雙眼，完美的雙唇發出愉悅的輕笑，粗啞和優雅的聲調混合在一起。「科瓦奇，你沒那麼笨吧。我告訴過你，他殺死自己。那是他的主意，不是我的。你曾經相信過我，即便你無法忍受待在我身旁。想想看，我為何要他死？」

「為了消除妳告訴他關於辛奇利的事。當他被義體重置後，他最後的更新檔就會缺少那一丁點小缺憾了。」

川原睿智地點頭。「對，我知道你為何會這樣想。這是防衛性作法。畢竟，自從你離開特使軍團後，就一直處於防備狀態；仰賴防備狀態的生物，遲早都會透過防備心思考。你忘了一件事，武。」

她戲劇化地停下，即便有貝塔汀的影響，我依然感到一股微微的不信任感。川原玩得太過火了。

「什麼？」

「**我**不是你，武．科瓦奇。我不當守方。」

「連打網球時也是嗎？」

她對我露出精心計算的微笑。「很幽默。我不需要消除羅倫斯．班克勞夫特對我們談話的回憶，因為當時他已經殺了自己的天主教妓女，也和我一樣會因為六五三法案而受到損失。」

我眨了眼。我有眾多理論認為川原得對班克勞夫特的死負責，但沒有一個理論如此誇張。但當川原的說法滲入我腦中，我內心原本用以觀測真相的碎裂鏡面中，也浮現了好幾條線索。我望向新發現的角落，希望自己沒發現該處的動靜。

我對面的川原為我的沉默露出笑容。她知道自己擊中我了，這讓她感到滿意。虛榮呀，虛榮，那是川原唯一的缺點。就像所有瑪士，她對自己相當滿意。我的最後一塊拼圖，也就是她的自白，已輕鬆地出現了。她要我收下，她要我見識自己占了我多少上風，還有我落在她後頭多遠。

關於網球的譏諷肯定觸怒了她。

「對他妻子臉龐的另一個微妙迴響，」她說，「對象被仔細選出，還加了點整形手術，他掐死了對方。我想，當時他應該經歷了第二次高潮吧。婚姻生活呀？科瓦奇，對你們男人來說可真不好受。」

「妳把過程錄下來了？」我的嗓音連自己聽都覺得蠢。

川原又露出笑容。「少來了，科瓦奇。問我真正需要答案的問題。」

「班克勞夫特受到了化學物質影響？」

「噢，當然，這你說對了。那種藥挺可怕的，但我想你知道——」

是貝塔汀。少了藥物拖慢心跳的冰冷效果，我就能在身側的房門打開時，察覺隨之而來的空氣流動。這想法迅速掠過我的腦海，但就算當下，我也清楚自己太慢了。已經沒有時間思考。作戰中，思考與熱水澡、按摩一樣是奢侈的事。它會干涉庫瑪洛神經化學反應系統帶來的清晰，我遲了幾秒轉身，舉起爆裂槍。

啪！

震擊電波火車般地擊中我，我彷彿能看到明亮的車廂窗戶駛過我眼前。我的視線停在崔普身上，她蹲在門口，伸出震擊槍，表情專注，以免自己打偏，或防止我在匿蹤裝下穿了神經護甲。看來我的生機無限呀。我的武器從毫無知覺的手指間落下，痙攣的手也隨之張開，我往前倒在槍邊。木質地板撞上我側頭部，像我父親的毆擊。

「妳怎麼拖這麼久？」川原的聲音從高處傳來，被我逐漸消逝的意識扭曲成低沉的吼叫。一隻纖細的手伸入我的視野，撿起爆裂槍。我麻木地感到她另一隻手將另一邊槍套中的散彈槍抽出。

「警報幾分鐘前才響。」崔普走進我視野中，收起震擊槍，好奇地蹲下來看我。「麥卡比死了一陣子才觸發系統。妳大多數菜鳥保都還在主甲板上，對屍體大眼瞪小眼——這誰？」

「科瓦奇。」川原輕蔑地說，一面在走向甲板時把爆裂槍和震擊槍塞入腰帶。在我癱瘓的視角中，她似乎步步踏向長達數百公尺的寬闊平原，直到身影變得渺小又遙遠。她娃娃般地靠在辦公桌前，按著我看不見的控制鍵。

我沒有失去意識。

「科瓦奇？」崔普忽然變得面無表情。「我以為——」

「對，我也是。」辦公桌上的立體圖像資料被延展開來。川原把臉湊近圖像，彩色光芒映照在她臉上。「他對我們用了分身義體的伎倆。奧特嘉可能幫了他，妳應該在巴拿馬玫瑰號上待久一點的。」

我的聽力還沒有恢復，視野也只能對準前方，但我沒有失去意識。我不確定這是貝塔汀的副作用，還是庫瑪洛系統的額外功能，或者兩者都在不自覺的情況下起了效用，但我的意識的確被**某種東西**維持住了。

「和那麼多警察待在犯罪現場讓我緊張。」崔普說，一邊伸出手摸我的臉。

「是嗎？」川原還在研究資料。「好吧，用道德辯論和自白使這個瘋子分心也讓我不太舒服。

我以為妳永遠不——幹！」

她蠻橫地把頭扭到一側，接著低頭盯著辦公桌的桌面。

「他說的是真相。」

「什麼真相？」

川原抬頭看著崔普，態度忽然戒備起來。「不重要了……妳對他的臉做了什麼？」

「他很冷。」

「他當然很冷。」我迷濛地想，鄙俗的用語代表瑞琳．川原激動了。「妳覺得他是怎麼躲過紅外線掃瞄的？他用了一大堆僵毒！」

崔普站了起來，謹慎地使表情保持平靜。「妳要怎麼處置他？」

「他得進虛擬實境。」川原陰沉地說。「還有他的哈蘭世界捕魚婆朋友。但在我們下手前，我們得先進行個小手術，他身上裝了竊聽器。」

我嘗試移動右手，中指的最後一個指節微微顫動。

「妳確定他沒有進行傳輸嗎？」

「對，他告訴我了。總之，一等傳輸開始，我們就能阻斷通訊。妳有刀嗎？」

全身傳來震及骨髓的驚悚感，感覺像驚慌失措。我焦急地在癱瘓狀態中設法找尋恢復身體的跡象。我能感到雙眼因為缺乏眨眼而變乾。透過模糊的視野，我看著川原走回辦公桌旁，期待地向崔普伸手。

「我沒有刀。」我無法用受到干擾的聽力聽清楚，但崔普的嗓音似乎有些叛逆。

「沒問題。」川原又跨了幾個大步，消失在我視野中，嗓音也變小了。「我後頭也有東西能用。妳最好叫上幾個打手，上來把這傢伙拖進安裝沙龍。我想七號和九號都準備好了，用桌上的連結器。」

崔普猶豫起來。我感到某種東西墜落，就像從我被冷凍的中樞神經系統中落下的一小塊冰。我的眼瞼緩緩蓋住眼球，上下起伏了一次。眼睛的這般清理動作帶來了淚水。崔普一看到，就立刻僵直。她沒有走向辦公桌。

我的右手手指扭動著捲曲起來。我感到腹部肌肉開始緊縮。我的眼睛也能轉動了。

川原的嗓音微微傳來。她人肯定在拱門後頭的另一個房間。「他們要過來了嗎？」

崔普的表情依然無動於衷，她目光從我身上移開。「對，」她大聲地說，「幾分鐘後就到。」

我逐漸復原。某種東西正強迫我的神經系統重新啟動。我能感到身體開始顫抖，隨之而來的，則是肺中空氣傳來的黏稠窒息感，代表貝塔汀的藥效正提前恢復。我的四肢彷彿被灌了鉛，雙手像是配戴了厚重的棉質手套，還有低壓電流竄過雙手。我完全無法戰鬥。

我的左手放在身體下面，被軀幹壓在地面上。右手則以怪異的角度往外伸出。我不覺得雙腿有辦法做出支撐自己以外的動作。我的選擇相當有限。

「好吧。」我感到川原的手抓住我的肩膀，把我像準備被開膛剖肚的魚般翻成仰臥。她的表情相當專注，另一手拿著細針般尖銳的夾子。她跪在我胸口上，用手指翻開我的左眼瞼。我強忍眨眼的衝動，逼自己動也不動。夾子往下身，兩片尖端只距離半公分。

我收緊前臂肌肉，神經彈簧刀鞘將提比刀送入我手中。

我往側邊劈砍。

我瞄準川原側身，肋骨底下的位置，但震擊顫抖和貝塔汀的藥效使我失去準頭，刀鋒刺入了她左臂手肘底下，卡在骨頭上，彈了開來。川原叫了一聲，放開穩住我眼睛的手。鉗子偏離方向掉了下來，擊中我的頰骨，在臉頰上劃出一道傷痕。我微微感到金屬刮去皮肉的痛楚，鮮血流入我的眼睛。我又虛弱地刺了一刀，但這次川原繞過我身邊，用受傷的手臂往下格擋——她又叫了一次，我握住刀子的疲軟手掌就鬆了開來。刀柄滑過我的手掌，武器也掉下了。我把剩餘的力氣集中在左臂，從下朝上地猛烈揮出一拳，打中川原的太陽穴。她從我身上滾走，一面抓著手臂的傷口；剎那間，我以為刀刃深入的程度足以使C－三八一藥劑流入她體內。但席拉．索瑞森曾告訴我，氰化物只要呼吸幾下的時間，就會迅速生效。

川原正準備站起身。

「妳他媽的在等什麼？」她惡毒地問崔普。「開槍打那人渣，可以嗎？」

她的嗓音在說出最後一個字時失去氣勢，因為她在崔普伸手掏震擊槍的前一秒，就在對方臉上看出了真相——也許那也是崔普當下才明瞭的真相，因為她的速度很慢。川原丟下夾子，喀地一聲從腰帶上取下爆裂槍和震擊槍，並在崔普才把武器掏出一半時瞄準她。

「妳這叛徒賤貨！」川原充滿疑惑地罵道，語氣中突然充斥著一種我沒聽過的粗啞口音。「妳知道他會回來，對吧？妳他媽的死定了，婊子！」

我蹣跚爬起，在川原扣下扳機時衝向她。我聽到兩把武器同時開火，爆裂槍發出近乎超音速的細鳴，震擊槍則冒出尖銳的電流聲響。從一側眼角的模糊視線中，我看到崔普奮力抽出武器，但速度完全不夠快。她直接倒地，表情滑稽地訝異。與此同時，我的肩膀撞上川原，我們往後倒向窗戶斜坡。她試圖射我，但我用雙臂打掉兩把槍，絆倒了她。她用受傷的手臂勾住我，我倆一同倒在玻璃斜坡上。

震擊槍被踢到地板遠處，但她抓到了爆裂槍。槍口轉向我，我笨拙地把槍拍開。我用另一隻手毆擊川原的頭，錯過了目標，還從她肩上彈了開。她惡狠狠地咧嘴一笑，用頭撞擊我的臉。我的鼻梁應聲斷裂，感覺就像一口咬下芹菜——鮮血湧進我的嘴巴。我內心某處，有種想嘗嘗血味的瘋狂想法。然後川原跳到我身上，讓我撞上玻璃，用力地毆打我的身體。我擋住一兩下毆擊，但我逐漸失去了力氣，手臂的肌肉也逐漸變弱。我體內開始感到麻木。在我頭頂，川原的臉露出蠻橫的勝利感，因為她知道戰鬥結束了。她又謹慎地往我鼠蹊部揮了一拳。我身體蜷曲，滑下玻璃，在地上縮成一團。

「你應該吃夠苦頭了，帥哥！」她罵道，接著猛然起身，一面沉重地呼吸。在幾乎沒有變亂的秀髮下，我忽然發現這個新口音的主人是誰。那張臉龐上的野蠻滿意感，就是她在分裂市的被害者們被迫喝下扛水工帶來的灰色水壺時，必定看過的神情。「你好好躺一下吧。」

我的身體告訴我，已經沒有其他選擇。我感到傷痕累累，也被體內循環中的化學物質和震擊電波造成的壓力拖累。我試圖舉起一條手臂，但它軟趴趴地垂了下去，就像腹中裝滿鉛的魚一樣下沉。川原看到這景象，露出笑容。

「沒錯，這樣就對了。」她說，一面不在焉地審視自己的左臂，鮮血正從上衣的破洞裡流出。

「你他媽的會為此付出代價，科瓦奇。」

她走到崔普僵硬的軀體邊。「還有妳，妳這王八蛋！」她罵，用力踢了踢蒼白女子的肋骨。對方的身體毫無動靜。「這個瘸三到底為妳做了什麼？他答應要幫妳舔十年騷穴嗎？」

崔普沒回答。我努力地控制左手手指，勉強讓它們在地面上移動了幾公分，往我的腿前進。川原走到辦公桌邊，又望了崔普的軀體最後一眼，按下控制鍵。

「保全？」

「川原小姐。」那是在我們接近飛行船時，冷硬答覆奧特嘉的同一個男人的嗓音。「有人入侵——」

「我知道。」川原疲勞地說。「我已經被問題糾纏五分鐘了。你們為什麼沒下來？」

「川原小姐？」

「我說，你們這些該死的合成人要花多久才會回應呼叫？」

對方短暫的沉默。川原等待著，向桌面低頭。我把手伸過自己的軀體，右手虛弱地握住左手，接著扣住手中的東西，垂了回去。

「川原小姐，妳的艙房沒有警報。」

「噢——」川原轉身看崔普。「好，趕快派人過來，四人小隊。這裡有垃圾得丟出去。」

「遵命，女士。」

儘管剛剛發生了那一切，我依然感到嘴角浮現一絲笑意——**女士**？

川原走回來，順道撿起地上的夾子。「你在笑什麼，科瓦奇？」

我試圖對她吐口水，但唾液只微微流出我的嘴，黏稠地掛在我下巴上，和血液混在一起。川原的表情因突如其來的怒火而扭曲，接著她踢了我的腹部一腳。在其他痛苦的影響下，我幾乎沒感受到那一擊。

「你，」她蠻橫地說，隨即迫使自己將嗓音轉為冰冷的平靜語氣。「這輩子製造夠多麻煩了。」她抓住我的衣領，把我拖上窗戶的斜坡，直到我倆的雙眼平視對方。我往後斜靠在玻璃上，她則傾身看我。她的語氣平靜下來，幾乎像在聊天。

「就像天主教徒，還有你在殷奈寧的朋友，以及生下你的無用貧民窟居民，武，人類原料——你也僅此而已。你本來可以出類拔萃，在新北京加入我，但你輕視我的提議，回到你小人物的生活中。你曾經得以在地球再度加入我，這次也能一同掌控全人類的演進。你本來可以成為當權者，科瓦奇。你明白嗎？你原本能成為**大人物**。」

「我不這麼認為。」我虛弱地低語，開始從玻璃上滑下。「我體內還有顆良心在跳動，我只是忘了把它擺在哪了。」

川原的表情變得陰沉，又抓緊我的衣領。「真會說話，機智的小子。在你即將前往的地點，你會需要口才的。」

「**當他們問我如何死去時，**」我說，「**告訴他們：我依然憤怒。**」

「奎爾。」川原靠得更近。她現在幾乎趴在我身上，像名滿足的情人。「但奎爾從未經歷過虛擬拷問，對吧？你不會帶著憤怒而死，科瓦奇。你會帶著哀求而死。一次，一次，又一次。」

她轉為扣住我胸膛，用力地把我往下壓。夾子舉了起來。

「來點開胃酒吧。」

夾子尖端扎進我眼下的部位，一束血水噴濺到川原臉上。痛苦亮光般地尖銳。瞬間，我能從夾子插入的眼球看見金屬鉗身，它們像高大的金屬柱般隆起，接著川原一扭鉗子，某個東西就爆了開來。我的視線滿是紅光，接著陷入黑暗，就像艾略特資料連結公司的故障螢幕一樣。我在另一隻眼睛中，看到川原抽出夾子，前端夾著瑞絲的紀錄纜線。小裝置的另一頭不斷在我的臉頰上滴著血。

她會追殺艾略特與瑞絲。更別提奧特嘉、巴提斯塔，和天知道的多少人了。

「他媽的夠了……」我模糊地低語，與此同時，我強迫大腿肌肉開始運作，用雙腿夾住川原的腰。我的左手用力地拍上玻璃斜坡。

房內傳出爆炸的悶響，以及尖銳的碎裂聲。

由於引信設定得很短，白蟻微型榴彈被設計為幾乎能立即引爆，也能將百分之九十的爆炸力推向接觸到的表面。剩餘的百分之十火力在我手中炸開，將庫瑪洛合金骨骼與碳質強化肌腱上的血肉撕裂，也將聚硫橡膠韌帶炸斷，還在我手掌中轟出硬幣大小的洞。

面對下方的窗戶，有如厚重的河流冰層般碎裂——這似乎是以慢動作發生的——我感到身旁的表面裂開，我則由一邊滑入裂隙。我微微感受到灌進艙房的冷空氣。我上方的川原，臉上露出了震驚的神色，因為她明白發生了什麼事，但已經太遲了。她和我一起摔落，不斷地毆打我的頭部和胸部，在我一邊頰骨上撕裂了一長條血肉，還把手指挖進我受損的眼窩，但現在痛苦似乎飄向了遠方，幾乎對我毫無影響……我被終於脫離貝塔汀影響的怒火所包圍。

告訴他們：我依然憤怒。

接著，我們躺在上頭掙扎的玻璃完全裂開，將我們拋入颳著強風的空中。

我們往下墜落……

我的左臂因爆炸造成的傷害而癱瘓，但當我們開始往冷冽的黑暗墜落時，我用右手抓住另一顆榴彈，把它抵在川原的頭顱底下。我困惑地望了底下的大海一眼，極樂飄緲屋則在我們頭頂疾馳而上，瑞琳．川原神情中的理智也和飛行船一樣遙遠。某個東西在尖叫，但我再也不清楚聲響來自內心或外界。當我們周遭的空氣發出呼嘯聲時，我的意識緩緩變得模糊，我也無法再維持個人視角了。墜落和睡眠同樣具有誘惑力。

我用上僅存的意志力，把榴彈和川原的頭扣在我胸膛上，力道足以引爆炸彈。

我最後一絲想法，是希望戴維森正在看他的螢幕。

第四十二章

諷刺的是，地址居然位於敗亡鎮。我從北方兩個街區外離開自動計程車，走完剩下的路，還是無法擺脫怪異的合成感，彷彿宇宙機制突然穿透了現實的屏障，讓我親眼目睹萬物法則。

我找尋的公寓是U型街區的一部分，中央還有雜草叢生的碎裂水泥起降臺。在外表老舊的地面與空中載具之間，我發現了微型直升機。最近有人幫它上了紫色與紅色的漆，而儘管直升機看似疲勞地傾向機身一側的升降器，機鼻和機尾上卻都裝滿了許多外表昂貴的閃爍感測裝置。我點點頭，一面踏上一道外頭的階梯，走上街區二樓。

第十七號房被一個十一歲的男孩打開，他帶著敵意看我。

「幹嘛？」

「我想和雪洛．玻斯托克說話。」

「嗯，她不在這裡。」

我嘆了口氣，揉了一下眼睛下的疤痕。「我想你說的不是事實。她的直升機停在停機坪裡，你則是她的兒子達洛（Daryl）；她三小時前就下夜班回來了。你可以告訴她，有人來問關於班克勞夫特義體的事嗎？」

「你是條子嗎？」

「不，我只想談談。如果她能幫我，就可能拿到一點錢。」男孩又盯著我看了幾秒，接著一句話也不說地關上門。我聽到他在門內喊他的母親。我等待著，並抗拒抽菸的欲望。

五分鐘後，雪洛．玻斯托克就出現在門邊，身上穿著寬鬆的土耳其長衫。她的合成義體比她兒子還來得沒有表情，但原因是鬆垮的肌肉，而非態度問題。廉價合成義體的小型肌肉群得花時間才能從睡眠中覺醒，這具義體肯定也是市場上的低廉款式。

「你想見我？」合成嗓音語氣不均地說道。「要幹嘛？」

「我是為羅倫斯．班克勞夫特工作的私家偵探。」我盡可能溫和地說。「我想詢問妳在賽查科技時的業務。我可以進去嗎？」

她發出了一點聲響，讓我認為她之前可能也徒勞無功地試圖阻擋男人進門過。

「不會太久的。」

她聳聳肩，打開門。我走過她身旁，踏入布置整齊但家具貧乏的房間，裡頭最昂貴的物品，是一臺外型俐落的黑色娛樂機臺。機器在遠處牆角的地毯上隆起，宛如某個無名機械神明的神像；其餘家具則圍繞著機臺擺放。就像微型直升機的塗裝一樣，機臺看起來很新。

達洛已經不見人影。

「不錯的機臺。」我說，走向前看機器傾斜的操控版面。「妳什麼時候弄到的？」

「不久前。」雪洛．玻斯托克關上門，不安地站在房間中央。她的表情活躍了點，現在則介於睡意與疑心之間。「你想問我什麼？」

「我可以坐下嗎？」

她沉默地示意我坐在其中一張使用過度的扶手椅上，自己則坐上我對面的懶人椅。在土耳其長衫的縫隙中，她的合成肌肉看起來閃著粉紅色澤，也不太自然。我看了她一陣子，思考自己是否真的想這樣做。

「怎麼樣？」她對我緊張地擺手。「你要問我什麼？你把我在夜班後叫醒，最好有個該死的好理由。」

「八月十四日，星期二早上，妳前往班克勞夫特家族的義體安裝室，對一具羅倫斯．班克勞夫特的複製體進行皮下注射。我想知道妳施打了什麼，雪洛。」

對方的反應比我想像得還更戲劇化。雪洛．玻斯托克的人造五官猛烈地顫動，她也畏縮起來，彷彿我正用電牛棒威脅她。

「那是我的日常職責！」她淒厲地喊：「我被授權在複製體上注入化學物質！」

聽起來不像她在說話，感覺是某人要她背起這段說詞。

「是西納摩固酮嗎？」我平靜地問道。

廉價合成義體的臉色不會脹紅或變得蒼白，但她臉上的神情足以傳達出訊息。她看起來像隻被主人背叛的動物，心中充滿恐懼。

「你怎麼知道的？誰告訴你的？」她的嗓音變成尖銳的啜泣聲。「**你不可能知道，她說沒人會知道……**」

她倒在沙發上，把臉埋在手掌中哭泣。達洛在聽到母親的哭聲時，走出另一個房間，猶豫地站在門口，明顯認為自己無法、也不該做任何事，因此待在原處，臉上帶著害怕的神情看我。我壓抑住嘆氣的衝動，向他點頭，試圖盡量讓自己看起來沒有威脅感。他謹慎地走到沙發邊，把一隻手放上他母親肩膀，讓她彷彿被打中般嚇了一跳。過去的回憶餘波襲捲上我的心頭，我也能感到自己的神情轉為冰冷陰鬱。我試著對他們微笑，但看起來相當滑稽。

我清了清喉嚨。「我不是來這裡傷害妳的。」我說。「我只是想知道真相。」

雪洛．玻斯塔克花了一分鐘左右，才把這些話滲入她的恐懼中，讓她的大腦理解。她又花了更久的時間控制住自己的淚水，抬頭看我。她身邊的達洛困惑地揉著她的頭髮。我咬緊牙關，努力阻止自己十一歲的回憶湧進腦海。我等待著。

「是她。」她終於鬆口。

*

克提斯在我繞過日觸宅邸的濱海廂房時攔住我。他的臉色因怒氣而脹紅，雙手在身側握緊拳頭。

「她不想跟你說話！」他對我低吼。

「滾開，克提斯。」我平靜地說。「不然你會受傷。」

他舉起雙臂，做出空手道的防禦姿勢。「我說，她——」

此時我踢中他的膝蓋，讓他倒在我腳邊。第二下踢擊則使他往延伸向網球場的斜坡滾了幾公尺。等到他停止滾動，我已經撲向他了。我用膝蓋撞向他的腰背部，抓住他的頭髮、拉起他的頭。

「我今天過得並不好。」我耐心地告訴他。「你又讓今天變得更糟了。現在呢，我要上去和你老闆談話。大約要花十分鐘，然後我就會離開。如果你夠聰明，就別擋路。」

「你他媽——」

我用力扯他的頭髮，讓他叫了出來。「如果你來追我，克提斯，我就會傷害你，嚴重傷害，你明白嗎？我今天不想在你這種垃圾騙徒身上浪費時間。」

「放開他，科瓦奇先生。你沒有經歷過十九歲嗎？」

我回身看向米麗安·班克勞夫特，她把雙手插進寬鬆的沙色套裝口袋，套裝明顯是以夏雅的後宮衣著風格設計。她的長髮被一塊土黃色的布巾包住，雙眼在陽光下閃爍。我突然想起奧特嘉提過關於中村實驗室的事。**他們用她的臉孔和身體來做廣告**。而今，我看得出對方流露出時尚界義體模特兒的輕鬆氣息。

我鬆開克提斯的頭髮，在他起身時後退一步。「我這年紀時也沒這麼蠢。」我撒謊。「那妳要叫他後退嗎？也許他會聽妳的。」

「克提斯，去禮車上等我。我很快就過去。」

「妳要讓他——」

「克提斯！」她語氣中有某種溫和的訝異，彷彿發生了某個錯誤——對方回話這件事似乎根本不該發生。克提斯的臉一聽到這句話就脹紅，他離開了我們身邊，眼中噙著怨怒的淚水。我看著他離開我的視野，依然認為我應該再揍他一次。米麗安・班克勞夫特肯定從我臉上讀出了我的心思。

「我以為你對暴力的渴求已經被滿足了。」她沉靜地說。「你還在找目標嗎？」

「誰說我在找目標？」

「你。」

我迅速望向她。「我可不記得。」

「真方便。」

「不，妳不懂。」我對她攤開雙手。「我真的**不記得**。我們一起做的所有事都消失了。我沒有那些記憶，都被消除了。」

她畏縮了一下，彷彿我剛打了她。

「但是你……」她結巴地說。「我以為、你看起來——」

「完全一樣。」我往下看著自己，望向萊克的義體。「好吧，當他們把我從海裡撈出來時，另一具義體已經剩不了多少了。這是唯一的選擇。聯合國調查員直接拒絕讓另一樁雙重義體事件發生。別責怪他們。認可我們進行的第一樁雙重義體事件就夠難了。」

「但你們怎麼——」

「決定？」我冷漠地微笑。「我們進房談吧？」

我讓她帶我走上天文臺，某人在烈士草盆栽下的華麗桌面上擺了水瓶和高腳玻璃杯。水壺裡裝滿了和日落同樣金黃的液體。我們面對面坐下，沒有多說什麼，也沒有注視彼此。她自己倒了一杯酒，但沒有倒給我，這微小的動作說明了米麗安．班克勞夫特和我的分身之前發生的事。

「我恐怕沒有太多時間。」她心不在焉地說。「就像我電話中說的，羅倫斯要我立刻去紐約。你打來時，我其實正要上路。」

我一句話都沒接，靜靜地等待，當她說完時，我已經自己拿了玻璃杯倒酒。這動作感覺起來是個相當大的錯誤，我的尷尬一定也顯而易見。隨著明白真相，她流露出訝異的神情。

「噢，我——」

「算了。」我坐回座位，啜飲酒液。芳醇口感下有種微弱的嗆辣。「妳想知道我們怎麼決定的嗎？我們打了賭，剪刀、石頭、布。當然，我們事前談了好幾小時。他們把我們放在紐約的虛擬實境中，運轉率非常高，也受到妥善防護，同時我們則下了決定。當代英雄們可一點都沒浪費時間。」

我發覺自己的語氣中有種微微的苦澀感，也得強迫自己停止。我嚥下一口酒的時間長了一點。

「我剛說過，我們談了。談很多事。我們想過許多不同的決策方式，有些相當可行，但最後我們依然回歸原點。剪刀、石頭、布，五場決勝負。為何不這麼做呢？」

我聳聳肩，但這動作並不如我預期般地稀鬆平常。我還在嘗試甩開憶及那場賭局時的冷冽感，試著在自身性命垂危時質疑自己的決定。五局定勝負，已經進行兩局了。我的心跳像傑瑞密室中的垃圾歌曲般蹦跳，腦海也因腎上腺素而感到暈眩——面對川原都沒這麼難。

他輸掉最後一回合時——他的石頭輸給了我的布——我們似乎盯著雙方伸出的手好久。接著，他起身，露出微笑，用拇指和食指對自己的頭比了個手勢，動作介於敬禮和滑稽的自殺暗示。

「當我見到吉米時，有什麼得告訴他的嗎？」

我無言地搖頭。

「好吧，希望你活得開心。」他說，並離開陽光普照的房間，隨後溫和地關上門。我心裡有一部分還在尖叫，認為他在最後一局放水。

他們隔天將我重新安裝進義體中。

我又抬起頭來。「我猜妳在想，為何我要來這裡？」

「對。」

「這跟雪洛．玻斯托克有關。」我說。

「……誰？」

我嘆了口氣。「米麗安，拜託。別讓事情變得更難處理。雪洛．玻斯托克嚇死了，由於妳可能因為她知情而殺掉她。我來這裡，是讓妳說服我相信她是錯的，因為我這樣向她保證過了。」

米麗安．班克勞夫特看了我一下，雙眼睜大，接著反射性地將酒潑在我臉上。

「你這傲慢的小人！」她嘶嘶罵道，「你怎麼敢這樣說！**你怎麼敢？**」

我從眼中抹去酒液，望向她。我預料到她會有反應，但不是如此。我也撥去頭髮上的雞尾酒。

「抱歉？」

「你怎麼敢走進這裡，說這件事對你而言很困難？你明白我丈夫當下經歷了什麼事嗎？」

「這個嘛，我們來看看。」我用上衣擦淨雙手，一面皺起眉頭。「他現在人在紐約的聯合國特殊調查會議上當五星級貴賓。妳覺得如何？分居終於對他起作用了嗎？在紐約找妓院應該不難吧。」

米麗安・班克勞夫特咬牙切齒起來。

「你很殘酷。」她悄聲說。

「妳則危險。」我感到有一絲怒氣脫離了我的控制。「我不是在聖地牙哥踢死未出生孩子的人。我也沒有趁自己丈夫去大阪時，在他的複製體上注入西納摩固酮，明知那種狀態下，他會對自己第一個幹的女人做出什麼——當然，妳也知道那個女人不會是自己。難怪雪洛・玻斯托克嚇破了膽。光看著妳，我就質疑自己是否能活著走出玄關。」

「夠了。」她顫抖地深吸一口氣。「停下，拜託。」

我停下。我們沉默地坐著，她的頭低了下去。

「告訴我發生了什麼。」我終於開口。「我聽川原說了大部分，我知道為何羅倫斯自殺——」

「你知道嗎？」她的聲音現在相當平靜，但依然能從問題中察覺她之前的敵意。「告訴我，你知道什麼？他殺了自己，以避免受到黑函威脅——那就是他們在紐約的說法，不是嗎？」

「這是合理推論，米麗安。」我沉穩地說。「川原將他逼進絕路。對六五三法案投反對票，或被發現身為謀殺犯。在針刺傳輸將他的更新檔送到賽查科技前，自殺是唯一的出路。如果他對自殺判定沒那麼該死地執著，也許就能逃出生天了。」

「對，如果你沒來就好了。」

我做了個似乎有不太必要的、表示防衛態度的手勢。「這不是我的選擇。」

「那**罪惡感**呢？」她平靜地說。「你考慮過這點嗎？你想過當羅倫斯明白自己的所作所為時，他會有什麼感受嗎？當他們告訴他，那名叫倫當的女孩是天主教徒後，即便六五三法案的確強迫她暫時復活來指證他，她也永遠無法奪回自己的性命了。你不覺得當他把槍抵上自己喉嚨、扣下扳機時，他正在懲罰自己嗎？你考量過，也許他其實和你的說法不同，並不想**逃出生天**嗎？」

我想到班克勞夫特，腦袋中思索著這個觀點；說出米麗安．班克勞夫特想聽的答案並不難。

「是有可能。」我說。

她冷笑一聲。「不只可能而已，科瓦奇先生。你忘了，那晚我也在現場。他進來時，我在樓梯上看著他。我看見他的表情，我看到他臉上的痛苦。他為自己的行為付出代價了，他審判並處決了自己。他付出了代價，摧毀了犯罪的男人，如今，某個對那條罪毫無記憶的男人，一個**沒有犯下**那條罪的男人，得再度帶著罪惡感苟且偷生……你滿意了嗎？科瓦奇先生？」

她話聲的苦澀回音被烈士草吸出房外，屋內的沉默變得更為濃烈。

「那妳為何下手？」當她沒打算再開口時，我問道。「為何瑪拉．倫當（Marla Rentang）得為你丈夫的不忠付出代價？」

她看著我，彷彿我問了她某個重大的靈性問題；接著她無助地搖頭。

「這是我唯一能想到的、足以傷害他的方法。」她低語。

心底升起的惡意讓我覺得，到最後，她和川原也沒什麼不同。她只是另一個瑪士，恣意將小人物宛如拼圖裡的碎片般移動。

「妳知道克提斯替川原工作嗎？」我語氣平板地問。

「我事後曾猜想過。」她舉起一隻手。「但我無法證明，你怎麼發現的？」

「後見之明。他帶我去罕醉克斯飯店，還推薦飯店給我。我進門後五分鐘，凱德敏就照川原的命令現身——說巧合也太詭異了。」

「沒錯，」她冷淡地附和，「的確如此。」

「是克提斯幫妳弄來西納摩固酮嗎？」

她點頭。

「我想，是透過川原吧。供應量還不小。那晚妳派他來見我時，他完全受到藥效控制。是他建議在大阪行之前，先對複製體下藥的嗎？」

「不，是川原建議的。」米麗安．班克勞夫特清清喉嚨，「我們在那幾天前有段不尋常的坦率對談。現在想想，她一定主導了整個大阪計畫。」

「沒錯，瑞琳的計畫相當詳盡——曾經相當詳盡。她早知道羅倫斯有可能拒絕幫助她，所以妳用拜訪島上樂園的方式賄賂雪洛．玻斯托克，就像對我一樣。只是不同於我能和美艷的米麗安．

班克勞夫特義體玩耍，她則能穿戴那些義體。妳給了她一大筆錢，允諾她某天能再回來玩。可憐的傢伙，她待在樂園中三十六小時，現在則像上癮的毒蟲。妳打算帶她回去過嗎？」

「我是信守諾言的女人。」

「是嗎？這個嘛，幫我個忙，趕緊履行承諾。」

「其他事呢？你有證據嗎？你打算告訴羅倫斯我扮演的角色嗎？」

我伸手到口袋裡，拿出一張黯淡的黑色磁碟。「這是注射過程的片段。」我說，一面舉起它。「關於雪洛·玻斯托克離開賽查科技，並搭著妳的禮車前往會議的片段。禮車隨後就出海了。少了這段錄影，就沒有任何證據能證明妳丈夫在化學物質影響下殺死瑪拉·倫當，但他們可能會認為瑞琳·川原在極樂飄緲屋對他下藥。沒有證據，但這是權宜之計。」

「你怎麼知道的？」她盯著天文臺一角，嗓音相當微弱。「你怎麼找到玻斯托克的？」

「大多是直覺。妳見過我使用那支天文望遠鏡嗎？」

她點頭，又清了清喉嚨。「我以為你在耍我，我以為你告訴他了。」

「沒有。」我感到一股銳利的怒氣。「川原當時還把我朋友關在虛擬實境裡，還威脅要將她凌虐到發瘋。」

她斜眼望向我，接著移開目光。「我不知道這件事。」她沉靜地說。

「嗯，總之，」我聳聳肩。「望遠鏡讓我得出一半結論。你丈夫自殺前曾登上極樂飄緲屋。所以我開始思考川原在上頭搞的所有骯髒事，也思索你丈夫是否被誘導自殺。透過化學，或某種虛擬程式。我之前看過。」

「對，我相信你看過。」她聽起來十分疲勞，不再專注。「那為何去賽查科技找線索，而不去極樂飄緲屋？」

「我不確定。像我說的，那是直覺。或許是因為在空中妓院對人下藥不似川原的作風。手段太輕率，也太粗糙了。她是個棋手，不是打手——應該說曾經是棋手。或者只是因為，我無法用入侵賽查科技監視暫存器的方式，入侵極樂飄緲屋的保全系統，但我也想立刻有點進度。無論如何，我告訴罕醉克斯飯店進行入侵，並調查複製體的標準醫療過程，然後回頭找尋任何不尋常的狀況。這就讓我找到了雪洛·玻斯托克。」

「真精明。」她轉過來看我。「現在呢，科瓦奇先生？更多正義？讓更多瑪士被釘上十字架？」

我把磁碟丟到桌上。

「我要罕醉克斯飯店從賽查科技的檔案中消除注射片段。我說了，他們可能會認為你丈夫是在極樂飄緲屋中被下藥。這是權宜之計。噢，我們也消除了罕醉克斯飯店關於妳來我房間的錄影，以防有人想調查妳說要賄賂我的說法。總之，我敢說妳欠罕醉克斯飯店幾個大人情。它說，三不五時來幾個房客就夠了。理論上來說，花不到多少錢。我算是替妳答應了。」

我沒有告訴她，奧特嘉也看到了臥房中的淫戲，或我究竟花了多久才說服了女警。我還不確定為何她會同意。反之，我看著米麗安·班克勞夫特臉上的驚喜，她花了半分鐘才伸手握住磁碟。她握住磁碟，從緊繃的手指邊抬頭看我。

「為什麼要這樣做？」

「我不知道。」我語帶悔意地說。「誰知道，也許妳和羅倫斯理應與彼此相處。也許妳活該繼續愛一個既不忠，又無法處理夫妻關係中尊重與慾望的性愛不適者。或許他活該繼續被蒙在鼓裡，不知道自己是否在被刺激的狀況下謀殺倫當。也許你倆和川原是同類人，或許你們瑪士都應該彼此為伴。我只明白，我們其他人根本不需要你們。」

我起身離開。

「謝謝妳的酒。」

我走到門邊——

「武。」

——並轉身，不情不願地面對她。

「事實並非如此。」她肯定地說。「也許你相信那些說法，但事實並非如此。對嗎？」

我搖搖頭。「對，不是這樣。」我同意道。

「那為什麼要這麼做？」

「我說了，我不清楚原因。」我盯著她，思索自己是否對沒有記憶感到高興。我的語氣變得柔和，「……如果我贏了，他要我這麼做。這是條件之一，他沒有告訴我原因。」

我留下她一人坐在烈士草中。

EPILOGUE

尾聲

琥珀鎮正值退潮，露出一大片沙灘，幾乎延伸到自由貿易執行者號傾斜的船身旁。航空母艦撞上的岩石露出來，像船身內臟形成的化石般豎在船首下的淺水區。海鳥停在礁石上，對彼此發出尖銳的叫聲。一陣微風吹拂沙灘，在我們腳印中留下的小水塘上引起漣漪。海濱步道上，安查娜·沙洛莫的臉孔已被撤下，加強了街道的空虛感。

「我以為你離開了。」我身旁的艾琳·艾略特說。

「那的確是計畫中的事，但哈蘭世界在拖延針刺傳輸授權，他們不想讓我回去。」

「也沒人想讓你待在這裡。」

我聳聳肩。「這對我來說又不是新狀況。」

我們沉默地往前走了一會。和使用自身義體的艾琳·艾略特交談，是種特殊的感覺。在極樂飄緲屋行動的前幾天，我已經習慣俯視她的臉了，但這具高大的金髮義體幾乎和我一樣高，散發著一種強勢感；在她另一具軀體上，這只能略微窺見。

「有人給了我一份工作。」她最後說道。「主線數位人類載具（Mainline d.h.f.）的安全顧問。你聽過他們嗎？」

我搖搖頭。

「他們在東岸的名聲很高。他們在求職版上肯定有獵頭代表。一等聯合國釋放我，他們就來敲門了。待遇很驚人，如果我當下簽約，就會拿到五千塊。」

「對，那是標準程序，恭喜。妳要搬到東岸，還是他們把工作傳到這裡給妳？」

「可能會在這裡，至少做一陣子吧。我們把伊莉莎白安置在海灣市的一間虛擬公寓中，從本地登入也便宜多了。頭款就幾乎讓我們花光了那五千塊，我們也覺得，可能得再過好幾年，我們才有錢讓她進行義體重置。」她轉身對我露出羞赧的笑容。「我們大多時間都待在那裡，維克多今天也去了。」

「妳不必為他找理由。」我柔和地說。「我不認為他想跟我談話。」

她轉開目光。「因為，你懂的，他總是很驕傲，而且——」

「沒關係。如果有人像我對他一樣攪亂了我的感覺，我也不會想跟對方說話。」我停下腳步，並把手伸入口袋。「這讓我想起來了，我帶了個東西給妳。」

她往下看我手中的渺小灰色信用晶片。

「這是什麼？」

「大約八千塊。」我說。「我猜，用這筆錢，妳就能為伊莉莎白買下某具客製化義體。如果她趕緊挑選的話，年底前，妳可能就能讓她被重新裝上義體。」

「什麼？」她盯著我，臉上訝異地流露出笑意，就像某人剛說個了她不太懂的笑話。「你要給我們——為什麼？你為什麼要這樣做？」

這次我有答案了。那天早上，我從海灣市出發時就在想這件事。我握住艾琳．艾略特的手，把晶片放入她掌中。

「因為我希望能有個好結局。」我平靜地說。「某件能讓我開心的事。」

她繼續看了我一會兒。接著她打破我們之間微小的距離，雙臂環抱住我，發出一陣使附近的海鷗緊張地飛離沙灘的哭聲。我感到臉頰上沾染了一片淚水，但她同時也笑了出來。我回抱她。

我們相擁之際，以及之後的時刻中，我覺得自己像海風一樣乾淨。

「你接受被賜予的一切。」維吉尼亞．維達奧拉在某處說道。**「有時那樣就夠了。」**

＊

官方又花了十一天，才給了將我針刺傳輸回哈蘭世界的授權，這段時間裡，我都在罕醉克斯飯店中看新聞，對自己即將退房一事感到某種怪異的罪惡感。與瑞琳．川原的死有關的實際細節鮮少為大眾所知，所以大多報導都相當聳動，也不甚準確。聯合國特殊調查會議依然充滿謎團，而當關於六五三法案通過的謠言終於流出時，沒有任何人將這件事和之前的事件連結在一起。班克勞夫特的姓名從未浮上檯面，我的名字也沒有。

我沒再跟班克勞夫特談過話。哈蘭世界的針刺傳輸授權和義體重置證是由歐穆．裴斯考交給我的，儘管她態度友善，也告知我合約條件會被徹底履行，她也同時委婉地傳達了威脅，要我不准以任何方式再聯絡班克勞夫特家族的成員。裴斯考的理由是我對硬起來妓院事件的欺瞞，和我對自身信用的毀損，但我明白真相——當米麗安在極樂飄緲屋的攻擊事件發生時的下落與行動被揭發時，我在調查會議廳對面看見班克勞夫特的神情。儘管他滿嘴溫文儒雅的瑪士鬼話，這老渾蛋可是妒意攻心。我想知道，如果他被迫觀看罕醉克斯飯店的臥房檔案的話，他會做出什麼行為。

針刺傳輸當天，奧特嘉和我一同開車前往海灣市中央監獄，同一天，瑪莉·盧·辛奇利也因為極樂飄緲屋的公開聽證會，而被下載進證人席合成義體。入口大廳的兩側階梯擠滿了喧嘩的群眾，外表肅穆的黑衣聯合國公共秩序警察則將他們阻擋在外。我們擠過媒體人員身邊，和我抵達地球當天同樣的粗糙立體顯像標語在我們頭頂上下晃動。上方的天空一片死灰。

「該死的小丑！」奧特嘉低吼，用手肘把最後一名抗議者推走。「如果他們觸怒公共秩序警察，就走著瞧！我之前看過這些傢伙行動，那場面可不漂亮。」

我閃過一名理平頭的年輕男子，他正用一隻手對天空憤怒地揮拳，另一隻手則握著標語產生器。他嗓音嘶啞，看起來也已陷入狂熱狀態。我走向位於人群前方的奧特嘉，有些喘不過氣。

「組織性不夠，無法造成真正的威脅。」我說，一面揚起音量以蓋過群眾的叫聲。「他們只是在吵鬧。」

「對，但那不會讓公共秩序警察住手。他們平常就喜歡打破幾顆頭，真是一團亂。」

「這是進步的代價，克莉絲汀。妳要六五三法案——」我指向底下的憤怒臉孔。「這就是了。」

我們上頭，其中一名佩戴面具和護甲的男子離開封鎖線，走下階梯，身旁的鎮暴電擊棍微微舉起。他的夾克肩上，別有代表警官的紅色斜痕標誌。奧特嘉對他亮出警徽，在短暫的高聲交談後，我們就被允許上樓。封鎖線為我們敞開，大廳的雙層大門也隨之開啟。很難看出大門和守衛門口的黑衣無面人之間，誰比較像機械。

屋內安靜又陰暗，暴風雨中的日光則從屋頂玻璃照入。我環視被棄置的長椅，嘆了口氣。無論哪個星球，無論你在當地做了好事或壞事，最後總會用同一種方式離去。

——獨自上路。

「你需要獨處一下嗎？」

我搖搖頭。「我需要一輩子，克莉絲汀。可能還要更多時間。」

「別惹麻煩，也許你就會成功。」她企圖在語氣中增加幽默感，但聽起來就像游泳池中的浮屍一般突兀，她一定也明白這句話有多怪異，因為她立刻就閉嘴了。在他們為了即時聽證會而將我重新置入萊克的軀體時，我們之間就逐漸浮現一股尷尬感。質詢過程中，我們忙到無暇看彼此；當會議終於結束，我們也都回到家時，這種感覺依然持續。我們有過幾次強烈的性愛，卻都只在表面得到滿足；在萊克確定會被釋放時，就連那些行為也都停止了。我們過去維持的情愫現在已然失去控制，就和從破損的防風燈中洩出的火焰同樣不安全；試圖維持這種情感，只會讓我們痛苦地灼傷。

我轉身對她微笑。「別惹麻煩，是嗎？妳也這樣跟崔普說嗎？」

這句話並不好聽，我也明白。儘管機率甚小，但川原似乎只用震擊光線擦過崔普。他們這樣告訴我，我便想起爆裂槍在我前往面對川原時，殺傷力就被調到了最小。幸好我調整過槍。等到聯合國鑑識小組在奧特嘉的指示下，迅速抵達極樂飄緲屋採集證據時，崔普已經不見蹤影，我在採樣塔臺用於登艦的引力肩帶也不見了。我不知道奧特嘉和巴提斯塔是否認為，在這名傭兵對巴拿馬玫瑰號事件的認知下該放她走，或崔普早在警方到達前就逃跑了。奧特嘉沒有說明一切，我們僅剩的親密度也不夠我問她這件事。這是我們首次公開討論這問題。

奧特嘉對我拉下臉。「你要我比較你們倆？」

「我沒要妳做任何事，克莉絲汀。」我聳聳肩。「但老實說，我看不出她和我有共通點。」

「如果你繼續這樣想，你的狀況就不會改變。」

「克莉絲汀，沒有事情會**確實**改變。」我用拇指指向外頭的群眾。「永遠都會有那種笨蛋，隨意採納信仰模式，這樣他們就不須主動思考。永遠都會有川原和班克勞夫特這種人依靠時勢坐大獲利。妳這樣的人就得確保遊戲順利進行，不讓規則太常被打破。當瑪士自己想打破規範時，他們就會派崔普和我這樣的人下手……這才是真相，克莉絲汀，打從我一百五十年前出生時，真相就已是如此，而從我在歷史書中讀到的事看來，狀況也從未改變，最好趕緊習慣吧。」

她平靜地看了我一陣子，彷彿做了決定般點頭。「你一直打算殺死川原，對嗎？自白鬼話只是想騙我幫忙。」

這是個我經常問自己的問題，而我也尚未得出明確的答案。我又聳聳肩。

「她得死，克莉絲汀。真實死亡。我只確定這點。」

我頭上的屋頂玻璃傳出微弱的拍擊聲。我仰頭，看見玻璃上有透明的水珠爆裂。開始下雨了。

「該走了。」我沉靜地說。「下次妳看到這張臉，裡頭的人就不是我了，所以如果妳想說什麼……」

我開口時，奧特嘉的臉令人難以察覺地畏縮了一下。我咒罵自己的唐突，試著握住她的手。

「聽好，如果這樣說能讓妳感覺比較好的話——沒人知道真相，巴提斯塔可能懷疑過我們有關係，但沒人清楚事實。」

「我**清楚**，」她尖銳地說，也不把手交給我。「我記得！」

我嘆了口氣。「對，我也是。這是**值得**牢記的回憶，克莉絲汀。但別讓這段回憶搞砸妳接下來的人生。去接萊克回來，然後跳到下一幕場景，那才是重點。噢，對了，」我把手伸入大衣，取出被擠扁的菸盒。「這可以還妳了。我不需要了，他也不用，所以別讓他再度抽菸。至少，妳得為我做好這件事——只要確保他戒菸就好。」

她眨了眨眼，迅速地親吻我，但只親到嘴唇與臉頰之間的位置。我沒試圖修正這個錯誤。我在流淚前迅速轉身，走向大廳另一端的門口。我走上樓梯時，回頭看了一眼。奧特嘉依然站在原處，雙手環抱自己，目送著我離去。暴風雨中的模糊光源下，很難自這種距離看清她的臉。

剎那之間，我心中感到一陣痛楚，那是某種根深蒂固的痛苦，我知道剔除這種感覺，會使我失去維持自我的元素；在屋頂窗面上的拍擊聲如鼓聲般增強、玻璃上也沾滿雨水時，這感受則像我眼中的淚水般逐漸高漲、滿溢。

接著我壓下這股情緒。

我轉身面對下一道臺階，從胸口深處擠出一道輕笑。笑聲逐漸轉大。

跳到下一幕場景。

門口依然在上頭等待，針刺傳輸就在彼端。

依然試圖笑出聲的我，踏入那道門。

致謝

下定決心撰寫第一本小說，和實際見到本書出版之間有很大的差距，跨越這段距離的旅程也相當艱困。寂寞如影隨形，同時也需要對自身目標的強大信念；這種念頭卻難以獨自維持。我能完成這趟旅程，都得歸功於途中碰上的幾個人，他們在我信心低落時給予我幫助。由於《碳變》中幻想的科技尚未存在，我最好盡快感謝這些旅伴，因為少了他們的助力，我很確定《碳變》也不會問世。

下列人名以出現順序排列：

感謝瑪格麗特（Margaret）和約翰・摩根（John Morgan）提供我誕生的有機原料，以及卡洛琳（滴答）・摩根（Caroline（Dit-Dah）Morgan）在學會說話前就賦予我她的熱情；感謝蓋文・博吉斯（Gavin Burgess）經常在我倆都無法說話時提供的友誼；感謝亞倫・楊（Alan Young）難以言喻的無盡援助；感謝維吉尼亞・康提納利（Virginia Cottinelli）在我把二十塊鈔票用光時借我錢。還有，在眾多恩人之後，我得感謝我的經紀人卡洛琳・惠塔克（Carolyn Whitaker）在兩次考量下接受了《碳變》的草稿，以及格蘭茲出版社的西蒙・史班頓（Simon Spanton）使這一切成真。

去路永遠伴你同行

願吉風永遠隨侍在側

我想，我的心情鮮少像六年級英文課翻開《塊肉餘生錄》時般沉到谷底，當時我看到章節首句話：我出生了。好吧，那句話肯定解釋了這本該死小說的長度，但老實說，這不是什麼吸引人的句子。我出生於一九六五年（出生時還缺乏胎膜），但讓我們往前快轉一些，好嗎？

我青少年時期初期的記憶，來自於一處名叫赫瑟賽特（Hethersett）的小村莊，該地位於諾里奇（Norwich）市區六英哩的A十一公路上，那是前往倫敦的主要幹道。諾福克郡（Norfolk）在我身邊煎餅般地往四周延伸。美麗的日落光輝照耀在寬闊的天空和無盡的原野上，但四周沒有多少美豔如畫的風景。我背負的，是居於鄉間的童年，與我父母辛苦讓我度過的舒適學校生涯。我的本性相當孤僻，大多時間都埋首在書本和音樂中，對團隊比賽相當不適應，並對我少數朋友們喝啤酒和找女友的興趣感到有些困惑。

這一切花了五年才改變。我十八歲前，就發現當地青少年版本的伏特加（這是對某個從未喜愛過酒精飲品的人來說的好選擇）、大麻（當然是因為當年我們自認很酷），和以驚人高速進行的痛苦初戀。結果，我完全搞砸了在劍橋大學女王學院的第一個學期（因為感情問題，而非用藥），接著在大二的秋季學期好好反省了一番。儘管有周圍的優渥學術優勢，我卻讓這一切付諸東流。我在現代語言課拿到一堆成績低劣的初期報告，以及當時相信無法再度癒合的碎裂內心，也完全不明白接下來該怎麼做。如果大學的入學經歷得先在真實世界生活過三年才能取得，我就是最好的鐵證：思想遭到誤導的柏拉圖式無腦大學生。

不過，情況最後都好轉了。我將主修改為歷史，研究方向偏向政治與哲學，交了些新朋友，並回到吸大麻以及（這時只是偶爾發生）性愛，後者我在青春期後期才開始經歷。從此，大學生活才成為我夢想中的模樣，也一點一滴拾回學業所需的時間。拾回的速度相當緩慢。我從未明白為何成功的學業突然需要大量努力，成果也不甚豐碩。兩年後我離開大學，成績非常普通，也重新發掘了兩項從我青少年時期就開始的天真野心：我想旅行，也想成為作家。

對，最好是啦。

倫敦解決了這個問題。無論你對該地的評價為何，倫敦每次都能將你徹底剖析到最深處。我沒去過能如此徹底教導自己在世上的相對價值的地點。在諾福克的老家，甚至是在劍橋時，我成為作家的念頭將我和其他人區分開來。這種願望不夠尋常，能激起他人的興趣，也能因此釣到馬子。令人鬱鬱寡歡的是，想在倫敦當作家，是個相當普遍的消遣。每個身處倫敦的人都在寫小說（或在計畫中，或認識某個寫小說的人，或在出版業工作，也因此不鼓勵你入行，最糟的則是已經出書的人）。這種夢想並不遠大、不特別有創意、也不可能讓你有一夜情的機會。與此同時，你還得維持生計。那年我在倫敦做的唯一有意義的事，就是培養對泰式和日式料理的興趣，也喜歡加冰塊的傑克丹尼威士忌和艾雷島單一麥芽威士忌。我完全付不起這些東西的成本。

該離開了。

那麼，去旅行吧。至少這比較容易。多虧數世紀來，大英帝國主義引發的意外地理發現受到美國勃發的全球影響力取代，全世界的人們都得說英語。而因為某種合理、卻擁有顯著教學缺陷的理由，大眾普遍相信學習英語的真正方式，就是聘請母語人士教學授課。加上企業性課程的國際商業直覺，配上一絲智慧行銷，就大功告成了：英語教學（English Language Teaching〔ELT〕）工業。在認真決定要到海外居住與工作不到一年後，我待在伊斯坦堡，只受過四週的國際學院訓練，也缺乏任何實務經驗，在當地得到的薪水卻比在醫院工作的醫生還要高。市集部隊果然討人喜愛。

對我來說，ELT是個意外的工作（我認為對這類工作百分之九十的從業人員來說也是如此），我也意外地在這業界待了十四年。某種對那些土耳其醫生感到的罪惡感迫使我努力在自己的專業上進步。我閱讀相關文獻、加入專業協會，也報名更多業界內外的訓練。從倫敦轉到伊斯坦堡，再從馬德里轉到倫敦，馬德里之後則是格拉斯哥。菜鳥新人變為充滿經驗的老師，接著變成學務主任，接著成為經驗老到的ELT導師，再轉為導師訓練師。薪水不斷爬升。從偏僻學校到中等學校，升階到專業機構，最後得到大學教職。我在專業會議中呈報。我——

但等一下。我不是想當作家嗎？

啊對，那點。

這個嘛，當我以教英語維生時，其實也正在寫作。算是三不五時會下筆。創作時相當勤奮，偷懶時則散漫無比。我撰寫短篇故事。也編寫文章。我寫過劇本，也浪費了一年半試圖讓電影業者認真注意到我的故事。我的第一本小說結構相當鬆散。我向《競技場》（*Arena*）和《上膛》（*Loaded*）雜誌憤怒地投書過，抱怨裡頭愚蠢的編輯選文。在那段期間裡，我一本書都沒出版，也沒人翻拍我的電影。

往好的方向看，我想這是因為我只寫自己想寫的東西。我沒有讓步（也沒拿到該死的錢），但我也因此沒有偏離目標。

這並非我會引薦給別人的道路。

接著我寫了《碳變》。格蘭茲出版社讓它上市，好萊塢買下拍攝權，我則辭去了正職工作。

八個月。只花這點時間。

我還在寫作。現在只有死亡或全身癱瘓能阻止我了。

haven books
避風港文化

碳變 Altered Carbon　　文學碼頭　PIER 009

作　　者　理查・摩根（Richard K. Morgan）
翻　　譯　李函
封面設計　蔡佳豪 www.behance.net/tsaichiahao
版型設計　airlinstudio@gmail.com
責任編輯　陳珮瑄
行銷企劃　林家合
出　　版　避風港文化有限公司
地　　址　臺北市中山區錦州街46號12樓之3
電　　話　02-5599-6101
傳　　真　02-3322-8925
臉　　書　facebook.com/havenbooks
服務信箱　havenbooks@outlook.com
線上回函　https://goo.gl/1e21Yt

總 經 銷　大和書報圖書股份有限公司
地　　址　新北市新莊區五工五路2號
電　　話　02-8990-2588
傳　　真　02-2299-7900

I S B N　978-986-97051-3-4
出版日期　2019年2月 初版

國家圖書館出版品預行編目(CIP)資料

碳變 / 理查・摩根（Richard K. Morgan）作；李函譯. -- 臺北市 :避風港文化,
2019.2（文學碼頭；009）譯自：ALTERED CARBON
ISBN 978-986-97051-3-4（平裝）

874.57　　107020262